KB010563

태양이 된 여자

태양이 된 여자

셸리 파커-찬 장편 소설

생각나눔

목차

1부

1 · · · 허난성 남부, 후아이 강(江) 평야, 1345년 · 10

2 · · · · · · · · · · · · · · 34

3 · · · · · · · · · · · 1347년 2월 · 56

· · · · · · · · · · · 1352년 7월 · 62

4 · · · · · · · · · · · · · · 72

· · · · · · · · · · · 1354년 9월 · 83

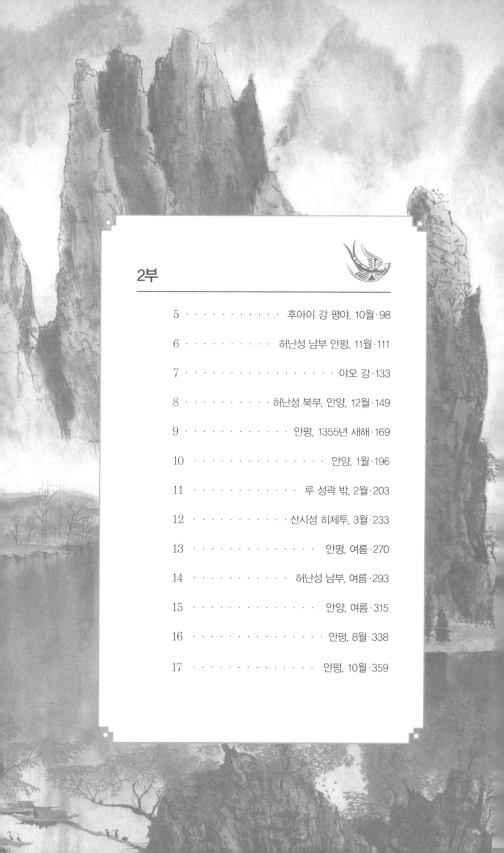

2부

5 · · · · · · · · · 후아이 강 평야, 10월 · 98

6 · · · · · · · · 허난성 남부 안핑, 11월 · 111

7 · · · · · · · · · · · 야오 강 · 133

8 · · · · · · · 허난성 북부, 안양, 12월 · 149

9 · · · · · · · 안핑, 1355년 새해 · 169

10 · · · · · · · · · 안양, 1월 · 196

11 · · · · · · · 루 성곽 밖, 2월 · 203

12 · · · · · · · 산시성 히체투, 3월 · 233

13 · · · · · · · · · 안핑, 여름 · 270

14 · · · · · · · 허난성 남부, 여름 · 293

15 · · · · · · · · · 안양, 여름 · 315

16 · · · · · · · · 안핑, 8월 · 338

17 · · · · · · · · 안핑, 10월 · 359

3부

18 · · · · · · · · · · · 안양, 11월·396

19 · · · · · · · · · · · 안평, 11월·416

· · · · · · · · · · · 1356년 1월·428

20 · · · · · · · · · · 안양, 1월·436

21 · · · · · · · · · · 안평, 2월·454

22 · · · · · · · · · · 카이펑·482

23 · · · · · · · · · · 안평, 3월·498

· · · · · · · · · · 건강, 5월·513

역자의 호소_ 522

오, 승려들이여. 모든 것이 불타고 있다. 탐욕의 불, 증오의 불,

욕망의 불이 우리 마음을 불태우고 있다. 출생과 노년, 죽음, 슬픔,

한탄, 고통, 고뇌, 절망의 불이 타오르고 있다.

팔리어 대장경: 불의 설법

1부

1345-1354

그녀는 입술을 굳게 다물고 첫 번째 느릅나무 옆에 쭈그리고 앉았다. 죽은 소녀들과 다르게, 그녀는 먹거리를 스스로 찾는 방법을 알고 있었다. 이 작은 차이가 전혀 다른 운명을 낳았다.

1

허난성 남부, 후아이 강(江) 평야, 1345년

종리 마을은 그늘을 찾는 것도 포기한 얻어맞은 개처럼 태양 아래 납작이 누워있었다. 거북 껍질처럼 갈라진 노란 흙과 마른 뼈 냄새가 나는 뜨거운 먼지만 날렸다. 4년째 가뭄이었다. 황제가 부덕해서 하늘이 내린 재앙이었다. 가난한 농부들은 먼 북쪽 황궁에 있는 야만인 황제를 저주했다. 아주 멀리 떨어져 있어도 영향을 주고받는 기(氣)의 끈에 연결되어, 황제의 부덕이 통치하는 땅의 운명을 결정했다. 덕이 있는 황제가 다스리는 땅은 풍요로운 수확의 은총을 누리지만, 부덕한 황제가 다스리는 땅은 홍수와 가뭄과 질병의 저주를 겪었다. 지금 원나라의 황제는 오래전 마지막 중국인 황제를 무너뜨린 몽골 정복자 쿠빌라이 칸의 10대손이었다. 그는 11년째 하늘에서 받은 권력으로 중국을 통치하고 있었다. 하지만 종리 마을에는 태어나서 재앙만 겪은 이제 막 10살 된 아이들이 있었다.

주씨 집안의 둘째 딸은 가뭄이 든 쥐띠 해에 태어나 이제 10살 남짓 되었다. 그녀는 동네 남자아이들을 따라 얼마 전 죽은 이웃 사람의 밭으로 가며 먹을 것만 생각했다. 넓은 이마를 가진 소녀는 메뚜기 턱뼈처럼 못생겼고, 그 곤충처럼 그녀는 항상 먹거리만 생각했다. 그녀는 가난한 농부의 단조로운 음식만 먹고 자라서 더 나은 음식이 있을 거라곤 생각하지 못했다. 그녀의 상상은 단지 먹거리의 양에 한정돼 있었다. 그녀는 수수죽 한 사발을 골똘히 생각하고 있었다. 그녀는 사발 위로 거품이 넘쳐흐르는 죽을 마음속에 그리며 걸으며, 어떻게 한 방울도 흘리지 않고 조심스럽게 첫 숟가락을 들지 행복한 꿈에 빠져있었다. 위로부터 뜰까? (그러면 옆으로 흐를 텐데.) 아니면, 옆에서부터 뜰까? (그러다가 엎지르면 절대 안 돼.) 손을 단단히 쥐고 가볍게 숟가락을 댈까? 그녀는 수수죽에 대한 상상에 빠져 걷다가, 옆에서 무덤을 파는 사람의 삽질 소리도 듣지 못했다.

그녀는 윗가지가 모두 사라진 느릅나무가 늘어선 벌판의 끝으로 곧장 걸어갔다. 느릅나무들은 한때는 아름다웠다. 소녀는 그때를 아련한 추억으로만 기억하고 있었다. 3년 계속 흉년이 들자, 가난한 농부들은 느릅나무를 잘라 먹을 수 있다는 걸 알았다. 그녀는 언젠가를 대비해 그걸 잘 기억해 두었다. 약간 메스꺼운 느낌을 주지만 입안에 무엇인가 먹었다고 느끼게 하는, 느릅나무 뿌리를 6번 삶은 흐릿한 누런 물. 느릅나무 껍질을 짓이겨 잘게 썬 짚과 물을 섞어 둥글게 만들어 천천히 불로 구우면 더 좋았다. 하지만 이제 느릅나무의 먹을 수 있는 부분은 사라진 지 오래되어서, 마을 아이들의 유일한 관심은 나무 밑에 사는 쥐와 메뚜기나 그와 비슷한 맛있는 먹거리였다.

어느 순간 소녀가 정확히 언젠지 기억할 수 없었지만, 그녀가 마을에 남은 유일한 여자아이가 되었다. 그건 불안한 사실이지만, 그녀는 그걸 생각하지 않으려 했다. 사실 생각할 필요도 없었다. 그녀는 어떤 일이 있었는지 정확히 알고 있었다. 집안에 아들과 딸이 하나씩 있고, 먹을 음식이라곤 한 입 거리밖에 없다면 누가 그걸 딸에게 낭비하겠는가? 혹시 그 딸이 특별히 쓸모 있다면 몰라도. 그녀는 죽은 소녀들과 마찬가지로 자신도 쓸모없다는 걸 잘 알고 있었다. 게다가 그녀는 아주 못생겼다. 그녀는 입술을 굳게 다물고 첫 번째 느릅나무 옆에 쭈그리고 앉았다. 죽은 소녀들과 다르게, 그녀는 먹거리를 스스로 찾는 방법을 알고 있었다. 이 작은 차이가 전혀 다른 운명을 낳았다.

남자아이들이 소리치기 시작했다. 아이들은 사냥감을 보자, 그렇게 해선 경험상 성공할 확률이 낮다는 걸 알면서도, 막대기로 찌르고 두들겨서 사냥감을 나오게 하려 했다. 소녀는 남자아이들이 한눈파는 틈을 이용해 숨겨진 장소에서 덫을 몰래 꺼냈다. 그녀는 손재주가 있어서, 바구니 짜는 일이 필요했던 시절에는 칭찬을 많이 받았다. 그녀가 짠 덫에 팔뚝만큼 큰 도마뱀이 갇혀있었다. 모두가 갖고 싶은 귀중한 보물이었다. 그걸 보자 소녀의 머릿속에 온갖 종류의 죽이 떠올랐다. 그녀는 도마뱀의 머리를 돌로 쳐 죽여 무릎 사이에 숨기고, 다른 덫들도 살폈다. 한 줌의 귀뚜라미들이 잡혀있었다. 그 바삭바삭하고 고소한 맛을 생각하자, 입안에 침이 돌았다. 그녀는 귀뚜라미를 헝겊으로 싸서 나중에 먹으려고 주머니에 넣었다.

그녀는 덫을 다시 놓고 몸을 폈다. 노란 구름 같은 먼지가 마을 뒷산을 가로지르는 길 위로 일어났다. 몽골 지배자가 받았다는 천명

(天命)의 색인 하늘색 깃발 아래, 가죽 갑옷을 입은 군인들이 노란 먼지 속에서 검은 강으로 떼 지어 갔다. 소녀의 나이보다 두 배는 더 긴 세월 동안, 그 지역에서 계속 일어나는 농민 봉기를 진압하는 책임을 진 몽골 귀족인 허난성 제후의 군대를 모두 알고 있었다. 제후의 군대는 달력처럼 정확히 매년 가을 남쪽으로 진군하고, 봄이면 허난성 북부에 있는 주둔지로 돌아갔다. 지금처럼 군대가 종리 마을 가까이 온 적은 없었다. 군인들의 갑옷에 박힌 금속들이 빛을 받아 검은 강물 위로 반짝였다. 그건 소녀의 삶과 전혀 관계없는 광경이어서, 머리 위로 날아가는 기러기의 구슬픈 울음처럼 아주 멀리 떨어진 일이었다.

배고프고 햇볕에 지쳐서, 소녀는 모든 일에 흥미를 잃었다. 소녀는 도마뱀을 들고 집으로 향했다.

한밤중에 소녀는 양동이를 들고 우물에 가서 물을 길어 땀을 흘리며 집으로 돌아왔다. 양동이가 점점 무거워지고 있었다. 우물 바닥에 물은 계속 줄어들어, 양동이에 진흙이 점점 많아지고 있었다. 대지는 먹거리는 주지 않고, 매번 씹을 때마다 흙만 더 주는 듯했다. 마을 사람들이 진흙을 빵처럼 구워 먹었던 일을 소녀는 기억했다. 그녀는 지금도 가슴 아팠다. 배가 고파 죽는 사람이 무슨 짓이든 못 하겠나? 세상에 더 많은 사람이 아마도 그렇게 해보았을 것이다. 그 마을 사람들은 팔다리와 배가 부풀어 올라 처참한 모습으로 고통스럽게 죽었다. 그러자 살아남은 마을 사람들은 조심하기 시작했다.

그녀의 가족은 나무가 조금은 많았던 시절에 지은 방 한 칸짜리 오두막에서 살았다. 4년째 가뭄으로 오두막의 판자가 말라 벌어져, 내부도 바깥처럼 바람이 들어왔다. 하지만 비가 내리지 않아 그건 문제가 되지 않았다. 한때는 조부모와 부모와 일곱 자녀인 전 가족이 그 집에서 살았다. 하지만 매년 가뭄이 들 때마다 가족이 줄어, 이제는 소녀와 바로 위 오빠 주중팔 그리고 아버지, 단 3가족만 남았다. 아버지는 11살인 주중팔을 주씨 가문 그의 항렬에서 8번째 태어났다는 이유로 소중히 여겼다. 8은 행운의 숫자라고 아버지는 믿었다. 이제 중팔이 유일하게 살아남은 아들이어서, 하늘도 그에게 미소 짓는 게 분명해졌다.

소녀는 양동이를 들고 집 뒤에 있는 부엌으로 갔다. 부엌은 곧 부서질 듯한 선반 하나가 벽에 걸쳐있고 처마에 끈으로 매단 솥이 화톳불 위로 놓인 집 바깥 공터였다. 선반 위에는 노란 콩이 담긴 2개의 흙 항아리가 있었다. 오래된 고기 조각은 아버지가 농사지을 때 부리던 소를 어쩔 수 없어 잡아먹고 남은 마지막 부분이었다. 어머니가 생전에 죽 맛을 내기 위해 늘 하던 대로, 소녀는 그 고기 조각을 꺼내 솥 안을 비볐다. 소녀는 오래돼 버린 말안장이 고기 맛이 나길 바라는 게 낫겠다고 생각했다. 소녀는 치마를 벗어 그걸 솥 위로 묶고, 양동이의 물을 부었다. 그런 후 그녀는 치마에서 진흙을 긁어내고, 치마를 다시 입었다. 빨래한 적이 없는 치마는 더 더러워질 데도 없었다. 그래도 물은 조금 깨끗해졌다.

소녀가 불을 지피고 있을 때 아버지가 들어왔다. 아버지는 먹지 못해서 광대뼈부터 턱뼈까지 피부가 얼굴에 바삭 달라붙어 있었다. 가끔 소녀는 아버지가 사실 젊었는지, 아니면 정말 그렇게 늙은 건지 궁금했지만, 얼굴을 봐선 판단하기 힘들었다.

아버지는 동아[1] 열매를 들고 있었다. 동아는 갓 태어난 아이 크기만큼 작았고, 거의 2년 동안 땅 밑에 묻어두어 표면에 하얀 가루가 붙어있었다. 소녀는 아버지의 온화한 얼굴을 보고 놀랐다. 전에는 그런 표정을 본 적이 없었지만, 곧 무슨 의미인지 알았다. 그게 마지막 동아였다.

아버지는 나무그루터기 옆에 쭈그리고 앉아, 조상에게 제물을 바치듯 동아를 그 위에 올려놓았다. 아버지는 손에 칼을 들고 머뭇거렸다. 소녀는 무슨 생각을 하는지 알았다. 동아는 자르면 오래 가지 않았다. 복잡한 감정이 몰려왔다. 며칠 동안은 호화롭게 먹을 수 있었다. 한 가지 기억이 마구 떠올랐다. 돼지 뼈와 소금을 넣고 끓인, 황금빛 기름방울이 떠있는 죽. 이빨 사이로 달콤하게 넘어가는, 물고기 눈알처럼 반투명하고 끈적끈적한 동아 육즙. 하지만 동아를 먹고 나면 노란 콩밖에 남은 게 없었다. 그리고 노란 콩이 끝나면 먹을 게 아무것도 없었다.

칼이 내리쳐, 동아가 잘렸다. 아버지가 동아 덩이를 건넬 때, 온화한 표정은 사라졌다. "잘 요리해." 아버지는 짧게 말하고 나갔다.

---

1 1년생 초본식물인 박과의 열매로 박보다 길쭉하고 큰 것은 길이가 1미터에 가깝다. 전·누르미·김치 등의 음식 재료로 널리 사용되었으며, 약용으로도 쓰였다.

소녀는 동아 껍질을 벗기고, 단단한 하얀 속살을 잘랐다. 느릅나무의 초록색 꽃 냄새 같은 동아 냄새를 잊고 있었다. 순간 그걸 입안에 밀어 넣고 싶은 충동에 사로잡혔다. 속살, 씨, 그리고 날카로운 껍질까지. 혀 구석구석까지 자극하는 음식의 황홀한 느낌. 소녀는 침을 억지로 삼켰다. 아버지 눈에 비친 자신의 가치를, 음식을 훔치면 당할 위험을 소녀는 알고 있었다. 죽은 소녀들이 모두 굶어 죽은 건 아니었다. 아쉽지만 소녀는 동아를 솥에 넣고 노란 콩을 조금 뿌렸다. 소녀는 땔감이 다 탈 때까지 삶은 후, 나무껍질을 접어 뜨거운 솥을 들고 집 안으로 들어갔다.

주중팔은 아버지 옆 나무판자에 앉아 음식만 쳐다보았다. 그의 얼굴은 매우 특이했다. 턱은 툭 튀어나왔고, 이마는 호두처럼 울퉁불퉁했다. 그는 너무 못생겨서, 처음 보는 사람은 이상한 상상에 빠지게 했다. 주중팔은 곧장 소녀에게서 수저를 받아 아버지에게 음식을 건넸다. "아버지, 잡수세요." 그런 후 그는 자신의 그릇에 음식을 덜고, 마지막으로 소녀에게도 음식을 주었다.

소녀는 자기 사발을 아무리 들여다보아도 콩과 물만 보였다. 조용히 오빠를 쳐다보았다. 그는 먹기 바빠 신경 쓰지 않았다. 그는 동아 덩이를 숟가락으로 떠서 입에 넣었다. 그의 얼굴에는 잔인함은 없었다. 철저히 자기만 생각하는 사람의 아무 생각 없는 행복한 만족감만 있었다. 가족은 우주의 질서를 반영해서, 아버지와 아들이 가족의 질서를 결정했다. 그래서 소녀는 아무리 간절히 바라도, 동아를 절대 맛볼 수 없었다. 그건 고통스러웠다. 소녀는 죽을 한 숟갈 입에 넣었다. 죽이 그녀의 배 속으로 불타는 숯처럼 들어갔다.

중팔이 입에 음식을 가득 넣은 채 말했다. "아버지, 오늘 쥐를 거의 잡을 뻔했는데 도망쳤어요."

소녀는 남자아이들이 나무그루터기를 두드렸던 걸 기억했다. '거의 잡았다고?' 그녀는 한심하다고 생각했다.

중팔의 관심이 소녀에게 옮겨왔다. 그는 소녀가 스스로 내놓길 기다렸다. 잠시 후 그가 화를 냈다. "네가 뭘 잡은 걸 알아. 그걸 내놔!"

그녀는 자기 사발을 한참 쳐다보며, 주머니 안에서 귀뚜라미들이 꿈틀거리는 걸 느꼈다. 그녀는 그걸 건넸다. 뜨거운 숯이 몸 안에서 불타는 듯했다.

"이게 전부야, 쓸데없는 계집애야?"

소녀가 날카롭게 노려보자, 그는 움찔했다. 그는 얼마 전부터 아버지를 따라 소녀를 그렇게 불렀다. 소녀의 배가 꽉 쥔 주먹처럼 단단해졌다. 소녀는 마음을 돌리려고 부엌에 숨긴 도마뱀을 생각했다. '그걸 말려 몰래 혼자서 전부 먹어야지.'

그들은 말없이 식사를 마쳤다. 소녀가 사발을 혀로 깨끗하게 핥고 있는 때, 아버지가 동아 씨 두 개를 허름한 조상 위패 앞에 놓았다. 하나는 조상에게 바치고, 다른 하나는 후손이 없어 떠도는 배고픈 귀신을 달래려는 의도였다.

아버지가 위패 앞에서 오랫동안 무릎 꿇고 있다가 일어났다. 그가 아이들에게 돌아서서 엄숙하게 말했다. "앞으로 우리 조상님이 이 고난이 끝나게 도와주실 거다. 반드시 그러실 거다."

소녀는 아버지 말씀이 옳다고 생각했다. 아버지는 소녀보다 나이가 많아 더 많은 걸 알고 있는 게 분명했다. 하지만 소녀는 아버지가 말하는 미래를 상상해 보려고 아무리 애써도 할 수 없었다. 그녀의 상상 속에는 변함없이 계속되는 굶주림밖에 없었다. 하지만 어쩌면 삶이 가치가 있을 것 같아, 소녀는 삶에 집착했다. 하지만 그녀가 아무리 곰곰이 생각해 보아도, 삶에 무슨 가치가 있는지 알 수 없었다.

소녀와 중팔은 문턱에 힘없이 앉아 밖을 바라보았다. 한 끼로는 하루를 견디기 충분치 않았다. 늦은 오후의 더위가 견디기 힘들어졌을 때, 송나라 황제의 천명을 상징했다던 붉은색 해가 마을에 긴 손을 뻗쳤다. 석양은 언제나 아름다웠다. 그들이 사는 마을은 흙길을 사이에 두고 양편으로 집들이 띄엄띄엄 자리 잡고 있었다. 어둑해지면 길에도 움직임이 없었다. 중팔이 목에 걸고 있는 불교 부적을 만지작거리면 발로 흙을 걷어찼다. 소녀는 먼 언덕 위로 걸친 초승달을 바라보았다.

집 옆에서 걸어오는 아버지를 보고, 두 아이는 놀랐다. 아버지 손에 동아 덩이가 들려있었다. 어제 잘랐지만, 벌써 가장자리가 썩는 냄새를 소녀는 맡을 수 있었다.

"오늘이 무슨 날이진 아냐?" 아버지가 중팔에게 물었다.

가난한 농부들이 일 년의 절기에 맞춰 명절을 즐겼던 시절은 까마득히 오래전이었다. 한참 후에 중팔이 조심스럽게 말했다. "8월 중 추절이에요?"

소녀는 속으로 비웃었다. '눈이 없어, 달도 못 보나?'

"9월 2일이다." 아버지가 말했다. "오늘이 네가 돼지띠 해에 태어 난 날이다." 아버지가 돌아서서 걷기 시작했다. "따라오거라."

중팔이 급히 따라갔다. 잠시 후 소녀도 뒤따랐다. 길가의 집들이 하늘을 배경으로 더 어둡게 보였다. 소녀는 집 없는 개들이 무서워 밤에는 길에 나오지 못했다. 하지만 그날 밤에는 개들도 없었다. 살 아남은 마을 사람들은 길에 귀신들이 득실거린다고 말했다. 하지만 귀신들은 숨결이나 기(氣)처럼 보이지 않아서 귀신들이 있는지 없는 지 알 수 없었다. 그렇다면 귀신은 문젯거리가 아니라고 소녀는 생각 했다. 소녀는 볼 수 있는 것만 두려웠다.

그들이 큰길을 벗어나자, 사람 눈동자에 반사된 빛만큼이나 희미 한 불빛이 앞에 보였다. 점쟁이의 집이었다. 안으로 들어가면서, 소 녀는 아버지가 동아를 잘랐던 이유를 알았다.

소녀가 처음 본 건 초였다. 종리 마을에선 초가 워낙 귀해서, 촛불 이 마법처럼 보였다. 촛불은 손바닥만큼 높이 솟구쳐, 윗부분은 뱀 장어 꼬리처럼 흔들렸다. 아름답지만 불안했다. 불이 없는 소녀의 집에선 밖이 어둡다고 느낀 적이 없었다. 여기선 촛불 밖 어둠 속에 무엇이 있는지 볼 수 없었다.

소녀는 멀리서 단 한 번 점쟁이를 본 적이 있었다. 이제 가까이서 보니, 그녀는 아버지가 늙은 게 아니라는 걸 단번에 알았다. 점쟁이 는 어쩌면 야만인 황제들 이전의 시절도 기억할 만큼 늙었다. 소녀가 자세히 보았다. 점쟁이의 주름진 뺨에 난 검은 점에 성긴 하얀 턱수염보다 두 배는 긴 한 가닥 검은 털이 달려있었다.

"어르신." 아버지가 절을 하고, 동아를 점쟁이에게 건넸다. "주씨 집안의 8번째 아들인 중팔을 생일에 맞춰 데려왔습니다. 이 애의 운명을 말씀해 주세요." 그가 중팔을 앞으로 밀었다. 아이도 궁금한 듯 앞으로 몸을 내밀었다.

점쟁이가 주름진 손으로 주중팔의 얼굴을 잡고 이쪽저쪽 돌려보았다. 그는 엄지손가락으로 이마와 뺨에 눌러보고, 눈과 코의 크기를 재보고, 얼굴 뼈의 모양을 손으로 살폈다. 그리고 그는 손목을 잡고 맥을 짚었다. 그는 눈꺼풀을 슬며시 내려 눈을 감고, 멀리서 오는 소식을 듣는 듯 진지하게 정신을 집중했다. 그의 이마에 땀방울이 맺혔다.

시간이 흘렀다. 촛불이 타오르지만, 밖의 어둠은 가까이 조여오는 듯했다. 모두 숨을 멈추고 긴장했다. 소녀도 피부에 소름이 돋았다.

점쟁이가 주중팔의 팔을 놓는 순간, 모두 벌떡 일어섰다. "말씀해 주세요, 어르신." 아버지가 재촉했다.

점쟁이가 몹시 놀라서 몸까지 떨며 말했다. "이 아이 안에 위대한 인물이 있어요. 오, 그걸 너무나 분명히 보았어요! 이 아이는 만세까지 이어질 명예를 가문에 가져올 겁니다." 점쟁이가 일어나 아버지 발밑에 급하게 무릎을 꿇자, 소녀는 놀랐다. "이런 운명을 지닌 아드님을 얻으셨다니, 전생에 큰 덕을 쌓으신 게 분명합니다."

아버지가 놀라서 노인을 내려다보며 떨리는 목소리로 말했다. "이 아이가 태어나던 날을 기억합니다. 아이가 젖을 빨 힘조차 없어서,

저는 멀리 황각사까지 걸어가 아이를 살려달라고 공양을 올렸습니다. 노란 콩 20포대와 호박 3개를 공양했어요. 아이가 살아남아 12살이 되면 절에 바치겠다고 스님들께 약속까지 했어요." 아버지는 놀라고 기뻐서 목소리까지 격앙되었다. "마을 사람 다들 제가 바보라고 말했어요."

'위대한 인물'. 그건 종리 마을에 어울리는 말이 아니었다. 소녀는 아버지가 옛날이야기를 할 때 그 말을 단 한 번 들은 적이 있었다. 야만인들이 쳐들어오기 전, 슬픈 황금시대에 관한 이야기. 전쟁과 배신과 승리가 점철된 황제와 제후와 장군들의 시대. 그런데 그녀의 평범한 오빠 주중팔이 위대한 인물이 될 운명이었다. 그녀는 주중팔의 못생긴 얼굴이 불현듯 빛나는 걸 보았다. 목에 건 불교 부적이 촛불을 받아 황금색을 내며, 그를 왕으로 만들었다.

점쟁이 집에서 나오며, 소녀는 어둠의 문턱에서 머뭇거렸다. 소녀는 자기도 모르는 충동에 이끌려 촛불 안에 있는 노인을 돌아보았다. 그녀는 기어서 되돌아가 콧구멍에 흙냄새가 가득 차도록 머리를 땅에 박고 노인 앞에 몸을 조아렸다. "어르신, 제 운명도 말씀해 주세요."

그녀는 두려워 고개도 들 수도 없었다. 그녀가 처음 느꼈던 뜨거웠던 욕망은 벌써 식었다. 그녀의 맥박도 사라졌다. 그녀의 운명을 알려줄 맥박까지도. 그녀는 위대한 인물이 될 운명을 지닌 주중팔을 생각했다. 그런 엄청난 씨앗을 몸에 지니면 어떤 느낌일까? 그녀는 자기도 그런 운명의 씨앗을 가졌는지 궁금했지만, 그게 무엇이고 뭐라고 불어야 할지 몰랐다.

점쟁이는 말이 없었다. 소녀는 차가운 바람이 온몸을 덮치는 걸 느꼈다. 피부에 소름이 돋고, 그녀는 두려움을 피하려고 더 몸을 숙였다. 촛불이 심하게 흔들렸다.

그때 멀리서 들려오듯 점쟁이의 말이 들렸다. "별 볼 일 없다." 소녀는 온몸을 아프게 누르는 절망감을 느꼈다. 그것이 그녀 안에 있는 운명의 씨앗이었다. 그녀는 그걸 항상 알고 있었다.

여러 날이 지나갔다. 노란 콩도 줄어들고, 물에는 진흙이 늘어갔고, 소녀의 덫에 잡히는 것도 줄어들었다. 살아남은 마을 사람들은 굶어 죽는 대신 도적 손에 죽을 걸 뻔히 알면서도 언덕 뒤로 이어진 길로 나섰다. 소녀의 아버지만 홀로 새 힘을 찾은 듯했다. 매일 아침 그는 구름 한 점 없는 장밋빛 하늘 아래 서서 기도 같은 말을 했다. "비가 내릴 거야. 하늘이 중팔을 위대한 인물로 만들 때까지 믿고 견디면 돼."

어느 날 아침 소녀는 중팔과 집 옆에 판 얕은 흙구덩이에서 자다가 시끄러운 소리에 눈을 떴다. 그건 놀라웠다. 그들은 삶이 어떤 소리를 내는지 잊고 있었다. 그들이 길가로 나서자 더 놀랐다. 움직임이 있었다. 흙먼지를 날리며 달리는 더러운 말 위에 탄 남자들. 그들이 생각하기도 전에, 그들은 천둥 같은 소리를 내며 지나갔다.

그들이 지나가자, 중팔이 작고 겁먹은 목소리로 말했다. "군대냐?" 소녀는 입을 다물었다. 그들 뒤에서 아버지가 말했다. "도적 떼다."

그날 오후 3명의 도적이 몸을 굽혀, 오두막의 휘어진 문 안으로 들어왔다. 소녀는 오빠와 함께 침상에 꼼짝하지 않고 웅크렸다. 도적들의 큰 몸집과 지독한 악취가 집을 꽉 채우는 듯했다. 그들이 입은 누더기는 구멍투성이였고, 묶지 않은 머리카락은 더럽게 엉켜 있었다. 그들은 장화를 신고 있었다. 소녀는 장화를 신은 사람을 처음 보았다.

소녀의 아버지는 이런 상황을 준비하고 있었다. 그가 흙 항아리를 들고 도적들에게 다가갔다. 그는 두려움을 억누르고 있었다. "귀한 손님들. 이건 하찮은 것이지만, 저희는 가진 것이 없어요. 저희가 가진 전부를 가져가세요."

도적 중 한 명이 항아리를 들고 안을 들여다보고 코웃음을 쳤다. "이봐, 왜 이리 인색해? 이게 가진 전부가 아닐 텐데."

아버지의 몸이 굳었다. "맹세합니다. 이게 전부예요. 아이들이 병든 개처럼 살이 없는 게 보이시죠? 저희는 오랫동안 돌만 먹고 살았어요."

도적이 웃었다. "하, 거짓말하지 마. 돌만 먹었다면 너희 모두 어떻게 살아있어?" 고양이가 쥐를 다루듯 느리고 잔인하게, 도적이 소녀의 아버지를 밀어 굴러 넘어뜨렸다. "너희 농사꾼들은 모두 똑같아. 닭을 내놓으면서 살진 돼지는 없는 척하지! 전부 가져와."

소녀의 아버지가 벌떡 일어났다. 그의 얼굴에 변화가 있었다. 놀랄 정도로 빠르게, 그는 아이들에게 달려들어 소녀의 팔을 잡았다. 아버지가 침상에서 그녀를 끌어내리자, 소녀는 놀라서 비명을 질렀다. 아버지가 아프도록 소녀의 팔을 꽉 잡고 있었다.

엎드린 소녀의 머리 위로 아버지가 말했다. "이 계집애를 데려가세요."

잠시 그 말뜻을 알 수 없었다. 하지만 곧 이해됐다. 소녀의 가족은 소녀가 쓸데없다고 늘 말해 왔다. 아버지가 드디어 그녀를 제대로 사용할 데를 찾았다. 중요한 사람을 보호하기 위해 소녀를 희생시킬 작정이었다. 소녀는 두려움에 떨며 도적들을 쳐다보았다. '그들에게 내가 무슨 소용이 있을까?'

소녀의 생각을 알 듯, 도적이 비웃었다. "저 조그만 까만 귀뚜라미를? 5살은 더 먹고 좀 더 예쁜 딸을 줘." 잠시 후 그 의미를 깨닫고, 그가 몸을 흔들리게 웃어댔다. "오, 형씨! 그래 너희 농사꾼들이 정말 다급해지면 한다는 짓이 사실이었군."

소녀는 믿을 수 없어 현기증이 났다. 소녀는 남자아이들이 웃으며 속삭이던 말을, 기근이 더 심한 다른 마을에서는 이웃 사람들이 서로의 아이를 바꿔 먹었다는 말을 기억했다. 하지만 아무도 그 소문을 믿지 않았다. 그저 소문일 뿐이었다.

하지만 이제 소녀는 자신의 눈길을 피하는 아버지를 보자, 그것이 단지 헛소문이 아니었다는 걸 깨달았다. 소녀가 공포에 질려 몸부림 쳤지만, 아버지의 손은 소녀의 팔을 더 꽉 쥐었다. 소녀는 눈물을 흘리며 비명 지르다가 숨조차 쉬기 힘들었다. 바로 그 끔찍한 순간, 소녀는 별 볼 일 없는 사람의 운명이 무엇인지 깨달았다. 점쟁이의 말은 중요한 일을 하지 못할 사람이 된다는 뜻이라고 생각했었다. 하지만 그게 아니었다.

그건 '죽음'이었다.

소녀가 몸부림치며 울부짖고 있을 때, 도적이 성큼 걸어와 소녀를 아버지에게서 낚아챘다. 소녀는 더 크게 울부짖었다. 도적이 숨이 턱 막히도록 세게 소녀를 침상으로 집어 던졌다.

도적이 강한 혐오감을 보이며 말했다. "나는 배가 고플 뿐이야. 저런 계집애를 건드릴 생각은 없어." 그러면서 그는 아버지의 배를 주먹으로 때렸다. 아버지는 비명도 못 지르고 침을 흘리며 쓰러져 몸을 웅크렸다. 소녀는 크게 입을 벌렸지만, 아무 소리도 나오지 않았다. 옆에서 중팔이 비명을 질렀다.

"여기 더 있어!" 다른 도적이 부엌에서 소리쳤다. "땅 밑에 숨겼어."

아버지가 침상으로 간신히 기어갔다. 도적이 아버지의 갈비뼈 아래를 걷어찼다. "우리가 바보라고 생각하냐, 이 거짓말쟁이 썩은 거북이 새끼? 사방에 숨겨놓은 음식이 더 있지." 그는 계속 걷어찼다. "어디 있어?"

이제 소녀는 숨을 겨우 쉴 수 있었다. 그녀와 중팔은 도적에게 멈추라고 계속 비명 질렀다. 매번 장화가 마른 아버지의 갈비뼈 밑을 걷어찰 때마다, 아버지의 고통이 소녀의 몸에도 날카롭게 전해졌다.

아버지는 소녀가 얼마나 가치 없는지 보여주었지만, 그래도 아버지였다. 자식이 부모에게 진 빚은 갚을 수 없을 만큼 컸다. 소녀가 소리 질렀다. "더는 없어! 그만 멈춰! 없어…"

도적이 아버지를 몇 번 더 걷어차고 멈췄다. 소녀는 그게 자신의 애절한 호소와는 관계없는 걸 알았다. 아버지는 바닥에 쓰러져 움직이지 않았다. 도적이 웅크리고 앉아 아버지의 상투를 잡고 머리를 들어 올리자, 피거품이 잔뜩 묻은 입술과 창백한 얼굴이 보였다. 도적이 재수 없다고 중얼거리며 머리를 놓아 떨어뜨렸다.

다른 두 도적이 두 번째 항아리를 들고 들어왔다. "두목, 이게 전부인 것 같아요."

"뭐라고, 두 항아리? 정말 굶고 살았나 보군." 두목이 밖으로 나갔다. 다른 두 명도 따라 나갔다.

소녀와 중팔은 두렵고 지쳐서 서로 껴안고 흙바닥에 쓰러진 아버지를 조심스레 살폈다. 피투성이가 된 몸이 자궁 속 아기처럼 바싹 웅크리고 있었다. 아버지는 환생을 미리 준비하고 세상을 떠났다.

그날 밤은 길고 악몽으로 가득 찼다. 깨어나는 건 더 끔찍했다. 소녀는 침상에 앉아 아버지의 시신을 바라보았다. 소녀의 운명은 별 볼 일 없는 인물이었지만, 그런 소녀를 낳은 건 아버지였다. 그런데 지금 아버지가 무(無)로 돌아갔다. 그녀는 죄책감으로 몸을 떨었지만, 바뀔 건 없다는 걸 잘 알고 있었다. 아버지도, 식량도 없이 별 볼 일 없는 운명이 여전히 기다리고 있었다.

소녀가 중팔을 보고 놀랐다. 그는 눈은 뜨고 있었지만, 초가지붕을 응시한 채 움직이지 않았다. 소녀는 그도 죽은 게 아닌지 잠시 두려웠다. 하지만 소녀가 그의 몸을 흔들자, 그는 가느다란 한숨을 내쉬고 눈을 깜빡였다. 소녀는 뒤늦게 그가 죽을 수 없는 걸 기억했다. 그가 죽는다면 어떻게 위대한 인물이 될 수 있나. 그걸 알면서도 껍질만 남은 두 사람, 한 명은 살아있고 다른 한 명은 죽은 사람과 같은 집에 있다는 건 소녀가 그때까지 겪은 가장 두렵게 외로운 경험이었다. 소녀는 늘 사람들에 둘러싸여 살았다. 소녀는 혼자라는 게 무엇인지 상상해 보지도 않았다.

마지막으로 효도해야 할 사람은 중팔이었다. 그를 대신해, 소녀가 죽은 아버지의 손을 잡고 밖으로 끌어냈다. 아버지가 너무 야위어서 소녀가 가까스로 그렇게 할 수 있었다. 소녀는 집 옆 황토 위에 아버지 시신을 누이고 괭이로 땅을 팠다.

해가 떠올라 대지와 소녀와 하늘 아래에 있는 모든 걸 뜨겁게 달궜다. 소녀의 괭이질은 먼지를 조금씩 천천히 긁어내는 수준이었다. 그림자가 짧아지고 길어졌다. 무덤이 아주 조금 깊어졌다. 소녀는 배고픔과 목마름을 천천히 느꼈다. 소녀는 무덤에서 나와 양동이에 담긴 진흙물을 찾았다. 두 손으로 물을 떠서 마셨다. 소녀는 솥을 문지르던 고기를 먹다가, 쓴맛에 흠칫 놀랐다. 소녀는 집 안에 조상

위폐 앞에 놓인 두 개의 마른 동아 씨를 찾았다. 귀신에게 바친 음식을 먹으면 화난 귀신이 쫓아와 병에 걸려 죽게 한다고 마을 사람들이 말했던 걸 기억했다. 하지만 그게 사실일까? 소녀는 마을 사람 누구에게도 그런 일이 일어났다고 들은 적이 없었다. 그리고 귀신을 볼 수 없는데, 귀신이 했다고 어떻게 믿을 수 있나? 하지만 오랫동안 망설이다 결국 씨앗을 원래 자리에 두고 밖으로 나갔다. 그리고 작년에 심은 콩밭을 손으로 더듬어 마른 뿌리를 찾았다.

소녀는 뿌리를 반쯤 먹은 후, 나머지 반을 오빠에게 주어야 할지, 하늘이 알아서 그에게 먹을 걸 주리라고 믿어야 할지 곰곰이 생각했다. 결국, 소녀는 동정심에 이끌려 그의 얼굴 앞에 콩 뿌리를 흔들었다. 오빠가 아주 조금 움직였다. 그는 소녀가 전부 주지 않았다고 왕처럼 화내며, 잠시 생명의 불길을 태우는 듯했다. 하지만 불길이 곧 꺼졌다. 그의 눈이 초점을 잃었다. 그가 먹지도 마시지도 않고 누워만 있는 이유를 소녀는 몰랐다. 소녀는 다시 밖으로 나가 또 땅을 팠다.

해가 졌지만, 무덤은 겨우 무릎 깊이였다. 바닥도 윗부분처럼 선명한 노란색이었다. 소녀는 영혼들이 사는 노란 샘물[황천: 黃泉]까지 같은 색일 거라고 믿었다. 소녀는 중팔의 뻣뻣한 몸 옆에 누워 잠들었다. 아침에도 그는 여전히 눈을 뜨고 있었다. 오빠가 잠자다 일찍 깬 건지, 아니면 밤새 그러고 있었던 것인지 분간할 수 없었다. 소녀가 흔들자, 그는 숨은 쉬었다. 하지만 그것조차 반사적으로 하는 듯했다.

소녀는 그날도 물을 마시고 콩 뿌리를 먹으려 잠시 쉬며 계속 땅

을 팠다. 중팔은 그 자리에 계속 누워, 소녀가 물을 갖다 주어도 반
응을 보이지 않았다.

사흘째 아침 소녀는 해뜨기 전 잠에서 깼다. 혼자라는 외로움이
그 어떤 감정보다 무서웠다. 소녀 옆 침상이 비어있었다. 오빠가 없
었다. 소녀는 집 밖에서 오빠를 찾았다. 오빠는 달빛 아래 아버지의
시신 옆에서 누워있었다. 처음에 소녀는 그가 잠자고 있다고 생각했
다. 그녀는 무릎 꿇고 오빠를 만져보고도, 현실을 인식하는 데 한참
이 걸렸다. 소녀는 이해할 수 없었다. 중팔은 위대한 인물이 될 운명
을 지녔다. 그는 가문에 명예를 가져다줄 운명을 지녔다. 그런데 그
가 죽었다.

소녀는 화가 치솟아 스스로 놀랐다. 하늘이 오빠에게 위대한 인
물이 될 운명을 약속했는데, 그는 숨을 멈추며 삶을 포기했다. 그는
죽음을 선택했다. 소녀는 그를 향해 소리치고 싶었다. 소녀의 운명
은 언제나 별 볼 일 없는 인물이었다. 소녀에겐 언제나 선택의 여지
가 없었다.

소녀는 오랫동안 무릎을 꿇고 앉아있다가, 중팔의 목에서 반짝이
는 걸 보았다. 불교 부적이었다. 소녀는 아버지가 중팔을 살려달라
고 황각사에 갔던 이야기와 아버지가 했던 명세를 기억했다. 중팔이
살아남는다면 절에 가서 승려가 되어야 했다.

절. 그곳에는 먹을 게 있고, 비바람을 피하고, 도적으로부터 보호
받을 수 있다.

소녀에게 번쩍 새로운 인식이 떠올랐다. 소녀 안에 내재한 자기 삶
에 대한 인식. 모든 고난을 겪으며 그토록 악착같이 매달려온, 연약

하지만 신비롭게 귀중한 삶에 대한 인식이 생겼다. 소녀는 삶을 포기하는 걸 생각조차 할 수 없었다. 중팔은 계속 버티지 않고 삶을 포기하는 선택을 어떻게 그렇게 쉽게 했는지 이해할 수 없었다. 하지만 점쟁이가 그녀에게 말한 별 볼 일 없는 삶은— 배고픔의 두려움과 고통, 살면서 겪을 수 있는 그 어떤 고통보다 — 그녀가 생각할 수 있는 가장 큰 두려움이었다.

소녀가 손을 뻗어 부적을 만졌다. 중팔은 죽었다. '오빠가 나의 운명을 갖고 죽었다면, 어쩌면 내가 오빠의 운명을 받아 살 수 있지 않을까?'

소녀는, 별 볼 일 없는 삶이었지만, 앞으로 어떤 일이 생길지도 여전히 두려웠다. 손이 몹시 떨려 시신에서 옷을 벗기는 데 시간이 한참 걸렸다. 소녀는 치마를 벗고, 중팔의 무릎까지 내려오는 상의와 바지를 입었다. 그리고 땋은 머리를 풀어 남자아이처럼 보이게 했다. 마지막으로 소녀는 오빠의 목에서 부적을 떼어 자기 목에 동여맸다.

소녀는 남장을 마친 후, 일어나 두 시신을 무덤으로 밀어 넣었다. 아버지가 마지막 순간까지 아들을 껴안도록 했다. 시신을 흙으로 덮는 일은 힘들었다. 노란 흙이 무덤에서 날려, 달빛 아래서 반짝였다. 소녀가 마침내 괭이를 내려놓았다. 몸을 펴자 흙에 덮인 무덤 건너편으로 움직이지 않는 두 인물이 보여 공포에 질려 뒤로 움찔 물러났다.

달빛 아래 서있는 소녀의 아버지와 오빠가 다시 살아난 듯했다. 하지만 알에서 갓 부화한 새가 여우를 알아보듯, 본능적으로 소녀는 인간 세계에 속할 수 없는 무서운 존재를 알아보았다. 소녀는 죽은 사람들을 보며, 몸이 쪼그라드는 두려움에 질렸다.

아버지와 오빠의 유령은 살아있을 때와 달랐다. 햇볕에 탔던 피부는 창백하고, 재를 뿌려 놓은 듯 하얀 가루를 덮어쓰고, 탈색한 뼈처럼 하얀 누더기를 입고 있었다. 아버지의 머리카락은 늘 묶고 있던 상투가 아니라, 어깨 위로 풀어 헤쳐져 있었다. 귀신들은 움직이지 않았지만, 발은 땅에 닿지 않고 공중에 살짝 떠있었다. 그들의 시선에는 초점이 없었다. 귀신들의 꽉 다문 입술에서 인간의 말이 아닌, 이해할 수 없는 속삭이는 듯 중얼거리는 소리가 흘러나왔다.

소녀는 공포에 질려 몸은 마비되었지만, 두 유령에게서 눈을 떼지 않았다. 더운 날이었지만 유령들에게서 나오는 차가운 냉기에 소녀의 몸 안에서 모든 온기가 빠져나가는 듯했다. 소녀가 자기 운명에 대해 들었을 때 느꼈던, 별 볼 일 없는 운명이란 점쟁이의 말을 들었을 때 느꼈던 어둡고 차가운 촉감이 기억났다. 이빨이 딱딱 부딪치고 몸이 떨렸다. 갑자기 귀신이 보인다는 게 무슨 의미인가? 하늘이 소녀에게 결국 너는 별 볼 일 없는 인물이란 걸 다시 알려주는 것인가?

소녀가 떨면서 귀신들에게서 간신히 눈을 떼어, 어두운 언덕 사이로 난 길을 보았다. 소녀는 종리 마을을 떠나는 걸 상상도 해본 적이 없었다. 하지만 주중팔의 운명은 마을을 떠나야 했다. 살아남는 게 그의 운명이었다.

대기가 더 싸늘해졌다. 소녀는 차갑지만 실제로 존재하는 촉감에 놀랐다. 소녀의 피부를 부드럽게 감싸며 두드리는 물기. 비가 내리고 있었다. 너무 오래전 비가 내려서, 이제는 꿈처럼 잊은 희미해진 촉감이었다. 빗속에서 중얼거리며 초점을 잃은 두 눈으로 앞만 바라보는 두 귀신을 뒤에 두고, 소녀는 걸었다.

비 내리는 아침, 소녀는 황각사에 도착했다. 그녀는 구름 속에 떠 있는 돌로 지은 도시를 보았다. 저 멀리 높은 구름에서 희미한 빛을 받아, 우아하게 휘어진 초록색 기와가 부드러운 광택을 냈다. 절 문은 잠겨있었다. 그때야 소녀는 가난한 농부가 오래전 한 약속은 아무 의미도 없다는 걸 깨달았다. 소녀는 문 앞에 모여 받아달라고 울부짖으며 애걸하는 수많은 남자아이 중 한 명에 불과했다. 오후에 구름 같은 회색 승복을 입은 승려들이 나타나 그들에게 가라고 소리쳤다. 밤새 거기에 있던 아이들은 기다려봤자 소용이 없다는 걸 깨닫고 힘든 걸음으로 떠났다. 승려들은 그새 죽은 아이들의 시신을 들고 돌아가며 절 문을 닫았다.

소녀만 혼자 남아 이마를 차가운 절 돌에 숙이고 있었다. 비와 추위 속에서, 하루, 이틀 그리고 사흘 밤을. 소녀의 의식이 희미해졌다. 가끔 소녀가 깨어있는지, 꿈꾸고 있지는 분간할 수 없을 때, 소녀는 시야 언저리에 하얀 신발이 지나가는 걸 보았다. 의식이 조금 명료해져서 고통이 가장 심해지면 소녀는 오빠를 생각했다. 중팔이 살았다면 황각사에 와서 소녀가 기다리듯이 그도 기다렸을 것이다. 그리고 이것이 생애 첫 무서운 순간을 맞아 삶을 포기한 허약한 응석받이 중팔이 견뎌냈을 시련이라면 소녀도 견뎌낼 수 있었다.

소녀가 계속 버티자, 승려들이 가라고 두 배로 종용했다. 승려들은 소리를 질러도 소용이 없자, 욕을 해댔다. 욕도 소용이 없자, 승려들은 소녀를 때렸다. 소녀는 그 모든 걸 참았다. 소녀의 몸은 돌에 – 삶에 – 들러붙는 따개비가 되었다.

나흘째 되는 날 오후, 새로운 승려가 다가와 소녀를 내려다보았다. 이 승려는 소매와 옷자락에 황금 수를 놓은 붉은 승복을 입고 권위가 있어 보였다. 나이는 많지 않았지만, 턱살이 늘어져 있었다. 그의 날카로운 눈빛에는 자비심은 없었지만, 다른 승려들과 전혀 다른 특징을 보였다. 흥미였다.

"어허, 어린 형제. 고집이 세군." 그 승려가 감탄스럽다는 어조로 말했다. "누구신가?"

소녀는 나흘 동안 아무것도 먹지 않고 물만 마시고 그 자리에 무릎을 꿇고 있었다. 이제 소녀가 마지막 힘을 냈다. 그리고 주씨 집안의 둘째 딸인 그 소년은 하늘도 분명히 듣게 말했다. "제 이름은 주중팔입니다."

2

새로 들어온 견습 승려 주중팔은 자기 몸 안에서 울려 나오는 듯, 깊은 곳에서 쿵 하고 울리는 소리가 들려 잠에서 깼다. 소녀가 놀라고 있는 순간, 다시 몸 안의 뼈까지 울리는 맑은 쿵 소리가 들렸다. 기숙사 창호지에 불이 비쳤다. 주변은 온통 분주했다. 소년들이 소매가 넓은 회색 승복을 입고 문을 향해 뛰었다. 주는 맨 뒤에서 뛰었다. 소녀의 회색 승복이 다리에 감겼다. 소녀가 중팔이 되려면 그만큼 빠르게 뛰어야 하고, 그보다 더 빠르게 생각하고, 그처럼 보여야 했다. 소녀는 다른 소년들보다 작았지만, 커다란 승복 덕분에 그들과 크게 달라 보이지 않았다. 소녀는 솜털조차 없을 정도로 짧게 깎은 머리를 만졌다.

뛰어가는 소년들의 거친 숨소리와 발소리가 울리는 북소리와 음악처럼 조화를 이뤘다. 주는 뒤따르며, 옥황상제가 사는 하늘나라로 오르고 있다는 생각이 들어, 입이 저절로 벌어졌다. 검은 기둥 위로 세운 황금 처마 끝에 불을 밝힌 등을 매단 높은 전각이 눈앞에 나타났다. 그 전각 뒤로 계단이 어둠 속에서 산 위로 아득히 뻗어있었다. 아직 날이 밝지 않아, 절은 어두운 산속으로 끝없이 이어지는 끝이 없는 세상처럼 보였다.

소년들이 긴 줄을 그리며 대웅전으로 올라가는 승려들과 합류했다. 승려들이 앞줄부터 좌우로 갈라져, 각자 정해진 공간을 찾아 가부좌를 틀고 앉았다. 주는 마지막으로 들어가며, 같은 간격으로 고대 황제의 무덤 앞에 세운 조각처럼 미동도 없이 대웅전을 꽉 채운 승려들을 보았다.

북소리가 멈췄다. 종소리가 한 번 더 울리고 조용해졌다. 분주하던 절이 놀랍게 빠르게 깊은 침묵 속에 빠졌다. 침묵이 너무 완벽해서, 마침내 목소리가 들렸을 때, 다른 세상에서 온 신비로운 소리인 듯했다. 주를 받아들인 붉은 승복을 입은 승려의 목소리였다. 그가 염불을 외고 있었다. 그 묵중함이 커다란 바위처럼 주의 온몸을 눌렀다. 주는 황홀경에 빠져 숨조차 쉴 수 없었다. 잠시 후 그 승려가 염불을 멈추자, 다른 목소리들이 이어받아 메아리치는 낮은 염불 소리가 거대한 대웅전을 가득 채웠다. 그런 후 목어가 울리고, 이어 종소리가 난 후, 승려들과 소년들이 벌떡 일어나 대웅전 밖으로 일제히 나갔다. 주도 그 뒤를 따랐다.

다음에 간 장소는 보기도 전에 냄새로 알 수 있다. 주는 가난한 농부의 딸이어서 불쾌감을 느껴본 적이 없었다. 하지만 승려들과 소년들이 일제히 소변과 대변을 보는 장면은 충격적이었다. 뒷걸음쳐 벽에 기대어 기다렸다가 모두 떠난 뒤 그녀도 용변을 보고, 그들이 간 곳을 찾아 뛰었다.

마지막 회색 승복이 어떤 문으로 휙 들이갔다. 역시 냄새로 그곳이 어딘지 알 수 있었다. 하지만 이번 냄새는 무한대로 행복했다. 음식이었다. 아무 생각 없이 주가 안으로 뛰어들었다. 하지만 갑자기 누군가 소녀의 옷깃을 잡아 뒤로 확 낚아챘다.

"견습 승려! 종소리를 듣지 못했나? 지각했다." 승려가 주에게 대나무 막대기를 휘둘렀다. 소녀의 심장이 멎는 듯했다. 안을 들여다보자, 긴 방에 승려들과 소년들이 각자 낮은 식탁 앞 방석에 앉아있었다. 한 승려가 식탁 위에 사발을 놓고 있었다. 그녀는 배에 통증을 느꼈다. 잠시 소녀는 먹지 못할 거로 생각했다. 그건 어떤 두려움과도 비교할 수 없는 가장 끔찍한 공포였다.

"새로 온 게 틀림없구나. 벌을 받을래, 아니면 굶을래." 승려가 말했다. "어떻게 할래?"

주가 그를 빤히 바라보았다. 소녀가 들어본 가장 멍청한 질문이었다.

소녀가 손을 내밀자, 승려가 막대기로 때렸다. 그리고 소녀는 뛰어들어 가 숨을 헐떡이며 가장 가까운 빈자리에 앉았다. 사발에 담긴 음식이 소녀 앞에 놓였다. 허겁지겁 먹었다. 소녀가 먹어본 최상의 음식이었다. 맛있게 씹히는 보리밥과 겨자에 버무린 시큼한 채소와 달콤하게 발효된 된장을 넣고 삶은 무. 매번 씹을 때마다 새로운 느낌이었다. 소녀가 식사를 마치자마자, 식사 당번 승려가 사발에 물을 부었다. 다른 소년들처럼 주도 물을 벌컥벌컥 마시고 소매 끝으로 사발을 닦았다. 식사 당번 승려가 다시 돌며 사발을 걷어 갔다. 먹고 씻는 식사 의식이 찻물 끓이는 시간보다 빠르게 진행됐다. 그런 후 성인 승려들이 일어나, 순식간에 밖으로 나갔다.

다른 소년들과 함께 일어나며, 주는 이상하게 배가 아픈 걸 느꼈다. 잠시 후 소녀는 그게 뭔지 깨달았다. '배가 불렀다.' 소녀는 놀랐다. 종리 마을을 떠난 이후 처음으로, 아버지가 소녀를 도적 떼에게 넘기려 하고, 별 볼 일 없는 인생이 무엇인지 절실히 깨달은 이후 처음으로 소녀는 살아남을 수 있다고 믿게 되었다.

어린 소녀부터 거의 20세가 다 된 성인까지 포함된 견습 승려는 나이에 따라 여러 무리로 나뉘었다. 주는 가장 어린 견습 승려 뒤에서 끝없이 이어진 계단을 빠르게 올랐다. 서늘한 푸른 새벽바람에 소녀의 입김이 하얗게 날렸다. 우거진 푸른 산등성이 그들 옆에서 위로 솟아있었다. 숲의 맛이 혀에 닿았다. 소녀가 그때까진 알지 못했던 풍요로운 숲속 생명의 맛이었다.

저 아래 어디선가 박자에 맞춰 나무를 두드리는 소리와 종소리가 들렸다. 이제는 날이 밝아서, 주는 절이 산기슭을 깎아 지은 계단식 건축인 걸 알았다. 층마다 초록색 지붕의 목조 건물들이 가득 들어찼고, 그 사이로 마당과 복잡한 좁은 길이 무수히 나 있었다. 향이 피어올랐다. 어둑한 한쪽 구석에 높이 쌓아 올린 과일과 구름 같은 무리가 보였다. 수많은 승려였다. 차가운 바람이 바싹 깎은 소녀의 머리를 스쳤다.

소녀의 심장이 마구 뛰었다. 소녀는 자신도 모르게 위로 뛰고 있었다. 다행히 잠시 후 견습 승려들이 가장 높은 곳에 있는 목적지에 도착했다. 그들은 신발을 벗고, 바람이 잘 통하는 긴 방으로 들어갔다. 한쪽 벽으로 격자 문양이 있는 창들이 활짝 열려, 아래 있는 골짜기의 잘 정리된 농지가 보였다. 바닥에는 수백 년에 걸쳐 반들거리게 닦여, 발이 닿을 때마다 차가운 액체처럼 느껴지는 마루가 있었다. 그 위로 십여 개의 낮은 책상이 놓여있었다.

소녀는 빈 책상에 앉아, 위에 놓인 이상한 물건들을 만져보았다. 부드러운 검은 털이 있는 붓과 흰 옷감처럼 보이는 네모난 물건. '종이'였다. 낮은 부분에 물이 고여있는 돌 접시. 손에 검정을 묻히는 작은 검은 막대. 다른 소년들은 벌써 검은 막대를 돌 접시에 갈고 있었다. 주도 그들을 따라 하니, 돌 접시의 물이 눈동자처럼 검게 변하는 걸 보고 점점 더 재미를 느꼈다. '먹물'이었다. 소녀는 자신이 이야기로만 듣는 마법 같은 물건들을 종리 마을에서 처음 본 사람이 아닐까 생각했다.

그때 한 승려가 들어와 대나무 막대기로 자기 손바닥을 '탁' 쳤다. 중간이 반으로 잘린 대나무가 너무 큰 소리를 내서, 주가 벌떡 일어났다. 잘못이었다. 승려가 소녀를 날카롭게 바라보았다. "오, 그래. 새로 온 아이군." 그가 불쾌하게 말했다. "먹다 버린 뼈다귀에 달라붙는 개미처럼 엄청난 끈기를 보인 아이군. 하지만 네가 여기 있으려면 그보단 좀 더 나은 능력을 보여주어야 해."

승려가 주의 책상으로 조용히 다가왔다. 주는 두려웠지만 그를 올려다보았다. 검게 타고 흙 묻은 종리 마을의 가난한 농부들과는 달리 승려의 얼굴은 두부처럼 하얗고 잔주름이 졌다. 모든 주름이 심술궂게 아래로 처져있었다. 그가 어떤 물건을 책상 위에 던져 놓아,

소녀가 또다시 벌떡 일어났다. "읽어."

주는 악몽을 꾸듯 알 수 없는 두려움을 느끼며 그 물건을 봤다. '책'이었다. 소녀가 천천히 책을 펴니, 줄줄이 이어진 이상한 모양들이 보였다. 각 모양은 나뭇잎처럼 독특했다. 나뭇잎 모양으로 보일 뿐, 한 글자도 읽을 수 없었다.

"당연하지." 승려가 비웃었다. "냄새나고 글도 모르는 무지렁이 농부의 자식을 학식 있는 승려로 가르치라고. 흥, 주지 스님이 기적을 바란다면 견습 승려 교육자로 보살을 임명했어야 옳지. 내가 수련받았을 때는, 밤낮으로 큰 소리로 지도하는 스님들이 있었지. 우리는 쓰러질 때까지 공부했고, 다시 일어나면 매를 맞고, 매일 한 끼만 먹고 하루 3시간만 잠잤어. 우리는 아무 생각도, 의지도, 자아도 없을 때까지 그렇게 했어. 우리는 순수한 빈 그릇이 되었지. 견습 승려는 그렇게 수련시켜야 해. 부처님의 말씀만 알면 되지, 깨달음을 얻은 보살에게 세속적 지식이 왜 필요하지? 그런데 이 주지 스님은…." 그가 입술을 찌푸렸다. "이 주지 스님은 생각이 달라. 그분은 승려들에게 글을 읽고 쓰고, 계산하는 방법도 배우라고 하셔. 마치 우리 절이 물건을 빌려주고 이자나 챙기는 쩨쩨한 장사꾼인 것처럼! 나는 주지 스님과 생각이 달라. 하지만 너희를 가르치는 힘든 업무를 내가 맡게 됐다."

그가 소녀를 경멸하며 바라보았다. "나는 주지 스님이 무슨 생각으로 너를 받아들였는지 모르겠다. 네 몸을 봐라! 귀뚜라미도 너보다 크겠다. 어느 해에 태어났냐?"

주가 고개를 숙이고 처음 보는 책 냄새를 맡았다. "돼지…." 소녀는 오랫동안 말하지 않아, 목소리가 잘 나오지 않았다. 목을 가다듬고 간신히 말했다. "돼지해요."

"11살! 일반적으론 12살에 들어와야 해." 승려가 화낼 일이 하나 더 늘었다. "주지 스님이 너를 총애해서, 네가 특별하다고 생각하지, 주?"

주가 자기 잘못으로 미움받는 거로 충분했다. 이제 교육 담당 승려는 주지 스님이 소녀를 받아들인 걸 자기 업무에 부당한 개입이라고 생각했다. 주는 가슴이 철렁 내려앉았다. "아니에요." 소녀가 더듬거리며 말했다. 소녀는 승려가 진실을 알길 바랐다. '저는 그저 살고 싶어요.'

"올바른 대답은 '아니에요, 팽 사부님.'이야". 그가 딱딱하게 말했다. "주지 스님이 너를 받아들였지만, 이곳은 나의 영역이다. 네가 제대로 하고 있는지 결정하는 건 나야. 네가 한 살 어리다고 특별히 봐주진 않겠다. 그러니 수행을 잘하든지, 아니면 지금 당장 떠나라!"

'떠나라.' 두려움이 밀려왔다. 절 밖에는 소녀가 버리고 떠나온 운명만 있는데, 어떻게 떠날 수 있나? 그러면서 소녀는 가장 어린 소년보다 1살 어린 게 아니라는 걸 뼈저리게 알고 있었다.

중팔이라면 1살 어렸을 거다. 소녀는 그다음 해인 쥐띠해에 태어났다. 그래서 2살 어렸다. 소녀가 다른 소년들을 따라갈 수 있을까?

'쓸데없는 계집애.' 자신은 왕인 듯 소녀를 그렇게 부르던 오빠의 얼굴이 눈앞에 아른거렸다.

소녀가 단단히 새롭게 결심했다. '나는 너보다 더 너 같을 수 있어.'

소녀가 책상에 머리를 조아리며 황급히 말했다. "최선을 다하겠습니다!"

소녀는 팽 사부가 삭발한 자기 머리를 노려보는 걸 느낄 수 있었다. 그가 막대기로 찔러, 소녀의 상체를 바로 세웠다. 그가 붓을 들고, 종이 오른쪽 위에서 아래로 세 글자를 휘갈겨 썼다. "주중팔(朱重八). 행운의 팔(八) 자가 두 배군. 이름에 뜻이 있다더니, 운이 좋은 게 틀림없군! 하지만 내 경험으로 운 좋은 사람들은 게을러." 불쾌한 듯, 그가 입술을 꿈틀거렸다. "그래 제대로 하는지 보자. 너의 이름과 기초 한자 교본의 첫 100자를 익혀라. 내일 그걸 시험 보겠다." 그의 싸늘한 눈길에 주는 몸을 떨었다. 소녀는 그게 무슨 의미인지 정확히 알고 있었다. 그는 소녀를 감시하려고 한다. 소녀가 학습에 뒤처지거나 실수할 때를 기다리며.

'나는 쫓겨날 수 없어.'

소녀가 종이 위에서 말라가고 있는 글자를 보았다. 소녀는 평생 운좋은 적도 없었지만, 게으른 적도 없었다. 살아남기 위해 배워야 한다면 배울 것이다. 소녀가 붓을 들고 쓰기 시작했다. '주중팔(朱重八)'

주는 평생 이토록 지쳐본 적이 없었다. 얼마 지나면 가물가물해지는 배고픈 고통과 달리, 피곤은 시간이 흐를수록 더 고통스러운 고문인 게 분명했다. 소녀는 새로운 지식을 끝없이 배워야 해서 머리가 아팠다. 처음에 소녀는 팽 사부가 준 천자문(千字文)을 외우는 데 도움을 주는 노래를 배웠다. 그런 후 늙은 스님으로부터 이해할 수 없는 경전을 암송하는 강좌를 배웠다. 그리고 사찰 행정을 담당하는 스님으로부터 주판을 배워야 했다. 유일한 휴식은 점심시간이었다. '하루에 두 끼.' 주가 믿을 수 없을 정도로 풍족한 식사였다. 하지만 점심 식사 후 또 수업이 있었다. 시(詩)와 과거 왕조들의 역사. 소녀가 상상할 수 있는 범위에서 가장 멀었던, 걸어서 이틀이나 걸렸던 하조우보다도 훨씬 더 먼 지방의 지명들. 온종일 수업받은 후, 소녀는 팽 사부의 말이 이해됐다. 승려가 불경 외에 더 많은 걸 배워야 할 필요가 무엇인지 소녀는 알 수 없었다.

늦은 오후부터 초저녁까지 견습 승려들은 잡일을 했다. 주는 강에서 두 양동이의 물을 길어, 어깨에 메는 막대기 양쪽에 양동이를 걸고 산 위로 올라갔다. 공부 때문에 지치지 않았다면 소녀는 웃음이 나올 지경이었다. 이상한 새 세상에서 소녀는 다시 물을 긷고 있었다. 온종일 공부하면서 소녀는 물에 빠져 죽는 듯한 공포를 느꼈지만, 이 일만큼은 잘할 수 있었다.

소녀가 불과 3걸음을 걸었을 때, 한쪽 양동이가 어깨에 메는 막대기에서 갑자기 떨어졌다. 다른 쪽 양동이로 균형을 잃고 쓰러져, 무릎을 바윗길에 세게 부딪쳤다. 한동안 소녀는 양동이의 물이 엎질러지지도, 양동이가 산 아래로 굴러떨어지지도 않은 걸 다행히 여길 겨를이 없었다. 정신이 아찔할 정도로 통증이 심했다. 얼마 후 통증이 조금 가라앉아, 소녀는 어깨에 메는 막대기를 살펴보았다. 왼쪽 양동이를 매는 밧줄이 끊어져, 하얀 섬유질 가닥이 드러났다.

그녀가 막대기를 보고 있는데, 물을 긷던 다른 소년이 뒤에서 다가왔다. "안됐구나." 그가 맑고 유쾌한 목소리로 말했다. 13살이나 14살쯤 된 소년은 기아에 시달린 주의 눈에는 다른 세상에서 온 듯 크고 건강했다. 주가 그동안 만난 사람들은 하늘에서 그냥 굴러떨어진 듯 초라한 모습이었다. 하지만 소년의 이목구비는 자비로운 부처님 얼굴처럼 조화롭고 우아했다. 이 이상하고 새로운 세계의 또다른 잘 만든 조각인 듯, 소녀가 그를 바라보았다. 그가 미소 지으며 말했다. "그 막대기는 견습 승려 판이 떠난 뒤 사용하지 않았어. 밧줄이 썩었을 거야. 절 살림을 관장하는 곳에 가서 고쳐…"

"왜요?" 주가 물었다. 소녀는 뭔가 잘못 본 게 있는지, 들고 있는 섬유를 다시 보았다. 그저 풀어진 가닥만 보였다. 다시 꼬면 성한 밧줄로 만들 수 있었다.

그가 이해할 수 없다는 듯 소녀를 쳐다보았다. "그러면 누가 그걸 고칠 수 있니?"

주는 세상이 거꾸로 뒤집히는 듯 휘청거리는 느낌을 받았다. 소녀는 모든 사람이 줄을 꼴 줄 안다고 생각했다. 그건 소녀에게 숨 쉬는 것처럼 당연했다. 소녀는 평생 줄을 꼬아왔다. 하지만 그건 여자가 하는 일이었다. 순간 소녀는 깨달았다. 소녀는 주중팔이라면 하지 않을 일은 할 수 없다는걸. 소녀는 주변의 견습 승려뿐만 아니라, 하늘의 눈으로부터도 여자라는 걸 숨겨야 했다. 소녀가 주중팔의 삶을 훔친 걸 하늘이 안다면….

그 생각이 들자, 등골이 서늘해졌다. '내가 주중팔의 삶을 계속 살려면 나는 주중팔이 되어야 해. 생각과 말, 행동까지….'

소녀는 큰 실수를 저지를 뻔한 걸 알고 식은땀을 흘렸다. 소녀는 밧줄을 떨구고, 다른 양동이의 줄을 풀고, 두 양동이를 손잡이로 잡고 들었다. 어깨에 메는 막대기가 없으니 양동이가 두 배는 무거워졌다. 소녀는 나중에 막대기를 가지러 오려고 생각했다.

하지만 소년이 주의 막대기를 들어, 미소 지으며 자기 막대기와 함께 어깨에 메었다. 주는 놀랐다. "가자." 그가 기분 좋게 말했다. "양동이의 물을 부은 후, 절 살림을 관장하는 곳을 알려줄게."

함께 산을 오르면서, 그가 말했다. "내 이름은 서달이야."

양동이의 손잡이가 주의 손바닥을 파고들고 등도 몹시 아팠다. "저는…."

"주중팔." 그의 목소리는 마음을 편안하게 해주었다. "나흘을 기다린 아이. 누가 그걸 모르니? 사흘이 지난 후, 우리는 너를 받아주길 바랐어. 그 절반을 버틴 아이도 없어. 너는 작지만, 당나귀처럼 억세구나."

그건 억센 게 아니라 단지 절박한 심정이었다고 주는 생각했다. 소녀가 숨을 헐떡이며 말했다. "견습 승려 판에게 무슨 일이 있었어요?" "아." 서달이 안타깝다는 표정을 지었다. "팽 사부는 머리가 나쁘거나 쓸모없다고 생각하는 사람을 싫어하는 걸 너도 봤지. 판은 첫날부터 힘들었어. 그는 허약한 아이였는데, 열흘 정도 지나자 팽 사부가 쫓아냈어." 주의 걱정을 눈치채고, 그가 빠르게 말했다. "너는 그 애와 달라. 너는 벌써 잘하고 있어. 대부분 새내기는 절에 처음 와서 물을 긷지도 못해. '이건 여자가 하는 일이야. 왜 우리가 이런 일을 해야 하지?'라고 새내기들은 불평하지. 절에서 살게 되었다는 걸 모르는 거야." 그가 웃었다.

'여자가 하는 일.' 주는 불안하고 가슴이 뜨끔 찔려, 그를 자세히 보았다. 하지만 그의 얼굴은 부처님처럼 평온했다. 그는 전혀 의심하지 않았다.

두 사람이 절 살림을 관장하는 건물로 갔다. 주는 조심성이 없다고 종아리를 한 대 맞았다. 그리고 서달이 소녀를 기숙사로 데려갔다. 주는 처음으로 기숙사를 제대로 볼 수 있었다. 기숙사는 한쪽 벽에 일렬로 소박한 침상이 놓인 장식 없는 긴 방이었다. 다른 쪽 벽에는 천 개의 손과 천 개의 눈을 가졌다는 60센티미터 정도 높이의 조각이 있었다. 소녀는 불안한 마음으로 조각을 바라보았다. 그런 신체는 불가능하지만, 그렇게 살아있는 듯한 물건을 본 적도 없었다. "우리를 재앙으로부터 보호해주셔." 서달이 씩 웃으며 말했다. 다른 소년들은 벌써 승복을 벗어 접어, 침상 발아래 깔끔하게 놓고, 둘씩 짝지어 무늬 없는 이불 속으로 들어갔다. 주가 빈 침상을 찾으려 둘러보자, 서달이 편안하게 말했다. "너는 나와 함께 자도 돼. 나는 견습 승려 리와 함께 잤는데, 며칠 전 그는 정식 승려가 됐어."

주는 잠시 머뭇거렸다. 아직 겨울도 아닌데, 기숙사 안은 몹시 추웠다. 그녀는 서달 옆에 얼굴을 반대 방향으로 돌리고 누웠다. 한 소년이 돌아다니며 등을 껐다. 복도에 있는 등불이 기숙사 창호지를 비춰, 어둠 속에서 창호지가 긴 황금색으로 바뀠다. 소녀 주변에서 다른 소년들이 속삭이며 부스럭거렸다. 주는 피곤해 몸이 떨릴 지경이었지만, 팽 사부가 소녀에게 준 글자들을 외우기 선에는 잠잘 수 없었다. 소녀는 천자문을 속으로 노래하며, 손가락으로 한 글자씩 바닥에 조심스럽게 그렸다. 하늘 천(天), 땅 지(地), 검을 현(玄), 누를

황(黃). 그녀는 스르르 잠들다가 갑자기 깨곤 했다. 그건 고문이었지만, 치러야 할 대가라면 소녀는 치를 수 있었다. '나는 할 수 있어. 나는 배울 수 있어. 나는 살아남을 수 있어.'

소녀가 마지막 4자를 외우고 있는데, 산들바람이 불어 등불을 흔들 듯, 창호지에 비친 등불이 희미해졌다가 방향이 바뀌었다. 하지만 바람 한 점 없는 고요한 밤이었다. 소녀는 이유를 알 수 없는 두려움에 소름이 돋았다. 그런 후 창호지에 그림자들이 나타났다. 복도를 따라 줄지어 미끄러지듯 가는 사람들. 그들의 머리카락은 길고 엉켜있었고, 주는 그들의 목소리를 들을 수 있었다. 그들은 공포를 불러일으키는 외롭고 알 수 없는 중얼거리는 소리를 냈다.

주는 종리 마을을 떠나던 날 충격과 배고픔 때문에, 악몽에서 아버지와 오빠의 유령을 본 거라고 믿고 있었다. 이제 다시 그녀는 이 세상이 아닌 다른 세상 사람들의 행렬을 보면서, 순간 그건 실제였던 걸 깨달았다. 두려움이 일어났다. 소녀는 절박하게 생각했다. '내 생각이 옳을 리 없어. 내가 절에 대해 얼마나 알고 있나? 분명 평범하고 쉽게 설명될 수 있는 현상일 거야.'

"서달 사형." 그녀가 다급하게 말했다. 소녀는 목소리가 떨리는 게 부끄러웠다. "저 사람들은 어디로 가고 있어요?"

"누구?" 그는 반쯤 잠이 깨어있었다. 떨고 있는 소녀의 몸에 그의 몸이 푸근하고 따뜻하게 닿았다.

"복도에 있는 사람들이요."

그가 창호지를 졸린 눈으로 바라보았다. "음. 야간 감독 승려? 밤새 혼자 순찰해."

두려움에 주의 간이 콩알만 하게 쪼그려 들었다. 서달이 말하는 순간에도, 기괴한 사람들의 행렬은 계속 지나갔다. 석양에 비친 나무처럼 그들의 그림자가 창호지에 선명했다. 소녀는 낮에 보았던 어두운 구석에 놓인 과일 공양 앞에 모여있던 흰옷을 입은 사람들을 기억했다. 그 공간도 지금 밤처럼 어둑했다. 소녀는 영혼의 세계는 음(陰)이어서 어둡고 축축하고 달빛에 속한다는 이야기를 알고 있었다. '나는 유령을 볼 수 있다.' 소녀의 몸이 오그라들어 근육에 경련이 일었다. 소녀의 두려움이 극도에 달했을 때, 행렬이 끝났다. 마지막 유령이 사라지자, 등불이 흔들리지 않았다. 소녀는 피곤함을 느끼며 한숨 쉬었다.

서달은 주의 입김이 그의 귀에 닿아 깨었다. 그가 흥미롭다는 듯 중얼거렸다. "사제, 부처님이 우리를 보호해 주셔. 팽 사부님 말씀 중 하나는 옳군. 너는 고약한 냄새가 나. 목욕할 날이 곧 다가와 다행이다…"

주는 귀신은 잊고 갑자기 잠이 확 깼다. "목욕하는 날이요?"

"여름에는 일주일에 한 번씩 해. 이제는 다시 따뜻해질 때까지 한 달에 한 번 목욕해." 그가 잠결에 중얼거렸다. "목욕하는 날이 최고야. 아침 공양도 없고. 잡일도, 수업도 없고. 견습 승려들은 목욕물을 데워야 해. 하지만 부엌에 들어가면 온종일 차를 마실 수 있고…"

주는 공동 화장실을 생각하며, 목욕이 크게 잘못될 수 있다는 걸 깨달았다. "우리도 한 명씩 순서대로 하나요?"

"그러면 얼마나 걸리겠니? 승려가 400명인데. 주지 스님만 혼자 목욕할 수 있어. 제일 먼저 들어가시지. 우리 견습 승려들은 마지막으로 들어가. 그때가 되면 물은 진흙탕 같지만, 우리는 원하는 만큼 오래 목욕할 수 있어."

주는 수십 명의 소년 앞에서 벌거벗은 자기 모습을 보았다. 소녀가 단호하게 말했다. "저는 목욕이 싫어요."

이번엔 분명히 사람 모습을 한 인물이 복도로 들어와, 갈라진 대나무로 기숙사 문에 세게 쳤다. "침묵!"

야간 감독 승려가 지나가자, 소녀는 어둠 속에서 초조해졌다. 주중팔이 되려면 그가 할 일만 하면 충분하다고 생각했다. 소녀는 점쟁이가 주중팔의 진맥을 보고 그의 운명을 알았던 걸 기억했다. 그의 운명은 그의 몸 안에 있었다. 소녀가 종리 마을에 모든 걸 버리고 떠나왔지만, 소녀 몸 안에는 여전히 별 볼 일 없는 인물이 남아있었다. 복도 등불이 천 개의 눈을 가진 황금빛 부처 조각상에 희미하게 비쳤다. '어떻게 감히 내가 하늘을 속일 수 있다고 생각했을까?'

소녀의 마음속에서 팽 사부가 쓴 오빠의 이름 석 자가 떠올랐다. 소녀는 그 이름을 팽 사부처럼 쓰지 않고, 단지 그림처럼 그렸었다. 소녀가 그린 그림처럼, 소녀는 몸 안에 진짜 주중팔은 없고, 그저 주중팔의 흉내만 낼 뿐이었다.

목욕하는 날은 일주일 남았지만, 그게 더 나빴다. 앞에 놓인 길이 산 밑으로 무너져내린 걸 알면서도, 그 길을 걷는 걸 멈출 수 없는 것 같았다. 주는 절에서의 삶은 쉴 틈이 없는 걸 곧 알게 되었다. 수업과 잡일, 또 다른 수업, 그리고 저녁에는 배워야 할 새로운 한자가 있었고, 전날 배운 한자도 기억해야 했다. 밤이면 유령들이 나타나는 걸 알지만, 피곤해서 잠자리에 드는 순간 잠에 빠져들었고, 한숨 잤는가 싶으면 다시 아침 예불이 있었다. 다르긴 했지만, 절에서의 삶은 종리 마을에서처럼 단조로웠다.

그날 아침 소녀와 서달은 무릎 깊이까지 빠지는 얼음같이 차가운 물이 담긴 돌 빨래통에서 더러운 천을 빨고 있었다. 수업 대신, 그날은 절에서 한 달에 두 번 있는 빨래하는 날이었다. 이따금 다른 소년이 비누 역할을 하는 끈적끈적한 삶은 콩을 가져와 빨래통에 부었다. 다른 소년들은 빨래를 헹구고, 물을 짜고, 풀을 먹여 다름질했다. 마당에 선 은행나무의 잎이 노랗게 변해 열매를 떨구어, 아기가 토한 듯한 불쾌한 냄새를 빨래 냄새에 더했다.

주는 정신없이 빨래를 비벼댔다. 소녀는 별 볼 일 없는 인물이 될 자기 운명을 알고 있었지만, 간단히 포기하고 하늘이 자신을 원래 운명으로 되돌려놓게 할 수 없었다. 주중팔로 계속 영원히 그럴 순 없어도, 최소한 한 달이나 1년은 지낼 방법이 절실히 필요했다. 하지만 새로운 일상을 알면 알수록, 그럴 가능성은 적어 보였다. 절에서는 내일 모든 순간이 감시받았다. 숨을 곳이 없었다.

"날씨가 추울 땐, 빨래하는 날을 건너뛸 수 없나? 봄철 쟁기질이 이보단 낫겠다." 서달이 불평했다. 두 사람의 손이 차가운 물로 빨갛게 변해 몹시 아팠다.

"거의 점심시간이에요." 주가 비누 콩을 보며, 잠시 음식 생각을 했다. 식사는 아직도 하루 중 가장 행복한 순간이었다.

"굶주림을 겪고 자란 사람만 절 음식을 좋아할 거야. 네가 저 비누 콩을 쳐다보는 걸 봤어. 그걸 먹을 순 없잖아!"

"왜 그렇죠?" 주가 말했다. "콩이잖아요. 어쩌면 맛있을 거예요." 이제 소녀는 소년들과 친근하고 장난스러운 말투에 익숙해져서 이런 대화가 즐거웠다. 소녀는 중팔과 나누던 말은 이젠 기억할 수 없었다.

"그건 비누야." 서달이 말했다. "배에서 부글부글 거품이 일걸. 어쩌면 더 아플 수도 있지. 이번은 일상적인 빨래하는 날이야. 허난성 몽골 제후가 방문했을 땐, 승복을 모두 빨고 풀을 먹여야 했어." 그가 다른 것도 알려줬다. "반군들도 찾아오지만, 그들은 일반적인 사람들이야. 우리는 신경 쓰지 않아." 주가 멍한 표정을 짓자, 그가 말했다. "농민 반군들이야. 우리가 태어난 후로 가장 큰 반란이야. 주지 스님은 반군들이 이 지역에 오면 그들의 지도자를 초청해. 주지 스님은 모든 사람과 원만하게 지내면 상황이 어떻게 끝나든, 우리 절이 무사할 거라고 말씀하셔."

주는 자신이 팽 사부와 원만하게 지내지 못하는 게 두려웠다. 소녀가 울적한 마음이 들어 물었다. "사형, 견습 승려는 실수하면 늘 쫓겨나요? 아니면 그냥 벌만 받나요?"

"팽 사부는 할 수 있다면 견습 승려를 한 명도 남기지 않고 쫓아낼걸." 서달이 별생각 없이 말했다. "팽 사부는 화가 나면 우리를 엄청나게 괴롭혀." 그들은 긴 천을 함께 빨래통에서 꺼내, 빨래 말리는 통에 넣었다. "내가 절에 온 지 얼마 안 됐을 때, 팽 사부에게 혼났어. 나는 그날 검은콩을 발효시키는 항아리를 젓고 있었어. 팽 사부가 나를 불안하게 만들어서, 실수로 콩 항아리를 그의 머리에 쏟았어." 서달이 머리를 흔들며 크게 웃었다. "발효된 콩 냄새가 얼마나 고약한지 알아? 다른 스님들이 팽 사부를 팽 방귀라고 부르며, 다음 빨래하는 날까지 공양할 때나 명상할 때 옆에 앉지 않으려 했어. 팽 사부가 엄청나게 화났어."

멀리서 점심시간을 미리 알리는, 금속 두드리는 소리가 났다.

"그다음 날이 중추절이었어. 그날이 오면 우리 견습 승려들은 산 위에 올라, 등불로 가득 찬 절을 내려다봐. 하지만 팽 사부는 나 혼자 화장실 청소를 하라고 했어. 내가 냄새나는 놈이니 그게 적절하다나." 서달이 빨래통에서 나와 몸을 말리기 시작했다. "왜 걱정하니? 팽 사부라도 이유 없이 아무나 쫓아낼 수 없어. 너 무슨 장난을 꾸미고 있는 건 아니지?" 종소리가 울리자, 그는 씩 웃으며 식당을 향해 계단 위로 뛰었다. "따라와! 일을 너무 많이 했더니, 나도 절 음식을 먹고 싶다."

주가 뒤에서 걸으며 생각했다. 서달의 이야기를 듣고, 한 가지 계책이 떠올랐다. 성공 확률이 어떻든, 계책이 있는 게 포기하는 것보다는 낫다는 희망에 그녀는 필사적으로 매달리고 있었다.

하지만 성공할 수도 있다고 속으로 다짐하면서도, 계단을 하나씩 오를 때마다 두려움에 그녀의 심장이 마구 뛰었다.

다른 소년들은 목욕하는 날을 세속에 있을 때 설날처럼 좋아하는 게 분명했다. 그와는 반대로, 주는 해가 뜰 때까지 침상에 누워, 앞으로 있을 일을 걱정했다. 아침 식사는 식당이 아니라 부엌에서 먹었다. 그리고 커다란 솥에 불을 지피면서 계속 차를 마셨다.

"견습 승려!" 부엌에서 불을 관장하는 승려가 그녀를 어깨에 메는 막대기로 툭 쳤다. "주지 스님이 목욕을 거의 끝냈다. 그다음 스님들을 위해 뜨거운 물 두 양동이를 목욕탕에 넣어."

주는 양동이를 매단 막대기를 잡으며 생각을 한군데에 온통 집중했다. '이게 살아남을 길이라면 나는 할 수 있어. 해야만 해.'

소녀는 생각에 골몰해있어, 서달이 다가와 다른 양동이를 들어주자 깜짝 놀랐다. 그는 소녀의 속마음을 알 수 없었지만, 피곤해서 그런다고 생각했다. "내가 도와줄게. 내가 할 땐 네가 도와줘."

"그러면 우리가 한차례 힘들게 물을 나르는 것보다 두 번 쉽게 나르는 거네요." 주가 서달의 말뜻을 이해했다. 소녀는 이상하다고 생각했다. "한 번에 끝내는 게 좋지 않아요?"

"혼자서 고생하면 무슨 재미가 있니?" 서달이 다정하게 말했다. 주는 놀라며, 그가 친구일 수 있다고 생각했다. 소녀는 친구를 사귄 적이 없었다. 하지만 소녀는 친구라도 고생을 함께할 수 있는지는 잘 몰랐다. 아버지와 오빠가 죽는 걸 보고, 무덤을 파고, 절 앞에서 나흘 동안 무릎 꿇고 있었던 일. 그 모든 일을 혼자서 했다. 소녀는 결국엔 혼자 살아남고, 혼자 죽는 거로 생각했었다.

'하지만 어쩌면 그런 일이 일어날 때, 누군가 옆에 있으면 위로가 될 수 있다.'

"왜 이리 오래 걸려!" 주와 서달이 목욕실에 들어가자, 팽 사부가 소리쳤다. 그와 다른 두 고위 승려가 벌써 옷을 벗고 욕조 턱에 걸터앉아 있었다. 그들의 몸은 마른 대추처럼 쪼글쪼글했다. 그들의 남성 부위도 쪼그라든 듯했다. 그들 주변의 수증기가 열린 문으로 찬 바람이 들어오면서 갈라졌다. 수증기가 가득 찬 욕실 안에 다른 것도 보여, 주는 움찔했다. 유령들이 벽에 줄지어 떠있었다. 유령들은 움직이지 않았지만, 수증기가 하얀 옷을 입은 유령들의 형체를 뚫고 지나가면 유령들이 꿈틀거리고 흔들리는 듯 보였다. 유령들의 멍한 눈이 초점 없이 허공을 응시했다. 주는 유령을 보며 힘들게 숨을 쉬었다. 유령들은 주나 벌거벗은 승려들에게 관심이 없었다. 하지만 유령들의 모습은 언제나 충격적이어서, 주의 창자가 꼬이는 듯했지만, 유령들은 위험하게 보이진 않았다. '그들도 이 장소의 일부야.' 소녀는 두려움을 누르며 속으로 말했다. '수증기와 다르지 않아.'

"뭘 보고 있는 거야?" 팽 사부가 사납게 말했다. 갑자기 주가 자기 계획을 기억하자, 맥박이 정신없이 뛰었다. "빨리 물을 붓고 나가!"

서달이 욕조에 양동이의 물을 부었다. 주도 물을 부으려고 욕조에 다가갔다. 소녀는 눈가로 서달이 놀라서 팔을 뻗어 그녀를 잡으려 하는 걸 보았다. 하지만 너무 늦었다. 소녀는 이미 그 일을 저질렀다. 소녀가 욕실의 대나무 바닥에 미끄러지며, 무거운 물 양동이를 손에서 놓쳐 욕조에 빠뜨렸다. 소녀도 곧이어 욕조에 풍덩 빠졌다.

한동안 소녀는 따뜻하고 고요한 거품 속에 떠있었다. 성공도 실패도 없는 그 안전한 짧은 순간 동안 계속 물속에 머물고 싶었다. 하지만 소녀는 이미 계획을 실행했다. 소녀는 계획을 실행하는 행위 자체가 용기를 주는 데 놀랐다. 아무리 두려워도 소녀는 계속 계획대로 할 수밖에 없었다. 소녀가 물 위로 일어나 똑바로 섰다.

서달과 마른 대추 세 개가 입을 벌리고 소녀를 바라보았다. 주의 승복이 물 위에 떠있는 연꽃잎처럼 소녀 주위로 떠올랐다. 흙빛 땟국물이 소녀의 승복에서 스며 나와 원을 그리며 깨끗한 목욕물을 더럽히며 퍼져나갔다.

"팽!" 다른 승려가 화를 간신히 참으며 말했다. "자네 제자가 우리 목욕물을 더럽히고 있잖아."

팽 사부는 화가 나서 온몸이 붉어졌다. 그가 쭈글쭈글 늘어진 살을 퍼덕이며 달려들어, 주의 귀를 당겼다. 소녀는 아파서 비명을 질렀다.

그는 멀리 유령들이 떠있는 방향으로 소녀를 떠밀고, 양동이를 소녀에게 던졌다. 양동이가 세게 부딪쳐, 소녀가 뒤로 넘어졌다. "옳거니." 그는 화가 나서 몸을 떨며 소리쳤다. "꿇어앉아!"

유령들의 실체 없는 형체가 몸에 닿자, 천 개의 바늘에 찔리는 듯했다. 주는 아픔을 참으며 일어나 무릎 꿇었다. 피부는 유령들에 찔려 따끔거리고, 머리는 바닥에 세게 부딪혀 윙윙거리는 소리가 났다. 팽 사부는 화가 나 어찌할지 모르며 소녀를 쳐다보고 있었다. 쳐다보고 있는 건 팽 사부만이 아니었다. 하늘도 주중팔의 껍데기를 자세히 보며, 그 안에 다른 게 있는지 살피는 걸 주는 느꼈다. 별 볼 일 없는 인물이 될 거란 차가운 인식이 소녀의 목덜미를 스치자, 더운 목욕탕 안에서 소녀는 이가 부딪치도록 온몸을 떨었다.

"개똥 같은 놈!" 마침내 팽 사부가 말을 내뱉었다. 그가 양동이를 다시 잡아 주의 가슴에 던졌다. "저녁 종이 울릴 때까지 그걸 머리 위로 들고 있어. 떨어뜨릴 때마다 대나무로 맞을 줄 알아!" 그의 주름진 가슴이 화가 나 들썩였다. "사부님들에 대한 존경심에 대해 명상하며, 차가운 우물물로 몸을 닦아. 목욕은 큰 혜택이야. 네가 목욕탕에 다시 발을 들여놓는 걸 내가 보거나 들으면 너를 즉시 쫓아내겠다!"

그는 고통을 주는 걸 즐기며 그녀를 내려다보았다. 그는 견습 승려들이 목욕 날을 얼마나 좋아하는지, 그녀에게서 빼앗는 게 무엇인지 잘 알고 있었다. 그녀가 다른 견습 승려들과 같다면 그건 엄청난 재앙이었다.

주가 떨리는 손으로 양동이를 집어 들었다. 젖은 나무 양동이가 생각 외로 무거웠다. 그녀는 저녁 종이 울리기 전에 수백 번 양동이를 떨어뜨릴 걸 알았다. 오랜 고통과 수백 번의 매. 다른 소년이라면 그건 두려워 펑펑 울 끔찍한 벌이었다. 하지만 주는 양동이를 머리 위로 들어 올리며, 팔은 벌써 힘들어 떨렸지만, 밝게 빛나는 안도감을 느끼며 두려움을 태워버릴 수 있었다. 소녀는 불가능을 해냈다.

소녀는 자기 운명에서 탈출했다.

3

1347년 2월

주와 서달은 절 지붕에 올라앉아, 겨울 동안 부서진 기와를 교체하고 있었다. 주는 꿈속에서 옥황상제의 하늘 궁전에 오른 듯했다. 고등어 빛 하늘에 맞닿을 듯 황금빛 처마가 위로 휘어진 푸른 지붕들이 끝없이 보였다. 절 경내를 넘어 골짜기까지 지나면 반짝이는 후아이 평야가 보였다. 모든 것은 인연이 있어, 구름 모양으로 아래 있는 땅의 모습을 멀지만 알 수 있었다. 물고기 비늘 같은 구름 아래에는 호수와 강이 있었다. 덤불 모양의 구름 아래에는 언덕이 있었다. 그리고 노란 구름 아래 노란 먼지가 천천히 피어오르는 곳에는 군대가 있었다.

햇볕이 따뜻해, 서달은 상의를 벗은 채 바지만 입고 일했다. 16살이었지만 오랫동안 힘든 일을 해서, 그는 성인 남자의 몸매를 갖고 있었다. 주가 툭 쏘아붙였다. "그런 채로 다니면 죽여달라고 비는 걸 텐데요." 팽 사부는 승려의 올바른 옷차림을 지키지 않은 견습 승려에게 사정없이 몽둥이를 휘둘러댔다. 주는 12살이 되어 소년처럼 보이지만 남자는 아닌 자기 몸을 잘 알고 있어, 팽 사부의 엄격함을 몰래 고마워하고 있었다. "사형은 잘생겨서 모든 사람이 사형의 몸매를 보고 싶어 한다고 생각하세요?"

"그 여자아이들은 그랬어." 서달이 씩 웃으며 말했다. 공양하러 와서 낄낄거리며 웃던 마을 처녀들을 가리키는 말이었다. "여자아이들, 늘 여자아이들." 주가 얼굴을 찡그렸다. 아직 사춘기가 되지 않은 주는 여자아이들에게 집착하는 서달이 따분하다고 생각했다. 명상을 지도하는 승려를 흉내 내어 주가 말했다. "욕심이 모든 고통의 원인이니라."

"네가 명상하며 평생을 보내는 저 말라비틀어진 번목과² 같은 스님이 되고 싶다고 말하면 내가 믿을 거 같니?" 서달이 알고 있다는 의미로 씩 웃었다. "그 스님들은 욕심이 없지. 하지만 너는 절대 그렇지 않아. 어쩌면 여자에 대한 욕심은 없겠지. 하지만 네가 절에 오던 날을 기억하는 사람이라면 너는 자기가 원하는 걸 아주 잘 안다는 걸 알아."

주가 놀라며, 살아남기 위해 주중팔인 척해야 했던 절박한 동물 같던 욕구를 기억했다. 지금도 소녀는 그걸 갖고 있었다. 하지만 소녀는 그 욕구를 설법 때 배운 욕구와 관련지어 생각해 본 적은 없었다. 잠시 소녀의 가슴 속에 숨어있던 분노의 불길이 다시 타올랐다. 다른 사람들은 열반에 들기 위해 고행하지만, 자기는 단지 살아남기 위해 고행한다는 게 불공평하다고 생각했다.

그들 아래로 갑자기 다양한 소리와 빛과 색이 등장했다. 하늘색 파란 깃발을 든 수십 명의 군인이 대웅전 앞마당에 줄지어 들어섰

---

2 번목과(番木瓜): 파파야의 한자 표기. 목과라고도 불린다.

다. 군인들의 갑옷이 물에 비친 햇빛처럼 빛났다. 붉은 승복을 입은 주지 스님이 대웅전 계단에서 합장하고 기다렸다.

"허난성 제후와 아들들이 여름 동안 머물 궁전으로 돌아가는 길에 잠시 들르기로 했대." 서달이 지붕 가장자리에 앉은 주 옆으로 다가오며 말했다. 그는 소녀보다 나이가 많아, 절 안 소문을 더 많이 알고 있었다. "야만인들은 뱀처럼 피가 차서 여름엔 싸우지 못하는 걸 알고 있니?" 그는 몽골 지배자를 그렇게 불렀다. '야만인.'

"뱀이 따뜻한 걸 싫어한다고요?" 주가 반박했다. "눈 속에서 뱀을 본 적 있어요?"

"아, 그냥 그건 스님들이 하는 말이야."

바람이 불자, 군인들의 망토가 빛나는 어깨 갑옷 뒤로 휘날렸다. 군인들은 앞만 묵묵히 바라보았다. 부드러운 승려들과 비교해, 몽골 군인들은 다른 종족처럼 보였다. 오래전 아버지의 이야기를 들으며 주가 상상했던 말 같은 머리를 지닌 괴물도, 중국인 학자가 기록한 잔인한 정복자도 아니었다. 사람이 아니라 용의 자손처럼 찬란하게 빛나는 존재로 보였다.

허난성 제후가 절 마당을 지나 대웅전 계단에 다가갔다. 그의 최고급 모피 망토가 살아있는 동물처럼 잔물결을 일으키며 가볍게 흔들렸다. 그의 투구를 장식한 하얀 말 털이 바람에 가볍게 날렸다. 멋진 세 젊은이가 그의 뒤를 따랐다. 투구를 쓰지 않아 이국적으로 땋은 그들의 머리카락이 바람에 날렸다. 두 명은 갑옷을 입고 있었고, 세 번째 젊은이는 자줏빛 목련처럼 화려하게 빛나는 긴 옷을 입었다. 주는 처음에는 그 옷이 나비 날개로 만든 거로 착각했다.

"저 사람이 제후의 후계자인 에선 공(公)일 거야." 서달이 갑옷 입은 가장 키 큰 인물을 가리키며 말했다. "그리고 자줏빛 옷을 입은 사람이 둘째 아들인 왕 공(公)일 거야."

제후와 공(公)들. 이야기에서만 듣던 사람들이 실제로 나타났다. 지금까진 소녀가 지도 위 지명처럼 생각했던, 절 밖의 세상을 대표하는 사람들. '위대한 인물.' 소녀가 주중팔의 이름을 훔쳐 그가 버린 껍데기 안으로 옮겨갔을 때, 소녀의 유일한 관심은 살아남는 것이었다. 혼자 힘으로 생존을 확보했을 때, 소녀는 중팔이 그의 생애에서 이룰 운명은 거의 잊고 있었다. '위대한 인물.' 점쟁이가 말한 주중팔의 운명. 주는 '위대한 인물'이란 말이 혀끝에 닿는 순간 느끼는 이상한 충격에 놀랐다. 그건 높은 곳에 서서 뛰어내릴까 말까 생각할 때 느끼는 호기심 같았다.

아래에선 주지 스님이 제후와 두 아들을 대웅전으로 안내했다. 주지 스님은 세 번째 인물을 보자, 웃음이 사라지고 혐오감을 보이며 화난 목소리로 무슨 말을 했다. 주와 서달은 주지 스님과 에선 공 사이의 말싸움을 흥미롭게 지켜봤다. 잠시 후 불쾌해진 제후가 큰 목소리로 명령을 내렸다. 그런 후 그와 두 아들은 주지 스님과 함께 어두운 대웅전 문 안으로 들어갔다. 세 번째 인물만 밖에 홀로 남았다. 그의 등 뒤로 줄지어 선 병사들이 있었다. 넓은 하얀 판석 위에 서 있는 그의 갑옷 위로 해가 눈부시게 빛났지만, 그는 달처럼 차갑게 보였다. 그가 대웅전 반대 방향으로 오만하게 몸을 돌리자, 주의 숨이 멈췄다.

그 전사는 여자였다. 반짝이는 전복 속껍데기처럼 맑고 섬세한 그녀의 얼굴은 주가 시에서 읽었던 모든 아름다움에 대한 묘사를 실제 삶으로 옮겨놓은 듯했다. 하지만 그 아름다움에 부족한 무엇이 있었다. 그 사랑스럽고 아름다운 얼굴에는 여성스러운 점이 없었다. 대신 틀림없는 젊은 남자의 오만한 우월감만 있었다. 이것도 저것도 아닌 그 얼굴에서 무언가 이해할 수 있는 걸 찾으려, 주는 혼란스러운 마음으로 한참 바라보았다.

주 옆에서 흥미와 반감이 뒤섞인 목소리로 서달이 말했다. "에선공은 친동생보다 더 소중히 여기는 환관이 있다고 스님들이 말했어. 저 사람이 틀림없이 그 환관일 거야."

주는 고색창연한 신화 속 옛이야기를 기억했다. 반역을 음모하는 높은 신분의 환관은 전쟁터에서 싸우는 왕과는 또 다른 시대의 인물처럼 보였다. 환관이 실제로 존재할 거라곤 소녀는 상상하지 못했다. 그런데 지금 소녀는 뼈와 살이 있는 실제 환관을 보고 있었다. 악기의 줄을 퉁기는 듯한 기묘한 울림이 소녀의 내장에서 밖으로 퍼져 나갔다.

그걸 아는 순간, 소녀는 싸늘한 불안감을 느꼈다. 남자도 여자도 아닌 존재인 환관과 같은 울림을 소녀도 느끼고 있었다. 그 울림은 그토록 부정하고 싶은 진실을 소녀에게 알려주고 있었다. 소녀는 주중팔처럼 순수한 남성이 아니라는 걸. 소녀는 다른 존재였다. 그렇다면 '주중팔과 다른 운명.' 소녀는 몸서리쳤다.

"상상이나 할 수 있니?" 서달이 말하고 있었다. "환관은 그걸 가지고 있지 않다고 들었어." 그는 바지 사이로 남성 부위를, 아직 그것이 거기 있다는 걸 확인이라도 하듯, 꽉 잡았다. "야만인들은 환관을 그렇게 많이 갖고 있지 않대. 우리 중국 왕조에는 환관들이 많았지만. 야만인들은 남성 부위를 자르는 걸 몹시 싫어한대. 그들에겐 그게 가장 끔찍한 형벌이래."

승려들은 신체 불구자를 몹시 싫어했다. 대웅전이 대중에게 열릴 때, 계단에는 언제나 수많은 사람이 몰렸다. 하지만 병으로 얼굴이 얽은 거지, 손이 없는 사람, 몸이 휜 아이, 생리 중인 여자는 올 수 없었다. 젊은 환관의 특이한 불구는 여자처럼 감춰져 있었지만, 그의 얼굴에는 지울 수 없는 수치심이 낙인처럼 찍혀있었다.

"주지 스님은 모든 사람과 잘 지내길 원해." 서달이 말했다. "하지만 내가 보기엔, 우리가 가진 힘을 알리는 것도 좋아해. 야만인 제후나 반군 지도자도 절을 존중해야 해. 안 그러면, 다음 생(生)에서 개미로 태어날걸."

주는 환관의 차갑고 아름다운 얼굴을 한참 쳐다보았다. 소녀는 어떻게 그걸 아는지 자신도 모르지만 자신 있게 말했다. "그는 그런 힘을 두려워하지 않을걸."

이상한 움직임이 있었다. 수많은 유령이 줄지어 서 있는 몽골 병사들을 뚫고 흘러갔다. 주는 놀라 목덜미 솜털이 일어섰다. 소녀는 절에 들어온 후로 편해지지는 않았지만, 유령을 보는 데 익숙해졌다. 하지만 유령은 음(陰)의 기운이었다. 유령은 밤과 절의 어두운 곳에서 나타났지만, 양(陽)의 기운이 가장 강한 대낮에는 나타나지 않았다. 유령들이 어울리지 않는 장소에 나타난 게 불안했다. 산속 밝은 햇빛 아래 유령들이 절 마당을 부드럽게 흘러 대웅전 계단을 올라, 젊은 환관 주위로 몰려들었다. 그는 유령들의 존재를 전혀 모르는 듯했다.

그건 주가 그때까지 본 가장 으스스한 장면이었다. 소녀가 그때까지 본 영혼의 세계에선 유령은 살아있는 사람에겐 관심이 없고 무작정 떠돌며 제삿밥만 찾았다. 유령은 사람을 따라다니지 않았다. 소녀는 한 사람 둘레에 그렇게 많은 유령이 모인 걸 처음 보았다. 게다가 환관을 둘러싼 유령들 주위로 더 많은 유령이 계속 몰려들었다.

환관이 오만하게 머리를 높이 쳐들고 보이지 않는 영혼들에 둘러싸여 혼자 서있는 모습을 주는 오랫동안 지켜봤다.

1352년 7월

"왜 나는 이걸 제대로 못 만들지?" 서달이 주에게 말했다. "도와줘!" 그는 얼굴이 벌게져 웃으며, 연꽃 모양이 되어야 하지만 양파 모양이 된 반쯤 만든 등과 씨름하고 있었다. 그는 벌써 21살이 되어, 삭발한 머리가 오히려 말쑥한 얼굴을 돋보이게 하는 건장한 청년으로 컸다. 그는 얼마 전 정식 승려가 되어 견습 승려의 간편한 복장 대신 7겹의 정식 승복을 입고, 삭발한 머리에 서품 때 받은 불에 덴 자국이 새로 생긴 그의 모습이 주에게는 낯설었다. 그와 다른 젊은 승려 몇 명이 견습 승려의 기숙자에 들렀다. 겉으로는 백중날 지상을 떠도는 영혼을 저승으로 보내주려고 강에 띄울 연꽃 등을 만드는 걸 도와주려는 것이었다. 실제로는 젊은 승려들은 익어 저절로 떨어진 자두로 주가 담근 금지된 술을 돌려 마시며, 죄책감에 낄낄거리며 웃고 즐기는 데 더 관심이 있었다.

잠시 후 서달은 연등 만들길 포기하고, 주의 어깨에 기댔다. 주가 만든 등들을 보면서 그가 장난으로 한탄하는 어투로 말했다. "네가 만든 등은 모두 꽃처럼 보여."

"그렇게 오랫동안 했으면서, 왜 아직도 그렇게 못 만드는지 모르겠어요? 어떻게 조금도 나아지질 않아요?" 주가 다정하게 말했다. 주는 술잔을 건네고, 그의 못생긴 양파 등을 받아 연꽃 등으로 고치기 시작했다.

"모든 사람이 예술가가 되려고 중이 되는 건 아냐." 서달이 말했다.

"끝없이 공부하고 힘들게 일하려고 중이 되는 사람도 있어요?"

"어쩌면 팽 사부는 그럴 거야. 그분은 힘든 일이 좋아서…."

"다른 사람이 힘들게 일하는 모습을 보길 좋아하겠죠." 주가 서달의 말을 바로잡았다. 주가 고친 등을 그에게 건넸다. "팽 사부가 여기 와서 우리가 만든 연등 수를 세지 않는 게 이상해요."

"우리 숫자를 세겠지. 우리가 비구니와 나쁜 짓을 못 하게 감시하려고." 비구니들은 7월 백중날 죽은 사람들을 위한 불공을 드리기 위해 절에 머물렀다. 비구니들은 객사에 머물렀다. 객사는 승려들에게 철저한 금지 구역으로, 그 주변을 팽 사부는 강박관념에 빠진 듯 돌았다.

"우리가 비구니와 성관계를 갖는 걸 막을 생각만 하는 팽 사부는 우리 모두를 합친 것보다 불결한 생각을 훨씬 더 많이 할걸요." 수가 말했다. "이걸 알면 심장마비에 걸려 죽을 텐데."

"흥! 팽 사부는 죽을힘을 다해 삶을 붙잡고 늘어질걸. 절대 안 죽을 거야. 팽 사부는 점점 더 말라비틀어지면서 소명왕(小明王)이 환생할 때까지 견습 승려를 괴롭힐 거야." 늙은 스님들 말씀에 따르면 소명왕의 환생은 빛이 인간의 모습으로 환생한 것이어서 평화와 안정의 새 시대가 시작되고, 이어서 미륵불이 하늘에서 세상에 내려와 완전한 새 세상을 만든다고 했다.

"그렇다면 팽 사부를 조심해야죠." 주가 말했다. "비구니와 문제를 일으킬 사람은 사형밖에 없으니."

"소승이 왜 뼈만 남은 물고기 같은 비구니를 원하겠소?" 서달이 웃었다. "소승은 마을에 가면 마음에 드는 모든 처녀를 가질 수 있는데." 종종 그는 승려가 바깥세상에서 자신을 낮춰 부르는 말투를 썼다. 그는 서품받은 후 마을에서 소작료를 걷는 부서에 배정되어 대부분 시간을 절 밖에서 보냈다.

서달이 원래 말투로 돌아가 자신 있게 말했다. "나는 이제 서품받은 승려야. 팽 사부가 나를 어떻게 하겠니? 너희 견습 승려들이나 걱정해."

문이 열리자, 모두 깜짝 놀라 술잔을 소매에 밀어 넣었지만, 다른 견습 승려였다. "아직도 안 끝났어? 원하는 사람은 강으로 내려가. 연등을 가져오래."

견습 승려에게 백중이 있는 7월이 일 년 중 가장 좋은 때였다. 절에는 신도들이 가져온 공양으로 음식이 넘쳤다. 긴 여름날은 으스스한 사찰 전각 내부까지 온기를 불어넣어 주었다. 연등 띄우기와 같은 엄숙한 행사도 승려들이 절로 돌아가는 순간, 견습 승려들은 강에서 놀 수 있었다. 하지만 영혼의 세계를 볼 수 있는 주에게는 달랐다. 백중날이 있는 달에 절은 죽은 사람들로 북적였다. 유령들은 마당의 모든 그늘진 구석과 나무 아래와 부처님 뒤까지 어슬렁거렸다. 그들이 내뿜는 한기로 그녀는 바늘에 찔리는 아픔을 느껴, 햇볕이 밝은 밖으로 뛰어나가 몸을 끓고 싶은 생각뿐이었다. 항상 눈가에 맴도는 유령을 보고, 주는 움찔하곤 했다. 연등 띄우는 행사는 꼭 참석하지 않아도 됐지만, 주는 절에 온 첫해에 궁금해서 따라갔다. 멍한 눈빛을 지닌 수만의 유령들이 강을 따라 흘러가는 걸 본 주는 죽을힘을 다해 도망쳤다. 나중에 주는 물에서 놀려면 남들 앞에서 옷을 벗어야 한다는 것도 알게 되었다.

때때로 주는 한숨을 쉬며, 자기만 언제나 절에서 재미있는 일은 놓친다고 생각했다.

"같이 안 가?" 한 견습 승려가 연등을 들며 물었다.

서달이 씩 웃으며 쳐다봤다. "뭐, 너는 주가 물을 두려워하는 걸 몰라? 주는 몸을 씻는다고 말하지만, 나는 그렇게 생각지 않아…." 그가 벌떡 일어나, 주와 씨름해 바닥에 누인 다음, 그녀의 귀밑을 보는 척했다. "아이고, 그럴 줄 알았어! 너무 더러워."

그가 웃으며 그녀를 깔고 눕자, 주는 서달이 그녀에 대한 진실을 알고 있는 게 아닌지 또다시 의심했다. 그녀가 은밀한 사생활이 필요할 때면 언제나 그가 항상 기막히게 먼저 알고 다른 견습 승려들을 기숙사 밖으로 몰고 나갔다.

주가 그걸 곰곰이 생각하기 싫어 그를 밀쳤다. "연등을 부수고 있잖아요, 멍청한 곰처럼!"

서달이 웃으며 굴러 내렸다. 견습 승려들은 그들의 장난에 모두 익숙했다. 그가 견습 승려들을 몰고 나가면서 뒤돌아 소리쳤다. "적어도 팽 사부는 네가 비구니와 말썽 피우는 건 걱정할 필요가 없겠다. 비구니가 네 냄새를 조금만 맡아도 도망칠…."

"내게서 도망친다고요?" 주가 화를 내며 말했다. "우리 모두 사형이 손재주가 얼마나 없는 줄 봤는데. 똑똑한 여자라면 만족을 주지 못할 남자를 거들떠보지도 않을걸요."

서달이 문간에 서서 주에게 얼굴을 찡그렸다.

주가 놀리듯 말했다. "재미 보세요!"

주는 비듬이 이는 머리를 긁었다. 서달의 말이 틀린 건 아니었다. 더운 여름 동안 그녀도 남들처럼 땀을 흘렸지만, 팽 사부가 목욕탕 사용을 금지해서 몸을 닦을 수 없었다. 하지만 지금은 대부분 승려가 강가로 내려갔고, 남아있는 승려도 부처님 앞에서 죽은 영혼을 위한 염불을 외고 있었다. 날이 더웠다. 한 번쯤 몸을 닦으면 기분이 좋을 듯했다.

여러 해 전부터 주는 한쪽 땅을 파고 지은 버려진 작은 창고에서 가끔 몸을 씻었다. 벽에 난 작은 창문은 위에 있는 마당에 발목 정도 높이로 나있었다. 주가 그 창고를 처음 봤을 땐 창호지가 없었지만, 그걸 고치자 꼭 필요한 개인 공간이 되었다.

주는 욕조를 창고로 옮기면서 객사로 향하는 계단을 오르는 비구니들의 모습에 조금 불안했다. 주는 옷을 벗으며, 자기 몸은 비구니와 닮았다는 사실에 기분 나빴다. 16세가 되어 다 자란 그녀는 아직도 남보다 훨씬 몸이 작았다. 하지만 헐렁한 승복 속에서 그녀의 몸은 변하여 작은 가슴이 생겨 천으로 납작하게 꽉 묶어야 했다. 일 년 전부터 주의 몸은 매달 생리까지 시작했다. 그녀는 견습 승려 주중팔이었지만, 몸은 속일 수 없는 세월에 따라 변했다.

주는 불편한 마음으로 몸을 씻다 개가 짖는 소리를 들었다. 절 안을 돌아다니는 개떼였다. 살생할 수 없는 계명 때문에 승려들이 가장 효과적인 방법으로 개떼를 없앨 수 없어, 그 숫자가 날로 늘어가고 있었다. 주는 동물들이 유령을 볼 수 있는지는 확실히 알 수 없었지만, 동물들은 유령의 존재를 알고 있었다. 개들은 백중이 있는 달이면 언제나 흥분해 있었고, 일 년 중 다른 시기에도 가끔 개가 유령이 지나가는 방향을 향해 깽깽거리는 걸 주는 보았다. 밖에서 개떼가 마당으로 뛰어들었다. 개떼가 흥분해서 짖어대며 돌길 위로 뛰는 소리가 들렸다. 그러다 갑자기 개 한 마리가 창호지를 뚫고 뛰어들어 그녀 몸 위로 덮쳤다.

주는 소리치며 팔다리를 휘저었다. 개도 마찬가지로 놀라, 그녀의 몸을 발톱으로 긁으며 일어서려고 했다. 주가 힘차게 소리치며, 개를 집어 던지고, 문으로 뛰어가 문을 활짝 열었다. 주기 달려드는 개를 걷어차자, 개가 깽깽거리며 도망쳤다. 주는 숨을 헐떡이며 문을 닫았다. 고약한 냄새가 났다. 흙과 개털이 섞인 틀림없는 개 오줌이었다.

그때 창호지에 비친 불빛이 흐려져, 주가 무심코 올려다보았다. 화가 머리끝까지 난 팽 사부가 웅크리고 앉아 찢어진 창문으로 들여다보고 있었다.

팽 사부가 사라졌다. 주는 갑자기 무감각해진 손으로 옷을 주섬주섬 집었다. 숨이 가쁘고 심장은 마구 뛰었다. 그녀가 승복 외투의 끈을 묶는 순간, 팽 사부가 창고를 돌아 문으로 뛰어 내려와, 천둥 같은 소리가 나도록 문을 확 열어젖혔다. 그가 주의 귀를 잡고 밖으로 끌어냈다. 그녀가 도망쳐 피했던 운명이 다시 죽음처럼 다가오고 있었다. 공포가 온몸을 덮치고, 정신은 미친 듯 산란해졌다. 주가 절에서 도망친다면 가진 전부는 등에 진 물건뿐이다.

팽 사부가 주의 귀를 거칠게 잡아당겼다. 그가 창고 옆으로 늘어선 회랑을 따라 주를 잡아끌면서, 회랑에 난 모든 문을 확 잡아 열었다. 그들이 회랑 끝에 다다라 더 이상 열어볼 문이 없자, 그가 주의 얼굴에 대고 소리 질렀다. "그년은 어디 있어?"

주는 그 말뜻을 이해할 수 없어, 그를 빤히 쳐다봤다. "뭐요? 누구요?" 주는 몸을 잡아빼다가, 거의 넘어질 뻔했다. 귀가 통증으로 욱신거렸다.

"그 비구니! 네가 비구니와 함께 있던 걸 봤다!" 팽 사부가 더럽다는 표정으로 소리쳤다. "비구니가 옷을 벗고 있는 걸 봤어. 네가 그 창고에서 함께 있었고. 계명을 어기고 음란한 짓을 하다니! 그게 누구였냐, 견습 승려 주? 너희 둘을 쫓아낼…."

주는 갑자기 두려움 대신 웃음이 마구 터져 나오는 걸 간신히 참았다. 그녀는 믿을 수 없었다. 팽 사부는 현실이 아니라, 자기가 집착하는 걸 보았다. 그는 주의 몸을 보고, 절에 잠시 머무는 비구니의 몸이라고 오해했다. 하지만 그런 행운에도 불구하고, 그녀는 아직 위기에서 벗어나지 못했다. 계명을 어긴 건 부정한다고 해도, 그러면 나체의 여자는 누구란 말인가?

"대답을 못 하겠다고?" 팽 사부의 눈이 빛났다. 말라비틀어진 그가 느끼는 유일한 즐거움은 보잘것없는 권한을 마음껏 휘두른 것이었다. "그건 상관없어. 이번 일로 결코 서품받지 못할 거다. 네가 한 짓을 주지 스님께 말씀드리면 너는 끝이야."

그가 주의 팔을 잡고, 계단을 따라 높은 곳에 있는 주지 스님이 계신 전각으로 끌고 가기 시작했다. 주는 끌려가면서 오래전 종리 마을에서 오빠의 시신 앞에 무릎 꿇었을 때 느꼈던 감정이 가장 원초적인 형태로 끓어올랐다.

'무서운 분노'였다.

그 솟구치는 감정은 승려가 그 어떤 욕망보다 반드시 버려야 할 감정이었다. 승려는 집착을 버려야 한다고 했지만, 주에게 그건 언제나 불가능했다. 주는 모든 사람이 도저히 이해할 수 없을 정도로 삶에 집착했다. 주중팔의 삶을 살기 위해 모든 고난을 견뎠는데, 이제

성질 고약한 말라비틀어진 늙은 중이 그 모든 걸 무너뜨려, 그녀를 별 볼 일 없는 인물로 되돌아가게 할 수 없었다. '네가 나를 별 볼 일 없는 인물로 만들 수 없다.' 그녀의 결심이 몸 안에서 청동 종소리처럼 분명하고 단호하게 울려 퍼졌다. '네가 그렇게 할 수 없다.'

계단 옆 목련 나무 아래로 유령들이 떠있었다. 유령들의 흰옷과 길게 늘어뜨린 머리카락이 어스름해지는 저녁 빛과 그림자 사이로 흔들렸다. 주는 가파른 좁은 계단을 따라 팽 사부에게 끌려가며, 이 순간 이 일에 대해 알고 있는 건 팽 사부 단 한 사람이란 생각이 불쑥 떠올랐다. 주는 숨을 멈췄다. 그가 사고를 당한다면 누가 그걸 의심할까? 늙은 중이 계단에서 넘어 떨어지는 일은 흔히 있었다. 팽 사부는 그녀보다 훨씬 컸다. 하지만 주는 젊고 힘이 셌다. 그에게 반항할 기회를 전혀 주지 않는다면….

주는 화가 몹시 났지만 머뭇거렸다. 주와 다른 견습 승려들은 늘 계명을 어겼다. 하지만 음주나 음란 같은 작은 계명을 어긴 죄와 살인은 달랐다.

주가 아직 머뭇거리고 있는 동안, 잘 익은 자두 향기에도 불구하고 고약한 냄새가 났다. 화장실이 연등으로 장식되어 있었다. 조상의 영혼이 공덕을 받도록 연등을 시주한 사람의 정성을 어떤 견습 승려가 무시한 게 분명했다. 화장실에서 잘못을 저지른 건 그 견습 승려만이 아니었다. 그 옆에서 자라는 자두나무의 열매를 이용해 주는 몰래 술을 만들었다. 그리고 그녀는 그곳에 술 단지를 숨겼다. 화장실 냄새가 고약해서, 그 누구도 주변을 서성거리다가 숨겨놓은 술 단지를 발견할 일은 없었다.

자두나무를 보는 순간, 주에게 좋은 계략이 떠올랐다. '계명을 어기면 돼. 어차피 중요한 계명도 아닌데.'

주가 멈춰서자, 그녀의 팔을 잡고 있던 팽 사부가 뒤로 넘어질 뻔했다. "화장실에 갈게요."

팽 사부가 믿을 수 없다는 표정을 지었다. "참아."

"오줌이 아니에요." 주가 분명히 말해줬다. "물론 팽 사부님은 모르시겠지만, 여자와 음란한 짓을 하고 나면 씻어야 해요…." 그녀가 관련 부위를 손으로 가리켰다. 그리곤 진심으로 잘못을 반성하고 있다는 표정을 지었다. "불결한 저를 주지 스님 앞으로 끌고 가시면 주지 스님이 불쾌하실…."

팽 사부가 움찔하며 뒤로 물러섰다. 그는 그녀의 팔이 달군 쇠인 것처럼 재빨리 손을 놓고, 손을 승복에 문질렀다. 주는 그가 한심하다고 생각했다. 여자 몸에서 나온 액체만 생각해도 그렇게 끔찍하다면 그가 지금까지 잡은 몸이 사실 무엇인지 알면 어떻게 행동할까?

"가서 닦아라, 더러운 놈!" 팽 사부가 소리쳤다. 그가 겉으론 혐오감을 느끼고 정의감에서 분개하는 척하지만, 마음속으론 강한 음욕을 숨기고 있는 걸 주는 알았다. 주는 화장실로 가면서 서달처럼 흠이 있는 중이 되어 욕구를 채우는 편이 오히려 낫다고 냉정하게 생각했다.

4

주는 화장실 안에 들어가서 용변이 묻은 나무판자를 조심스럽게 피해, 지붕과 벽 사이의 좁은 환기 구멍을 올려다보았다. 주는 뛰어 손가락 끝으로 그 가장자리를 잡았다. 거친 회벽을 발로 밀어 환기 구멍 위로 올라왔다. 힘은 들었지만, 그녀는 웃음이 나왔다. 성인 견습 승려 중 그녀만 남자가 아닌 마른 여자 몸을 갖고 있어, 그 구멍에 몸을 집어넣을 수 있었다. 주는 꿈틀거려 기어서 환기 구멍에서 빠져나와, 자두나무 아래 부드러운 흙으로 머리부터 몸을 던졌다. 주는 벌떡 일어나, 가능한 한 조용히 나뭇가지를 꺾었다. 팽 사부가 들었을까? 다행히 다른 마당에서 흥겹게 노는 소리가 들려, 나뭇가지 부러지는 소리가 거의 들리지 않았다. 연등 띄우는 행사에 참여하지 않은 승려들이 염불을 마친 후 즐겁게 놀고 있었다.

주는 나무 아래서 술 단지 하나를 들고, 다른 손에는 나뭇가지를 들고 계단을 향해 달렸다. 곧 성난 고함이 들렸다. 팽 사부가 주가 도망친 걸 알고 쫓아오고 있었다. 그녀는 육식동물에게 쫓기는 먹잇감이었고, 이건 순전히 생존의 문제였다. 숨이 차고 종아리가 아팠다. 자기가 헐떡거리는 숨소리가 그녀의 귀에도 들렸다. 주는 자기

목숨이 달린 걸 알고 온 힘을 다해 뛰었다. '나는 절에서 떠날 수 없어. 절대 그럴 수 없어.'

쫓아오는 소리가 점차 사라졌지만, 안심할 순 없었다. 주가 주지 스님에게 가 자비를 구할 거로 팽 사부는 생각하고 있을 것이다. 팽 사부가 그녀보다 먼저 도착하려고 다른 길을 택할 수 있었다. 거기까지 먼저 가는 경기라면 틀림없이 그가 이길 것이다. 팽 사부는 느리지만, 주가 살아온 생애의 두 배는 넘는 오랜 세월 동안 절의 복잡한 길을 걸어왔다. 그는 모든 비밀 계단과 지름길을 알고 있었다. 하지만 주가 주지 스님에게 가는 경주에서 이길 필요는 없었다. 그녀가 팽 사부보다 먼저 특정한 계단까지만 뛰어가는 것으로 충분했다.

마지막 계단에 도착하자, 주는 숨을 들이쉬고 어두운 모퉁이에 몸을 숨겼다. 잠시 후 계단을 올라오는 발소리가 들렸다. 주는 나뭇가지를 높이 쳐들고, 팽 사부의 삭발한 머리가 아래쪽 어둠에서 나오는 순간 힘차게 휘둘렀다.

나뭇가지가 탁 소리를 내며 부러졌다. 팽 사부가 비틀거리며 쓰러졌다. 주는 어떻게 됐는지 몰라 가슴이 조마조마했다. 제대로 한 걸까? 그녀는 세게 때려야 했다. 그가 기절하기 전에 그녀를 보았다면, 그건 최악이었다. 하지만 주가 너무 세게 쳤다면….

주는 그의 머리 곁에 주저앉아, 손으로 숨 쉬는 걸 확인하고 안도했다. 팽 사부는 죽지 않았다. 그녀는 늘어진 두부 같은 얼굴을 내려다보며, 그를 깨우려고 애썼다. 두려워 손바닥이 따끔거렸다. 불안한 순간을 넘기고, 팽 사부가 앓는 소리를 냈다. 그의 목소리를 듣는 게 그렇게 다행인 건 그녀가 살면서 처음이었다. 주는 그가 그녀를 볼 수 없는 곳을 조심스레 골라 그를 앉혔다.

"무슨 일이지?" 그가 간신히 말했다. 그는 무엇 때문에 힘들게 뛰고 있었던지 잊은 듯 머리를 쓰다듬었다. 그가 어리둥절하고 아파서 손이 떨리는 걸 보며, 주의 몸 안에서 결심이 뜨겁게 불탔다. '성공할 수 있다.'

"아이고, 다치셨군요." 주는 할 수 있는 한 가장 고음의 여성 목소리로 말했다. 그가 그녀를 알아보지 못하길 바라며. "어디를 그리 급히 가고 계셨어요, 대사님? 넘어지셨네요. 심각한 건 아니네요. 이 약을 드세요. 좋아질 거예요."

그녀가 그에게 술 단지를 주었다. 그는 술을 무심코 받아 마시다가 익숙지 않은 맛이 목구멍에 걸려 기침했다. "잘하고 계세요." 주가 부추겼다. "머리가 아픈 데에는 이보다 좋은 약이 없어요."

그녀는 술을 마시고 있는 그를 놔두고, 몰래 빠져나와 옆에 있는 비구니 객사 근처로 갔다. 기름 먹인 창호지가 은근한 빛을 내고, 웃음소리와 속삭이는 소리도 들렸다. 앞으로 일어날 일을 생각하니, 주의 가슴이 마구 뛰었다. 그녀는 깊게 숨을 들이쉬고, 할 수 있는 한 가장 큰 고음으로 비명을 질렀다. "침입자다!"

비명이 들리기 시작할 때, 주는 이미 계단의 절반 이상을 내려가고 있었다. 객사에서 뛰어나온 비구니들이 큰 소리로 꾸짖고 비명을 질러대, 주는 아직도 팽 사부 옆에 있는 것처럼 그녀들의 목소리를 생생히 들을 수 있었다. 술에 취해 쓰러진 중! 그는 생각할 수 있는 가장 몰상식한 행동을 하고 있었다. 계명을 뻐젓이 저버린 부처의 못난 제자가 비구니의 처소에 침입하다니….

주가 계단을 통통 튀어 내려가며 흐뭇하게 생각했다. '이제 누가 계명을 어겼는지 봅시다.'

주와 서달은 황각사 가장 높은 곳에 올라, 팽 사부가 주지 스님의 방에서 나오는 걸 보았다. 주는 농민 복장을 한 낯선 노인을 보았다. 머리카락이 헝클어진 배고픈 귀신이 살아있을 적 모습과 다르듯, 견습 승려를 지도하던 지위 높던 승려와는 완전히 다른 모습의 팽 사부였다. 비구니들이 술에 취해 마당에 쓰러진 팽 사부를 보고 화가 나서 주지 스님에게 뛰어갔고, 팽 사부는 그 자리에서 수치스럽게 승복을 벗어야 했다. 팽 사부는 뭐가 뭔지 모르겠다는 듯 한동안 그 자리에 서있었다. 그런 후 그는 고개를 숙이고, 절 문으로 향한 계단을 터덜터덜 걸어 내려갔다.

그는 죄가 없었다. 모든 게 주가 한 짓이었다. 그녀는 처음 계획보다도 일이 훨씬 잘 풀렸다고 생각했다. 바로 이게 그녀가 원했던 결과였다. 주는 동정심은 느꼈지만, 후회는 하지 않았다. '나는 이렇게 또 할 수 있어.' 주는 산인한 생각을 하고 있었다. 그리고 뜨거운 희열이 그녀의 온몸을 감싸며 돌았다. '이건 나의 삶이야. 나는 삶을 지키기 위해 무엇이든 할 거야.'

주 옆에서 서달이 조용히 말했다. "팽 사부가 알았지, 그렇지? 그래서 이렇게까지 한 거지."

주가 두려워 오싹해져 그를 바라봤다. 한순간 그녀는 방금 팽 사부에게 한 짓을 서달에도 해야 한다는 무서운 생각이 들었다. 하지만 그때 그녀는 그의 얼굴이 부처님 얼굴처럼 자비심과 동정심으로 가득 차고 평온한 걸 보았다. 주는 안도감에 몸이 떨렸다. 그가 자기 비밀을 알고 있다는 걸 그녀도 마음속 깊은 곳에선 오래전부터 알고 있었다. "얼마나 오랫동안…?"

서달은 심각한 표정을 짓고 있었지만, 고민하는 것처럼 보이진 않았다. "사제. 우리는 6년 동안 같은 침상을 썼어. 다른 승려들은 여자의 몸이 어떤지 모를 수 있지만, 나는 잘 알아."

"한 번도 그런 걸 말한 적이 없잖아요." 주가 말했다. 그가 그녀를 보호했던 그 모든 순간이 몹시 그리웠다.

서달이 어깨를 으쓱였다. "그렇다고 달라질 게 뭐 있니? 옷 속에 네가 어떤 몸을 갖고 있든, 너는 나의 형제야."

주는 자기 얼굴보다 더 친숙한 그 얼굴을 올려다보았다. 중이 될 때, 가족 생각은 버려야 했다. 하지만 우습게도 그녀는 절에 와서 처음으로 가족의 의미를 이해했다.

뒤에서 헛기침 소리가 들렸다. 주지 스님을 보좌하는 승려 중 한 명이었다. 그가 서달에 가볍게 고개를 숙여 인사하며 말했다. "서달 스님, 방해해서 죄송합니다." 그가 주에게는 엄숙하게 말했다. "견습 승려 주, 주지 스님께서 찾으신다."

"뭐라고요?" 주는 믿을 수 없었다. "왜요?" 당연히 팽 사부는 주지 스님께 자기는 결백하다고 항의하며, 모든 죄를 주에게 돌리려고 했을 것이다. 하지만 파계승의 말을 누가 믿나? 주지 스님이 그의 말을 액면 그대로 받아들였을 리는 전혀 없었다. 처음으로 두려움을 느끼며, 주는 화장실과 비구니 객사 마당에서 자신이 한 일들을 곰곰이 되돌아보았다. 그녀는 자신의 실수를 생각할 수 없었다. '완벽한 성공이었는데….'

"심각한 일은 아닐 거야." 주의 표정을 살피며, 서달이 급히 말했다. 하지만 그도 그녀만큼 초조해 보였다. 두 사람 모두 잘 알고 있었다. 그들이 절에서 보낸 여러 해 동안, 주지 스님의 방에 간 견습 승려는 모두 쫓겨났다.

헤어지기 전, 서달이 우정의 표시로 말없이 그녀의 팔을 잡았다. 주는 계단을 힘겹게 오르며 후회했다. '팽 사부를 죽였어야 했는데.'

주는 절에 와서 처음으로 주지 스님의 방에 들어갔다. 그녀가 떨리는 발로 정교하게 수를 놓은 최고급 카펫을 밟았다. 신비로운 윤이 나는 장미목으로 만든 탁자들이 옆으로 놓여있었다. 배롱나무가 자라는 마당으로 문이 열려있었다. 배롱나무의 잔가지들이 등불을 받아 황금빛으로 반짝였다. 책상에 앉은 주지 스님은 아침 예불 때 멀리서 본 모습보다 더 커 보였지만, 동시에 작게도 보였다. 그녀가 절 문 앞에 얼어붙은 채 엎드려 있을 때, 염라대왕처럼 그녀를 내려 보던 그의 위엄있는 모습이 수천 가지 기억 위로 덮쳐왔다. 그녀가 처음으로 자기는 주중팔이라고 주장했던 상대가 바로 그였다.

이제 그의 권위의 힘에 눌려, 그녀는 이마를 더 납작하게 카펫에 대었다.

"아, 견습 승려 주." 그가 일어서며 말했다. "왜 내가 자네에 대해 그렇게 많은 말을 듣고 있지?"

그가 그녀에게 주중팔의 삶을 주었듯이, 이제 그 삶을 그녀에게서 빼앗으려 하고 있었다. 주는 강한 반항심을 느끼며 머리를 쳐들고, 어떤 견습 승려도 감히 하지 못한 일을 했다. 그녀는 주지 스님을 정면으로 바라보았다. 그 작은 반항의 행동도 엄청나게 힘들었다. 그들의 눈이 마주치자, 주는 그가 자신에게서 쏟아져나오는 욕망을 못 볼 리 없다고 생각했다. 승려답지 못한 삶에 대한 집착. '살아남으려는 욕망.'

"팽과 관련된 이번 일은 안타깝네." 주의 대담함에 불쾌하거나 깊은 인상도 받지 않은 듯, 주지 스님이 말했다. "이 나이에 내가 이런 일을 처리해야 한다니. 그리고 팽이 떠나며 자네의 몹시 나쁜 품성에 대해 말하던데, 견습 승려 주! 자네가 음란한 짓을 했다고 말하더군. 자넨 그것에 대해 뭐라 말하겠나?"

팽 사부의 이름을 듣는 순간 꼭 조여왔던 주의 심장이 안도감에 풀렸다. 주지 스님이 원하는 게 팽 사부의 말을 부인하는 거라면….

"주지 스님!" 주는 울부짖으며 카펫에 다시 엎드렸다. 그녀의 목소리는 진심 어린 감정으로 파르르 떨렸다. 실제 증거가 없다면 그게 그녀가 할 수 있는 전부였다. "소승은 부처님의 진신사리에 걸고 맹세합니다. 저는 팽 사부께서 말씀하신 짓을 한 적이 결코 없습니다. 소승은 언제나 계명을 지켰습니다!"

티 하나 없이 깨끗한 양말을 신은 주지 스님의 발이 승복 끝자락의 황금 수를 가볍게 흔들며 책상 둘레를 천천히 도는 게 보였다. "언제나 그랬다고? 자네는 사람이 아닌가, 견습 승려 주? 아니면 벌써 득도했단 말인가?" 그가 주 앞에 멈춰 섰다. 그녀는 자기 머리를 내려다보는 그의 눈길을 느낄 수 있었다. 그가 부드럽게 말을 이어갔다. "재미있군. 그 일에 대한 명백한 증거가 없다면 나도 평생 술한 방울도 마시지 않았다는 팽의 말을 믿었을 걸세."

그가 모든 걸 알고 있다는 게 그의 목소리에 실려있었다. 주는 오장육부에 쫙 퍼지는 한기를 느꼈다. "… 주지 스님?"

"사실 자네가 팽을 곤경에 빠뜨렸지, 그렇지 않나?" 주의 대답을 기다리지 않고, 주지 스님이 발가락으로 주를 건드렸다. "일어나게."

주는 일어나 무릎 꿇으며, 주지 스님 손에 들린 물건을 보고 겁에 질렸다.

두 개의 술 단지. 하나는 주가 팽 사부에게 주었던 것이고, 똑같은 모양의 다른 단지는 견습 승려 기숙사에서 모두가 웃으며 마셨던 거였다. 주지 스님이 술 단지를 유심히 보았다. "견습 승려들이 대대로 똑같은 방법으로 계명을 어기는 게 재미있군." 그는 즐기는 듯했다. 하지만 곧 주지 스님은 차갑게 말했다. "나는 다른 사람의 더러운 짓을 처리하는 꼭두각시가 되고 싶지 않다."

주지 스님이 손에 들고 있는 그녀가 계명을 어겼다는 증거. 주는 다른 견습 승려들과 자신이 같다고 믿으며, 자신이 실제로 주중팔이라고 믿으며, 그들과 함께 계명을 어긴 자신을 꾸짖고 싶었다. 다른 한편, 체념의 심정도 슬그머니 솟아났다. '내가 어떻게 하든, 어쩌면 나의 운명을 피할 수 없다.'

하지만 그런 생각을 하면서도, 주는 그걸 믿을 수 없었다. "주지 스님!" 그녀는 울부짖으며 몸을 다시 던져 엎드렸다. "오해가 있습니다…"

"이상하군. 그건 팽이 했던 말인데." 주지 스님이 불쾌해지면 무서운 결과가 따랐다. 그건 파멸을 약속했다. 잠시 말이 끊긴 순간, 마당에 심은 나무들이 공허한 소리를 내는 듯했다. 주가 아무리 힘들게 싸우고 울고 분노해도, 결국 별 볼 일 없는 인물이 될 그녀의 운명이 조금씩 그녀에게 다가왔다.

숙인 그녀의 머리 위로 주지 스님이 뜻밖의 소리를 내고 있어서, 처음에 주는 그게 뭔지 몰랐다. "일어나게!" 그가 말했다. 주는 고개를 번쩍 들고, 자기 눈으로 본 걸 믿을 수 없었다. 그가 웃고 있었다. "나도 말라비틀어진 번목과 같은 팽이 늘 싫었다. 그도 내게 앙심을 품고 있었지. 그는 가장 경건한 중이 주지가 되어야 한다고 생각해." 주지 스님이 술 단지를 들고 한껏 마셨다. "초록 자두군, 그렇지?"

계명을 어기는 주지 스님. 주의 입이 저절로 떡 벌어졌다.

주지 스님이 그녀의 표정을 보고 껄껄 웃었다. "우리가 사는 난세에는 경건한 사람은 좋은 주지가 될 수 없어. 농민들이 반란을 일으키고 몽골군이 진압하는 와중에 우리 황각사가 단지 하늘이 보살

퍼줘서 살아남았다고 생각하나? 절대 아닐세! 나는 우리를 안전하게 보호하는 데 필요한 걸 알고, 그게 중이 해야 할 옳은 일이건 아니건 가리지 않고 하네. 나도 그것 때문에 다음 생에서 고통받을 걸 아네. 하지만 이승에서 살아남기 위해 미래 삶에서 고통받아야 한다면, 나는 기꺼이 받겠네."

그가 몸을 굽혀, 무릎을 꿇은 주와 눈을 마주쳤다. 주지 스님의 처진 피부가 내부의 강렬한 울림으로 오히려 팽팽한 듯했다. 삶에 대한 집착으로 열반을 기꺼이 포기한 남자의 격렬한 세속적인 기쁨. 얼떨떨해 그와 눈을 마주친 주는 그의 몸 안에 숨은 자기 모습을 보았다.

"내가 자네를 기억하는 걸 자네도 알지. 자네는 절 밖에서 기다렸지. 추위 속에서 먹지도 않고 나흘을! 그래서 나는 자네가 강한 의지를 가진 걸 늘 알고 있었어. 강한 의지를 지닌 대부분 사람은 의지만으로는 살아남을 수 없다는 걸 이해하지 못해. 그들은 강한 의지와 함께 살아남으려면 사람과 권력을 이용해야 하는 걸 몰라. 하지만 자네는 달라. 팽은 의지조차 없지! 하지만 자네는 더 큰 권력을 이용해 그를 무너뜨릴 수 있는 걸 알고, 주저하지 않고 그렇게 했어. 자네는 세상이 어떻게 돌아가는지 안다고 생각하지. 나는 그게 흥미로워."

그는 주가 경험한 가장 강렬한 눈빛으로 그녀를 봤다. 주는 그 눈빛을 보며 몸이 떨었다. 맹금류의 그늘 밑에 있는 먹잇감처럼. 그의 관심을 받아서 절에서 쫓겨나지 않을 수 있지만, 다른 사람이 그녀의 비밀을 안다는 건 믿을 수 없을 정도로 위험했다.

주지 스님이 생각에 잠겨 말했다. "절 밖 세상에선 혼란과 폭력이 늘어가고 있어. 시간이 지날수록, 반군과 몽골군 사이에서 우리 위치를 지키기 더 힘들어질 거다. 승려들을 교육하는 일에 내가 그토록 집착하는 이유가 뭐라고 생각하나? 앞으로 올 어려운 시기에 우리가 살아남으려면 힘이 아니라 지식이 절실히 필요해. 우리 임무는 험한 세상에서 우리의 재산과 지위를 지키는 거야. 그러려면 세상이 어떻게 돌아가는지 이해하는 지식이 있고, 우리에게 유리하게 그걸 이용할 능력이 있는 승려가 필요해. 해야 할 일을 할 수 있는 승려가."

주지 스님이 일어서서 주를 내려다보았다. "그런 자질을 가진 승려는 드물어. 하지만 자네는 잠재력이 있어. 서품받을 때까지 내 밑에 와서 일하는 게 어떤가? 팽 사부를 대신할 그 어느 경건한 승려에게서도 못 배울 모든 걸 내가 가르쳐주겠네. 세상이 실제로 어떻게 돌아가는지 내게서 배우게." 그가 잘 알고 있다는 미소를 짓자, 그의 큰 얼굴이 주름졌다. "물론 자네가 원한다면."

'의지만으로는 살아남을 수 없다.' 팽 사부에게서 쫓겨날 위기를 뼈저리게 겪어왔던 주로서는 두 번 생각할 필요도 없었다.

이제 소녀는 몸을 낮추지 않고 목소리도 떨리지 않았다. 주지 스님을 바라다보며 소녀가 큰 목소리로 말했다. "소승, 주지 스님의 가르침을 감사히 받겠습니다. 소승은 해야 할 일이 무엇이든 하겠다고 약속드립니다."

주지 스님이 웃으며 책상으로 돌아갔다. "아, 견습 승려 주. 아직 그게 뭔지도 모르면서, 약속하지 말게."

1354년 9월

　　　　　아직 새벽 4시도 안 돼서 어두웠다. 주는 방 앞에서 누군가 움직이는 소리가 들려 잠에서 깼다. 잠시 후 서달이 들어와, 그녀의 침상 가장자리에 앉았다.

　"서품받기 전날 밤에 잠잘 수 있다니 믿을 수 없어." 그가 진지하게 말했다. "팽 사부는 밤새 우리가 명상하게 했어."

　주가 웃으며 일어났다. "이제 팽 사부는 없잖아요. 그리고 왜 사형은 자기가 서품받은 게 아주 오래전 일처럼 말하세요? 사형도 이제 23살이에요!" 실제로 주는 서품받기에는 아직 한 살 어린 19세였다. 살아 있다면 20살이 되었을 주중팔과 자신의 수많은 차이점 중에서 주는 특히 그 점은 생각하고 싶지 않다. 팽 사부와 아찔한 사건을 겪은 이후 무난히 2년을 보냈지만, 그녀가 마음속에서라도 그 차이를 인정한다면 하늘도 뭔가 잘못된 걸 알까 봐 늘 불안했다. 잠시 후 주가 어둠에 익숙해지자, 서달이 밀짚모자를 쓰고 배낭을 메고 있는 게 보였다. "그런데 벌써 떠나세요? 돌아온 지 얼마 안 됐잖아요."

　그의 미소가 어둠 속에서 초승달처럼 빛났다. "일이 좀 생겼어. 원 스님은 서품식으로 바빠서 내게 알아서 일을 처리하라고 하셔. 네 의견을 물어봐도 되겠니? 한 마을이 소작료를 못 내겠대. 반군들이 와서 세금을 거둬가서 식량이 부족하대. 소작료를 내라고 강요해야 할까, 아니면 받지 말아야 할까?" 다른 승려들처럼 서달도 그녀가 주지 스님과 가까워서 주지 스님만큼 절 사정을 잘 알 거로 생각했다.

　"실제론 반군이 아닐 거예요." 주가 의견을 말했다. "반군은 이달

초부터 원나라 군대와 싸우기 바빠요. 하지만 다른 일이 있었을 거예요. 올해는 풍년인데, 왜 갑자기 소작료를 못 내겠다고 하는지 모르겠어요. 아마도 도적 떼가 반군인 척하고 있을 거예요." 도적 떼란 말에 아픈 기억이 떠올랐지만, 주는 그걸 무시했다. "농민들에게 다음 추수 때까지 소작료를 연기해 주겠다고 하세요. 우리가 지금 무리하게 소작료를 걷지 않으면 봄에 씨를 뿌릴 수 있을 거예요. 이자를 요구하되, 평상시 이자의 반만 요구하세요. 농민들이 도적 떼와 싸우긴 힘들죠. 하지만 자치 민병대를 조직하면 반군에 대항할 수 있어요. 이자를 내라면 그들도 뭔가 하려고 할 거예요."

"농민들이 도적 떼와 싸우려면 나보단 용감해야 할 텐데." 서달이 쓸쓸하게 말했다. "불쌍한 중생. 하지만 네 말에 일리가 있어. 고마워." 그가 일어나 떠나기 전에, 그녀를 다정하게 껴안았다. "네 서품식을 못 봐서 안타까워. 행운을 빈다! 다시 만날 때, 우리 둘 다 정식 승려가 되어 있겠네."

그가 가고 나자, 주는 복도의 등을 켜고 몸을 정결히 씻었다. 주지 스님을 보좌하는 서품받은 승려를 위한 그녀의 방은 주지 스님의 방과 붙어있었다. 주는 주지 스님의 방문을 조용히 두드린 후, 응답을 듣고 들어갔다.

주지 스님은 마당을 향해 열린 문 앞에 서있었다.

"견습 승려 주." 그가 인사했다. "아직 이른데, 잠이 안 오냐?"

"서달 스님이 오셔서 깨웠습니다."

"아, 네게 중요한 날에 그가 여기 없다는 게 안타깝구나."

날이 밝아오고 있었다. 새들이 지저귀고, 나무에 맺힌 은빛 이슬

냄새를 가득 실은 서늘하고 광활한 가을의 숨결이 절 마당을 스치고 지나갔다. 어두운 골짜기 너머로 한 줄기 구름이 물결처럼 흘러갔다. 저 멀리 아득히 먼 넓은 평원에는 검은 얼룩이 보였다. "에선 공이 올해는 반군 지역 깊숙이 공격해 들어오고 있어요." 주가 차분히 말했다. 허난성 제후는 몇 년 전 큰아들에게 군대 지휘권을 넘겼다. "에선 공이 왜 그렇게 열심일까요?"

주지 스님이 수심에 차서, 멀리 있는 군대를 바라보았다. "아직 네게 말하지 않았지. 나도 불과 얼마 전 알았다. 내 생각엔 원나라는 소명왕(小明王)을 반란군이 찾았다는 소문에 반응하는 거다." 그가 이어 말했다. "홍건군. 이제 반군은 자신들을 그렇게 부른단다. 원나라는 홍건적이라고 부르지만."

주가 충격을 받아 그를 쳐다봤다. 소명왕. 새로운 시대를 불러올 인물. 그의 환생은 변화가 다가오는 걸 의미했다. 세상을 완전히 바꿀 거대한 변화. 주지 스님 방 주변의 촛불들이 그녀는 볼 수 없는 무언가의 영향을 받아 휘어졌다. 주의 몸이 떨렸다.

"소명왕은 아직 어린애다." 주지 스님이 말했다. "하지만 그가 전생의 유품을 찾은 증거가 있어, 의심할 여지는 없다. 몽골군이 두려워하는 것도 당연하지. 그가 나타난 게 원나라의 멸망 외에 무얼 의미하겠냐? 모든 정보에 의하면, 원나라 황제가 '하늘로부터 받은 권한[천명(天命)]'은 꺼져가는 등잔불과 같다. 황제는 천명을 잃었지만, 권력을 포기하지 않을 거다. 황제가 허닌성 제후에게 올해 안에 모든 수단을 동원해 반란을 진압하라고 명령했다더구나. 그리고 홍건군은 소명왕을 찾아 대담해졌으니, 바깥세상의 혼란은 더 심해질 거다." 새벽빛이 밝아오면서 아래로부터 그의 모습을 힘차게 비췄다. 그는 어두운 미래에 절망하지 않고, 닥쳐오는 모든 일과 정면으로 맞아 싸워 살아남는 황소 같은 자신감이 넘치는 사람이었다. "혼란해지면 당연히 위험해진다." 주지 스님이 말을 이었다. "하지만 기회도 있을 거다. 평범한 사람도 위대한 인물이 될 수 있는 시대를 우리가 사는 건 혼란 덕분이지. 백성도 제후와 장군과 대항해 싸울 수 있다고 믿고 있다. 수백 년 만에 처음으로 그게 가능해졌다."

'위대한 인물.' 그 말이 주가 잊고 있던 기억에 불을 지폈다. 뜨겁게 살아있는 감정이 그녀의 몸속에서 회오리쳤다. 절 지붕 위에서 보았던 허난성 제후와 그의 아들들의 위엄있는 모습을 보고 그녀가 처음 느낀 흥분과 경이감. 그리고 잊으려고 애썼던 종리 마을의 촛불 밝힌 방에서의 기억. 위대한 인물이란 그녀가 감히 닿을 수 없는 황제와 왕과 장군들의 세계에 속하는 걸 알고, 그 말을 처음 듣고 느꼈던 혼돈과 슬픔.

저 멀리 평야에 위대한 인물의 세계가 있었다. 주는 그걸 바라보며 가슴 한가운데서 끌림을 느꼈다. 그건 12살 아이가 높은 데서 뛰어내리려는 순간 느끼는 추상적인 호기심과는 다른 감정이었다. 이미 뛰고 난 후의 감정이었다. 뛰어내렸지만, 아직 떨어지지 않은 순간. 세상이 그녀를 잡아당겨 원래 위치로 되돌려놓으려는 순간 같은. 그건 의지로 극복할 수 없는 막강한 힘의 끌림이었다. '운명.' 주가 불쑥 생각했다. 그녀는 이해할 수 없는 무언가를 마주친 듯한 불안한 느낌을 받았다. 위대한 인물이 될 수 있는 바깥세상의 운명으로 끌림이었다.

"너희 젊은 중들은 모험하고 싶어서 안달이구나!" 주지 스님이 주의 강렬한 눈빛을 보고 말했다. "안타깝게도 네게 도움을 줄 순 없지만, 내가 1년 정도 네게 자유를 줄 순 있다. 너의 사형 서달보단 네가 더 잘할 수 있을 거다. 네 생각은 어떠냐? 네가 서품받은 후, 내가 바깥세상으로 보내는 황각사의 첫 사자로 너를 임명하면."

끌림이 더 강해졌다. 주의 배에서 묵직한 힘이 퍼져나갔다. 그렇게 오랫동안 주중팔로 살았는데, 하늘까지도 그 둘이 한 사람이라고 믿도록 노력해 왔는데, 그녀의 운명이 바뀌는 게 가능할까? 주는 묵직하게 꿈틀거리는 건 희망이 아니라 두려움이란 걸 알았다. 붉은색과 황색으로 작은 모양들이 맞부딪치며 타오르는 혼돈과 폭력이 있는, 저 멀리 있는 세상을 그녀는 높은 절에서 내려다보았다. 주는 세상에는 위대한 인물이 될 약속도 있지만, 별 볼 없는 인물이 될 가능성도 있다는 걸 알았다.

"주지 스님, 제게 흥미진진한 삶이란 저주를 내리시렵니까?" 주는 하늘이 듣지 않기를 온 힘을 다해 기원하며, 일부로 가볍게 말했다. "저는 모험이 필요 없습니다. 왜 저를 주지 스님 곁에 머물게 하지 않으십니까?"

주지 스님이 웃으며 말했다. "아, 그래서 내가 너를 좋아하지. 이 산에서 사는 게 실망스러운 거라고 두려워 마라. 우리가 함께 이 변화를 이겨내고, 이 절을 소명왕의 시대로 이끌고, 그 후론 평화와 번영을 함께 누리자." 그가 스스럼없이 말을 이었다. "그리고 내가 입적할 때, 네가 황각사의 주지로 나를 승계하도록 조치하겠다."

주가 숨을 멈췄다. 그건 거짓 없는 약속이었다. 그녀는 마음속으로 절의 작은 세상을 그려보았다. 행정을 담당하는 분주한 승려들, 명상 중인 승려들의 무리, 골짜기에 새로 개간한 밭에서 웃는 견습 승려들. 황금색 둥근 하늘 아래 높게 솟은 청기와 지붕과 가파른 산. 작고 안전한 세상. 사실 그건 주가 원하는 곳은 아니었지만, 그녀가 두려움을 피해 찾아온 곳이다. 하지만 그건 그녀가 알고 있는 세상, 그녀를 버리지 않을 세상이었다.

주는 바깥세상을 마지막으로 바라보았다. 높이 솟은 해가 먼 남쪽 산의 가장 높은 봉우리에 걸쳐, 아래 있는 세상을 눈부시게 비췄다. 그녀는 돌아서며, 아직 눈 안에서 햇빛이 춤추는 걸 느꼈다. 주는 생각했다. '뛰어내리면, 나는 죽는다.'

불법을 수호하는 사천왕이 무릎 꿇은 견습 승려들을 무섭게 내려다보았다. 견습 승려들 뒤로 승려들의 250계명을 낮은 소리로 외우고 있었다. 주의 코는 어둑한 전각을 더 어둡게 하는 짙은 향냄새로 지근거렸고, 무릎의 통증은 터질 듯했다. 그들은 몇 시간째 무릎 꿇고 있었다. 견습 승려가 한 명씩 서품받으며 각기 다르게 고통을 참는 소리가 고요히 들렸다.

주지 스님이 주 앞으로 왔다. 그는 그녀를 특별히 잘 이해한다는 표정을 짓고 있었다. "견습 승려 주." 그가 서늘한 손으로 그녀의 얼굴을 조심스럽게 감쌌다. 승려들이 주의 머리 위에 12개의 향을 올려놓았다. 향 연기가 그녀의 얼굴로 쏟아져 내렸다. 익숙한 향냄새에 새로운 냄새가 섞여있었다. 그녀의 살이 타는 냄새였다. 그 고통은 불타는 별들로 만든 왕관을 쓴 것 같았다. 그녀의 뇌 속으로 곧바로 타들어 가는 빛의 문양. 그 고통이 그녀를 초월의 경지로 이끌었다. 주는 우주의 빈 중앙에 떠있는 느낌이었다. 그녀 몸 안으로 모든 생명이 떨리며 멀리서 들어오는 듯했다.

"주중팔, 늘 다른 녀석. 신음조차 내지 않는군." 다리가 후들거리는 주를 승려들이 부축해 일으킬 때, 주지 스님이 재미있다는 듯 말했다. 그녀는 머리가 몹시 아팠다. 그녀는 짧은 상의와 바지만 입고 있었다. 이제 주지 스님이 정식 승복을 그녀의 어깨에 걸쳐주었다. 그건 초보 승려의 승복보다 무거웠다. 그 무게가 그녀를 다른 사람으로 바꿔주었다. "승려 주…"

"주지 스님!" 젊은 승려가 땀을 흘리며 뛰어들자, 모두 벌떡 일어났다. 주지 스님이 못 믿겠다는 눈길로 그를 쳐다보자, 그가 바닥에 엎드려 급히 말했다. "천 번 사죄드립니다. 그런데 허난성 제후 군대의 장군이 오고 있습니다!"

주지 스님이 얼굴을 찡그렸다. "뭐라고? 왜 우리에게 방문한다고 미리 알리지 않았지? 지금 어디 있냐?"

젊은 승려는 입을 벌렸지만, 힘에 지쳐 목소리가 간신히 나왔다. "오래됐습니다, 주지 스님."

환관 장군이 사천왕을 모신 불당의 커다란 문으로 들어서자, 불이 갑자기 희미해졌다. 승려들은 기겁하며 숨을 멈췄다. 불당을 더럽히며 서있는 그를 승려들은 두려움과 분노와 혐오감에 싸여 바라보았다. 원나라 장군은 여러 해 전 주가 불당 지붕에서 보았던 그 환관이었다. 그 당시엔 그는 지금의 주보다도 더 어린 젊은이였다. 여러 해가 흘러 이제 그도 성인이 되었다. 하지만 주는 섬세하게 아름다웠던 그 모습이 그대로 남아있는 걸 보았다. 단지 그의 소녀 같던 얼굴이 순수하고 사랑스럽던 모습을 잃고, 잘 단련된 강철처럼 날카롭고 으스스한 미모로 바꿨다.

일반 군인의 가죽 갑옷이 아니라, 환관 장군은 금속 갑옷을 입고 있었다. 그의 원형 가슴판은 검게 빛나는 거울 같았다. 그는 몽골 전사처럼 머리 양편의 머리카락을 고리 모양으로 땋고 있었다. 그가 가까이 지날 때, 주는 그가 사실은 중국인이란 걸 알았다. 그렇다면 이해가 되었다. 몽골인이라면 환관이란 수치를 참고 살지 않을 거다.

"장군, 불당에 무단으로 침입하셨소." 주지 스님이 놀라서 노골적으로 화를 내고 있었다. 여기 그의 영역에선 그가 왕이었다. 모두 모여있는 승려들 앞에서 그의 권위가 무시당했다. 그래서 그는 강경한 태도를 보이고 있었다. "이 성지에 발을 들여놓을 땐, 황제의 자녀라도 우리 규칙을 지켜야 하오. 장군은 이 장소에 들어올 수 없소."

"아, 그 규칙. 잊고 있었소." 환관 장군이 다가가며 말했다. 그의 얼굴은 몸 안에 생명이 전혀 없는 사람처럼 무표정했다. "사과하오." 그가 절에 찾아온 사람들이 가끔 쓰던 북부 지방의 중국어로 말했다. 하지만 주가 전에는 들어보지 못한 귀에 거슬리는 억양이 섞여 있었다. 몽골어 억양이었다. 그의 뒤로 유령들이 문지방을 넘어 흘러들고 있었다. 등불들이 가라앉았다가 다시 타올랐다. 그가 제자리에 서자 유령들도 멈췄다. 주는 소름이 돋았다. 유령들의 희미한 형체가 그의 둘레로 모여드는 광경은 처음 보았을 때보다 훨씬 더 기괴했다. 살아오는 동안, 그동안 만났던 모든 사람 중에서 주는 이와 비슷한 것도 본 적이 없었다.

주는 유령들 사이에 서있는 환관을 보면서, 갑자기 그녀의 깊숙한 곳에서 거의 잊고 있던 현악기의 줄 같은 것이 꽝 울리는 걸 느꼈다. '유유상종(類類相從).' 그 순간 그녀는 자신과 주중팔이 다르다는 사실을 불타는 듯한 고통처럼 뼈저리게 느꼈다. 하지만 동시에 그녀는 눈앞의 현실을 이해할 수 있었다. '같은 부류끼리는 서로를 알아본다.' 주는 환관이 주지 스님에게서 오래전 모욕당한 걸 기억하고, 무표정한 얼굴 아래에 가학적 감정을 숨기고 있는 걸 직감적으로 알았다. 그의 행동이 승려들을 얼마나 불쾌하게 만드는지 그는 정확히 알고 있었다. 그는 고통을 고통으로 갚아주고 있었다. 그는 그 일을 잊은 적이 결코 없었다.

환관의 눈길이 주지 스님에게서 살을 태운 견습 승려들에게로 옮겼다. "내가 방해하고 있군. 그렇다면 짧게 말하지. 최근 우려스러운 상황을 고려해, 위대한 칸께서 폐하의 군대는 적을 진압하는 노력을 두 배로 늘리라고 지시했소. 허난성 제후께서도 남부 지역의 안정을 회복하는 일에 사찰들이 적극적으로 협력하길 바라고 계시오." 그가 워낙 태연히 계속 말해서, 주는 그가 가학적인 감정을 숨기고 있는 걸 아는 사람은 자기뿐이라고 생각했다. "원나라의 충성스러운 신하인 이 절도 최대한 협력할 거라고 확신하오."

'최근 우려스러운 상황.' 홍건군이 소명왕을 찾은 것이었다. 천명을 잃고 있던 원나라는 존립 자체가 위태로워지자, 사찰이 부와 영향력을 이용해 반군을 돕는 걸 막으려는 것이 분명했다.

환관이 불당을 둘러보았다. 섬세하게 조각된 나무 기둥과 황금빛 조각, 청자 향로들이 보였다. "내가 이곳을 마지막으로 들른 이후 이 절은 크게 번성했구려. 하늘이 돕고 있는 모양이오." 그가 주지 스님을 향해 말했다. "허난성 제후께서 스님께 이 말을 전하라고 하셨소. 앞으로 이 절은 토지와 다른 재산에 얻는 수익의 3분의 2를 지방 행정관에 바쳐야 하오." 그는 감정을 전혀 드러내지 않고 말했다. "승려들은 세속의 모든 쾌락을 버린다고 하니, 힘들진 아니리라 확신하오."

'3분의 2.' 주는 그 엄청난 액수에 주지 스님이 서서히 분개하는 걸 보았다. 그건 원초적인 분노였다. 언제나 지식을 가장 중요한 힘으로 여기는 주지 스님이 과거 모욕 때문에 환관이 품고 있는 원한을 모르는 걸 보고 주는 놀랐다. 주지 스님은 흰 옥처럼 뽀얗게 겉으로 드러난 미모만 보고 있었다.

주가 앞으로 나섰다. 머리와 무릎의 통증이 터질 듯했다. 그 통증 밑으로 다른 통증이 터졌다. 그녀와 환관 장군이 연결된 끈이 강하게 울렸다. 환관 장군이 그녀를 돌아다보며, 약간 황당하다는 듯 아름다운 얼굴을 찌푸렸다. '같은 부류끼리는 서로를 알아본다.' 주는 식삼석으로 느꼈다. 주가 다급히 말했다. "주지 스님…"

하지만 주지 스님은 듣지 못했다. 관심이 온통 원나라 장군에 집중돼 있었다. "3분의 2라고!" 주지 스님이 천둥처럼 소리쳤다. 그렇게 하면 절이 파산한다. "허난성 제후가 천한 미물을 보내 나를 이토록 모욕하다니!"

"불복하시겠다고?" 환관 장군이 잠시 무섭게 흥미롭다는 표정을 보이다가 비웃으며 말했다.

"장군, 절이 소유한 모든 재산은 하늘의 뜻이란 걸 잘 알고 계시죠. 우리 재산을 요구하는 건 부처님의 축복을 버리는 행위요. 그 결과를 잘 알면서도, 그 길로 가시겠소?"

주는 주지 스님의 목소리에 담긴 거친 승리감이 무엇을 의미하는지 알고 있었다. 사찰에 해악을 끼치면 그 업보로 환생을 거듭하며 고통을 받아야 한다.

하지만 환관이 크게 웃자, 승려들은 기겁했다. 그건 신성한 모든 걸 더럽히는 끔찍한 웃음소리였다. "주지 스님, 나를 겁주려는 거요? 그런 위협이 허난성 제후나 나의 주인이신 에선 공에게는 통하겠지. 하지만 왜 군이 나를 보냈다고 생각하시오?" 그의 목소리엔 어두운 분노가 담겨있었다. 주지 스님에게뿐만 아니라 자기 자신에게도 향한 분노가. "나 같은 놈이 이 세상이건 다음 세상이건, 스님이 내게 저주로 내릴 고통을 두려워한다고 생각하시오?"

그 말을 듣자, 주는 환관의 얼굴이 투명한 얼음인 듯 그의 머릿속을 보았다. 그의 무표정한 얼굴 뒤에 있는 수치심과 분노가 보였다. 순간 그녀는 무서운 통찰을 확신했다. 환관은 주지 스님이 그의 명령에 복종하길 원치 않았다. 그는 주지 스님이 거부하게 만들어, 그의 권력을 휘두르는 쾌감을 맛보길 원했다. 그는 복수하러 왔다.

환관 장군이 소리쳤다. "들어와."

갑옷과 무기가 부딪치는 무서운 소리를 내며, 어두운 강물처럼 군인들이 법당 안으로 들어왔다. 그들의 몸을 유령들이 감싸서, 더 어둡게 보였다. 성스러운 장소에 바깥세상이 침범했다. 주는 피할 수 없이 닥쳐올 재난을 보았다. 절도 영원히 존재할 수 없었다. 그녀도 혼돈과 폭력이 있는 세상으로 쫓겨날 거다. 위대한 인물과 별 볼 일 없는 인물이 공존하는 세상으로.

'별 볼 일 없는 인물.' 주는 9년 동안 그걸 피해 도망쳤다. 그녀는 앞으로 계속 그렇게 할 것이다. '항상 살아남을 길은 있다.' 그걸 생각하는 순간, 주는 그 길을 알았다. 바깥세상에 별 볼 일 없는 인물이 될 운명과 위대한 인물이 될 운명도 있다면 갈 길은 하나뿐이다. 주중팔은 위대한 인물이 될 운명이었다. 그녀가 바깥세상에 나가야만 한다면 철저하게 완벽한 주중팔이 되어, 그의 운명을 성취하고 살아남을 것이다.

'욕망이 모든 고통의 근원이니라.' 주의 욕망은 살아남는 것뿐이었다. 이제 그녀는 숨결인 기(氣)처럼 자신과 떼어놓을 수 없는 그 욕망의 강력한 힘을 느꼈다. 그녀는 그 욕망 때문에 고통을 받을 것도 알았다. 혼란스럽고 폭력이 난무하는 바깥세상에서 위대한 인물이 되려면 겪어야 할 무서운 고통의 강도를 주는 상상도 할 수 없었다.

하지만 환관 장군만 고통을 두려워하지 않는 사람은 아니었다.

'네가 이 절을 끝낼 수 있겠지만, 나를 끝내진 못한다.' 주는 그를 바라보며 격렬한 생각에 빠졌다. 그리고 그 생각의 진실은 너무나 강렬하게 빛나서, 그것에 닿는 모든 걸 태울 듯했다. '누구도 나를 끝내지 못한다. 나는 위대한 인물이 될 거다. 내가 두려워, 그 누구

도 감히 나를 건드릴 수 없게.'

환관 장군은 주의 생각을 알지 못했다. 그가 승려들에게 등을 돌리고 문밖으로 나갔다. 끊임없이 들어오는 병사들이 바위를 만난 시냇물처럼 그의 양옆으로 갈라졌다.

그가 병사들에게 말했다. "태워버려라."

2부

1354-1355

사람들이 흩어지자, 중이
승복에서 진흙을 털어냈다.
마는 그가 자기보다 크지
않고, 대나무 막대기처럼
마른 걸 알았다. 그가 아
직 소년이란 게 이상했다.
그녀가 지금까지 본 그의
모습과 어울리지 않았다.

5

가을 아침 평야는 서늘하고 우중충했다. 가축 똥 태우는 연기로 덮인 허난성 제후의 군대 주둔지는 분주했다. 환관 장군 오우양과 그의 부장 사오는 보병 부대가 훈련하는 장소로 말을 타고 가고 있었다. 주둔지가 워낙 커서, 걸어가면 한참 걸렸다. 지휘관들의 둥근 게르(몽골인들의 이동식 천막집)가 있는 중앙을 벗어나, 토목 기술과 공성 장비를 다루는 색목인(色目人)들의 천막들을 지나, 보급 짐 마차와 가축 떼가 있는 곳을 지난 후에야 주둔지 가장 외곽에 있는 보병 부대에 다다랐다. 원나라에서 가장 낮은 사회 계층 출신인 대략 6만 명의 징집병이 보병 부대를 채웠다. 이들 중국인은 패망한 전 왕조의 백성이었다. 몽골인들은 그들을 '야만인'이라고 불렀다.

"원나라를 배신하고 반군에 합류하다니." 오우양이 말을 타고 가며 말했다. "훌륭한 장군이었는데, 왜 그랬는지 모르겠어. 자신의 결말을 잘 알고 있었을 텐데." 지난주까지 후아이 평야에서 홍건군이라고 자칭하는 반군은 마 장군이 지휘했다. 그는 몇 년 전 원나라를 배신한 경험 많은 장군이었다. 군 생활 동안 수많은 사람을 죽여온 오우양이지만 늙은 장군의 얼굴을 잊을 수 없었다. 마 장군의 마지막 표정은 피할 수 없는 운명을 알고 있다는 절망이었다. 오우양은 자기가 늙은 장군의 피할 수 없는 마지막 운명이었던 사실에 우쭐해할 수 있었지만, 한편으론 마 장군이 혹시 자신은 모르는 피할 수 없는 거대한 운명을 알고 있던 게 아닌지 의심했다.

"대승이었습니다." 사오가 중국어로 말했다. 그들 둘 다 몽골 군대에서는 보기 드문 중국인 지휘관이어서, 사오는 둘만 있을 때 중국어를 사용하곤 했다. 오우양은 그런 친숙함이 싫었다. "저는 장군이 그 절을 태운 후, 운이 나쁠 거로 생각했습니다. 하지만 하늘이 아직은 장군 편인 것 같습니다. 하지만 하늘은 언제든 마음을 바꿀 수 있지요." 사오가 교활한 웃음을 지었다. 오우양은 사오의 친숙함뿐만 아니라, 사오란 인간 자체가 싫었다. 싫어도 참고 넘겨야 할 때가 있지만, 오우양은 참는 데 소질이 없었다. 그는 사오의 기분이 나빠지라고 몽골어로 말했다. "예상보단 쉬운 싸움이었다." 과거 홍건군과의 싸움이 힘들었던 걸 생각하면 이상하게 쉬운 승리였다. 그리고 마 장군은 무능한 장군이 아니었다.

사오가 불쾌한 표정을 지었다. 그도 오우양의 의도를 잘 알고 있었다. 사오도 할 수 없이 몽골어로 말했다. "마 장군이 없으니, 반군은 훨씬 쉬운 상대가 될 겁니다. 우리 군대가 후아이 강을 건너, 겨울이 오기 전에 안펑을 점령할 수 있을 겁니다." 안펑은 후아이 강이 휘어지는 곳에 자리 잡은 낮은 토성으로 둘러싸인 도시로 홍건군의 본거지였다. 반군은 그 도시를 수도로 여겼다. "소명왕(小明王)

만 죽이면 반군은 끝장날 겁니다." 소명왕은 그전 어느 반군 지도자보다 백성의 훨씬 큰 호응을 받았다. 하지만 그 이전에도 반란이 있었고, 앞으로도 반란이 있을 것이다. 오우양은 농민들이 있는 한 반란은 계속될 거로 생각했다. 그리고 중국 남부에는 언제나 농민이 많았다.

그들은 주둔지 남쪽 강을 따라 알탄-바타르가 지휘하는 보병이 훈련하는 장소에 다다랐다. 벌써 훈련이 진행 중이었다. 각각 1,000 명으로 구성된 부대 앞에서 장교들이 큰 소리로 지휘하고 있었다. 수천에 달하는 군인들이 일제히 움직이자, 흙먼지가 노란 구름처럼 날렸다. 가벼운 갑옷을 입은 보병 병사들이 노란 먼지 속에서 새 떼처럼 날래게 움직였다.

알탄이 말을 타고 다가왔다. "원나라에서 가장 훌륭한 장군께 문안드립니다!" 그의 목소리에는 조롱이 담겨있었다. 그는 건방지고 무례했다. 그는 허난성 제후의 친척이었고, 부유한 산시성 군사령관의 아들이고, 그의 누나는 황후였고, 17세로 아직 철부지였다.

"계속하라." 알탄의 말을 무시하고 오우양이 지시했다. 그 소년은 장군이 되려면 오우양보다 더 나은 신체 조건과 혈통을 가져야 한다는 믿음을 노골적으로 드러냈다. 나이 많은 장교들도 그렇게 믿는 게 분명했지만, 그들은 자기 생각을 비교적 잘 숨겼다. 노련한 장교들과는 달리, 알탄은 상관들에게 자기 실력을 보여주고 싶어서 안달이었다. 특권층 젊은이답게 자신은 실력을 인정받고 최고 위치까지 올라가야 한다고 믿고 있었다. 오우양은 막 털이 나기 시작하는 알탄의 목젖을 보며 혐오감을 느꼈다.

병사들이 훈련을 마쳤다. 훈련은 꽤 잘한 편이었다.

"아직 부족해. 다시 하라." 오우양이 말했다.

알탄의 속마음은 훤히 보였다. 오우양은 소년의 얼굴에 놀라고 분노하며 믿을 수 없다는 다양한 감정이 어두운 구름처럼 지나가는 걸 보았다. 분노가 특별히 마음에 들었다.

장교들이 그들을 지켜보고 있었다. 알탄이 얼굴을 일부러 심하게 찡그리며, 오우양의 명령을 전달했다.

훈련이 처음부터 다시 실시됐다.

"다시." 그가 말했다. 오우양이 몹시 화난 감정을 숨김없이 얼굴에 드러내는 알탄을 의도적으로 무시하고 병사들을 바라보았다. "똑바로 할 때까지 계속하라."

"정확히 무엇을 원하시는지 말씀해 주시죠, 장군!" 알탄의 목소리는 분노로 떨렸다. 오우양은 그가 감정을 숨기는 능력이 없는 걸 잘 알고 있었다. 젊은 군 지휘관의 노고를 칭찬하는 게 몽골 엘리트 사이에선 암묵적 관행이었다.

오우양이 그에게 경멸하는 눈길을 보냈다. 그는 자신은 그 소년처럼 풋내기였던 적은 없었다고 생각했다. "이 훈련이 너의 현재 능력으론 힘드니, 다른 걸 해보자." 그는 강을 바라보았다. "너의 군대가 강을 건너게 하라."

알탄이 노려봤다. 강은 화살을 쏘아 닿을 거리의 최소한 절반은 되었고, 중심에선 가슴 깊이까지 빠졌다. 게다가 강물은 몹시 차가웠다.

"뭐라고요?"

"명령을 잘 들었을 텐데." 그는 소년의 분노가 더 커지도록 잠시 기다린 후 덧붙여 말했다. "그리고 병사들의 손을 앞으로 묶어라. 균형 감각을 시험하게."

오랜 침묵 끝에 알탄이 융통성 없이 말했다. "사상자가 나올 겁니다."

"훈련을 잘 받았다면 그 숫자가 적겠지. 시행하라."

소년이 목젖을 꿈틀거리더니, 말머리를 돌려 장교들에게 명령을 전달했다. 훈련은 가혹했다. 오우양이 원하던 바였다. 고함치며 채찍을 휘두르는 장교들에 밀려, 병사들은 물속으로 걸어 들어갔다. 병사들은 추위에 떨며 공포에 질렸다. 강물이 깊은 곳에서 상당수 병사가 공포에 질려 넘어져 물속으로 가라앉았다. 유능한 장교들은 병사들과 함께 물에 들어가, 물에 빠진 병사들을 건지며, 앞으로 나아가라고 독려했다. 무능한 장교들은 멀리 강둑에 서서 소리만 질렀다. 알탄은 말의 가슴까지 빠지는 강물에 들어가, 말을 앞뒤로 몰며 지휘했다. 그의 얼굴은 분노로 불타올랐다.

오우양과 사오가 혼란에 빠진 군대와 일정한 거리를 두고 말을 몰았다. 병사들이 강을 건너자, 오우양이 말했다. "너무 느려. 다시 해."

병사들이 다시 강을 건너오자, 그가 말했다. "또다시 해."

세 번 강을 건너자 병사들은 불만으로 가득 찼지만, 지쳐가면서 일종의 기계적인 복종심이 생겼다. 소심한 병사들은 이미 겁에 질려 익사했지만, 살아남은 병사들은 그 끔찍한 훈련의 의미에 호기심을 갖는 듯했다. 하지만 오우양은 명령했다. "다시 해."

정오에 그는 훈련을 중지시켰다. 알탄이 장교들 앞에 서서 오우양을 무섭게 노려봤다. 거의 모든 장교가 온몸에 진흙을 뒤집어쓰고 있었지만, 소수는 멀쩡했다. 오우양은 그 소수를 바라보았다. "자네." 그는 특히 건방져 보이는 몽골인 장교에게 말했다. "너의 부대는 형편없었다. 게다가 병사들을 여러 명 잃었다. 왜 그랬나?"

장교가 자세를 바로잡으며 몽골 군대식 예의를 보였다. "장군! 병사들이 이런 훈련에 익숙하지 않습니다. 겁에 질려 동작이 느렸습니다. 중국인들이 문제입니다. 그들은 천성적인 겁쟁이입니다. 그 나쁜 버릇을 고쳐놓지 못해 죄송합니다."

오우양이 이해한다는 듯한 소리를 냈다.

"병사들은 찬물과 고된 훈련을 두려워합니다." 장교가 계속 말했다. 오우양이 이해한다는 듯한 태도를 갑자기 바꾸며 말했다. "자네는 훈련 내내 말을 타고 있더군."

"장군!" 그가 뭐가 뭔지 모르겠다는 표정을 지으며 소리쳤다.

"너는 병사들이 찬물과 고된 훈련을 두려워한다고 욕하지만, 나는 자네도 그들과 똑같다고 생각해. 너의 병사들 여러 명이 물에 빠져 죽는 상황에서, 너는 몸에 물 한 방울도 묻히지 않았군. 너는 병사들이 물속에서 허우적거리는데도, 구조할 생각조차 하지 않았나?" 오우양은 감정을 제어하려고 했지만, 그의 감정이 목소리에 묻어 나왔다. "타고난 겁쟁이는 죽어도 되나?"

장교가 말하려고 하자, 알탄이 끼어들었다. "장군, 제가 최근 승진시킨 장교입니다. 아직 직책에 익숙하지 않습니다."

"승진은 능력을 증명한 다음에 하는 게 아닌가? 아니라면, 왜 승진시켰나?" 오우양이 알탄을 보며 날카로운 미소를 지었다. "나는 장교가 될 능력이 없다고 생각해." 그가 사오를 바라봤다. "교체해."

"장군께서 나의 부하 장교를 교체할 순 없습니다!" 알탄은 거의 고함치고 있었다.

"나는 할 수 있다." 오우양은 비열한 기쁨을 느꼈다. 사람들이 그의 이런 행동을 환관의 쩨쩨한 성격으로 생각하는 걸 그도 잘 알고 있었다. 하지만 때로는 이런 행동을 하고 싶어 견딜 수 없었다. "죽은 자들을 수습하라. 병사들의 전투 준비를 재확인하라. 이틀 뒤 진군한다. 에선 공의 명령이다!"

그는 떠나면서 알탄이 뒤에서 욕하는 소리를 들었지만 새로운 건 없었다. "저 개자식의 18대 조상까지 저주받아라! 환관 주제에 감히 그렇게 해!?"

허난성 제후의 후계자이자 원나라 남부군 사령관인 에선-테무르의 게르는 주둔지 가운데 밤바다에 떠있는 배처럼 빛났다. 웃음소리가 둥근 게르 밖으로 흘러나왔다. 오우양이 예상했던 대로였다. 에선은 천성적으로 사람들과 어울리길 좋아했다. 오우양은 경비병에게 가볍게 고개를 끄덕이고, 게르 안으로 들어갔다.

에선은 지휘관들 한가운데 느긋하게 반쯤 누워있다가 오우양을 올려다보았다. 큰 키에 근육질 몸을 지닌 에선은 선전용으로 그린 초상화 속의 위대한 칸들보다도 더 완벽한 몽골 전사의 용모를 지녔다. "이제 다들 가보게!" 그가 손을 저으며 말했다.

"주공?" 오우양이 의아하다는 표정을 지으며 앉았다. 늘 그렇듯 그가 들어오자, 게르 가운데 놓인 화로의 불이 바람에 밀리듯 그의 반대 방향으로 휘날렸다. 오래전 어떤 의사가 그런 현상은 오우양이 어둡고 습한 여성적인 음(陰)의 기운이 많기 때문이라고 말했다. 그가 환관이니 누구라도 그런 말을 할 수 있었다. "저를 소환하셨습니까?"

"소환이라니. 나는 친구와 함께 즐기고 싶어 자네를 불렀네."

그들은 오래전 어떻게 서로를 부를지 논쟁을 벌였다. 오우양이 노예에서 신변 경호원을 거쳐 에선의 장군으로 그리고 마침내 가장 절친한 친구로 신분이 상승하는 동안 에선은 호칭을 바꾸라고 강요해왔지만, 오우양은 그건 적절치 않다고 거절했다. 에선은 마침내 패배를 인정했지만, 틈만 나면 그 문제를 다시 꺼내 들곤 했다.

"즐기신다고요?" 오우양이 말했다. "저는 먼저 땀에 밴 몸을 씻고 보고드리고 싶습니다."

"좋은 생각이야. 그러면 자네와 함께하는 즐거움이 세 배로 늘어날걸."

"그럼 세 배로 상을 주시겠습니까?"

"당연하지." 에선이 느긋하게 말했다. "자네는 그 갑옷을 너무 좋아해. 할 수만 있다면 그걸 깔고 자려고 할걸. 하지만 냄새가 고약해. 내가 새 갑옷을 주지."

오우양은 갑옷에 겉멋을 내는 경향이 있었다. 그가 좋아하는 거울 같은 금속 가슴판은 매우 독특해서, 그가 원나라의 무서운 장수라는 걸 적들에게 대담하게 과시했다. 그가 시큰둥하게 말했다. "주공의 감각에 거슬렸다면 죄송합니다."

"하! 자네는 워낙 옷을 많이 입어, 그것만으로도 화살을 막기 충분할 텐데. 그건 그렇고 제발 투구 좀 벗게."

오우양이 투구를 벗었다. 그가 갑옷을 입고 있지 않을 땐, 여러 겹의 옷을 입는 건 사실이었다. 쉬운 변명은 그의 조상은 추운 초원지대에서 오지 않아서, 그가 추위를 많이 탄다는 거였다. 진짜 이유는 생각조차 하고 싶지 않았다.

에선은 방금 몸을 씻었다. 그는 늘 사냥하거나 야전에서 싸워서 얼굴은 햇볕에 그을렸지만, 속살은 초원에서 태어난 사람 특유의 붉은색이 감도는 흰색을 지녔다. 실내에 불이 붉게 타며, 벌어진 상의 사이로 가슴 근육이 상아처럼 빛났다. 그는 모피 위에 편하게 반쯤 누워있었다. 오우양이 그의 옆에 불편하게 앉았다. 갑옷을 입으면 옆으로 눕기 힘들었다. 그리고 그는 옆으론 눕는 자세가 싫었다.

"오늘 아침 알탄에게 겁줬다고 들었네."

"그가 말하던가요?"

"그놈도 내게 불평해 봤자 소용없는 걸 잘 알아. 혹시 불평거리가 있었나?"

오우양이 알탄의 분노를 기억하고 엷은 미소를 지었다. "그 훈련은 특별한 목적이 있었습니다. 몇 명 죽긴 했지만."

"그건 걱정하지 말게. 내가 바빠서 참관하지 못해 미안하네."

"따분한 훈련이었습니다."

"어떤 면이?"

"전부요. 알탄이 한 짓은 빼고요."

에선이 웃으며 몸을 뻗어, 말 젖을 발효시켜 만든 술이 담긴 가죽 포대를 잡았다. 그의 헐렁한 상의가 벌어지며, 허벅지 사이로 커다란 남성 부위의 그림자가 잠시 보였다. 완벽한 남성의 신체. 그 몸의 주인은 그 완벽함을 생각조차 하지 않고 살았다. 자신의 거세된 몸과 비교하며, 오우양의 속마음은 몹시 쓰렸다.

오우양의 속마음을 모른 채, 에선이 두 잔에 술을 부었다. "다른 부대들은 어떤가?"

오우양이 보고했다. 그는 에선의 느긋한 관심을 좋아했다. 에선은 머리카락에 달린 구슬들을 만지작거리며 들었다.

그가 보고를 끝내자, 에선이 말했다. "수고했네. 자네가 없으면 군 지휘가 힘들 거야."

"알탄은 제가 없어도 주공께서 잘하실 거로 생각할 겁니다."

에선이 탄식했다. "그놈을 해임할 순 없어. 그의 아버지가 매우 중요한 인물이야."

"그는 멍청하지 않습니다. 그도 앞으로 10년 정도 훈련하면 저를 대체할 장군이 될 수 있을 겁니다."

"나는 그렇게 인내심이 크지 않아." 에선이 연극배우를 흉내 내며 과장되게 말했다. 그의 웃음은 대부분 눈 주위에서만 보여, 입술을 벌리는 경우는 거의 없었다. "나를 떠나지 말게."

"제가 어디로 갈 수 있겠습니까?"

"그건 약속일세. 자네가 그걸 지키게 할 거야."

"제가 빈말한 적이 있습니까?"

"아! 그건 사실이지." 오우양이 떠나려 일어나자, 에선이 말했다. "좀 더 머물며 말을 나눌 생각은 없나? 나는 자네가 그 텅 빈 게르를 왜 그렇게 멀리 설치하는지 모르겠네."

에선은 왜 오우양이 사람들과 멀리 떨어져 지내는지, 그리고 수도승처럼 검소한 생활을 하는지 이해할 수 없었다. 오우양처럼 신분이 빠르게 상승한 대부분 사람은 사치를 즐겼고, 오우양도 무엇이든 원하기만 한다면 에선이 기꺼이 줄 걸 알고 있었다. 하지만 환관 군인에게 무기와 갑옷 외에 무엇이 필요하겠는가? 오우양은 자신을 도구인 물건으로 생각했다. 물건은 자기 욕망이 없었다.

오우양의 배가 뒤틀렸다. 하지만 이번엔 술 때문이었다. 그는 독한 술을 잘 견디지 못했다. "늦었습니다, 주공." 에선이 실망하는 모습에 죄책감을 느끼며, 오우양이 말했다.

북소리가 울렸다. 오우양이 군대 맨 앞에 섰다. 에선이 의식용 갑옷을 입고 게르에서 나왔다. 은빛 모피 망토가 그의 갈색 피부를 스치며 부드럽게 나부꼈다. 결혼식장에 신랑이 등장하듯, 그는 붉은 새벽빛을 받으며 앞으로 나왔다. 계절에 어울리지 않게 따뜻한 산들

바람이 불며, 금속과 말 냄새가 났다.

오우양 뒤로 정렬한 수많은 병사가 출전 준비를 마치고 기다렸다. 거울처럼 반짝이게 닦은 오우양의 갑옷은 전쟁터에서 그걸 본 적군은 두려움에 떨며 달아나라는 신호였다. 막 떠오르는 태양에 그의 갑옷이 눈부시게 빛났다.

에선이 가까이 오자, 오우양이 무릎 꿇었다. 에선의 가죽 장화가 그의 머리 옆에 멈췄다. 오우양이 그 고귀한 장화 사이 안쪽으로 머리를 숙이고 외쳤다. "허난성 제후의 아드님이신 나의 주공을 찬양하라!"

"허난성 제후의 아드님을 찬양하라!" 병사들이 큰 소리로 합창했다.

"주공! 군대가 출전 준비를 마쳤습니다."

에선이 몸을 곧게 세우고 군대를 보았다. 오우양은 무릎 꿇고 있었지만, 철커덩거리는 소리가 조용히 울려 퍼지는 걸 느꼈다. 가만히 서있는 군대도 소리를 낸다. 오우양은 마음속으로 그 모습을 그려볼 수 있었다. 어두운 금속 구름이 끝없이 펼쳐지듯, 줄지어 늘어선 갑옷을 입은 수만 명의 병사. 숲같이 솟은 창. 그 위를 뒤덮은 몽골 제국의 힘을 과시하는 초원의 하늘 같은 푸른색 깃발.

"일어나게, 장군." 오우양은 에선의 웃음을 보고 기뻤다. "자네 군대가 마음에 드네. 그래서 선물을 준비했지." 에선이 부관에게 신호했다. 기분 좋게 약간 짓궂은 어투로 그가 말했다. "이 말을 보는 순간, 주인을 알아봤지."

선물은 종마(種馬)처럼 목이 두꺼운 검은 암말이었다. 말이 오우양을 향해 귀를 쫑긋한 뒤, 그를 처음 본 모든 동물이 그러듯 이상한 낮은 울음소리를 냈다. 말은 못생겼지만, 거대한 체구에 힘이 셌다. 말이 가장 귀중한 보물인 민족에게 그건 왕에게 어울릴 선물이었다. 오우양은 말을 바라보며 가슴이 찡하게 아팠다. 오우양이 그런 선물을 받을 자격이 있다고 생각하는 사람은 에선뿐이었다.

"나와 함께 말을 달리자, 나의 장군." 에선이 말에 올라타며 정면을 응시했다. 그가 쩌렁쩌렁 울리는 우렁찬 목소리로 외쳤다. "원나라의 위대한 군대여! 허난성 제후의 군대여! 진군하라!"

오우양이 그 명령을 다시 외치자, 10,000명 병사의 지휘관들이, 이어서 1,000명 병사의 지휘관들이, 그리고 100명 병사의 지휘관들이 그 명령을 차례로 반복했다. 그들의 목소리가 협곡 안을 메아리치는 노래처럼 울리며 커다란 합창이 되었다. 동시에 거대한 움직임이 시작했다. 빛을 삼키는 거대한 무리가 평야를 가로질렀다. 금속이 풀을 짓이기고 흙냄새를 차올렸다. 그리고 그 위로 깃발들이 휘날렸다. 에선 공과 오우양 장군이 위대한 원나라의 군대 선두에서 말을 타고 안펑에 있는 홍건군을 향해 진격했다.

6

안핑은 홍건군의 수도였지만 거리는 초라하고, 차가운 비까지 내렸다. 마수영이란 이름의 소녀가 우산도 없이 진흙을 밟으며, 유 승상의 저택으로 터벅터벅 걷고 있었다. 모든 사람이 기다리던 모임이었다. 승상이 홍건군의 새 장군을 선택할 예정이었다. 마는 그걸 생각하자, 가슴이 천 갈래로 뒤틀리는 통증을 느꼈다. 그녀의 아버지 마 장군은 중국 남부 여러 도시에서 승리해서, 모두가 그는 패배를 모르는 장군이라고 칭송했다. 그러다 갑자기 그가 전투에서 패배하고 목숨을 잃었다. 신임했던 지휘관들이 위기에 처한 그를 구하러 단 한 명도 오지 않은 이유를 생각하니, 마는 구역질이 날 듯한 배신감을 느꼈다. 그녀는 아버지가 허난성 제후의 환관 장군과 홀로 싸우는 모습을 마음속에 그렸다. '배신'이었다. 의심할 여지도 없는 승상의 음모였다. 소명왕을 찾은 후, 유 승상은 변했다. 소명왕의 등장으로 원나라에 이길 수 있다는 자신감이 생기자, 그는 피해망상증에 사로잡혔다. 그의 권력이 더 커질 거라고 꿈꿀수록, 그는 모든 사람이 자기 권력을 탐낸다고 의심했다. 마 장군은 허난성 제후의 군대와 싸우러 나가기 이틀 전 승상의 의견에 반대했다. 그래서 그녀의 아버지인 홍건군의 총지휘관 마 장군이 죽었다.

마가 길모퉁이를 돌자, 빗속에서 성큼성큼 걸어가는 낯익은 키 큰 인물이 보였다. 기분을 좋게 만들 사람은 아니었지만, 낯익은 것으로 충분했다. "곽 티안수!" 그녀가 치마를 치켜들고 뛰어가며 불렀다. "같이 가자."

"너 혼자 가." 그녀의 약혼자는 오히려 더 빨리 걸으며 툭 쏘아댔다. 곽 지휘관은 겨우 22살이었지만, 눈을 쉬지 않고 찡그려서, 눈썹 사이에 '내 천(川)' 자처럼 위아래로 세 개의 주름이 벌써 생겼다. 안펑에서는 그를 '작은 곽'이라고 불렀는데, 그는 그걸 싫어했다. 홍건군의 우정승인 그의 아버지가 '원조 곽'이었다. "너는 너무 느려."

"승상의 부름에 늦을 게 걱정이라면 일찍 나섰어야지." 마가 짜증 내며 말했다.

"누가 걱정한대?" 작은 곽이 불쾌하게 말했다. "나는 키 작은 사람과 걷는 게 불편할 뿐이야. 그리고 설령 내가 늦는다고 해도, 내가 없이 승상이 회의를 시작할 수 있을 것 같아? 승상보고 기다리라고 해."

마가 듣는 사람이 있는지 급히 주위를 살폈다. "미쳤니? 승상께 그런 불경한 말을 하게."

"나는 하고 싶은 말을 할 뿐이야. 내가 무슨 말을 하든, 너는 상관하지 마." 마가 오래전 곽 집안으로 입양되어서인지, 그녀와 작은 곽은 약혼한 남녀가 아니라 다른 어머니를 둔 오누이처럼 늘 다퉜다. 작은 곽이 다시 빠르게 걸으며 말했다. "마 장군님 일은 안타깝지만, 우리 군대의 앞날을 위해 훨씬 전에 정해야 했어. 이번에 나는 내 생각을 행동으로 옮길 거야."

마가 조심스럽게 말했다. "네가 차기 장군이 되려고?" 작은 곽의 야망은 잘 알고 있었지만, 무리한 욕심이었다. 그가 홍건군 지휘관 중 가장 경험 많거나 재능 있는 지휘관이 아닌 걸 본인만 빼곤 모두 알고 있었다.

"그럼 나 말고 누가 있어? 승상이 아버지께 이미 약속했어." 그가 그녀에게 몸을 돌리며 말했다. "너는 내가 능력이 없다고 생각하지?"

"그런 건 아냐. 하지만 승상은 자기만의 전략을 갖고 있어. 네가 너의 의견을 말하면…" 마는 아버지의 죽음을 기억하며 다시 속이 울렁거렸다. "너무 큰 야심을 갖지 마."

"승상이 너의 아버지의 작전에 반대한 건, 그 작전이 실패할 걸 알았기 때문이야. 그리고 사실 실패했잖아! 승상도 좋은 전략을 들으면 이해할 거야. 그리고 이제 우리에겐 소명왕이 있어. 하늘도 우리에게 천명을 주었는데, 어떻게 우리가 질 수 있니?"

"나의 아버지가 패배했을 때도 소명왕은 있었어." 마가 울적해져 말했다. 소명왕의 환생이 새 시대의 도래를 약속한다는 건 잘 알고 있었다. 하지만 그녀 아버지의 죽음은 새 시대가 오려면 수많은 희생이 따를 거란 걸 의미했다.

소란한 소리에 그들이 놀랐다. 사람들이 길 한가운데 모여있었다. 사람들이 흥미에 가득 차, 어깨높이로 떠있는 인물 주변에 바싹 모여있었다. 그때 사람들이 흩어지며, 그 인물이 앞으로 뛰어나왔다. 어깨 위로 떠있는 게 아니라, 말을 타고 있었다. 말과 어울리지 않게, 그는 삭발한 머리에 회색 승복을 입고 있었다. 말이 거리를 따라 날뛰며 여기저기 상점 진열대에 부딪히자 욕설이 난무했다. 사람들이 미친 듯 웃고 소리 지르며 열광했다. 그러다가 말이 갑자기 멈추자, 그 인물이 공중을 날아 진흙탕에 빠졌다. 사람들은 배를 잡고 자지러지게 웃었다.

기분이 나빠진 말이 마 소녀에게 가벼운 걸음으로 다가왔다. 그녀가 손을 뻗어 고삐를 잡았다.

"이봐! 너희들!" 작은 곽이 소리 지르며 성큼 다가왔다. 지휘관을 보자, 병사들이 조용해졌다. "그래 너희들. 저놈을 이리 끌고 와."

병사들이 진흙탕에 빠진 중을 건져 작은 곽 앞으로 데려왔다. 그는 젊고 마른 체격에 기억하기 쉬운 매우 특이한 얼굴을 갖고 있었다. 그의 얼굴은 위는 너무 넓고 아래는 너무 좁아, 귀뚜라미나 사마귀 머리 같았다. "곽 지휘관께 부처님의 가호가 있길 기원합니다." 그가 고개를 숙이며 맑은 목소리로 말했다.

"너." 작은 곽이 사납게 말했다. "안펑에 온 목적이 뭐냐?"

"소승은 구름 따라 물 따라 떠돌고 있습니다." 사찰에 소속되지 않은 떠돌이 중. "잠시 지날 뿐입니다. 시골을 떠돌다가 많은 사람이 모인 걸 보니 좋군요." 중이 눈가에 미소를 지었다. "요즈음 시골에서는 사람들이 서로 만나거나 보는 것조차 좋아하지 않습니다."

"내가 너를 진짜 중이라고 믿을 바보라고 생각하냐?" 작은 곽이 말을 흘끔 쳐다봤다. "홍건군의 재산을 갖고 있군. 너는 도둑이지."

"소승이 말 도둑이라면 말을 좀 더 잘 탔겠죠."

"그렇다면 형편없는 도둑이군."

"사람들과 말을 걸고 내기했습니다." 중이 말했다. 그의 눈가에 미소가 더 커졌다. 그는 교육받은 승려의 말투를 썼다. 그 점이 오히려 가짜 중일 거란 의심을 크게 만들었다. "소승이 우연히 이겼습니다."

"속임수를 썼군. 그래도 도둑인 건 바꾸지 않아."

"소승은 그저 운이 좋았을 뿐입니다." 중이 쓸쓸하게 말했다.

"이곳에서 도둑을 어떻게 처리하나 보여주지." 작은 곽이 안평의 토성으로 머리를 획 돌렸다. "저렇게."

줄줄이 창끝에 꽂힌 머리들이 보였다. 중의 눈이 커졌다. "아. 하지만 소승은 진짜 중입니다." 그런 후 그가 무릎 꿇었다. 마는 그가 목숨을 살려달라고 울면서 빌 거로 생각했다. 그때 중의 낭랑한 목소리가 들렸다. 그는 염불을 외고 있었다.

"이런…" 작은 곽이 짜증을 내며 얼굴을 찡그렸다. 그가 칼에 손을 댔다. 하지만 칼을 칼집에서 뽑기 전에, 마가 앞으로 나서 그의 팔꿈치를 잡았다.

"스님이잖아! 들어봐!"

작은 곽이 성난 표정을 지으며 팔을 뺐다. "이놈은 입으로 방귀를 뀌고 있는 거야."

"방귀… 반야심경이야!" 마가 화를 냈다. "너는 그것도 모르냐? 생각 좀 해라, 곽 티안수. 소명왕은 하늘이 우리를 돕는 증거인데, 네가 스님을 죽이고 다니면 그게 얼마나 오래 가겠니?"

"불경을 안다고, 모두 승려는 아냐." 작은 곽이 심술궂게 말했다.

"승복을 봐! 그리고 너는 스님이 재미로 머리에 흉터를 냈다고 생각하니?" 그들은 염불을 외는 중을 봤다. 그의 숙인 머리에 둥근 흉터가 바둑판 모양으로 나 있었다. 마치 과거에 누군가 불에 달군 구슬 방석을 그의 머리 위에 올려놓은 듯했다. 그의 긴장한 젊은 얼굴이 불경에 완벽히 집중되어 빛났다. 잠시 마는 그 긴장이 두려움 때문이라고 생각했다. 하지만 그의 검은 눈동자가 사르르 열리며 그녀의 눈과 마주치는 순간, 그 두려움 없는 표정에 그녀는 놀랐다. 그때야 그녀는 그 긴장의 진짜 의미를 알았다. 그건 확신이었다. 자기가 바라는 바가 이루어질 거라고 확신하는 사람의 모든 걸 태워버리는 신비로운 종교적 집중이었다.

사람들이 중을 보면서 믿을 수 있다는 표정을 짓자, 작은 곽은 고민하고 있었다. 그는 체면을 잃고 싶지 않았다. "좋다." 그가 말했다. 마는 그의 어조에 움찔했다. 작은 곽은 자기 시체가 들어갈 관을 보기 전에는 울지 않을 전형적인 돌대가리였다. 게다가 그는 구석으로 몰리면 언제나 앙심을 품었다. 그가 중에게 말했다. "이곳은 할 일 없는 사람들이 모인 곳이 아니다. 여기는 군대야. 모든 사람이 싸워야 해. 네가 계명 때문에 싸울 수 없다는 건 아니겠지?"

중이 염불을 그쳤다. "제가 싸울 수 없다면요?"

작은 곽이 중을 잠시 쳐다보고, 가장 가까이 있는 군인에게 성큼 걸어가, 그의 칼을 빼앗아 중에게 휙 던졌다. 중이 허우적거리다가 곧 칼을 물웅덩이에 빠뜨렸다. 작은 곽이 잔인한 만족을 보이며 말했다. "중놈이 계속 남겠다면 전위부대에 넣어라!" 그리고 그는 휙 돌아서 자리를 떴다.

작은 곽다운 복수였다. 가장 쓸모없는 신병들로 구성된 전위부대는 전투 시작을 알리는 몽골군의 화살을 막는 역할을 할 뿐이었다. 중이 죽을 게 뻔했지만, 그렇다고 하늘이 그걸 작은 곽의 잘못으로 돌릴 순 없었다.

사람들이 흩어지자, 중이 승복에서 진흙을 털어냈다. 마는 그가 자기보다 크지 않고, 대나무 막대기처럼 마른 걸 알았다. 그가 아직 소년이란 게 이상했다. 그녀가 지금까지 본 그의 모습과 어울리지 않았다.

"스님." 그녀가 그에게 말고삐를 넘기며 말했다. "다음엔 내기에서 이길 땐 말 타는 법부터 배우세요."

중이 올려다보았다. 마는 두 번째로 놀랐다. 그의 얼굴이 너무나 온화해서, 그녀는 자기가 그를 좀 전에 잘못 보았다고 확신했다. 그 얼굴에 강렬함은 전혀 없었다. 그는 한 번 죽음을 피했지만, 곧 다른 죽음이 기다리고 있다는 걸 모르는 듯했다.

"도와주시겠다는 말씀인가요?" 그가 기뻐하며 물었다. "혹시, 말을 타실 줄 아시나요?" 그가 마의 둥근 얼굴과 큰 발을 자세히 보았다. "오! 중국인이 아니군요. 색목인(色目人)이시죠. 그렇다면 당연히 말을 탈 줄 알겠네요."

마는 놀랐다. 물론 그녀는 색목인이었다. 그녀의 아버지는 원나라 장군이었다. 원나라 장군들은 몽골인이거나 초원 유목민으로 서쪽에서 온 색목인이었다. 원나라 전체에서 중국인 장군은 단 한 명 있었고, 그가 누구인지는 모두가 알고 있었다. 중은 한눈에 그녀의 정체를 알아봤다.

그가 활짝 웃었다. "소승의 이름은 주입니다, 낭자 사부님. 제자에게 지시를 내려주십시오!"

그 대단한 뻔뻔함에 마가 웃었다. "아주 뻔뻔하군요! 그건 아주 힘든 일이에요. 한 가지 말씀드리죠, 주 대사님. 당장 말을 갖고 떠나세요. 여기 계시면 오래 못 사세요." 그녀가 고개를 흔들며, 그녀를 물려는 말을 토닥이고 떠났다.

그녀 뒤로 소란한 소리가 났다. 뒤돌아보자, 중이 말에 질질 끌려가고 있었다. 그녀는 잠시 동정심을 느꼈다. 홍건군의 전위부대에 있던 도적 떼가 득실거리는 시골을 떠돌건, 순진한 떠돌이 중이 살아남을 가능성이 얼마나 될까? 하지만 반군과 몽골군이 격돌하는 난세에, 마가 아는 한 그 누구의 목숨도 보장할 수 없었다.

마는 승상의 용좌가 있는 방 뒤편에서 찻주전자를 들고 서있었다. 홍건군이 점령하기 전 안펑은 왕조의 수도인 적이 없어서, 진짜 용좌가 있는 방이라고 말할 수 없었다. 그리고 진짜 궁전도 아니었다. 이제는 홍건군이라고 자칭하는 반군이 몇 년 전 안펑을 점령했을 때, 군 지휘관의 저택을 포함한 대부분 건물이 불탔다. 그래서 승상 유복통은 커다랗지만 황폐한 2층 목조 건물에서 반군을 지휘했다. 용좌가 있는 방은 원래 조상을 모시는 사당이어서, 지금도 향과 마른 귤껍질 냄새가 났다. 흰 곰팡이가 검은 벽을 온통 덮고 있었다. 그 방 안에 높은 단을 세우고, 승상은 두 개의 용좌 중 낮은 것에 앉았다. 낡은 관복을 입은 유복통은 날카로운 눈을 지녔고, 턱밑에 흰 수염이 엉성하게 나있었다. 그는 피해망상에 사로잡혀, 겨울철 족제비 같은 잔인한 인상을 주었다. 그의 옆에 놓인 높은 용좌에 소명왕이 앉아있었다.

음산한 인상의 승상과 비교해, 빛과 불이 사람으로 환생한 소명왕은 더러운 거지 손에 들린 방금 찍어낸 금화처럼 밝게 빛났다. 몸 안으로부터 빛이 나오는 듯한 붉은 옷을 입은 일곱 아니면 여덟 살된 어린아이지만, 그는 나이를 뛰어넘은 듯했다. 면류관에 매달린 수많은 옥구슬 뒤로 가려진 그의 눈에서 광채가 났다. 그의 미소는 부처 조각상처럼 우아하면서도 힘이 있었다. 마는 그가 실제 인간인 어린아이인 걸 알고 있었다. 그도 숨을 쉬었다. 하지만 소명왕이 홍건군과 함께 있던 동안, 그녀는 면류관에 달린 옥구슬들이 찰랑거리는 소리밖에 들은 게 없었다. 변화를 약속하지만 변함없는 그의 고요한 얼굴을 보면 그녀는 머리 위로 커다란 개미들이 기어 다니는 듯한 느낌을 받았다. 용좌에 앉아 그는 무슨 생각을 할까? 아니면, 그는 생각이 전혀 없는 텅 빈, 하늘의 뜻을 전달하는 통로일 뿐일까? 그녀의 몸이 떨리며, 찻주전자의 뚜껑이 달가닥거렸다.

홍건군 지도부가 두 용좌 앞에 무릎 꿇고 있었다. 앞줄에는 우정승 곽자흥과 좌정승 진우량이 똑같은 자세로 존경을 표하며, 관모를 벗고 바닥에 머리를 조아렸다. 두 번째 줄에는 홍건군의 젊은 세 명의 지휘관 중 작은 곽과 그의 절친한 친구인 순맹이 함께 무릎 꿇고 있었다. 세 번째 젊은 지휘관 우는 자리를 비웠다. 그는 전쟁터에 나가있었다. 그는 환관 장군의 매서운 공격에 계속 무너지고 있는 최전선을 방어하고 있었다.

다른 빈자리는 마 장군이었다. 마는 아버지의 죽음을 슬퍼했지만, 슬픔을 드러낼 수도 없었다. 그녀는 14살 때부터 곽 집안에서 자랐고, 그녀의 아버지는 죽기 전에도 지나치다 만나도 마치 남남인 것처럼 가볍게 인사만 했다. 그녀는 마 장군과 우정승 곽의 동맹을 확고히 하려는 정치적 목적 때문에 입양되었는데, 이제 그 목적은 끝났다.

"일어나시오." 승상이 말하며 용좌에서 일어나, 군사 계획을 논의하는 지도가 그려진 모래판으로 내려왔다. 그가 마에게 차를 따르라고 손짓했다. 홍건군 지휘관들이 모이자, 그는 분노를 간신히 억누르며 말했다. "우리가 진작에 새 장군을 선출해야 했소. 소규모 전투가 아니라, 야만인들을 완전히 몰아내고 최종 승리를 안길 장군을. 그리고 다신 실수해선 안 됩니다. 홍건군의 임무보다 자기 야망을 채우려는 자는 절대 안 됩니다. 마 장군은…." 그가 갑자기 입을 다물었지만, 마는 그의 얼굴에 드러난 무서운 분노에 움찔했다. 그녀 아버지의 죽음에 대한 진실이 그 표정으로 명확해졌다. 승상은 그녀의 아버지가 자기 의견에 반대하자, 그를 반대 세력으로 본 게 분명했다. 그는 그녀의 아버지를 처리하려고, 홍건군의 중요한 군사적 작전도 위험에 빠뜨렸다.

두 정승이 적대적인 눈길을 주고받았다. 좌정승 진과 우정승 곽은 늘 적대적이었다. 그리고 피해망상 증상을 점점 더 보이는 승상에게 두 사람은 야욕을 감추고 권력을 차지하려는 경쟁자로 보였다. 곽은 승상을 더 오랫동안 보필해 왔지만, 정치적 동맹이었던 마 장군이 죽자, 그의 입지가 위험해지고 있었다.

진우량이 말했다. "승상 대감, 소신의 의견으로 우 지휘관의 재능이 출중합니다." 진우량은 40대로 그의 경쟁자인 곽자흥보다 10살 정도 아래였다. 그는 호랑이 줄무늬를 연상시키는 위아래로 깊게 주름이 파인 작은 얼굴을 갖고 있었다. 그는 학자풍의 모자를 쓰고 있었지만, 사실 그는 승상과 힘을 합치기 전 잔인하기로 악명 높던 군 지휘관이었다. 안펑을 점령한 장수는 그였는데, 그 당시 거의 모든 건물을 불로 태워버리자, 주민들이 두려워 모두 도망쳤다.

"우 지휘관은 능력도 뛰어나고 충성스럽지만, 아직 20살도 안 됐습니다." 우정승 곽이 말했다. "그렇게 젊은 장수가 우리 군대를 지휘할 수 있겠습니까?" 방에 있는 모든 사람처럼 우정승 곽도 우 지휘관이 진의 심복인 걸 알고 있었다. "승상 대감, 곽 지휘관을 당연히 장군으로 지명하셔야 합니다. 곽 지휘관은 우 지휘관보다 몇 년 더 경험이 많고, 병사들에게 충성심과 열정을 심어주고 있습니다."

승상이 작은 곽을 찬찬히 살펴보았다. "곽 티안수. 자네가 배신자 마 장군이 실패한 오랑캐 토벌을 할 수 있겠나?"

작은 곽이 의기양양해져 주먹으로 자기 가슴을 세게 쳤다. "네, 제가 하겠습니다!"

마는 진과 작은 곽 사이로 들어와 차를 따르며, 진의 얼굴에서 실망이 아니라 은근히 만족하는 표정을 보았다. 이게 그가 바라는 결과였다. '그렇다면 그는 뭔가 무서운 계략을 꾸미고 있다.'

"좋소, 곽 장군." 승상이 말했다. "그러면 장군이 될 자격이 있는지 증명해 보시오. 우리 군대를 이끌고, 원나라 군대를 막고 있는 우 지휘관을 지원하시오. 우리는 지연작전을 펴야 하오. 사상자를 많이 내지 말고 적절히 방어하다가 후퇴하시오. 우리의 목표는 올겨울까지 원나라 군대가 안펑까지 진격하지 못하게 막는 거요. 그러면 여름이 오면 잃은 영토를 수복할 수 있을 거요."

그게 안전한 작전이었다. 승상이 마 장군을 고의로 희생시켜 홍건군의 전력이 크게 약화한 데다, 원나라가 적극적으로 공세를 펴고 있었다.

"좋은 생각입니다, 승상 대감." 우정승 곽이 조용히 말했다.

좌정승 진이 작은 곽을 향해 부드럽게 말했다. "장군, 자네 의견을 말해보게."

마는 작은 곽이 입을 벌리는 순간, 진의 계략을 눈치챘다. 노련한 우정승 곽을 상대하기보단, 곽 파벌의 약한 고리인 작은 곽을 공격하려는 거였다. '어리석고 오만하고 야심에 찬 작은 곽을.'

작은 곽이 무슨 말을 하려는지 걱정돼, 마는 찻주전자로 그의 손을 건드렸다. 그 순간 누군가 그녀의 손목을 꽉 잡았다. 차가 탁자 위로 흘렀고, 마는 아파 소리 지르는 걸 간신히 참았다. 진이 그녀의 손목을 눈물이 나오도록 꽉 쥐었다. 부드러운 말투로 그가 말했다. "수영 낭자, 남편 되실 분이 말씀하려고 할 때마다 꾸중하시면 언제 그 고견을 들을 수 있겠소?"

우정승 곽이 그 틈을 이용해 재빨리 말했다. "승상 대감, 현재 전투 상황에 관한 보고를 검토할 시간을 곽 장군에게 주시는 게 좋을 듯합니다. 그런 뒤 다시 회의를 열죠."

진이 말했다. "저는 곽 장군이 상황 파악을 이미 하셨을 거로 생각합니다. 우정승 대감께서는 곽 장군이 의견을 말하도록 허락하시죠."

그는 쳐다보지도 않고 마의 손목을 놓았다. "장군, 말씀하시오."

작은 곽은 자부심에 넘쳤다. 그는 자기 목소리마저 좋아했다. 마는 거의 눈물이 나왔다. 그는 분별력이 전혀 없었다. 얼마 전 그녀의 아버지에게 일어난 일을 그가 그토록 모를 수 있을까? '승상은 성공하려는 노력과 정치적 야심을 분별하지 못한다는 걸.' 마는 손목이 욱신거렸지만, 진의 음흉한 미소를 보며 몸을 떨었다.

작은 곽이 말했다. "왜 우리가 아무 대가 없이 야만인들에게 영토를 내줘야 합니까? 야만인들이 벌써 안펑이 보이는 곳까지 왔는데 군대를 돌려 되돌아가겠습니까? 틀림없이 후아이 강을 건너 순식간에 안펑을 점령하려 할 겁니다. 후아이 강을 건너면, 야오 강이 가장 큰 자연 장애물입니다. 그곳에서 전투를 벌이면, 우리에게 유리합니다. 과감하게 정면으로 싸워 이깁시다!"

"정말 대담한 작전이군요." 진이 은근히 부추겼다. "우리가 야만인들을 무찌르게 하늘이 도와주시리라 믿고, 우리의 늠름한 새 장군이 용감하게 싸우도록 허락하는 게 어떻겠습니까?"

"곽 티안수." 우정승 곽이 안절부절못하며 말했다. "좀 더 신중한게…."

"신중이라뇨!" 작은 곽이 소리쳤다. 그는 목소리가 크다고 옳은 건 아니란 걸 몰랐다. "우리가 1,000조각으로 잘려 죽을 때까지 신중해야 합니까? 야만인들의 군대가 우리보다 큰 건 사실이지만, 제갈량은 3,000명의 군사로 100,000명을 물리치지 않았습니까?"

그게 작은 곽의 진짜 모습이었다. 그는 자기를 역사상 가장 뛰어난 전략가에 전혀 부끄럼 없이 비교하고 있었다.

비 새는 지붕 아래 놓은 양동이에 빗물이 똑똑 떨어졌다. 잠시 후 승상이 신중하게 말했다. "곽 장군, 그게 자네 의견이라면 우리 군대를 진군시켜 야오 강에서 전투하게. 소명왕이 축복하셔, 우리 군대가 승리하길 바라네!"

소명왕이 인자한 미소를 지으며 그들을 내려다보았다. 그가 앞으로 있을 전투의 결과를 알고 있는지는 전혀 알 수 없었다. 마는 불안해 식은땀이 났다. 작은 곽이 승리하지 못하면 이번 회의에서 승상과 다른 의견을 말했다는 이유로, 그의 충성심이 의심받을 것이다. 충성심을 의심받는다면 그는 돌이킬 수 없는 심각한 위험에 빠진다.

마는 진을 봤다. 그는 슬며시 미소 짓고 있었다. 매우 만족한다는 의미였지만, 따스함이란 전혀 없는 미소였다.

안펑 성안에 자리 잡은 낮은 언덕에 홍건군 병사들이 주둔한 천막과 오두막이 늘어서 있었다. 과거엔 많은 사람이 살았던 도시에 남은 건 유령들과 몇 채의 2층 주택뿐이었다. 주는 말과 함께 서서, 차가운 바람과 타는 연기를 들이셨다. 그녀가 원하던 안펑까지 왔다. 하지만 그녀는 앞으로 놓인 위험을 정확히 알고 있었다. 그녀가 들고 있는 칼의 무게가 그 위험의 무게를 절실히 느끼게 했다. 그녀는 처음으로 칼을 들어보았다. 그녀는 칼 쓰는 방법을 전혀 몰랐고, 서달처럼 말을 탈 줄도 몰랐다. 그녀는 절에서 많은 걸 배웠지만, 그 지식은 전쟁터에서 살아남는 데 도움이 안 됐다. 그녀는 앞으로 있을 일을 생각하며 두렵기도 했지만, 그 문제에 집중하자 일종의 쾌감도 느꼈다. 그녀는 마음속으로 생각했다. '언제나 길은 있다.'

누군가 뒤에서 말하는 소리가 들렸다. "재수 좋은 중이군."

주가 돌아서자 어둠 속에 서있는 소년의 얼굴이 보였다. 얼굴에는 절에 세운 작은 비석처럼 큰 코가 무겁게 달려있었지만, 생기가 넘쳤고 영리하게 보였다. 얼굴 주변으로 긴 머리카락이 늘어져 있었다. 소년은 성인처럼 머리카락을 묶어 올릴 수 있었지만, 귀도 코처럼 커서, 귀를 가리려는 의도인 걸 주는 알아챘다.

"맞지?" 소년이 흥미롭다는 듯 미소 지었다.

주도 흥미를 느끼며 말했다. "소승이 중인 건 맞습니다. 그런데 누구신지…?"

"돌중을 본 적 있어. 돌중들은 사람들이 공짜 음식을 줄 거로 생각하지." 한참 생각한 뒤, 그가 말했다. "나는 상우춘이야."

"젊은 형제 상우춘, 제가 비밀을 알려드리죠. 실제론 공짜 음식은 없습니다." 주는 안펑까지 굶으며 오래 걸어온 걸 생각했다. 그녀가 고개를 숙여, 서품받을 때 생긴 상처를 보여주었다. "그리고 사람들이 돌중은 금세 알아본답니다."

상우춘이 호기심에 보이며 상처를 자세히 보았다. "운 좋은 중, 그 운이 필요할 걸. 작은 곽이 스님을 너무 좋아해 전위부대로 보냈다고 들었는데." 그가 주를 위아래로 훑어보다가 칼에 눈길을 보냈다. "그 물건을 사용할 줄 모르지. 하지만 상관없어. 전투가 시작하자마자 5분 안에 화살을 맞을걸."

"사실 무예를 닦는 스님들이 계시죠." 주가 말했다. "전에는 안 그랬는데, 지금은 무예를 안 배운 게 아쉽네요. 그런데, 젊은 형제, 안평을 잘 아시죠! 소승에게 소중한 충고를 주시겠소."

상우춘이 즉시 말했다. "말을 팔아."

"제게 가장 소중한 재산인데요." 주가 거절했다. "제 유일한 재산이고요."

"말을 탈 줄 안다면 그렇겠지." 그가 그녀를 경멸하는 눈빛으로 바라봤다. "말도 탈 줄 모르고, 싸울 줄도 모르고, 말도 팔고 싶지 않은 스님이군. 할 줄 아는 게 있어?"

"소승은 기도할 줄 압니다. 사람들은 기도가 때로는 큰 도움이 된다고 말하죠." 그녀가 말을 끌고 거리를 따라 걸었다. "이 길로 가면 전위부대가 나오나요?"

"조심해!" 소년이 그녀가 구덩이에 빠지지 않게 밀었다. "운 좋은 스님. 진짜 충고해 드리지. 빨리 떠나! 기도한다고 야만인이 쏜 화살에 안 맞을 거로 생각해?"

"왜 다들 떠나라고 하지요? 소승은 갈 곳이 없는데." 그녀는 가볍게 말했지만, 안평을 떠나라는 말에 '별 볼 일 없는 인물'이 된다는 불길한 생각이 날아가는 매의 그림자처럼 빠르게 스쳐 지나갔다. 이 길이 아무리 불확실하고 위험해도, '위대한 인물'을 포기하는 선택은 할 수 없었다.

"머문다면 어떻게 될 거로 생각해? 어쨌든 전위부대는 저기 있어." 상우춘이 들판 여기저기서 타오르는 모닥불을 가리켰다. "나는 이쪽으로 갈 거야. 또 봅시다, 운 좋은 중."

주가 앞으로 있을 일을 기대하며 걸어갔다. 불과 몇 걸음 걸었을 때, 곁눈으로 무언가 덮치는 게 보였다. 말이 뱀처럼 빠르게 몸을 솟구쳤다.

"거북이 똥구멍 같은 돌중!" 상우춘이 말을 피하며 그녀에게 달려들었다. "돌려줘!"

"무슨 말씀인지…." 가방이 강하게 날라와 그녀의 가슴을 때렸다. "아야!"

"왜 아파?" 그가 소리 질렀다. "돌이 가득 들었거든."

"소승의 잘못이 무엇인지…."

"내 가방은 없어지고, 돌만 가득 든 가방만 남았잖아!"

주는 웃음을 참을 수 없었다. 그 나이의 소년들은 자기가 아주 똑똑하다고 생각한다. 그들은 자신들의 꾀로 살아남을 수 있고, 세상은 어리석다고 생각한다. 그녀가 웃어, 상우춘은 화가 더 났다. "돌중! 진짜 중은 웃지도, 훔치지도 않아. 내가 처음부터 알아봤지."

"이런, 이런." 주가 웃음이 나오려는 입을 억지로 꽉 물었다. "소승은 진짜 중입니다." 그녀는 승복 안에 숨겨둔 상우춘의 가방을 꺼내 보았다. "와, 어린 형제! 이건 엄청나군." 구리 동전과 이제는 거의 쓸모없는 종이돈 외에도 커다란 은화 6개가 있었다. "이 많은 물건을 도둑질하면서 어떻게 안 잡혔죠?"

"네가 살아남아서 그 말을 떠들고 다닐 수 있을 거로 생각해?" 상우춘이 험악한 표정을 지었다. "그걸 돌려줘."

"저를 칼로 찌르시려고요?" 주는 즐기고 있었다.

"당연하지! 사람들에게 내가 도둑이라고 말하면 어쩌려고?"

"모든 사람이 벌써 형제가 도둑인 걸 알고 있어요." 잠시 주가 장난을 멈추고, 자신의 진짜 깊은 생각을 말했다. 상우춘은 불안하게 눈을 깜빡거리고 눈길을 돌렸다. 그녀가 말했다. "어린아이가 동전 한두 닢을 훔치는 건 참아주겠죠. 하지만 형제는 이제 어린아이가 아니에요. 언젠가 또 뭘 훔치겠죠. 어쩌면 중요한 물건이 아닐 수도 있겠죠. 하지만 그걸로 사람들이 형제를 죽이고 목을 성벽에 걸게 될걸요."

상우춘의 얼굴에 아주 잠시 두려움이 스쳤지만, 그는 곧 그걸 숨겼다. 그가 가방을 낚아채 가져갔다. "점쟁이처럼 내 운명을 말하네! 내가 왜 너 같은 돌중의 말을 믿어? 네 걱정이나 해. 전위부대는 위험해." 그가 입술을 오므리더니, 주를 바라보며 머릿속으로 계산했다. "하지만 돌중, 길 안내할 사람이 필요하지 않아? 방금 걷다가 웅덩이에 빠져 다리가 부러질 뻔했잖아. 조심하지 않으면 전쟁터까지 가지도 못할걸?"

"도와주시겠다고요?" 주가 말했다. 그녀는 소년의 기회주의적이고 반항적인 성격과 못생긴 얼굴까지 마음에 들었다. 그는 그녀를 닮았다.

"너는 말이 필요 없게 될 거야." 그가 말했다. "네가 죽으면 말을 가져갈게."

"소승이 오늘 들은 중 가장 좋은 조건이군요." 거리는 벌써 어두웠다. 멀리 전위부대의 모닥불이 타는 게 보였다. 주가 웃으며 말했다.

"어린 형제, 소승이 갈 곳부터 찾는 걸 도와주시죠."

주는 벌판에 아무렇게 대충 세운 수많은 천막과 모닥불 사이로 상우춘을 따라갔다. 몇 걸음 옮길 때마다, 쓰레기 더미나 둥그렇게 모여 귀뚜라미로 도박하는 사람들을 피해 돌아가야 했다. 그 악취와 소음으로 머리가 어지러웠다. 그녀에겐 수백 명의 승려가 모여 사는 절이 도시처럼 보였다. 그녀는 한 장소에 이렇게 많은 사람이 모인 걸 처음 봤다.

천막촌 안에 갑자기 커다란 공터가 나타났다. 그 가운데 높게 연단이 세워져 있었다. 가장자리를 따라 횃불이 타올라, 연단은 어두운 바다처럼 출렁이는 병사들 위로 떠서 앞으로 나가는 불타는 배 같이 보였다.

"무슨 일이죠?"

"축복을 주는 행사야." 상우춘이 말했다. "전쟁터에서 죽기 전에 소명왕의 축복이 필요하지 않아? 그러면 앞으로 나가."

주는 그녀의 미래가 달린 사람들을 보았다. 죽은 몽골군에게서 벗겼거나 버린 갑옷을 주워 입고 홍건군의 상징인 붉은 두건을 맨 젊은 농부들이 대부분이었다. 중국인에게 기회가 닫힌 땅에서, 반란은 다양한 사람을 끌어모았다. 하지만 그녀는 아름답지만 냉정한 얼굴을 가진 원나라의 환관 장군과 검은 갑옷을 입고 절에 침입했던 그의 병사들을 기억하며 무서운 한기를 느꼈다.

은하수가 머리 위로 떠올랐다. 땅과 바람까지 흔드는 우렁찬 북소리가 계속 울렸다. 그녀의 심장 고동까지도 그 박자에 맞춰지는 듯했다. 사람들이 더 많이 모여들어, 더 큰 소리를 지르기 시작했다. 그때 붉은 옷을 입은 인물이 무대 위로 나타났다. 작은 체구 때문에 그 인물은 마치 하늘과 땅 사이에 떠있는 듯했다. '어린아이'였다.

소명왕이 앞으로 나왔다. 그가 온화한 미소를 띠고 작은 두 손을 뻗어 축복했다. 그의 머리 위로 바람이 윙윙 불며, 깃대의 깃발들이 거세게 휘날렸다. 사람들의 고함이 더 커지고 높아졌다.

그때 갑자기 어린아이의 손에서 불이 일어났다. 주는 놀라 살갗에 소름이 돋았다. 아이는 미동도 하지 않았었다. 불이 저절로 나타나 타올랐다. 붉은 달처럼 기이한 빛을 내는 붉은 불꽃. 사람들이 계속 더 큰 소리로 고함치자, 불꽃이 더 높게 타올랐다. 새빨간 불꽃이 소명왕의 양팔과 어깨와 머리 위로 솟구쳤다. 어둠을 몰아내지 않지만, 담비의 모피처럼 풍성한 짙은 붉은색 불에 쌓인 어린아이가 서있었다.

주는 경외감에 싸여 꼼짝 못 하고 서있었다. '하늘이 내린 권한[천명(天命)].' 모든 사람처럼 그녀도 황제의 신성한 빛에 관한 이야기를 들은 적이 있었다. 하늘의 아들[천자(天子)]에게 내린 통치권이 구체적인 현실로 나타난 모습. 몽골 황제의 빛은 파랗게 타올랐다. 그래서 원나라 군대의 깃발은 파란색이었다. 절에 가끔 두르던 떠돌이 중들이 몽골인들의 수도인 대도(현재 베이징)에서, 몽골 황제가 손가락 끝에서 하늘색처럼 파란 불이 타오르게 하는 걸 보았다고 말했었다. 이제 몽골 황제는 그 힘을 잃었다고 했다. 그녀는 천명이 육체로 나타난 모습을 직접 보리라곤 생각하지 못했었다. 하지만 지금 그걸 보고 있었다. 야만인들이 쳐들어오기 전, 중국을 다스렸던 송나라 황제의 색인 석양같이 새빨간 불꽃.

드디어 반란군이 붉은색을 선택한 이유를 알게 됐다. 불타오르는 인물을 보자, 폭풍 전 팽팽하게 긴장된 대기 같은 강렬한 느낌이 주의 피부 위로 흘렀다. 소명왕은 변화를 예고했다. 절에서 쫓겨날 때처럼 강렬하고 뜨거운 욕망이 그녀를 사로잡았다. '여기서 모든 게 시작한다.'

"너무 감동하지 마." 상우춘이 그녀의 귀에 대고 고함쳤다. "그냥 빛이야. 아무것도 못 해."

"그러면 모든 사람이 왜 이렇게 흥분하죠?" 주가 큰 소리로 물었다. 상우춘은 냉소적인 표정을 지었지만, 그녀는 모든 걸 이해할 수 있었다. 하늘의 힘을 보면서, 미래를 향해 달리는 그녀를 바람이 등 뒤에서 밀 듯, 걷잡을 수 없이 강력한 힘이 그녀의 몸에 가득 넘쳤다.

맨 앞줄에 있는 사람들이 서로 밀치며 붉은빛을 잡으려 했다. "빛을 잡고 축복받아 봐. 그래도 결국 다 죽어. 내가 봤어." 상우춘이 말했다. 그때 두 번째 인물이 무대 위로 성큼 걸어 나왔다. "승상이야."

승상이 등장하자, 소명왕이 손을 뻗어 둥근 불꽃을 앞으로 내보냈다. 그 불이 승상의 어깨 위에 걸쳤다. 승상이 두 손을 올리자, 불꽃은 물처럼 사람들 위로 흘러내려 갔다. 그가 외쳤다. "우리 송나라 황제의 핏속을 흐르던 천명을 보라. 야만인들의 어둠을 몰아낼 빛을. 소명왕의 새로운 시대의 빛을." 사람들이 광란에 싸여 소리쳤다. 그들은 젊은이들이었다. 그들은 자기들이 죽을 수 있다는 걸 믿지 않았다. 붉은빛 아래 서있는 동안, 그들은 정말 죽지 않을 듯했다.

주는 광란에 빠진 사람들을 보며 의구심이 들었다. 소명왕이 천명을 받은 건 원나라가 결국 무너질 걸 의미했다. 하지만 주는 황각사 승려였을 때, 과거 왕조들의 역사에 관한 책을 읽었다. 역사는 뱀처럼 휘어지고 돌았다. 어느 순간 역사가 어느 방향을 돌지 어떻게 알 수 있나? 천명을 받았다고, 승리가 보장되는 건 아니었다.

모든 사람 중 주만이 그들이 직면할 현실을 정확히 알고 있었다. 그들이 누구와 싸워야 할지. 원나라의 환관 장군과 연결된 명확한 울림을 통해, 그녀는 그의 조각한 옥같이 아름다운 얼굴 뒤에 숨겨진 수치심과 자기혐오와 분노를 볼 수 있었다. 그는 마음속에 상처가 있었다. 그래서 그는 더 위험한 적이 되었다. 그는 얼마 전 홍건군의 가장 노련한 장수에게 이겼고, 이제 황각사에서 저질은 만행을 반군에게도 하려고 한다.

환관 장군은 심각한 문제라고 주는 생각했다. 위대한 인물이 되는 유일한 길은 군대가 있어야 갈 수 있는 시대였다. 그리고 홍건군만이 그녀가 아는 유일한 군대였다. '홍건군이 없다면 나는 별 볼 일 없는 인물이 된다.'

7

야오 강

　　주는 소년 도둑 상우춘과 나란히, 요리용 작은 모닥불 앞에 앉았다. 모닥불 둘레에는 그녀와 함께 천막을 쓰는 4명의 홍건군도 있었다. 비는 내리지 않았다. 안펑에서 야오 강까지 행군하던 1주일 내내 비가 내렸다. 그리고 야오 강변에서 원나라 군대가 오길 기다리는 1주일 동안 무서울 정도로 비가 내렸다. 이제 원나라 군대가 야오 강 건너편에 도착하자, 그녀는 기다리는 편이 나았다고 생각했다. 그녀는 두 가지 문제를 해결해야 했다. 전위부대에서 살아남아야 했고, 원나라 환관 장군에게 홍건군이 전멸당하는 걸 막아야 했다. 하나만 해결해선 의미가 없었다. 그녀는 살아남고, 그녀를 '위대한 인물'로 만들 군대가 필요했다. 하나만 해결한다면 '죽음'이거나 '별 볼 일 없는 인물'이 될 뿐이다. 둘 다 마찬가지였다. 끝없이 생각해도 머리만 아프고 두려움은 더 커졌다.

　주는 불 위에 얹은 솥에서 부글거리는 노란 콩을 저었다. 그녀가 천막에 새로 들어왔기 때문에, 허접한 배급 식량을 먹을 만한 거로 만들 책임이 그녀에게 주어졌다. 홍건군 병사가 아닌 상우춘은 배급

받지 못했다. 대신 그는 훔친 솥을 빌려주는 대가로 한 사발 음식을 받기로 했다. 연기와 끈적끈적한 콩. 그건 그녀가 마침내 벗어났다고 생각했던 삶의 냄새였다. "도마뱀 한 마리만 있으면 좋을 텐데." 그녀가 아직도 생생한 굶주린 어린 소녀의 기억을 떠올리며 말했다.

상우춘이 혐오스럽다는 표정을 지었다. "으악, 왜?"

"아, 어린 형제는 몹시 굶주린 적이 없나 보군요? 운이 좋으시군요."

"운이 좋다고, 흥! 나는 똑똑해서 살아남으려고 도마뱀을 먹을 처지에 빠진 적이 없어." 상우춘이 말했다. "그리고 도마뱀이 닭고기 맛이 난다고 말하지 마."

"소승이 어떻게 알겠습니까?" 주가 알아듣게 말해줬다. "기근 땐 닭도 없고, 중은 채식한다오."

"돼지고기가 더 좋지." 상우춘이 말했다. "하지만 내 조상에겐 그런 말을 하지 마. 내 조상은 이슬람교를 믿는 후이족이야." 후이족이 종교적 이유로 돼지고기를 먹지 않는 게, 돼지고기를 엄청나게 좋아하는 중국인에겐 이상하게 보였다. "내 생각엔 돼지 두세 마리쯤 살수 있을 것 같아. 어떻게 생각해, 운 좋은 중? 내일 원나라 군대가 너희 모두를 죽이면 나는 너의 말을 바닷가로 끌고 가 말을 팔아 돼지를 사서 식당을 열려고 하는데."

"그런 계획이라면 음식을 겨우 며칠밖에 만들지 못할 텐데요." 주가 말했다. 그녀가 삶은 콩을 맛보고 얼굴을 찡그렸다. "홍건군이 질 거로 생각하세요?"

"나는 너희가 지길 바라." 상우춘이 정확하게 고쳐 말했다. "원나라 병사들은 지질한 너희 물건에 관심이 없어. 그래서 내가 다 가질 수 있지. 너희가 이기면 별로야."

"그런가요?" 주가 부드럽게 말했다. 원나라 군대가 나타났다고 홍건군 병사들은 모두 좋아서 흥분해 있었지만, 그녀는 자기가 무슨 수를 쓰지 않는다면 어떤 결과가 올지 분명히 알고 있었다.

야오 강은 댐을 쌓아 만든 커다란 호수에서 물을 받아 북에서 남으로 흘러, 동에서 서로 흐르는 더 큰 후아이 강과 합류했다. 두 강은 안펑의 북쪽과 동쪽을 방어해주는 천연 장애물이었다. 당나라 시대에 지은 커다란 아치형 돌다리가 댐 바로 아래로 흐르는 강에 걸쳐 있었다. 야오 강은 다리를 지나면 넓게 퍼져 습지대인 삼각주를 형성하고 후아이 강에 합류했다. 야오 강은 하류에선 너무 넓어 군대가 건널 수 없고, 상류엔 호수가 있어 그 다리가 원나라 군대가 진격할 수 있는 유일한 길이었다. 홍건군이 먼저 도착해 다리 입구를 막아 우위를 점령했다. 주가 어둑한 강 건너편을 살피며, 원나라 군대가 태우는 불에서 솟아오르는 연기를 보았다. 그곳 어디에 환관 장군이 그녀가 있는 방향을 바라보고 있을 것이다. 전투를 기대하며 들떠있는 젊은 홍건군 병사들과 달리, 환관 장군은 냉정하게 승리를 확신하고 있다는 걸 그녀는 알고 있었다.

"콩이 익으려면 1시간은 더 걸릴 거예요. 소승이 기도하러 간 동안 지켜보세요." 주가 말했다. 그녀가 사적인 개인 용무를 보려고 막사를 벗어날 때 늘 하는 변명이 기도였다. 절에서 보냈던 마지막 2년 동안은 혼자 개인 방을 사용해, 자신의 신체적 차이점을 생각한 적이 거의 없었다. 이제 그 차이점을 숨겨야 하자, 그녀는 그 귀찮음뿐만 아니라 자신의 운명을 다시 생각하게 된 게 싫었다.

상우춘이 불만스러운 표정을 지으며 젓는 막대기를 받았다. 그는 천막에 함께 머물면서도, 자신을 손님이라고 생각해서 잡일 하길 싫어했다. "야만인 병사는 화살로 너를 맞추게 해달라고 기도하고, 너는 화살에 맞지 않게 해달라고 기도하면 결국 아무 의미도 없다고 생각하지 않아?"

주가 눈썹을 치켜세웠다. "그럼 어떻게 되죠?"

"다른 병사가 쏜 화살에 맞겠지." 상우춘이 즉시 대답했다.

"그렇다면 소승은 어떤 화살도 맞지 않게 해달라고 기도하겠습니다. 칼이나 창도요." 그녀가 잠시 말을 멈췄다. "그거 말고, 전쟁터에서 죽는 다른 상황도 있나요?"

"흥, 하늘에 절대 죽지 않게 해달라고 기도하려고? 기도한다고, 운명이 바뀌진 않아."

주는 상우춘의 불길한 말을 털어버리고 막사를 나섰다. 그녀는 주중팔이고, 위대한 인물이 되어야 했다. 지금 그녀의 유일한 관심사는 그 운명을 성취하는 거였다. 그녀는 막사에서 벗어나 용변을 보고, 강둑을 따라 댐 위로 올라 호숫가를 걸었다.

호수 건너편 현기증 나게 가파른 능선에 사람 키보다 3배는 더 큰 거대한 부처들이 그녀를 조용히 내려보고 있었다. 주는 불안한 생각이 들었다. '하늘이 지켜본다.' 전설에 따르면 그 부처들이 서있는 자리에 큰 절이 있었는데, 그 절은 산사태로 호수 바닥 깊은 곳으로 무너져 내려, 절이 있던 자리엔 여우 요괴 같은 인간이 아닌 유령들만 살고 있다고 했다. 주는 인간이 아닌 유령을 본 적이 없어, 그런 존재를 믿지 않았다. 하지만 잔잔한 검은 수면을 보며, 자기 믿음이

틀릴 수도 있다는 생각이 들었다.

그녀가 물을 흠뻑 품은 호숫가 돌바닥에 가부좌를 틀고 앉아, 자기 문제를 다시 생각했다. 최상의 계책은 양쪽 군대가 부딪치지 않게 하는 것이다. 다리를 무너뜨린다면 가능할 수 있었지만, 말이 쉽게 어떻게 할 수 있나? 지진이라도 나야 다리가 무너질 것이다. 당나라 때 지은 그 다리는 벌써 오백 년을 넘게 버텨왔다.

그녀가 멀리 떨어진 부처들을 보았다. 그녀는 처음으로 부처들이 무슨 말을 하려는 듯 몸을 앞으로 숙이고 있는 걸 보았다. '어제도 저랬나?' 그녀가 생각하는 동안, 다른 사실도 깨달았다. 땅속 깊은 곳으로부터 낮은 소리가 들렸다. 마치 땅도 사람처럼 뼈가 있어, 그 뼈들이 서로 비벼대며 부딪치는 듯한 소리뿐 아니라 흔들림도 느낄 수 있었다. 그 순간 그녀는 그 소리의 원인을 알았다. 해결책을 찾았다는 안도감에 어지럽던 마음이 차분히 가라앉았다.

오랫동안 그녀는 자신이 주중팔의 삶을 사는 걸 하늘이 알지 못하게 하려고 모든 노력을 다했다. 남의 껍질을 빌려 사는 바닷속 소라게처럼, 그녀는 숨어있다는 느낌을 받아야 안전하다고 느꼈다. 작고 질서정연한 절에서는 그게 가능했다. 이제 바깥세상에서 위대한 인물이 되는 건 개인의 능력 밖의 문제였다. 하늘이 도와주지 않는다면 그건 불가능했다. 그녀가 성공하려면 하늘에 호소하고, 하늘이 그녀가 아니라 위대한 인물이 될 운명을 지닌 '주중팔'에게 응답하게 해야 했다.

그녀는 숨조차 쉴 수 없었다. 공연히 하늘의 관심을 끌면 위험했다. 그녀는 주중팔로 살면서, 자기 자신조차 둘이 다르지 않다고 믿

으려 했다. 이제 그 믿음을 더 깊게 해서, 하늘도 단 한 사람만 보게 해야 했다. '단 하나의 운명만.'

이게 그녀 인생에서 최대의 도박이 될 거였다. 하지만 그녀가 위대한 인물이 되려면, 당당하게 일어나 그걸 요구해야 했다.

하늘은 아주 멀리 있어서 하늘의 관심을 끌려면 도구가 필요했다. 상우춘의 길 안내를 받아, 주는 말을 끌고 홍건군 주요 인물들의 천막이 세워진 곳으로 갔다. 그녀가 만나고 싶은 사람을 찾긴 쉬웠다. 그의 천막 밖에 물이 졸졸 흘러 일정량이 되면 떨어지도록 정교하게 배열된 양동이들이 있었다. 양동이 위에 놓인 상자가 열리며, 구슬이 나와 통로를 따라 굴러 내려 아래 있는 사발로 떨어지는 걸 보고 주는 놀랐다. 물시계였다. 책에서 그런 기계에 관해 읽은 적은 있지만, 실제로 보는 건 처음이었다. 마법 같았다.

시계의 주인이 밖으로 나와 그녀를 보고 인상을 찌푸렸다. 홍건군의 기술자 초옥은 멍청이들에게 둘러싸여 있다고 생각해, 언제나 공격적으로 말싸움할 인상을 주었다. 그가 퉁명스럽게 말했다. "진짜 중이요?"

"왜 모든 사람이 소승에게 그 질문을 하는지 모르겠습니다."

"중은 살생하지 말라는 계명을 지킨다고 들었는데." 초옥이 말했다. "댁은 칼을 들고 있구려."

"곽 장군이 소승에게 억지로 준 것입니다." 주가 말했다. 초옥은 금속 조각이 실린 당나귀가 끄는 수레를 뒤졌다. "소승이 칼을 들지 않으면 소승의 목을 성벽에 걸겠다고 하셨습니다."

"곽 장군답군." 초옥이 짜증을 내며 말했다. "중의 머리를 베는 것보다 훨씬 멍청한 짓도 하니까. 두 배는 숫자가 많고, 다섯 배는 강한 야만인 군대와 정면 대결하러 우리를 여기로 끌고 왔으니."

"우리가 내일 이길 거라고 모두 생각하던데요." 주가 말했다.

"모두 눈에 흰 껍질이 씌운 바보들이야." 초옥이 잘라 말했다. "천명을 받은 건 좋은 일이지. 하지만 현실 세계의 문제에 맞닥친다면 나는 하늘이 내릴 기적보단 장군의 지휘 능력과 수적 우세를 믿겠어."

주가 웃었다. "우리 군대에 현실을 제대로 파악할 장수가 부족하게 아쉽군요. 초옥 기술관님, 내일 일이 걱정되신다면 제안을 하나 드리죠. 말 한 필이 있다면 살아남을 확률이 높아질 거로 생각하지 않으세요? 저 같은 바보들은 최전선에 나가 싸울 동안 기술관님은 여기 남아 계실 텐데요. 원나라 군대가 이긴다면…." 주가 눈썹을 치켜올렸다. "출구 전략이 필요하시겠네요."

초옥의 눈이 빛났다. 그녀가 그를 제대로 봤다. 전투에서 크게 겼을 때, 그는 내일 이곳에 머물 생각이 없었다. 그가 말을 자세히 살폈다. "어디서 야만인 군마를 구했소?"

"말도 틀림없이 전쟁터에서 도망치고 싶을 겁니다." 주가 말했다. "게다가 저는 말을 못 탑니다. 하지만 기술관님은 좋은 가문 출신이니 말을 탈 줄 아시겠죠. 대신, 제게 한 가지 물건을 만들어주십시오.”

주가 구체적으로 말하자, 그가 황당해하며 웃었다. “중만이 갖고 싶을 전혀 쓸데없는 물건이군. 그걸 만들 수 있지. 그런데 그게 정말 원하는 거요? 나라면 무기를 달라고 할 텐데.”

“소승은 쓰지도 못할 칼을 한 자루 벌써 갖고 있습니다.” 주가 말 고삐를 넘기며 말했다. “하지만 중이 할 줄 아는 게 있다면 하늘이 듣도록 기도하는 겁니다.”

상우춘이 잘난 체하는 목소리가 걸어가는 그녀의 머릿속에 들렸다. ‘기도한다고 운명이 바뀌진 않아.’

하지만 그녀의 생각은 달랐다. ‘기도하면 다른 운명을 받을 수 있다.’

오우양의 군대가 야영 준비를 마쳤을 땐 이미 어두웠다. 그는 에선과 함께 말을 타고 다리 앞까지 가서 적진을 살폈다. 반대편 강둑을 따라 홍건적이 피운 불이 긴 줄을 그리며 타고 있었다. 양군 진영에서 타는 불빛이 구름에 반사돼, 다리 아래로 빠르게 흐르는 검은 강물이 은빛 파도를 일으키며 넘실거렸다.

“그래 이게 새로 임명된 적장의 작전이군.” 에선이 말했다. “정면 대결이라. 전부 아니면 전무라.” 그는 웃을 때 입을 거의 움직이지 않았지만, 양 입가에 작은 초승달을 지었다. "나와 닮은 친구군."

"적장을 과찬하지 마십시오." 오우양이 말했다. 그는 적장에 대한 정보를 이미 입수했다. "그의 유일한 자격은 우정승의 아들이란 겁니다. 이름은 곽 티안수이고, 나이는 22세입니다. 모든 상황을 고려해 볼 때, 그는 그저 미쳐 날뛰는 바보입니다."

"아, 그래. 그렇다면 잘됐군." 에선이 웃으며 말했다. "그래도 이곳을 싸울 장소로 정한 건 똑똑하군. 그들에겐 좋은 위치야. 우리가 다리를 건너는 동안, 우리의 수적 우세와 기병의 장점을 살리지 못할 거야. 하루 만에 그들을 전멸시키진 못하겠군."

"그렇게 해도 우리가 이깁니다." 오우양이 말했다. 그들 앞에 놓인 아치형의 다리에 깔린 하얀 돌이 어둠 속에 떠서 끝없이 이어지는 듯한 착시를 일으켰다. 오우양도 그 다리가 오래전 망한 중국인 왕조의 뛰어난 업적인 걸 인정했다. 그의 등뼈를 따라 이상한 느낌이 위아래로 흘렀다. 그는 혹시 자기가 전생(前生)에서 이 다리를 건넜는지, 아니면 자기 손으로 이 다리를 지었는지 상상해 보았다. 그는 전생이 지금 사는 삶보다 나았으리라 생각하고 싶었지만, 그럴 리 없다고 생각했다. 그가 전생에서 뭔가 끔찍한 죄를 저질러서, 현생(現生)의 가혹한 삶과 운명을 받은 게 분명했다.

"그러면 자네 생각은 다르나?"

"주공께서 허락하신다면…." 오우양은 반군이 원하는 지루한 싸움을 할 생각이 없었다. "징찰병들이 12리쯤 하류에서 단단한 강둑을 발견했습니다. 그곳이라면 2개 부대가 진흙에 빠지지 않고 건너는 게 가능합니다."

홍건적은 몽골군이 야오 강의 하류를 건널 수 없을 거로 생각한
게 분명했다. 강은 넓었고, 가운데는 사람 키를 넘었다. 하지만 반군
은 중국인이었다. 그들은 정착 농민이었다. 그들 중 몽골인이 한 명
이라도 있었다면, 어떤 강이라도 마음만 먹는다면 건널 수 있다는
걸 알았을 거였다.

"이상적인 조건이 아냐." 에선이 비가 내려 깊어지고 유속이 빨라
진 강물을 가리켰다. "측면을 공격할 부대가 강을 건너 포진하는 데
얼마나 걸리겠나?"

오우양이 생각했다. 비만 내리지 않았다면 밤에 강을 건너게 할
수 있었지만, 상황을 고려해야 했다. "동이 트자마자 강을 건너게 할
겁니다. 그러면 사상자가 많지 않을 겁니다. 측면 공격 부대가 9시면
공격 위치에 도착합니다. 그때쯤이면 다리 위 전투가 한창 벌어지고
있어 순식간에 승리할 겁니다."

"자네도 내가 정면 승부를 좋아하는 걸 알지." 에선이 말했다. 그
건 사실이었다. 그는 전투를 매우 좋아했다. 그의 눈가에 웃는 주름
이 잡혔다. "측면 공격 부대가 강을 건널 때까지만 놀아주면 순식간
에 끝나겠군. 하지만 싸움이 그렇게 빨리 끝나는 게 아쉬워! 싸움은
길수록 재미있는데."

에선의 외모는 잘 만든 조각처럼 부드럽고 완벽했지만, 그의 열정
은 뜨겁게 활활 불타올랐다. 오우양은 그의 그런 모습을 보면 항상
내장이 꼬이는 부러움을 느꼈다. 초원을 누비던 용맹한 조상의 피가
혈관을 따라 힘차게 흐르는 에선은 전쟁터에 나가는 걸 즐겼다. 오
우양은 그 순수한 즐거움이 부러웠다. 그는 에선처럼 순수한 기쁨의

순간을 누려본 적이 없었다. 그는 즐거움을 한순간 느낄 수 있지만, 그 달콤한 생동감은 곧 기억 속으로 사라질 걸 알고 있었다.

지휘관들이 동트기 전 홍건군을 깨워, 다리 앞에 진을 치게 했다. 상우춘은 벌써 작별 인사도 없이 사라졌다. 주는 초옥도 역시 도망쳤을 거로 짐작했다. 병사들은 소명왕과 천명을 믿었지만, 전날의 흥분은 조용히 가라앉고 불안해하고 있었다. 그들 앞으로 아치형 다리가 검은 물 위로 솟았다가 멀리 어둠 속으로 희미하게 사라졌다.

주는 기다렸다. 숨결이 차가운 새벽바람에 부딪혀 구름처럼 흔들렸다. 창백한 겨울 햇빛이 진을 친 병사들 위에 있는 호수 위로 느리게 솟아올라, 다리 건너편 어둠이 걷히기 시작했다. 건너편 다리와 함께 수많은 병사가 보였다. 날이 조금 더 밝아오자, 줄지어 선 군대가 나타났다. 건너편 강둑 뒤로 검은 갑옷을 입은 병사의 줄이 눈이 보이는 데까지 끝없이 늘어서 있었다.

그 거대한 군대 앞에 한 인물이 말을 타고 공격할 시기를 기다리고 있었다. 그의 갑옷이 빛을 흡수했다가, 날카롭게 빛을 토해내고 있었다. 둥글게 꼰 그의 머리카락이 나방의 펼친 날개처럼 바람에 흔들렸다. 그리고 엄청나게 많은 유령이 군대처럼 그를 앞뒤와 좌우로 온통 감싸고 있었다. '환관 장군'이었다.

두 사람을 연결하는 운명의 떨림이 너무 강해서, 주는 숨이 막히는 통증을 느꼈다. 하지만 그녀는 그 통증의 연결을 힘차게 밀쳐냈다. 그녀는 지금도, 앞으로도 영원히, 그와 달랐다. 그녀가 주중팔이기 때문이었다.

홍건군은 과거 전투에선 원나라 군대를 만나면 살아남아 다음날을 기약하기 위해 언제나 후퇴했다. 하지만 이제 곧 시작될 전투는 이기든 지든, 끝까지 앞으로 나가 싸울 수밖에 없다는 걸 그들은 깨달았다. 그리고 원나라 군대를 보는 순간, 그들은 패배할 걸 알았다.

주는 홍건군의 자신감이 무너지는 걸 느꼈다. 그녀 주변으로 병사들이 한숨을 짓는 소리가 물결처럼 퍼져나갔다. 그녀는 부처님들이 대치한 군대를 내려다보고 있는 호수를 올려다보았다. 그리고 그녀는 홍건군의 진영을 뚫고 앞으로 나가 다리 위에 올라섰다.

그녀의 지휘관이 비명을 지르다가 곧 입을 다물었다. 차가운 돌의 냉기가 그녀의 짚신을 뚫고 발바닥에 닿았다. 그녀는 등에 무거운 짐을 지고 있었다. 그녀가 차가운 바람을 들이쉬자, 폐와 콧구멍에 날카롭게 찌르는 아픔이 느껴졌다. 곧 깨질 침묵이 흘렀다. 한 걸음 한 걸음이 주중팔이 되려는 그녀의 용기와 위대한 운명을 잡으려는 그녀의 욕망을 시험했다. 그 욕망의 힘으로 피가 힘차게 흘러, 코피를 흘리지 않는 게 기적처럼 느껴졌다. 그녀는 두려움과 의심을 강하게 눌러, 순수하게 불타는 믿음으로 승화시켰다. '나는 주중팔이다. 나의 운명은 위대한 인물이 되는 거다.'

그녀가 다리 한가운데까지 걸어가 앉았다. 그리고 눈을 감고 염불을 외우기 시작했다.

맑고 깨끗한 소리가 그녀에게서 울려 나왔다. 익숙한 염불이 커다란 메아리가 되어, 천 명의 승려가 염불을 외는 듯한 소리가 되었다. 소리가 점점 더 커지면서 대기가 이상하게 떨렸다. 그녀는 자기 욕망이 실체가 되는 걸 느꼈다.

그녀가 외치자, 하늘이 듣고 있었다.

그녀가 일어나 등에 메고 있던 징을 풀었다. 그녀가 징을 치자, 그 소리가 높이 있는 호수를 가로질러 울려 퍼졌다. 그녀를 향해 몸을 기울였던 부처님들이 들어줄까? "소명왕을 찬양하라!" 그녀는 외치며 두 번째로 징을 쳤다. "소명왕 만세!"

세 번째 징을 치자, 멍한 상태에 있던 홍건군이 일어났다. 그들이 온 힘을 다해 고함치며 발을 구르자, 다리가 흔들리며 우렁찬 메아리가 높이 솟은 협곡 사이로 울려 퍼졌다.

그 함성에 대한 응답으로 환관 장군이 한 팔을 들어 올렸다. 원나라 궁수들이 활을 당겼다. 주는 꿈을 꾸듯 적진을 바라봤다. 그녀의 몸 안에서 믿음과 욕망이 밝게 빛났다. '욕망이 모든 고통의 근원이다. 욕망이 클수록, 고통도 커진다.' 하지만 그녀는 위대한 인물이 되고 싶은 욕망에 사로잡혀 있었다. 온 정성을 다해, 그녀는 그 욕망을 하늘과 호수 위에서 내려다보는 부처님들께 기원했다. '고통이 얼마나 크든, 저는 그걸 참겠습니다.'

그 기원에 응답하듯 대기가 더 크게 떨렸다. 홍건군은 침묵했고, 원나라 궁수들의 몸이 흔들리며 손에 잡은 화살이 떨렸다.

그때 부처님들 아래로 능선이 무너져내렸다. 오랜 비에 흠뻑 물을 품고 홍건군의 발 구르는 소리와 고함에 약해진 산 능선이, 주중팔의 외침에 하늘이 응답하듯, 천둥소리를 냈다. 길게 계속 울리는 천둥소리를 내며, 나무와 바위, 부처, 흙까지 전부 호수 속으로 미끄러져 들어갔다. 검은 물이 그 위로 덮치며 잠시 조용해졌다.

그걸 처음 본 사람은 외마디 비명도 제대로 못 질렀다. 그 규모가 엄청나게 커서, 마치 천천히 일어나는 듯했다. 거대한 검은 물결이었다. 물결에 가려 하늘이 줄어들며 사방이 어두워지는 걸 못 보았다면 물결이 움직이는지도 모를 정도였다. 양쪽으로 가파른 협곡에 갇힌 물결이 더 높이 치솟아 올랐다. 물결의 차가운 그림자 밑에서 주는 그 소리를 들었다. 댐을 넘고, 다시 솟구쳐 댐을 부수며, 땅을 흔들며 분노하는 자연의 거대한 포효를.

🐉🐉

한순간 우렁찬 파도 소리가 세상의 다른 모든 소리를 삼켰다. 오우양과 중은 서로를 노려봤다. 오우양은 시체를 꿰뚫고 떨리는 창처럼, 그를 그 자리에 못 박는 기마병의 창에 찔린 듯한 고통을 느꼈다. 오우양은 그 고통이 공포라고 생각했다. 그 중이 한 짓을 아는 게 공포 그 자체였고, 그는 중이 자기 얼굴에 잠시 나타난 괴로운 수치심을 본 걸 알았다.

오우양이 긴 숨을 들이켜 감정을 누르고, 말을 돌려 달렸다.

그의 양편으로 병사들이 살려고 달아나고 있었다. 거대한 검은 파도가 천둥소리를 내며 덮쳐 오자, 병사들이 높은 강둑으로 기어오르려고 온 힘을 다해 기를 쓰고 있었다. 오우양과 그의 말도 휘돌며 몰아치는 물 밖으로 나오려 애썼다. 강둑 높이 오르자, 그가 말을 돌렸다. 예상은 했지만, 그는 멍해져 오랫동안 바라만 보았다. 얼마 전까지 다리가 있던 곳에는, 수십 배는 불어난 검은 강물이 거대한 폭포 같은 소리를 내며 격렬하게 흘렀다. 강 하류에선 오우양의 1만 보병과 기병이 강을 건너고 있었다. 그는 그들이 모두 죽을 걸 알고 있었다. 생각할 필요도 없었다.

그는 혐오감과 수치심과 분노에 휩싸여, 몸이 뜨겁게 달아오르는 걸 느꼈다. 마침내 분노만 남았다. 가장 순수하고 뜨거운 감정이었다. 분노가 그가 느끼던 다른 모든 감정을 지워버렸다.

그가 아직 강물을 노려보고 있을 때, 사오가 말을 타고 나타났다. "장군. 이곳 상황은 안정됐습니다. 다른 병사들은…" 투구 아래로 드러난 그의 얼굴이 창백했다. "파도가 닥치기 전 강을 건넌 생존자가 있을 수 있습니다."

"다리가 무너졌는데, 그들을 어떻게 구하겠나?" 오우양이 잔인하게 말했다. "차라리 모두 물에 빠져 죽고 말과 장비들도 함께 떠내려간 편이 반군이 그걸 차지하는 편보다 나을걸…"

순식간에 만 명의 병사를 잃은 건 허난성 제후의 군대가 그때까지 겪은 최악의 패배였다. 오우양은 에선 공의 충격과 실망, 그리고 격노할 허난성 제후를 문득 생각했다. 하지만 두려움이 아니라, 오우양의 분노가 더 강렬하게 타올랐다. 그는 전에 황각사 주지에게 그의 운명은 최악이어서, 앞으로 더 나쁜 일은 일어날 수 없다고 말했었다. 이번이 그의 군 경력에서 최악의 순간이었지만, 그리고 처벌이 있을 걸 알고 있었지만, 그때 그가 한 말은 지금도 사실이었다.

그가 말을 돌리며 낮은 목소리로 말했다. "나는 에선 공을 찾아야겠다. 지휘관들을 소집해, 후퇴하라고 명령해."

8

오우양은 조용히 에선 옆에서 말을 타고 허난성 제후의 궁전으로 들어갔다. 겨울에 그들은 늘 전쟁터에 나가있었다. 허난성 최북단에 있는 허난성 제후의 궁전은 고대 도시인 안양 주변의 비옥한 평야에 넓게 퍼져있었다. 농장과 군 주둔지가 허난성과 서쪽으로 맞닿은 산시성 경계인 산맥까지 계속 뻗어있었다. 궁전은 원나라 초기 황제 중 한 명이 에선의 증조부에게 준 선물이었다. 그 옛 몽골 전사는 갑자기 궁전을 소유하게 됐지만, 정원에 세운 전통적인 게르에서 살았다. 그러다 어느 순간 에선의 할아버지가 궁전 안으로 옮겨 살면서, 몽골인들은 그들이 경멸하던 농경 정착민인 중국인과 거의 다름없이 살았다.

그들이 내성 정문에 도착하자 갑자기 소란스러워졌다. 갇혀있다가 풀려난 비둘기 떼처럼 우르르 하인들이 그들에게 달려왔다. 하인들 머리 위로 소매에 손을 단단히 집어넣고 정원 높은 곳에 서있는 인물이 보였다. 늘 그렇듯 그는 다른 사람들과 떨어져 있었다. 그의 화려한 비단옷이 눈 덮인 가지에 달린 붉은 감처럼 선명했다. 그는 몽골식 변발로 땋은 머리가 아니라, 상투를 틀고 있었다. 그에게서 볼 수 있는 유일한 몽골 풍습은 담비 외투였지만, 그것도 추위 때문에 입었다.

오우양과 에선이 말에서 내려 정원으로 들어서자, 허난성 제후의 둘째 아들이 형에게 고양이 같은 얄궂은 미소를 보냈다. 혼혈인의 피는 이상했다. 왕 바오싱은 몽골인처럼 눈은 가늘었지만, 과거 송나라 황제의 궁전을 거닐던 귀족같이 가냘픈 얼굴에 긴 코를 갖고 있었다. 허난성 제후의 둘째 아들이라고 하지만 친아들은 아니었고, 제후 여동생의 아들이었다. 그의 아버지는 아주 오래전 죽고 아들에게 성만 남겼다.

"오랜만에 형님께 인사드립니다." 왕이 에선에게 말했다. 왕이 몸을 낮춰 정중히 인사한 후 몸을 펴는 순간, 오오우양은 그의 고양이 같은 미소에서 흐뭇하다는 표정을 보았다. 학자를 멸시하는 전사 문화에선, 학자들은 전투에서 지고 돌아오는 전사들을 보며 흐뭇해했다. 일부러 짜증 나게 하려고 절룩거리며, 왕이 소매에서 문서를 꺼내 에선에게 건넸다.

"바오싱." 에선이 짜증을 냈다. 그의 얼굴은 야오 강에서 돌아오는 동안 야위었다. 그는 쓰라린 패배를 생각하며, 허난성 제후와 곧 만날 일을 걱정했다. "너는 건강해 보이는구나. 이게 뭐냐?"

"계산서입니다."

"뭐라고?"

"형님이 사랑하는 장군이 이번 패전으로 잃은 병사와 장비와 물자에 관한 계산서입니다." 왕이 오우양을 못마땅하게 쳐다봤다. 왕은 어린 시절부터 에선의 관심을 많이 받는 오우양을 질투했다. "전쟁광 형님의 행동은 비용이 많이 듭니다. 현재 상황을 고려하면 얼마나 더 형님의 전쟁 비용을 충당할지 모르겠습니다. 매사냥이나 하면서 시간을 보내시는 게 어떠세요?"

"어떻게 벌써 계산서를 작성할 수 있냐?" 에선이 다시 짜증 냈다. 왕은 행정관이었다. 그는 몇 년 전 그 직책을 맡았다. 행정과 관련된 모든 일을 싫어하는 허난성 제후의 심기를 건드리려고, 그가 일부러 그렇게 한 건 모두가 알고 있었다. 하지만 왕이 행정에 능력이 있는 건 아무도 부정할 수 없었다. "나도 아직 정확한 보고서를 받지 못했어! 너의 주판 튀기는 행정 관리들을 내 군대에 숨겨 보냈냐?"

왕이 냉정하게 말했다. "오랫동안 많은 비가 내려 물이 한껏 분 댐 하류의 강을 건너다가 많은 병사가 죽었다고요. 왜 그렇게 무모한 작전을 벌였는지 이해가 안 되는군요."

"너의 행정 관리들이 나의 병사인 척하지 않았다면 사상자는 없었을 거다!"

왕이 경멸하는 눈빛을 형에게 보냈다. "귀환하신 후 계산하면 정확하지 않아 쓸모가 없습니다. 뇌물을 써서, 계산을 틀리게 하려고 할 테니까요. 형님은 원나라의 영광을 위해 싸우지만, 형님의 병사들은 돈을 더 좋아합니다. 병사들은 전쟁터에 나가기도 전에, 장비를 몰래 팔아 이익을 챙겼거든요."

"내 군대에 첩자를 심어놨다고?" 에선이 화를 냈다.

"네." 왕이 말했다. "형님이 계산하시다가, 제 계산서와 차이점이 있다면 말씀해 주세요." 그가 잠시 말을 멈췄다. 순간 오우양은 왕의 만족스러운 표정에 어두운 그림자가 스치는 걸 보았다. "그보다 먼저, 우리 아버지이신 허난성 제후께서 4시에 서재에서 저희를 보자는 전갈을 보냈습니다. 몇 달 만에 아버지를 뵙는군요! 제게 이런 기회를 잘 주시지 않는데. 형님이 일찍 돌아오셔서 좋은 일이 많네요."

그는 획 돌아서서 망토를 펄럭이며 가버렸다.

오우양이 허난성 제후의 서재에 들어갔을 때, 에선과 왕은 그들 아버지 앞에 굳은 표정으로 서있었다. 제후는 높은 곳에 놓인 의자에서 그들을 내려다보고 있었다.

허난성 제후인 차간-테무르는 키는 작지만 단단한 체구에 두꺼비 같은 뺨을 가진 늙은 전사였다. 그의 수염과 몽골풍 변발은 하얗게 변했지만, 그의 명성은 강철처럼 단단했다. 원나라에서 수도 방위군 사령관만이 그보다 강한 군사력을 갖고 있었다. 차간은 평생 대부분을 직접 군대를 이끌고 중국 남부의 반란을 토벌하면서 보냈다. 그는 초원에서 태어난 어떤 몽골인에 못지않은 강인한 전사의 기질을 지녔다. 이제는 은퇴했지만, 그는 여전히 말을 잘 탔고, 사냥할 때면 그보다 수십 년 젊은 사람 못지않은 힘을 보여주었다. 패자와 약자와 중국인을 그는 몹시 경멸했다.

허난성 제후의 성난 눈이 오우양을 내려다봤다. 그의 입술이 분노로 하얗게 변했다. 오우양이 몸을 숙이며 조심스럽게 말했다. "전하께 문안드립니다."

"이 하찮은 미물이 그토록 많은 은혜를 베푼 가문에 이렇게 보답한단 말인가. 만 명의 군사와 일 년 동안 점령한 땅을 잃고, 감히 내 앞에 나타나 서 있겠다고? 엎드려라. 내가 네 머리를 발로 밟고 짓이겨 주겠다!"

오우양의 심장이 전쟁터에서보다 더 격렬하게 뛰었다. 손바닥에 땀이 났고, 조여드는 목구멍을 힘들게 벌려야 숨 쉴 수 있었다. 잠시 머뭇거리다가, 그가 엎드려 이마를 바닥에 댔다. 그는 제후의 가문을 위해 16년 동안 봉사하는 동안, 그 가문이 자기에게 한 일을 결코 잊은 적이 없었다. 그건 거세된 자기 몸의 일부인 기억이었다. 그는 심장이 뛸 때마다 매번 그걸 기억했다.

"내 아들이 너를 장군으로 임명해 달라고 내게 왔을 때, 내가 젊은 놈의 어리석은 집착에 흔들려 잘못 판단했다." 차간이 일어나 오우양의 머리 위에 섰다. "장군 오우양, 역적 오우양의 마지막 남은 핏줄. 다른 땐 분별력이 있던 내 아들이 환관이 무슨 명예로운 일을 할 수 있다고 생각했는지 이해할 수 없구나! 자기 목숨을 부지하려고 그렇게 수치스럽고 비겁한 짓을 한 놈을." 한동안 방 안에는 늙은 전사의 거친 숨소리만 들렸다. "너를 장군으로 만들었을 땐, 에선은 젊었지. 에선은 자세한 과거사를 잊었겠지만, 나는 아니다."

오우양의 머리에서 피가 윙윙거리며 정신없이 뛰었다. 기절할 듯 열이 올랐다. 온몸이 불에 타올라 순식간에 등불과 섞여 방과 함께 흔들리는 느낌을 받았다. 그는 바닥에 엎드려 있는 걸 다행으로 여겼다. 서있었다면 쓰러졌을 거였다.

"네놈도 기억하지? 너의 역적 아비가 감히 원나라에 칼을 들고 반역했다가 대도(현재 베이징)로 끌려가, 위대한 칸께서 직접 그 목을 자른 것을. 그런 후 위대한 칸께서 오우양 집안의 남자는 구족(九族)까지 죽이고, 여자는 노예로 팔라고 지시하신 것을. 너의 집안이 허난성 출신이어서, 내가 그 일을 하게 됐다. 너의 집안은 모두 내게 끌려왔다. 어린아이부터 죽기 직전의 늙은이까지. 그리고 모두 명예롭게 죽었다. 네놈만 빼고. 네놈의 형제와 숙부와 사촌들의 잘린 머리가 네놈 주변에 뒹굴었지만, 네놈은 죽음이 두려워 네 조상을 욕되게 했다. 네놈은 살려달라고 얼마나 울며 애걸했더냐! 그리고 내가, 내가 자비를 베풀었지. 내가 네놈 목숨을 살려줬다."

차간이 오우양의 턱밑으로 장화를 차 넣고, 턱을 치켜들었다. 오우양은 그 증오하는 얼굴을 올려다보며, 차간의 자비를 기억했다. 그걸 참느니 다른 사람이라면 자살했을 잔인한 자비를. 하지만 오우양은 그걸 선택했다. 그는 죽은 가족의 핏속에서 울며, 어린아이였지만 그의 선택이 가져올 삶을 잘 알았다. 그가 살려달라고 애걸한 건 사실이었다. 하지만 죽음이 두려워서 그렇게 한 건 아니었다. 남성 부위가 잘리는 수치를 참으며 그는 단 하나의 목적을 위해 숨 쉬며 살았다.

'복수'였다.

16년 동안 그는 적절한 시기를 기다리며, 복수의 의지를 가슴속 깊이 단단히 간직해 왔다. 지금 차간의 발밑에 무릎을 꿇고 있는 순간 그는 깨달았다. '이제 모든 게 시작한다.' 그는 별자리처럼 변할 수 없는 운명으로 정해진 복수의 길을 가는 그의 앞날을 봤다. 그의 명예를 회복하는 여정이 되겠지만, 그 끝은 그가 경험한 가장 달콤하지만 동시에 가장 쓰라린 일이 될 거다. 그는 다른 사람들이 자신을 어떻게 보는지는 잘 알고 있었다. '인간이 아니라, 인간의 껍데기를 쓴 혐오스러운 미물.' 그는 세상에 고통 외에는 그 어떤 것도 만들어낼 수 없었다.

차간이 발을 치웠지만, 오우양은 고개를 숙이지 않았다. 그는 차간을 정면으로 바라봤다. 차간이 낮고 위협하는 어조로 말했다. "내 자비는 끝났다, 장군. 수치스럽게 살며 너의 조상의 명예를 더럽히는 건 너의 문제다. 하지만 위대한 원나라의 명예를 더럽히는 건 완전히 다른 문제다. 그 실수를 너의 목숨으로 사죄해야 하지 않겠나?"

그때 한 인물이 그들 사이로 뛰어들었다. 갑자기 팽팽한 긴장의 끈이 끊기며, 오우양의 몸이 휘청였다. 에선이 지쳤지만 단호하게 말했다. "제 장군이니, 제 실수였습니다." 그가 무릎 꿇고 차간 발밑 바닥에 머리를 조아렸다. "아버지, 벌을 받아야 사람은 저입니다. 저를 벌하십시오."

차간이 격노를 억누르며 말했다. "네가 장군을 고를 때, 내가 너의 말을 너무 들어줬다. 그래 책임져라. 어떤 벌을 원하냐? 우리 조상이 하던 것처럼, 너를 초원으로 추방해 떠돌다 홀로 불명예스럽게 죽게 해야겠냐?"

그건 몽골 문화에서 드물지만 실제로 있던 처벌이었다. 가문의 명예를 훼손한 가족 일원을 죽이는 방법이었다. 가문이 흘린 피를 복수하려고 평생 참고 살아온 오우양에겐 그건 이해할 수 없는 이상한 풍습이었다.

그러다가 폭풍이 지나갔다. 차간이 다시 말하기도 전에, 모두가 그걸 느꼈다. 그가 부드럽게 말했다. "네가 아니었다면 나는 그렇게 했을 거다. 하지만 너는 나를 수치스럽고 난처하게 만들었다, 에선."

"네, 아버지." 에선이 낮은 목소리로 말했다.

"그러면 이 난관을 어떻게 수습할지 이야기하자." 차간이 오우양을 불쾌한 눈길로 쳐다봤다. "너는 나가라." 그는 오우양의 삶을 완전히 뒤집어놓았다. 하지만 오우양은 개의치 않았다. 허난성 제후는 개나 말 같은 짐승의 속마음을 알 수 없듯, 오우양의 속마음을 전혀 몰랐다.

오우양이 방에서 나왔다. 손과 발에 식은땀이 흥건했다. 전투가 끝난 뒤보다 더 지쳐있었다. 그의 몸은 격렬한 운동에, 특히 육체적 고통에 익숙했다. 하지만 수치심에는 결코 익숙해질 수 없다. 수치심은 매번 겪을 때마다 처음만큼 고통스러웠다.

에선은 오우양이 방에서 나가는 소리를 들으며 여전히 바닥에 엎드려 있었다. 자존심 높은 그의 장군이 바닥에 머리를 조아린 모습

이 마음속에 아직도 고통스럽게 남아있었다. 그의 아버지 말과는 달리, 에선도 기억하고 있었다. 하지만 그건 다른 사람에 대한 기억 이었다. 오우양은 그의 삶에 매우 소중한 인물이어서, 에선에겐 자신이 그와 함께 나눈 추억만 중요했다. 이제 그도 실제 있었던 사건을 기억하며, 오우양과 그 비극적인 소년이 같은 사람이라는 걸 인정해야 했다.

그의 머리 위에서 아버지가 한숨 쉬었다. "일어나라. 다음 전투에서 반군을 이기려면 우리에게 필요한 게 무엇이냐?"

에선이 일어났다. 그는 갑옷을 입지 않을 걸 후회했다. 오우양은 허난성 제후의 분노로부터 자신을 보호할 금속을 두르고 있었다. 하지만 그렇다고 큰 도움은 되지 않았을 터다. 오우양의 무서운 공허한 표정을 보며, 에선도 마음속 깊이 상처받았다. 오우양의 수치가 자신의 수치인 것처럼.

에선이 말했다. "일부 전투 부대만 잃었습니다. 중기병은 아직 건재합니다. 경기병은 3분의 1을 잃었지만, 천 명의 군사와 말을 보충하면 전투할 수 있습니다. 보병 3개 부대는 2개 부대로 합칠 수 있습니다. 그 정도면 다음 전투에서 홍건적을 이길 수 있습니다."

"그래, 천 명의 경험 있는 기병이라. 그리고 지휘관은?"

"세 명의 지휘관을 잃었습니다. 보병 지휘관 2명과 경기병 지휘관 1명입니다."

차간이 생각하다가, 바오싱을 불쾌하게 바라봤다. 에선은 그가 거기 있던 것도 잊고 있었다. 그의 동생이 완고하게 말했다. "제게 그걸 요구하지 마세요, 아버지."

"감히 내게 그따위로 말하냐! 네가 쓸모없는 일에 시간을 낭비하는 걸 내가 너무 오래 참았다. 너도 이 가문의 아들로 의무를 다할 때가 되었다. 너의 형이 군대를 이끌고 다음 전투에 나갈 때, 너도 지휘관으로 참전하라."

"싫어요."

위험한 침묵이 흘렀다. "싫다고?"

바오싱이 빈정대며 말했다. "저는 행정 관료여서 몽골 전통을 따르기 싫어요. 저는 이곳 영지를 떠날 수 없어요. 아버지의 재산과 영지가 무능하고 부패한 놈들 손에 사라지길 원하세요? 그러면 위대한 칸의 총애도 잃으실 거예요. 그리고 또 패배하면 병사들이 탈 말도, 병사들의 가족에게 지급할 식량도 없을 텐데…."

"그만!" 차간이 소리 질렀다. "너도 이 가문의 아들이다, 왕 바오싱! 너는 네 형이 홀로 전쟁터에 나가는데, 겁쟁이 중국 개처럼 방 안에서 세금이나 계산하려고 하느냐? 네 형이 패배한 건 중성(中性) 동물 같은 거세된 장군 때문이다. 네 형은 그래도 남자답게 싸웠다! 그런데 너는 가장 기본적인 남자의 의무마저 하지 않겠다고?" 그가 거칠게 숨을 쉬었다. "실망스럽다!"

바오싱이 입술을 삐죽거렸다. "제가 실망시키지 않은 적이 있나요?"

에선은 아버지가 동생을 때릴 거로 생각했다. 하지만 차간은 분노를 진정시키고, 복도에 있는 하인들이 듣도록 큰 목소리로 말했다. "보루도 군지휘관의 아들을 데려와라!"

잠시 후 알탄이 갑옷을 입은 채 들어왔다. 그는 방 안의 긴장감을 알면서도, 표정은 오히려 밝아졌다. "허난성 제후께 문안드립니다."

차간이 시무룩해져 그를 바라봤다. "알탄, 산시성 군지휘관인 네 부친은 오랫동안 우리와 협력하여 위대한 원나라에 대항하는 반군을 진압해 왔다."

"그렇습니다, 제후님."

"최근 손실로 나는 자네 부친에게 말과 장비를 갖춘 경기병 천 명을 부탁하려고 한다. 우리가 반군들을 섬멸하면 위대한 칸께서 부친께 합당한 보상을 하시도록 하겠다."

알탄이 고개를 숙이며 말했다. "병사들이 곧 도착하도록 하겠습니다."

"나의 가문이 네게 감사한다. 자네 부친은 재산이 더 필요 없다는 걸 나도 알고 있다. 하지만 자네 노고에 대한 감사의 표시로 작은 선물을 하고 싶다. 내 영지의 땅을 주겠다. 자네 마음대로 처리할 수 있도록, 안양과 북쪽 강 사이의 모든 땅과 사람을 네게 주겠다." 누구나 그 땅은 왕 바오싱 소유라는 걸 알고 있었다.

알탄이 놀라고 기쁜 표정을 눈에 띄게 드러났다. "허난성 제후님은 황송하게 후덕하십니다."

"그만 나가라." 차간의 목소리가 시무룩했다. "너희 모두."

에선과 알탄, 바오싱은 조심스럽게 말없이 방에서 나왔다. 에선은 궁전 계단을 반쯤 내려왔을 때, 알탄과 바오싱이 옆에 없는 걸 알았다. 뒤돌아 보니 바오싱이 그의 팔을 붙잡은 알탄을 불쾌하게 노려보고 있었다. 바오싱은 팔을 떨쳐버리려는 기세였지만, 알탄은 씩 웃으며 팔을 잡은 손에 힘을 더 줬다.

"바오싱 형님, 이렇게 후한 선물을 주셔서 감사드려야 하지 않겠습니까?" 알탄이 중국어 어조를 흉내 내며 조롱하고 있었다. 그는 즐기고 있었다. "하지만 남자가 당연히 해야 할 일은 하지 않고, 땅을 내주시는 건 너무 이상하군요. 이젠 책을 파셔서 하인들에게 급료를 주셔야겠군요. 그런데 활을 당기실 줄 모른다는 게 사실인가요? 아니면 모친께서 야만인과 밤마다 놀아나느라 너무 바빠서 교육을 제대로 하시지 않았는지…."

다른 사람이라면 이런 모욕을 당하면 싸웠을 것이다. 자기 어머니가 모욕받지 않은 에선도 꾸짖으려고 했다. 하지만 바오싱은 팔을 비틀어 빼고, 알탄과 에선을 경멸하는 눈빛으로 노려보고 말없이 사라졌다.

에선은 동생의 기분이 가라앉도록 며칠 기다렸다가 그를 찾아갔다. 궁전 외곽에 있는 바오싱의 거처는 사무실이 두 배로 늘어나 분주했다. 긴 줄을 선 농민들이 청원하려고 밖에서 기다리고 있었다. 대부분 색목인인 하급 관리들이 허리띠에 황동과 은으로 만든 직함 패를 차고, 자갈이 깔린 마당을 분주히 거닐었다.

하인들이 그를 동생의 사무실로 안내했다. 그 방은 동생 취향에는 딱 맞겠지만, 에선의 취향은 아니었다. 동생이 직접 그린 몇 점을 포함한 풍경화들이 벽에 걸려있었다. 책상은 말리고 있는 커다란 서예 작품들로 덮여있었다. 일부 글씨는 몽골어였지만, 나머지는 에선이 배울 마음이 전혀 없는 복잡한 한자였다.

동생은 두 명의 중국인 상인과 방 중앙에 앉아있었다. 그들 사이에 놓인 탁자 위에 대화 내용을 짐작하게 하는 잔과 씨앗 껍질 등이 흩어져 있었다. 그들이 중국 남부 해안 지역의 말로 대화하고 있어, 에선은 이해할 수 없었다. 그들은 에선을 보자 공손히 일어났다. "문안드립니다, 에선 공." 그들이 인사하고 밖으로 나갔다.

에선은 그들이 떠나는 걸 지켜봤다. "너는 왜 상인들과 시간을 낭비하냐?" 그가 몽골어로 말했다. "너의 부하 관리가 너 대신 처리할 수 있을 텐데."

바오싱이 눈썹을 치켜올렸다. 사무실은 따뜻했지만, 그는 여러 겹의 옷을 입고 있었다. 안에 입은 밝은 금속성 옷이 짙은 자줏빛 외투와 대조를 이루며 반짝였다. "그래서 형님은 형님을 돕는 사람들에 대해 아는 게 아무것도 없는 겁니다. 형님은 아직도 장씨 가문을 단순한 소금 밀매업자로 생각하죠? 그 집안 장군은 상당히 유능합니다. 최근 그들은 전에는 무법천지였던 상당히 넓은 영토를 점령했습니다. 그래서 이제 장씨 가문은 소금과 비단, 운하와 바닷길뿐만 아니라, 곡물까지 장악하고 있습니다. 그게 다 원나라에 이득이 됩니다." 그가 노란 옻칠을 한 가구를 손으로 가리켰다. "형님이 앉아 계신 그 의자도 양저우에서 왔습니다. 그렇게 넓은 영역에서 막대한 힘을 휘두르는 세력을 이해해야 합니다. 특히 그 세력이 우리 편이라면요."

에선이 어깨를 으쓱거렸다. "산시성에는 풍부한 곡식이 있고, 고려에는 충분한 소금이 있어. 그리고 그 집안 큰아들 장시청은 낮에는 빵과 설탕이나 먹고, 밤에는 양저우 사창가에서 지내는 멍청이로 알고 있는데."

"그건 사실이지만, 그는 결정권이 없어요. 장씨 가문을 실제로 움직이는 장 부인은 만만치 않은 인물이라고 알려져 있어요."

"여자!" 에선이 그건 웃기는 이야기라고 생각하며 고개를 저었다.

하인들이 탁자를 정리하고 음식을 내왔다. 허난성 제후의 처벌에도 불구하고, 바오싱의 사정이 바뀐 흔적은 없었다. 달콤한 버섯을 넣은 민물고기 국, 보석을 얹은 빵과 수수, 셀 수 없이 많은 채소 반찬, 그리고 소금에 절인 훈제 장밋빛 양고기가 나왔다. 에선은 음식을 다 내놓기도 전에 음식을 한 조각 손으로 집어 먹었다. 그의 동생이 약간 놀리듯 웃었다. "형님같이 식탐을 자랑할 사람도 없죠." 바오싱은 짝짓기하는 제비를 연상시키는 과장되게 우아한 동작으로 젓가락을 사용해 조금씩 음식을 들어 먹었다.

에선이 예술품을 보며 말했다. "네가 책이나 서예에 쓰는 시간을 반만 검술에 쓴다면 상당한 실력을 갖출 텐데. 왜 너는 아버지와 끝까지 싸우려고 하냐? 아버지가 이해할 수 있는 걸 해보지 그래."

왕이 날카로운 눈빛으로 쏘아 보았다. "형님이 이해하는 것들 말씀인가요? 형님도 한자를 배우신다면 책이 유익한 걸 아실 겁니다."

"아버지가 실제로 너를 싫어하시진 않아! 네가 아버지를 진심으로 존경하면 아버지도 너를 받아들이실 거다."

"그럴까요?"

"그럼!"

"그렇게 생각하신다면 형님은 진짜 바보세요. 저는 아무리 훈련하고 노력해도, 형님 수준에 도달하진 못해요. 우리 아버지 눈에는 저는 언제나 실패한 놈이에요. 저는 겁쟁이 중국인이지만, 제 방식으로 실패한 놈이 될 겁니다."

"동생…."

"형님도 제 말이 사실인 걸 아실 텐데요." 바오싱이 화를 내고 있었다. "내가 남자 연인을 맞아 밤마다 함께 뒹군다는 소문을 내면 아버지가 조금 더 화내실 텐데."

에선이 움찔했다. 중국인 사이에선 그런 일이 있다고 들었지만, 몽골인에게 그보다 더 수치스러운 일은 없었다. 에선이 조심스럽게 말했다. "네 나이면 결혼해서…."

"오해하지 마세요. 저는 남자엔 관심이 없어요. 저는 형님과 달라요. 형님은 영웅을 숭배하는 전사들과 몇 달씩 함께 보내죠. 형님이 직접 훈련해서, 형님 취향에 맞게 훈련된 전사들과요. 형님이 부탁만 하면 그들은 무슨 일이든 기꺼이 하죠." 바오싱이 형을 잔인하게 놀리고 있었다. "하긴, 부탁할 필요도 없죠. 알아서들 하니까. 그런데 형님은 왜 아직도 아들이 없죠? 전쟁하기 바빠서, 부인들과 잘 시간도 없나요? 아, 그리고 형님의 장군은 미모를 지녔죠. 단순히 같은 전사라서 그를 좋아하시는 게 맞나요? 아버지가 장군을 혼내려고 하자, 형님이 그렇게 빨리 무릎 꿇는 건 처음 봤는데…."

"그만해!" 에선이 소리 질렀다. 그는 동생을 찾아온 걸 후회했다. 동생은 늘 하는 장난을 또 하고 있었다. 그는 머리가 아팠다. "너는 아버지에게 화난 거지, 나에게 화난 건 아니잖아."

바오싱이 비꼬는 미소를 지었다. "그런가요?"

에선이 화가 잔뜩 나서 방에서 걸어나갔다. 뒤에선 동생의 웃음소리가 들렸다.

오우양은 왕을 찾아 행정관 사무실로 들어갔다. 그는 서류 한 뭉치를 주먹으로 꽉 쥐고 있었다. 먹과 곰팡이 핀 종이와 등잔불이 역겨운 냄새를 풍겼다. 사무실에는 대형 책꽂이와 책상들이 복잡하게 놓여있었다. 한 관리가 일하고 있는 작은 공간을 지나면, 또 다른 관리가 꾸부정한 자세로 서류를 들여다보고 있었다. 그런 모습이 끝없이 이어지는 듯했다. 오우양은 그 장소가 몹시 싫었다. 지난 몇 년 동안 왕은 행정관의 권력을 확장하며, 토끼가 새끼를 낳듯 수많은 관리를 새로 채용했다. 이제는 무슨 일이고 하려면 세 번의 도장을 받고, 여러 차례 주판을 튀기고, 장부에 기록된 후에야 가능했다. 말 한 마리가 다치거나 활을 하나 잃어버려도 자세히 설명해야 했고, 새로 받으려면 전쟁터에서 잔뼈가 굵은 전사도 눈물이 날 정도로 힘들었다. 만 명의 군사와 그 절반 숫자의 말과 그들이 지녔던 모든 장비를 잃었으니, 생각만 해도 피곤했다.

왕은 모든 행정을 총괄하는 제후의 아들이었지만, 그의 책상은 다른 관리들의 책상보다 크지 않았다. 오우양이 책상 앞에 서서 왕이 쳐다보길 기다렸다. 왕은 붓에 먹물을 적시며, 오우양을 무시했다. 자기 사무실에서조차 그의 동작은 춤추는 소녀처럼 인위적이었다. 연기 같았다. 오우양은 자신도 연기하기 때문에, 그걸 즉시 알아볼 수 있었다. 오우양은 작은 체구에 여자 같은 얼굴을 하고 있어, 일부러 갑옷을 입고 목소리를 낮추고 거칠게 행동했다. 그러면 사람들이 그의 지위를 알아봤다. 하지만 왕의 연기는 달랐다. 그는 상처받고 싶은 사람처럼 다른 사람들의 눈길과 혐오를 동시에 유도했다.

왕이 마침내 올려다봤다. "장군."

오우양이 고개를 살짝 숙인 후, 왕에게 서류를 넘겼다. 서류에 적힌 병력과 장비 손실은 엄청났다. 반군 중을 생각하자, 분노가 솟구쳤다. 그에게 패배를 안기고 차간의 수모를 받게 해, 그 중은 오우양이 자기 운명을 향한 여정을 마침내 시작하게 했다. 그렇다고 중이 고맙진 않았다. 그건 도발이었다. 그는 자기 운명을 향한 여정의 출발을 계속 미뤄왔지만, 이제 더는 머뭇거릴 수 없다.

왕이 서류를 옆으로 치우고 오우양을 놀라게 했다. "가서도 됩니다."

오우양은 왕의 성격을 잘 알고 있어서 싸울 준비를 하고 왔었다. 그가 돌아서 나가는데, 왕이 말했다. "장군이 오랫동안 원했던 대로, 에선이 장군을 위해 무릎을 꿇었소. 기분이 좋던가요?"

드디어 시작됐다. 오우양 자신도 잘 몰랐던 그의 숨겨진 감정을 왕은 정확히 알고 있었다. 왕이 냉정하게 오우양의 속마음을 들춰내어 조롱하고 있었다. 자기 고통도 즐기는 왕은 항상 다른 사람에게 상처를 주는 방법도 잘 알고 있었다.

오우양이 반응하지 않자, 왕이 쌀쌀한 미소를 지으며 말했다. "내 형을 사랑하긴 쉽지. 세상이 형을 사랑하고, 형도 세상을 사랑하지. 세상은 항상 형에게 잘 풀렸으니까."

오우양은 관대했고 순수하며 용맹한 에선을 생각했다. 왕의 말은 사실이었다. 에선은 배반당하거나 그의 정체성 때문에 수모당한 적이 없었다. 그래서 왕과 오우양 모두 에선을 사랑했다. 왕과 오우양은 서로 달랐지만, 둘 다 자신의 정체성 때문에 속으로 곪아 썩어가는 깊은 상처로 고통받았다. 그래서 그들은 고귀하고 완벽한 에선을 우러러봤다.

"형은 적절한 시기에 태어났어. 전사의 세상에 태어난 전사." 왕이 말했다. "장군, 당신과 나는 너무 늦게 태어났어. 지금보다 300년 전이라면 우리도 우리의 정체성으로 존경받았겠지. 장군은 중국인으로. 나는 문명은 정복되고 파괴돼선 안 될 소중한 보물로 생각하는 사람으로. 하지만 우리 사회에서 우리는 쓸모없소." 행정 관리들이 주변에서 끊임없이 분주히 움직였다. "당신과 에선은 전혀 다른 사람이야. 에선이 당신을 이해할 수 있을 거라고 착각하지 마시오."

오우양은 웃을 뻔했다. 오우양도 언제나 에선은 자기가 도달할 수 없는 높은 곳에 있어서, 자기를 이해할 수 없다는 걸 잘 알고 있었다. "그러면 나리께선 저를 이해하십니까?"

왕이 말했다. "나도 수치가 무엇인지 아오." 질투는 비슷한 사람끼리만 느낄 수 있는 감정이다. 오우양이 태양을 질투할 수 없는 것처럼, 에선을 질투할 수 없었다. 하지만 오우양과 왕은 닮았다. 잠시 그들은 두 사람의 비슷한 점을 씁쓸하게 인정하며 마주 보았다. 한 사람은 사람이 아니라고 경멸받았고, 다른 사람은 사람처럼 행동하지 않는다고 경멸받았다.

오우양은 미로처럼 책상들이 놓인 왕의 사무실을 나오며 벌거벗은 느낌이었다.

왕의 마지막 말이 머릿속에 맴돌았다. "…봄철 사냥에 초대받았소? 우리도 잠시 우리 문제를 잊을 수…"

두 명의 색목인 관리가 오우양을 보자, 옆으로 비켜 길을 내주었다. '봄철 사냥.' 위대한 칸이 매년 산시성 히체투 고원에서 여는 사냥은 일 년 중 가장 중요한 행사였다. 원나라의 최고위 인물 수백 명이 사냥과 경기와 여흥을 즐기려 모였다. 허난성 제후 같은 지방에 파견된 귀족에겐 황실 인물들과 접촉할 가장 좋은 기회였다. 오우양은 에선의 개인 경호병 지휘관이었던 20살 때 한 번 참가한 적이 있었다. 하지만 다음 해 허난성 제후가 군사 활동에서 은퇴해서, 에선과 오우양은 봄철 사냥 시기 항상 중국 남부에서 반군과 싸웠다. 7년 만에 에선은 허난성 제후를 따라 히체투로 갈 수 있게 됐다. 그게 모두 오우양의 패전 때문이었다.

문득 오우양은 이 모든 것이 우연이 아니라는 걸 깨달았다. 그가 중에게 패한 일과 차간에게 모욕을 당한 일. 이 모든 일 때문에 하늘의 별들이 움직여 그에게 기회의 길을, 그가 운명을 향해 갈 길을 열어주었다. 일단 그 길로 발을 딛기 시작하면 되돌아갈 길은 없다. 하지만 그건 거부할 수 없는 그의 운명이었다.

그가 바라던 운명의 길이었지만, 그가 원치 않는 운명의 길이기도 했다. 그 결과를 받아들이기 너무 힘들었다. 하지만 그가 피하려고 해도, 생각하지 않으려고 해도, 그에겐 선택권이 없는 길이었다. 그 길이 그의 운명이었다. 누구도 운명을 거부할 순 없었다.

9

　　　　　주가 승상 앞에 무릎 꿇었다. 야오 강에서의 놀라운 사건 덕분에 그녀는 홍건군 지도부를 특별히 알현할 기회를 얻었다. 새해가 다가오면서 바깥 날씨는 나날이 좋아지고 있었지만, 승상의 용좌가 있는 방은 겨울잠을 자던 곰이 방금 나간 동굴처럼 여전히 축축했다. 붉은 초가 연기를 내며 피 같은 촛농을 흘리고 있었다.

　"하늘이 내린 승리요!" 승상이 의기양양해져 말했다. "환관 장군은 우리 생각보다 훨씬 더 대담했소. 하늘이 돕지 않았다면 하류에서 강을 건너려던 그의 계획이 성공했을 거요. 우리는 전멸했을 거요! 이 기적보다 몽골이 하늘이 주신 천명을 잃었다는 더 확실한 증거가 어디 있겠소?"

　그게 기적인 건 사실이었지만, 주가 계획하고 기도했던 기적은 아니었다. 그녀가 산사태를 일으킬 생각을 떠올렸을 때, 그녀의 의도는 단지 다리를 부숴서 자신과 홍건군의 전멸을 막는 거였다. 하지만 그녀나 그 누구도 생각조차 할 수 없었던 승리를 하늘이 주었다. 그녀가 주중팔이라고 주장하며 '위대한 인물'이 되길 기원하자, 하늘도 그걸 인정했다. 눈 깜짝할 사이에 환관 장군의 만 명 병사가 사라졌다. 그녀는 경외감에 떨었다. 그녀가 꿈도 꿀 수 없던 일이 일어났다. '그녀의 운명'이었다.

"이 스님은 상을 받아 마땅하오." 승상이 말했다. "곽 티안수가 장군이 되어, 지휘관 한 자리가 비었소. 이 승려를 그 자리에 임명합시다."

"승상 대감, 이 승려를 지휘관으로 만들자고요?" 우정승 곽이 말하며 얼굴을 찡그리는 모습을 주는 주시했다. "이 승려가 공이 있는 건 저도 이해하지만…"

"저 중은 한 것이 아무것도 없어요!" 작은 곽이 화를 내며 끼어들었다. "중은 기도만 했지, 야오 강에서 원나라 군대와 대치한 건 저의 결정이었습니다. 하늘이 우리에게 승리를 주셨다면 그건 저의 승리가 아닌가요?"

"곽 티안수!" 그의 아버지가 꾸짖듯 말했다. 주 덕분에 승리하지 못했다면 작은 곽이 승상의 분노를 샀을 걸 그는 잘 알고 있었다.

상황을 조용히 주시하는 사람은 주만이 아니었다. 좌정승 진은 두 명의 곽을 바라보고 있었다. 그의 눈길에는 수동적인 면은 없었다. 칼집에서 나온 칼처럼, 그의 눈길은 폭력을 경고하고 있었다. 그녀의 눈길이 자기를 향한 걸 느낀 진우량이 돌아다보았다. 두 사람의 눈이 마주쳤다. 그의 눈에는 호의도, 적의도 없었다. 단지 두 뺨에 수직으로 난 주름만 깊어졌지만, 그게 무슨 의미인지 알 수 없었다.

승상이 작은 곽에게 차갑게 말했다. "저 스님의 도움이 없었다면 네가 승리하지 못했을 거다."

"승상." 우정승 곽이 끼어들었다. "공이 없다는 것은 아니지만…"

"저 승려는 전투 경험이 없습니다!" 작은 곽이 또 끼어들었다. "칼을 쓸 줄도 모릅니다. 어떻게 군사 경험도 없이 지휘관이 될 수 있습니까? 소명왕을 보좌하도록 이곳 궁전에 있게 하는 게 어떻겠습니까? 그게 승려에게 더 어울리는 일이 아닙니까?"

좌정승 진이 목청을 가다듬고 차분하게 말했다. "승상이나 우정승도 지도자가 되시기 전에 전투 경험이 없는 거로 알고 있습니다. 하지만 두 분 다 천부적인 재질로 성공하셨습니다. 두 분도 그러신데, 왜 저 승려에게만 전쟁 경험이 필요합니까?"

진의 반짝이는 눈을 보며, 주는 자기 역할이 무엇이 될지 알았다. 좌정승 진은 주가 승상과 우정승 곽 파벌 사이를 벌릴 쐐기가 되길 바랐다. 그녀는 홍건군에서 승진하려면 승상 밑에서 서로 싸우는 좌정승 진과 우정승 곽 중 한쪽을 선택해야 한다는 걸 깨달았다. 이제 한쪽이 그녀를 선택했다. 하지만 그게 그녀가 진정 원하는 것인지 주는 확신할 수 없었다.

작은 곽이 주를 사납게 쳐다봤다. "바보라도 한두 번은 성공할 수 있죠. 그의 유일한 재주는 기도이니, 그의 기도가 능력이 있다고 믿는다면 루를 점령하게 하는 게 어떻습니까?"

루는 안펑에서 멀지 않은 남쪽에 있는 그 지역에서 가장 강성한 성곽 도시였다. 수십 년 혼란기 동안, 그 지역에 있는 원나라 도시 중 루만이 단 한 번도 반군에게 점령된 적이 없었다. 갑자기 불길한 느낌이 들어, 주의 창자가 꼬였다.

진우량은 다른 사람의 돈을 갖고 노름하길 좋아하는 사람의 눈길로 주를 바라봤다. "10년 동안 홍건군이 그 도시를 한 번도 점령하지 못했소, 곽 장군."

"그렇다면 좋은 시험이 되겠군요. 기도해서 승리한다면 지휘관으로 임명합시다. 하지만 실패한다면 중의 진짜 실력을 알게 되겠죠."

주는 속으로 작은 곽을 저주하며, 깨진 벽돌 바닥에 머리를 다시 조아렸다. "소승은 먼지처럼 보잘것없으나 미천한 재주로 승상을 보필하겠습니다. 하늘이 도우신다면 저희가 야만인을 몰아내고 소명왕이 황제에 오르시는 모습을 보게 될 겁니다!"

"스님이 말씀을 잘하는구려." 승상이 화를 진정하며 말했다. "부처님의 축복을 받아 나가서 승리하고 돌아오게 합시다." 그가 일어나 나가자, 두 재상이 그 뒤를 따랐다. 한 명의 재상은 불쾌한 표정을 짓고 있었고, 다른 재상은 뭔가 알고 있지만 냉정하게 감추는 표정이었다.

주가 일어나자, 작은 곽이 그녀를 막아섰다. 그의 얼굴에는 심술궂은 만족이 쓰여있었다. "성곽이 있는 도시를 기도해서 점령할 수 있다고 생각하나? 지금 당장 도망치고, 그런 일은 전쟁을 아는 사람에게 맡기는 게 어때?"

그는 키가 커서, 주는 고개를 한참 젖혀 그를 올려다봤다. 그녀가 부처님의 미소를 최대한 흉내 내 고요한 미소를 지었다. "부처님께서 가르치셨습니다. 희망이 없는 곳에서 시작하라. 희망이 없는 현 상황에 순종할 때, 고통이 사라지기 시작하리라…"

"승상이 지금은 너를 좋아할 수 있어." 작은 곽이 악의를 노골적으로 드러냈다. "하지만 너는 실패할 거다. 그리고 네가 실패하면 하늘이 실패하도록 했다고 믿지 않고, 가짜 중이라며 너를 죽일 거로 생각하지 않나?"

그녀가 단호하게 말했다. "하늘은 소승이 실패하지 않게 하실 겁니다."

마는 서재로 쓰던 방에 들어서며, 순맹이 작은 곽을 달래는 모습을 보았다. "승리의 주역이 누구인 게 그렇게 중요하냐? 승상은 만족했고, 진우량은 원했던 목적을 달성하지 못했는데. 진우량은 네가 실패했으면 너의 아버지를 공격할 기회를 노렸을 걸 너도 잘 알지."

두 젊은이는 낮은 식탁에 앉아, 마가 조금 전 내놓은 저녁을 먹고 있었다. 돼지고기와 밤을 넣은 두부와 연근조림과 수수밥이었다. 그들 주변에 종이로 싼 배추가 선반에 가득 쌓여있었다. 남보다 많이 교육받은 장군의 딸인 마수영만 책을 그리워했다. 난방이 안 된 방에 배추가 쌓여 겨울비 내린 밭처럼 젖은 채소 냄새가 났다.

마를 보자, 순이 그의 옆자리를 손으로 두드렸다. "수영, 식사했니? 음식이 남았어." 순은 가냘픈 체격에 성품이 온유했다. 그는 생기 넘치는 잘생긴 얼굴과 붉은색이 도는 곱슬머리를 지녔다. 그의 곱슬머리는 늘 상투 밖으로 삐져나왔다. 어린아이 같은 외모와 달리, 그는 사실 홍건군 세 명의 젊은 지휘관 중 능력이 가장 뛰어났다.

마가 웃으며 앉자, 순이 말했다. "너도 우리가 승리해서 좋지?"

"나도 정말 운이 좋았다고 생각해." 마가 순의 사발과 젓가락을 빌려 두부를 집었다. "이번 일로 진우량이 앞으론 조심하리라고 생각하면 큰 오산이야. 곽 티안수, 네가 그 스님에게 루를 점령하라고 말했니? 네가 화를 낼 때마다, 진우량이 그걸 역으로 이용하려는 걸 아직도 모르니?"

"감히 내게 훈계해?" 작은 곽이 얼굴을 붉혔다. 그가 마의 손에 들린 사발을 가로채, 두부를 자기 사발에 넣었다. "네가 뭘 알아, 마 수영? 너는 내가 내 힘으론 야오 강에서 이기질 못했을 거로 생각하지? 내가 승상의 계획을 따랐다면 우리는 지금쯤 매일 백 명의 군사를 잃으며, 환관 장군이 후아이 강을 건너 우리를 공략할까 봐 걱정하고 있을걸. 내가 승리하고도, 왜 이런 대접을 받아야 해?"

"그런 말이 아냐." 마가 시무룩해져 말했다. "내 말은 진우량이 기회를 노리고 있어서, 네가 조심해야…"

"모두가 보고 있을 때, 나한테 훈계하지 마!"

순이 그들 사이에 끼어들었다. "내가 수영의 의견을 물어본 거야, 티안수. 너희 둘은 싸우지 않고 말할 수 없니?"

"네가 쓸데없는 여자의 의견을 물었으니, 너나 수영의 의견을 들어라." 작은 곽이 그들을 노려보며 물을 벌컥 마시고 일어섰다. "나 먼저 간다." 그는 문도 닫지 않고 나갔다.

순맹이 그의 뒷모습을 보며 말했다. "내가 나중에 티안수와 이야기할게. 자, 수영, 나도 간다. 나를 배웅해줘." 그가 걸으며 팔을 마의 어깨 위로 다정히 올렸다. 작은 곽은 치졸한 성격에도 불구하고,

순과 마의 우정은 전혀 개의치 않는 이상한 면이 있었다. 그는 여자가 건장한 자신보다 여자 같은 외모의 순을 좋아할 리 없다고 생각하는 듯했다. 마는 씁쓸한 생각이 들었다. 그 점에서도 작은 곽은 어리석었다. 그녀에게 선택권이 있었다면 그녀는 당연히 소녀처럼 부드럽고 둥근 뺨을 지닌 꽃미남을 선택했을 거다. 하지만 그녀에겐 선택권이 없었다.

그녀가 물었다. "너는 그 스님이 정말 기적을 일으켰다고 생각하니?"

"모르겠어. 내가 아는 한, 우리는 기적이 필요했는데, 실제로 기적이 일어났어."

중은 대치한 군대 사이에 놓인 다리 위로 혼자 걸어 들어갔다. 그건 이해하기 힘든 행동이었다. 생각할 수 있는 두 가지 경우가 있었다. 그 중은 엄청나게 운이 좋은 순진한 바보이거나 자기 목숨은 전혀 걱정하지 않는 득도한 보살이었다. 마가 처음 만났을 때 그의 날카로운 눈빛을 기억하며 생각했다. '바보는 아니다.' 하지만 그가 득도한 보살이라고 생각하기도 힘들었다.

"지금 무슨 걱정을 하고 있니?" 순이 물었다. 그는 그녀의 기분을 잘 알았다. "우리는 천명을 받았고, 오랜만에 최고의 승리를 거뒀어. 원나라는 가을까지 군대를 재정비해야 할 거야. 그러면 우리는 앞으로 여섯 달 동안 잃었던 땅을 되찾고 강력한 요새를 건설할 수 있어." 그가 그녀의 어깨를 가볍게 쥐었다. "모든 게 변하고 있어, 수영. 기대해 봐! 10년 후 소명왕이 황제로 등극하면 우리는 이 순간을 뒤돌아보며 웃을 거야."

겨울 햇살에 안핑의 진흙이 말랐다. 주는 상점이 늘어선 거리를 천천히 걸어갔다. 거리에는 평소보다 사람이 많았고 활기까지 느껴졌다. 야오 강에서 원나라 군대에 대승을 거둔 후, 도시는 새롭게 활기를 되찾고 있었다. '희망.' 사람들은 희망을 원했다.

"이봐, 할멈!"

'희망이 없는 사람도 있군.' 주가 생각했다. 그녀는 앞으로 벌어질 일을 예상하며, 불안감을 느꼈다. 마치 전생에서 겪었던 일같이 기억날 듯한 사건.

"내 말이 안 들려, 할멈!" 한 무리의 남자가 채소를 놓고 앉은 노파 주변에 몰려들었다. "우리에게 그걸 몇 개 주면 불량배를 쫓아줄게, 어때? 안핑은 아주 위험한 곳이야! 우리가 도와주는 걸 고마워해야…"

"도와준다고? 썩은 거북이 알 같은 놈들." 누군가 몹시 화를 내며 그들을 밀치고 들어섰다. 주는 그 인물이 자기를 작은 곽으로부터 구해줬던 색목인 소녀인 걸 보고 놀랐다. 마 장군의 딸이었다. 고개를 숙인 노파에게 소녀가 말했다. "저놈들에게 아무것도 주지 마세요."

"입 닥쳐." 무리의 우두머리가 말했다.

"감히 내게 그런 말을 해! 내가 누군지 몰라?"

잠시 후 그들 중 한 명이 말했다. "작은 곽의 약혼녀 아냐?"

우두머리가 비웃으며 소녀를 자세히 살폈다. "자기를 장군이라고 부르는 맛이 간 식초병? 내가 신경 쓸 것 같아?"

마 소녀는 물러서지 않았다. 그녀가 노려보며 말했다. "썩 꺼져!"

"안 그러면?" 불량배가 노파의 채소를 덮치는 순간, 우두머리가 소녀를 내팽개쳤다. "너나 꺼져라." 소녀가 날아가 비명을 외치며 떨어져 쓰러졌다.

불량배가 사라지자, 주가 마 소녀에게 다가가 옆에 쭈그리고 앉았다. "그래도 다친 데는 없군요."

그녀가 화난 표정을 지었다. 그런 표정을 지어도, 소녀의 외모는 눈부셨다. 부드러운 황금빛이 감도는 피부는 이마 위에 난 검은 점과 대조돼 더 빛났다. 그녀의 머리카락은 검은 구름처럼 풍성했다. 그녀는 중국의 전통적인 미인 기준에는 맞지 않았지만, 얼굴에는 주의 눈길을 끄는 가공하지 않은 순수하고 깊은 감정이 쓰여있었다.

"내가 달리 어떻게 했겠어요? 그걸 못 본 척하라고?" 마가 얼굴을 찡그리며, 피가 흐르는 손바닥을 치마로 닦았다.

"화가 나셨군요." 주가 말했다.

마가 화를 내며 바라봤다. "네, 화났어요! 네, 알아요. 이런 일은 늘 있어요. 할머니도 이런 일에 익숙하죠. 모든 사람이 이런 일에 익숙해졌어요. 하지만 이런 일은…."

"이런 일은 나쁘죠." 주는 소녀의 동정심에 놀라며 존경심까지 느꼈다. 그러면서 주는 자신도 다른 사람에게 그런 순수하고 따스한 동정심을 가진 적이 있었나 자문했다. 주는 자신에게는 그런 동정심이 아직도 남아있는지 자신할 수 없었다.

"당연히 막았어야죠."

"당연하다고요? 하지만 모든 사람이 그렇게 행동하진 않죠." 그녀가 벌떡 일어나, 근처 상점에서 두유 한 잔을 사서 마에게 주었다.

마가 그걸 받으며 의아한 표정을 지었다. "땡전 한 푼 없는 떠돌이 중이라고 생각했는데요."

"소승은 다른 분들로부터 보시받은 것밖에 없습니다." 주가 경건하게 말했다. 사실 그녀에겐 약간의 돈이 있었다. 그녀는 홍건군이 승리하자 돌아온 초옥에게 징을 돌려주고, 말과 구리 동전 몇 꾸러미를 받았다. 하늘의 축복을 받은 징이어서 이익을 챙긴 건 이해할 수 있었다.

주는 마가 두유를 마시며 속눈썹 사이로 자기를 자세히 살펴보는 걸 봤다. 그건 혼란스럽단 눈빛이었다. 주의 순진한 중 같은 겉모습 뒤에 다른 무언가 있지만, 그게 정확히 뭔지 모르겠다는 눈빛이었다. 하지만 홍건군에서 그 정도까지 안 사람도 그녀가 처음이었다. 마 장군이 모든 사람이 말하는 대로 유능한 장군이었다면 그의 딸도 홍건군의 지도부보다 더 똑똑한 걸 주는 이해할 수 있었다. 주가 그녀를 더 잘 알고 싶은 호기심이 일어 말을 계속 걸었다. "말이요."

"뭐라고요?"

"소승의 말이요. 기억하시죠, 곽 장군께서 소승에게 성곽 도시를 점령하라는 임무를 맡기신걸. 싸움터에 말을 타고 가는 게 좋을 듯해서요. 그러면 기적이 없어도, 소승이 살아 돌아올 확률이 높아질 테니까요." 주가 간절히 부탁하는 표정을 지었다. "아시는 승마 선생님이 혹시 있나요?"

"또 그 말이요? 왜 내가 말을 탈 줄 안다고 그렇게 자신 있게 말하죠?"

"성이 마(馬) 씨 아닌가요?" 주가 장난스럽게 말했다. "이름은 거짓말하지 않죠."

"오, 제발!" 소녀가 비웃고 있었다. "그런 논리라면 술주정뱅이 왕씨는 모두 왕이 되겠네요. 그리고 스님은…." 그녀가 말을 멈췄다.

"붉은색 주(朱) 씨요?" 주가 계속 놀렸다. "홍건군(紅巾軍)처럼요?"

"그건 다른 글자로 붉은색이에요! 성함의 나머지는 어떻게 돼요?"

주가 말하자, 그녀가 머리를 흔들며 자지러지게 웃었다. "붉을 주에 행운의 8자가 두 배라고요. 부모님이 스님을 낳고 정말 기쁘셨나 보네요."

찢어진 창호지 사이로 번뜩번뜩 보이듯, 주중팔이 아닌 자신의 어린 시절 모습이 주의 마음속에 깜박거리며 지나쳤다. 하지만 그녀가 주중팔이었다. 그의 운명이 그녀의 운명이듯, 그의 과거도 그녀의 과거였다. 그녀가 말했다. "아, 그건 사실이에요. 소승이 별다른 재주를 보이진 못했지만, 부모님은 소승이 위대한 인물이 될 거라고 믿으셨죠."

주는 자신이 가볍게 농담조로 말했다고 생각했지만, 마가 그녀를 자세히 살펴보자, 자기 얼굴이 무심코 사실을 실토한 게 아닌가 자문했다. 하지만 소녀가 짧게 말했다. "만나서 반가웠어요, 엄청나게 운 좋은 마 공자님."

"아이고, 너무 격식을 차리시네요! 소승에게 가르침을 주실 테니, 마 사부님이라고 부르겠습니다."

"누기 기르쳐준데요?!"

"그럼 가르침을 주시지 않겠다니, 수영 누님이라고 불러도 될까요?"

"어휴, 너무 뻔뻔해!" 마가 소리쳤다. 그녀가 총명한 눈빛을 반짝이며 말했다. "그리고 정확히 말해 누가 누구보다 나이가 많죠? 스님이시니 적어도 20살은 됐을 텐데."

주가 멋쩍게 씩 웃었다. 사실 마는 17살은 넘어 보이지 않았다. "그럼 마 사부님이라 부르겠습니다. 소승이 달리 부르는 걸 허용치 않으시니."

"그걸 말씀이라고 하세요?"

주가 할 수 있는 한 가장 기대하는 표정을 지어 보였다. 소녀는 화도 나고 황당하기도 하다는 듯 쳐다보다 한숨을 지었다. "좋아요! 첫 번째 수업."

"소승은 빨리 배우는 재주는 있답니다. 하지만 말을 타는 거라면, 워낙 처음이어서." 주가 성공한 게 만족스러워 가벼운 마음으로 말했다. 그녀는 마가 눈을 깜빡거리는 모습을 다시 보고 싶었다. 그리고 순진한 중인 척 연기하며 그녀를 놀리는 게 즐거웠다. "소승 때문에 머리가 아프시다면 하나씩 가르쳐주시지요."

"네, 스님 때문에 머리가 아파요! 이제 꺼지세요."

하지만 주가 몇 걸음 옮기다 뒤돌아보니, 마가 웃고 있었다.

주는 절 계단에 앉아 안평을 내려다보았다. 화려한 설날 인파가

붉은 용을 따라 좁은 거리를 가득 메웠다. 안펑 동쪽 구역에 있는 절을 주가 우연히 발견했을 때, 절은 더러운 폐허였다. 기회를 보면 즉시 아는 그녀는 곧 절로 거처를 옮겼다. 작은 곽이 마지못해 그녀에게 넘긴 200명의 신병도 그녀와 함께 그곳에 터를 잡았다. 루를 점령하라고 넘긴 병력이었다. 절 마당 여기저기 세운 천막을 보며, 그녀는 자기 군대를 가졌다는 느낌을 받았다. 하지만 군대라기엔 너무 작았다. 주는 루 문제로 고심했다. 그녀가 그 도시에 대해 더 많은 걸 알수록, 작은 곽이 그녀에게 맡긴 임무가 얼마나 불가능한지 깨닫고 있었다. 누가 200명의 병력으로 돌로 만든 성곽 도시를 점령할 수 있겠나?

그때 검은 옷을 입은 인물이 계단을 걸어 올라오자, 그녀가 생각했다. '여기 기회가 온다.'

"인사드리오, 주 공자." 좌정승 진이 말했다. 알 수 없는 미소가 그의 입가에 맴돌았다.

주는 위험을 느꼈지만, 그 위험을 이용할 수도 있다는 짜릿한 흥분도 느꼈다. 홍건군 지도층에서 가장 교활하고 야심이 큰 진우량이 언젠가 작은 곽보다 그녀에게 더 큰 위협이 될 걸 주는 본능적으로 알고 있었다. 하지만 그가 아직 그녀의 욕망을 모르는 동안은 그녀에게 유리했다. 그녀는 젊은 승려가 중요한 손님을 맞는 표정으로 몸을 깊숙이 숙였다. "좌정승 대감님! 소승은 이런 허름한 절에서 귀한 손님을 맞기 부족합니다." 그녀는 눈을 내리깔고 손을 합장하며, 일부러 소매를 떨었다. 진이 그녀의 진짜 성격을 엿보는 걸 방지하려는 수단이었다.

"허름하다고? 그 말이 사실이긴 하군." 진이 부서진 절과 초라한 천막들을 보는 척했다. 송곳처럼 날카로운 그의 진짜 관심은 아직 움직이지 않았다. 그는 그녀의 성격을 알아보려고 온 게 분명했다. "그래도 집 없는 개들은 쫓아냈군."

"소승이 어떤 임무를 받든, 소승의 첫 번째 소임은 부처님을 모시는 일입니다. 소승이 재물이 없어, 부처님을 모시기 합당하게 절을 보수하지 못해 아쉬울 뿐입니다."

진의 검은 눈이 그녀를 꿰뚫어 보았다. 그의 눈빛이 무엇을 의미하는지 알 수 없었다. "훌륭한 태도요, 주 공자. 자네 기도 덕분에 야오 강에서 승리한 게 분명하오. 하지만 그런 특별한 능력을 루에서도 다시 보일 수 있을지 모르겠군. 도시 공략은 훨씬 더 힘든 임무가 될 거요."

"부처님이 도우시면 모든 일이 가능합니다." 주가 조용히 말했다. "저희는 믿기만 하면 됩니다."

진이 살짝 미소 지었다. "그래요. 우리 홍건군에 그런 믿음을 가진 젊은이가 있다니 기쁘군. 곽 장군도 자네를 닮았으면 좋겠네." 그가 알 수 없는 표정을 다시 지었다. 진이 아직은 그녀가 순진한 중인지 아닌지 판단 내리지 못하고 있다고 주는 생각했다. 그녀를 자세히 살펴보며, 그가 말했다. "병사와 장비가 좀 더 있다면 믿음에 도움이 되지 않겠소, 주 공자?

이번이 기회였다. 그녀가 눈을 크게 뜨고 최대한 당황해하는 척했다. "… 좌정승 대감님?"

"내가 도와주어도, 자네가 성공할 확률은 거의 없어." 진이 잠시 말을 멈추고 생각했다. "그래도 성공할 확률을 조금 높여주고 싶어, 자네에게 오백 명의 병사를 보내라고 우 지휘관에게 지시했네. 그러면 자네가 지휘할 병사가 700명쯤 되나?" 진이 푸줏간 도마 위에 떨어지는 고깃덩이 같은 미소를 지었다. "700명의 병사로 도시를 공략한다! 나라면 하지 않겠네. 하지만 자네가 성공한다면 이걸 약속하지. 내가 승상께 말씀드려 노획한 모든 걸 자네가 갖게 하겠네. 그러면 절을 보수할 비용이 충분할 거야." 그의 검은 눈이 다시 반짝였다. "그리고 자네가 하고 싶은 건 무엇이든 할 수 있을 걸세."

700명의 병사도 없는 것보단 나았다. 하지만 두 사람 모두 그 병력은 도시를 공략할 최소한의 숫자에 한참 못 미치는 걸 잘 알고 있었다. 그리고 그녀가 성공해도, 그녀는 진우량과 두 명의 곽 사이 치열한 싸움에 놓인 장기판의 졸 같은 입장에서 벗어나지 못한다. 하지만 아직 그 문제까지 걱정할 필요는 없었다. '한 번에 한 문제만 풀자.'

진은 그녀가 할 수 있는 대답은 단 하나뿐인 걸 잘 알면서도, 그녀의 대답을 기다렸다. 그녀는 겸손하게 감사하다는 뜻을 가득 담아 세 번 몸을 숙였다. "소승은 좌정승 대감님의 후한 은혜에 감사드립니다! 소승이 군 지휘력은 부족하나, 홍건군에 영광스러운 승전을 바치도록 최선을 다하겠습니다…."

먹잇감을 뼈도 뱉지 않고 삼키려는 맹수처럼 진의 이빨이 번쩍였다. 설날 불꽃놀이가 그의 뒤로 피어올랐다. "그럼 가진 기술을 잘 이용하게, 주 공자. 열심히 기도하게."

밤 10시에 마는 곽 저택의 대문 사이로 슬그머니 빠져나왔다. 그녀는 습관상 조심할 뿐이었다. 설날과 정월 대보름 사이에는 안펑의 모든 사람이 밤새워 돌아다니며 도시의 진풍경을 구경했다. 음식 노점상과 주막, 곡예를 하는 광대와 노래 부르고 악기를 연주하는 사람, 관상쟁이와 귀뚜라미로 도박하는 사람들로 거리는 붐볐다.

그녀가 말과 데리고 밖에서 기다리는 주를 발견했다. 주는 밀짚모자를 얼굴 한쪽으로 기울여 쓰고 있었다. 밀짚모자의 그림자 밑으로 미소 짓고 있는 주의 엷은 입술이 보였다. 주가 그녀를 보자마자 깔깔거리며 웃었다. 손으로 얼른 입을 가리며, 주가 말했다. "그게 저 … 변장인가요?"

"뭐라고요? 아니에요. 입 다무세요." 말타기 편하게 마는 무릎을 조인 바지와 장화를 신고 있었다. "그럼 치마 밑에 바지를 입어야겠어요?"

"그럼 어때요? 누구도 사부님을 남자로 보지 않을 텐데요."

마가 그를 노려봤다. 그 말은 사실이었다. 남자 옷을 입어도 그녀의 여성적인 모습을 숨길 순 없었다. 하지만 그녀의 근육질 허벅지와 두툼한 입술을 보고, 누구도 그녀를 연약한 버드나무나 바람에 휘는 풀잎에 비유하는 시를 짓지는 않을 터였다.

중이 눈길을 아래로 움직였다. "사부님의 발이 소승의 발보다 훨씬 크네요. 보세요." 중이 둘의 발을 비교했다.

"너, 너!" 그건 너무 무례했다.

"걱정하지 마세요. 소승은 전족을 한 작은 발을 싫어하니까요. 반란이 일어나는 시기인데, 여자도 달릴 수 있어야죠."

"네가 무얼 좋아하던 누가 신경 써! 너는 중이잖아!"

주가 웃으며 말했다. "중이라고 여자를 본 적이 없는 건 아니에요. 사람들이 늘 공양하러 절에 와요. 때로는 불경을 배우고 싶은 소녀들이 절에 머무르며 견습 승려들과 함께 공부하죠. 특히 공부를 많이 한 견습 승려들과요." 주의 모자가 기울어졌다. 마가 주의 흰 이빨과 함께 보조개를 보고 놀랐다. "뭐요? 스님들이 여자를 안다고요?" 그녀가 날카롭게 쏘아붙였다. "황각사 중들이 여자를 알아, 환관 장군이 업보를 두려워하지 않고 절을 불태웠군요."

"소승을 조사하셨군요!" 주가 기뻐하며 말했다. "황각사는 좋은 절이었어요. 소승은 거기서 많은 걸 배웠어요." 주의 말투에 진정한 슬픔이 서려있어, 마까지 우울해졌다. "소명왕이 나타나서 원나라 군대가 절의 힘을 빼앗으려고 들자, 주지 스님이 거부했죠. 그분은 완고하셨어요."

"영리한 사람은 물러설 때를 알아요." 마가 작은 곽을 생각하며 냉정하게 말했다.

그들은 안펑 서문의 흙으로 만든 보루 밑을 지났다. 풀도 없는 평지에 달빛이 비치며, 그 너머로 후아이 강의 반짝이는 검은 물결이 휘감아 돌았다. 주위를 둘러보며, 주가 몸서리치는 연기를 했다. "너무 어두워요! 설날 북소리를 듣고 도시에서 쫓겨난 귀신들이 바로 이런 장소로 온다는데 겁나지 않으세요?"

"배고픈 유령들이 있다면 스님이나 잡아먹으라고 할게요. 나는 말을 가질 테니." 마가 관심 없는 표정으로 말했다.

"아, 그러면 소승이 겁먹어야겠군요." 주가 웃으며 말했다.

"말이나 타요!"

"이렇게요…?" 주가 말 위로 기어올랐다. "어! 이건 아닌데…."

마가 말의 엉덩이를 때리자, 말이 껑충 뛰었다. 중은 공중에서 모자가 벗겨지며 모래주머니처럼 털썩 땅에 떨어졌다. 그녀가 다가가자, 중이 등을 바닥에 대고 누워 그녀를 보며 씩 웃었다. "사실 소승은 말을 탈 줄 몰라요."

한 시간쯤 가르친 후, 마는 중의 말이 사실인지 아닌지 분간할 수 없었다. 중이 정말 말을 처음 탄다면 빨리 배우는 재주가 있다는 말은 과장이 아니었다. 달빛 아래 모자로 얼굴을 가리고 천천히 말을 모는 중을 보며, 마는 중이 전혀 중같이 보이지 않는다고 생각했다.

그가 말을 멈춰 세우고 내리면서 웃음을 지었다. "소승이 진작 말을 탈 줄 알았다면, 안펑까지 훨씬 빨리 올 수 있었겠네요."

"안펑에 스님을 보고 싶은 사람이 있다고 생각하세요?" 마가 조롱했다.

"기도 없이 기적이 일어난다고 생각하세요?" 주가 웃으며 말했다. "중이 있으면 좋은 일이 생겨요."

'기적.' 마는 중의 그 말을 다시 곰곰이 생각했다. 중의 장난기 어린 웃음에는 겉으로 드러난 감정보다 훨씬 더 깊은 감정이 뒤에 숨어있다고 느꼈다. 중이 안펑에 처음 온 날, 작은 곽 앞에 무릎 꿇고 있던 중을 보며 그녀가 받은 이상한 충격을 기억했다. 중은 자신이 무엇을 걸고, 왜 도박하는지 정확히 아는 사람처럼 보였다.

그제야 그녀가 깨달았다. 그녀의 숨이 멎었다. "야오 강에서 난 산사태는 하늘이 하신 일이 아니죠. 전투가 그대로 일어나면 스님은 자신이 죽을 걸 알았죠. 그래서 산사태가 나면 댐이 터져 다리가 부서질 걸 알고, 모든 사람이 목청껏 소리치게 스님이 만들었죠." 그녀가 꾸짖듯 말했다. "기도는 전혀 상관없었어!"

그녀의 말에 주가 놀랐다. 놀람을 가라앉히고, 주가 말했다. "저를 믿어주세요. 소승은 기도만 했습니다."

"자기 목숨을 살려달라고 했겠지. 승상이 네가 했다고 믿는 승리를 위한 건 아니었어!"

"어떤 중이 만 명의 사람의 목숨을 앗아가라고 기도하겠습니까?" 주가 말했다. 마는 최소한 그 말은 사실일 거로 생각했다. "그건 계명에 어긋나는 일입니다. 소승은 원나라 군대의 측면 공격 부대가 강을 건너는 걸 몰랐습니다. 우리가 승리하라고 하늘이 내리신 결정이었습니다."

"어쨌든 상관없어요." 마가 문득 불안해졌다. "스님은 한 번 살아남고 승리까지 했어요. 하지만 스님은 루를 공략해야 하는데, 승상은 스님이 하늘에 기도하면 또 승리할 수 있다고 믿고 있어요. 하지만 스님은 그런 능력은 없죠, 그렇죠?"

"소승이 기도해서 좌정승 진이 500명의 군사를 줬다고 믿지는 않죠?" 주는 가벼운 목소리로 놀리고 있었다. "소승은 사부님의 걱정에 감동했습니다. 하지만 사부님 생각만큼 상황이 나쁜 건 아닙니다. 소승은 또 이길 수 있습니다."

중이 메기처럼 미끄럽게 잘 빠져나갔다. 그녀는 중이 자기 말을 믿고 하는지 아닌지 알 수 없었다. "병사들이 스님보단 잘 싸우길 바라요! 그런데 진우량이 곽 파벌을 약하게 만들려고 스님을 이용하는 건 모르진 않죠?"

"곽 장군은 사람들에게 호감을 주어서 장군이 승리하도록 사람들이 기도하게 할 성품은 없죠." 주가 짓궂게 말했다.

마도 작은 곽의 단점을 잘 알고 있었지만, 그런 비난은 마음에 거슬렸다. 그녀가 단도직입적으로 말했다. "스님은 대담하게 좌정승의 계략을 역으로 이용할 수 있다고 생각하죠?" 그녀는 자기 손목을 부러지도록 아프게 잡았던 진의 손을 기억했다. "그가 돕는 사람은 잘되는 일은 없어요. 그는 자기 이익만 챙기고 모든 사람을 버려요. 스님도 그걸 잘 알고 있죠."

그녀가 무심코 만지고 있는 손목을 중이 바라봤다. "보통 사람은 절은 모두가 열반만 생각하는 거룩한 장소라고 생각하죠. 하지만 스스로 경건하다고 말하는 승려 중 일부는 진우량만큼 사악하고 이기적이죠."

그녀가 그 말에 놀라며 불안해서 말했다. "그럼 잘 알겠군요. 진의 편에 들어가면 후회할걸."

"제게 주시는 가르침인가요?" 중이 눈을 지그시 감으며 말했다. "중은 편을 들지 않습니다. 소승은 부처님과 부처님이 세상에 보낸 소명왕만 섬깁니다."

중을 바라보는 마의 눈에 환관 장군의 죽은 만 명의 병사가 보였다. "때로는 자기 자신을 훨씬 더 섬기는 듯한데요."

중의 눈이 날카롭게 깜빡였다. 하지만 잠시 후 그가 단순하게 말했다. "마 사부님, 소승은 곧 루로 갑니다. 현명한 지도의 말씀을 주십시오."

그녀가 대답하려는데 안평 위로 붉은 불이 꽃처럼 피어올랐다. 반짝거리는 불꽃이 해파리 모양으로 떨어졌다. "저것도 불꽃놀이인가요? 저런 불꽃은 처음 봐요."

"초옥의 작품이죠. 화약에 상당한 재주를 갖고 있어요." 불꽃을 바라보며, 중이 말했다. "하늘이 내린 천명과 정확히 똑같은 색이군요."

'절의 촛불 색이겠지.' 마가 하늘을 붉게 물들이는 빛을 보며 생각했다. 조상에게 경건한 마음으로 기도하는 색. 그녀의 죽은 아버지에게처럼. 문득 그녀는 모든 것에, 원나라와 반란, 권력을 다투는 이기적인 늙은이들에 혐오감과 함께 깊은 나락으로 떨어지는 듯한 좌절감을 느꼈다. 그리고 사람들이 각자 자기 마음대로 해석하는 모호한 징조를 보이는 하늘에도. "이 전쟁에서 목숨은 가치가 없죠." 그녀가 씁쓸하게 말했다. "그들의 목숨과 우리의 목숨 모두요."

중이 잠시 후 말했다. "마수영, 당신은 감정이 풍부하군요."

"내가 스님이 죽든 말든 신경 쓴다고 착각하지 마세요." 하지만 너무 늦었다. 그녀는 이미 신경 쓰고 있었다. 그녀가 주저하다 말했다. "제 아버지가 전에는 원나라 장군이었던 걸 알죠. 아버지는 루의 군 지휘관과 친구였어요. 그도 우리 가족처럼 색목인이었어요. 그 사람은 황실이 있는 대도(현재 베이징)의 호감을 받지 못했어요. 말년에 중국인 여자와 사랑에 빠져 결혼했기 때문이죠. 하지만 아버지는 그의 재능을 상당히 존경했어요. 나중에 아버지가 홍건군에 들어갔을 때, 아버지는 루를 공격하는 걸 언제나 반대했죠. 그 사람이 군 지휘관으로 있어서 루가 매우 강하다고 말씀하셨죠. 하지만 그 사람이 죽은 지 한 달이 넘었어요. 원나라는 대도에서 다른 사람을 군 지휘관으로 곧 파견할 거예요. 그가 어떤 사람인지 누가 알겠어요? 스님이 그보다 먼저 그곳에 도착하면 이길 기회가 있을 거예요." 그녀가 말을 정확히 고쳐 다시 말했다. "아주 작은 기회요."

그녀는 겁을 준 건지 희망을 준 건지 알 수 없었다. 중이 조용히 생각하다가 말했다. "중요한 정보네요. 오늘 밤 많은 가르침을 받았습니다, 마 사부님." 그가 말에 올라타며, 피할 수 없는 그의 죽음에 관해 이야기를 나눈 게 아닌 듯 태연하게 말했다. "가까이서 보면 불꽃놀이가 훨씬 더 멋있겠죠? 가시죠. 함께 말을 타면 빨리 갈 수 있을 거예요."

중이 그녀의 손을 잡고, 그녀를 앞쪽으로 가볍게 들어 올려 태웠다. 중의 엄청난 힘에 그녀는 놀랐다. 그녀는 중들은 온종일 눈을 감고 앉아만 있다고 생각했다. 놀람을 애써 감추고, 그녀가 말했다. "말을 탈 줄 아는 사람은 저예요. 제가 고삐를 잡아야 하는 게 아니에요?"

그가 감싼 팔에 그의 웃음이 느껴졌다. "소승이 말을 못 탄다고요? 한 번 가르침을 받았으니, 소승도 말을 탈 능력이 있다고 생각하는데요."

"적군이 활을 쏘는 순간 떨어질 능력이겠죠!" 그녀가 몸을 앞으로 기울여 손가락으로 말의 귀를 툭 쳤다. 말이 놀라 왼쪽으로 몸을 틀자, 주가 굴러떨어졌다.

마가 말을 진정시키며 돌리자, 그는 숨을 고르며 별을 보는 척했다. "저, 소승은 한 번 더 가르침을 받아야겠네요."

마가 코웃음 쳤다. "한 번 배운 거로 이곳에 사는 대부분 사람보다 이미 말을 더 잘 타고 있어요." 그녀는 중을 잡아 뒤에 태우며, 그가 예상보다 가볍다고 생각했다.

그가 미소 지으며 말했다. "말을 빠르게 모시며 소승이 떨어지지 않길 바라신다면 소승은 어떻게든 꼭 잡겠습니다." 하지만 그는 손가락 끝으로만 그녀를 조심스럽게 잡았다. 왠지 모르게, 그녀는 그 가벼운 접촉만으로도 그의 따스한 체온이 온몸에 퍼지는 걸 느꼈다.

그녀는 다시는 그를 보지 못할 것이다. 그녀는 그런 생각에 가슴이 찡해지는 자신에 놀랐다. '하지만 동정심을 느끼는 건 아냐.'

정월 대보름 등불 축제가 끝나고 6일 지났을 때, 소년 도둑 상우춘은 주의 700명 군사와 함께 안펑에서 성곽 도시 루로 행군하고 있었다. 군대의 사기는 낮았지만 누군가, 아마도 승려 주가, 루 성곽 밖 벌판에서 위나라의 장군 장료가 800명의 기병으로 오나라 200,000 대군에 승리했다는 고대 삼국시대 이야기를 퍼트리고 있었

다. 그런 이야기를 들은 적이 없는 상우춘은 당연히 그 이야기를 믿지 않았다.

그들은 오후 5시쯤 행군을 일찌감치 멈추고 야영을 준비했다. 상우춘은 주의 부대에 새로 편입된 신병 천막 옆에 비스듬히 누워 진심으로 호기심을 느껴 물었다. "그래, 언제쯤 돼야 지휘관 순의 부대에서 나와 무능한 중의 자살 공격 부대에 들어온 걸 후회하겠어요?"

초옥은 30㎝ 길이의 금속 막대기를 들고 있었다. 한쪽 끝은 둥근 알뿌리 모양으로 컸고, 다른 쪽 입구는 좁았다. 상우춘이 흥미롭게 지켜보는데, 초옥이 알뿌리 모양의 끝에 불붙은 막대기를 대고, 20보 정도 떨어진 나무를 겨냥했다. 잠시 후 엄청난 소리가 나며, 두 사람은 자욱한 연기 속에서 콜록거리며 기침했다. 상우춘이 몸을 바로 세우며 말했다. "나무가 어떻게 되라고 한 게 아니에요?"

"중은 무능하지 않아." 초옥이 차분하게 말했다. 그가 무기를 땅에 두드려, 작은 금속 구슬 서너 개와 부서진 도자기 조각이 열린 구멍으로 나오게 한 후, 안쪽을 들여다보며 중얼거렸다.

"도망치기 늦지 않았어요. 나라면 그걸 심각하게 생각해 보겠어요. 그냥 하는 말이에요." 상우춘이 작은 구슬 하나를 집어 들었다. 피해를 주기엔 너무 작아 보였다. "이게 뭐예요?"

"손에 들고 쏘는 대포야." 초옥이 상우춘에게서 구슬을 빼앗았다. "중이 나에게 화약을 이용한 무기를 생각해 보라고 했어. 문제는 신뢰성인데…"

상우춘이 멀쩡한 나무를 바라봤다. "그걸로 사람의 머리를 날려 버리려는 거죠. 그런데 어떻게 중이 무능하지 않죠? 칼도 휘두를 줄 모르는데. 중이 싸우지 않고 도시를 점령할 거로 생각하세요?"

"백 번 싸워 백 번 승리하는 게 최상의 전략이 아니야. 싸우지 않고 적을 제압하는 것이 최상의 전략이야."

"전략, 승리, 뭐라고요?" 고전 병법서를 이해하지 못하는 상우춘이 물었다.

"중은 자기가 원하는 걸 정확히 알아. 야오 강 전투가 있기 전날 밤, 중이 내게 징을 만들어달라고 했어. 내가 만들어주니, 그걸 이용해 승리했어." 초옥이 말했다. "나는 그런 부류의 사람을 전에 만난 적이 있어. 그런 사람은 크게 성공하거나 일찍 죽지. 어떤 경우에도 보통 사람들에게 큰 영향을 주게 돼있어." 그가 눈썹을 위로 치켜올리며 상우춘을 보았다. "너도 특별한 사람이냐? 아니라면 조심해."

"저는…." 상우춘이 말하려다가, 한 무리의 사람이 달려오는 걸 보고 말을 멈췄다. "뭐죠?"

"도적 떼다!" 커다란 외침이 들렸다.

군영에 소동이 일어났다. 수백 명의 말 탄 도적과 원나라 탈영병이 밀려오자, 주의 병사들은 각자 무기를 들고 방어 자세를 취했다. 반란에서 싸움은 늘 피했다고 자랑하던 상우춘도 갑자기 전쟁터 한가운데에 서있게 됐다. 상우춘은 공포에 질린 초옥을 버리고, 병사들 한가운데로 숨어 손으로 머리를 감쌌다.

상우춘은 말에 치일 뻔했지만 겨우 피할 수 있었다. 그가 위를 올려다보니 눈에 익은 삼각형의 검은 인물이 보였다. 모자를 눌러 쓴 중은 이 위기를 막을 힘이 없는 무기력한 사람으로 보였다. 상우춘이 중의 그런 모습을 본 건 처음이었다. 상우춘은 영혼이 몸 밖으로

빠져나오는 통증을 예감했다. '내가 죽는구나.'

한 도적이 달려들자, 상우춘은 몸을 숙여 피했다. 그가 고개를 드니, 키가 큰 도적이 눈앞에 있었다. 그는 뒤로 허겁지겁 물러났다. 하지만 키 큰 도적은 그에게 달려들지 않고, 주를 보고 걸음을 멈췄다.

"멈춰라!" 도적이 손을 들어 지휘하며 외쳤다. "멈춰라!"

싸움이 서서히 멈추기 시작해, 마지막으로 칼날이 부딪치는 소리와 함께 끝났다. 비명을 지르는 사람은 없었다. 땅바닥에 쓰러졌던 몇 사람이 상처를 손으로 누르며 천천히 일어났다. 이상하게 심장 뛰는 소리만 나는 듯했다. 홍건군과 도적 떼는 피를 보고야 말겠다는 눈초리로 서로 노려봤다.

키 큰 도적은 주만 바라봤다. 그의 건장한 몸은 싸움을 위해 만들어진 듯했다. 그의 커다란 손에서 칼이 바르르 떨렸다. 주가 말에서 내렸다. 무기도 없고 갑옷도 입지 않은 주는 처량하게 작아 보였다. 홍건군 전체에서 상우춘이 중의 생사를 건 내기에서 죽는 쪽에 가장 큰돈을 건 사람이었다. 상우춘이 이제 내기에서 이기게 되었지만, 가슴이 이상하게 텅 비는 아픔을 느꼈다. 그는 결과를 이미 알고 있었다. 중의 머리가 잘려 땅에 떨어지며, 선명한 붉은 피가 반원을 그리며 솟구친다. 전쟁터에서 죽음은 늘 그렇게 끝났다.

키 큰 도적이 주에게 달려들었다. 마지막 순간에 눈을 감은 상우춘은 눈을 뜨고, 뜨겁게 껴안고 있는 두 사람을 보며 놀랐다. 주가 손을 뻗어 키 큰 도적의 머리를 손바닥으로 감싸 안으며 기쁨에 넘쳐있었다. 두 사람의 체격을 비교하면 이상한 행동이었다. "사형."

"봤냐?"

상우춘이 벌떡 일어났다. 그 말은 한 사람은 초옥이었다. 중과 도적을 바라보며, 초옥이 계속 말했다. "중은 싸우지 않고도 이겼어. 중이라고 무시하지 마. 출생 신분이나 사회적 지위만으론 어떤 사람인지 알 수 없어. 진실은 행동으로만 볼 수 있지. 그리고 행동을 본다면 저 중은 한순간에 만 명의 군사를 죽였어. 그러면 그가 어떤 사람이겠냐?"

상우춘이 말하기도 전에, 초옥의 목소리가 들렸다. "조심해야 할 사람."

10

　'이제 운명이 시작된다.' 오우양이 혼잣말로 자기 운명을 확인했다. 그는 에선 거처의 가장 바깥쪽에 있는 자신의 방에서 나오고 있었다. 밖에는 사나운 폭풍우가 몰아칠 조짐이 있었다. 등불이 켜졌지만, 회랑은 여전히 어두컴컴했다. 곧 내릴 비를 알리는 차갑고 습기 찬 냄새가 창호지를 뚫고 들어왔다.

　"장군." 오우양이 에선의 개인 거처로 들어가자, 하인들이 외쳤다. "에선 공은 훈련장에 나가 계십니다. 하지만 날씨를 보아, 곧 돌아오실 겁니다. 편히 기다리십시오!" 그리고 그들은 종종걸음으로 물러났다. 오우양은 앉았다가, 일어났다, 다시 앉았다. 그는 에선이 오길 기다렸지만, 사실 그가 오지 않길 바랐다.

　그런 불안한 속마음이 얼굴에 드러난 게 분명했다. 에선이 들어오면서, 오우양을 놀란 표정으로 바라보며 큰 목소리로 물었다. "무슨 일인가?" 에선이 그의 갑옷을 벗기려 방 안으로 달려온 하인들을 손짓으로 나가라고 지시하고, 직접 갑옷을 벗기 시작했다. 그는 격렬하게 운동해서 혈색이 좋았고, 고리 모양으로 꼰 머리카락이 일부

풀려 땀에 젖은 목에 달라붙었다.

"중요한 일은 아닙니다, 주공. 작은 질문이 있습니다." 에선이 팔 보호대의 끈을 푸는 걸 보고, 오우양이 다가가 매듭을 풀었다. 그는 매듭을 풀고 난 후에야, 자기가 어떤 일을 했는지 깨달았다.

에선도 놀라며 웃었다. "원나라의 장군이 이런 천한 일을 해서야."

"전에는 많이 하지 않았습니까?"

"그건 오래전이야. 자네도 어린아이였고."

20년 전이었다. 그들 생애의 반을 훨씬 넘는 세월. "주공도 어린아이였죠." 그는 에선의 갑옷을 탁자 위에 놓고, 에선이 옷을 벗는 동안, 옷걸이에서 새 옷을 집어 들었다. 그는 에선의 등 뒤로 가서 옷을 그의 어깨 위에 걸쳤다. 오우양은 하인 신분에서 벗어나서 신변 경호원으로, 지휘관으로 마침내 장군으로 계속 승진하며 에선에게 봉사했다. 그는 그 세월을 피와 살 속에 담아 기억했다. 갑옷과 살을 꿰뚫은 창을 보고 놀라던 에선. 의원의 게르에 누운 에선의 흘린 피가 오우양이 손을 적셨다. 에선은 다른 사람은 신임하지 않고, 오우양이 그의 망가진 갑옷을 벗기게 했다. 오우양은 자신이 피를 흘리듯, 에선의 고통을 줄여주려고 안간힘을 썼다. 그들의 몸이 고통으로 피를 나눈 가족처럼 되던 순간, 오우양의 한 부분이 에선의 운명이 되었다.

그가 에선의 어깨에 걸친 옷감을 부드럽게 어루만지고 물러났다.

에선도 그 기억의 무게에 잠기듯 한동안 말이 없었다. 그가 몸을 흔들며 말했다. "나와 함께 식사하세, 나의 장군."

하인들이 점심 식사를 내왔을 때, 바람이 바깥 회랑의 격자무늬

창을 강하게 때리더니 곧 세찬 비가 내렸다. 에선의 부인들 거처에서 폭풍우에 놀란 여자들이 날카롭게 지르는 비명이 들렸다. 둥근 탁자 반대편에 앉은 에선이 그답지 않게 힘없는 표정으로 식사했다. 그는 제후의 아들이었지만, 안양에 오면 늘 궁전에 어울리지 않는 사람처럼 보였다. 초원에서 꺾인 야생화가 사람의 눈을 즐겁게 하려고 꽃병에 꽂힌 것처럼. 갑자기 그가 말을 내뱉었다. "나는 여자들의 장난과 요구가 싫어!"

오우양이 양념에 절인 돼지 뺨 고기를 검은 식초에 찍으며 무덤덤하게 말했다. "주공의 부인들이요?"

"그래, 오우양. 여자들은 끔찍해! 추잡하게 서로 다투지." 그가 투덜댔다. "자네는 그런 고문을 당할 필요가 없다는 걸 행운으로 생각하게."

에선이 상처를 주려는 의도는 아니었다. 오우양은 늘 자신이 가족을 가질 수 없는 걸 당연한 사실로 받아들이는 척했다. 에선이 그의 마음속에 있는 분노와 고통을 모른다고 어떻게 탓할 수 있나? 하지만 진실은 달랐다. '오우양은 에선을 증오했다.' 그가 그토록 사랑하는 사람이 자신의 진심을 이해하지 못한다는 건 낯선 사람이 그를 이해하지 못하는 것보다 훨씬 더 큰 마음의 상처를 주었다. 그리고 오우양은 자기 진심을 숨기는 자신도 욕하고 증오했다.

에선이 마음에 내키지 않는 말투로 말했다. "오늘 아침 보르테를 만났어. 자네 안부를 물으며, 자네를 다시 초대하고 싶다더군." 오우양이 보기엔 에선의 4명 부인은 모두 외모나 덕성이 부족했다. 그들이 가까이 있으면 그의 피부에 소름이 돋았다. 오우양은 하얀 화장품을 두껍게 발라 움직임을 볼 수 없는 얼굴이 싫었다. 한 장소에서 다른 장소로 가려면 엄청난 시간이 걸리는 작은 발걸음도, 그가 손을 뻗어도 닿지 않을 정도로 머리 위로 높게 솟은 기둥 같은 모자도. 그 4명의 여자가 모두 싫었다. 썩은 꽃 냄새 같은 그들의 냄새도 역겨웠다. 오우양은 에선이 그들의 매력을 어디서 보는지 이해할 수 없었다.

"그들 중 한 명이 아들을 낳으면 서열이 올라가겠지." 에선이 투덜거렸다. "그래서 모두 꼭대기에 오르려고 해. 악몽 같아. 내가 이곳에 오면 그 여자들은 나를 짝짓는 종마처럼 취급해." 그가 화를 내며 말했다. "침상에 눕기 전에, 내게 먼저 차조차 내오지 않네."

최근 에선은 입양을 고려했다. 하지만 왕 바오싱을 입양한 걸 후회하는 허난성 제후는 그 말을 듣고 뇌졸중으로 쓰러질 뻔했다.

창문을 닫았지만 비바람이 워낙 세어서 등불이 흔들렸다. 이런 폭풍우는 원나라의 장래가 어둡다는 징조라고 중국 사람은 믿었다. 오우양은 원나라의 장군이었지만, 원나라를 위해 싸우지 않았다. 그는 에선을 위해 싸웠다. 그는 갑자기 전쟁터에 다시 나가고 싶은 갈망을 느꼈다. 전쟁터는 그와 에선의 세상이었다. 전쟁터에서 중요한 건 싸움에서 명예롭게 행동했다는 자부심과 전사들 사이의 사랑과 신뢰였다. 오우양이 행복할 수 있는 유일한 곳.

관심을 돌려, 오우양이 말했다. "주공, 제가 온 이유는 봄철 사냥 초대장이 왔다고 들어서입니다. 주공도 가십니까?"

에선이 얼굴을 찡그렸다. "나는 싫은데, 아버지가 벌써 나와 함께 가고 싶다는 뜻을 전해왔어."

"당연히 가셔야지요. 허난성 제후께서 돌아가시면 주공께서 뒤를 이으실 겁니다. 황실과 위대한 칸께 주공을 알리는 게 중요합니다. 올해가 좋은 기회입니다."

"자네 말이 옳아." 에선은 말하면서도 별로 달갑진 않은 표정이었다. "하지만 자네를 오랫동안 못 보게 될 게 아쉬워. 사실 지난 전투에서 돌아온 후, 자네를 거의 못 봤지. 아버지와…" 그가 말을 멈췄다. 오우양이 허난성 제후로부터 받은 수모를 기억하게 하고 싶지 않았다.

오우양은 자신이 땀이 나게 젓가락을 꽉 쥐고 있는 걸 깨달았다. 그가 젓가락을 내려놓으며 말했다. "그러시다면 주공, 제후께 저를 데려갈 수 있을지 여쭤보시는 게 어떻겠습니까?"

에선이 기뻐서 쳐다봤다. "정말인가? 그러면 나는 좋지. 나는 자네가 오지 않을까 봐 걱정했어."

"저는 위대한 칸께서 주공의 이름을 아신다면 제 이름도 아실 거로 생각했습니다."

"정말 잘됐네." 에선이 웃으며 삼계탕을 맛있게 먹기 시작했다.

성난 귀신들이 장난치는 듯 거실의 문이 거칠게 꽝 소리를 내며 닫혔다. 오우양은 가족을 죽인 살인자의 아들과 식사하는 자기 모습을 조상이 보고 있다고 느꼈다. 하지만 그 인물은 오우양이 세상에서 가장 소중하게 여기는 사람이었다.

오우양과 사오는 나란히 제후의 궁전 마당을 걷고 있었다. 그들의 외투가 바람에 나부꼈다. 폭풍우로 봄이 다시 겨울로 바뀌, 마당에 떨어진 꽃잎이 갈색으로 변했다. 오우양은 으스스한 추위를 느꼈다. 그는 늘 추위에 약했다. "나는 허난성 제후와 에선과 왕 바오싱과 함께 위대한 칸의 봄철 사냥에 갈 거다. 이제 모든 계획을 시작할 때가 왔다. 내가 없는 동안 자네가 모든 준비를 해야 해."

"드디어 때가 왔군요. 우리가 할 수 있을까요?" 사오가 물었다. 사오의 싸늘한 표정에서 오우양은 그가 자기를 싫어하는 걸 알았다. 하지만 그는 개의치 않았다. 사오는 그가 지시한 일만 제대로 하면 그걸로 충분했다.

오우양이 대답도 하지 전에, 그들 방향으로 급히 오는 왕이 보였다.

"왕 나리께 문안드립니다." 두 사람이 동시에 허리를 굽혔다.

"장군." 왕이 고개를 아주 조금만 숙이며 말했다. "운 좋게 만났군. 지난밤 비로 홍수가 나서 여러 마을이 물에 잠겼소. 길과 배수로를 보수해야 하니, 나에게 두 개 부대의 병력을 즉시 보내주시오."

"네. 나리." 오우양이 명령을 수행하겠다는 뜻으로 고개를 숙인 후 가던 길을 갔다.

사오가 급히 오우양을 따라오며 말했다. "정말 배수로를 파는 일로 병사들의 준비를 연기할 생각이십니까?"

"거사 준비 기간 내내 그의 반감을 사야겠나?" 오우양이 고개를 저었다. "2개 부대를 보네. 아직 충분한 시간이 있어."

"장군은 왕의 무례를 너무 쉽게 받아주십니다. 허난성 군대의 장군이지 않습니까. 왜 왕이 장군을 하인처럼 취급하게 놔두십니까?"

오우양이 왕이 사오보다 그를 더 존중한다고 생각했다. 그가 말했다. "왕이 나를 어떻게 취급하든, 내가 왜 그걸 신경 써야 하나? 그는 자신이 중요하지 않다는 걸 알기 때문에 그렇게 행동하는 거야. 그의 아버지조차 그를 미워하고 경멸하잖아."

"그러면 에선은요?"

"에선은 아무도 미워하지 않아." 오우양은 말하며 늘 느끼던 고통을 문득 다시 느꼈다. "왕은 입양한 건 제후의 큰 실수였어. 타고난 뿌리는 제거할 수 없어. 왕은 제후에게 결코 명예를 줄 수 없어. 왕의 몸 안에는 자기 아버지의 피가 흘러."

"우리도 그와 같은 피를 갖고 있습니다." 사오가 말했다.

'피.' 그에게 생명을 준 아버지의 피. 조상의 피. 그 말을 큰 소리로 말하는 걸 듣자, 오우양은 바로 옆에서 번개가 치는 듯한 충격을 받았다. "앞으론 절대, 어떤 사람도 자네가 그 말을 하는 걸 듣지 않게 하게." 오우양이 격하게 말을 내뱉었다. "내가 없는 동안 자네에게 지휘권이 있어. 자네는 원나라에 충성해야 해. 모두가 그런 모습만 봐야 해. 이해하나?"

"네, 장군." 사오는 명령에 복종한다는 의미로 주먹으로 자기 가슴을 쳤다. 하지만 희미한 비웃음이 얼굴에 스쳤다. 오우양은 피와 배신과 운명이 유령처럼 슬며시 스치고 지나가는 걸 느꼈다.

11

병사들이 야영을 준비하는 동안, 주는 서달과 모닥불 옆에 앉아 잘생긴 그의 얼굴에 일어난 변화를 살폈다. 그의 광대뼈가 더 튀어나왔고, 눈 주위에 어두운 그림자가 생겼다. 그의 머리카락은 다듬지 않고 마구 자라, 티베트 사원에서 키우는 커다란 개의 털처럼 사방으로 뻗쳐있었다. 주가 아는 그의 유일한 옷인 회색 승복을 벗으니, 그는 다른 사람처럼 보였다. 위험하고 낯선 사람. 도적이었다.

서달이 조용히 말했다. "우리 꼴 좀 봐. 한 쌍의 훌륭한 중이지, 그렇지 않냐?" 눈가의 그림자가 그의 목소리에도 서려있었다. 그는 늘 웃는 성격 좋은 중이었지만, 최근 경험으로 깊은 상처를 받은 게 분명했다. "나는 그러고 싶지 않았어. 알지? 계명을 어기는 것."

그가 그런 말을 하니 놀라웠다. 그는 특별히 경건한 중은 아니었다. 그는 13살 때 처음 여자와 잤고, 그 후로도 수많은 여자와 잤지만, 양심의 가책을 느낀 적은 없던 거로 주는 기억했다.

그녀의 생각을 눈치채고, 그가 말했다. "그 계명 말고. 그건 전혀 신경 안 써. 살인할 의도는 없었어." 얼굴에 서린 어두운 그림자가 서달의 가슴속 깊은 곳으로 향했다. 처절한 후회가 보였다. "처음에는."

모닥불에 넣은 나무의 생가지에서 물기가 쉬 소리를 내며 빠져나왔다. 주는 죽은 사람 입가의 거품처럼 나뭇가지 끝에서 부풀었다가 터지는 거품을 지켜봤다. 소년과 소녀, 두 사람의 시각으로 동시에 도적 떼가 죽인 아버지를 보는 이상한 기억이 떠올랐다. 그녀의 아버지도 지금 모닥불 주변을 맴돌고 있는 유령 중 하나일까?

서달이 말했다. "절이 불탔다는 말을 듣고, 나는 소작농 마을에 머물렀어. 나는 소작료를 받지 않았어. 내가 받은들 그걸 어디로 가져가겠니? 그래서 한동안 그 마을에 머물 수 있었어. 그러다가 도적 떼가 왔어. 도적들도 절이 더 이상 보호하지 않는다는 걸 알았거든. 내가 머물던 집에 도둑 떼가 들이닥쳐 나를 보곤 웃어댔지. 힘없는 중이라고 놀리며. 도적 중 한 명이 나를 붙잡자, 나는 그를 밀쳤어. 그가 쓰러져 돌에 부딪히며 머리가 깨졌어." 그는 한동안 말이 없었다. "나는 살고 싶어 생명을 빼앗았어. 그리고 도적 떼에 들어갔고, 도적들이 나를 두목으로 모시기 시작했어. 나는 더 많은 생명을 빼앗았어. 의도적으로. 내가 계속 환생하며 고통을 받을 걸 알면서도."

주가 모닥불 불빛을 받아 더 초췌하게 보이는 그의 숙인 얼굴을 바라보았다. 그녀는 다리 위에서 기도하자, 하늘이 기도를 듣고, 만 명의 목숨을 빼앗은 일을 생각했다. 그녀가 죽여달라고 기도한 건 아니지만, 만 명의 병사가 그녀 때문에 죽었고, 그녀는 그걸 좋아했다. 그녀도 계명을 어겼다. 그녀의 욕망 때문에.

그녀가 서달의 넓은 어깨에 팔을 둘러 그를 자기에게 당겼다. 위험을 보고 놀란 말처럼 그의 피부 아래로 근육이 꿈틀거렸다. 그녀는 다른 팔로 그의 얼굴을 돌려, 이마가 서로 닿을 정도로 가까이 당겼다. 그녀가 그에게 간절한 어조로 말했다. "그 모든 건 우리가 이번 생애를 중요한 삶으로 살아야 한다는 걸 의미해."

그가 그녀를 한참 바라보았다. 그녀는 그의 마음속에서 안도감이 피어오르고, 그녀를 따르려는 의지를 보았다. 그의 얼굴을 덮었던 그림자가 벌써 사라지기 시작했다. 그림자가 사라지는 틈으로 그녀는 소년 시절 그의 모습을 다시 보았다. 그가 의아해하며 말했다. "우리가 헤어진 후, 너는 어떤 사람이 되었니?"

그녀가 미소 지었다. "내가 늘 되기로 되어있던 사람." 그녀가 하늘의 눈에 계속 주중팔로 보이면 그 소중한 꿈을 계속 추구할 수 있었다. 그녀를 미래로 끄는 운명의 힘. "언젠가 나는 위대한 사람이 될 거야."

모닥불이 타닥거리며 타오르며, 그녀의 승복과 서달의 더러운 상의와 바지에서 물기가 김이 되어 피어올랐다. 그가 말했다. "너는 말라비틀어진 번목과 같은 명상하는 늙은 중이 되지 않을 거라고 내가 말했던 걸 기억해? 어린아이였을 때도 너는 내가 만나본 가장 강한 욕망을 가진 사람이었어." 그가 말하는 동안 그의 뺨이 그녀의 손을 스치며, 그들의 순수하고 다정한 감정이 덩굴처럼 되살아났다. "다른 사람이 그 말을 했다면 나는 물소가 방귀 뀌는 허풍이라고 생각했을 거야. 위대한 사람이 되는 게 무얼 의미하는지 나는 몰라. 하지만 네 말이라면 나는 믿어."

절친한 친구가 없는 하루는 3년 같다는 옛말이 있었다. 절이 파괴된 후 처음으로, 주는 서달 없이 지낸 기간이 얼마나 길게 느껴지는지 새삼 깨달았다. 그녀는 그를 만나 너무 행복했다. 그를 끌어당겨 다정하게 바라보며, 그녀가 말했다. "내가 그렇게 되려면 사형의 도움이 필요해. 지금 당장도 어려운 문제가 있어. 나는 루를 점령해야 해."

"루? 도시를?" 서달이 그녀를 쳐다봤다. "그런데 너의 지도자들은 네게 얼마나 많은 병사를 주었니? 천 명도 안 되지? 그 도시엔 돌로 쌓은 성곽이 있어."

"그래서 내가 어려운 문제라고 했지. 놀랄 일은 아니지만, 홍건군 지도자 중 한 명은 내가 실패하길 몹시 바라. 하지만 루에 지휘관이 없다면 나는 공략하는 게 가능하다고 생각해." 그녀는 마가 말했던 내용을 그에게 알려줬다. "도시 주민들이 우리와 싸워 보지도 않고 공포에 질려 항복할 수 있어. 하지만 우리가 먼저 가서 적의 상황을 확인해야 해."

서달이 눈을 좁게 떴다. 그림자가 천천히 껍질처럼 벗겨지며, 그의 활기찼던 과거 표정이 천천히 얼굴에 나타났다.

"우리가 성곽 안으로 들어가야, 적의 사정을 정확히 알 수 있어." 그 표정에 힘이 나서, 주가 설명했다.

"무슨 말인지 알겠어! 주중팔, 너는 조금도 변하지 않았구나. 도시 사람들이 도둑이라고 의심 드는 사람을 어떻게 하는지 모르니? 그들이 반군과 도적을 어떻게 할 거로 생각하니?"

"나도 도시 사람들이 도둑을 어떻게 처벌하는지 알아. 나도 안평에서 당할 뻔했어." 주가 말했다. "하지만 우리가 도둑이 아닌 척한다면…"

그녀가 옆에 쌓인 땔감에서 길고 가는 줄기를 한 줌 골라 뺐다. 그녀가 바구니를 짜려고 하는데, 목덜미가 따끔거렸다. 불길하게 하늘이 보고 있는 느낌이 들었다. 잠시 후 그 느낌이 가라앉아, 주는 불안한 마음으로 바구니를 다시 짜기 시작했다. 그녀가 주중팔이었다. 하지만 그녀는 주중팔이라면 할 수 없는 기술을 쓰고 있었다….

'내가 주중팔이 할 수 없는 일을 자주 할수록, 위대한 인물이 될 운명을 놓칠 위험이 커진다.'

바구니를 짜는 그녀의 손이 굳어졌다. '나는 주중팔이 되어야 해. 나는 주중팔이다.'

"사형…"

서달은 그녀의 능숙한 손놀림을 감탄하며 바라고 있었다. '내가 여자처럼 일하는 걸 본다.' 무서운 한기를 억지로 뿌리치며, 그녀가 의도적으로 밝게 말했다. "쥐 두어 마리를 잡아줘."

"왜 여기 왔어?" 루의 경비병이 반쯤은 지루하고 반쯤은 의심하는 목소리로 물었다. 그들 머리 위로 루의 성벽이 6층 탑 높이로 솟아있었다. 부드러운 밝은 회색의 돌이 빈틈없이 맞물려, 황각사 위로 솟은 석회암 절벽을 닮았다.

"쥐 잡는 사람들이에요." 서달이 말했다. 그는 가난한 농부의 어눌한 말투를 주보다 훨씬 잘 흉내 냈다. 게다가 덩치 크고 우락부락한 모습 덕분에 그가 주보다 훨씬 더 쥐 잡는 사람처럼 보였다. 그는 좀 더 그럴듯하게 보이려고 쥐에게 물린 손에 피까지 흘리고 있었다.

"어이." 경비병이 조사하려 몸을 숙여 주가 들고 있는 덫을 들여다 봤다. 그가 쥐를 보고는 놀라 뒤로 물러섰다. "쥐를 잡는다면서 왜 살아있는 쥐를 가지고 다녀? 도시 밖에다 버려."

"버리라고요?" 서달이 말했다. "왜요? 팔려고 하는데. 시골에서요."

"판다고⋯?"

"저, 먹는 음식이에요."

경비병이 혐오스럽다는 표정을 지으며, 그들을 손짓으로 통과시켰다. "으악. 가라, 가. 밤이 되면 성 밖으로 나가. 그리고 행렬 앞에는 가지 마⋯."

"행렬이요⋯?" 주가 말했다. 서달이 갑자기 멈춰서는 바람에 그녀는 그의 등에 부딪힐 뻔했다. "아. 저 행렬."

화려하게 조각하고 옻칠한 가마를 하인들의 긴 행렬이 따라가고 있었다. "대도에서 온 새 지휘관이야. 오늘 아침에 왔어." 옆에 서있던 사람이 주에게 알려줬다.

주와 서달은 가마 뒤로 사람들을 따라가며, 몹시 아쉽다는 표정을 주고받았다. 불과 몇 시간 차이로 작지만 이길 가능성을 놓친 건, 며칠 사이로 기회를 놓친 것보다 훨씬 더 아쉬웠다. 서달이 걸어가며 낮은 목소리로 말했다. "그가 상황을 파악하기 전에 해치워야겠어. 오래 기다리면 더 힘들어질 거야."

성곽 도시를 소수의 병력으로 공격하는 건 좋은 전략이 아니었다. 하지만 실제 와서 보니, 그건 작은 곽의 생각처럼 명백한 자살 행위였다.

행렬이 지휘관의 저택에 가까이 다다랐다. 주와 서달은 그 지역에서 가장 큰 절에서 자랐지만, 궁전 같은 거대한 저택을 보고 놀라 눈이 휘둥그레졌다. 최소한 30개의 기둥이 늘어선 외벽에 하얀 회를 칠한 가장 큰 건물이 보였다. 색칠한 굵은 기둥 하나하나가 정교하게 조각되어 있었다. 다른 건물들도 거의 같은 크기였고, 정원에는 커다란 녹나무와 벽오동이 심겨있었다. 나무들 위로 솟은 지붕에는 터키석을 두껍게 바른 기와들이 물처럼 파란빛을 내고 있었다. 지붕 끝에는 황금색 잉어 장식이 실구름 낀 봄 하늘로 뛰어올랐다.

주와 서달이 군중을 뚫고 앞으로 나갔다. 가마가 저택 대문 앞에 멈췄다. 저택 안에서 환영하는 사람들이 나와 줄지어 서있었다. 늙은 보좌관들과 상중이라 흰옷을 입은 여인이었다. '죽은 지휘관의 중국인 부인.' 엷은 겉옷이 봄바람에 날려 벚꽃 꽃잎처럼 나부꼈다. 그녀의 창백한 얼굴은 극도의 긴장으로 일그러져 있었다. 거리가 멀어서 자세히 볼 수 없었지만, 긴장한 몸가짐으로 보아 그녀는 떨고 있는 게 분명했다.

지휘관 토로추가 가마에서 나왔다. 심술궂은 인상의 중년 색목인이었다. 그가 등 뒤로 손을 잡고 불만스러운 표정을 지었다. 그가 여인에게 말을 걸었다. "류 부인이요. 왜 아직도 여기 있소?"

흰옷을 입은 여인은 터지기 직전의 대포처럼 긴장하고 있었다. 류 부인의 목소리에는 칼날이 서려있었다. "지휘관님께 문안드립니다.

이 천한 여인은 남편이 죽은 후에도 이 저택에 머물 수 있다고 약속 받았습니다."

토로추 지휘관이 콧방귀를 켰다. "약속? 누가 그런 약속을 할 수 있소?"

"대도에 제가 머물 곳이 없어…."

"부인을 위한 자리는 여기도 없소! 수치심도 모르는 여자요? 내게 짐이 될 생각을 하고 있다니." 지휘관은 다른 사람을 가혹하게 꾸짖을 때, 만족을 느끼는 부류의 사람인 게 분명했다. "내가 전임자의 빚까지 책임질 수 없소. 전임자의 행동을 이해할 수 없군. 주둔지에 처까지 데려오다니! 제멋대로 행동했군. 내가 바로 잡아야 할 일이 많겠군."

지휘관 토로추가 지루한 꾸중이 쏟아지는 동안, 류 부인의 숙인 얼굴이 굳어지는 걸 주는 보았다. 류 부인의 굳은 표정은 점점 더 굳어지고 있었다. 류 부인이 소매 속에 감춘 손을 꽉 쥐고 있다고 주는 생각했다. 지휘관이 말을 끝내고, 류 부인을 사납게 노려본 후 저택으로 휙 들어갔다. 그가 보이지 않자, 류 부인이 몸을 폈다. 그녀의 얼굴에 드러난 상처를 주는 주목했다. 마음속 깊숙한 곳에 소중히 간직한 최소한의 자존심까지 철저히 짓밟힌 가혹한 상처였다.

서달이 얼굴을 찡그리며 말했다. "지독한 놈이야. 곧 지휘권을 인수하고 군대를 정비할 거야. 오늘 밤 우리가 공격한다면…."

주는 아직도 중국인 여자를 보고 있었다. 그녀는 아직 뭔지 모르지만, 틀림없이 무슨 좋은 계략이 있을 거로 생각했다.

그 순간 주가 기회를 보았다. 여자의 둥글게 부푼 배처럼 분명하게. 수십 개의 관찰이 하나의 결론으로 완결됐다. 주는 보아서는 안 될 걸 보았다는 미안한 마음이 들었다. 하지만 보지 않을 수 없었다. 남편을 잃은 여인의 힘들고 비참한 운명과 그녀가 숨긴 폭발적인 잠재력을.

주는 여인의 불행을 보면서, 잔인하지만 꼭 필요한 기회도 보았다. 주는 자기 계획에 혐오감을 느꼈다. 하지만 성벽과 강력한 지휘관이 그녀의 700명의 병사를 가로막고 있는 상황에서, 그건 그녀에게 주어진 유일한 기회였다.

지휘관 토로추의 하인들이 상자와 가구들을 들고 저택으로 줄지어 들어갔다. 저택 안으로 짐을 나르는 하인들의 수가 빠르게 줄고 있었다. 주의 생각이 빠르게 움직였다. 실패한 경우를 생각하자, 가슴이 덜컹 내려앉았다. 그녀는 실패하면 엄청난 재앙이 올 걸 본능적으로 알았다. 하지만 현재 이곳에서 성공할 확률을 높이려면 필요한 위험이었다. 그녀가 성공할 유일한 기회였다.

'위험은 위험일 뿐이다. 확실하게 성공할 확률은 없다. 하지만 내가 이걸 하지 않는다면…'

그녀가 서달의 계획을 저지했다. "오늘 밤은 아니야. 내일까지 기다렸다 그때 해."

"하라고, 내가?" 그의 눈이 휘둥그레졌다. "너는 어디 있을 건데?"

"나는 류 부인과 이야기해야 해. 빨리 쥐를 풀어. 사람들이 소동을 피우게 해. 내가 하인들 틈에 끼어들게. 지금! 하인들이 다 들어가기 전에!"

서달이 하인들 사이로 들어가려는 주의 팔을 잡았다. 그의 목소리가 놀라서 높아졌다. "기다려. 무엇을 하려는 거야? 들어가서, 그다음에 무얼? 류 부인은 내실에 하녀들에게 둘러싸여 있을 거야. 부인과 말을 나누기는커녕 가까이 갈 수조차 없을 거야!"

그녀가 차분히 말했다. "사형은 할 수 없을 거야. 하지만 나는 할 수 있어."

류 부인은 침통한 표정으로 청동 거울 앞에 앉아있었다. 옷의 앞가슴이 풀어 헤쳐져, 젖가슴에 나뭇가지처럼 뻗은 푸른 핏줄이 보였다. 주가 들어가자, 그녀의 눈이 청동 거울에 비친 희미한 주의 눈과 마주쳤다. "필요 없다. 나가거라." 그녀가 하인을 지시하던 사람답게 주저 없이 말했다.

주가 앞으로 천천히 걸어갔다. 류 부인의 주변에서 더운 봄날 과수원 같은 짙은 달콤한 향기가 풍겼다. 주의 다리를 덮은 폭넓은 치마가 가벼운 소리를 내고, 머리에 두른 천이 흔들렸다. 옷을 훔쳐 분장한 건 효과가 좋았다. 주가 저택 건물들을 지나 여자들이 거처하는 내실까지 오는 동안, 아무도 그녀를 두 번 쳐다보지 않았다.

류 부인의 눈빛이 사나워졌다. "너! 나가라고 말했지!" 그래도 주가 다가가자, 그녀가 몸을 돌려 주의 뺨을 손바닥으로 쳤다. "귀가 먹었느냐?"

주가 얼굴을 돌려 부인의 손을 피했다. 머리에 두른 천이 풀리며 바닥으로 떨어졌다. 서품받을 때 생긴 상처와 빡빡 깎은 머리가 그녀의 정체를 밝혔다. 주의 빡빡 깎은 머리를 본 류 부인이 가쁜 숨을 쉬며 옷으로 몸을 가렸다. 그녀가 소리치기 전에, 주가 그녀의 입을 손으로 막았다. "쉬."

류 부인이 팔을 휘젓다가 탁자 위에 놓여있던 찻주전자를 잡아, 주의 머리를 세게 후려쳤다. 주는 별들이 번쩍이는 고통에 잠시 앞이 안 보여 비틀거렸다. 뜨거운 차가 목덜미를 적셨다. 주는 바로 정신을 차려, 부서진 찻주전자 조각을 칼처럼 들고 찌르는 류 부인의 팔을 잡았다. 주가 류 부인의 팔목을 꽉 쥐어 찻주전자 조각을 떨어뜨렸다. 입이 주의 손에 막힌 류 부인은 조용히 주를 무섭게 노려봤다. "좋아요!" 주가 말했다. 머리는 여전히 어지러웠다. "성깔이 대단하신 건 알겠어요." 주가 류 부인을 놓아주며, 입고 있던 여성 상의와 치마를 찢어벗었다.

류 부인이 그녀를 자세히 보고 있었다. 주가 망가진 여자 복장에서 한 걸음 걸어 나와, 꾸겨진 승복을 정리했다. 류 부인이 조금 전새로 부임한 지휘관으로 받은 수모를 생각하는 듯 적대감을 보이며 말했다. "그 승복도 훔친 게 아니라면 스님이겠군요. 그런데 스님께서 무슨 일로 이런 수고까지 하시면서 저를 보러 오셨나요? 두부라도 훔쳐 먹을 생각인가요? 스님들은 육체의 쾌락은 피한다고 생각했는데요…" 그녀의 입술이 흉하게 일그러졌다. "하지만 다시 생각하니, 남자는 남자지."

'나를 여자가 아니라 중으로 보고 있다.' 주는 그런 류 부인이 고마왔다. "류 부인께 인사드립니다." 머리가 욱신거려 찡그리며 주가 말했다. "소승이 무례를 용서해 달라고 빌어야겠지만, 부인께서 이미 호되게 꾸지람을 내리셨군요. 소승은 나쁜 짓을 하려는 것은 아니니 안심하십시오. 소승은 전갈이 있어서 왔습니다."

"전갈? 누가 보냈죠?" 류 부인의 표정이 굳어졌다. "아, 홍건군. 홍건군이 이제 절까지 자기편으로 끌어들였나요?" 깊게 상처받은 사람의 표정이 다시 돌아왔다. "하지만 나와는 상관없는 일이에요. 새로 온 지휘관의 문제예요."

"토로추 지휘관의 문제를 부인이 걱정할 필요는 없죠. 하지만 그가 부인의 문젯거리인 건 분명하죠." 주가 말했다. "부인은 젊고 임신 중인데, 그는 부인을 친정으로 돌려보내려고 하죠. 친정에선 부인을 수치스러운 부담으로 여길 거고요. 그건 부인이 원하는 게 아닐 텐데요. 그걸 그대로 받아들이실 겁니까?"

처음부터 주는 류 부인의 강한 성격에 이끌려 이 계획을 세웠다. 그래도 그녀의 격렬한 반응은 강렬한 인상을 주었다. 그녀의 벚꽃 꽃잎 같은 얼굴이 분노와 수치심으로 불탔다. "감히 내게 그따위 말을 할 수 있나요? 내가 그게 싫다고 해도, 다른 길이 있나요?" 주가 대답하려고 했지만, 류 부인이 화를 내며 계속 말했다. "중이 뭔데, 내게 와서 내 처지에 대해 말하죠? 마치 여자가 할 수 있고 없는 일을 잘 아는 것처럼."

아픈 기억이 불현듯 떠올랐다. 오래전 여자아이라고 억울하지만 참고 복종해야 했던 수많은 일들. 주는 여자만 겪어야 하는 문제를 잘 이해하고 있었다. 그녀의 등뼈를 따라 불안한 전율이 흘렀다. "때로는 상황을 잘 보려면 외부인의 도움이 필요하죠. 류 부인, 소승이 우리 둘 모두에게 좋은 제안을 한다면 어떻겠습니까? 지휘관 토로추는 대도의 행정 관리에 불과하죠. 그는 이 도시를 알지 못하니, 이 도시를 다스릴 자격도 없죠. 도시를 다스릴 능력을 훨씬 더 갖춘 사람이 있다면 왜 그에게 도시 지배권을 넘겨야 하나요? 행정 체계와 다스려야 할 사람들의 성향을 훨씬 더 잘 아는 사람이 있는데."

류 부인이 얼굴을 찡그리며 말했다. "누구죠?"

"부인이요." 주가 말했다.

국화의 매콤한 향기가 두 사람 사이에 놓인 향로에서 흘러나왔다. 잠시 후 류 부인이 딱 잘라 말했다. "미쳤어요?"

"왜 안 됐죠?" 구체적으로 내놓을 것이 없는 주가 할 수 있는 유일한 일은 류 부인이 자신의 진심을 이해하게 하는 거였다. '나는 이해한다.' 불행했던 소녀의 과거를 생생하게 기억하는 주는 가슴을 째서라도 속마음을 보여주고 싶었다. "왜 그게 상식 밖이라고 생각하세요? 부인 스스로 권력을 잡으세요. 아직도 남편께 충성하는 부하들을 부르세요. 루를 홍건군과 합류시키세요. 우리가 지원한다면 원나라도 이 도시를 부인에게서 빼앗을 수 없을 거예요."

"미쳤군." 그녀가 그렇게 말했지만, 주는 그녀의 마음이 흔들리는 걸 보았다. "여자는 지배할 수 없어. 하늘의 아들[천자(天子)]이 제국을 지배하고, 남자가 도시를 지배하고, 아버지가 가족의 머리야. 그게 세상의 법칙이야. 누가 감히 세상의 영원한 법칙을 깨뜨릴 수 있어? 위험을 무릅쓰고 무리를 이끄는 건 남자가 할 일이지, 여자가 할 일이 아니야!"

"정말로 그렇게 믿으세요? 부인이 여자이기 때문에 토로추 지휘관보다 약한가요? 소승은 그렇게 생각하지 않습니다. 지금도 부인은 아이를 낳고 기르기 위해 목숨의 위험까지 감수하려고 하고 있죠? 여자는 결혼할 때 자기의 모든 것, 몸과 미래를 걸고 도박하죠. 체면과 부만 생각하는 행정 관리가 감수하는 위험보다 여자가 거는 모험이 훨씬 더 용감해요." 주의 어머니도 아주 오래전 그런 도박을 했다. 그리고 주의 어머니는 그것 때문에 죽었다. 주의 어머니가 묻힌 곳을 아는 세상의 유일한 사람은 이제는 더 이상 딸은 아니지만, 그리고 원치 않지만, 여자라는 것이 무엇인지 기억하는 인물이었다.

"스님은 제가 여자라서 지배할 능력이 있다고 생각하세요?" 류 부인이 못 믿겠다는 말투로 물었다.

"소승이 토로추 지휘관과 부인을 둘 다 잘 모르지만, 소승은 부인이 훨씬 더 자격이 있다고 믿습니다. 임신한 여자는 그 어떤 남자보다 더 큰 위험을 안고 있죠. 임신한 여자는 두려움과 고통이 무엇인지 압니다." 주는 승려의 말투를 버리고, 꾸밈없이 그리고 간절하게 말했다. "나는 부인을 모르지만, 부인이 원하는 건 압니다."

'나는 그걸 알고 있다.'

여자가 입을 다물었다.

"제가 도와드릴게요." 주가 바닥에서 부서진 찻주전자를 들어, 그걸 그녀의 창백하고 힘없는 손에 쥐여 주었다. "제가 살아남을 방도를 찾아드릴게요."

류 부인이 주전자의 손잡이를 꽉 쥐었다. 날카롭게 깨진 조각에 손바닥이 베어 피가 흘렀다. "토로추 지휘관은 어떻게 하죠?"

"부인께서 행동할 준비가 되었다면…."

류 부인이 갑자기 말했다. "죽여요." 그녀가 눈을 가늘게 뜨며 주를 찌를 듯 노려봤다. 주는 그 무서운 폭력의 힘에 놀라 뒤로 물러날 뻔했다. 하얀 상복을 입은 이 가냘픈 여인의 숨겨진 놀라운 힘이 폭발하고 있었다.

주의 머리가 세 배는 더 아파졌다. 그녀는 서달의 얼굴을 떠올렸다. '나는 살인하고 싶지 않았어. 처음에는.'

"사실 소승이 의미한 건…."

"살아남고 싶은 욕망이 제게 있다고 말씀했죠? 네, 그래요. 나는 살아남고 싶어요." 류 부인이 단호하게 입을 악물었다. 별 볼 일 없는 인물이 되라고 강요하는 모든 역경을 이겨내고 살아남으려는 여자의 억눌렸던 분노. "그리고 내가 위험을 감수할 거라고 스님이 확신하신다면 이게 제가 감수할 위험이라고 믿으세요." 그녀가 등을 돌려 거울을 바라봤다. "그놈을 죽여요. 그다음에 말씀하세요." 거울 속 류 부인의 눈이 반쯤 감기며 차갑게 주를 노려봤다. "그리고 다시는 내 방에 들어오지 마세요."

"들어와라." 지휘관 토로추가 방 안에서 큰 소리로 말했다. 한 손

에는 물고기 기름 등과 다른 손에는 도장을 받아야 할 서류를 든 주가 높은 문지방을 넘어 방 안으로 들어갔다. 그녀는 두려움도 기대도 아닌 특이한 흔들림이 몸 안에서 떨리는 걸 느꼈다. 두 손에 땀이 났다. 이것이 옳은 길이고, 류 부인이 그녀에게 제시한 기회의 정점이란 걸 알지만, 주는 자기 의도를 분명하게 알 수 없었다. 정수리에 있는 12개의 서품 상처가 뜨겁게 타올랐다. 그녀가 맹세한 계명이 떠올랐다. 첫 번째 계명. '살아있는 모든 걸 죽이지 마라.'

토로추가 들어오는 주를 쳐다봤다. 화려하게 장식된 방에는 책꽂이들이 줄지어 늘어서 있었다. 사방에 피운 초에서 나는 익숙한 식물 기름 타는 냄새를 맡으며, 그녀는 불단 앞에 무릎 꿇던 자기 모습이 기억났다. 그녀의 어깨가 약간 떨렸다. 그녀가 이제 막 시작하려는 짓을 슬픈 눈으로 지켜보는 부처님 때문에 어깨가 떨렸다는 생각이 들었다.

"중?" 토로추가 문서를 받으며 말했다. "전에 너를 본 적이 없는데. 내 전임자는 내세의 삶이 두려워, 중을 옆에 두고 조언을 구해야 했나?" 그가 도장을 들다가 화를 냈다. "뭐야…." 그가 죽일 듯 주를 노려봤다. "이런 멍청한…!"

"용서해 주시오, 지휘관." 주가 말했다. "등잔이 샌 듯하군." 지켜보는 부처님의 눈길이 그녀 뒤통수에 구멍을 뚫을 듯했다. 토로추가 그녀의 건방진 말투에 놀라는 순간, 주가 앞으로 다가가 여러 개의 초를 세운 촛대를 후려쳤다. 초들이 불타는 비처럼 바닥에 떨어졌다.

너무나 이상하게 처음에는 아무 소리도 들리지 않았다. 조용한 불길이 파도처럼 기름에 전 바닥을 퍼져나가며 토로추의 옷깃으로 올라붙었다. 한순간에 그는 인간 횃불이 되었다. 불길이 벽으로 퍼지며, 책꽂이에 쌓인 책들로 옮겨붙었다. 그때야 소리가 났다. 소나무 숲을 부는 바람처럼, 하지만 수직으로 부는 바람에 은근하게 나던 소리가 거친 폭풍처럼 바뀌었다. 검은 연기가 휘돌며 더 빠르게 위로 솟구쳐 지붕에 닿아 퍼지자, 사방이 완전히 캄캄해졌다.

주는 정신 놓고 바라만 봤다. 한순간 그녀는 토로추도, 그녀의 깨진 계명도, 운명으로 다가올 위대함과 고통도 모두 잊고 있었다. 그녀 눈에는 엄청난 불의 속도와 파괴력만 보였다. 황각사도 불탔지만 이렇지는 않았다. 지금 보는 불은 살아있는 듯했다. 열기가 참을 수 없게 뜨거워지자, 그때야 그녀는 너무 오래 머문 걸 깨달았다. 그녀가 돌아서서 나가려 했다.

주의 눈가로 무언가가 움직였다. 그녀가 몸을 틀었지만 이미 늦었다. 불붙은 인물이 그녀에게 덤벼들어, 두 사람이 바닥에 쓰러졌다. 주가 발버둥 쳤지만, 토로추 지휘관은 이미 그녀 위로 올라탔다. 토로추의 검게 탄 얼굴의 갈라진 틈으로 붉은 거품이 새어 나왔다. 그의 머리카락에 불이 붙어 타오르며, 정수리의 지방이 녹아 그의 뺨으로 눈물처럼 흘러내렸다. 입술이 없어진 입이 벌어졌지만, 소리는 나오지 않았다. 이빨이 더 길어져 검게 탄 피부 밖으로 나왔다. 그래도 손에는 힘이 남아 주의 목을 졸랐다.

주는 온 힘을 다해 싸웠지만, 그의 손아귀에서 벗어날 수 없었다. 숨이 막혀 팔을 휘어졌다가, 바닥에 있는 무언가를 잡았다. 위기에서 벗어나려고, 그녀가 토로추의 얼굴에 그걸 찔러넣었다.

그가 벌떡 일어섰다. 눈에 붓이 박혀있었다. 다시 그가 그녀를 덮쳐, 두 사람은 바닥 위로 뒹굴었다. 토로추가 소리 없는 이상한 비명을 질렀다. 두 사람은 다시 바닥을 뒹굴었다. 이번엔 주가 위에 올라탔다. 그녀 안의 동물적 본능이 무엇을 해야 할지 알려줬다. 그녀는 팔뚝으로 그의 목을 눌렀다. 피와 이상한 액체가 새어 나왔다. 그녀 아래 깔린 토로추가 발악했다. 그녀는 연기 때문에 기침과 구역질하면서도 계속 눌렀다. 토로추의 입이 물고기 입처럼 껌뻑거렸다. 그러다가 마침내 입이 움직이지 않았다.

주는 일어나 문을 향해 비틀거리며 몸을 움직였다. 숨을 쉴 때마다 허파와 내장까지 타는 듯했다. 그녀는 자기가 구운 고기처럼 타서 바삭하게 비틀어지고 있다는 무서운 생각이 들었다. 방은 불타는 용광로였고, 검은 연기가 계속해서 천장에 부딪힌 후 아래로 내려왔다. 그녀는 무릎으로 기어서 마침내 밖으로 몸을 던졌다.

그녀는 차가운 돌 위에 누어 숨을 헐떡이며 어두운 하늘을 올려다봤다. '부처님께서 말씀하셨다. 네 머리 위에서 불이 타는 듯 삶을 살아라.' 그녀는 웃음과 함께 몸서리를 치고 싶었지만, 그럴 힘이 남아있지 않았다. 그녀 몸에도 토로추처럼 불이 붙었다. 하지만 그녀만 살아남았다. 삶이 얼마나 쉽게 끝날 수 있는지 보았다. 죽는다는 무서운 생각에, 다른 모든 인간적인 감정은 잊고 살아남으려는 의지만 남았다. 어린 시절부터 그 욕망으로 살아남은 주가 더 강한 힘을 써서, 토로추의 목숨을 뺏었다. 그녀는 그의 생명이 손 밑에서 천천히 사라져 끝나는 순간을 느꼈다. 그녀는 전에 만 명의 원나라 병사를 죽였지만, 이번은 달랐다. 그녀가 살인을 원했다. 그녀는 서달이 자기

행동을 후회하던 걸 기억했다. '살인에 대해 속죄할 길은 없다.'

세상이 빙글빙글 돌고 있었다. 주는 그 소용돌이 가운데로 천천히 떨어지고 있었다. 그녀 아래서 검은 연기를 내뿜는 불길이 활활 타올랐다.

주는 기침을 하며 깨어났다. 꽝꽝거리며 욱신거리는 두통과 함께 온몸이 쑤시게 아팠고, 허파에는 검은 가래가 가득했다. 그녀는 감옥에 갇혀있었다. 구석마다 유령이 있는 춥고 어둡고 습기 찬 지하 감옥이었다. 그녀가 있는 싶은 장소는 아니었다. 하지만 그녀는 살아 있었다. 그게 중요했다. 생생한 악몽처럼, 그녀는 목을 누를 때 토로추의 뜨거운 살이 아래로 꺼지는 느낌을 기억했다. '내가 그를 죽여서, 나는 살 수 있었다.' 그녀는 살아남는 데 필요한 행동을 할 수 있었다. 그녀는 자기의 새로운 능력을 깨달았다. 하지만 그녀는 만족이 아니라, 계속 들러붙는 역겨운 느낌을 뿌리칠 수 없었다.

서너 번 차를 끓여 마실 정도의 시간이 지난 후, 위로 난 문이 열렸다. 계단을 내려오는 가벼운 발소리가 났다. 류 부인이 수의 감옥 앞에 나타나, 창살 사이로 그녀를 보았다. 주는 기침하며 류 부인의 새롭지만 잘 알 수 없는 모습을 보고 불안했다. 류 부인이 차갑게 말했다. "네가 저택 전부를 태울 뻔했다. 그랬다면 사람들이 그걸 사고로 생각했을 텐데. 그리고 사실, 네가 그놈과 함께 죽었다면 더 좋았을 텐데."

주가 아픈 목으로 힘들게 말했다. "중이지 자객은 아닙니다." 그녀는 대화가 어디로 향하는지 알 수 없었다. "원하던 걸 이루셨죠, 그런가요?"

"그렇다고 할 수 있지." 그녀의 얼굴은 삶은 달걀처럼 매끄러웠다.

"그렇다면 우리가 약속한 대로 됐군요."

"내가 지휘관이 되고, 이 도시는 홍건군 휘하에 들어간다는?"

"그렇게 약속했죠." 주가 말했다. 망가진 목구멍이 한마디 말할 때마다 고통스럽게 아팠다. 토로추의 영혼이 자기를 죽인 살인자의 목 둘레에 새까만 손가락 자국을 남겨 좋아하는 듯했다.

류 부인이 천천히 다가와 흰 손을 자물쇠 위에 올려놓았다. 감옥 안을 떠도는 유령처럼 그녀의 눈동자가 불안정하게 흔들리며 사방을 둘러봤다. "네가 말한 그대로 일이 진행됐다. 내 남편에게 충성하는 병사들에게 명령하자, 그들은 나를 따랐다. 이제 나는 성곽 도시를 완벽하게 점령했다. 나에게 충성하는 민병대도 있고. 그래서 내가 생각해 봤지. 왜 내가 원나라나 홍건군의 지원이 필요한지." 그녀가 숨겼던 냉정한 성격을 드러내고 있었다. "스님이 내 눈을 뜨게 했지. 그랬더니 생각보다 선택할 수 있는 길이 훨씬 많아 보여."

주도 그녀의 눈부신 깨달음에 감탄했다. 주는 그녀의 의도를 파악해야 했다. "나를 계속 이곳에 가둬둔다면 부인이 선택할 길이 더 많아지겠군요."

"사실 그래." 그녀가 말했다. "나도 조금은 미안해. 나는 네가 좀 신비롭다고 생각해. 너는 나도 보지 못한 내 안에 숨겨진 내 본모습을 봤어. 어떻게 그렇게 했는지 궁금해. 여자 안에 있는 잠재력을 보고, 여자 자신도 믿지 못하는 걸 확신하게 설득하고 실행하게 한 남자가 도대체 누굴까? 나는 처음에 네가 중이어서 그런 능력이 있다고 생각했어. 하지만 여자 옷을 입고 내게 찾아온 이상한 중. 나는 궁금했어." 그녀가 잠시 말을 멈췄다가 이어 말했다. "그게 네가 나를 도와준 이유냐? 너도 여자여서."

주의 심장이 꽝하고 세게 울린 후 멈춘 듯했다. "나는 여자가 아니야!" 그녀가 세차게 말했다. 터진 상처에서 피가 쏟아져 나오는 것처럼 그 말은 망가진 목구멍을 찢으며 저절로 튀어나왔다. 여자의 고통을 이해하는 넘어서는 안 될 선을 넘은 죄 때문에 갑자기 하늘 앞에 본모습을 드러낸 채 서있는 자신이 보였다. 그러면 하늘은 주에게서 그녀의 이름과 운명을 빼앗을 수 있다.

'안 돼.' 주의 분노가 커졌다. 류 부인이 그럴 힘이 없다. 그녀는 단순히 추측하고 있을 뿐이다. 류 부인이 선택할 수 있는 길이 많지만, 주가 선택할 수 있는 길이 없는 건 아니었다. 그녀의 심장이 다시 뛰기 시작했다. 살인이라도 할 듯 강력하게.

"내 이름은 홍건군의 주중팔이오." 주가 다시 냉정을 되찾고 말했다. "내가 부인을 도운 유일한 이유는 내가 원하는 걸 얻으려는 의도였소."

그들이 서로 노려보고 있는데, 갑자기 계단 위에서 금속 부딪치는 소리와 다급한 목소리가 들렸다. 경비병이 계단을 뛰어 내려오며 외쳤다. "류 부인, 도시가 공격받고 있습니다!"

그 말을 듣자, 차가운 얼굴이 무너져내린 류 부인은 주를 놀란 눈으로 바라봤다. 주가 힘을 되찾아 말했다. "그렇군. 부인은 저를 믿지 않았군요. 부인의 지원군인가요? 홍건군과 우호적인 관계를 맺는 게 좋지 않을까요?" 주가 말했다. 그녀의 안도감은 이제 복수처럼 매섭고 날카롭게 변했다. "새로 잡은 권력을 지금 시험해 보겠소. 누가 병사를 더 잘 지휘하나 확인해 볼까요?"

그건 순전히 허풍이었다. 그녀가 강철 같은 의지가 있더라도, 700 명의 병사로는 도시를 점령할 수 없었다. 하지만 주는 미래에 위대한 인물이 되리라는 그녀의 믿음을 자기 눈 속에서 류 부인이 보게 했다. 류 부인이 소매에서 열쇠를 꺼내기도 전에, 주는 자신이 이긴 걸 알았다.

류 부인이 쓸쓸한 표정으로 문을 열었다. "제가 배워야 할 게 많은 것 같습니다. 가시죠, 주 공자님. 부하들에게 평화롭게 성안으로 들어오라고 말씀해주세요." 그녀가 자신을 주 공자라고 공손히 부르자, 주는 안타깝고 측은한 느낌을 받았다. 주는 류 부인이 여자의 운명을 수동적으로 받아들이는 원래의 소심한 모습으로 돌아가려고 한다는 걸 알았다. "우리는 약속했죠. 홍건군은 루를 보호하고, 나는 부인이 필요한 모든 걸 주겠다고. 저는 약속을 지킵니다."

주가 지하 감옥 밖으로 걸어 나왔다. "부처님의 축복을 받아 잘 다스리시오, 부인." 그녀는 류 부인에게서 돌아서며 이상한 느낌에 놀랐다. 생전 처음으로 류 부인과 '자매' 같다는 느낌이 아프게 가슴 속으로 밀려왔다. 그녀는 불안한 마음으로 그 감정을 자신의 정체성을 숨긴 가슴 속 가장 깊은 곳으로 밀어 넣었다. 온몸이 아팠지만, 주는 루 도시로 향한 문을 향한 계단을 뛰어올랐다. '나의 도시. 나의 성공.' 그녀는 주중팔은 할 수 없는 방법으로 운명을 바꿨고, 자기 손으로 살인해 계명을 어겼다. 그런 행동을 하면서 느꼈던 죄책감과 미래의 삶에서 받을 고통을 알면서도, 그건 옳은 선택이라고 믿었다. '결국, 내가 원하는 걸 얻었으니까.'

그런 생각이 들자, 그녀는 어두운 지하 감옥 밖으로 나가는 계단 위에서 걸음을 멈췄다. 그녀에게 서달의 목소리가 메아리쳐서 들렸다. '위대한 사람이 된다는 게 도대체 무슨 의미냐?' 홍건군에 들어가기 오래전부터, 그녀는 권력이 필요하다는 걸 알았다. 그녀는 위대한 사람은 군대가 필요하다는 걸 알았다. 하지만 위대한 사람이 된다는 생각은 구체적이지 않았다. 하지만 지금 내면에서 번개가 치듯, 그녀는 류 부인이 느꼈던 위협이 무엇인지, 왜 그녀가 살인했는지 정확히 깨달았다. 그리고 그녀는 어깨로 무거운 감옥 정문을 밀고, 눈부시게 햇살이 빛나는 성곽 도시 루로 나섰다.

마수영은 안평의 부서진 성벽 위에 서서, 루에서 도착하는 행렬을 바라봤다. 홍건군과 도적 떼, 가죽 갑옷을 입고 장비를 잘 갖춘 질서정연한 2,000명의 도시 수비대가 함께 섞여 행진하고 있었다. 그들 뒤로 곡식과 소금, 비단이 가득 실린 수레들이 따랐다. 그리고 행렬 선두에서 사나운 몽골 말을 타고 오는 인물이 바로 승려 주이었다. 갑옷 대신 승복을 입은 볼품없이 작은 인물. 마가 서있는 높은 위치에선 둥근 밀짚모자를 쓴 그는 잘린 볏짚처럼 보였다. 그런 인물이 불가능한 일을 해냈다는 게 믿기 힘들었다. 마는 그가 자신을 '나'라고 부른 걸 기억했다. 그건 세속을 떠난 승려의 말이 아니었다. 그건 자기 욕망을 잘 아는 사람의 말이었다. '야망을 지닌 사람.'

승려 주와 그의 행렬이 성문을 지나, 그들을 환영하러 세워진 연단으로 갔다. 소명왕과 승상이 구름 낀 하늘 아래 희미하게 빛나는 용좌에 앉아있었다. 다른 홍건군 지도자들은 연단 밑에서 기다렸다. 멀리서도 마는 작은 곽이 못 믿겠다며 창피해하는 몸짓을 볼 수 있었다. 그와 그의 아버지는 진우량과 도박을 벌였지만, 중이 승리해서 패배했다. 중이 말에서 내려 연단 앞에 무릎 꿇었다. 기울어진 모자 밑으로 중의 그을린 목이 보였다. 마는 혼란스러웠다. 패배를 모르는 사람이 그 작고 연약한 몸 안에 있다니.

좌정승 진이 주의 옆으로 다가왔다. "좌정승 대감님, 소승을 믿어주셔서 저희가 하늘이 내린 행운을 누렸습니다. 이건 하늘이 우리에게 약속하신 모든 축복의 시작에 불과합니다. 지금부터 부처님이 다시 오실 때까지 우리의 승리는 끝없이 늘어날 겁니다."

경건한 표정으로 무릎 꿇은 중을 바라보던 승상이 벌떡 일어났다. "그 말은 사실이다! 소명왕 앞에 루 도시를 바치고, 우리 앞에 놓인 어둠을 물리칠 믿음과 힘을 준 이 스님께 감사하라. 스님을 칭송하라! 새로운 홍건군의 지휘관을 칭송하라!"

주가 일어나 외쳤다. "승상과 소명왕을 칭송하라! 승상과 소명왕 만세!" 그가 외치는 맑은 목소리의 강력한 힘에 마 소녀는 깜짝 놀랐다. 그 목소리가 먼지 낀 안펑에 종소리처럼 울렸다. 그에 화답하여, 사람들이 무릎 꿇고 승상에게 경의를 표하며 충성과 홍건군의 성스러운 임무를 소리 높여 외쳤다.

수많은 사람이 굽이치는 파도처럼 무릎 꿇고 다시 일어섰다가 무릎 꿇었다. 소명왕이 연단 위 높은 용좌에 앉자, 모자에서 늘어져 내린 옥구슬 사이로, 물결치는 사람들을 지켜보았다. 소명왕의 모자 각도로 보아, 마는 그가 승려 주를 바라보는 걸 알았다. 주가 엎드렸다가 무대를 올려다보자, 소명왕의 머리가 갑자기 뒤로 젖혀지는 게 보였다. 모자의 옥구슬들도 흔들렸다.

"홍건군 만세!" 사람들이 외치는 소리에 마 소녀는 자기 가슴도 떨리고, 발밑에 있는 성벽이 약하게 흔들리는 걸 느꼈다.

소명왕이 하늘을 향해 작은 머리를 들었다. 사람들이 숨을 죽였다. 머리가 뒤로 젖혀져 얼굴을 가리던 옥구슬이 갈라지자, 사람들은 소명왕의 신비로운 미소를 보았다. 단 한 줄기 햇살이 구름을 뚫고 그에게만 비추듯이, 진홍색 옷의 색깔이 훨씬 진해졌다. 그리고 그의 주변에서 빛이 나기 시작했다. 빛은 어둡지만 반짝이는 원을 그리며 그를 감쌌다. 그건 몽골 황제의 꺼져가는 등잔불이 아니었다. 하늘과 땅 사이 모든 공간을 으스스한 붉은빛으로 가득 채우고 태우는 무서운 빛이었다.

소명왕이 마가 들을 수 없는 작은 목소리로 무언가 말했다. 사람들이 그 말을 받아 계속 중얼거리는 소리가 점점 커졌다. 마침내 사람들이 마의 팔에 난 털이 일어서도록 큰 소리로 일제히 외쳤다. "우리의 제국을 부흥시킬 빛이 만 년 동안 빛나라!"

너무 강렬해서 빛이 아니라, 어둠에 가까운 붉은색에 세상이 흠뻑 빠졌다. 한동안 마는 그 색에 압도되어 숨도 쉴 수 없었다. 하지만 빛은 더 밝아야 하는 게 아닌가? 붉은색은 행운과 번영의 색이었지만, 마는 새로운 시대가 피로 물들 거란 생각을 떨쳐버릴 수 없었다.

이틀 뒤 마는 폐허가 된 절 마당에 모인 사람과 말, 천막 사이를 지나 법당 안으로 들어갔다. 그녀는 법당 안도 바깥처럼 혼잡할 거라고 예상했지만, 법당은 비어있었다. 무너진 지붕을 뚫고 내리비치는 햇살 사이로, 색칠하지 않은 목조 부처가 뒷벽에 조용히 앉아있었다. 부처 발밑에는 재와 곡식이 담긴 향로에서 향이 타고 있었다.

마가 법당 바닥에 쓰러진 기둥에 막 앉으려는데, 승려 주가 들어왔다. 주 뒤로 지붕 없는 부속 건물로 이어지는 문이 살짝 보였다. 부속 건물 안으로 바닥에 깐 돌을 뚫고 자란 나무 아래 대나무를 쪼개 만든 간단한 침상이 놓여있었다.

"그렇게 하면 기도를 들어주시지 않아요. 향을 드릴까요?" 주가 그녀에게 향 막대를 내밀었다.

그녀는 향 막대를 받는 대신, 주의 얼굴을 자세히 살폈다. 주는 빤히 쳐다보는 그녀의 눈길을 참고 가만히 있었다. 부드러운 관심을 보이는 주의 표정에는 변함이 없었다. 하지만 얼마만큼이 진실이고, 얼마만큼이 연기인가?

"어떻게 그런 일을 해냈죠? 원나라 지휘관을 몰아내고, 그 자리에 '여자'를 앉혔다고요?"

주가 미소 지었다. "나는 아무것도 하지 않았어요. 나는 그저 여자가 원하는 걸 보았을 뿐이에요." 주는 여전히 '나'라고 말하고 있었다. 절의 서늘한 실내가 미래를 약속하듯 심오하게 보였다.

"스님도 그걸 원했기 때문에 그걸 알았죠. 다른 사람은 모르지 않았나요?"

"무엇을 알아요?" 주의 표정에서 무언가 깜빡였다. 이유도 없이, 마는 두려움을 느꼈다.

그녀는 자신감을 잃고 있었다. "스님은 우연히 안평에 온 게 아니죠. 스님이 스스로 이곳에 왔죠."

주가 긴장을 풀며 웃었다. "이곳에 의도적으로 왔다고요?" 주가 그녀 옆에 앉았다. "제가 왜 그렇게 했겠습니까? 안평은 이 떠돌이 소승을 반기지 않았는데요. 약혼자께서 저를 보자마자 제 목을 자르려 뻔했던 걸 기억하세요?"

'또 내숭 떠네.' 그녀가 그렇게 생각하자 다시 자신감이 생겼다. "연기하지 말아요! 스님은 여기 온 처음 순간부터 홍건군 안에서 지휘권을 원했어요, 맞지 않나요?" 큰 소리로 말하니, 그 말이 위험하게 들렸다. 중은 원하는 게 없어야 한다. 중은 '야망'을 갖지 않아야 한다. 하지만….

잠시 후 주가 말했다. "다른 사람은 모르는 걸 아신다고요?"

"뭐라고요?"

그녀를 바라보는 주의 눈가에 미소가 어렸다. 못생긴 얼굴에 평범한 눈. 그 눈이 그녀를 이상하게 매료시켰다. 그가 말했다. "다른 사람을 모두 합친 것보다 더 똑똑하단 말이에요. 말씀이 맞아요. 나는 내 발로 왔어요."

그걸 사실로 서슴없이 인정한다는 말을 주에게 직접 들으니 터무니없이 황당해서 처음엔 말도 나오지 않았다. 잠시 흥분을 가라앉히고 따지듯 물었다. "그런데 왜 홍건군이죠? 원하기만 했다면 스님 친구처럼 도적이 되는 게 더 쉬웠을 텐데. 그리고 왜 루에서 백만분의 일의 확률을 노렸죠?"

"도적 떼는 오합지졸에 불과하죠?" 주가 부드럽게 말했다. "왜 제가 도적 떼를 이끌고 싶겠어요?"

마는 주의 마음속을 들여다보며 섬뜩한 한기를 느꼈다. "그럼 무얼 원해요?"

어떤 사람이 무언가를 간절히 원해 불가능에 도전하는 걸 그녀는 이해할 수 없었다. 중은 자기는 실패할 수 없다고 생각하진 않는 게 분명했다. 주는 순진한 척하지만, 절대 바보가 아니었다. 주의 욕망이 주에게 너무 중요해서, 그 욕망을 저버린다는 생각이 욕망을 추구하면서 겪게 될 위험보다 상상할 수 없게 더 무서운 듯했다. 마는 그게 불안했다. 자기 욕망이 세상에서 가장 중요하다면 그 욕망을 성취하기 위해 못 할 일이 무엇이 있겠는가?

주는 말이 없었다. 그녀는 주가 대답하지 않을 거로 생각했다. 그때 주가 간단히 말했다. "나의 운명이요."

그녀가 예상하지 못한 대답이었다. 그녀가 얼굴을 찡그렸다. "자기 운명을 욕망할 이유가 어디 있죠? 자기가 원컨 원치 않건, 어차피 운명대로 될 텐데."

주의 눈길이 법당 뒤편에 있는 나무부처로 향했다. 옆모습으로 보니, 주의 광대뼈가 부처의 광대뼈처럼 희미하게 빛났다. 하지만 그 고요함 밑에는 마가 이해할 수 없는 소용돌이가 일고 있었다. 피할 수 없는 자기 운명을 의심하는 건, 하늘의 색을 의심하는 것같이 이해할 수 없었다. 한참 후 주가 말했다. "너는 무언가를 정말로 원한 적이 없지? 마수영."

그 말에 담긴 진실에 그녀는 깜짝 놀랐다. 하지만 삶의 모든 것이 운명으로 미리 정해져 있다면 무언가를 원하는 게 무슨 의미가 있나? 마의 아버지는 그녀를 곽씨 가문에 넘겼다. 그녀는 작은 곽과 결혼하고, 그의 아이들을 낳을 것이다. 그리고 언젠가 그녀도 자기 딸들을 다른 남자에게 줄 것이다. 그게 정해진 운명이었다. 그게 세상의 법칙이었다. 그녀가 날카롭게 말했다. "중들은 욕망이 모든 고통의 원인이라고 가르친다고 생각했는데요."

"맞는 말씀이에요." 주가 말했다. "하지만 고통보다 더 무서운 게 무엇인지 아세요? 사실은 살아있지 않아서 고통도 느끼지 못하는 거예요." 법당 안으로 산들바람이 들어오며, 가는 향 연기가 흐려졌다. 마는 주를 보며, 깜빡이는 주의 눈을 바라보며 놀랐다. '그는 내 마음속을 보고 있다.' 주는 처음 만난 순간부터 그녀의 마음속을 보고 있었다고 그녀는 생각했다. 힘들게 얻은 소중한 비밀을 친밀한 사람에게 알려주듯, 주가 낮은 목소리로 말했다. "너 자신을 위해 무언가를 소망하는 법을 배워, 마수영. 다른 사람이 네가 소망해야 한다고 말하는 삶 말고. 네가 소망해야 한다고 의무감에서 생각하는 삶 말고. 너의 의무만 생각하며 삶을 살지 마. 우리가 가진 전부는 우리가 존재하지 않았던 시간부터 우리가 존재하지 않게 될 시간까지 두 시간 사이의 이 짧은 순간이야. 그런데 왜 너는 현재 사는 삶을 최대한 살려고 노력하지 않니? 네 삶은 그럴 가치가 있어."

그녀가 주를 한참 쳐다봤다. 온몸의 털이 따끔거리고 간질거렸다. 우주의 긴 시간에서, 그녀가 사는 생애는 어둠 속에서 반짝이는 반딧불이의 빛보다 밝지도 길지도 않다는 걸 알았다. 그녀는 주가 연기하는 게 아니라는 걸 본능적으로 알았다. 그건 주의 믿음이었다. 하지만 동시에 주가 말한 진실의 민낯을 보았다. 남자는 세상에 있는 모든 걸 바랄 수 있고, 그걸 성취할 기회가 비록 아주 적을지라도 있었다. 주는 그녀도 욕망할 수 있는 존재라는 생각하지만, 주는 그녀의 실체를 보지 못했다. 그녀는 '여자'였다. 여자의 삶은 좁은 공간에 갇혀있었다. 무엇을 원해도 가질 수 없는 게 여자의 운명이었다.

그녀가 가려고 일어섰다. "원하는 걸 성취하려고, 스님의 고통은 참고 견딜 가치가 있겠죠." 그녀가 참담한 심정으로 말했다. "하지만 제 고통은 그럴 가치가 없어요."

12

　　　　바람이 불면 풀이 초록과 노란 물결처럼 출렁이며, 끝없이 펼쳐진 히체투의 탁 트인 넓은 평원을 보면 에선은 언제나 조상이 살던 초원에 대한 그리움을 가슴 깊게 느꼈다. 하지만 위대한 칸의 사냥 진영은, 작은 농촌 마을을 도시에 비교하는 것처럼, 초원에 사는 유목민의 마을에 비해 엄청나게 컸다. 게르는 펠트가 아니라 어린 양의 최고급 털로 만들었다. 문 앞에는 두꺼운 비단으로 만든 햇빛을 가리는 차양 아래 카펫이 깔려있었다. 원나라의 최고위 인물들이 카펫 위를 거닐고 있었다. 재상과 장군들, 왕자와 공주들, 지방 고위 관리와 속국에서 인질로 보낸 왕자들. 그리고 어디를 보나, 수천 명의 하인과 요리사, 의사, 경비병, 사냥 전문가, 승려, 곡예사가 주인의 부름이 있으면 곧 시중들려고 대기하고 있었다. 손님들은 포도주와 말 젖을 발효시킨 술을 마시고, 먼 서쪽에서 온 요리사가 이국적으로 요리한 고기를 먹고, 장시성에서 만든 최고급 청자를 사용했다. 수많은 말과 소 떼가 중머리처럼 뿌리만 남을 때까지 풀을 뜯고, 고원의 햇빛을 받아 반짝이는 보석으로 장식한 게르가 사방에 세워져 있었다.

그 중앙에 위대한 칸의 게르가 있었다. 벽에 두른 티 하나 없는 흰 비단은 금실로 빽빽이 수를 놓아 강한 바람에도 비단이 조금 휠 뿐이었다. 위대한 칸이 게르 안에 놓인 높은 연단 위에 앉아있었다. 아버지와 동생과 함께 엎드린 에선이 두 사람과 함께 외쳤다. "위대한 칸 만세! 만세!"

원나라의 10대 황제인 위대한 칸이 말했다. "일어나라."

에선은 원나라라는 추상적인 개념을 위해 평생 싸워왔다. 이제 원나라의 구체적인 실체 앞에서 자기 인생의 목적을 본다는 감격스러운 감정에 흠뻑 빠져있었다. 위대한 칸은 구름 속을 휘도는 용들을 수놓은 황금색 곤룡포를 입고 있었다. 그의 얼굴은 놀랍게도 평범했다. 눈썹이 짙고 붉은 뺨을 지닌 살찐 둥근 얼굴이었다. 그 얼굴에 게으름까지 명백히 보여, 에선은 놀라고 당황했다. 그는 경험 많은 군인이어서, 위대한 칸은 전사일 거라고 늘 순진하게 생각했다.

"허난성 제후를 환영한다." 위대한 칸이 말했다. "여기까지 오는 동안 별 탈 없었고, 너의 가족과 가축들도 건강하길 바란다."

"소신이 위대한 칸께 문안드린 지 오래되었었습니다." 차간이 대답했다. "위대한 칸께서 불러주셔서 이곳에 올 수 있어 감사드립니다. 앞으로도 위대한 칸에 대항하는 반군을 소탕하겠습니다."

위대한 칸이 바오싱을 보고 이어서 에선을 바라봤다. "너의 군대를 이끄는 너의 아들에 대해 많이 들었다. 이 사람인가?"

에선은 기대감에 온몸의 피가 끓어오르는 걸 느끼며 다시 엎드렸다. "소신, 위대한 칸께 경의를 표합니다. 소신은 허난성 제후의 큰

아들 에선–테무르입니다. 소신이 중국 남부의 반군 상황에 대해 보고드리겠습니다."

"음." 위대한 칸이 말했다. 에선의 기대감이 당혹감으로 바뀌고 있었다. 위대한 칸은 벌써 흥미를 잃었다. "승상이 이미 너의 보고를 받았다."

에선은 지난 이틀 동안 이 알현을 준비했다. 그는 꾸지람 받을 대비를 하고, 최소한 약간의 칭찬을 기대했다. 반군과의 그의 싸움이 원나라의 국가 안보에 얼마나 중요한지 그는 잘 알고 있었다. 이렇게까지 위대한 칸이 관심 없을 줄 몰랐던 에선이 머뭇거리며 말했다. "… 위대한 칸?"

"위대한 칸." 한 인물이 옥좌 뒤에서 걸어나왔다. 실망스러운 위대한 칸의 자태와는 달리, 승상은 원나라 군대의 최고 사령관답게 침착하고 권위 있는 목소리로 말했다. "소신은 허난성 제후 군대의 업적에 대해 잘 알고 있습니다. 지난해에도 제후의 군대는 남부 중국에서 원나라에 감히 덤비는 반군을 크게 물리쳤습니다. 홍건적을 곧 전멸시킬 겁니다. 위대한 칸, 그들에게 상을 내리십시오!"

승상이 그의 패배에 대해 언급하지 않아, 에선은 감사하면서도 동시에 당황스러웠다. 그건 감추고 넘어가기에는 매우 중대한 문제였다. 전쟁터에서 그가 그렇게 힘들게 싸운 결과인 승전과 패전이 황실에선 치열한 내부 암투에 이용되는 수단에 불과한 걸 깨닫고 실망했다.

위대한 칸이 차간을 내려다보며 희미한 미소를 지었다. "허난성 제후는 언제나 최고의 칭찬을 받아야 할 원나라의 충성스러운 신하다. 제후에게 상을 내리겠다. 하지만 지금은 먹고 마시고, 내일 경기에서 자네 아들들을 보여주게. 원나라의 미래를 넓은 경기장에서 보는 건 즐거운 일이지."

에선은 옥좌에서 물러나면서, 자신의 기대와 전혀 다른 위대한 칸의 모습에 매우 실망했다. 위대한 칸은 에선이 그토록 소중히 여기며 목숨을 바쳐 지킨 문화와 제국의 화신이어야 했다. 하지만 위대한 칸은 매우 실망스러운….

하지만 에선은 그걸 생각도 하고 싶지 않았다.

그들은 밖으로 나오면서, 위대한 칸을 알현하려고 기다리는 귀족들과 마주쳤다.

"이봐, 차간!" 산시성 군지휘관인 보루도-테무르가 활기찬 큰 목소리로 말했다. "건강한 모습을 보니 반갑네. 자네 가족과 가축들도 건강하지." 그의 옆에 알탄이 소년다운 자부심을 보이며 서 있었다. 검소한 허난성 제후와 달리, 산시성 군지휘관은 지나치게 사치를 좋아했다. 그는 과시하려는 듯, 당시 황실에서 유행하던 주름 잡힌 치마를 화려하게 수 놓은 남청색 승마복 위에 입고 있었다. 보루도는 황후의 아버지였다. 그는 황제의 총애를 받으려고 모든 노력을 다하는 사람답게 행동했다.

"보충병을 보내달란 자네의 요청을 듣고 정말 놀랐네." 보루도가 계속 지껄였다. "농부들에게 그렇게 처참하게 지다니 상상도 할 수 없네. 그놈들이 무엇을 갖고 싸웠나? 삽을 들고 싸우던가? 내가 있어 자네를 구원할 수 있어 다행이야. 이게 자네 큰아들 에선-테무르군. 자네를 여기선 본 지 오래됐군, 에선. 나에겐 자네가 아직도 어린아이로 보여. 최근 사건 덕분에 한두 가지 교훈을 배웠겠지. 하룻밤에 만 명의 병사를 잃은 장군이 내 휘하에 있다면 나는 카펫에 싸서 강에 던져버리겠네. 조금 전 내가 지나가다 그 장군을 우연히 봤는데, 자네가 그렇게 안 한 이유를 알겠더군. 정말 빼어난 미모를 지녔더군! 그놈을 여자라고 팔면서, 패전한 장군이라고 세 배의 가격을 받게." 그가 엄청나게 크게 웃었다. "그리고 여기 왕 바오싱이 있군! 자네가 아직도 군을 지휘하지 않는다는 알탄의 말을 듣고 믿을 수 없었네. 자네 나이에! 그리고 매년 자네는 경기에 참여하지 않지. 활을 당길 줄 모르기 때문은 아니지…?"

활쏘기는 몽골인이라면 태어나면서 배운 기술이었다. 활을 쏠 줄 모른다면 남자나 여자던 몽골인이라고 할 수 없었다. 보루도가 의도적으로 바오싱의 부드러운 손을 쳐다보자, 에선은 동생 대신 피가 끓어올랐다. 그는 보루도의 도움을 요청한 걸 후회했다.

바오싱이 에선의 예상보다 훨씬 공손하게 말했다. "올해는 습관을 깨고 경기에 참여하죠. 그러면 저의 아버지도 기뻐하실 겁니다."

"오, 잘됐군!" 보루도가 기분 좋게 말했다. 그는 주변에 있는 모든 사람에게 단숨에 모욕을 준 사람 같지 않았다. "자네 경기를 기대하고 보겠네."

바오싱은 몸을 공손히 숙였지만, 그가 교활한 눈으로 산시성 귀족들이 위대한 칸의 게르로 들어갈 때까지 지켜보는 걸 에선은 보았다.

위대한 칸의 경기는 긴 봄날, 해가 뜨면서 시작해 해가 질 때까지 계속됐다. 남자뿐만 아니라 여자들도 햇빛을 받으며 다양한 기술을 보이는 경기에 참여했다. 활쏘기와 승마, 마상 묘기와 말을 타고 염소 당기기, 소가죽을 입으로 불어 부풀리기, 매사냥과 폴로, 단도 던지기, 몽골이 정복한 전 세계에서 온 온갖 무장과 비무장 무술 경기가 열렸다. 실제 전투에서 싸웠던 오우양과 에선에겐 그 모든 경기가 이상하게 보였다. 히체투에선 결과가 아니라 경기력을 칭송했다. 때로는 승자보다 화려한 기술을 보인 패자가 환영받았다.

에선이 자기 의견을 말하자, 왕 바오싱이 신랄하게 말했다. "형은 황실에서 승진하려면 목숨 걸고 싸워 이긴 공적이 필요하다고 생각했어?" 왕은 그 말을 마치고, 하인이 든 파라솔로 햇빛을 피하며 손에 술잔을 들고 어슬렁거리며 사라졌다.

오우양은 강렬한 고원의 태양이 투구에 내리쬐는 경기장 가운데 서있었다. 생전 처음 그는 왕 바오싱의 행동이 부러웠다. 경기장 주변에는 황실 귀족들이 비단 천막 아래 누워, 경기 결과를 놓고 도박했다. 수많은 하인이 오우양의 취향에는 매우 기괴한 온갖 음식을 내놓고 있었다. 아몬드를 넣고 요리한 달콤하고 매콤한 말린 오징어, 계수나무 시럽에 절인 쌀을 속에 채워 넣은 붉은 대추, 소금 넣은 야크 버터 차, 그리고 먼 남쪽 나라에서 가져온 독이 있을 것 같은 열대 과일을 그들은 먹고 있었다. 오우양은 땀도 나고 짜증도 났다.

그는 오전 내내 칼싸움 경기에 참여했다. 모든 상대에게 똑같은 패배를 안겨주었다. 오우양을 풋내기 소년 또는 심지어 미모의 소녀라고 생각한 상대들이 무섭게 달려들었지만 쉽게 반격당했다. 오우양의 기술은 우아하지도 예술적이지도 않아, 구경꾼들은 실망했다. 하지만 그의 기술은 극단적으로 효과적이었다. "다음 경기는 양저우의 장사덕 장군과 허난성의 오우양 장군의 대결입니다!" 전령이 외쳤다. 오우양의 다음 상대가 풀밭을 가로질러 그에게 다가왔다. 상대는 강한 인상을 주는 이마를 지닌 중국인이었다. 그의 눈 밑과 입 가장자리에 생긴 그림자에는 깊은 감정이 숨겨져 있었다.

"우리가 정말 처음 만나는 건가요?" 오우양이 중국어로 물었다. 원나라 수도인 대도로 소금과 곡식을 운반하는 바닷길과 대운하를 지배하는 상업 제국인 장씨 가문은 원나라에 매우 중요해서, 오우양은 장 장군의 이름과 성격을 오랫동안 들어 상세히 알고 있었다. 그렇게 방대한 지식을 실제로 만나지도 않고 알고 있다는 게 이상했다.

아주 잠시 장 장군이 오우양 뒤로 어떤 놀라운 걸 본 듯 눈을 깜빡거렸다. 그는 곧 오우양을 보며 온화한 미소를 지으며 인사했다. "이상하군요, 그렇지 않나요? 우리가 서로를 잘 알고 있다는 이 느낌이요. 저도 장군이 이곳에 오신다는 소식을 듣고, 오랜 친구를 만나길 고대했죠." 그가 구경꾼들을 비웃듯 둘러봤다. "하지만 이런 상황은 생각하지 못했는데."

"몽골인들의 경쟁심을 우습게 보지 마십시오." 오우양이 말했다. "두 명의 몽골인에게 각각 고깃덩어리를 하나씩 주면 즉시 누가 먼저 먹나 시합할 겁니다."

"그러면 장군도 그런 경쟁심을 갖고 있나요?" 장이 재미있어하며 말했다.

오우양이 가벼운 미소를 지었다. "저도 지는 걸 좋아하지 않습니다."

"몽골인만 그런 게 아니죠. 위대한 칸이 제게 시합에 참여하라고 했을 때, 저는 수준 이하의 행동이라고 생각한 걸 아시나요? 일부러 상대에게 져주고 경기에서 일찌감치 빠지려고 생각했죠. 하지만 자존심 때문에 지기 싫었어요. 그래서 우리가 여기서 만나게 됐군요. 구경꾼에게 즐거움을 주려고, 원나라의 막강한 두 장군이 대낮에 서로 싸우다니."

그들은 위대한 칸의 천막을 향해 예의를 표하고 서로 마주 봤다. 오우양이 말했다. "어쩌면 좋은 일이 될 수도 있죠. 우리가 지금 서로를 조금 더 알게 된다면 나중엔 훨씬 더 잘 알게 되겠죠."

"식사하면서도 그렇게 할 수 있었을 텐데요."

"누가 먼저 먹나 보려고요?"

장이 웃었다. "하! 장군은 우리 민족의 이름과 얼굴을 갖고 있지만 사실은 몽골인이군요. 하지만 중국인 억양으로 중국어를 말하네요. 시작할까요?"

장은 중간 정도의 체격을 가졌지만, 오우양보다는 컸고 경험도 많았다. 장의 첫 공격은 우아하고 열정적이었다. 구경꾼들이 환호했다. 드디어 오우양은 보여주지 못한 섬세한 예술성을 본 것이다.

오우양의 반격을 피하며, 장이 말했다. "정말 승리해서 셋째 왕자와 대결하고 싶으신가요?"

"셋째 왕자?" 어린 시절을 넘기고 살아남은 유일한 왕자인 셋째 왕자는 위대한 칸이 총애해서 현재 가장 강력한 권력을 휘두르고 있는 후궁이 낳은 아들이었다. 이미 19살이 되었지만, 그는 황태자로 임명되려면 필요한 하늘의 신임[천명(天命)]을 받는다는 징조를 보이지 못했다. 몽골 귀족들은 황태자가 될 왕자는 특정한 날에 태어나야 천명과 옥좌를 승계할 수 있다고 믿어서, 왕자를 황태자로 임명하는 일은 쉽지 않았다.

"아직도 몰랐소? 셋째 왕자가 마지막 경기에서 이겨, 이 경기의 승자와 겨루게 될 겁니다. 왕자는 실력은 형편없지만, 모든 용사가 일부러 져줘서 늘 이기죠."

"그럼 쉽게 이길 수 있겠군요." 오우양이 말했다. 그들이 부딪쳤다 떨어지며 다시 자세를 가다듬었다.

전성기의 운동 감각을 잃은 장은 조금씩 숨이 가빠졌다. "그럴 수 있겠지만, 왕자를 이기면 앞날을 걱정해야 할 거요. 우승 상품이 그렇게 갖고 싶소?"

오우양의 앞날은 원나라 황실에서 출세하는 게 아니었다. 지금 당장도 위대한 칸의 제국은 절벽 끝에 매달려, 그가 밀어버리길 기다리는 듯했다. 그도 아직은 그렇게 할 때가 아니라는 걸 알고 있었다. 하지만 언젠가 그는 그렇게 할 것이다.

그 말을 가볍게 받아들이는 척하며, 오우양이 말했다. "포기하시겠다는 말씀이오?"

"그럴 생각은 전혀 없소." 장이 씩 웃으며 말했다. "셋째 왕자와 마주친다면 좋은 일이죠. 왕자가 내 얼굴을 알면 나쁜 건 없죠. 대결하는 척하다 져줄 생각이오. 물론 아주 멋지게. 젊은 사람들은 기술이 훌륭하다고 아첨하면 좋아하죠."

"젊은 사람도 다른 사람과 비교해 자기 기술 수준을 정확히 알 필요가 있죠." 오우양이 비웃었다.

"장군은 정말 아첨하지 않고 그 자리까지 승진했소?"

"충분한 능력이 있다면 아첨할 필요가 없죠." '세상이 그렇게만 돌아간다면, 얼마나 좋을까!'

"아하, 군대에 들어오길 잘했소. 장군과 나는 단순한 사람이오. 정치를 하면, 우리는 끝장나지…." 그가 말을 마치는 순간, 오우양이 상대방 방어의 허점을 보고 찔러 들어가자, 그가 허공을 날아가 떨어졌다.

"장군은 내 솜씨에 대해 아첨할 뜻이 없군요." 장이 바닥에 누워 아쉬운 말투로 말했다.

오우양이 그의 손을 잡아 일으켜 세웠다. "장군도 본인 실력이 뛰어난 걸 아시잖소! 장군은 아첨 받을 필요가 없소."

장이 몸에서 흙을 털었다. 오우양은 그가 충고할까 말까 망설이는 걸 알았다. 하지만 그는 짧게 작별 인사만 했다. "행운을 비오, 장군." 그가 웃으며 경기장 밖으로 나갔다.

"셋째 왕자!" 전령이 외치자, 잘생긴 넓은 얼굴을 가진 젊은 몽골인이 경기장 안으로 성큼 걸어들어왔다. 몽골풍 변발로 딴 그의 머리카락에는 청금석과 은으로 만든 구슬이 달려, 그의 귀고리와 갑옷과 잘 어울렸다.

"오우양 장군." 셋째 왕자가 인사했다. 왕자는 에선처럼 잘 발달한 전사의 체격을 지녔지만, 자세에는 허점이 많았다. 왕자가 처음 보는 기괴한 물건을 보듯, 혐오감과 비뚤어진 호기심을 보이며 오우양을 자세히 살폈다. "경기 전에 잠시 쉬겠소?"

오우양은 온몸에 왕자의 눈길을 받으며, 피부가 따끔거리는 듯한 불쾌감을 느꼈다. 그는 일부러 시선을 낮추지 않았다. 그의 온몸을 세밀히 살피던 왕자가 그의 얼굴을 보고 놀랐다. 오우양은 놀란 이유를 알고 있었다. 그의 얼굴은 남자의 생각과 경험을 드러내지만, 남자라는 정체성을 숨기고 있었다. "전하. 소신이 전하와 겨루게 되어 영광입니다. 경기를 시작하시죠."

셋째 왕자가 칼을 높이 들어 올렸다. 그의 신체는 에선을 닮았지만, 그의 자세는 전혀 그렇지 않았다. 그의 자세는 보기는 좋았지만, 쓸모는 전혀 없었다. "그럼 시작하세."

오우양이 칼을 내리쳤다. 파리를 잡듯 빠르고 매서운 일격이었다. 셋째 왕자가 흙바닥에 자빠지며 뒹굴었다. 왕자가 바닥에 널브러져 누운 모습을 보며, 오우양이 이미 그를 잊고 있었다. 셋째 왕자는 아무 의미도 없었다. 그는 위협도, 기회도 아니었다. 사실 이번 승리는 거둘 필요도 없는 단순한 시합이었다. 신비로운 감각이 그의 몸 안에서 일어나고 있었다. 그의 심장이 그 감각의 힘으로 힘차게 뛰었다. '나는 나의 운명을 정면으로 바라보고 싶다.' 사람들이 웅성거리기 시작했다.

"승자는 위대한 칸 앞으로 나오시오!"

오우양이 칸의 천막 앞으로 나가 무릎 꿇었다. 표현할 수 없이 지독하게 참담한 감정이 그의 온몸을 휘감아 돌며 모든 힘을 빼앗아 갔다. 그의 평생 삶이 하나의 감정으로 응축되었다. 그는 수많은 발에 밟혀 으깨진 잔디 위에 이마를 세 번 조아렸다. 그리고 마침내 그가 고개를 들어 위대한 칸을 보았다. 오우양이 옥좌 위에 황금색 옷을 입고 앉은 칸을 보는 순간, 세상이 멈춰 섰다. 20걸음도 안 되는 가까운 거리에 그의 아버지를 죽인 자가 있었다. 오우양 집안의 모든 남자는 구족까지 죽여, 오우양의 핏줄을 영원히 없애라고 허난 성 제후에게 명령한 인물. 오우양은 그 평범한 얼굴을 바라보며 자기 운명도 보았다. 위대한 칸이 그의 운명이고 그의 끝이었다. 그 끝을 생각하자, 안도감이 온몸에 퍼졌다. 계획한 모든 일을 마치면, 모든 것이 끝나는 순간이 온다.

눈동자 안으로 검은 점들이 기어가는 순간, 오우양이 정신을 차리고 가쁜 숨을 들이쉬었다. 그 감정에 휩싸였던 동안, 그는 숨을 멈추고 있었다. 그는 떨고 있었다. 위대한 칸이 저 아래서 떨고 있는 그를 어떻게 생각할까? 오우양이 자신의 운명을 느꼈듯이, 위대한 칸도 그를 보며 자기 운명을 느꼈을까?

오우양은 자기가 말할 수 없을 거로 생각했지만, 그는 말을 하고 있었다. "위대한 칸 만세!"

옥좌가 있는 연단이 한참 동안 조용했다. 사람들이 웅성거렸다.

"일어나라." 위대한 칸이 말했다. 오우양은 일어나면서, 위대한 칸이 자기 뒤로 조금 떨어진 지점을 뚫어지게 바라보는 게 마음에 걸렸다. 오우양은 자기도 뒤돌아보면 풀 위로 그림자를 드리우고 서성거리는 자기감정을 볼 수 있을 듯한 이상한 생각에 사로잡혔다. 위대한 칸이 집착하고 있던 감정을 아직 떨쳐버리지 못한 듯 먼 곳을 향해 말했다. "이 장군의 이름을 알고 싶다."

오우양은 이제는 떨지 않고 있었다. 죽음의 마지막 단계로 들어가는 듯한 차분한 느낌이 온몸과 마음을 감쌌다. "위대한 칸, 소신의 성은 오우양입니다."

위대한 칸이 놀라 먼 곳에서 오우양에게 시선을 돌렸다. "허난성에서 온 오우양이라고?" 그가 의자 팔걸이를 손으로 꽉 움켜잡았다. 위대한 칸의 손가락 사이로 푸른 불꽃이 번쩍였다. 푸른 불꽃은 자연적으로 일어난 듯 보였다. 위대한 칸도 기억하고 있을까, 아니면 다른 무엇 때문에 불안감을 느꼈나? 갑자기 오우양은 자기가 이해하지 못하는 무엇인가가 있다는 불길한 느낌이 들었다. '내가 모르는 사이 큰 실수를 했나?'

하지만 위대한 칸이 그의 마음을 사로잡고 있던 무언가를 떨쳐버리고 힘차게 말했다. "이 장군의 솜씨는 매우 뛰어나다. 너는 너의 주인 허난성 제후에게 큰 명예를 선사했다. 계속해서 제후를 충성스럽게 섬겨라." 그가 하인에게 손짓했다. "포상하라!"

하인들이 화려하게 수 놓은 쿠션 위에 놓인 상자들을 가져왔다. 전쟁에서 승리해야 얻을 전리품과 맞먹을 재물이었다. 아니, 실제로 두 번 전쟁에서 승리해야 얻을 수 있을 막대한 재물이었다.

곧 닥칠 듯한 재앙을 피하고 상황이 반전되었다고 오우양은 생각한다. 그가 다시 이마를 풀 위로 조아렸다. 그는 눈을 감으며 위대한 칸을 다시 만날 미래의 순간을 이미 계획하고 있었다. "위대한 칸의 후한 상에 감사합니다. 위대한 칸 만세! 만세!"

오우양은 뒤돌아 물러나면서, 위대한 칸이 아직도 자기를 바라보고 있는 걸 느낄 수 있었다.

낮 동안의 경기가 끝나자, 저녁부터 여흥이 시작됐다. 만찬과 술
잔치가 이어지며, 달군 돌로 구운 어린 양고기의 기름진 냄새가 바
람을 타고 멀리까지 퍼졌다. 진주를 박아 넣은 수백 개의 탁자가 풀
밭 위에 놓였다. 진주가 등불을 반사하며 별처럼 반짝였다. 오우양
은 장 장군 옆에 앉아, 귀족들이 높은 단으로 줄지어 선물을 들고
가는 모습을 지켜보았다. 단 위에는 위대한 칸이 황후와 셋째 왕자,
승상과 함께 앉아있었다.

장이 말했다. "지옥 중 하나는 이런 지루함을 견뎌야 하는 장소
일 거요." 그가 입은 화려하게 수 놓은 헐거운 옷이 벌어지며, 근육
질의 남성적인 몸매가 보였다. 하지만 밤이 깊어져 가면서, 우아하게
장식해 틀어 올린 그의 머리카락이 풀어져 내리기 시작했다.

"술이나 더 드시죠." 오우양이 그의 잔에 술을 부었다. 장은 술기
운이 더 돌수록 중국 남부 해안 지역의 억양을 썼다. 오우양은 장의
몸 안에는 자기와 다른 생각과 언어를 쓰는 사람이 있다고 느꼈다.

"당신들 몽골인은 믿을 수 없을 정도로 술을 많이 마셔대요."

오우양이 픽 웃었다. "이건 아무것도 아니죠. 다음 주까지 내내 술
을 마셔댈 거요."

"견디기 쉽지 않겠네요." 장이 씁쓸하게 말했다. 오우양은 자기 뺨
도 장처럼 술기운으로 시뻘건지 궁금했다. 몽골인과는 비교할 수 없
을 정도로 중국인은 술에 약했다. 장이 옥좌를 바라보며 말했다.
"위대한 칸을 직접 만나보는 게 그렇게 힘들었소?"

오우양은 그 문제를 생각하면 아직도 온몸의 감각을 잃고 무감각
해지는 듯했다. "왜요? 제 과거 때문에요?" 그가 술잔을 비우고, 장

이 술을 부어주길 기다렸다. "오래전 이야기요. 생각조차 하고 싶지 않소."

장이 그를 쳐다봤다. 장의 머리카락을 묶은 황금 장식이 위대한 칸의 머리카락에 달린 황금 구슬보다 화려했다. 흔들리는 등불에 황금 장식이 반짝이며 그의 품위 있는 이마에 난 주름살에 깊은 그림자를 드리웠다. '저 표정은 무엇이지?' 오우양은 장이 자신의 거짓말을 꿰뚫어 보고 있다는 느낌을 받았다. 장은 그의 과거에 대해 동정심을 느끼는 듯했다. 한동안 말이 없던 장이 말했다. "그러면 셋째 왕자는요? 그가 앙심을 품건 말건 걱정하지 않죠?"

오우양이 긴장을 풀었다. 이건 안전한 주제였다. "마음대로 하라고 하죠. 나는 개의치 않소."

"장군만의 문제가 아니잖소. 허난성 제후와 에선에게는 중요하죠. 그들이 지방직에서 황실로 승진하고 싶다면 어떻게 되겠소?"

"에선은 황실에선 잘 지내지 못할 거요." 그가 말했다. 앞날을 생각하면 마음이 우울했다.

"장군도 황실에선 잘 지낼 수 없을 거요. 내년에 또 셋째 왕자를 만나면 어떻게 하실 거요?"

또 다른 귀족들이 줄지어 옥좌에 다가가 예의를 표하고 선물을 바쳤다. 오우양은 술기운에 온몸이 달아올랐다. 에선은 늘 술을 권했지만, 그는 언제나 술을 적당히 마셨다. 하지만 오늘 밤은 내일 실행할 계획에 몰두해 많이 마셨다. 그의 머릿속에 자학적인 생각이 떠올랐다. '나는 고통 받아야 한다.'

"7년 만에 이 행사에 참여합니다." 그가 말했다. "나는 봄이면 언제나 전쟁터에 나가있습니다."

"언제나요? 그러면 언젠가 반군을 진압하고 전쟁을 끝내겠군요."

"믿어지나요? 언젠가 평화가 와서, 우리가 할 일이 없어질 거예요."
오우양은 위대한 칸의 죽음은 생각할 수 있었지만, 원나라 제국의
멸망은 상상하기 쉽지 않았다. 하지만 원나라가 평화와 안정을 되찾
을 수 있다고 상상하기도 힘들었다.

"장군은 열심히 일하면 결국 할 일을 잃게 되는군요." 장이 말했
다. "하지만 상업을 움직이는 힘은 단 하나, 상업을 더 크게 늘리는
거예요. 장사꾼의 일은 끝날 수 없어요. 나는 죽을 때까지, 나의 주
인을 위해 일해야 할 겁니다."

"주인이라면 형님인가요?"

"아, 저희에 대해 잘 알고 계신다고 생각했는데. 제 형에 대해 받
으신 정보를 믿지 않는군요. 제 형은 야심이 없어요. 한 번 저희를
방문하시면 아시게 될 겁니다. 하지만 우리는 야심이 있죠."

"아하." 오우양이 천천히 말했다. "장 부인 말씀이군요."

장이 미소 지었다. "여자가 거대 기업을 이끌 수 있다는 게 믿어지
세요?"

모든 남자는 객관적으로 현실을 본다고 말하지만, 여자에 대해선
심각한 편견을 갖고 있었다. 오우양도 예의상 말했다. "겸손하시군
요. 본인의 역할은 감추려 하시는군요."

"전혀 그렇지 않아요. 저도 당신처럼 장군이에요. 장군은 에선 공
의 명령을 수행하죠. 저도 제가 받은 명령을 수행해요. 저는 제 분
야에선 제 능력을 알아요. 하지만 상업에 대해 제가 아는 건 거의

없어요. 장 부인의 야망을 위해 우리는 일하죠. 그리고 장군과 동맹을 맺는 것도 장 부인의 결정이에요. 장 부인을 얕보는 사람은 누구나 큰코다치죠."

그가 장 부인에 관해 말할 땐 특이한 어조를 썼다. 하지만 오우양은 그 의미를 쉽게 이해할 수 없었다. 대신 오우양이 두 사람의 잔에 술을 부었다. "그렇다면 우리의 동맹은 튼튼하겠군요. 더 넓어질 몽골 제국 안에서 기업이 번창하길 바랍니다."

장이 가볍게 웃으며 잔을 들었다. "건배."

그들은 술을 마시며, 산시성 군지휘관인 보루도가 위대한 칸 앞으로 나가는 걸 보았다. 아들들이 그의 뒤를 따랐다. 막내아들인 알탄이 맨 뒤에서 걸었다.

"저 어린아이는 좋은 인상을 주려는 안달이 난 듯하군요." 장이 말했다. 그가 알탄 옆에서 네 명의 하인이 나르고 있는 천으로 가린 커다란 상자를 가리켰다.

"저 아이가 자기 장군의 마음에 들도록 노력하는 편이 나을 텐데." 오우양이 말했다. 그도 부하 장교를 홍보하는 건 장군답지 않다는 걸 알고 있었다. 하지만 그는 참기 힘들었다. "나는 저 어린아이를 몹시 싫어합니다. 허난성 제후는 반군을 진압하려면 보루도의 지원이 필요하다고 믿고 있죠. 하지만 보루도가 줄 수 있는 건 병력 숫자에 불과해요! 병력 숫자는 어디서건 구해서 채울 수 있는데."

"그리고 황후가 황제의 총애를 받지 못하니, 보루도도 이젠 큰 물고기는 아니죠." 장이 정확한 상황을 말했다.

알탄이 하인들에게 손짓하자, 상자의 덮개가 벗겨졌다. 술에 취해 시끄러웠던 사람들도 안에 든 걸 보고 갑자기 숨을 들이쉬고 조용해졌다.

상자는 우리였다. 우리 안에는 치타가 있었다. 치타는 매우 희귀하고 가장 귀중한 선물이었다. 그걸 구하려면 오랫동안 엄청난 노력을 들여야 했다. 그 값은 계산조차 할 수 없었다. 그런데 치타가 죽어있었다.

위대한 칸이 움찔했다. 그는 옥좌에서 일어서며 이마를 심하게 찡그리고 큰 소리를 질렀다. "이런 모욕의 의미가 뭐냐?"

모든 사람이 그 모욕의 의미를 알고 있었다. 죽은 동물은 위대한 칸에게도 똑같은 일이 생기길 바란다는 뜻이었다. 그건 가장 끔찍한 반역이었다.

입을 떡 벌리고 얼굴이 회색으로 변한 알탄이 무릎 꿇고 울면 자신의 무죄를 호소했다. 그의 아버지와 형들도 함께 바닥에 엎드려 목청껏 울부짖기 시작했다. 위대한 칸이 죽일 듯 격노하며 무서운 눈으로 그들을 노려보았다.

장이 말했다. "나도 이건 예상치 못했는데."

오우양은 웃음이 나왔다. 그는 술에 취했지만 자기도 뜻밖의 선물을 받았다는 걸 알았다. "아, 저 후레자식 잘됐군."

"뭐라고요?"

"나만 알탄을 싫어하는 건 아닙니다."

위대한 칸이 다시 소리쳤다. "누구의 소행이냐?"

위대한 칸의 발 사이까지 기어서 들어간 보루도가 울부짖었다. "용서해 주십시오, 위대한 칸! 저는 이 일과 관계없습니다. 저는 이

걸 몰랐습니다!"

"어떻게 자식의 잘못이 아비의 잘못이 아니란 말이냐!"

황후가 갑자기 일어났다. 그녀의 붉은색과 황금색 장신구가 반짝이며 흔들렸다. 위대한 칸의 여인 중 그녀만 전통적인 몽골 모자를 쓰고 있었다. 모자 위로 높이 세운 기둥 장식이 등불 속에서 심하게 떨렸다. 그녀가 울부짖었다. "위대한 칸! 제 아비를 용서해 주십시오. 제 아비는 이 일과 관계없다는 걸 믿어주십시오. 이 아이의 잘못입니다. 제발 이 아이만 처벌해 주십시오!"

위대한 칸의 발밑에서 무릎 꿇고 떨고 있는 알탄은 작고 처량해 보였다. '가족에게서 버림받은 아이.'

셋째 왕자가 황후를 바라보며 슬며시 미소 지었다. 그는 자기 지위를 위태롭게 할, 하늘이 점지한 아들을 낳을 수 있는 여인을 당연히 싫어했다.

셋째 왕자의 표정을 보며, 장이 물었다. "셋째 왕자의 짓이오?"

오우양이 의자 뒤로 머리를 제쳤다. "아닙니다."

"저놈을 가두어라!" 위대한 칸이 소리치자, 두 명의 경호원이 뛰어올라 알탄의 팔꿈치를 잡고 끌고 갔다. "천자를 모독한 심대한 죄를 지었으니, 그놈을 추방하라!"

알탄이 충격을 받아 쩔뚝거리며 끌려갔다.

반짝이는 식탁들 너머로 오우양은 왕 바오싱이 만족스러운 표정으로 지켜보는 걸 확인했다. 그의 고양이같이 졸린 듯 반쯤 감긴 눈에 즐거움이 넘쳐흘렀다.

"이건," 차간이 분을 참지 못하고 소리쳤다. "이건 네놈 짓이지, 왕 바오싱!"

에선은 아버지의 게르 안에 있었지만, 게르마다 사람들이 모여 오늘 밤 사건을 이야기하는 시끄러운 소리를 들을 수 있었다. 보루도 가족은 이미 짐을 싸고 떠났다.

차간은 왕 바오싱을 내려다보며 서있었다. 그의 분노에 등불마저 흔들리는 듯했다. 제후는 입양한 아들과 키는 같았지만, 넓은 어깨와 뻣뻣하게 곤두선 수염 덕분에 훨씬 커 보였다.

왕 바오싱이 아버지의 눈을 정면으로 도전하듯 노려보자, 에선은 놀랐다. 에선도 아버지처럼 산시성 군사령관 집안을 몰락시킨 계략을 꾸민 사람이 누구인지 즉시 알았다. 왕 바오싱은 남자라면 당연히 해야 할 일을 했다. 그는 모욕을 되갚아주었다. 하지만 방법이 명예롭지 못했다. 겁쟁이나 할 짓이었다. 에선에게 늘 느끼던 실망감이 걷잡을 수 없이 밀려왔다. 왜 왕 바오싱은 순종하고, 모두가 기대하는 행동을 할 수 없나? 물론 에선은 자기희생을 하지 않고도 아버지의 기대에 부응할 수 있었다. 그는 아들이면 당연히 해야 할 일을 잘했다. 하지만 바오싱은 반항했다. 그는 이기적이고 까탈스러웠다. 에선은 동생을 이해할 수 없었다.

왕 바오싱이 말했다. "내가 했다고 말씀하는 이유가 뭐예요, 아버지?"

"내게 네가 하지 않았다고 말해 봐라."

바오싱이 능글맞게 웃었다. 하지만 그 허세 속에 숨겨진 상처 입은 표정이 드러났다.

"이기적이고 더러운 놈! 감히 우리 가문을 위험에 빠뜨리려고 그렇게 쩨쩨하게 복수하냐! 보루도가 안다면…."

"오히려 제게 감사해야죠! 아버지도 생각이 있다면 이제 보루도가 위대한 칸의 총애를 잃어 아버지가 승진할 기회가 생긴 걸 아실 텐데요."

"네게 감사하라고? 그렇게 부끄러운 짓을 하고도 우리 가문을 위해 했다고 말해? 보루도가 지원하지 않는다면 우리가 그동안 피 흘리며 싸워 이룬 게 물거품이 될 수 있어! 우리 가문은 몰락할 거다! 조상의 무덤에 침을 뱉는 거냐?"

"아버지는 보루도의 도움이 필요 없어요!" 바오싱이 소리쳤다. "아버지가 누구의 도움 없이도 모든 걸 할 수 있게 제가 돕지 않았나요? 그 멍청이의 도움이 필요하다고 생각하지 말고, 아버지 능력으로 스스로 권력을 잡으세요! 기다린다고 권력이 저절로 올 거로 생각하세요?"

"네가 나를 도왔다고?" 차간의 목소리는 칼도 녹일 정도로 분노에 차 있었다.

왕 바오싱이 차갑게 웃었다. "오, 놀랍군요. 제가 오랫동안 아버지를 위해 한 일을 모르시죠? 알고 싶지소차 않죠! 바보 저 덕분에 아버지가 아직도 영지를 갖고 계신 걸 모르죠? 도로와 관개 수로와 세금 징수 없이, 위대한 칸을 위해 싸울 군자금을 마련할 수 있다고 생각하세요? 위대한 칸은 단지 군대가 필요해 아버지를 존중하지만, 제가 없으면 군대도 없어요. 아버지의 영지는 한쪽으론 반군에게 빼앗기고, 다른 쪽으론 보루도에 빼앗겨 아버지는 실패한 지방 제후로 전락할 거예요!"

에선은 동생의 행동이 고통스럽게 부끄럽고, 한편으론 걱정되었다. 에선과 오우양이 하는 일과 그 전에 차간이 한 일이 왕의 행정 사무가 같다고 말하면 차간이 얼마나 화날까?

차간이 침을 뱉었다. "농사를 짓는 데 필요한 수로라고? 우리는 몽골인이다! 우리는 농사짓지 않는다. 우리는 도랑도 파지 않는다. 우리 군대는 중국 남부에 있는 위대한 칸의 오른팔이야. 우리는 명예와 영광을 위해 원나라를 지킨다."

"아버지는 자기 입으로 말하는 그 터무니없는 소리를 정말 믿고 있나요?" 왕 바오싱이 비웃었다. "제가 쉽게 말씀드리지 않았나 보네요. 제가 없다면 허난성은 진작에 망했어요. 반군 지도자는 추종자들에게 우리가 주지 않는 모든 걸 약속하고 있어요. 농부들이 굶어 죽고, 군인들이 보수를 받지 않아도 아버지와 몽골과 위대한 칸에게 충성할 거로 생각하지 마세요. 그러면 농부나 군인은 두 번 생각도 안 하고 반군에 합류할 거예요. 농부와 군인들이 충성하는 단 하나의 이유는 제가 관리하고 세금을 징수하고 집행하기 때문이에요. 그들에게 보수를 지불하고, 그들의 가족을 굶주림으로부터 보호하는 사람은 바로 저예요. 제가 원나라예요. 아버지가 무자비한 칼로 하는 것보다 제가 훨씬 더 많이 원나라를 위해 일하고 있어요. 하지만 아버지는 마음속으로 언제나 제가 쓸모없다고 생각하시죠?"

"감히 원나라가 망할 수 있다고 말해?"

"모든 제국이 망해요. 제국이 망하면 몽골인인 아버지는 어떻게 되죠?"

"그러면 네놈은? 너는 어느 편이냐? 너는 중국 놈이냐 몽골 사람이냐? 내가 힘들여 너를 우리 가족으로 길렀더니 네놈은 배신하고 네 천한 아비의 핏줄인 중국 놈의 편을 들겠다고?"

왕 바오싱이 큰 충격을 받았다. "내 천한 아비라고요?" 그가 거칠게 말했다. "나를 낳아준 아버지요? 너의 말은 틀렸어, 차간. 너는 나를 너의 가족으로 기르지 않았어. 너는 나를 있는 그대로 받아들인 적이 없어. 그리고 내가 형과 다르다고, 내가 너를 위해 한 모든 일도 인정하지 않아!"

"더러운 중국 놈! 개의 피가 흐르는 놈! 겁쟁이! 허약한 놈! 아무도 네가 필요 없다. 나도 네가 필요 없다." 차간이 성큼 걸어가 왕 바오싱의 얼굴을 때렸다. 왕 바오싱이 쓰러졌다. 차간이 순식간에 칼을 칼집에서 빼 들었다.

에선은 전사 본능으로 아버지의 의도를 알아차렸다. 그는 왕 바오싱에 실망했지만, 고집쟁이 미친 동생의 죽음을 눈 뜨고 볼 수 없었다. "아버지!" 그가 소리쳤다.

차간은 에선의 말을 무시했다. 분노가 치밀어 칼날이 반짝이며 흔들렸다. 그가 왕 바오싱에게 말했다. "네놈의 반역자 목을 자르겠다. 진정한 몽골인의 죽음은 네게 어울리지 않아."

왕 바오싱은 바닥에 쓰러져 올려다봤다. 입에서는 피가 흐르고, 얼굴은 증오로 찌그러졌다. "그러면 하세요. 하세요!"

차간이 으르렁거렸다. 칼날이 번쩍였다. 하지만 칼날이 끝까지 내려가지 못했다. 에선이 몸을 날려 아버지의 팔목을 잡았다.

"네가 감히!" 에선이 세게 붙잡자, 차간이 에선을 뿌리치려다가 몸을 비틀거렸다.

"아버지!" 에선은 과도한 힘은 자제하면서도 강하게 아버지의 팔목을 잡았다. 그는 팔목을 놓는 순간, 왕 바오싱이 죽을 걸 알았다. 죽음 앞에서도, 왕 바오싱은 고집을 꺾지 않았다. "아버지, 제발 동생을 살려주세요." 에선이 잡은 힘이 더 세지자, 아버지의 팔목 뼈에서 으드득 소리가 났다. 차간이 헉 소리를 내며 칼을 떨어뜨렸다.

차간이 손을 낚아채며 엄청난 분노의 눈길로 에선을 보다가 마침내 왕 바오싱을 노려봤다. 잠시 그는 말조차 할 수 없는 듯했다. 그러다가 그가 목이 조이는 듯한 낮은 목소리로 말했다. "내가 너를 입양한 날을 저주한다. 18대 조상까지 저주받은 중국 놈 후레자식. 다시는 내 앞에 나타나지 마라!"

차간이 게르 밖으로 사라진 지 오랜 시간이 흐른 후에야, 왕 바오싱이 꽉 쥔 주먹을 폈다. 그는 소매에서 손수건을 꺼내, 입에 흐른 피를 닦았다. 그리고 그가 에선을 바라보며 쓴 미소를 지었다.

에선은 할 말을 잃었다. 바오싱이 조금만 노력하면 차간이 원하는 아들이 될 수 있다고 에선은 늘 믿어왔다. 하지만 그건 처음부터 불가능했다는 걸 그도 깨달았다.

그의 마음을 읽듯, 바오싱이 짧게 말했다. "봤어?"

게르가 달빛을 받아 은빛으로 빛났다. 게르 지붕 꼭대기에서 연기가 하늘의 강으로 천천히 솟아올랐다. 허난성 제후의 말들이 두 개의 말뚝 사이로 맨 긴 줄에 매인 곳으로 오우양이 걸어갔다. 한 인물이 말들의 그림자 속에 서있었다.

에선은 오우양이 다가와도 돌아보지 않았다. 그는 사랑하는 말의 콧등을 쓰다듬고 있었다. 달빛 속에서는 검게 보이는 커다란 밤색 말이었다. 그의 어깨는 슬픔으로 굳어있었다. 오우양의 암말이 주인이 오는 걸 느끼고, 줄에 매인 다른 말들을 밀치며 주인에게 다가왔다.

오우양은 에선과 왕, 차간 사이에 어떤 일이 있는지 쉽게 짐작할 수 있었다. 오우양은 에선의 품위 있는 옆모습을 보며, 잠시 그의 슬픔을 달래주고 싶었다. 오우양은 에선의 고통을 보고 똑같은 고통을 느꼈다. 하지만 그 고통은 백 배, 천 배, 만 배로 늘어나는 듯했다. 오우양은 자신이 술에 많이 취했다고 생각했다.

그가 말했다. "주공, 아버님과 왕은 어떻게 됐어요?"

에선이 한숨 쉬었다. 그의 자신만만한 모습은 사라졌다. 마치 아침에 화로에 갔더니 붉게 타는 숯이 아니라 차가운 회색 돌만 보이는 듯했다. 그의 그런 모습에 오우양은 슬펐다. "자네도 알지? 당연히 알겠지. 모르는 사람이 어디 있겠나?"

"사실 모릅니다. 그거 추측할 뿐입니다. 동생과 아버님 사이에 문제가 있습니까?"

에선이 돌아섰다. 오우양의 말을 보며, 그가 말했다. "말의 이름을 지었나?"

"이름 짓지 않았어요." 오우양이 말의 코를 문질렀다. "그런다고 말이 달라지나요?"

에선이 슬픈 듯 웃었다. "그건 너무 매정하지 않나?"

"칼에도 이름을 짓나요? 군인들은 말에 지나치게 애착을 느껴요. 우리는 전쟁을 벌이고 있어요. 말도 언제가 죽게 되죠."

"자네가 내 선물을 너무 좋아하는군." 에선이 씁쓸하게 말했다.

오우양은 내일 하려는 계획에 골몰하고 있었지만, 억지로 미소 지었다. "매우 훌륭한 선물입니다. 저는 선물을 주신 분을 더 좋아합니다."

"사람이 말을 좋아하는 건 당연하지. 다른 사람을 좋아하는 것도." 에선이 다시 한숨 쉬었다. "자네는 안 그러지. 자네는 언제나 모든 사람을 밀어내지. 자네는 그 고독 속에서 무엇을 보나? 나는 고독을 견딜 수 없어." 말들의 따스한 냄새가 그들 주변을 감돌았다. 한참 후에 에선이 말했다. "아버지가 동생을 죽일 뻔했어. 내가 없었다면."

오우양은 그 말이 사실인 걸 알고 있었다. 에선은 어떤 세상에서도 그런 일이 일어나지 않게 하려고 했을 것이다. 그런 생각을 하자, 다정함과 그리움과 고통이 섞인 감정이 오우양의 가슴을 뚫고 지나갔다.

"나는 그걸 믿지 않았어." 에선이 말했다. "전에는. 아버지와 동생이 다를 뿐이라고 생각했어. 나는 두 사람이 화해할 수 있다고 생각했어."

그것이 오우양이 영원히 지켜주고 싶은 순수함이었다. 에선의 커다란 마음과 모든 사람에 대한 순박한 믿음. 그래서 그는 이 말을 꼭 해야 했다. "주공은 왕 바오싱을 조심하셔야 합니다."

에선의 몸이 굳었다. "자네까지도. 자네도 내 동생을 그렇게 생각하나?"

"왕 바오싱은 조금 전 황후의 남동생을 파멸시켰어요. 왜 그랬죠? 두어 번 모욕당했다고요? 왕은 그 어떤 짓도 할 수 있습니다." 에선은 목이 졸리면서도 주인을 사랑과 믿음의 눈으로 바라보며 혀로 핥고 꼬리를 흔드는 애완동물 같다고 오우양은 생각하며 가슴 깊이 통증을 느꼈다. 그가 그 통증을 누르며 말했다. "주공은 너무 쉽게 믿어요. 주공의 그런 성격을 저는 존경합니다. 사람들을 밀어내기보단 가까이 끌어당기고 싶어 하는 성격이요. 하지만 그런 성격 때문에 위험한 처지에 빠질 거예요. 상처 입은 여우를 가슴 속에 넣으면서, 여우가 물지 않길 바라시겠어요? 사람에게 줄 수 있는 최악의 상처는 수치심이에요. 사람은 수치심을 절대 잊지 않아요. 그런데 왕 바오싱은 수치스러운 모욕을 계속 받아왔어요."

에선이 소리쳤다. "왕 바오싱은 내 동생이야!"

오우양이 겨울털을 벗어내고 있는 말의 목에서 한 줌의 털을 천천히 긁어냈다.

에선이 다시 말했다. 이번엔 목소리가 조용해졌다. "그는 내 형제야."

그들은 말없이 오랫동안 달빛 아래 서 있었다. 그들의 그림자가 풀밭 위로 길게 퍼졌다.

사냥하는 날 새벽이 밝았다. 따사한 봄바람이 불었다. 하인들이 사냥감을 몰아내려고 북을 치며 긴 풀 사이를 먼저 걸어 나갔다. 귀족들이 그 뒤를 따랐다. 온갖 색을 자랑하는 꽃이 가득 핀 초원으로 말을 탄 수천 명의 남녀가 나가는 모습은 원나라에서 멋진 풍경 중 하나였다. 그 광경을 보고 모든 사람의 기분이 들떴지만, 오우양은 자신의 계획을 생각하며 매우 우울했다. 그렇게 오랫동안 기다렸지만, 그 순간이 정말 온 것 같지 않았다.

에선이 억지로 즐거운 척하며 말을 타고 나갔다. 그가 아끼는 검독수리가 가죽 장갑 위에 앉아있었다. 새의 발톱이 오우양의 주먹보다 컸다. 에선이 독수리의 등을 쓰다듬었다. 그는 친딸보다 그 새를 더 소중하게 여겼다. 그들이 전쟁터에 나가있을 때, 에선은 집에 두고 온 모든 사람은 보고 싶어 하지 않지만, 그 독수리만은 그리워한다고 오우양은 생각했다. "왜 그렇게 우울한가? 오늘 우리는 모처럼 즐기려고 말을 타고 있네. 오랜만에 즐길 때가 아닌가?" 하인들이 그의 머리카락을 제대로 땋지 못해서 머리카락이 벌써 풀려 산들바람에 날리고 있었다. 에선이 아버지와 동생 사이의 갈등을 생각하지 않으려고 애쓰고 있는 걸 오우양은 알고 있었다. 에선은 생각을 분리해, 불필요한 생각은 잊는 능력을 지녔다. 오우양은 그런 능력을 잃었다. 평생 그는 여러 생각을 분리해 잊고 싶은 생각은 잊으려고 노력했지만, 지금 그 모든 생각이 피를 흘리며 커다란 핏덩어리로 엉기고 있었다.

위대한 칸을 따르는 무리는 좀 떨어져 있었다. 그들은 호랑이를 잡을 수 있는 바위 언덕으로 가고 있었다. 오우양은 멀리 위대한 칸을 볼 수 있었다. 그는 화려한 눈표범 모피를 입고 있었다. 보루도가 없어지자, 차간이 위대한 칸 옆에서 말을 몰았다. 축제 분위기에 맞추려고, 허난성 제후는 평소엔 싫어하는 황실에 어울리는 화려한 옷을 입고 있었다. 그는 엄청나게 큰 젊은 말을 타고 있었다. 몽골인이 즐겨 사냥하는 늑대와 곰과 호랑이를 만나도 두려워하지 않는 강인한 몽골 말이 아니라, 차간의 새 말은 빠른 속도와 우아한 자태를 자랑하는 서쪽에 들여온 값비싼 한혈마였다. 한혈마는 다루기 힘들고 겁이 많아 사냥에 적합하지 않았다. 하지만 오우양은 차간이 그 말을 선택한 이유를 이해했다. 그 말은 반군을 진압한 노고에 대한 보상으로 위대한 칸이 준 선물이었다. 위대한 칸에게 아첨해서 나쁠 건 없었다.

언덕들은 건조하고 거칠었다. 바위가 갈라진 틈을 따라 오솔길이 높은 절벽 밑으로 휘어져 나갔다. 뿌리를 드러난 굽은 나무들이 커다란 바위틈에 매달려 자랐다. 나무 위에는 오랜 세월 동안 사냥 나온 사람들이 매단 행운을 비는 기도 깃발들이 여기저기 걸려있었다. 커다란 사냥꾼 무리가 점차 소규모 무리로 나뉘어 사냥감을 쫓기 시작했다. 자기만의 사냥감을 마음에 두고 있던 오우양이 말했다. "주공, 저는 산양을 보았습니다. 저는 이쪽으로 가겠습니다."

그가 평생 처음으로 에센에게 거짓말했다.

"확실한가?" 에선이 놀라며 말했다. "나는 못 봤는데. 하지만 자네가 봤다면 빨리 가서 잡게. 나중에 위대한 칸이 호랑이를 사냥할 때 다시 만나세."

오우양이 고개를 저었다. "저 때문에 시간을 낭비하지 마십시오. 위대한 칸을 따르는 귀족 무리에 합류해, 주공의 솜씨를 보여주십시오." 그가 억지로 웃음을 지었다. "다른 사람들은 정지된 표적만 잘 쏘니, 주공께서 잘하실 겁니다. 점심 식사 때 언덕 정상에서 뵙겠습니다."

에선이 말하기 전에, 그가 급히 말을 몰았다. 에선이 보이지 않자, 그는 말고삐를 늦췄다. 오우양은 상대방을 모욕하고 상대방의 반응을 기다리는 것 같은 기대에 차있었다. 그는 운명이 곧 다가올 거란 걸 의심치 않았다. 운명이 세상을 움직이는 법칙이었고, 오우양은 운명이란 긴 실의 양 끝을 매는 매듭에 불과했다.

잠시 그의 말이 걸음을 멈췄다. 그리고 말이 귀를 세우고 천천히 높은 언덕으로 오르기 시작했다. 말이 오우양이 좋아하는 사냥감을 찾은 것이다. 단단한 바닥을 밟는 말발굽 소리와 꾀꼬리의 노래만 들렸다. 따뜻해진 바위 냄새와 흙냄새가 바닥에서 올라와 소나무와 향나무 냄새와 섞였다. 그는 동시에 두 장소에 있는 느낌이었다. 현재 이곳 홀로 자유롭고 여유로운 장소에, 그리고 앞으로 일어날 비극을 미리 볼 수 있는 미래의 장소에.

그가 높은 곳에 오르자, 나무 수가 줄어들었다. 그는 말에서 내려 걸어가며 주변을 살폈다. 늑대를 발견하기 딱 좋은 장소였다. 그때 멀지 않은 절벽 가장자리로 눈에 익은 선홍색 비단옷이 보였다. '근처에 있는 맹수의 좋은 먹잇감이군. 늑대가 곧 나타나 공격하겠군.'

그가 마음속으로 생각했다. 왕이 바위 위에 앉아, 가끔 전망을 즐기며 책을 읽고 있었다. 그가 독서에 몰두해 있는 모습을 보며, 오우양은 그가 그곳에 꽤 한참 있었을 거로 추측했다. 왕은 일찌감치 사냥을 포기하고, 이곳에 와서 고독을 즐기고 있었다.

주변 분위기에 긴장감이 흘렀다. 꾀꼬리도 노래를 멈췄다. 오우양의 말도 몸을 부르르 떨며, 귀를 빙글빙글 돌렸다. 그래도 훈련을 잘 받은 몽골 말은 소리를 내지 않았다. 오우양은 바로 이걸 찾고 있었다. 모든 게 완벽했다. 마치 접시에 음식을 담아 내놓듯, 이제 피할 수 없는 운명이 곧 시작된다. 그의 생각이나 감정과 무관하게.

왕은 상황을 전혀 파악하지 못하고 여전히 책을 읽고 있었다. 오우양은 왕이 위험을 파악하는 데 얼마나 걸릴지 심술궂은 호기심을 갖고 지켜보았다.

위험을 먼저 알아챈 건 왕의 말이었다. 말이 묶인 줄을 끊고 큰소리로 울부짖으며 아래로 향해 달아났다. 왕이 놀라서 쳐다보다가 벌떡 일어났다. 바위 사이를 그림자처럼 조용히 움직이던 동물들이 바위를 넘고 마른 실개천에서 뛰어나와 왕의 말을 쫓아 아래로 내달렸다. '늑대 떼'였다.

늑대 한 마리가 무리에서 벗어나, 왕을 향해 긴 다리로 천천히 걸어갔다. 성공을 확인한 맹수는 느긋하면서도 신중했다. 오우양은 왕의 얼굴에 공포가 스치는 걸 보았다. 왕의 활은 말 안장에 묶여있었다. 왕도 뒤돌아보며 오우양은 이미 알고 있던 위기를 깨달았다. 도망칠 곳이 없었다. 그가 고른 전망 좋은 절벽 위가 그의 덫이 되었다.

"마음대로 해봐!" 왕이 늑대를 향해 외쳤다. 그의 목소리가 공포로 매우 높은 고음으로 바꿨다. 왕이 늑대에게 책을 던지는 걸 보고, 오우양은 거의 웃을 뻔했다. 늑대가 책을 가볍게 피하고 계속 앞으로 다가왔다. 늑대의 어깨 근육이 꿈틀거렸다. 오우양이 활을 당겼다가 놓았다.

늑대가 도약했다. 맹렬히 덤벼들던 늑대가 왕의 발밑에 먼지를 일으키며 떨어졌다. 오우양의 화살이 늑대 옆구리에 깊숙이 박혀있었다.

왕이 날카로운 눈초리로 쳐다봤다. 핏기 가신 얼굴이었지만, 수치심으로 차가운 분노가 넘쳤다. "오우양 장군. 빨리할 수도 있었지?"

"제가 쳐다보기만 하지 않을 걸 감사해야 하는 거 아닌가요?" 오우양이 말했다. 그는 말에서 내려 왕이 있는 기슭으로 내려왔다. 그는 왕을 무시하고, 놀랄 만큼 무거운 죽은 늑대를 들어 말 어깨에 얹었다. 말이 귀를 납작하게 숙이고 눈 흰자위를 보였지만, 용감한 몽골 말답게 그가 안장 위로 올라타자 움직이지 않았다.

오우양이 왕에게 손을 내밀었다. "제후께 모셔다드리겠습니다. 거기서 여분의 말을 한 필 고르시지요."

"아버지가 나를 보느니, 내가 늑대에게 먹혀 죽는 걸 바라실 거로 생각지 않나?" 왕이 말을 내뱉었다. 왕 바오싱이 환관 덕분에 목숨을 건진 걸 모두에게 알리는 수모를 당하지 않으려고, 걸어가면 얼마나 걸릴까 계산하는 걸 오우양은 알았다.

마침내 왕이 말했다. "좋다." 그가 오우양의 손을 무시하고, 말 뒤에 뛰어올라 탔다. "뭘 기다려? 빨리 가게."

위대한 칸의 사냥에 합류한 귀족들은 굽이치는 언덕과 멀리 초원이 보이는 경관 좋은 높은 언덕 정상의 둥근 바위에서 점심을 먹었다. 오우양과 왕은 한 필의 말에 두 사람이 타서 속도가 느려, 그들이 도착할 무렵에는 귀족들은 이미 떠나려고 준비하고 있었다. 오우양은 보라색 옷을 입은 차간을 쉽게 찾을 수 있었다. 그는 뒤에 깃발을 달고 춤추듯 움직이는 한혈마를 고삐로 제어하며, 말을 탄 다른 귀족들과 합류하고 있었다. 오우양이 말을 조심스럽게 몰았다. 주변에 가파른 능선이 즐비했다. 오우양은 오랜 군 생활 동안 수많은 병사를 이와 비슷한 지형에서 잃은 경험이 있었다.

허난성 제후의 마부와 시종들은 귀족들과 좀 떨어진 가파른 능선에 모여있었다. 오우양과 왕이 다가가자, 말들이 죽은 늑대 냄새를 맡고 발을 구르며 거친 숨을 내쉬었다. 마부들은 감히 원나라 장군의 눈을 직접 쳐다보지 못했지만, 오우양은 그들이 속으로 욕하는 걸 잘 알고 있었다. 값비싼 말 한 필이 가파른 능선으로 떨어지면 마부들의 목숨도 위태로워진다.

"너." 왕이 가장 가까이 있는 마부에게 말했다. 그는 늑대에게 거의 잡아먹힐 뻔한 사실을 숨기려고 당당히 말에서 내리고 있었다. "말 한 필을 가져와라."

마부의 몸이 굳었다. 그의 표정은 매 맞아 죽든지, 뜨거운 물에 삶아 죽든지 택일하라고 말을 들은 죄인 같았다. "왕 나리…" 그가 말을 더듬었다.

왕이 짜증을 냈다. "뭐라고?"

"왕 나리." 마부가 몸을 최대한 움츠리며 말했다. "정말 죄송한 말씀을 올립니다. 하지만… 그럴 수 없습니다."

"뭐?"

"허난성 제후께서 직접 분명히 명령하셔서…" 마부가 기어드는 목소리로 말했다.

"허난성 제후가… 내가 말을 타지 못하게 명령하셨다고…?" 왕이 언성을 높였다. "그럼 내가 가질 수 없는 게 또 뭐냐? 먹을 것과 장작도 구걸해야 하나?"

마부가 왕의 뒤로 다가오는 인물을 보고 몸을 더 움츠렸다. 무서운 표정을 한 차간이 폭풍을 예고하는 어두운 먹구름처럼 다가왔다. 그의 커다란 말이 늑대 냄새를 맡고 피하려 했다. 차간이 고삐를 세게 당겨 말을 제어하며 왕을 노려봤다.

왕이 차간의 눈을 차갑고 반항적으로 쳐다봤다. "그래, 제가 하인을 통해 아버지가 저와의 인연을 끊었다는 걸 알아야겠습니까?"

차간이 냉정하게 말했다. "아버지? 그 말을 쓰지 말라고 분명히 말했을 텐데. 내 여동생이 너를 낳기 전에 죽었다면 좋았을걸! 내 눈 밖으로 꺼져라. 꺼져!"

차간의 멋진 말이 눈 흰자위를 보이며 머리를 심하게 좌우로 흔들었다. 차간은 말 다루는 데 최고 전문가였다. 일반적인 상황이었다면 그는 늑대 냄새를 맡고 불안에 떠는 말을 손쉽게 제어할 수 있었다. 하지만 지금 그는 화가 나서 침착하지 못했다. 그가 놀라서 짜증을 내며 말의 머리를 세게 당겼다. "섞은 거북이 새끼…."

마부들과 하인들이 흩어져 피했다. 오우양만이 차간을 향해 갔다. 그의 계획된 움직임은 안무한 춤 동작 같았다. 그가 말을 차간의 말 옆으로 천천히 몰고 가자, 죽은 늑대 털이 차간의 말 목덜미를 살짝 스쳤다. 맹수의 냄새를 한껏 맡은 말은 맹수의 털이 닿자 두려움을 견디지 못했다. 차간의 말이 엄청나게 높이 뛰어올랐다가 긴 다리의 균형을 잃으며, 끔찍한 울음소리를 내며 어깨부터 땅으로 곤두박질 쳤다. 차간은 훌륭한 기수답게 기적적으로 몸을 날려 말에 깔리지 않았다. 잠시 그것으로 상황이 안정된 듯했다. 그때 가파른 기슭으로 그의 몸이 미끄러져 구르기 시작했다. 그는 문신한 팔다리를 허우적거리며 가파른 기슭을 굴러 내려가다 절벽 밑으로 떨어졌다.

"아버지!" 왕이 공포에 질려 비명을 질렀다. 그가 몸을 절벽 끝으로 날려 땅바닥에 엎드렸다. 그의 비단옷이 찢어졌다. 오우양이 몸을 세워 그 모습을 자세히 보았다. 놀랍게도 차간은 아직 떨어지지 않았다. 제후는 한 손으로 절벽 가장자리를 잡고, 다른 손을 뻗어 왕의 손을 잡으려고 애썼다. 오우양은 잠시 불안했지만, 늑대에게 화살을 쏠 때처럼 냉정한 자신감을 되찾았다. 운명이 정한 대로 모든 게 흘러가고 있었다. 아무리 발버둥 쳐도 운명은 피할 수 없었다.

왕의 목에 핏줄이 섰다. 그리고 왕이 외쳤다. "장군. 도와줘!"

오우양이 말에서 내리는 순간, 누군가의 비명이 들렸다. 왕의 비명일 수도 있었지만, 차간의 비명인 게 더 확실했다. 과수원에서 복숭아가 떨어지는 소리보다 크지 않은 조용한 쿵 소리가 들렸다. 오우양은 천천히 왕이 놀라 누운 곳으로 갔다. 왕은 아직도 손을 뻗치고 아래를 내려다봤다. 저 아래 차간의 보라색 비단옷이 먼지 속에 피운 보라색 꽃처럼 활짝 펼쳐져 있었다. '죽었다.' 오우양이 생각했다. '나의 형제, 나의 사촌, 나의 아저씨들처럼. 오우양의 가문이 모두 죽은 것처럼.'

그는 기대했던 편안한 감정이 오길 기다렸다. 하지만 놀랍게도 그런 감정은 오지 않았다. 과거의 모든 일에 대한 복수는 아니었지만, 부분적인 이번 복수로 그가 살아온 힘이었던 고통이 최소한 조금이라도 줄어들 거로 생각했다. 겪었던 수치에 대한 보상이 되어야 했다. 편안한 감정 대신, 내장을 뚫고 내려갈 듯 무거운 실망감이 커졌다. 허난성 제후의 부서진 몸을 내려다보며, 오우양은 복수하면 무언가 변화가 있을 거로 기대했던 자신의 예상이 빗나간 걸 깨달았다. 이번 복수는 성공했지만, 그는 한 번 사라진 건 영원히 사라졌다는 사실을 깨달았다. 그의 존재 자체인 수치심은 그 무엇으로도 지울 수 없다는 걸 깨달았다. 그가 미래를 바라보자 오직 슬픔만 보였다.

말을 타고 오는 인물의 소리가 들렸다. 처음에는 평상적으로 걷던 말발굽 소리가 무언가를 깨닫곤, 바위투성이 기슭을 빠르게 달려 내려왔다.

에선이 말을 세우고 뛰어내렸다. 그는 왕을 쳐다보았다. 그의 표정으로 이미 비극을 알고 있는 게 분명했다.

오우양이 끼어들어 그의 팔을 강하게 잡았다. 전에는 한 번도 해본 적이 없는 일이었다. "에선, 안 돼."

에선이 몸을 돌려 오우양을 멍한 눈길로 쳐다보다가 팔을 뺐다. 그는 절벽 가장자리로 걸어가 꼼짝도 하지 않고 아버지의 시신을 내려다보았다. 한참 후 그가 동생으로 눈길을 돌렸다. 엎드려 있던 왕이 몸을 일으켜 무릎 꿇었다. 그의 얼굴은 충격으로 하얗게 변했다. 한쪽 소매가 찢겨 붉게 피 묻은 팔이 드러났다.

무릎 꿇고 있는 동생을 바라보며, 에선의 표정이 바꿨다. 무슨 일이 있었는지 깨달으며, 고통과 증오가 천천히 섞여 드러났다.

13

승려 주가 루의 항복을 받고 전리품을 갖고 돌아온 후, 상우춘은 안평의 분위기가 바뀌고 있는 걸 느꼈다. 겉으로 드러난 건, 승려라면 당연히 할 일이었다. 중은 절을 보수하고, 지붕을 고치고, 소명왕과 미륵불의 조각상을 불당에 세웠다. 그리고 절에 흰 모래가 깔린 훈련장과 중의 병사들이 머물 막사가 세워졌다. 무질서하게 세운 천막은 사라지고, 대장간과 무기고와 마구간이 들어섰다. 자원병으로 시골에서 몰려온 농부들이 그곳에 머물며, 중의 친구인 도적 서달의 감독 아래 훈련했다. 그들이 몸에 맞는 갑옷을 입고 잘 만들어진 장비를 들고 훈련장을 행진하면서, 갑자기 승려 주의 홍건군과 도적떼와 루에서 온 병사들은 오합지졸처럼 보이지 않았다. 그들은 정규 군대처럼 보였다. 그리고 상우춘 자신도 그 군대의 병사가 되었다.

병사가 되니 음식과 잠잘 곳이 생긴 건 좋았지만, 단점도 있었다. 그중 최악은 매일 새벽 6시면 중이 상우춘을 침상에서 끌어내 늙은 검술의 달인으로부터 함께 무술의 기초를 배우게 강요하는 거였다. "나는 대련 상대가 필요해." 주는 즐거워하며 말했다. "너는 나와 비숫한 수준이야. 달리 말해, 너는 아는 게 아무것도 없어. 하지만 너도 좋아할 거야. 새로운 기술을 배우는 건 즐겁거든." 훈련이 너무 힘들어서, 상우춘은 뻔뻔한 거짓말이라고 생각했다. 하지만 그 말이 사실이어서 상우춘도 놀랐다. 늙은 검술 달인은 잘 가르쳐주었고, 그의 짧은 인생에서 처음으로 칭찬과 관심을 받은 상우춘은 더 많이 받고 싶었다. 그가 그토록 다른 사람의 기분을 맞추려고 노력한 적은 없었다.

훈련을 마치면 중은 급히 나갔다. 신병들을 군대로 조직하고 성 밖 풀밭에서 모의 전쟁 연습하는 일 외에도, 중은 항상 승상의 부름을 받았다. 중은 소명왕과 관련된 여러 공식 행사에 참여해 축복하는 기도를 하고, 죽은 사람들을 위해 목탁을 치며 염불을 낭송해야 했다. 하지만 승려 주는 몹시 바쁜 일정에도 늘 즐거워했다. 어느 날 아침 함께 훈련하다가 상우춘이 주의 눈 밑이 검은 주머니가 달린 것 같이 처진 걸 보고 말했다. "승상이 불경을 듣고 싶다고 할 때마다 달려가지 않으면 그렇게 바쁘지 않을 거예요. 군 지휘관과 중의 일을 둘 다 하라고 요구하는 건 무리잖아요?"

중의 표정을 보며, 상우춘은 실수를 한 걸 깨달았다. 주가 말했다. "절대 승상을 탓하지 마라. 우리는 승상의 명령에 무조건 복종한다."

상우춘은 그날 저녁까지 훈련장 한가운데서 무릎 꿇는 벌을 받아야 했다. '사실을 말했을 뿐인네.' 상우춘은 속으로 투덜거렸다. 장피하게도 모든 병사가 그의 잘못을 알고 있었다. 염병할 중이 그를 본보기로 만든 거였다. 그는 그걸로 아침 훈련은 끝이라고 생각했다.

하지만 다음 날 아침 중이 평소처럼 그를 침상에서 끌어냈고, 그다음 날도, 그리고 사흘째가 되자 상우춘의 기분이 풀렸다. 그제야 그는 중이 하는 일엔 늘 이유가 있다는 걸 깨달았다.

그리고 중도 모든 일을 혼자 할 수 없다는 걸 깨달은 듯했다. 한 달쯤 지나자, 중이 훈련장에 나와 말했다. "나는 할 일이 있어. 그래서 당분간 너 혼자 배워야 해. 이제 기본은 익혔으니, 너를 위해 새 지도자를 찾았어. 그분이 네게 적합할 거야."

새 지도자를 보고, 상우춘이 소리 질렀다. "뭘 배워요? 중이잖아요!" 솔직히 군대에 중이 둘이나 필요하지 않았다. 이제 세 번째 중이 나타났다. 상우춘은 불경을 외는 끔찍한 자기 모습을 잠시 떠올렸다.

"다른 부류의 스님이셔." 주가 빙긋 웃으며 말했다. "네가 그분의 가르침을 좋아할 것 같은데. 나중에 내게 말해줘."

중에도 종류가 있는 걸 누가 알았나? 이 중은 유명한 무술 사찰에서 온 게 분명했다. 상우춘은 그런 절이 있다는 걸 처음 들었다. 리 사부는 창과 막대기, 돌처럼 단단한 손으로 상우춘을 사정없이 때렸다. 다행히 얼마 후 다른 병사들도 훈련에 참여해, 상우춘은 관심을 덜 받을 수 있었다. 병사들은 고통으로 단결되어 안평 성벽을 몇 바퀴 달리고, 서로를 등에 업어 나르고, 절 계단을 수없이 위아래로 뛰었다. 그들은 온몸에 멍이 들고 물집이 터져 피가 날 때까지 대련했다.

그래도 가끔 주는 훈련장에 둘러 병사 한두 명과 대련했다. "나도 훈련이 필요해." 그는 웃으며 말했다. 그러다가 상우춘의 공격을 맞아 넘어지면 아쉽다는 듯 그를 올려다보며 말했다. "내 실력이 퇴보하고 있다고 걱정했는데, 생각해 보니 네 실력이 엄청나게 좋아졌구나." 그는 벌떡 일어나 다음 약속 장소로 달려 나가면서, 뒤를 돌아보며 큰 소리로 말했다. "계속 열심히 훈련해, 동생! 조만간 실전에서 배운 걸 사용해야 하니까."

그런 후엔 리 사부가 다시 나와, 그들이 토할 때까지 훈련하게 했다. 그러면 상우춘은 전쟁터에 나가기도 전에 죽을 듯했다. 여름 내내 고된 훈련이 쉬지 않고 계속되었다. 상우춘은 나중에 뒤돌아보며, 병사들의 몸과 정신이 단련되어 전사가 된 걸 깨달았다.

"주 공자." 주가 승상의 방으로 가고 있는데 부른 사람은 좌정승 진이었다. 더위에도 불구하고, 좌정승은 학자풍의 모자와 두루마기를 입고 있었다. 그는 단순한 관심을 보이며 인사하는 표정을 짓고 있었다. 뒷짐을 지은 그의 손 위로 검은 긴 소매가 흔들렸다.

진이 단순한 관심만 가질 리 없다는 걸 잘 아는 주가 겸손하게 말했다. "소승, 좌정승 대감님께 문안드립니다."

"오늘 아침 우연히 절 앞을 지났소. 절이 많이 바뀌어서 놀랐소! 스님은 재산을 잘 관리하는 듯하오. 모든 걸 빨리 배우시는구려."

그가 방금 떠오른 생각을 말하는 듯 여유롭게 말했다.

주는 속지 않았다. 포식 동물이 몰래 엿보는 걸 느끼듯, 등뼈를 따라 긴장이 흘러내렸다. 그녀가 조심스럽게 말했다. "소승은 특별한 재능이 없습니다, 좌정승 대감님. 소승은 승상과 소명왕의 뜻을 따르려고 최선을 다해 노력할 뿐입니다."

"갸륵한 태도요." 다른 사람과 달리, 진은 말할 때 거의 움직이지 않았다. 그런 특성 덕분에 그는 먼 풍경 속에 웅장하게 드러난 거대한 산처럼 사람들의 강력한 관심을 끄는 특별한 힘이 있었다. "그런 승려가 우리 홍건군에 100명만 있다면 얼마나 좋겠소. 그런데 어느 절에서 왔소?"

"황각사입니다, 좌정승 대감님."

"오, 황각사? 안타깝군." 진우량의 표정에는 변함이 없었지만, 그 밑으로 관심이 두 배는 증가하는 게 보였다. "내가 한때 그곳 주지 스님을 잘 알았던 걸 아시오? 나는 그분을 좋아했소. 승려치고는 놀랄 만큼 현실적인 분이었지. 절을 보존하려면 필요한 게 무엇이든 기꺼이 하셨지. 그러던 분이 내가 듣기론 결국엔 실수하셨더군."

'나는 해야 할 일을 알고, 그 일은 한다.' 주지 스님이 살인한 적이 있을까? 주는 16살이던 시절, 주지 스님을 닮고 싶던 자신을 기억했다. 그녀는 욕망을 추구하다가 맨손으로 사람을 죽였다. 진우량은 미소 짓고 있었지만, 그는 사나운 호랑이였다. 주는 그의 얼굴을 보며 극단까지 치달은 현실주의를 보았다. '욕망을 좇아 필요하다면 그 어떤 수단과 방법이든 가리지 않고 하면서 가장 높은 지위까지 올라갈 사람.' 주는 그에게 공감하는 매력이 아니라, 혐오감을 느끼는 자신에 놀랐다. 그녀도 위대한 인물이 되려고 노력하다가는 결국 이 사람처럼 될까?

무슨 이유인지 주는 불량배의 행패를 막으려고 뛰어들었던 마 소녀가 생각났다. 폭력 앞에서 결국 아무 도움도 주지 못했던 착한 마음에서 나온 행동. 그건 현실주의의 정반대였다. 주는 그 일을 기억하면서 아픔을 느꼈다. 그 행동은 좋은 결과를 낳지 못했지만 아름다웠다. 그 행동에는 현실에 존재하는 세상이 아닌, 그녀가 옳다고 생각하는 세상을 향한 마 소녀의 연약한 소망이 있었다. '진우량이나 주 같은 이기적인 현실주의자가 원하는 세상이 아닌 동정심이 있는 세상에 대한 소망.'

주가 고개를 숙이며 최대한 겸손한 태도를 보였다. "소승은 재능이 없어, 주지 스님의 개인적인 관심은 받은 적이 없습니다. 하지만 황각사에서 가장 낮은 위치에 있던 승려도 주지 스님의 실수로부터 배운 게 있다고 생각합니다."

"당연하죠. 진정한 지혜는 복종에 있다는 걸 배우려면 고통이 따르지." 진이 날카로운 눈으로 주의 껍질을 벗기고 있었다. 그때 사람들이 다가오는 소리가 들리자, 진이 발톱을 안으로 숨기는 호랑이처럼 관심을 천천히 거두었다. "병사들의 장비가 필요하면 내게 말씀하시오. 자, 이제 승상의 말씀을 들으러 갑시다."

주가 고개를 숙이고, 진이 먼저 승상의 방에 들어가게 기다렸다. 그의 거대한 봄이 가볍게 움직이면서 그의 검은 두루마기는 거의 흔들리지 않았다. '움직임이 없는 거대한 힘.'

"우리의 다음 목표는 건강이어야 합니다." 작은 곽이 주장했다.

용좌에 앉은 승상 유복통은 짜증스러운 표정을 짓고 있었다. 한여름 무더위에 방 안은 찌는 듯 더웠다.

건강에선 환관 장군과 싸울 가능성은 없지만, 주는 자신이 훈련한 새 병력이 좀 더 쉬운 목표를 공격하길 원했다. 양쯔강 하류에 있는 건강은 동부 해안으로 나가는 주요 길목이었고, 중국 남부에서 가장 강력한 도시였다. 1,800년 전 오나라 이래로, 그 도시를 수도로 삼은 왕과 황제들이 그 이름을 십여 차례 바꾸어 왔다. 몽골 지배 아래서도 그 도시는 번영했다. 도시가 매우 부유하고 강력해지자, 그곳 지휘관은 스스로 오나라 제후라고 대담하게 자신을 높여 불렀다. 하지만 원나라 황실은 그를 완전히 잃을까 봐, 감히 그를 질책하지 못했다.

진우량의 검은 눈이 작은 곽을 세심히 살폈다. "건강이요? 야심차군요."

"왜 우리가 야심을 접어야 합니까?" 작은 곽의 눈이 불타고 있었다. "건강이 강력하다고 하지만, 불과 400리 떨어져 있습니다! 우리가 자존심을 버리고, 원나라가 그 도시를 계속 지배하는 걸 지켜봐야만 합니까? 건강을 차지하는 세력이 원나라에 대한 진정한 도전자가 됩니다. 건강은 부유하고, 전략적 위치에 있고, 고대 오나라 왕이 살던 곳입니다. 저는 특히 그 점이 좋습니다."

"특히 그 점이 좋다고…" 승상이 작은 곽의 말을 되풀이해 말했다. 그의 기분 나쁘게 독기 어린 목소리에, 주는 무더위에도 불구하고 몸이 조금 부르르 떨렸다.

우정승 곽이 조심스럽게 말했다. "승상, 건강은 상당히 중요합니다."

"오나라는 오래전 일이요." 승상이 짜증을 내며 말했다. "우리가 카이펑을 점령하면 송나라의 천명을 잇는 계승자로 소명왕을 즉위시킬 수 있소. 야만인들이 쳐들어오기 전, 우리 중국인 황제의 북쪽 수도가 카이펑이오. 그게 원나라에 대한 진짜 도전이 될 거요."

'송나라도 오래전 일인 건 마찬가지다.' 주도 승상만큼 짜증이 났다. 황허강을 끼고 이중 성벽으로 방어되었던, 한때 세상에서 가장 크고 숨 막힐 듯 아름답던 카이펑은 200년 전 여진족에게 함락되었다. 이어서 여진족은 몽골군에게 패배했다. 지금은 내성 안에 세워진 원나라 주거지만 온전할 뿐, 카이펑 외성과 주변 지역은 폐허가 된 건물만 드문드문 남은 황무지였다.

조상이 당한 수모가 자신의 정체성과 끊을 수 없는 깊은 관련이 있듯, 승상 같은 노인은 그 고대 도시를 가슴속에 소중히 간직하고 있었다. 그들은 사라진 걸 복원해야 한다는 강박관념에 사로잡혀 있었다. 하지만 자기 과거를 여러 번 잃은 경험이 있던 주에겐 그렇게 한심하고 막연한 향수는 없었다. 최선의 전략은 어떤 도시건 상관없이, 경제적으로 번성하고 군사적으로 중요한 장소에서 소명왕이 왕좌에 오르게 하는 거였다. 주는 생각했다. '왜 잃어버린 과거의 그림자를 좇으려 하나? 새롭고 훨씬 더 위대한 걸 성취할 수 있는데.'

주의 생각을 읽기라도 한 듯, 작은 곽이 드러내놓고 실망감을 표현했다. "상징적인 승리가 무슨 도움이 됩니까? 우리는 실질적인 이득을 취해야 합니다."

승상의 주름살 가득한 얼굴에 긴장감이 돌았다.

"승상." 진우량이 낮은 목소리로 말했다. "소신의 생각으론, 건강을 점령하자는 곽 장군의 전략이 성공할 수 있을 듯합니다. 건강은 자원은 풍부하지만, 성벽이 없습니다. 공격 계획을 잘 수립하면 빠르게 점령할 수 있을 겁니다. 그러면 허난성 제후의 군대가 가을에 움직이기 전, 곽 장군이 카이펑도 점령할 시간이 있을 겁니다." 진이 냉정하게 계산하며, 작은 곽을 쳐다봤다. "그렇게 할 수 있겠소, 곽 장군?"

작은 곽이 자신감을 과시하며 턱을 쳐들었다. "당연하지요."

우정승 곽은 불편한 심정으로 진을 쳐다봤다. 작은 곽에게 유리하게 상황이 흘러가도록 도와준 건 다행이었지만, 진은 우정승의 권한을 명백히 침범했다.

승상은 여전히 심술궂은 표정을 짓고 있었다. 그가 기분 나쁘다는 말투로 말했다. "그럼 신속히 공격하시오, 곽 장군. 야만인들이 다시 남쪽으로 내려오기 전에, 나에게 건강과 카이펑 두 도시를 바치시오." 모두가 말없이 듣고만 있었다.

주는 불안한 마음으로 다른 사람들과 함께 방에서 나왔다. 그녀의 병력은 아직 소수여서, 작은 곽과 지휘관 순이 눈 깜짝하지 않고 손실하는 사상자 비율을 고려하면 전멸할 수 있었다. 그리고 진우량이 곽 파벌을 제거할 계획을 세우고 있는 게 분명했다. '진의 은밀

한 계획은 무엇일까?'

그녀는 회랑에서 작은 곽이 순에게 큰 소리로 자랑하는 걸 들었다. "마침내 썩은 거북이 알 같은 늙은 승상이 정신 차렸어. 정신 차리게 다그쳐야 했지만. 아, 오나라 제후. 듣기 좋아…!"

"오나라 왕이라면 더 좋지." 지휘관 순이 웃었다. "네게 어울릴 거야. 너는 이마가 왕처럼 넓으니까…'.

진우량의 커다란 검은 그림자가 두 젊은 지휘관 뒤로 스쳐 지나갔다. 주는 진이 속으로 웃고 있다고 생각했다.

저녁에 켠 촛불이 거의 다 탔다. 마는 자기 방에서 곽 저택 서재마루 밑에서 최근 발견한 일기 중 하나를 읽고 있었다. 저택의 원래주인은 홍건군이 언젠가 떠나면 돌아올 수 있다고 생각한 걸까, 아니면 일기를 차마 태워버릴 수 없던 건지 궁금했다.

"마수영." 작은 곽이었다. 그는 자기 방인 듯 서슴없이 들어왔다.

마는 책장을 넘기며, 오래전 죽은 사람의 마지막 흔적을 손가락 끝에서 느꼈다. 마가 중얼거렸다. "후손들이 그를 기억하면 좋을 텐데."

"뭐라고? 네가 무슨 말을 하는지 모르겠어." 작은 곽은 침상에 벌렁 드러누웠다. 그는 신발도 벗지 않았다. "나한테 제대로 인사할 수 없냐?"

마가 한숨을 쉬었다. "그래. 곽 티안수."

"물을 가져와. 씻어야겠어."

그녀가 세숫대야에 물을 받아오자, 그가 일어나 앉아 겉옷과 속옷을 벗었다. '나는 하녀이고, 자기는 왕인 것처럼.' 그녀는 승려 주와의 이상한 마지막 대화를 마음속에서 지우려고 노력했지만, 갑자기 그 대화가 걷잡을 수 없이 머릿속에 떠올랐다. 그녀는 승려 주가 날카로운 검은 눈으로 쳐다보며, 그녀가 욕망할 수 있는 사람인 듯, 그리고 욕망을 가져야 할 사람인 듯 말했던 걸 기억했다. 그녀는 살아오면서 그토록 터무니없는 말은 들어본 적이 없었다. '이게 나의 삶이야.' 그녀가 생각했다.

하지만 늘 하던 대로 받아들이지 못하고, 그녀는 슬픔을 느끼고 있었다. 그녀는 울고 싶었다. '앞으로도 이렇게 살아야 할 거야. 이번 생애에서도 그리고 미래의 내세에도 계속해서.'

작은 곽은 그녀의 감정을 전혀 알지 못했다. 그가 몸을 씻으며, 들뜬 목소리로 말했다. "우리는 건강으로 곧 진격할 거야! 우리의 수도로 더 좋은 장소가 어디 있겠어? 나는 곰팡이 썩는 냄새나는 이 낡은 도시가 싫어 견딜 수 없어." 그의 눈이 반짝였다. "그런데 건강은 좋은 이름이 아니야. 새 이름이 필요해. 황제에게 어울리는 이름이. 하늘이란 글자를 포함한 새 이름이 좋을 거야."

"건강?" 마가 놀라서 우울했던 마음도 잊고 말했다. "승상은 카이펑을 새 수도로 바란다고 생각했는데." 그녀는 그날 오후 회의에 참여하지 못한 실수를 깨닫고, 가슴이 철렁 내려앉았다. '전에도 작은

곽이 스스로 무덤 파는 걸 막지 못했지만.'

"내가 점령할 거야." 작은 곽이 마의 말을 무시하며 말했다. "진우 량도 동의했거든."

"왜 진이 너를 도와주었니?" 마는 온몸으로 불길한 징조를 느꼈다. 진은 이타적인 행동을, 심지어는 서로 도움이 되는 행동도 절대 하지 않았다. 그는 언제나 자기만 위해 행동했다.

"그도 좋은 계획을 들으면 이해해." 작은 곽이 또다시 마를 무시했다.

"아니면 네가 실패하길 바라겠지! 멍청한 수박처럼 생각하지 마. 어느 쪽 확률이 높니? 진우량이 네가 성공하도록 바라는 것과 네가 실수하길 기다리는 것 중에서."

"무슨 실수? 너는 언제나 나를 우습게 봐서, 내가 꼭 실패할 거로 생각하지?" 작은 곽의 목소리가 높아졌다. "존경심을 보여, 마수영!"

그녀는 화가 나서 붉어진 그의 잘생긴 얼굴을 보며 갑자기 동정심을 느꼈다. 그를 모르는 사람은 그가 강인한 인상을 준다고 생각하겠지만, 마의 눈에는 그가 깨지기 쉬운 사기그릇처럼 보였다. 그가 깨질까 봐, 조심스럽게 그를 다룰 사람이 세상에 몇 명이나 있겠나. "내 말뜻은 그게 아냐."

"누가 신경 쓴대." 작은 곽이 수건을 세숫대야에 던져, 그녀의 옷에 물이 튀겼다. "너와 관련 없는 문제에 대해 너의 의견을 그만 말해. 너의 위치를 잘 생각해 보고, 그 위치를 지켜." 그가 그녀를 사납게 노려봤다. 그녀가 짜증스러워 빨리 없애고 싶다는 듯이. 그가 옷을 집어 들고, 쿵쿵거리는 발소리를 내며 밖으로 나갔다.

마가 쟁반을 들고 승상의 거처에서 나오고 있을 때, 어떤 사람이 모퉁이를 돌았다. 그녀는 왼쪽으로 피했고, 그 사람은 오른쪽으로 피해, 두 사람이 부딪치며 서로 소리를 질렀다. 그녀는 소리 지른 사람을 보고, 원초적 감정이 번개처럼 머리부터 발끝까지 짜릿하게 내리꽂히는 걸 느꼈다. 몸을 웅크린 중이 그녀를 올려다봤다. 중이 재주 좋게 떨어지는 쟁반을 공중에서 받았다. 잔들이 달가닥거리다가, 떡 하나가 흔들리더니 땅에 떨어졌다.

"이걸 직접 만드셨어요?" 중이 몸을 폈다. "승상이 좋아하는 음식이네요! 무슨 걱정이 있으세요?"

"누가 걱정이 있다고 했어요?" 마가 구박하듯 말했다. 중은 루에서 돌아온 후 바빴다. 그와 불편했던 대화를 나눈 후, 밀짚모자를 쓴 작은 중이 여러 임무가 있어 도시를 이리저리 급히 뛰어다니는 걸 얼핏 본 게 전부였다. 주를 다시 만나니, 그녀는 새롭고 이상한 깨달음을 얻고 몹시 떨렸던 느낌이 기억나 불편했다. 이유야 어쨌든 그는 자기에 대한 진실을 그녀에게 밝혔고, 그녀는 그 진실을 잊을 수 없었다. '그의 무섭고 부자연스럽게 큰 욕망.' 그녀는 그걸 이해하지도 믿지도 않았다. 하지만 그녀는 죽을 걸 알면서도 불 속으로 뛰어드는 나방이 느끼는 매력을 이해할 듯했다.

주가 웃었다. "뚜렷한 이유가 없다면 누가 이런 귀찮은 일을 하겠어요? 승상을 기분 좋게 만들고 싶군요." 갑자기 그의 얼굴에서 장난기가 사라졌다. 중은 키가 작아, 두 사람이 눈을 정면으로 마주 보고 있어서, 순간 그의 가슴속 자아가 그녀의 가슴속 자아를 만나는 듯한 충격적인 친밀감을 느꼈다. 그가 진지하게 말했다. "작은 곽을 도우려고 고생이 많군요. 그가 알기나 하나요?"

다른 모든 사람은 임무를 수행하는 물건으로 그녀를 보는데, 주는 어떻게 그녀를 자기 의지로 움직이는 사람으로 볼 수 있을까? 그것 때문에 그녀는 갑자기 화가 치밀어 올랐다. 그녀는 전과 달리 자기 삶이 처량하다고 느껴졌다. 그건 모두 중의 잘못이었다. 그녀가 자유롭게 욕망할 수 있는 불가능한 환상의 세상을 말한 건 바로 이 중이었다.

그녀가 주에게서 쟁반을 낚아챘다. 하지만 만족할 만큼 힘이 들어가지 못했다. "어떻게 그걸 만드는지 아는 척하네요!"

그 말을 하기 직전, 그녀는 매미처럼 검고 작은 주의 얼굴에서 이해한다는 표정을 보았다. 사실일 리 없었다. 남자가 여자의 감정을 이해한다는 건 터무니없었다. 하지만 그녀의 화가 녹아내리며, 고통이 거친 파도처럼 밀려왔다. 그녀는 너무 아파서 숨이 가빠졌다. '나에게 이러지 마.' 그녀가 돌아서서 도망치며 생각했다. '내가 소망할 수 있도록 만들지 마.'

그녀가 회랑을 반쯤 뛰어갔을 때, 누군가가 모퉁이에서 그녀를 잡아당겼다. 다행히 그건 순맹이었다. 그의 눈이 반짝였다. "저 중과 꽤 친하네. 하지만 그가 진우량의 편인 걸 기억해."

"그는 진우량과 달라." 마가 반사적으로 말했다.

순이 그녀를 힐끗 쳐다봤다. "그렇게 생각해? 하지만 그는 좌정승 없이는 살아남을 수 없어. 그걸 명심해." 그가 떡 한 조각을 집어 먹었다. "중이 너를 좋아하는 것 같아."

"뭐! 바보처럼 말하지 마." 그녀는 주가 말한 그의 욕망을 듣고 느꼈던 괴상한 매력을 기억하며 얼굴을 붉혔다. 비록 그녀가 원한 건 아니었지만, 세상을 경험하는 새로운 감각과 그녀는 상상할 수 없었던 욕망에 대한 인식을 그녀에게 준 건 바로 그 중이었다. 자기 욕망을 억제할 수 없다는 무기력함에 그녀는 수치심과 절망감을 느꼈다. "그는 중이야!"

"일반적인 중은 아니지. 그건 확실해." 순이 열심히 떡을 씹으며 말했다. "며칠 전 그가 훈련하는 걸 봤어. 남자처럼 싸우더군. 남자처럼 생각하지 않을지 누가 알겠어? 글쎄, 걱정하지 마. 작은 곽에게는 말 안 할게."

"나는 곽 티안수의 의심 살 만한 짓을 안 했어!"

"아, 수영, 진정해. 그냥 놀린 거야." 순이 웃으며, 그녀 어깨에 자기 팔을 올렸다. "그는 질투하는 성격이 아냐. 내가 네 몸에 손을 올리고 있는 걸 봐. 그가 신경 쓴 적이 없잖아."

"네가 너무 예뻐서, 네가 내 언니라고 생각하기 때문이겠지." 마가 톡 쏘아붙였다.

"뭐! 내가 그와 의형제가 되려고 그렇게 노력한 게 헛고생이란 말이야?" 순이 슬픈 척 장난스러운 표정을 지었다. "하지만 네가 결혼하면…"

"누가 결혼한대!" '무슨 뜬금없는 소리인가.'

"뭐라고, 신부가 모른다고? 작은 곽이 건강을 점령한 후, 너와 결혼한다고 말했어. 그때쯤이면 마 장군님의 애도 기간도 끝날 거고. 나는 너희가 지난밤 그 이야기를 한 줄로 생각했어."

"나는 전혀 몰랐어." 마가 말했다. 무거운 두려움에 뼈가 부서지는 듯했다. 그녀는 평생 그런 중압감을 느끼고 어떻게 살아갈지 상상도 할 수 없었다. 그녀는 그런 일에 익숙해질 거라고, 그건 인생의 한 단계에서 다음 단계로 넘어가는 충격일 뿐이라고 자신에게 말하며, 자기를 달래려 했었다. 하지만 그 실체와 직면하게 되자, 그건 일종의 죽음 같았다.

"왜 얼굴을 찡그려?" 순이 놀라서 말했다. "아들을 못 낳을까 봐 걱정하냐? 너는 모든 일을 잘하잖아. 아들을 하나 금방 낳을 거야. 아들이 둘 생기면 그도 네게 잘해줄 거야. 장군에게 아들이 많으면 좋지."

다른 사람들은 그녀의 삶의 목적이 이미 정해진 듯 얼마나 쉽게 말하나. 순의 빼어난 미모 때문에 그는 작은 곽보다 그녀를 훨씬 더 잘 이해한다고 때때로 착각했다. 하지만 그의 외모에도 불구하고 그도 작은 곽과 똑같은 남자였고, 모든 남자는 다 똑같았다.

'승려 주는 제외하고.' 남과 다르게 살고 싶은 그녀의 한 부분이 속삭였다. 하지만 그것도 그녀의 다른 생각들처럼 부질없었다.

그녀는 순을 따라 밖으로 나가, 정원 한가운데 있는 그루터기 옆에 놓인 나무 의자에 함께 앉았다. 단 하나 살아있는 가지에서 새잎이 몇 개 싹 트고 있었다. '죽어가는 나무의 마지막 숨결인가, 아니면 새 삶일까?' 마는 알 수 없었다.

그녀가 말했다. "오빠."

"응?"

"나는 건강이 왠지 불안해. 작은 곽이 마음을 바꾸게 할 수 없어?"

순이 콧방귀를 뀌었다. "어느 생에서 그런 일이 가능하겠니? 나도 작은 곽의 마음을 바꾸게 할 힘이 없어. 그런데 요즘 너는 걱정이 너무 많은 게 아니니?"

"나는 진우량을 못 믿어."

"누가 진을 믿니? 차라리 호랑이 입에 머리를 집어넣지. 하지만 사실 나도 이번 경우엔 작은 곽과 같은 생각이야. 야오 강에서 승리한 덕분에 올여름 우리가 군사 활동을 할 수 있는 기간이 늘어났어. 이번 기회에 중요한 전략적 목표를 공격해야 해. 건강이 좋은 목표야."

아무도 그녀의 말을 듣지 않았다. "진우량은 우리가 실패하길 바라!"

순이 그녀의 격렬한 감정에 놀랐다. "그러면 우리가 승리하면 되지, 안 그래? 진은 우리가 야오 강에서도 실패하길 바랐지만, 일이 잘 풀렸잖아." 그가 마의 이마를 다정하게 손가락으로 두드렸다. "걱정하지 마. 다 잘될 거야."

그들이 마음을 바꾸길 기대하는 건 그녀 인생의 방향이 바뀌길 바라는 것만큼이나 의미가 없었다. 그녀는 네 개의 처마로 막혀 사각형으로 보이는 하늘을 올려다봤다. 그녀도 걱정할 게 없다고 믿고 싶었다. 하지만 모두가 기분 좋게 이야기를 나누며 어두운 밤길을 걸어가는데, 그녀만 어둠 속에 숨어있는 배고픈 맹수의 눈을 보고 있다는 느낌을 떨쳐버릴 수 없었다.

안평은 출전 준비로 분주했다. 거리에 놓인 수천 개 횃불이 밤을 낮처럼 밝혔다. 잠시 후에는 커다란 화톳불에도 불을 붙일 거였다. 주는 곽 저택의 대문을 들어서면서 야오 강으로 진군하기 전 안평의 모습을 떠올렸다. 그때는 성벽에만 걸어놓은 횃불들이 으스스한 붉은 불빛을 내어, 도시가 불타는 것 같았다.

더운 날이었지만, 곽 저택 내부는 서늘한 차 향기가 났다. 짙은 색 나무판자가 벽과 바닥과 천장을 온통 덮고 있어서, 등불을 켜놓았지만, 복도는 어둑했다. 주는 진우량 파벌의 일원이어서 곽 저택에 온 건 처음이었다. 과거엔 학자의 서재였을 방에 유령 둘이 창호지에 비친 희미한 불빛 속에 떠있었다. 진우량이 안평을 점령할 때 죽은 사람의 유령들일까, 아니면 그보다 더 오래전 죽은 유령들일까? 그들의 텅 빈 시선은 허공을 바라보고 있었다. '그들도 다음 생애로 가기 전에 잠시 머무는 이상한 이 시간이 흘러가는 걸 알고 있을까. 아니면, 이 시간은 그들에겐 불편한 긴 잠과 같을까.' 주는 궁금했다.

주가 복도를 지나, 높다란 발코니에 둘러싸인 마당으로 나섰다. 흔들리는 사각형 불빛이 보였다. 그 불빛을 보며, 주는 뭐라 말할 수 없는 감정에 이끌렸다. 그녀는 작은 곽이 소집한 회의에 이미 늦었지만, 그녀의 눈길과 마음은 마수영의 방으로 이끌렸다.

마가 반짝이는 작은 사각형 가죽 조각들 한가운데 앉아, 고개를 숙이고 열심히 일하고 있었다. 주는 자세히 본 후에야, 마의 무릎 위에 놓인 게 가죽 조각으로 만든 작은 곽의 갑옷인 걸 알았다. 마가 가죽 조각을 갑옷 위에 맞춰놓는 걸 보며, 주는 해체한 시체를 검시하는 듯한 불길한 느낌을 받았다. 주가 방문 밖에서 보고 있는 동안, 마는 옆에 놓인 책을 들어 슬픈 표정으로 한 장을 읽고, 그 종이를 뜯어 갑옷 밑에 넣고 깔끔하게 바느질했다. 그녀는 가죽 조각을 하나하나 종이로 튼튼하게 강화해 갑옷에 꿰매 넣고 있었다. 그녀는 갑옷이 사랑하는 사람의 몸인 것처럼 조심스럽게 다루고 있었다. 주는 그 모습에 감탄했다. 마는 의무감이 아니라, 작은 곽을 진심으로 보호하고 싶어, 그의 갑옷에 화살이 들어가지 않게 튼튼하게 만들고 있었다. 한 사람이 다른 사람을 그렇게 사랑하고 보살피고 싶어, 자신의 희생은 전혀 고려하지 않고 그토록 참고 견딜 수 있을까? '더욱이 그 사람은 그런 애정을 받을 자격도 없는데.' 주는 전혀 이해할 수 없었다.

마가 주를 보고 벌떡 일어났다. "주 공자?"

"곽 장군이 내일 출발할 순서를 논의하려고 지휘관들을 소집했어요." 주가 말했다. 그 말로 왜 자기가 곽 저택에 온 이유는 설명했지만, 마의 방에 들어온 이유는 설명하지 못했다. 주도 자기가 왜 그랬는지 몰랐다. 주는 방 안에 들어온 후에야, 방이 침상 외엔 다른 가구가 없는 걸 알았다. 안펑에서 화려하게 사는 사람은 아무도 없었지만, 그렇다 치더라고 초라한 방이었다. 마의 지위가 곽 집안에서 하인보다 높지 않다는 걸 보여주었다. 한쪽 구석에 아마 천으로 싼 꾸러미들이 산처럼 쌓여있었다. "와, 저 모든 음식이 곽 티안수를 위해 만든 거예요?" 주가 감탄했다. "집에서 만든 음식을 매일 밤 먹을 수 있겠네요! 너무 많이 준비한 게 아녜요?"

마가 얼굴을 찡그렸다. "장군이 잘 먹어야죠. 뼈만 새카맣게 남은 닭처럼 마르고 못생긴 장군을 누가 따르겠어요?"

"아, 그건 사실이죠." 주가 웃으며 말했다. "소승은 기근을 겪으며 자라서, 수년간 열심히 기도해도 몸이 커지지 않네요. 잘생긴 것도 마찬가지고요. 하지만 생긴 대로 살아야죠." 그녀가 마 옆에 쭈그리고 앉아, 다음 가죽 조각을 넘겼다. "제가 듣기론, 건강 전투 후 결혼하신다고요. 저는 안타깝다는 말밖에 할 수 없네요." 그녀는 가볍게 말하려고 했지만, 마가 자기가 정말 원하는 걸 찾지 못한다는 생각에 이상하게 화가 났다.

마가 작은 곽의 갑옷을 꽉 움켜잡았다. 그녀의 머리카락이 숙인 얼굴로 커튼처럼 내려 표정을 가렸다. 한참 후에 그녀가 말했다. "주 공자. 걱정되지 않으세요?"

주도 걱정이 많았다. "무슨 말씀인가요?"

"건강이요. 승상이 건강 공략을 허락하도록 좌정승 진우량이 도왔어요. 그런데 그건 작은 곽의 작전이에요. 이상하지 않아요?" 마가 고개를 들자, 그녀의 윤기 있는 얼굴이 고통으로 찌그러져 있었다. 너무나 순수한 마음이었다. 세찬 비를 맞은 연약한 배꽃이 보는 듯한 감탄과 동정심을 느끼며, 주는 저도 모르게 가슴이 아팠다.

그녀가 물었다. "지휘관 순에게 말씀하셔야 하지 않나요?"

"그도 듣지 않아요! 아무도 듣지 않아요…"

작은 곽과 순맹은 이해하지 못했지만, 주는 마수영의 마음을 이해

할 수 있었다. 주가 갑작스러운 불안에 떨었다. '주중팔이라면 이해하지 못했을 텐데.'

잠시 후 마가 말했다. "진우량은 작은 곽을 함정에 빠뜨릴 음모를 꾸미고 있을 거예요. 구체적인 계획은 저도 잘 모르지만요. 작은 곽이 내게 부탁한 건 아니에요. 작은 곽은 저를 믿지 않아요. 사실 제가 필요도 없겠죠."

마가 갑자기 격렬하게 말했다. "제가 주 공자께 도와달라고 부탁하면 어떻게 하시겠어요?"

주가 그녀를 뚫어지게 바라봤다. '얼마나 절박하면 이런 부탁을 할까?' 연민의 감정이 홍수처럼 밀려들었다. 그녀가 솔직히 말했다. "나는 당신의 이런 점이 좋아요, 마수영. 다칠 수 있는 걸 알면서도 마음을 여는 거요. 그런 사람은 많지 않아요." 그건 매우 드문 성격이었다. 그리고 그런 성격을 지닌 사람 중 얼마나 많은 수가 살아남을까? 정성껏 보호해 주는 사람이 있는 경우에만, 그런 사람은 살아남았을 수 있다. 하지만 전쟁과 살인이 난무하는 현실 세상에서는 살아남는 방법을 아는 무자비한 사람만 살아남는다.

마가 그녀의 손을 잡자, 주는 놀랐다. 피부와 피부가 닿자, 주는 자신과 바깥세상 사이의 얇은 경계가 갑자기 무너지는 듯한 충격을 느꼈다. 절 주변의 마을 소녀들을 잘 알던 서달과 달리, 주는 여자의 손을 잡아본 적이 없었다. 다른 견습 승려들과는 달리, 그녀는 여자를 알고 싶은 마음도 전혀 없었다. 그녀는 단 하나만 원했고, 그 소망이 그녀의 모든 걸 사로잡았다. 하지만 지금 이상한 전율이 그녀의 팔을 따라 온몸으로 퍼졌다. 다른 사람의 심장 박동을 그녀 몸 안에서 느끼는 전율이었다.

마가 말했다. "주 공자님. 제발 부탁해요."

마의 연약한 생명의 불꽃이 작은 곽이나 진우량 또는 다른 사람에 의해 짓밟힐 수 있다는 사실이 참을 수 없이 괴로웠다. 주는 그녀의 뜨거운 동정심이 세상에서 살아남길 원했다. 주가 이해해서가 아니라, 이해할 수 없었기 때문에. 그런 이유로 마의 공감력과 동정심은 소중했다. 보호해야 할 소중한 감정. 주는 그런 생각을 하면서도, 현실을 무시할 수 없었다. 진우량과의 싸움에서, 작은 곽은 절대 승리할 수 없었다.

주가 빨리 대답하지 못했다. 마가 부끄러움으로 얼굴을 붉히며, 손을 확 잡아뺐다. "없던 거로 해요! 내가 부탁한 걸 잊으세요! 그냥 가세요."

주는 마가 준 촉감의 흔적을 느끼며, 손을 가볍게 움직여 봤다. 그녀가 조용히 말했다. "저는 작은 곽을 좋아하지 않아요. 그리고 그는 어리석어서, 나를 믿지 않을 거예요."

마가 고개를 떨궜다. 머리카락이 커튼처럼 얼굴을 가렸다. 그녀의 어깨가 가볍게 흔들렸다. 그녀가 평생 자기를 조금도 생각해주지 않은 사람을 위해 우는 모습에 주는 화가 치밀었다.

"마수영." 주가 말했다. 그 말은 그녀 몸 안에서 저절로 나온 듯했다. "내가 무슨 일을 할 수 있을지 나도 몰라요. 그리고 상황이 어떻게 변할지 나도 몰라요. 하지만 노력은 해볼게요."

그건 약속이 아니었고, 마도 그걸 분명히 알고 있었다. 하지만 그녀는 울음을 그치며 진심 어린 작은 목소리로 말했다. "고마워요."

주는 방을 나서면서, 마가 단순히 들어줘서 고맙다고 말했다고 생각했다. 그녀는 마에게 욕망하는 방법을 배우라고 말했었다. 마는 정반대 방법을 배운 듯했다. 하지만 주는 마가 자기 자신에게도 그걸 부정하고 있지만, 마도 마음속으론 억지로 강요된 삶을 원치 않는다는 사실을 깨달았다.

주는 그녀답지 않은 가슴 아픈 동정심을 느꼈다. '욕망하지 않으려는 욕망도 욕망이다. 그 욕망도 무엇을 원하는 욕망과 똑같은 고통을 낳느니라.'

14

　　　　　"무슨 일이야? 걱정이 있어 보여."

　서달이 병사들 맨 앞에서 말을 타고 가는 주에게 다가왔다. 그는 오전 내내 앞뒤로 말을 타고 다니며, 첫 전투에 나선다는 흥분에 들뜬 병사들의 질서를 유지했다. 그날 아침 홍건군 전 병력이 성곽 도시 루를 떠나, 평야를 가로질러 건강으로 행군을 시작했다. 사방으로 수많은 호수가 뜨거운 태양 아래 반짝였다. 여름철에 몽골군은 가능한 한 전투를 피했다. 몽골군과 몽골 말은 중국 남부의 더위에 약했다. 중국에서 태어났고 대부분 보병인 홍건군은 힘들지만 걸어갈 수 있었다. 주보다 경력이 많은 2명의 지휘관이 이끄는 정예병들은 행렬의 선두에서 걷고 있었다. 그들이 일으키는 먼지로 하늘은 전복 속껍데기 같은 뿌연 빛을 냈다.

　"어떻게 알았어요?" 주가 씁쓸한 미소를 지었다. 다시 서달과 함께 지낼 수 있어 주는 기뻤다. 그녀는 헤어진 후 다시 만난 그를 볼 때마다, 긴장했던 근육이 갑자기 풀리는 듯한 느낌을 받았다.

　"나는 평생 너를 알고 지냈어." 서달이 다정하게 말했다. "나는 너의 비밀의 최소한 3분의 4는 알아."

그 말에 주가 웃었다. "다른 어떤 사람보다도 훨씬 더 많이 아는 건 분명하죠." 심각하게 그녀가 말했다. "이번 일은 힘들 거예요."

"성벽이 있건 없건, 이 정도 크기의 도시라면 사상자가 나올 수밖에 없어."

"그것도요." 그녀는 루를 나선 이후 계속해서 상황을 고심하고 있었다. "사형, 좌정승 진이 작은 곽을 어떻게 하려고 한다고 생각하세요?"

"뭔가 있다고 확신하니? 하지만 작은 곽은 자기 자신을 망치고 싶어 안달인데, 무슨 계략이 필요하겠니?"

"진우량은 모든 걸 자기 뜻대로 하고 싶어 해요." 주는 움직임 없는 강력한 그의 힘을 생각했다. "그는 스스로 일이 해결되게 절대 놔두지 않을 거야. 진우량은 모든 일이 자기 계획대로 진행되길 원해."

"이번 작전 동안 그가 무슨 일을 꾸미고 있다면 우리가 벌써 알지 않았을까?"

먼지가 계속 일어, 평야가 사방으로 끝없이 펼쳐진 듯했다. 하지만 주는 평야의 남쪽 끝에 황산(黃山)이 있는 걸 알고 있었다. 그녀는 황각사에서 황산을 바라보며, 그 먼 거리를 경이롭게 생각했다. 이제는 세상이 줄어들며, 황산도 손에 닿을 거리로 다가오고 있었다. 그녀가 말했다. "진우량은 아직 나를 믿지 않아. 그는 지휘관 우에게 어떤 계략을 은밀히 지시했을 거야."

"작은 곽에게 반기를 들라고? 순맹이 보복할 거야. 너도 그의 군대가 얼마나 강한지 알잖아. 진우량이 그런 일 때문에 지휘관 우의 전체 병력을 잃는 위험을 감수하지 않을 거야."

"진우량은 순맹에 대한 계획도 갖고 있을 거야." 주가 다시 생각에 잠겼다. 야오 강에서처럼 더 많은 정보가 스스로 모습을 드러내길 바라며 기다려야 했다. 진우량이 그녀에게 작은 곽을 공격하란 명령을 내렸는데, 그녀가 그 공격을 거부하면 지는 편에 서는 것과 같았다. 그녀는 그런 모험을 할 수는 없었다. 하지만 그녀가 간접적으로 음모에 참여해야 한다면 그녀는 마의 부탁을 들어줄 수 있었다. 그녀가 한숨을 쉬었다. "조심하는 수밖에 없을 것 같아요."

"작은 곽이 죽어도, 너는 절대 울지 않을 거로 생각했는데. 우리는 한 발짝 물러서서 지켜보기만 하면 되지 않니?"

주가 내키지는 않았지만, 사실을 솔직히 말했다. "내가 작은 곽을 돌보겠다고 마수영에게 말했어."

"누구? 작은 곽의 약혼녀는 아니겠지?" 하지만 그 말을 이해하고, 못마땅하다는 표정이 서달의 눈썹에 잔뜩 나타났다. "부처님, 보살펴주십시오. 사제, 그러리라고 생각하지 못했는데. 혹시 그 여자를 좋아하니?"

"좋은 사람이에요." 주가 조심스럽게 말했다. 마 소녀의 넓고 아름다운 얼굴과 동정심과 슬픔이 넘쳐흐르는 봉황 같은 눈을 주는 생각했다. 모든 사람 중에서 하필 작은 곽과 그녀가 결혼하다니. 주의 가슴에 그녀를 보호하고 싶은 동정심이 어느새 가득 찼다. 주의 현실적인 판단으론 마가 그 운명을 피할 수 없는 걸 알면서도, 그녀는 마가 상처받는 모습을 보고 싶지 않았다.

"그럼 너는 작은 곽을 그 자신으로부터 보호해야겠다." 서달이 너털웃음을 터트렸다. "지금까진 나만 예쁜 여자에게 휘둘리는 줄 알

앉어. 하지만 나도 결혼한 여자는 건드리지 않아."

주가 시무룩한 표정을 지었다. "아직 결혼하지 않았어요."

그들은 양쯔강을 건너 건강에 도착하는 동안, 경계를 늦추지 않았다. 하지만 결과는 너무 손쉬웠다. 작은 곽이 홍건군 쪽에도 엄청난 사상자가 나는 소모적인 무자비한 공격을 퍼부었다. 건강 수비군과 정면으로 부딪치는 인해전술이었다. 루 같은 성곽 도시에선 그런 공격은 성공할 수 없었다. 하지만 성벽이 없는 건강에선 작은 곽의 공격이 효과를 보기 시작했다. 홍건군이 계속해서 조금씩 진격하자, 시민들이 줄지어 도망쳤다. 열흘째 정오 무렵 건강은 함락됐다.

이제는 전사한 오나라 제후의 궁전은 아름다웠지만, 도시의 다른 지역처럼 연기에 휩싸였다. 사람들이 일상생활 속에서 조개나 과일 껍질을 태우는 냄새가 아니라, 오래된 건강의 저택과 옻칠한 가구와 웅장한 계단들이 잿더미로 바뀌고 있었다. 희뿌연 연기 위로 오후의 태양이 붉은 연꽃처럼 떠있었다.

궁전의 마당 중앙에, 염색하지 않은 속옷만 입은 여인들이 줄지어 서있었다. 오나라 제후의 아내와 딸과 하녀들이었다. 주와 다른 지휘관들은 줄지어 선 여인들을 차례로 보고 지나가는 작은 곽을 지켜보고 있었다. 붉은 햇빛을 받아, 잘생긴 이마와 코를 지닌 그의 얼굴이 전쟁 영웅처럼 빛났다. 그의 웃는 얼굴에는 모든 사람의 의심과 저주에도 불구하고, 자기 능력을 과시한 사람이 뼛속까지 느끼는 자부심이 흘러넘쳤다.

작은 곽이 떨고 있는 한 여인을 자세히 바라본 후 큰 소리로 외쳤다. "노예." 다음 여자는, "첩." 작은 곽이 다음 여자는 더 많은 관심을 두고, 팔을 들어 고운 피부를 확인한 후 숙인 얼굴을 들어 윤곽을 자세히 살펴보았다. "첩."

순이 큰 소리로 놀렸다. "그 여자들을 모두 네가 차지하려고? 마수영으로 충분하지 않냐?"

"너는 한 명의 여자면 충분하겠지." 작은 곽이 능글맞게 웃었다. "나는 그 여자도 갖고, 첩도 몇 명 두어야겠어. 나 같은 지위에 있는 남자가 첩이 없을 수 없지."

여인들은 팔로 몸을 감싸며 두려움에 떨었다. 주는 헝클어진 머리와 흰옷을 입은 여자들을 유령으로 착각할 정도였다. 단 한 명은 빼고. 그녀는 드러난 몸매를 부끄러워하지 않고 당당하게 서있었다. 그녀는 손을 옷소매에 감추고 있었다. 그녀가 작은 곽을 날카롭게 노려봤다. 작은 곽은 그녀 앞으로 다가가다 조금 움칠하며 놀랐다. "노예."

그녀가 작은 곽을 보며 미소 지었다. 미친 듯 차가운 미소였다. 작은 곽에 대한 증오심을 드러내는 그 미소를 보는 순간, 주는 그 여자의 계획을 순간적으로 눈치챘다. 그 여인이 단도로 작은 곽의 목에 겨누고 번개처럼 달려드는 순간, 주는 이미 작은 곽을 향해 어깨부터 몸을 날렸다. 작은 곽이 소리를 지르며 넘어졌다. 단도가 그의 갑옷을 스치며 튀겨나갔다. 여인이 좌절감에 비명을 지르며 주를 찌르려고 했지만, 서달이 여인의 팔을 비틀었다. 칼이 날카로운 소리를 내며 바닥에 깐 돌 위로 떨어졌다.

주가 일어났다. 그녀는 기묘한 충격을 느꼈다. 그 사건을 본 후에도 다른 지휘관들은 자객이 여자라는, 그것도 옷을 거의 입지 않은 여자라는 사실을 믿을 수 없다는 표정을 지었다. 하지만 주는 그 여인을 보고 그녀의 의도를 알아차린 순간, 그녀를 이해했다. 그것 이상이었다. 잠시였지만 주도 역시 칼이 몸속 깊이 꽂히는 순간, 작은 곽의 얼굴에 드러날 놀라는 표정을 보고 싶어 했던 그 여인과 같은 충동을 느꼈다. 미래는 그를 위해 언제나 최상의 선물을 준비해 두고 있다는 믿는 작은 곽의 수치스러운 죽음을 즐기고 싶은 충동이었다.

주는 차가운 두려움이 경련처럼 솟는 걸 느꼈다. 그녀가 방금 한 행동은 주중팔이었다면 절대 못 했을 순간적인 반응이었다. 그녀가 절 밖으로 나온 이후, 이런 순간들이 점점 더 늘어나고 있었다. 류 부인과 마, 그리고 이제는 이 여인을 마주친 순간, 그녀는 주중팔이 아닌 사람처럼 행동하고 있었다. 그건 불길한 징조였다. 그런 일이 있을 때마다 그녀는 주중팔과 조금씩 달라지며 주중팔의 운명과 조금씩 멀어지고 있었다. '내가 주중팔과 완전히 다른 사람이 되기까지 얼마나 걸릴까?'

작은 곽이 충격에서 벗어나, 주를 돌아다봤다. 그의 수치심이 벌써 분노로 바꿨다. "너…!" 그는 주를 무섭게 노려보며 어깨로 밀치고 나가, 서달이 잡고 있던 여자를 낚아챘다. "쌍년! 죽고 싶어?" 그가 그녀의 얼굴을 반대편으로 돌아가도록 세게 때렸다. "쌍년!" 그는 여자가 쓰러질 때까지 때리고, 쓰러진 여자를 발로 걷어찼다. 주는 오래전 발로 걷어채어 죽은 사람의 모습을 기억하며, 배 속이 울렁 거리며 토할 듯했다.

순맹이 급히 끼어들었다. 그는 억지로 미소 지었지만, 눈가에는 불 편한 기색이 역력히 드러났다. "아, 오나라 제후가 되실 분이 이러면 되나? 곽 장군, 왜 이런 궂은일을 굳이 손수 하나? 다른 사람이 이 쓰레기 같은 년을 처리하게 하지."

작은 곽은 그도 노려봤다. 순은 숨을 참고 있었다. 쓰러진 여인도 숨을 참고 있었다. 그렇게 한참 있다가, 작은 곽이 얼굴을 찡그리며 말했다. "제후! 왕이 되어야 하지 않나?"

"그러면 오나라 왕!" 순이 외쳤다. 그는 상황을 진정시키려고 최대 한 노력하고 있었다. "아무도 그걸 부정할 수 없지. 이번 승리는 자 네의 가장 큰 업적이야. 승상도 몹시 기뻐할 거야. 남부 제일의 도시 가 자네 거야. 오랑캐들이 쳐들어오라고 해! 우리가 그놈들을…" 그 가 계속 말을 걸며, 작은 곽을 끌고 갔다.

"잘된 건가?" 서달이 다가오며 물었다. "이게 진우량이 작은 곽을 처치하려는 음모였나?"

주는 바닥에 쓰러진 여자가 숨을 쉬려고 안간힘을 쓰는 모습을 봤다. 작은 곽의 신발 자국이 그녀의 흰옷에 남아있었다. "그건 아 니야. 저 여자기 혼자 세운 암살 계획이야."

"나도 이건 진우량의 방식이 아니라고 생각해. 진이라면 칼로 등 을 찌르는 광경을 직접 보고 싶어 할걸."

"곧 우리도 보게 될 거야." 주가 한숨 쉬었다. "지금은 작은 곽이 잘난 척하게 내버려 둬."

"벌써 엄청나게 잘난 척하고 있어." 서달이 말했다. "우리가 들어올 때, 그가 순맹에게 도시 이름을 바꾸고 싶다고 말하는 걸 들었어. 응천부가 수도의 이름으로 적합하다나." 응천부(應天府)는 하늘의 부름에 응답하는 곳이란 뜻이었다.

주가 눈살을 찌푸렸다. "응천부? 작은 곽이 그런 이름을 생각할 만큼 학식이 있는지 누가 알았나? 하지만 야심이 지나쳐. 승상이 좋아하지 않을 거야. 승상은 도시의 이름 지을 권리는 자기에게 있다고 생각해."

"왜 승상이 도시 이름에 신경 쓰지?"

주가 본능적으로 머리를 흔들었다. "이름은 중요해." 그녀는 홍건군에게 이름은 하늘에게 비친 자신들의 정체성을 의미하는 걸 누구보다 잘 알고 있었다. 그 생각과 함께, 그녀는 작은 곽을 파멸시킬 진우량의 음모가 드디어 시작되는 걸 느꼈다.

"이제 다 왔다!" 서달이 외쳤다. 멀리 눈에 익은 안펑의 토성이 보이기 시작했다. 귀환 행군은 늦여름의 무더위로 시간이 오래 걸려서, 모든 병사가 완전히 녹초가 되어있었다. 이제 승리를 거두고 돌아왔다는 생각에 모두의 기분이 들뜨고 있었다. 벌써 환영 인파가 남문 밖으로 나왔다. 소명왕의 붉은 깃발을 휘날리며, 사람들이 그들을 향해 달려오고 있었다.

주는 그들을 보는 순간, 그녀가 의심했던 일이 이제 종이 위에 쓰인 먹물처럼 명확히 실체가 드러나는 걸 알았다. 그녀와 서달이 경계했던 일이 이미 일어났다. 진은 그녀가 필요하지 않았다. 그리고 그녀가 진을 막을 방법도 전혀 없었다. 그녀가 병사들 앞으로 말을 급히 몰자, 서달도 곧 뒤를 따랐다. 그녀는 진심으로 미안했다. '미안해, 마수영.'

그녀는 붉은 깃발들이 선두에서 행군하던 병사들 앞에 멈춰선 걸 보았다. 작은 곽이 화가 나 큰 목소리로 외쳤다. "이게 무슨 일이냐?"

주와 서달이 선두에 도착해 말에서 뛰어내렸다. 그들도 작은 곽이 본 걸 보았다. 서달이 불안한 목소리로 말했다. "우리가 건강에 주둔시키고 온 병사들 아니야?"

"너희가 감히 장군의 명령을 거역해?" 작은 곽이 화내고 있었다. "누가 너희에게 돌아오라고 명령했냐? 말해라!"

순맹도 급히 말을 몰아 달려왔다. 그가 주 옆으로 말에서 내리며, 이해할 수 없다는 표정을 지었다.

이진강이라는 인물이 작은 곽과 말하고 있었다. 그는 중요하지 않은 평범한 인물이었다. 그가 건강에 주둔해 도시를 지키라고 명령받았을 때, 아무도 그를 주목하지 않았다. 하지만 지금 이진강은 권력을 자랑하고 있었다. '빌려온 권력.' 다른 사람의 뜻을 수행하면서 느끼는 대리 만족이었다. 당연히 진우량은 주가 필요 없었다. 진은 주의 충성심도 믿지 않았다. 그의 명령을 따르려는 사람이 이렇게 많은데, 왜 진이 굳이 그녀에게 부탁하겠나?

이진강이 단호한 명령조를 말했다. "곽 장군, 승상께서 너를 소환하셨다."

"네가…!" 순맹도 화를 참지 못하고 소리 질렀다.

작은 곽이 화가 나서 이진강을 노려봤다. 이건 그가 기대했던 뜨거운 환영이 아니었다. 혼동과 실망과 분노가 그의 얼굴에서 번갈아 드러났다. 결국, 분노로 그의 얼굴이 일그러졌다. "알았다." 그가 말했다. "승상에게 가서 안평에 도착하면 뵙겠다고 전해라."

이진강이 작은 곽이 타고 있는 말의 고삐를 잡았다. "승상께서 너를 데려오라고 명령하셨다."

순맹이 이를 갈며 앞으로 달려들었다. 그 순간 이진강의 칼이 그의 목을 겨눴다. 이진강을 따르는 병사들도 칼을 뽑았다.

이진강이 다시 말했다. "승상의 명이다."

이진강과 병사들은 다시 말에 올라타, 작은 곽을 죄인처럼 양옆에서 호위하며 떠났다. 작은 곽은 굳은 몸으로 심각한 표정을 짓고 있었다. 그는 자기 아버지가 죽었다고, 어쩌면 오래전에 죽었다고 생각하고 있었다. 그는 그게 단순한 사고였는지, 아니면 드러내놓고 저지른 암살인지 판단하려고 애쓰고 있었다. 하지만 이게 마수영이 말했던 진우량의 음모라는 걸, 작은 곽은 깨닫지 못하고 있다고 주는 생각했다.

순맹이 이진강의 등을 향해 욕하고 있었다. "저주받을 놈. 18대

조상까지 저주받아라!"

안평을 향해 사라지는 무리를 보며, 주는 황각사에서 팽 사부의 마지막 표정을 떠올렸다. 하지만 팽 사부는 앞으로 닥쳐올 운명을 알고 있었다. 작은 곽은 위험이 이미 끝난 거로 생각했다. 그는 곧 닥칠 위험을 모르고 있었다.

"순 지휘관." 그녀가 말에 다시 올라타며 말했다. "빨리 갑시다."

순맹이 적의를 품은 눈으로 그녀를 노려봤다. 하지만 그도 무슨 일이 일어나고 있는지 모르고 있었다.

주는 다른 사람들도 곧 알게 될 미래를 보면서 뜻밖의 감정을 느꼈다. 그녀는 그건 다른 사람의 슬픔이라고 생각했지만, 놀랍게도 그 슬픔이 자기 가슴속으로 물밀듯 몰려오고 있었다. 그녀가 아니라 다른 사람이 견뎌야 할 고통이어야 했다.

'마수영.' 그녀는 생각했다.

안평은 전염병으로 주민이 모두 떠난 마을처럼 텅 비었다. 정오 무렵이어서 유령조차 없었다. 말발굽 소리가 요란하게 들렸다. 그들이 없던 동안 진흙이 돌처럼 단단하게 굳었다. 주는 점점 커지는 기운을 느꼈다. 그건 단순한 소리의 울림이 아니었다. 그녀는 원초적 불안처럼 내장에서도 그 기운을 느꼈다.

그들이 도시 중앙에 들어섰다. 조용히 숨죽인 사람들 위로, 공연이라도 있을 듯, 높은 연단이 세워져 있었다. 붉은 깃발이 펄럭였다. 소명왕이 햇살을 가리는 우산 아래 놓인 옥좌에 앉아있었다. 우산 둘레엔 터진 상처에서 흘러내리는 피처럼 붉은 비단 줄들이 바람에 반짝였다. 승상이 그 앞에서 왔다 갔다 서성이고 있었다. 연단 아래 흙바닥에 작은 곽이 무릎 꿇고 있었다. 아직은 그의 머리카락과 갑옷이 단정했다.

승상이 걸음을 멈췄다. 분노를 참는 그의 모습이 오히려 더 무시무시했다. 윙윙거리며 떨리는 말벌의 벌집처럼, 곧 물려고 덮치려는 독사처럼. 그가 작은 곽을 내려다보며 무섭게 말했다. "왜 건강을 점령했는지 말하라, 곽 티안수!"

작은 곽이 전혀 이해할 수 없다는 목소리로 말했다. "우리 모두 건강이 최적의 목표라고 동의했는데…"

"이유를 말하라고 했다!" 승상의 목소리가 말을 타고 있는 주와 서달과 순맹에게도 선명하게 들렸다. 군중이 술렁였다. "건강, 왕과 황제들이 앉았던 곳이지, 그렇지 않나? 오, 그래. 너 자신이 그 말을 수없이 했지, 곽 티안수. 나는 네놈의 의도를 안다! 네놈이 그 도시를 점령하고, 스스로 왕이라고 옥좌에 오르려고 했지?"

"아닙니다. 저는…"

"소명왕의 충성스러운 신하인 척하지 마라." 승상이 소리 질렀다. "네놈은 늘 야심을 숨기고 있었어. 네놈이 감히 하늘의 뜻을 어기려 하느냐!"

검은 옷을 입은 커다란 인물이 무대 바로 아래 이진강과 함께 서 있었다. 멀리서도 주는 진우량이 미소 짓는 걸 알 수 있었다. 작은 곽은 멍청하게 자기 야심을 큰 소리로 떠들었고, 이진강이 그걸 진에게 보고했다. 승상의 피해망상증을 부추기는 데 진보다 더 능숙한 인물이 홍건군 안에서 누가 있겠나?

"아닙니다." 작은 곽이 놀라서 말했다. 그의 목소리가 이제야 사태의 심각성을 서서히 깨닫고 있는 걸 보여주었다. "저는 그런 이유가 아니라…"

"네놈이 그 도시를 응천부라고 불렀다고? 네놈이 하늘에 천명을 달라고 기원한 거냐? 소명왕이 우리의 지도자이고, 소명왕만이 천명을 받았는데도?" 연단 가장자리까지 다가와 몸을 숙인 승상의 얼굴이 참을 수 없는 분노로 붉게 일그러졌다. "반역자. 오, 내가 모든 걸 안다. 네놈은 이곳에 돌아와 우리 두 사람을 죽이고 스스로 옥좌에 오를 계획이었지. 네놈은 왕위를 노린 반역자다!"

작은 곽이 마침내 상황을 깨닫고 공포에 질려 소리쳤다. "승상 대감님!"

승상이 거친 숨을 내쉬었다. "이제 나를 그렇게 불러? 등 뒤에선 우리를 비웃고 살해할 음모를 꾸미면서!"

소동이 일어났다. 우정승 곽이 군중을 뚫고 앞으로 나섰다. 그의 관복은 엉망이었고, 창백한 얼굴은 충격으로 굳어있었다. 그가 소리쳤다. "승상 대감님, 멈춰주십시오! 소신이 간청드립니다!"

승상이 그를 향해 돌아섰다. "아, 반역자의 아비가 나타났군. 오래된 법에 따르면 반역자의 가족은 구족(九族)까지 죽어야 하는 걸 너도 잘 알고 있지. 그걸 원하냐, 곽자흥?" 승상이 자기 말대로 그를 죽이려는 듯 우정승을 쏘아보았다. "그걸 원하지 않는다면 무릎 꿇고 네 목숨을 살려달라고 간청해야지."

우정승 곽이 아들을 향해 뛰려고 했다. 하지만 그는 붙잡혀 제지 당했다. 소용없는 걸 알면서도, 그가 몸부림치며 외쳤다. "승상, 목숨만 살려주십시오!"

작은 곽은 자기 아버지가 오면 오해가 풀리겠다고 생각한 게 분명했다. 하지만 이제 그도 공포에 떨며 외쳤다. "소신은 승상 대감님을 위해 건강을…."

"건강은 늑대 떼에게나 던져주거라! 누가 건강 따위를 원하냐? 소명왕과 우리가 복원할 송나라의 진정한 수도는 카이펑이다. 건강은 아무것도 아니다. 너는 왕위를 찬탈하려고 했을 뿐이다, 곽 티안수."

우정승 곽이 위기에 처한 자식을 본 부모의 초자연적인 힘을 발휘해, 자기를 붙잡은 손들을 뿌리치고, 승상 아래 흙바닥에 몸을 납작 엎드렸다. "승상 대감님, 제 자식을 용서해 주십시오! 저희를 용서해 주십시오! 승상 대감님!"

승상이 비굴하게 엎드린 우정승을 내려다보며, 두 눈에 미치광이 같은 빛을 번쩍였다. "소명왕의 명으로 역적 곽 티안수를 사형에 처한다."

높은 옥좌에 앉은 소명왕의 우아한 미소에는 흔들림이 없었다. 그의 빛이 양산에 반사돼 연단을 물들이고, 연단 아래 모인 사람들을 핏빛 바다에 빠뜨릴 듯 흘러내렸다. 그 순간 그의 어린아이 같은 자아는 완전히 사라졌다. 그는 인간이 아니었다. 그는 하늘의 뜻인 빛을 전달하는 매체였다.

작은 곽이 사형 선고를 듣고 벌떡 일어나 뛰었다. 그는 몇 발짝도 뛰지 못하고 넘어져, 이마에 피를 흘리며 다시 연단으로 끌려왔다. "아버지!" 그가 공포에 질려 외쳤다. 하지만 우정승 곽도 공포로 얼어붙었다. 승상이 손짓하자, 사람들이 말을 끌고 나오는 걸 우정승 곽은 넋 놓고 바라보았다. 처음부터 모든 걸 준비하고 기다리고 있었다. '이게 작은 곽의 운명이었다.' 주가 생각했다. '처음부터 피할 길은 없었다.'

처음부터 주는 마수영이 사람들 속에 있는 걸 알았다. 마침내 주가 그녀를 군중 속에서 찾았다. 그녀 주변에는 아무도 없었다. 역적과 연루된 여자를 사람들은 피해야 했다. 그녀의 얼굴은 충격으로 백지장 같았다. 마수영도 최악의 상황을 두려워했지만, 현실로 다가온 공포의 순간을 예견하지 못한 게 분명했다. 주는 이상하게 섬세하고 뼈아픈 고통을 느꼈다. '마는 사람의 목숨을 의도적으로 빼앗는 걸 본 적이 없다.' 그걸 피할 길은 없다는 걸 알면서도, 주는 마가 순수성을 잃는 게 서글펐다.

작은 곽은 병사들이 자기 몸을 다섯 필의 말에 묶자, 비명을 지르며 저항했다. 승상은 피해망상증 환자가 세상이 자기 뜻대로 돌아가는 데 매우 흡족해하는 행복한 표정으로 지켜봤다. 처형 준비가 끝났다. 그가 팔을 들었다 내리자, 채찍이 날카로운 소리를 냈다.

주는 가슴속에 이상한 아픔을 느끼며 마를 지켜봤다. 마는 마지막 순간에 몸을 돌렸다. 아무도 그녀를 위로해 주지 않았다. 그녀는 사람들 가운데 텅 빈 거품 같은 공간에서 몸을 반으로 접고 울고 있었다. 주는 그녀를 보호하고 싶은 충동이 강하게 일어나는 걸 느꼈다. 주는 자기 정체성의 모든 걸 의미했던 위대한 인물이 되려는 욕망 외에 다른 욕망이 뿌리내리는 걸 느꼈다. 그 욕망은 그녀 몸에 박힌 화살촉처럼 위험하게 느껴졌다. 그 화살촉은 어느 순간 깊이 들어와 치명적인 상처를 줄 수 있었다.

승상이 가냘픈 몸을 떨며 군중을 바라봤다. 좌정승 진이 웃으며 계단을 걸어 연단 위로 올라갔다. 진우량이 승상에게 깊게 몸을 숙이며 말했다. "승상 대감님, 잘하셨습니다."

마는 절에 뛰어들며, 작은 별채에서 책을 읽고 있는 주를 보았다. 그는 생각에 잠겨있다가, 그녀가 갑자기 뛰어 들어오자, 놀란 듯했다. 그녀의 몰골은 말이 아니었다. 머리카락은 귀신처럼 늘어졌고, 안색은 창백했고, 옷은 더럽고 찢어졌다. 하지만 그녀는 신경 쓰지 않았다.

"그를 보호해 달라고 부탁했잖아!"

주가 책장을 덮었다. 마는 그제야 주가 속옷과 바지만 입고 있는 걸 알았다. 주가 주답지 않게 피곤한 어조로 말했다. "진우량이 다른 방법을 썼다면 제가 보호할 수도 있었겠지요." 먼지와 작은 벌레들이 불꽃 속으로 날아들어, 그의 침상 옆에 있는 촛불들이 탁탁 소리를 냈다. "진은 우정승 곽을 직접 공격하는 건 위험하다고 생각한 듯해요. 그래서 승상의 피해망상증을 이용했죠. 승상에 대해 위험한 말을 하지 말라고 말하지 않았나요? 하지만 작은 곽은 건강을 자기 소유인 듯 말했어요. 결국, 그 말이 진우량이 필요한 전부였어요."

"이런 일이 일어날 줄 알았지?" 그녀의 날카로운 목소리가 끊겼다. "너는 진우량 편이잖아. 너도 알고 있던 게 틀림없어!"

"저는 몰랐어요."

"내가 그 말을 믿을 것 같아?"

"마음대로 믿으세요." 주가 지친 어깨를 으쓱였다. "진우량이 저를 믿을까요? 완전히 믿지 못해요. 어쨌든 그는 내가 필요 없었어요. 이진강을 첩자로 심어놨으니까."

그러자 그녀가 울고 있었다. 힘들게 딸꾹질까지 하며 서글프게 울었다. 그녀는 며칠째 울고 있는 듯했다. "왜 우리가 이 무서운 게임을 해야 하나요? 도대체 무엇 때문에?"

잠시 촛불의 색이 바뀌며, 주의 몸이 흔들렸다. "누구도 감히 건드릴 수 없는 최상의 자리에 오르고 싶지 않은 사람이 있나요?

"나는 원치 않아!"

"그래요." 주가 말했다. 그의 검은 눈에 슬픔이 가득했다. "당신은 원치 않죠. 하지만 다른 사람들은 그걸 원해요. 그런 사람들 때문에 이 게임은 마지막 순간까지 계속될 거예요. 진우량과 최상의 자리 사이에 있는 다음 인물은 누구죠? 우정승 곽이에요. 그래서 진우량의 다음 목표는 그 사람이에요." 잠시 침묵이 흐른 후, 주가 심각하게 말했다. "너도 너 자신의 문제를 생각해야 해, 마수영. 진우량은 곽씨 가문을 박살 낸 뒤에, 자기 마음에 드는 지휘관에게 너를 물건처럼 보상으로 줄 거야."

그녀도 그 사실을 몰랐다면 공포에 질렸을 거였다. 하지만 마도 이미 그걸 잘 알고 있었다. 그게 여자의 운명이었다. 물론 그 말을 들으며 가슴 아팠지만, 새로운 아픔은 아니었다. 그건 작은 곽과 곧 결혼할 걸 알고 나서 느꼈던, 견디기 힘들었던 고통과 똑같았다. 작은 곽의 죽음을 보면서 가슴 아팠지만, 그렇다고 그녀의 운명에서 바뀐 건 하나도 없었다.

그녀의 생각을 알고 있듯, 그의 표정이 심각해졌다. "그런 일이 일어나게 놔두겠어요, 아니면 다른 삶을 추구하겠어요?

"나는 할 수 없어!" 자신의 날카로운 목소리에 그녀 자신도 놀랐다. "내가 뭐길래, 내가 나의 삶을 바꿀 수 있다고 생각해? 나는 '여자야. 내 삶은 내 아버지 손에 있었고, 다음엔 작은 곽의 손에 있었고, 이제는 다른 사람의 손에 달려있어. 내가 다른 삶을 살 수 있는 것처럼 더 이상 말하지 마! 그건 불가능해…." '그가 이런 사실을 어떻게 이해할 수 있을까?' 부끄럽게도 울음이 터져 나왔다.

잠시 후 주가 말했다. "나도 네가 그런 삶을 바라지 않는 걸 알아. 하지만 다른 삶이 불가능한 건 아니야."

"하지만 어떻게!" 그녀가 울부짖었다.

"나의 편이 되어줘."

그녀가 간신히 눈을 들어 그를 노려봤다. "네 편이 되라고? 진우량의 편이 되란 말이야?"

"그의 편이 아니라." 그가 차분하게 말했다. "내 편 말이야."

그녀가 그의 말을 이해하는 데 시간이 좀 걸렸다. 그녀가 이해하자, 강한 배신감이 가슴을 때렸다. "네 편이 되라고?" 그녀가 힘들게 말했다. "너와 결혼하라고?" 그녀는 시체를 넣는 관처럼 딱딱하고 무서운 정해진 삶의 여정인 결혼과 출산과 의무만 보았다. 거기에 그녀 자신의 욕망을 위한 공간이 어디 있나? 주는 다르다고 그녀는 생각했다. 그렇게 믿고 싶었다. 하지만 주도 다른 남자들과 똑같았다. 작은 곽의 죽음으로 그에게 자기가 원하는 물건을 가질 기회가 생겼다. 혐오감을 느끼는 그녀에게 순맹의 말이 들렸다. '그는 남자처럼 너를 보고 있어.' 그 가혹한 말을 떠올리자, 그녀는 숨조차 쉴 수 없었다. 주는 욕망이 있었다. 그리고 그녀도 욕망을 가질 수 있는 것처럼 그녀에게 말했다. 하지만 주의 말은 결코 진심이 아니었다.

바로 그 순간 그녀에게도 욕망이 생겼다. 그녀는 주에게 상처 주고 싶은 욕망을 느꼈다.

주는 죽일 듯 분노하는 그녀의 눈빛을 봤다. 하지만 다른 남자처럼 분노를 터트리는 대신, 표정이 부드러워져 오히려 마가 놀랐다. "그래. 나와 결혼해 줘. 하지만 작은 곽과의 결혼 같지는 않을 거야. 나는 너의 말을 귀 기울여 들을 거야, 마수영. 너는 내게는 없는 걸 갖고 있어. 너는 심지어 네가 좋아하지 않는 사람을 위해서도 동정심을 느껴." 아주 짧은 순간 반짝하고 사라지는 자책이 보였다. "이 게임을 하는 사람들은 다른 사람들은 생각하지 않고, 최상의 자리에 오르려고 무슨 짓이든 서슴없이 해. 나도 원하는 걸 가지려면 그렇게 살아야 한다고 평생 믿어왔어. 그래, 나는 내 운명이 약속한 걸 원해. 나는 그 무엇보다 그걸 원해. 하지만 이 세상에 진우량 같은 사람만 있다면 우리가 사는 세상은 어떻게 될까? 공포와 잔인한 행위가 넘치는 세상? 나도 다른 길이 있다면 그런 세상을 원치 않을 거야. 하지만 나 혼자 힘으로는 다른 길을 볼 수 없어. 그래서 나의 편이 되어줘, 마수영. 내게 다른 길을 보여줘."

뜻밖의 솔직한 그의 말에 그녀의 분노에 틈이 생겼다. 어쩌면 솔직한 척하는 말에. 번개처럼 내리치는 고통을 느끼며 그녀는 그 말을 믿고 싶었다. 그녀는 주는 다르다고 믿고 싶었다. 주는 자기 약점을 볼 수 있는 사람이라고. 그녀가 주를 필요한 만큼, 주도 그녀가 필요하다고. "너는 다르다고 내가 믿어주길 바라지?" 그녀가 말했다. 창피하게도 그녀의 목소리가 거칠게 갈라졌다. "너는 내게 다른 걸 줄 수 있다고. 하지만 내가 어떻게 그 말을 믿을 수 있니? 나는 믿을 수 없어!"

가슴이 미어지는 고통의 표정이 주의 얼굴을 스쳐서, 마가 놀랐다. 상처받기 쉬운 연약한 모습과 두려움의 그림자. 그녀는 주에게서 그런 모습을 본 적이 없었다. 그들 둘 사이에 있었던 그 어떤 일보다, 그 모습에 그녀는 어쩔 줄 몰랐다. "나도 믿는 게 얼마나 힘든 줄 알아." 주가 말했다. 주의 목소리에서 이해한다는 어조를 다시 들을 수 있었다. 하지만 마는 그게 무엇인지 전혀 이해할 수 없었다.

주가 책을 옆으로 치우고 일어나, 웃옷의 옷고름을 풀기 시작했다. 그 모습이 너무나 기괴해서, 마는 반쯤은 감각이 마비되고 반쯤은 의식이 있는, 공중으로 떠오르는 느낌으로 바라봤다. 이상한 꿈을 꾸는 몽상가인 듯. 웃옷이 주의 어깨를 흘러내려 맨살이 보이기 시작하자, 그녀가 갑자기 당황하며 꿈 같은 상태에서 깨어났다. 그녀가 얼굴을 획 돌렸다. 남자의 피부를 처음 보는 건 아니었지만, 어떤 이유에서인지 그녀의 얼굴이 불타올랐다. 그녀는 웃옷이 떨어지는 소리를 들었다.

그리고 그의 서늘한 손가락이 그녀의 얼굴에 부드럽게 닿아 얼굴을 돌렸다. 그가 말했다. "봐."

한 명은 옷을 입고, 다른 한 명은 옷을 벗은, 그들의 몸이 아주 가까이 있었다. 꿈속에서 보듯, 마는 다른 사람의 몸에서 사발에 담긴 물속에서 흔들리며 보았던 자기 몸의 반영을 보았다.

주도 그녀를 쳐다봤다. 주의 얼굴에서 껍질이 벗겨지며 겉으로 드러난 연약함이 보여, 마가 몸을 움츠렸다. 자신의 상처를 바라보면 곧 죽을 걸 알기 때문에, 자기 상처를 바라볼 수 없는 사람이 마의 눈 속에 보였다.

주가 차분하게 말했지만, 그 목소리 밑에는 온몸이 떨리는 두려움이 숨어있다는 걸 마는 알았다. "마수영. 너는 네가 원하는 걸 보고 있니?"

'나는 여자야.' 마는 조금 전에 주에게 절망적으로 외쳤다. 이제 그녀는 자기 앞에 서있는 자기와 같은 몸을 지닌 인물을 보며, 남자도 여자도 아닌 완전히 다른 실체를 지닌 사람을 보았다. 다를 수 있다던 약속이 현실로 실현된 모습. 그녀는 현기증 나는 두려움을 느끼며, 피할 수 없을 것 같았던 미래는 완전히 무너져내리고, 아직은 실현되지 않은 순수한 가능성만 남는 걸 보았다.

그녀는 주의 작고 굳은살 박인 손을 잡고, 주의 온기가 그녀 몸속으로 흘러드는 걸 느꼈다. 가슴속 텅 비었던 공간이 그녀가 스스로 느끼지 못하게 그동안 막아왔던 온갖 감정으로 불타올랐다. 그녀는 그 감정에 순종하며, 그 감정을 한껏 느꼈다. 그것은 그녀가 경험해 본 가장 아름답고, 가장 무서운 감정이었다. 그녀는 원했다. 그녀는 주가 다를 수 있다고 한 약속이 가져올 모든 걸 원했다. 자유와 욕망과 자기만의 삶. 그리고 그것 때문에 고통을 받는다면, 그녀가 어떤 선택을 해도 고통을 받을 텐데, 왜 그 고통을 두려워해야 하나?

그녀가 말했다. "그래."

15

에선과 그의 일행이 히체투에서 돌아온 후, 안양은 조용하고 잿빛으로 덮여있었다. 긴 회랑은 텅 비어있었고, 궁전 마당에도 사람이 없었다. 텅 빈 메아리치는 공간을 걸어가며, 에선은 세상에 혼자 남은 사람 같은 기분이 들었다. 오우양마저도 너무 멀리 있어 위안이 되지 못했다. 사실 오우양은 언제나 혼자 떨어져 있는 그림자 같았다. 에선이 아버지의 거처에 와서 커다란 마당 입구에 섰다. 모두가 거기 있었다. 그의 전 가족, 부인들과 딸들, 관리들, 하인들이 모두 흰옷을 입고 동시에 조용히 몸을 숙였다. 그가 그들 사이로 걸어갔다. 사람들의 움직임 없는 물결이 천 송이 하얀 과수원 꽃이 꽃잎을 피웠다가 닫는 듯했다. 그들의 흰 상복이 탄식하는 듯했다. 그는 모두에게 그만 떠나라고 외치고 싶었다. '이곳은 너희가 있을 장소가 아니고, 너희 거처도 아니다', '나의 아버지는 죽지 않았다.' 하지만 그는 그러지 못했다. 그가 아버지 거처의 계단을 올라, 몸을 돌려 그들을 바라보았다. 한 사람이 먼저 외쳤다. "허난성 제후를 찬양하라!"

"허난성 제후를 찬양하라!"

그리고 에선은 그곳에 서서, 모든 게 바뀐 걸 알았다. 다시는 예전 같지 않을 것이다.

무더운 여름철, 여러 날 동안 의식이 계속 이어졌다. 에선은 삼베로 지은 상복을 입고, 조상을 모신 사당에 들어섰다. 서늘한 검은 나무에서 향냄새가 배어났다. 깊숙한 곳에 조각상이 서있었다. 미래에 누군가 그를 위해 같은 의식을 하는 으스스한 장면이 갑자기 떠올랐다. 그의 자녀들, 그다음엔 그의 자녀들을 위해 같은 의식을 하는 손자들. 그의 가문에는 계속해서 죽은 사람이 늘어날 거다. 그럼 살아있는 후손이 경배해야 할 조상의 수는 계속 늘어갈 거다.

그는 부처님 앞에 무릎 꿇고, 불경을 담은 금박 입힌 상자 위에 손을 얹었다. 그는 기도하며 아버지의 모습을 떠올렸다. 전사, 진정한 몽골인, 위대한 칸의 충성스러운 신하. 하지만 사당의 퀴퀴한 냄새로 정신이 집중되지 않았다. 그는 정신을 집중해 의미 있는 기도를 할 수 없었다. 그의 입에서 나오는 기도는 무의미해서, 어두운 지하에서 환생을 기다리는 아버지의 영혼을 돕지 못했다.

그의 등 뒤로 문이 열렸다. 사각형 빛으로 그림자가 나타났다. 에선은 동생이 온 걸, 달군 쇠로 몸을 지지는 듯한 고통과 함께 알 수 있다. 성의 없는 연기. 그의 존재 자체가 모욕이었다. 왕 바오싱 때문에 차간이 떨어져 죽은 이후, 동생에 대한 에선의 감정은 날카로워졌다. '순수한 증오심'이었다.

그가 사당지기에게 날카롭게 말했다. "아무도 들여보내지 말라고 말했다."

사당지기가 머뭇거리며 말했다. "주공…. 저, 이분은…."

"누군지 안다! 모시고 나가라."

그는 금박 입힌 불경을 펼쳐놓고, 바닥에 엎드려 의식에 집중하려고 했다. 하지만 그는 하인의 속삭이는 말과 사라지는 그림자, 그리고 문이 닫히면서 어두워진 공간만 의식하고 있었다. 그의 기도는 빈말보다도 더 나빴다. 가슴속에 다른 마음을 품고 입만 움직이는 역적의 겉치레 말처럼 진심이 담기지 않았다.

그가 벌떡 일어섰다. 불경이 바닥으로 떨어졌다. 그 불경스러운 소리에 명복을 비는 의식을 주관하던 승려의 염불이 멈췄다. 에선은 의식에 참여한 다른 사람들의 충격을 느낄 수 있었다. 그들 모두가 그가 다시 의식에 참여해, 의식을 끝내길 바랐다.

"이건 나의 아버지를 진심으로 추모하는 게 아니다." 그가 말했다. "이 의미 없는 말들." 그의 심장이 격렬하게 뛰었다. 그는 자기 몸 안에서 격렬하게 요동치는 피처럼, 자기가 하는 말이 명백한 진실인 걸 알았다. "나는 아버지가 바라실 방식으로 추모하겠다. 아버지에게 어울리는 방식으로."

그가 문으로 성큼 걸어가, 문을 활짝 열어젖히고, 눈부시고 뜨거운 하늘 아래 펼쳐진 밝은 공간으로 걸어 나갔다. 빈 마당에는 흰옷을 입은 수많은 조문객이 돌아가고 그들의 메아리만 남았다. 그런데 오늘은 한 인물이 거기 서있었다. 멀리서도 우아한 흰옷을 입은 창백한 얼굴의 왕 바오싱은 조각한 옥처럼 사람으로 보이지 않았다.

기다리고 있던 오우양이 들어섰다. 에선이 동생에게서 눈을 힘겹게 뗐다. 왕 바오싱이 온 건 불쾌했지만, 오우양이 온 건 위안이 되었다. 오우양은 에선의 세상의 질서와 정의였다.

에선은 격분했던 마음이 진정되는 걸 느꼈다. "자네가 나와 함께 사당에 들어갔으면 좋았을걸. 나 혼자 하고 싶지 않았네."

어두운 그림자가 오우양의 얼굴을 스쳤다. 그의 목소리에는 특유의 거리감이 있었다. "아버지와 조상을 공경하는 일은 아들의 역할입니다. 아버님의 영혼은 주공의 기도만 필요합니다."

"내가 자네를 대신할 기도도 올리지."

"저에 대한 주공의 판단과 아버님의 판단을 혼동하지 마십시오. 아버님의 영혼은 제 기도는 듣고 싶지 않으실 겁니다."

"아버지는 자네를 높이 평가했어." 에선이 뜻을 굽히지 않고 말했다. "아버지는 멍청이를 무척 싫어하셨지. 자네의 능력을 믿지 않으셨다면 자네가 나의 장군이 되도록 허락하셨겠나? 자네가 없다면 허난성 군대의 명성은 땅에 떨어질 거야. 아버지는 자네의 공양도 당연히 원하셔." 그리고 그가 의미 있는 추모 방식을 말했다. "아버지는 전사였어. 우리가 아버지의 영혼에 걸맞는 뜻있는 추모를 하려면 사당이나 절에선 할 수 없어."

오우양이 눈썹을 치켜올렸다.

"우리가 전쟁에서 승리하는 거다. 너와 내가 함께. 우리 허난성 군대가 원나라의 힘을 되살릴 거다. 원나라는 전 세계에서 이 땅을 가장 오래 지배한 나라가 될 거다. 우리 가문은 제국을 수호했다고 영원히 기억될 거다. 그게 나의 아버지가 원하는 최고의 명예가 아닌가?"

오우양이 입가가 움직였다. 미소라기에는 너무 딱딱했다. 그의 얼굴을 스치는 그림자가 마음속 고통을 그대로 드러냈다. 에선은 생각했다. '그도 애도하고 있다.'

오우양이 말했다. "주공의 아버님이 이 세상에서 가장 원하셨던 건 주공이 크게 성공하셔서 조상에게 영광을 드리는 거였습니다."

에선이 아버지를 생각했다. 처음으로 고통 속에서 밝은 미래를 보았다. 아직은 고통을 덮을 수 없지만, 훨씬 더 크게 자랄 수 있는 씨앗 같은 미래였다. '나는 허난성 제후, 위대한 원나라의 수호자다. 아버지와 아버지의 아버지가 그랬던 것처럼.' 현악기의 고음 줄처럼 선명하게 울리는 목표와 운명을 보았다. 에선은 오우양의 얼굴을 보고, 그도 자신처럼 그 목표를 분명히 이해한다고 생각했다. 모든 역경 속에서도 그에게 오우양이 있다는 게 가슴 뿌듯했다.

오우양의 화살이 과녁에 둔탁한 소리를 내며 박혔다. 그는 히체투에서 배신한 후, 할 수만 있다면 에선과 최대한 멀리 떨어져 지낼 계획이었다. 에선의 슬픔과 분노를 보며 견딜 수 없었다. 그런 에선을 보면, 오우양은 자기 몸의 부드러운 모든 부위를 거친 상어 가죽으로 문질러대는 듯한 심한 고통을 느꼈다. 그가 예상하지 못했던 건 노예 시절보다 그를 측근에 더 가까이 두려는 에선의 새로운 욕구였다. 그건 이해할 수 있었다. 오우양은 그걸 예상했어야 했다. '그는 아버지를 잃었다. 그는 동생을 저주한다. 이제 그에게 남은 건 나뿐이다…'

그의 다음 화살은 크게 빗나갔다.

에선이 활시위를 당겼다가 놓았다. "반군이 건강을 점령한 후, 군대를 스스로 물렀어…." 그의 화살은 과녁 정중앙에 꽂혔다. 그는 허난성 제후의 일로 바쁜 와중에도, 사무실로 가기 전에 매일 아침 활을 쐈다. 오우양은 항상 에선과 함께 활을 쏴야 했다.

"내부 권력 다툼입니다." 오우양이 자세를 바로잡으며 말했다. 그의 다음 화살은 에선의 화살과 손가락 하나 정도 떨어진 위치에 꽂혔다. "첩보에 따르면 두 파벌이 주도권을 놓고 싸우고 있답니다. 최신 정보에 따르면 유복통이 젊은 곽 장군을 잔인하게 처형했습니다." 오우양이 깔아놓은 첩보망은 정확하고 신속했다.

"하! 우리가 그들의 장군을 죽이지 않는다고, 그들 스스로 알아서 죽여야 하나?"

키 큰 삼나무가 그들이 활을 쏘고 있는 잘 가꾼 정원에 향기로운 푸른 그늘을 드리웠다. 근처에 있는 연못에는 연꽃이 활짝 폈다. 자주색 등나무꽃이 산책로와 담장 위로 쏟아져 내렸다. 벌써 기온이 올라 새들도 노래를 멈췄고, 벌조차 힘이 없는 듯했다. 조금밖에 운동하지 않았지만, 두 사람 모두 땀을 흘리고 있었다. 에선은 체질적으로 더위에 약했고, 오우양은 늘 여러 겹의 옷을 입었다. 오우양은 목이 막히는 느낌이었다. 평상시에는 일정한 박자에 맞춰 활 쏘는 동작이 몸의 근육을 풀어주었지만, 지금은 근육을 더 긴장시켰다.

하인이 시원한 보리차와 향기 나는 차가운 수건을 가져왔다. 오우양은 차를 얼른 마시고, 수건으로 목덜미를 눌렀다. "주공, 그들이 내부 권력 다툼을 마무리 짓기 전에 공격하려면 출병 날짜를 몇 주

앞당겨야 합니다. 그들의 분열을 이용하는 게 유리합니다."

"그렇게 할 수 있겠나?"

"병참만 충분하면 가능합니다. 하지만 추가 군자금이 필요해서…" 오우양은 그런 자금을 쓰려면 누가 허락해야 하는지는 말하지 않았다. 왕은 히체투에 돌아온 후, 사무실과 거처에만 머물며 모습을 나타낸 적이 거의 없었다. 오우양은 단 한 번 그를 정원에서 우연히 만났다. 그때 왕은 날카로운 적의에 찬 눈길로 그를 자세히 살폈다. 그 눈빛만 생각해도, 오우양은 불안했다.

에선이 입을 열었다. "준비하게. 자네가 군자금을 받도록 내가 조치하겠네. 반군의 공격 목표를 알고 있나?"

오우양은 또다시 칼에 찔리는 고통을 느꼈다. 그가 그토록 다양한 고통을 경험한 적은 없었다. 하나의 고통이 지나면, 또 다른 고통이 끊임없이 찾아왔다. 첫 번째 배신의 고통이 아직 아물지 않는데, 그는 벌써 두 번째 배신을 계획하며 고통을 느꼈다. 그는 반군의 다음 목표를 너무나 잘 알고 있었다. 건강이란 전략적 목표를 포기했다면 그들은 상징적인 승리를 노리는 게 분명했다. 그들의 목표가 원나라의 천명을 의심케 하는 거라면 반군은 허난성 가운데 있는, 달리 말해 원나라의 심장부에 있는 고대 도시를 수복하려고 할 것이다. '야만인들이 쳐들어오기 전 마지막 왕조의 옥좌가 있던 도시'.

중국인이라면 누구나 알고 있었다. 몽골인들이 그를 그들의 일원으로 만들었지만, 오우양은 중국인이었다.

당연히 '카이펑'이었다.

그가 큰 목소리로 말했다. "모릅니다, 주공."

"괜찮네." 에선이 말했다. "반군이 어디를 공격하든, 우리가 질 위험은 없어." 그가 활을 다시 당겼다. "하지만 이번에 강을 건너진 말게."

반군 승려가 홍수를 일으켜 오우양의 병사 만 명을 익사시킨 건 전생의 일처럼 까마득한 과거 같았다. 그 사건으로 모든 게 시작됐다. 그는 무릎 꿇고 모욕당했다. 그는 자기 운명이 눈 앞에 펼쳐지는 걸 보았다. 그래서 그는 배신하고 살인을 저질렀다. 이제 그에게 남은 건 고통뿐이다. 그는 그 승려에 대한 증오심이 솟구치는 걸 느꼈다. 어쩌면 그의 운명은 처음부터 정해져 있었다. 하지만 운명이 마침내 현실로 실현되게 움직인 건 바로 그 저주받을 승려였다. 그 승려가 아니었다면 얼마나 더 오래 오우양이 에선과 함께 지낼 수 있었을까? 그는 에선과 행복했던 시절이 그리웠다. 그런 시절이 다시 오지 않을 걸 깨달으면서, 오우양은 칼에 찔린 듯 아파 숨이 가빴다. 전쟁터에서 전우 사이에 느꼈던 편안한 우정. 함께 옆에서 싸운다는 순수한 기쁨. 그 모든 게 과거의 일이 되었다. 그땐 오우양은 에선의 신뢰를 받을 자격이 있었다.

그의 마음을 알 듯, 에선이 우울하게 말했다. "전쟁터에 나가지 않고 여기 머물러 있는 고통을 어떻게 견딜지 모르겠어. 그리고 제후인데, 나에겐 후계자가 없어." 그의 화살이 둔탁한 소리를 내며 과녁 정중앙에 다시 꽂혔다. 움직이지 않는 목표를 쏠 땐, 오우양이 에선보다 활을 더 잘 쐈다. 하지만 히체투 사건 이후, 에선은 더 공격적으로 변했다. 말을 타고 달리며 쏘건, 제자리에 서서 쏘건, 그의 화살은 늘 과녁에 명중했다.

"만에 하나 주공께 무슨 일이 생긴다면…." 오우양이 말했다.

"나도 아네." 에선이 씁쓸하게 말했다. "혈통이 나에게서 끝나지. 아, 내 여자들은 단 한 가지 일도 제대로 하지 못해!"

그들이 화살을 빼러 걸어갔다. 에선의 화살들은 너무 깊숙이 박혀, 단도를 이용해 빼내야 했다. 그가 단호하게 말했다. "나를 위해 승리하게, 오우양. 나의 아버지를 위해."

오우양은 그가 나무를 단도로 찌르는 모습을 지켜봤다. 그의 전형적인 우아한 몸에 어울리지 않게 어두운 감정이 넘쳐흘렀다. 그 모습을 보며, 오우양은 자기가 완벽하게 아름다운 걸 파괴했다고 느꼈다. 차간의 죽음은 피할 수 없었다. 차간이 오우양의 가문을 멸족시켰을 때, 그건 운명이 되었다. 그런 면에서 차간을 죽인 건 죄가 아니었다.

하지만 에선을 파괴하는 건 죄였다.

에선은 아버지의 책상에 앉았다. 그는 그게 싫었다. 전통에 따라 그가 아버지의 지위를 이어받은 후, 그와 아내들과 전 식구가 모두 차간의 거처로 옮겨 살았다. 다른 사람이라면 추억을 되살리는 친근한 장소가 좋았겠지만, 에선은 추억이 싫었다. 거처를 걷다 보면 갑자기 추억이 떠올라 얼굴을 주먹으로 치는 듯했다. 유일한 위안은 오우양을 강제로 자신의 거처로 옮겨 살게 만든 거였다. 지위에 어울리지 않게 홀로 사는 오우양은 에선에게 언제나 수수께끼였다. 그의 마음을 가장 잘 아는 사람이 혼자 살겠다고 고집하며, 자신을 외롭게 만드는 게 에선은 몹시 싫었다. 하지만 오우양은 항상 손이 닿지 않는 무엇을 갖고 있었다. 에선은 그를 가까이 두고 싶었지만, 그는 항상 멀어져갔다.

사무실 문이 열리며, 색목인 관리가 한 뭉치의 서류를 든 하인과 함께 들어왔다. 모든 관리가 에선에겐 똑같이 보였지만, 이 관리의 얼음처럼 차가운 눈은 남과 달랐다. 에선의 기분이 즉시 나빠졌다. 그는 동생의 비서였다.

색목인이 당당하게 다가와 예의를 갖췄다. 서류 뭉치를 가리키며, 그가 말했다. "서류에 허난성 제후의 직인이 필요해서…."

에선은 짜증을 꾹 참고 오동나무 상자에서 아버지의 도장을 꺼냈다. 도장 표면에 붉은 인주가 묻어있었다. 그걸 보자 에선은 매우 우울해졌다. 그는 평생 의자에 앉아 서류에 도장이나 찍는 삶을 견딜 수 없었다. 그는 맨 위에 있는 서류를 들고 잠시 머뭇거렸다. 모두 한자로 써있었다. 에선이 화가 치밀어 서류 뭉치를 빼앗아 보니, 모든 서류가 한자로 써있었다. 에선은 항상 자기 능력에 자부심을 품고 살았다. 하지만 동생이나 심지어 아버지와 달리, 그는 몽골어 외에 아는 글자가 없었다. 전에는 그게 문제가 되지 않았다. 참을 수 없는 수치심이 마구 끓어올랐다. 색목인을 향해, 그가 언짢은 목소리로 말했다. "왜 이런 쓸모없는 글자로 썼지?" 동생의 비서가 감히 눈썹을 치켜올렸다. "제후님, 아버님께서는…."

그의 무례한 태도 뒤로 동생의 거만한 얼굴이 에선의 눈에 보였다. 그는 분노를 참을 수 없었다. "감히 말대꾸해! 엎드려라!"

색목인이 머뭇거리다가, 몸을 낮추고 바닥에 이마를 댔다. 밝은색 옷소매와 속에 입은 치마가 그의 주변 어두운 바닥에 넓게 퍼졌다. 그는 보라색 옷을 입고 있었다. 한순간 에선은 절벽에서 떨어진 아버지의 모습이 보여 놀랐다.

동생의 비서가 별로 뉘우치지 않는 낮은 목소리로 말했다. "소신, 제후님의 용서를 빕니다."

에선이 서류를 손으로 꽉 쥐어 꾸겼다. "관리 따위가 개 같은 내 동생이 뒤에 있다고 건방을 떨어? 내가 내 동생의 꼭두각시로 보이냐? 내가 읽지도 못하는 서류에 도장을 찍게? 우리는 위대한 원나라다. 우리의 말은 몽골어다. 몽골어로 바꿔라!"

"제후님, 몽골어 교육이 충분하지 않아서…" 에선이 화를 내며 책상에서 일어나, 그를 걷어찼다. 동생의 비서가 개처럼 깨갱거리는 소리를 냈다. "아이고, 제후님! 용서를…"

에선이 소리쳤다. "내 동생에게 말하라! 네놈과 다른 머저리 관리들을 모두 해고하고, 몽골어를 쓸 줄 아는 사람을 찾으라고 해. 가서 말해라." 그가 꾸겨진 서류를 바닥에 던졌다. 동생의 비서가 급히 서류를 챙겨 도망치듯 나갔다.

그는 그 자리에 서서 가쁜 숨을 들이쉬었다. '바오싱이 나를 관리 앞에서 바보로 만들려고 했다.' 그 생각이 사라지지 않았다. 그 생각이 계속 머릿속을 돌며 분노와 증오심을 부추겼다. 안양으로 돌아온 후, 그는 이제는 동생이 없다고 생각하려고 애썼다. 그는 머릿속에서 왕 바오싱을 지우며, 아버지를 잃은 배신감과 고통이 사라지길 바랐다. 하지만 그렇게 되질 않았다.

그가 가까이 있는 하인에게 지시했다. "왕 바오싱을 소환하라!"

한 시간이 넘게 지나서야, 바오싱이 나타났다. 그의 가냘픈 중국인 체구가 더 야위고, 눈 밑에는 검은 그림자가 생겼다. 눈에 익은 능글맞은 미소 뒤에 맹독을 지닌 독버섯처럼 창백하고 독살스러운 무엇인가 있었다. 그가 아버지 책상 앞에 늘 서던 자리에 섰다. 아버지 의자에 앉은 에선은 기분이 나빠서 명료하게 생각할 수 없었다.

그가 언짢은 말투로 말했다. "너는 나를 기다리게 했다."

"소신이 허리 굽혀 사죄합니다, 제후님. 제 비서가 불손해서 진노하셨다고요." 바오싱은 평범한 회색 옷을 입고 있었지만, 몸을 숙이자 비단실이 등불을 받아 바위틈에 낀 보석 광맥처럼 빛났다. "제가 그 문제에 대해 책임지겠습니다. 대나무로 20대 때리겠습니다." 그건 순전한 연기였다. 단지 겉모습이었다. 에선은 동생이 전혀 잘못을 인정하지 않는 걸 알았다. "그리고 다른 문제가 있다고요. 글자 문제요?"

바오싱이 능글맞게 말했다. "제후님께서 원하신다면 바꾸도록 하겠습니다."

바오싱은 에선이 화내길 기다리고 있었다. 그는 에선이 거칠게 격노하며 본심을 드러내길 원했다. "그럼 바꿔. 또 다른 문제가 있다. 내가 오우양 장군에게 출병 날짜를 앞당기라고 명령한 걸 알고 있겠지? 그래서 추가 군자금이 필요하다. 최대한 빨리 군자금을 지출해."

바오싱의 고양이 눈이 가늘어졌다. "시기가 적절치 않습니다."

"내가 부탁한다고 생각하나?"

"현재 진행 중인 여러 큰 사업들이 있습니다. 이런 중요한 시기에 자금을 회수하면 사업에 지장이 생깁니다.

"무슨 큰 사업들?" 에선은 경멸하고 있었다. "길을 더 짓겠다고? 도랑을 파나?" 그는 동생이 소중하게 여기는 걸 깔아뭉갠다는 생각에 비정상적인 짜릿한 흥분을 느꼈다. 고통은 고통으로 갚는다. "길과 전쟁, 무엇이 더 중요하냐? 어디서 마련하든 신경 쓰지 않겠다. 가능한 모든 자금을 끌어모아."

바오싱이 비웃었다. "반군과 한 번 전투를 치르려고, 내가 수고해 이룬 모든 노력을 헛수고로 만들고 정말 파산하고 싶어?" 그의 뒤쪽 벽에는 죽음을 애도하는 세 개의 말꼬리 깃발이 열린 창문으로 들어오는 바람에 펄럭였다. 증조할아버지, 할아버지, 그리고 아버지를 위한 깃발이었다. "이번 전투에서 이기지 못하면 어떻게 될 줄 알아? 수치스럽게 황실에 가서, 원나라를 계속해서 방어할 군자금이 없다고 말하겠어? 황실의 유일한 관심은 군대를 유지할 수 있는 우리의 능력이야. 이긴다고 장담할 수 없는 전투를 위해 그 능력을 버릴 거야."

"이긴다고 장담할 수 없어…!" 에선이 믿을 수 없어 소리 질렀다. "우리가 질 수 있다고 감히 생각하냐."

"지난번 전투에서 병사 만 명을 잃지 않았어? 그런 일은 또 일어날 수 있어! 아니면 현실은 생각하지도 않고, 형의 꿈대로 미래가 펼쳐질 거로 믿는 거야? 만약 그렇게 믿는다면 형은 아버지보다도 더 구제 불능이야."

에선이 의자에 털썩 주저앉았다. "감히 내 앞에서 아버지를 말해?"

"왜?" 바오싱이 다가오며 말했다. 그의 목소리가 높아지고 있었다. "왜 나는 아버지에 대해 말할 수 없지? 형은 내가 무슨 짓을 했다고 생각하는 거야?"

에선의 목소리가 격양되었다. "네가 한 짓은 네가 알잖아!"

"내가 알아?" 바오싱은 얼굴에는 혐오한다는 차가운 가면을 쓰고 있었지만, 가슴은 거칠고 빠르게 오르내렸다. "우리 둘 사이에 그걸 분명히 해. 형의 생각을 솔직히 말해." 그가 책상 위로 몸을 기울이며 소리쳤다. "말해!"

"내가 그걸 말해야겠어?" 에선이 소리쳤다. 그의 심장은 전쟁터에서 말을 타고 돌격하듯 미친 듯 고동쳤다. 차가운 땀이 온몸에서 흘렀다. "용서를 구해야 할 사람은 네가 아니야?"

바오싱이 웃었다. 하지만 으르렁거리는 소리처럼 들렸다. "용서. 형이 나를 용서하겠어? 내가 무릎 꿇고 형의 처벌을 받고, 용서를 빌며 바닥을 기며, 형이 나를 멸시하는 말을 들어야 해? 내가 왜 그래야 해?"

"그냥 인정해…."

"나는 아무것도 인정할 수 없어! 내가 그럴 필요도 없어! 형은 이미 멋대로 판단을 끝냈으니까." 태풍에 요동치는 배 갑판 위에서 미끄러지는 사람처럼, 바오싱은 책상을 꽉 잡고 매달렸다. 그의 가느다란 눈이 강렬하게 빛났다. 에선은 동생의 눈빛을 보며, 실제로 주먹으로 맞는 느낌이었다. "논리적으로 생각하길 거부하는 바보와 논리를 따질 수 없어. 우리 아버지는 바보였고, 형은 아버지보다 훨씬 더 바보야! 내가 무슨 말을 하든 내가 무슨 행동을 하든, 두 사람은 나를 무시했어. 형은 마음속으로 내가 아버지에게 나쁜 짓을 했다고 오해했다고 있어. 난 그런 적이 없어. 아버지가 나를 무릎 꿇게 하고 내가 태어난 걸 저주할 때도, 나는 그런 생각조차 하지 않았다. 형은 내가 아버지를 죽였다고 생각하지!"

무서운 생각에 에선의 심장이 마구 뛰었다. "입 닥쳐."

"그런 다음 어떻게 해? 사라져? 영원히 조용히 살아? 형은 나를 없애고 싶지. 다시는 내 얼굴을 보고 싶지 않지. 하지만 안타깝게도 우리 아버지가 나를 정식으로 입양해서, 위대한 칸만이 귀족 지휘를 빼앗을 수 있어." 그의 목소리가 조롱하며 높아졌다. "그럼 나를 어떻게 할 거야, 형?"

에선이 워낙 책상을 세게 내려쳐, 바오싱이 책상에서 떨어지며 비틀거렸다. 그는 몸을 바로잡고 에선을 무섭게 노려봤다. 에선이 찾던 진심이 그 눈빛에 담겨있었다. 그 눈빛이 두 사람 사이를 내려치는 도끼날처럼 갈라놓았다.

에선도 자기 목소리가 싫었다. 그건 아버지의 목소리였다. "아버지가 너를 제대로 봤어. 너는 전혀 쓸모없어. 사실 그만도 못해. 너는 저주야. 우리 집안이 너를 입양한 날을 저주한다! 내가 위대한 칸의 권위는 없지만, 우리 조상은 너를 가문에서 내쫓고 싶은 나의 마음을 알 거다. 꺼져!"

창백했던 바오싱의 뺨이 붉게 물들었다. 그의 몸이 심하게 떨렸다. 그가 주먹을 꽉 쥐고 입술을 깨물고, 오랫동안 에선을 바라봤다. 그리고 그는 더 이상 말하지 않고 나갔다.

"장군?" 하인이 문틈으로 불렀다. 그는 오우양이 목욕하는 걸 도우려고, 오우양의 의사를 묻고 있었다.

"기다려라." 그가 짜증스레 말했다. 그가 욕조에서 나와 속옷을 입었다. 그가 모든 일을 스스로 하는 게 하인은 당황스러워 입을 다물었다. 하인들은 환관 주인의 특이한 행동에 아직 익숙하지 않았다. 에선은 오우양을 자기 거처로 옮기게 한 후, 필요 없는 하인들까지 굳이 보냈다. 그런 친절이 곧 어색해졌다. 하인 중 몇 명은 오우양이 노예였던 시절 알던 사이여서, 그는 그들을 돌려보내야 했다.

그가 욕실에서 나와, 머리를 빗는 건 허락하며 말했다. "욕실에서 거울을 치워라."

"네, 장군."

하인이 머리를 빗고 있는 동안, 그는 앞을 바라보았다. 색바랜 바닥에 가구가 전에 있었던 자리에 검은 사각형이 남아있었다. 주인이 죽어서 친척들이 모든 물건을 가져간 집처럼. 다른 사람이 오랫동안 쓰던 거처에서 사는 건 유쾌하지 않았다. 그는 계속해서 전 주인의 흔적을 느끼고 있었다. 에선이 염소 가죽으로 만든 말 굴레에 바르던 기름 냄새. 하인들이 에선의 옷에 썼던 비누와 향수가 섞인 특이한 냄새.

밖에서 있던 하인이 외쳤다. "허난성 제후께서 납시오."

오우양은 에선이 들어오는 걸 보며 놀라서 쳐다봤다. 그가 에선을 찾아갔지, 반대로 에선이 온 적은 없었다.

집 안이 텅 빈 걸 보며, 에선이 웃었다. 그의 목소리가 흐릿했다. 그는 술에 취해있었다. "내가 자네에게 넓은 거처를 주어 제후처럼 살수 있게 했더니, 자네는 여전히 땡전 한 푼 없는 군인처럼 사는군. 왜자네는 필요한 게 없나? 내가 자네에게 무엇이든 줄 수 있는데."

"그러신 걸 잘 압니다, 주공. 하지만 저는 필요한 게 없습니다." 오우양이 에선을 탁자로 안내하며, 하인에게 술을 가져오라고 손짓했다. 에선은 술에 취하면 늘 기분이 좋았다. 하지만 지금은 술에 너무 취해 슬픔을 자제하지 못하고 있었다. 슬픔이 불안하고 위험하게 넘쳐흘렀다. 오우양은 준비할 시간이 없었던 게 아쉬웠다. 자기를 보호해 주던 늘 입던 여러 겹의 옷도 없고, 어깨 위로 머리카락도 늘어져 있자, 그는 불안하게 위험에 노출되었다고 생각했다. 속이 너무 겉으로 드러났다. 에선의 슬픔에 너무 위험하게 노출됐다.

에선이 술을 덥히는 동안 말없이 기다렸다. 그는 아직도 흰 상복을 겉에 입고 있었다. 하지만 오우양은 상복의 갈라진 사이로 화려한 색의 옷을 볼 수 있었다. 에선에게서 술 냄새가 여자의 꽃 향수 냄새와 섞여 나왔다. 에선은 조금 전까지 부인 중 한 명과 함께 있다가 온 게 분명했다. 벌써 밤 10시가 넘었다. 그는 오후부터 그 부인과 먹고 마신 듯했다. 오우양은 그런 생각을 하며, 강한 거부감을 느꼈다.

"이리 내놔라." 에선이 하인에게서 술병을 받아 들고 하인을 내보냈다. 오우양이 에선을 믿을 수 없어, 술병을 받아 두 사람의 잔에 술을 부었다. 에선이 술잔을 받아 천천히 들고, 술잔을 들여다보며 고개를 저었다. 그의 머리카락에 달린 옥구슬들이 서로 부딪치며 찰랑거리는 소리를 냈다. 한참 후 그가 말했다. "모든 사람이 내게 경고했지. 자네도 경고했지. 하지만…, 나는 이렇게 될 줄 몰랐어." 그의 목소리에서 못 믿겠다는 불신의 감정이 괴롭게 흘러넘쳤다. "내 형제가."

오우양은 자기감정을 돌처럼 단단하게 될 때까지 꽉 억눌렀다. "그는 형제가 아닙니다. 그는 주공 아버님의 피를 받지 않았어요."

"그게 무슨 문제인가? 아버지가 왕을 입양했고, 나는 그를 형제로 생각했고, 우리는 함께 자랐어. 나는 그가 결코 다르다고 생각하지 않았어. 그가 전사는 아니었지만. 우리는 달랐지, 하지만…" 그가 한순간 추억에 잠기는 듯하다가, 몸을 떨면서 거칠게 숨을 내쉬었다.

다른 사람이 소중히 여기는 걸 파괴한다고, 자신이 잃은 걸 되찾을 순 없다. 그렇게 하면 슬픔이 전염병처럼 퍼질 뿐이다. 오우양은 에선을 보면서 자신과 에선의 고통이 뒤섞이는 걸 느꼈다. 복수와 슬픔에는 시작과 끝이 없는 듯했다. 시작과 끝이 하나로 단단히 묶여있었다. 오우양이 말했다. "잃은 사람이 소중한 만큼 슬픔은 커진다고 합니다. 아버지처럼 소중한 사람은 없지요."

"이게 얼마나 오래 갈까?"

오우양은 다른 모든 감정처럼 슬픔도 끝이 있다고 한때는 믿었던 걸 기억했다. 그들 사이 탁자 위에 놓인 등불이 흔들리다가 희미해졌다. 계속 부풀며 커지기만 하는 그의 슬픔이 닿는 모든 걸 부수는 사나운 폭풍우인 것처럼. 그가 말했다. "저는 모릅니다."

에선이 신음했다. "아, 가족이 없다면 삶이 얼마나 편할까. 깨끗하지. 이 걱정거리들, 귀찮은 식구들이 없다면." 에선은 술에 취해 말이 너무 많았다. 오우양은 괴로워하는 그를 바라보며, 항상 알고 있던 사실을 재확인했다. 오우양도 부모가 있어 세상에 태어났다는 걸, 오우양에게도 가족이 있었다는 걸, 오우양도 아들이고 형제였다는 걸 에선은 잊고 있었다. "나도 자네처럼 되어, 나의 칼만 사랑했으면 좋겠어. 이 모든 건 없이…." 에선이 술을 벌컥 들이켰다.

작은 날벌레 떼가 작은 구름처럼 사그라드는 등불을 둘러싸더니, 여름밤에 벌레 타는 냄새를 피웠다. 에선은 자기 술잔에 온통 정신이 팔려, 오우양이 함께 마시는지 않는지 쳐다보지도 신경 쓰지도 않았다. 야간 경비병이 담 밖을 지나갔다.

오우양이 술잔을 다시 채우는데, 에선이 그의 팔을 붙잡고 술에 취해 어눌했지만 뜨거운 감정을 쏟아냈다. "자네, 자네가 내가 믿는 유일한 사람이야. 나는 내 형제도 믿을 수 없지만."

그의 손이 닿자, 힘겹게 감정을 누르고 있던 오우양이 깜짝 놀랐다. 에선의 손에서 오는 따스함과 강력한 촉감을 얇은 한 겹의 속옷으로는 막을 수 없었다. 그가 긴장하는 걸 느끼며, 에선이 머리를 저으며 불쾌해져서 말했다. "왜 자네는 그렇게 격식을 차려야 하나? 우리가 친숙해질 만큼 함께 오래 지내지 않았나?"

오우양이 에선의 몸을 다시 보았다. 강철같이 단단한 순수한 근육질인 에선의 몸. 지쳤고 술에 취했지만, 그의 카리스마는 여전히 강력했다. 그의 손가락이 오우양의 손목을 잡았다. 오우양은 즉시 뿌리칠 수 있었다. 하지만 그는 가만히 있었다. 그가 에선의 친숙한 얼굴을 보았다. 고통으로 전에 없었던 낯선 주름들이 새로 생겼다. 그의 부드러운 콧수염과 턱수염을 입술이 가르고, 튼튼한 목에서는 맥박이 칠 때마다 핏줄이 꿈틀거렸다. 오우양의 몸보다 훨씬 더 큰 몸. 슬픔과 술에 취했어도 그는 이상적인 전사의 모습을 지녔다. 잘생기고, 강건하고, 명예로운. 오우양은 담 밖으로 야간 경비병이 걷는 소리를 다시 들었지만, 에선에게서 눈을 뗄 수 없었다.

에선이 술에 취해 요구하듯 말했다. "바오싱은 결코 나를 돕지 않을 거야. 하지만 자네는 나를 위해 무엇이든 해주겠지, 그렇지 않나?"

오우양이 마음속에 떠오르는 자기 모습에 몹시 놀라 몸을 움츠렸다. 에선은 주인이고, 자신은 노예보다도 못했다. 자신은 귀여움을 받으려고 에선의 발을 핥는 개처럼 보였다. 인간이 아니라 물건이었다. 하지만 에선이 음란한 눈빛으로 그를 바라보았지만, 오우양은 그 눈빛을 피하지 않았다. 에선이 눈길을 마주한 채 천천히 손을 뻗쳐 손가락으로 오우양의 머리카락을 뒤로 쓸어 넘겼다. 굳은살 박인 손가락이 뺨과 목을 천천히 스치는 이상한 감촉을 느꼈다. 오우양은 그 손길로 몸을 기울이진 않았지만, 그 손길을 허용했다. 그들 사이의 분위기가 팽팽해졌다. 에선의 몸이 그렇게 가까이 닿는데, 오우양은 그걸 거부하지 않는 자신이 몹시 싫었다. 오우양은 자기 얼굴은 늘 그렇듯 아무 표정도 드러내지 않고 있는 걸 알고 있었지만, 몹시 두렵거나 격렬하게 운동하고 난 뒤처럼 호흡이 가빠지고 맥박이 빠르게 뛰었다.

에선이 오우양이 전에는 들어본 적이 없는, 다양하게 해석될 수 있는 낮고 은근한 목소리로 말했다. "자네는 정말 여자처럼 아름다워."

오우양은 에선이 눈치채지 못한 걸 알지만, 잔으로 촛불을 덮어 끄는 정도의 아주 짧은 순간 몸을 움직이지 않고 에선의 손길을 기다렸다. 그는 수치심을 느꼈다. 피는 차갑게 흐르고, 몸은 뜨겁게 불탔다. 날카로운 칼날이 천천히 심장을 베는 느낌이었다. 오우양이 몸을 뺐다. 에선이 한동안 몸을 앞으로 기울이고 있다가, 몸을 세우며 다시 술잔을 들었다.

오우양이 떨리는 손으로 자기 잔에 술을 붓고 벌컥 들이켰다. 억눌렸던 감정이 침을 쏘아대는 말벌 떼처럼 폭발했다. 그는 에선을 배신했었다. 하지만 이제 에선이 그를 배신했다. 그들이 오랫동안 그토록 수많은 일을 함께 겪어왔는데, 오우양이 그런 말을 들으면 좋아할 거로 에선은 생각했다. 오우양은 그런 에선을 이해할 수 없었다. 오우양이란 존재의 핵심인 수치심을 어떻게 에선이 이렇게까지 모를 수 있나? 애정과 증오가 뒤섞여 불타는 괴로운 심정으로, 오우양은 분노했다. '에선은 일부러 나를 알려고 하지 않는다.'

에선의 눈동자는 이미 흐려지고 있었다. 마치 아무 일도 없었다는 듯이. 에선에겐 그럴 수 있다고 오우양은 생각했다. 그는 원하는 것을 모두 갖고 있었다. 거기에는 오우양도 포함됐다. 그는 아름답고 소중한 물건에 손만 뻗치면 가질 수 있었다고 착각하고 있었다. 에선은 그 물건이 사실은 그의 소유였던 적도 없고, 이제 그 아름다운 물건이 그의 손아귀에서 벗어나고 있는 걸 알지 못했다.

"장군이 그 일을 해냈군요." 사오가 차간의 죽음에 대해 말했다. 그들은 오우양의 방에 앉아있었다. 오우양은 사오가 썰렁하게 텅 빈 방 안에 놓인 탁자와 의자 몇 개를 쳐다보는 모습을 지켜봤다. 사오는 오우양을 이해했지만, 그걸 비열하게 이용했다. 오우양은 사오가 자기 비밀을 아는 게 몹시 싫었다.

"그래." 오우양이 차갑게 말했다. "내가 못 할 거로 생각했나?"

사오가 자기 생각은 자기 문제라는 듯 어깨를 으쓱였다.

"허난성 제후가 출병을 앞당기라고 명령했다." 오우양이 말했다. 탁자 위에는 자세한 정보가 적힌 문서가 있었다. 병사와 장비, 그리고 엄청난 양의 물자가 적혀있었다. "이제 군자금이 해결됐으니, 보급품 운송 방법을 빨리 결정해야 해."

"알탄 후임은 어떻게 하죠? 그 부대 지휘관을 결정해야 합니다. 주가간이 그 자리를 차지하고 싶어 합니다." 주가간은 에선의 셋째 부인의 친척인 젊은 몽골인이었다.

오우양이 보기엔 주가간과 알탄은 다르지 않았다. 그들은 평생 원하는 모든 걸 가져온 특권층 젊은이였다. "그 자리를 조만에게 줘."

그들은 낮은 목소리로 말했다. 창호지는 목소리가 새어나가는 걸 막아주지 못했다. 하지만 창호지가 열기를 가두어, 창문이 닫힌 방 안은 후덥지근했다. 사오는 여자에게서 빌려 온 듯한 둥근 부채로 연신 부채질했다. 부채에는 사랑과 결혼을 상징하는 한 쌍의 원앙이 그려져 있었다. 오우양은 사오에게 아내가 있는 게 분명하다고 생각했다. 하지만 그는 그 문제에 관해 물어본 적이 없었다.

"중국인 지휘관이 한 명 더 늘어난 걸 제후가 싫어하지 않을까요?"

"제후는 내게 맡겨." 오우양이 말했다. 사오가 좀 더 자세히 말해주길 은근히 기다렸다. 오우양은 그런 사오가 짜증스러웠다.

오우양의 피가 끓어오르게, 사오가 모든 걸 안다는 듯 눈썹을 치켜올렸다. 사오가 얼른 화제를 돌렸다. "반군이 이번엔 어디를 공격할까요?"

"모른다고?" 오우양이 말했다. "생각해 봐."

사우가 이해할 수 없는 어두운 표정을 지었다. "카이펑이겠죠."

"정확히 맞췄군." 오우양이 무뚝뚝하게 말했다.

"그런데 장군께선 그걸 몽골인들에게 알려주실 겁니까?"

오우양의 어조가 날카로워졌다. "내가 원하는 걸 잘 알 텐데."

"아, 다른 사람은 절대 원치 않은 운명이요." 사오의 목소리에는 잔인함이 노골적으로 묻어났다. 사오의 부채에서 나오는 바람이 오우양의 심기를 불편하게 했다. "장군께서 그걸 감당할 힘이 있길 바랍니다."

오우양은 부채를 빼앗아서 부시고 싶은 충동을 느꼈다. "내 고충에 대한 자네 관심은 감동적이군. 하지만 운명이 정해진 거라면 내 힘은 중요하지 않아. 하늘을 탓하고, 조상을 탓하고, 전생에서 나의 삶을 탓해야지." 다른 사람도 아닌 사오에게 자기 심정을 더 이상 말하고 싶지 않아, 그가 말을 끊었다. "무기를 점검해. 보급과 통신 장교들은 내게 오라고 해."

사오가 부채를 허리춤에 끼고 일어나 군대식 예의를 갖췄다. 그는 경멸과 흥미 섞인 표정을 짓고 있었다. "네, 장군."

오우양은 참고 넘어갈 수밖에 없었다. 그들은 서로가 필요했다. 그들 각자 자신들의 목적을 달성하면 그것으로 끝이었다.

16

마수영을 포함해, 안펑에 사는 그 누구도 흰 상복을 입고 작은 곽의 죽음을 애도할 수 없었다. 그를 추모하는 유일한 물건은 마의 부탁으로 주가 불당에 세운 신위였다. 그것마저도 다른 망자들의 신위 뒤에 숨겨야 했다. 작은 곽의 부대는 새로 지휘관으로 임명된 이진강에게 넘겨졌다. 이제 순맹이 우정승 곽 파벌에 남은 유일한 지휘관이다. 작은 곽이 죽은 후, 마는 순맹과 우정승 곽자흥 두 사람 모두 공식 자리에서 보지 못했다.

진우량이 곽 파벌을 없애려는 마지막 음모를 꾸미고 있는 건 분명했다. 그러면 살아남은 사람은 모두 진의 편이 되어, 진을 막을 수 있는 유일한 사람은 피해망상증에 걸려 쉽게 속아 넘어가는 승상만 남게 된다. 승상 유복통과 달리, 진우량은 홍건군과 소명왕을 믿는 중국인을 위해서가 아니라, 잔인한 공포로 지배하는 자기 세상을 만들려고 원나라와 싸웠다.

마수영은 그 생각만 하면 두려움에 떨었다. 하지만 그날 오후는 달랐다. 그녀는 붉은 신부 의상과 베일을 쓰고 절 계단을 내려가면서, 모든 걱정이 새로운 빛으로 씻겨 사라지는 듯한 기분이었다. 그녀는 평생 결혼을 의무라고 생각하며 살았다. 결혼이 탈출이 되리라곤 꿈도 꾸지 못했다. 하지만 있을 수 없는 사람이 그녀에게 있을 수 없는 선물을 주었다. 베일로 세상이 붉게 보였지만, 처음으로 붉은색이 피가 아니라 행운을 의미했다. 그녀는 베일 속에서 두 사람을 묶은 천을 잡고, 계단 아래로 그녀를 이끄는 붉은 옷을 입은 작은 인물을 보며 행복에 넘쳤다.

주가 계단 아래 모인 축하객에게 가다가, 갑자기 멈춰서 고개를 숙였다. 베일에 가려 앞이 잘 보이지 않던 마도 갑자기 멈추어 섰다.

"주 공자." 축하객 사이로 진우량이 나타나 인사했다. "이제 결혼까지 하시니, 지휘관 주라고 불러야 하겠군. 회색 승복을 벗으니 못 알아보겠구려! 축하드리오."

그가 웃으며 주에게 선물을 건넸다. "신부가 아름다운 마수영이구려." 베일로 얼굴을 가렸지만, 마는 사물을 꿰뚫어 보는 그의 호랑이 눈에 움칠했다. 그가 그녀에게 말을 건넸다. "잘생긴 지휘관 순맹의 손에 뜨거운 차를 부어줄 거로 생각했는데. 하지만 현명한 여자라는 걸 알고 있었소. 훌륭한 선택이오."

그가 다시 주에게 돌아서며 말했다. "승상께서도 축하의 말씀을 보내셨소. 승상께서는 다른 지휘관들의 병사들도 주 지휘관의 병사들처럼 기강과 충성심이 높다면 좋겠다고 자주 말씀하시오. 예를 들어, 지휘관 이진강은 전임자가 무능해서 문제가 많은 병사를 지휘하고 있소." 진의 목소리는 온화했지만, 주에 대한 그의 관심을 보며, 마는 곤충 수집가가 곤충에 꽂는 핀을 떠올렸다. "키가 크고 머리가 짧은 분이 차석 지휘관이죠. 그도 승려였소?"

주도 신부 마수영처럼 서늘한 두려움을 느꼈지만, 주는 그걸 숨기며 말했다. "차석 지휘관 서달도 황각사에서 서품받았습니다."

"잘됐구려." 진이 말했다. "다음 달부터 차석 지휘관을 지휘관 이에게 보내는 게 어떻겠소? 그러면 병사들에게 좋은 영향을 미칠 거요. 불경과 충성심을 가르치게요. 어떻게 생각하시오?"

마의 두려움이 다시 고개를 들며, 조금 전까지 느꼈던 모든 행복을 지웠다. 주의 가장 절친한 친구를 인질로 잡아, 곽 파벌에 대한 음모가 무엇이든 자기를 지지하게 강요하려는 계책이었다.

주도 그걸 모를 리 없었지만, 단순히 고개만 숙였다. 주가 결혼식을 위해 쓴 검은 모자가 진의 모자와 어울려, 두 사람은 과거 송나라 시대의 스승과 제자처럼 보였다. "좌정승 대감님의 지시를 따르겠습니다. 허락하신다면 결혼 잔치가 끝나는 대로 차석 지휘관을 보내겠습니다."

진이 미소 지었다. 그의 뺨에 수직으로 난 주름살이 깊어져 칼에 맞은 상처처럼 보였다. "그럼 정말 좋지요."

주와 마의 신혼집은 막사 안에 있는 소박한 방이었다. 방은 전생

에 군대 깃발이었을 듯한 붉은 깃발들로 장식되었다. 햇살이 거친 나무 벽에 난 틈으로 반짝이며 새어들어, 방은 대나무 숲에 어린아이들이 지은 비밀 장소 같은 분위기를 주었다.

마수영이 베일을 벗었다. 그녀가 주 옆 침상에 앉자, 머리카락에 매단 머리 장식이 서로 부딪치며 가벼운 종소리를 냈다. 주는 그녀가 다른 여자 옆에 앉을 때보단 멀리, 하지만 남자 옆에 앉을 때보단 가까이 앉는 걸 알았다. 주는 주중팔이 아니라, 환관 장군과 같은 부류에 속했다. 두 사람은 남자도 여자도 아니었다. 그런 생각이 들자, 불안한 전율이 온몸으로 퍼졌다. 마에게 자기 비밀을 밝히면 하늘도 위대한 인물이 될 운명의 소유자가 바뀌었다는 사실을 알 위험이 커진다고 주는 생각했다. 주가 가장 걱정하는 건 알 수 없는 부분이었다. '위험은 단지 위험에 불과하다.' 주가 마음속으로 다시 다짐했다. 확실하게 자신 있었다면 주는 결혼하지 않았을 거였다. '위험은 관리할 수 있다.'

주가 그 생각을 떨쳐버리고 기분 좋게 말했다. "진우량 때문에 내가 늘 꿈꿨던 낭만적인 결혼식이 아니었어."

마가 주의 팔을 때렸다. 하얀 화장은 그녀에게 어울리지 않았다. 주는 화장을 지운 그녀의 생기 넘치는 얼굴이 보고 싶었다. "무슨 말을 하는 거야! 중들은 결혼식을 꿈꾸지 않아."

"네 말이 맞아." 주가 생각하는 척했다. "서달을 봐. 사형은 결혼식까지 기다리지 않아. 보는 즉시 부부의 연을 맺지."

마의 머리카락 주변으로 분을 바르지 않은 피부가 빨갛게 변했다. "너와 서달도…?"

주가 그녀의 말뜻을 이해하는 데 시간이 좀 걸렸다. "부처님, 보살펴주십시오!" 주는 한순간 정말 놀랐다. "여자들하고 그러지! 나는 아니야!"

마가 조금 토라진 척하며 말했다. "하지만 그도 너에 대해 잘 알 텐데."

"내가 직접 사형에게 말한 적은 없어." 주가 말했다. "그는 그 누구보다 나에 관해 많이 알고 있지만, 그는 내 형제야." 마의 눈에 죄책감이 잠시 비추자, 주가 말했다. "진우량이 그를 볼모로 잡아가는 건 너 때문이 아니야. 진은 나의 충성심을 확실히 믿지 않아. 진은 만에 하나 있을 수 있는 위험에 대비하는 거야. 그는 영리해. 그래서 결정적인 순간에 자기 예상 밖의 일이 발생하는 걸 원치 않아."

화장 때문에 마의 표정이 잘 보이지 않았다. "충성심! 너는 그를 도울 생각이니?"

주는 마가 순맹과 절친한 사이인 걸 기억했다. 주가 부드럽게 말했다. "나도 네 심정을 알아, 마수영. 나도 너만큼 진우량이 싫어." 그 말을 하면서도, 주의 차가운 현실적인 면은 진이 지닌 무서운 힘을 알고 있었다.

밖에서 병사들이 시끄럽게 발소리를 내며 지나갔다. 그들의 그림자가 벽에 난 틈으로 들어와, 빗자루로 깨끗하게 쓴 흙바닥에 비쳤다. 옆 방에서는 부글거리는 소리가 들리며, 돼지 내장을 삶는 냄새가 났다. 마가 갑자기 낮고 간절한 목소리를 말했다. "진우량을 돕지 마. 우정승 곽과 순맹과 동맹을 맺어. 그들과 먼저 행동해. 서달을 볼모로 넘기기 전에…."

마의 소망은 무지갯빛으로 빛나는 곤충의 날개를 통해 세상을 보는 것과 같았다. 역사의 흐름이 남을 보살피는 동정심 넘치는 아름다운 세상으로 나아가길 바라는 소망이었다. 어리석지만 아름다운 마음과 풍부한 감성을 지닌 마를 보고 있으면 주의 마음속에 있는 현실적인 세계관은 가뭄에 갈라진 호수 바닥처럼 보였다. 안타까운 마음으로 주가 머리를 저었다. "생각해 봐. 내가 반란 계획을 구상하고 실행할 시간이 있다고 해도, 내가 가진 병사가 몇 명이나 되니? 터무니없이 부족해. 순맹은 다른 지휘관들 한 명 한 명보단 군사가 많지만, 진우량 파벌이 가진 모든 힘을 합치면…."

마의 눈에 눈물이 넘칠 듯 글썽였다. 그녀는 작은 곽의 죽음을 기억하며, 순맹도 같은 처지가 될까 염려하는 게 틀림없었다. 하지만 그녀가 강한 신념을 갖고 말해, 주를 놀라게 했다. "아니. 네가 생각해 봐. 네가 진우량의 편을 들어 우정승 곽과 그의 지지자들을 진압하는 걸 돕는다면 너는 너의 병사들이 다른 홍건군을 해치게 하는 거야. 그런 후엔 너의 병사들도 같은 꼴을 당할 거야. 원나라 병사를 죽이는 것과 홍건군 병사를 죽이는 건 달라. 그걸 생각해 봤어?" 그녀의 눈물은 떨어지지 않았다.

주가 멈칫했다. 진우량이 결국 곽 파벌을 파괴하고 이기는 건 너무나 당연해서, 주는 진의 편을 선택한 것이 아니라 살아남을 유일한 길을 갈 뿐이라고 생각했다. 주는 항상 마음에 들지 않는 결과를 예상했다가, 때가 오면 그 문제를 해결할 수 있다고 생각하고 있었다. "도덕적인 문제로 사기가 꺾인 병사가 있는 게, 병사가 아예 없는 것보단 나아."

"네가 병사들을 훈련해 키웠고, 네가 그들의 믿음과 충성심을 받을 자격이 있다는 걸 보여줬기 때문에 병사들이 너를 따르고 있어. 하지만 너의 병사들이 다른 홍건군을 공격하도록 네가 만든다면 너는 그 모든 걸 잃게 돼! 병사들이 너의 실체를 보게 될 거야. 그들의 지도자가 아니라, 그들을 이용만 하는 인물이란 걸. 그런 일이 발생하면 병사들은 단순히 이기심을 채우려고 너를 따를 거야. 그렇게 되면 진우량이 너의 병사들을 빼앗아 가는 데 얼마나 시간이 걸릴까? 진이 그들에게 적당한 제안을 제시하면 그것으로 너는 끝이야." 마가 냉정하게 말했다. "진은 이진강을 이용해, 작은 곽에게 그렇게 했어."

주는 지휘관 이진강이 신이 나서 권력을 행사하던 모습을 기억하며 불안했다. 주를 포함해 그 누구도 이진강의 추악한 이기심을 보지 못했다. 하지만 진우량은 그걸 봤다. "나는…."

마가 큰 소리로 말했다. "네가 내 말을 잘 들어! 이게 네가 원했던 게 아니야? 네가 보지 못하는 길을 내가 말해 주는걸! 잔인한 살인과 피해망상증만 넘치는 세상을 보지 않으려면 다른 길을 찾아!"

주가 입을 다물었다. 황각사에서 스님들은 연민과 동정심을 가지라고 가르쳤다. 화장한 분이 갈라지고 있는 마의 얼굴을 보며, 모든 진실을 보는 사천왕의 무서운 얼굴이 떠올랐다. 마가 말한 세상을 마음속에 떠올리니, 내장을 쥐어짜는 듯 괴로웠다. 단호하게 악에 저항하며 일그러진 마의 얼굴을 보며, 주는 그때까지 느껴보지 못한 가장 섬세한 동정심과 함께 신비롭고 아득한 향수 같은 그리움을 느꼈다. 마의 얼굴에 고통이 커지는 걸 보며, 주는 마의 가슴에 손을 대고 그 고통을 꺼내주고 싶었다.

'내가 찾으려고 노력하면 언제나 다른 길이 있다.' 훨씬 심각한 난관이었던 야오 강과 루에서도 길을 찾지 않았나? 옆 방에서 요리하는 냄새를 맡으며, 그녀는 이미 새로운 길을 보았다. 하지만 그 계획은 믿을 수 없을 만큼 으스스하고 무시무시해서, 그걸 실행하려고 생각하니 목덜미의 털이 곤두섰다. 하지만 반드시 해야 한다는 생각이 들었다. 주중팔이 된 이후로, 이상하게 그전에는 볼 수 없었던 영혼의 세계가 보이기 시작했다. 한동안 그녀는 그건 단순한 우연이라고 생각했다. 이제 주는 그 능력을 이용해야 했다. 그건 운명처럼 느껴졌다.

주가 거친 침상을 기어가, 붉은 결혼식 예복으로 가려진 자기 무릎을 마의 무릎과 살짝 댔다. "내가 순맹을 직접 도울 순 없어. 내가 할 수 있는 일은 진우량의 의심을 피하면서, 진을 돕지 않는 거야. 하지만 그렇게 해도 순맹이 성공할 확률은 거의 없다는 걸, 너도 알고 있어야 해."

아직도 격한 감정에 휩싸인 마의 얼굴에 고맙다는 표정은 없었다. 주가 인간으로서 최소한 옳은 행동을 하도록 강요한 게 당연하다는 듯이. "그러면 순맹도 살아남을 기회가 있겠지."

주가 인간다운 행동이라며 할 일에 마가 실망할 걸 생각하니, 주의 마음이 아팠다. 주가 경고했다. "이러면 잘 될 수 있어, 수영. 하지만 잔혹한 현실 세상에서 쉬운 해결책은 없어."

서늘하고 습한 바람이 불당 안으로 들어오며, 절과 어울리지 않는 웃음소리도 함께 들어왔다. 빗속에서도 주의 병사들은 결혼식 만찬을 기대하며 모여있었다. 불당 안에서 주는 커다란 촛불이 타면서 내뿜는 불그스레한 빛 속에 무릎 꿇었다. 심지가 초 속으로 깊이 타들어 가며, 눈을 감으면 눈꺼풀 위로 보이는 태양처럼, 불꽃이 붉은 밀랍을 뚫고 춤추었다. 주의 지시대로 요리사들이 음식이 담긴 솥과 그릇들을 불당 안으로 옮겨놓았다. 만찬이 시작되기 전 음식에 빗물이 들어가지 않게 하려는 의도라고 모두에게 거짓말했다. 주가 조심스럽게 일부 음식을 골라 제단 위에 놓고 뚜껑을 열었다. 제단 앞에는 아직 불붙이지 않은 향이 있었다.

주가 향 막대를 하나 들어 촛불로 불을 붙여, 불붙은 향 막대를 이용해 다른 향 막대에 하나씩 불붙였다. 모두 불붙자, 주는 불을 꺼서 향 연기가 피어오르게 했다. 그런 후 그녀는 뒤로 물러나 기다렸다.

주는 오래전 죽은 사람들을 위해 기도하고 있었다. 그녀는 옛날 가족과 함께 살던 문이 활짝 열린 집을 기억했다. 아버지의 굳은 피가 그녀 발밑에 고여있었고, 그녀는 조상을 모신 사당에 놓인 두 개의 동아 씨를 바라보고 있었다. 세상에 남은 마지막 음식. 마을 사람들의 말이 옳아 귀신에게 바친 음식을 먹으면 병에 걸려 죽을지, 오랫동안 골똘히 생각했던 걸 기억했다. 결국, 그녀는 두려워서 먹지 못했다. 그때까진 배고픈 귀신들이 음식을 먹으러 오는 걸 보지 못했다. 하지만 이제 주중팔로 변한 그녀는 그 사실을 잘 알고 있었다. 그녀는 절에서 공양드린 음식을, 높은 쌓아 올린 과일과 곡식을 먹는 귀신을 수없이 보았다. 승려들은 항상 공양 후에 음식을 내다 버렸다. 승려들은 주만큼 귀신을 잘 알진 못했지만, 귀신들이 다녀 간 건 막연히 알고 있었다.

거센 비바람 속으로 중얼거리는 소리가 들렸다. 그리고 향 연기가 일제히 한쪽으로 쏠리며 밀랍 속에서 타던 촛불도 기울여져, 밀랍 에 구멍이 뚫리며 붉은 촛농이 땀처럼 흘러내렸다. 얼음처럼 차가운 산들바람이 법당 바닥을 스치며, 귀신들이 들어왔다. 그들의 새하 얀 얼굴은 앞만 보고 있었다. 귀신들이 움직여도, 그들의 풀어헤쳐 진 머리카락과 찢어진 옷은 그대로 늘어져 있었다. 주는 귀신을 수 없이 보아왔지만 그래도 몸이 떨렸다. 평생 귀신들에 둘러싸여 사는 환관 장군의 느낌을 어떨지 그녀는 궁금했다. 환관 장군은 귀신들 의 한기에 익숙해졌을 거로 짐작됐다.

귀신들이 굶주린 짐승처럼 공양드린 음식에 머리를 숙였다. 그들 의 중얼거리는 소리가 윙윙거리는 벌 떼처럼 커졌다. 주는 귀신들을 보면서, 자신의 신비로운 능력을 새롭게 자각하기 시작했다. 그녀의 심장이 힘차게 뛰었다. '나는 영혼의 세계를 볼 수 있다.' 그녀는 숨 겨진 세계를 볼 수 있었다. 세상의 다른 모든 현상을 설명하는 숨겨 진 세계. 그게 그녀에게만 있는 유일한 능력이었다. 다른 사람이 물 리적 세상을 이용하듯, 그녀는 자기 욕망을 성취하기 위해 영혼의 세계를 이용하고 있었다. 그녀는 그 신비한 능력이 자기를 더 강하 고 더 나은 사람으로 만들 수 있다는 걸 깨달으면서 환희를 느꼈다. 그 능력이 그녀가 원하는 걸 성취하는 데 큰 힘이 될 거였다.

귀신들이 살아있는 사람은 도저히 할 수 없는 빠른 속도로 몸을 돌렸다. 그들이 중얼거리던 소리가 갑자기 조용해서 주는 움찔했다. 귀신들이 얼굴을 돌려 그녀를 바라보았다. 그들의 무서운 검은 눈길이 닿자, 얼음처럼 차가운 손이 목을 조이는 느낌을 받아, 그녀가 느꼈던 환희는 순식간에 사라졌다. 주는 두려움에 떨며, 루에서 시작한 불길한 움직임을 기억했다. 그녀가 주중팔과 다르게 행동할수록, 신비로운 힘이 계속 쌓여 결국 숨겨둔 진실이 그녀 몸 밖으로 폭발하듯 터져나갈 수 있었다. 그러면 그녀는 원래 타고난 운명으로 돌아간다. 갑자기 무릎 꿇고 있던 그녀의 몸이 걷잡을 수 없이 떨렸다.

귀신들이 그녀를 계속 보면서 다시 중얼거리기 시작했다. 처음에 주는 늘 듣던, 알 수 없는 중얼거리는 소리라고 생각했다. 그러다가 그녀는 귀신들이 말하고 있는 걸 알았다. 그녀가 놀라 숨이 막혀 뒤로 물러나며 두 손으로 귀를 꽉 막았다. 하지만 손으론 죽인 사람들의 입에서 나오는 소리를 막을 수 없었다.

'너는 누구냐?'

귀신들의 목소리가 날카롭게 높아졌다. 주는 얼음이 되었고, 그들의 꾸지람은 얼음이 된 그녀의 몸을 산산조각으로 부수는 징 소리가 되었다. 귀신들은 그녀의 거짓 정체를, 세상 사람들이 그녀라고 생각하는 인물이 그녀가 아니란 걸 알고 있었다. 자기가 주중팔이란 믿음이 언제나 그녀의 갑옷이었다. 하지만 그 목소리는 그녀의 갑옷을 벗기고 있었다. 귀신들은 그녀의 알몸을 드러내, 그녀가 주중팔이 아니라고 하늘 아래 밝히고 있었다.

'너는 누구냐?' 그녀는 그 목소리를 꿈에서 듣는 듯했다. 머리가 터질 듯 아팠다. 귀신들이 그녀를 향해 움직였다. 어쩌면 그들이 나가려는 문 쪽에 그녀가 있었기 때문일 수 있었다. 하지만 그들의 움직이지 않는 머리카락과 얼굴 없는 얼굴을 더 이상 견딜 수 없었다. 그녀가 겁이 질려 거친 비명을 질렀다. 그녀가 주중팔과 다르게 행동해, 위험을 계속 늘려가고 있었다. 위험 위에 위험이 쌓여 그녀가 성공할 길은 바늘처럼 좁아지고 있었다.

그녀는 비틀거리며 일어나 도망쳤다.

비를 막기 위해 세운 천막 아래 등불을 밝힌 결혼 만찬장을 둘러보며, 상우춘은 중이자 지휘관인 주가 상당히 멋진 잔치를 열었다고 생각했다. 주의 모든 병사가 모였다. 상우춘은 자기가 마수영처럼 예쁜 여자와 결혼한다면 돈도 상당히 뿌렸겠다고 생각했다. 하지만 고기를 먹고 술을 마시며 등불 아래서 춤도 추었지만, 축하연 같지 않았다. 차석 지휘관 서달이 볼모로 보내진다는 소문이 퍼졌다. 최근 일련의 사건을 볼 때, 훨씬 더 불행한 일이 터질 듯했다. 안평은 온도가 계속 올라가는 뚜껑을 닫은 솥처럼 위험하게 느껴졌다. 나행이 음식 밀고도, 주가 끝없이 술을 내오게 해 분위기가 편해졌다. 상우춘과 다른 병사들은 의식이 흐려질 때까지 마음껏 술을 마셨다. 주와 마수영은 조금 높은 연단에 앉아 그들을 온화하게 바라봤다. 그동안 쉬지 않고 굵은 비가 내렸다.

다음 날 모든 병사가 숙취로 몸이 찌뿌둥하고 우울했다. 차석 지휘관 서달이 가고 없자 일상생활이 엉망이 되었지만, 어떤 이유에서인지 주는 서달을 대신할 사람을 임명하지 않았다. 그다음 날에도 주는 병사들이 마음대로 행동하게 놔뒀다. 평상시라면 할 일이 없어 좋아해야 했지만, 이상하게 숙취가 사라지지 않았다. 병사들은 둘러앉아 고통을 달래며, 안펑을 질펀한 개흙으로 바꾸고 있는 비에 대해 푸념했다. 일부 병사는 밭은기침을 했지만, 상우춘은 단순히 감기 초기 증상을 앓고 있다고 생각했다.

상우춘이 무언가 잘못됐다고 깨달은 건 한밤중에 배가 아프게 꼬여 잠에서 깼을 때였다. 급해서 잠든 병사들을 발로 밟으며 밖으로 나오자마자 토하기 시작됐다. 하지만 몸이 좋아지는 게 아니라 화장실에 몹시 가고 싶었다. 화장실에서 나오자 상우춘은 숨을 헐떡거리며 몸은 삶은 국수처럼 늘어졌다. 그가 비틀거리며 막사로 들어가려다, 화장실에 가려고 뛰어나오는 병사와 부딪쳤다. 방 안은 환자들의 냄새로 가득했다. 그는 죽을힘을 다해 자기 침상까지 간신히 기어가서, 쓰러져 그대로 의식을 잃었다.

그가 정신을 차렸을 때, 누군가 물이 담긴 국자를 들고 그의 머리맡에 쭈그리고 앉아있었다. 주였다. 방 안에 고약한 악취가 나, 그는 숨이 막혔다. 물을 준 다음, 소금을 넣은 묽은 죽을 서너 숟가락 입에 넣어주고, 그의 머리를 두드린 다음 주가 다음 사람으로 옮겨갔다. 시간이 흘렀다. 상우춘은 주변에서 병사들의 앓는 소리를 어렴풋이 들을 수 있었다. 땀에 흠뻑 젖은 이불이 몸을 감싸 움직일 수 없었다. 그러다가 목이 갈라지듯 갈증이 나서, 그는 손과 발로 기어 밖으로 나갔다. 놀랍게도 한낮이었다. 고맙게도 누군가 문 옆에 깨끗한 물이 담긴 양동이를 놓아두었다. 그는 허겁지겁 물을 마셨다. 힘이 없어 물이 목에 메었다. 그리곤 그는 숨을 헐떡이며 문지방에 주저앉았다. 여전히 몸에 힘은 없었지만, 의식은 있었다. 그건 나아지고 있다는 객관적인 증거였다. 얼마 후 그는 물을 좀 더 마시고, 주변을 둘러봤다. 한낮 태양 아래 거리가 완전히 텅 비었다. 머리 위로 깃발이 펄럭였다. 눈에 익은 홍건군의 깃발이 아니라, 다섯 개의 기괴한 깃발이 날리고 있었다. 파란색과 붉은색, 노란색, 검은색, 흰색 깃발 가운데 붉은색으로 부적이 그려져 있었다. 상우춘은 오색 깃발을 오랫동안 바라보며 머리를 쥐어짰다. 그리고 마침내 그 의미를 깨달았다.

'전염병'이었다.

상우춘이 처음 병에 걸렸다가 가장 빨리 나은 병사였다. 그가 다른 사람보다 젊고 건강해서 그런 건지, 조상이 마침내 그를 보살피기로 마음을 바꿔서 그런 건지, 그는 판단을 내릴 수 없었다. 처음에는 서서히 시작한 이상한 전염병이 들불처럼 번졌다. 결국, 주의 병사 모두가 병에 걸렸다. 초옥의 말에 따르면 그 병은 주요 장기에 음(陰)의 기운이 지나치게 많아 생겼다. 병은 기침으로 시작해, 토하고 심한 설사를 하고, 마침내 며칠 동안 몸 안에 있는 지방을 녹이는 심한 열이 나는 증상으로 끝났다. 그다음엔 환자의 심각하게 줄어든 양(陽)의 기운이 스스로 회복했다. 불행히 기(氣)의 균형이 심하게 나빠진 불행한 환자는 기가 돌지 않아 결국 죽었다.

자기 병사들도 전염병에 걸릴까 봐 몹시 놀란 지휘관 이는 즉시 차석 지휘관 서달을 돌려보냈다. 승상은 주가 있는 절 전체를 격리했다. 절 앞에 문을 세우고, 쇠사슬로 문을 막았다. 지휘관 이의 병사 몇 명이 마지못해 문 앞에 서서 경비하며, 전염병에 걸리지 않으려고 손바닥에 기가 모인 위치를 엄지손가락으로 꽉 누르고 있었다. 음식이 들어올 때만 문이 열렸다. 죽은 사람도 밖으로 내보낼 수 없어서, 절 안에 초라한 집단 무덤에 묻어야 했다.

주를 포함한 몇 명만 운 좋게 병에 걸리지 않았다. 상우춘은 그런 사람들은 양의 기운이 많은 사람일 걸로 생각했다. 그가 초옥에게 자기 생각을 말하자, 초옥은 콧방귀 뀌며 주처럼 털 뽑힌 닭 같은 몸을 가진 사람이 남성적인 기운인 양(陽)이 넘치는 사람일 리 없다고 말했다. 주는 병에 걸리지 않아 미안하다는 죄지은 표정으로 요리와 청소를 직접 지도했다. 2주 동안 그는 돌아다니며 환자들을 직접 간호했다. 그러던 어느 날 그가 사라졌다. 그의 아내 마수영도 병에 걸렸다. 그 후론 차석 지휘관 서달이 그 일을 맡았다. 그는 지휘관 이진강 휘하로 가기 전에 삭발했다. 겉으론 종교적인 모습을 하고 있으면 '사고'를 예방할 수 있을 거로 생각했던 게 분명했다. 전염병으로 뺨이 쑥 들어가고 삭발한 그의 모습을 보면, 상우춘은 살아 있는 사람의 간을 꺼내 먹으려고 어두운 장소를 떠돈다는 배고픈 귀신 이야기가 떠올랐다.

전염병으로 격리된 담 안에선 안핑의 다른 장소는 평상시와 다름없어 보였다. 가끔 상우춘은 다른 지휘관들의 병사들이 훈련하러 돌아다니는 광경을 보고, 승상이 소명왕을 찬양하는 의식을 진행하며 북 치는 소리를 계속 들었다. 하지만 안핑의 조용하고 평화로운 모습은 겉모습에 불과하다는 걸 상우춘은 오랜 경험으로 알고 있었다.

주는 마의 침상 옆에 앉았다. 마가 고통받는 데 도울 수 없어, 주의 마음은 죄책감으로 찢어졌다. 아침이면 마는 잠들었다. 오후부터 밤새도록 그녀는 열이 올라 귀신을 보며 몸부림쳤다. 주가 할 수 있는 일이라곤 물과 묽은 죽을 입에 넣어주고, 땀에 젖은 물수건을 갈아주는 게 전부였다. 가끔 주가 간호하고 있으면 마가 두려움에 가득 찬 눈으로 주를 밀어내려고 마구 때렸다. 그 두려움이 주의 가슴에 날카로운 칼을 꽂는 듯했다. 그녀는 주에게 병이 옮길까 봐 두려워서 그렇게 했다. 이 모든 일이 주의 잘못이었다. 주는 귀신에게 바쳤던 음식을 먹은 모든 사람이 병들 거라곤 생각하지 못했다. 주는 원래 의도했던 것보다 훨씬 큰 재앙을 불러왔고, 마도 그 희생자였다. 하지만 마는 그토록 심한 고통을 받으면서도 주를 걱정하고 있었다.

주는 아픈 마음으로 마의 손을 꼭 잡고 안심시키려고 애썼다. 주에겐 걱정거리가 많았지만, 귀신과 접촉해 죽을 걱정은 하지 않았다. "걱정하지 마라, 수영." 주가 괴로워하며 말했다. "귀신은 나를 잡아갈 수 없어. 나는 귀신을 볼 수 있어."

귀신이 주를 잡아가지 않았지만, 죽은 사람들이 매일 밤 꿈에 나타났다. 귀신들에게 자기 정체를 드러낸 것도 무서운 일이었지만, 이렇게 한 게 옳았는지 주는 괴로워했다. 그녀가 진의 음모에 참여하거나 아니면 진의 음모를 막으려고 했을 경우만큼이나 많은 병사가 죽었다. 그녀는 그들이 손에 피를 묻히지 않고 죽었으니, 다음 생에서는 더 나은 삶을 살 수 있을 거로 생각했다. 손에 피를 묻힌 사람은 주뿐이었다. 그리고 음모가 아직 실행되지 않았다. 우정승 곽과 순맹이 거사를 실행하기 전에, 자기 병사들이 병에서 나아 격리가 해지되는 게 주는 두려웠다. 이 모든 일이 허사가 된다면 어떻게 하나?

주는 평생 자기는 어떤 고통도 견딜 수 있다고 생각했다. 하지만 그녀가 생각한 고통은 굶주림과 신체적 고통 같은 자기 몸에 가해지는 고통이었다. 하지만 불타는 마의 손을 잡고 앉아, 그녀는 전에는 상상도 하지 못했던 다른 부류의 고통도 있다는 걸 깨달았다. '사랑하는 사람을 잃는다.' 그걸 살짝만 생각해도, 창자를 몸 밖으로 잡아 끄집어내는 듯한 고통을 느꼈다. 서달은 건강을 회복했다. 하지만 마의 생명이 주의 실수로 꺼지면 어떻게 하나?

주는 자신과 씨름하고 있었다. 그녀의 오래된 두려움이 다시 나타나, 가슴이 철렁 내려앉았다. 그녀가 기도한다면 하늘이 그녀의 목소리를 듣고 그녀의 정체를 알게 될 수 있다. 그녀는 온 힘을 다해 그 두려움을 잡아 짓눌렀다. '나는 주중팔이다.'

그녀는 무릎 꿇고 하늘과 조상에게 평생 가장 뜨거운 기도를 올렸다. 한참 후 그녀는 일어나, 마의 이마가 벌써 식고 있는 걸 알고 놀라서 감사했다. 안도감에 심장이 날아올랐다. '마는 죽지 않는다.'

주가 손을 마의 이마에 대고 있는 순간, 멀리서 익숙한 굉음이 들려왔다. 병사들이 싸우는 소리였다.

곽과 순의 반란은 하루를 넘기지 못했다. 반란은 시작하자마자 곧바로 진압되었다. 진의 병사들이 전염병으로 격리했던 문을 열었을 때, 도시에는 아직도 연기가 남아있었다. 주는 거리를 걸으며 파괴된 정도를 살피며, 곽과 순이 놀랍게도 거의 성공할 뻔했다는 걸 알았다. 하지만 얼마만큼 지느냐와는 상관없이, 패배는 패배였다. 사방에 피가 안펑의 진흙에 섞여있었다. 도시 전체가 검게 그을려 있었다. 안펑은 나무로 지은 도시여서, 다른 사람이라면 순맹이 세운 방벽에 불지르는 걸 주저했을 것이다.

하지만 진우량은 그런 걸 염려할 사람이 아니었다. 도시 한가운데 연단 아래 시체가 높이 쌓였다. 이번엔 승상과 소명왕은 참여하지 않았다. 모든 걸 진이 주도했다. 주와 그녀의 병사를 포함한 남은 홍건군이 연단 아래 조용히 모여있었다. 지휘관 이진강의 병사도 참여했지만, 그는 보이지 않았다. 이진강은 전사한 듯했다. 주는 작은 곽의 영혼이 그것에 만족하길 바랐다.

시체를 한참 동안 전시한 후, 진의 부하들이 반란의 살아남은 주모자들을 끌고 나왔다. 순맹과 우정승 곽과 순맹의 부하 장교 세 명이 보였다. 그들은 피에 절은 흰옷을 입고 있었다. 순의 한쪽 눈이 사라졌고, 그의 잘생긴 얼굴은 몰라볼 정도로 상처와 멍이 나있었다. 진은 검은 핏빛 입술을 꽉 다물고, 그들을 말없이 내려다보았다. 그들이 마지막 말을 하지 못하게, 진이 그들의 혀를 잘랐다는 걸 주는 알았다.

장교들이 먼저 처형됐다. 진의 성품을 생각할 때, 사형은 놀랄 만큼 인간적이었다. 진은 연단 위에서 잔혹 행위를 즐기며 바라보았다. 억지로 모인 병사와 백성들은 조용히 있었다. 산더미처럼 쌓인 시체가 모두의 얼굴을 노려보고 있어서, 지휘관 우의 병사들조차 사형 장면에 몸을 움찔했다. 순맹은 줄곧 태연한 자세를 유지했다. 순맹은 운명을 두려움 없이 받아들이고, 다음 생의 삶은 더 낫길 바라고 있었다. 주는 마가 이 장면을 보지 않게 된 걸 다행으로 여겼다.

진의 본성은 곧 드러났다. 그는 우정승 곽을 극적으로 처형하기 위해, 지금까진 간단히 사형을 집행한 게 분명했다. 홍건군이 보는 앞에서, 늙은 곽은 산 채로 피부가 벗겨졌다. 진은 오랫동안 가장 잔인한 처형 방법을 상상하며, 정적의 파멸을 기다려온 게 분명했다. 늙은 곽이 죽기까진 너무나 긴 시간이 걸렸다.

이미 말보다 행동으로 보여줬다고 믿는 진우량이 처형이 끝나자마자 연단을 떠났다. 주의 옆을 지나가가, 그가 멈추어 섰다.

"좌정승 대감께 문안드립니다." 주가 마음을 진정시키고, 90도로 몸을 숙여 예를 표했다. 그녀는 배 속에 있는 모든 게 목구멍으로 넘어오는 걸 간신히 참고 있었다. 그녀는 우정승 곽의 운명을 이미 알고 있었지만, 그의 처형 장면은 상상을 초월했다. 그녀는 진의 잔인한 성격을 과소평가했다고 뼈저리게 느꼈다.

"지휘관 주." 얼굴이 창백해지고 토하는 주의 병사들을 유심히 바라보며, 진이 주에게 알 수 없는 미소를 보냈다. "자네 병사들이 최근 많이 죽었다는 소문을 들었네. 정말 유감이네."

주는 주변의 냄새와 소리를 잊고, 진에게 집중하려고 노력했다. "소신, 좌정승 대감님의 위로 말씀에 감사드립니다."

"자네 병사의 훈련 상태와 충성심에 승상과 내가 만족한다고 전에 말했지." 그의 뒤로 쌓여있는 눈뜨고 죽은 병사들이 진을 노려보고 있었다. "지휘관 이진강이 죽었으니, 이번 기회를 잘 이용하시오. 그의 병사들을 데려가, 우리가 카이펑을 점령하는 데 필요한 군사로 훈련하시오."

"소신, 좌정승 대감께서 주신 영광스러운 기회에 감사드립니다." 주는 고개를 깊이 숙이고, 진이 확실히 사라질 때까지 그러고 있었다. 주가 원한 건 아니었지만, 그리고 마가 절대 바랄 리 없는 일이었지만, 주는 결국엔 이상하게 일이 잘 풀렸다고 생각했다. 이제 살아남은 홍건군 지휘관은 주를 포함해 단 두 명이어서, 그녀가 홍건군 전력의 절반을 지휘하게 되었다. 진은 주의 충성심을 확신하지 않았지만, 그렇다고 의심할만한 근거도 없었다. 그리고 주의 병사들은 아직 아는 게 아무것도 없었다.

주는 피바다가 된 연단 앞에 서서, 아직도 귀에 울리는 우정승 곽의 비명을 들었다. 그리고 귀신들이 목소리가 기억나 몸서리쳤다. '너는 누구냐?'

그녀는 자기 몸 안에서 붉은 불꽃이 타는 듯한 신비한 감각을 느끼며, 그 불꽃의 정체를 알려고 간절히 노력해 왔다. '하늘이 그녀의 영혼에 심어준 위대한 인물이 되리라는 운명의 씨앗.' 하지만 실망스럽게도, 불꽃의 정체를 알 수 없었다. 하지만 마음속에 늘 있던 한 가지 사실은 알 수 있었다. 그 오랫동안 그녀가 위기를 넘기며 살아남고, 스스로 말한 자신의 정체성을 굳게 믿을 힘을 주며 뜨겁게 타오르는 그녀의 결심. 그 결심의 힘이 그녀가 가진 전부였다.

한동안 그녀는 그 운명의 힘이 현기증 나도록 자기를 강하게 끄는 걸 느꼈다. 하지만 그녀는 벌써 운명을 좇기 시작했다. 이제는 뒤돌아갈 수 없다. '하늘을 날고 있을 땐 아래를 내려다보지 마라. 내려다보면 불가능한 걸 깨닫고 추락한다.'

17

밖에는 비가 내리고 있었다. 승상의 옥좌가 있는 방에는 빗물이 새고 있었다. 주는 우 지휘관과 나란히 빗물이 흠뻑 젖은 나무 바닥에 조용히 무릎 꿇고 있었다. 그녀의 옷에 촛불 심지처럼 빗물이 스며들었다. 오랜 시간 무릎 꿇는 일에 익숙하지 않은 우는 벌레에 쏘인 말처럼 안절부절못하고 몸을 꼼지락거렸다. 연단 위 승상 옆에 앉은 소명왕은 움직이지 않고 조용한 미소를 짓고 있었다. 이제는 연단 위에 세 번째 인물이 있었다. 우정승 곽이 죽은 후, 진은 스스로 총리로 지위를 올렸다. 진은 지위가 오르면 자기가 신임하는 사람들의 지위도 올릴 것이다. '진은 나를 확실히 믿지 못한다.' 주는 생각했다. '그가 곽 파벌을 제거할 때, 나는 방해하지 않았지만, 그가 나의 충성심을 확신할 만한 일을 하지도 않았다.'

진이 말했다. "카이펑 공격은 신중히 해야 합니다. 카이펑에는 강력한 군대는 없지만, 전략적 우위를 갖고 있습니다. 외성은 무너졌지만, 내성은 아직 튼튼합니다. 우리가 그곳 지휘관에게 내성을 방어할 기회를 주면 허난성 제후가 구원하러 올 때까지 버틸 수 있을 게 분명합니다. 야오 강에서 패배했고, 에선-테무르가 전쟁터에 나올 수 없으니, 제후의 군대는 작년만큼 강하진 않을 겁니다." 늦긴 했지만, 홍건군도 지난봄 사냥하다 사고로 강철 수염을 지닌 차간-테무르가 죽었다는 첩보를 받았다. "하지만 환관 장군의 군대가 카이펑을 구원하러 온다면 우리가 성공할 확률은 실제로 매우 낮아집니다."

승상이 덧붙여 말했다. "그래서 우리는 카이펑을 재빨리 점령해야 하오. 그곳 지휘관이 농성전을 준비하기 전에 최대한 빠르게." 난공불락의 요새도 잘 공략하는 몽골군과 달리, 홍건군은 공성 장비가 전혀 없었다. "그래서 기습 공격이어야 하오. 지휘관은 준비할 시간이 없고, 환관 장군은 구원하러 올 수 없게. 우리는 유인 작전도 펼쳐야 하오. 원나라에 매우 중요해서, 환관 장군을 파견할 수밖에 없는 요충지를 공격해야 하오. 대운하가 그런 작전에 적격이오." 장씨 가문의 소금과 곡물을 북으로 운반하는 대운하는 수도 대도의 생명선이었다. "환관 장군이 그곳에 묶여있는 동안, 우리는 카이펑을 기습 공격해 순식간에 점령할 거요."

그 말을 듣고, 주는 긴장했다. 주는 지휘관 우도 역시 긴장하는 걸 알 수 있었다. 미끼 작전은 안전하게 실행할 수 있지만, 그 안전은 완벽한 타이밍에 달려있었다. 카이펑에서 구원 요청이 올 때까지, 홍건군의 미끼 부대는 대운하에서 환관 장군과 싸워야 했다. 이상적으론 환관 장군이 도착하기 전, 카이펑을 빠르게 점령해야 했다. 하지만 카이펑을 공격하는 부대의 공격 시기가 조금이라도 늦춰지면 지연작전이 곧 전면전으로 바뀐다. 그러면 미끼 부대는 전멸할 수 있었다. '이건 충성심 시험이다.' 주가 생각했다.

그녀의 배가 부글거리는 소리를 내며 불안하게 흔들렸다. 그렇게 위험한 임무에 대한 자연스러운 반응이었다. 그때 갑자기 뒤에서 그녀를 쳐다보는 귀신들의 눈길을 느껴져, 그녀는 놀라서 가슴이 쿵쾅거렸다. 벌떡 일어나 도망치고 싶은 충동을 거의 참기 힘들었다. 주는 연단에 시선을 고정하고, 가쁜 숨을 하나둘 세면서 쉬었다. 떨리는 몸을 움직이지 않으려는 노력으로 온몸의 힘줄이 타올랐다. 천천히 놀란 감정이 사라지면서 그녀는 그게 정말 귀신이었는지 아니면 과거 기억 때문에 생긴 신경쇠약증인지 판단할 수 없었다. 긴장은 풀렸지만, 여전히 피부에 소름이 돋아있었다.

진이 주를 보며 미소 지었다. 그녀는 혹시 그가 자기가 느낀 공포를 보았는지 의심했다. 하지만 진은 승상에게 말했다. "승상 대감님, 카이펑을 점령하고 방어하는 건 쉬운 일이 아닙니다. 소신이 직접 군대를 이끌고 카이펑으로 가도록 허락해 주십시오." 그가 주와 우를 내려다보며 생각하는 척했다. 그런 후 그가 가볍게 말했다. "지휘관 우는 나와 함께 카이펑으로 간다." 그의 검은 눈이 곧장 주를 바라봤다. 주는 그가 얼마나 잔인한지 잘 알고 있었지만, 그 순간 그녀가 그의 얼굴에서 본 건 잔인함이 아니라 호기심이었다. "그리고 지휘관 주는 미끼 부대를 이끌고 대운하로 간다."

그녀의 예상대로였다. 진우량은 그녀의 재능을 알기 때문에, 그녀를 신임하고 싶었다. 하지만 진의 성격상, 진은 그녀가 자기 신임을 받을 자격이 있는 걸 증명하길 원했다. 주는 진의 권력이 오를 때마다 그를 따라 세력을 늘리면 위대한 인물이 될 수 있을지 아니면 단지 중간 단계일지 판단할 수 없었다. 하지만 지금 그녀는 그를 따를 수밖에 없었다. 그녀는 평상시처럼 예를 갖추어 고개를 숙이지 않고, 고개를 높이 들고 그가 자기 능력을 보도록 했다. '나는 너의 신임을 얻겠다.'

진이 인정한다는 듯 미소를 지었다. 하지만 그의 이빨은 포식 동물의 이빨이었다. "걱정하지 말게. 여러 번 놀라운 능력을 보여준 충성스럽고 유능한 지휘관인 자네가 성공할 거로 믿네."

그가 몸을 돌려 밖으로 나가자, 다른 사람들도 따라 나갔다. 지휘관 우가 얼굴에 안도감을 노골적으로 드러냈다. 그는 불구덩이 속으로 던져지지 않았다. 주는 복잡한 생각을 하며, 맨 마지막으로 나갔다. 그러다 깜짝 놀라 걸음을 멈췄다. 소명왕이 문에 서있었다.

그 어린아이가 그녀를 빤히 쳐다봤다. 옥구슬이 늘어진 모자 뒤로, 그의 둥근 뺨은 여름철 복숭아처럼 약간 붉었다. 그가 말했다. "너는 무엇을 했니?"

소명왕이 많은 사람을 대상으로 말하는 건 들었지만, 그가 직접 그녀에게 말한 건 처음이었다. 이렇게 가까이서 들으니, 그의 목소리에 절 처마에 달린 풍경 같은 미세한 금속성 소리가 섞여서 들렸다. 그녀는 자기 실수로 병 걸려 죽은 병사들의 무서운 모습이 갑자기 떠올라 조심스럽게 말했다. "무슨 말씀이십니까?"

마치 너무나 당연한 걸 말하는 듯, 그가 말했다. "귀신들이 너를 보게 만드는 거."

주가 놀라서 그를 보았다. 그녀는 놀란 감정을 제어하려고 애썼다. 그녀가 느꼈던 불안감은 사실이었다. 귀신들이 무릎 꿇은 그녀를 보고 있었다. '그리고 이 아이도 귀신들을 봤다.' 그녀가 이상한 능력을 지녔던 10년 동안, 단 한 사람도 그녀의 능력을 알지 못했었다. 이제 처음으로 이 아이가 그걸 알았다.

그리고 그녀는 그 능력을 이해하지 못했는데, 이 아이는 그걸 이해하고 있었다. 소명왕은 전생을 기억하고, 하늘이 준 천명의 힘을 지닌 환생한 신과 같은 존재다. 그가 영혼의 세계를 볼 수 있다는 건 당연한 듯했다.

주의 살갗이 귀신 손가락 천 개가 닿듯 차갑게 따끔따끔했다. 그녀는 불안한 호기심을 감추려 하지 않았다. 다른 사람도 귀신들이 자기를 쳐다보고 있다고 환생한 신인 어린아이가 직접 말해서 알려주면 그녀와 같은 반응을 보였을 듯했다. 그녀의 머리가 빠르게 돌아갔다. 소명왕은 세상에 대한 다른 어떤 신비한 지식을 갖고 있을까? 어떻게 그녀도 그와 같은 능력을 갖춘 걸 그가 알았을까?

갑자기 그녀는 그가 하려는 말을 깨닫고 두려웠다. '너는 누구냐?' 그녀의 손바닥과 발바닥에서 땀이 솟았다. 놀람과 두려움이 물결처럼 번갈아 밀어닥쳐, 그녀의 몸이 뜨거웠다가 차가워지길 반복했다. 피가 온몸을 달구며 돌았다.

하지만 소명왕은 자기 질문에 대한 대답을 듣길 진심으로 바라는 듯 기다리기만 했다. 한참 후 소명왕의 두 보좌관이 문 앞에 나타나 주에게 예의를 갖춰 인사를 하면서도 그녀를 꾸짖는 듯한 태도를 보였다. 소명왕은 주에게 온화한 미소를 보이고 떠났다.

"뭐?" 촛불 하나만 밝힌 어둑한 방이었지만, 마가 놀라서 걱정하는 표정을 주는 읽을 수 있었다. "네가 살아남을 유일한 길을 진우량이 마음대로 할 수 있는 임무를 맡았다고?"

"유인 작전이 카이펑을 정면 공격하는 작전에 투입되는 것보다 안전할 수 있어. 진이 의도적으로 나를 말려 죽이려 하지 않는다면." 주는 말하면서도, 어려운 상황에 부닥쳤다고 생각했다. "그가 그렇게 하진 않을 거야. 그도 나를 믿을 수 있다면 나를 측근에 두는 게 유리하다는 걸 잘 알고 있어."

마의 얼굴에 작은 곽과 순맹, 그리고 진의 손에 죽은 수많은 사람에 대한 괴로운 기억이 떠오르는 걸 주는 보았다. "만약 그가 카이펑으로 가다가 마음을 바꾸면 어떻게 되지?" 마가 말했다. "그가 하루 이틀 행군을 일부러 늦춰도, 너는 알 수 없어. 그걸로 너의 군대는 전멸할 거야. 너무 위험해. 절대 하지 마!"

주가 한숨지었다. "그럼 어떻게 해? 도망쳐? 그러면 나는 어떻게 될까? 홍건군은 소명왕 덕분에 백성의 지지를 받고 있어. 백성은 소명왕을 중국의 진정한 지도자이고, 새로운 시대를 가져올 인물로 믿고 있어. 소명왕이 없다면, 그래서 백성도 없다면 나는 무력으로 중국 남부 땅을 조금 점령할 수 있지만 한낱 군벌에 불과해."

"그거면 충분하지 않아?" 마가 울음을 터트렸다. "네가 원하는 게 네 목숨을 걸 만큼 가치가 있어?" 그녀의 버드나무 잎 같은 눈이 주가 걱정돼 커지자, 주는 그녀의 다정한 사랑에 아픔마저 느꼈다.

주는 마의 손을 천천히 맞잡았다. 한동안 하늘이 그들 두 사람을 보듯, 그녀는 자신과 마를 바라보았다. 태어나고 죽고 다시 태어나길 반복하며 긴 여정을 걷는 동안, 서로 우연히 스쳐 만나 잠시 육체를 갖게 된 두 인간의 영혼. "전에 네가 나에게 내가 원하는 게 뭐냐고 물었지. 나는 내 운명을 원한다고 말했던 거 기억해? 나는 내 운명을 알고 성취하고 싶어. 내 운명은 바깥세상에 있어. 내가 손만 뻗치면 잡을 수 있어. 나는 위대한 인물이 될 거야. 작은 위대한 인물이 아니라, 사람들이 100세대 동안 기억할 위대한 인물이. 하늘이 정해놓은 위대한 인물." 갑자기 바람이 벽에 난 틈새로 불어 들어와, 촛불이 화난 고양이 같은 소리를 내는 걸 주는 무시했다. 지금 귀신을 보고 싶은 마음은 전혀 없었다. "나는 그 운명을 잡기 위해 평생 바라고 노력하고 고통받았어. 나는 지금 멈출 수 없어."

마수영이 평온한 얼굴로 주를 바라보았다. "너는 진을 믿지 않을 거지? 너는 환관 장군과 맞부닥쳐도, 네 운명을 믿고 살아남을 거지?"

야오 강에서 그녀가 한 일을 환관 장군이 깨닫고 일그러졌던 표정이 생생하게 기억나서, 주는 움찔했다. 그녀는 그의 만 명의 병사를 죽이고, 그에게 모멸감을 준 대가로 승리했다. 그녀는 그가 복수를 다짐하고 있는 걸, 그의 생각이 그녀의 머릿속에서 명료하게 들리는 것처럼 알았다.

그녀는 그 생각을 잊으려 했다. "아, 수영! 너무 신경 쓰지 마! 나는 그와 정면으로 싸우지 않을 거야. 나는 싸우는 척하며 괴롭히다가 계속 후퇴해서, 그가 화나게 할 거야. 카이펑에서 진짜 전투가 있다는 전령을 받자마자, 그가 너무 짜증 나서 즉시 군사를 돌리게 할게. 우리가 처음 만났을 때, 내가 골칫거리라고 네가 말했던 게 기억나? 운명이나 진우량은 믿지 마. 나에 대한 너의 첫인상만 믿어."

마가 울음을 참으며 웃다가, 결국 울음을 터트렸다. "너는 골칫거리야. 너보다 더 심한 골칫거리는 본 적이 없어." 그녀가 깍지 낀 손가락을 내려다보는 순간, 윤이 나는 머리카락이 두 갈래로 흘러내려 그녀의 얼굴을 가렸다. 주는 그 머릿결 사이로 유목민 특유의 높은 광대뼈와 구름처럼 높이 떠 가는 듯한 눈썹을 보았다. 마는 걱정할 때면 언제나 측은할 정도로 연약해 보였다. 주는 자기 욕망이 그 고통을 일으켰고, 미래에도 그런 일이 있을 걸 다시 깨달으며, 상처 같은 슬픔을 느꼈다. 주가 부드럽게 말했다. "나는 네가 걱정해줘서 좋아."

마가 머리를 들었다. 눈물이 뺨을 따라 실개천처럼 흘러내렸다. "당연히 걱정하지! 걱정 안 할 수 없잖아. 나도 걱정하지 않고 싶어. 하지만 나는 모든 사람을 걱정해 왔어. 작은 곽. 순맹. 너."

"너는 나를 그들과 똑같이 좋아하니? 작은 곽처럼?" 주가 놀랐다. "나는 네 남편이니 특별히 생각해 줄 수 없니?" 마의 눈물을 보며, 주는 아련한 아픔을 다시 느꼈다. 주는 마의 눈물을 닦아주었다. 그리고 조심스럽게 마의 두 뺨을 잡고, 몸을 기울여 입맞춤했다. 부드럽게 오랫동안 맞닿은 입술과 입술. 무한대로 부드럽고 소중하고, 나비 날개처럼 연약한 느낌을 주며, 모든 걸 내려놓게 하는 따스한 순간. 그건 서달이 말하는 격렬한 욕망에 몸부림치는 육체와는 전혀 달랐다. 그건 그들만이 찾아낸 새로운 느낌인 듯했다. 작은 방 그늘진 구석에서 입맞춤하는 동안 그들 둘만을 위해 모든 게 존재하는 느낌.

잠시 후 주가 물러났다. "작은 곽이 이렇게 한 적이 있니?"

마의 입이 열렸다 닫혔다. 그녀의 두 입술은 너무 부드럽게 닫혀, 다시 입맞춤을 원하는 듯했다. 그녀의 뺨이 붉게 물들며, 반쯤 감긴 속눈썹 밑으로 주의 입을 바라보았다.

"아니."

"누가 했니?"

"너." 마가 신음하듯 말했다. "내 남편. 주중팔⋯."

주가 미소 지으며 그녀의 손을 꼭 잡았다. "맞아. 하늘이 운명의 책에 위대한 인물이 될 거라고 써놓은 주중팔. 나는 그렇게 될 거야, 수영. 나를 믿어."

하지만 주는 그 말을 하면서도, 귀신들의 꾸짖는 소리와 통제할 수 없이 거세게 굴러가는 운명의 힘을 기억했다. 매번 새로운 선택을 결정할 때마다, 그녀는 그 운명의 주인공에게서 멀어지고 있었다.

대운하에서 전략적으로 가장 중요한 지닝은 안평에서 북으로 600

리 거리에 있었다. 지닝은 운하의 남부 도시들과 연결되는 거대한 호수 북쪽 끝에 있었다. 주의 군대는 호수 서쪽에 있는 늪지대를 피해 천천히 진군했다. 주는 그들이 가고 있는 목적지를 원나라가 알도록 일부로 시간을 끌고 있었다. 군대가 도착하기 전에 사람들이 피난 가서, 밤새 모든 사람이 사라진 황무지를 끝없이 행군하는 듯했다. 그 지역의 주요 산업인 석탄 광산은 입구에 삽들이 흩어진 채버려져 있었다. 그들이 지나가는 텅 빈 마을에는 이제는 차갑게 식은 용광로로 바람을 불어넣는 풍차와 물레방아가 일하는 사람이 없어도 혼자서 돌며 으스스하게 삐거덕거리는 소리를 냈다. 나무와 집을 덮고 있던 석탄을 태운 검은 재는 바람이 불면 그들의 얼굴로 날아왔다. 늪지대 건너 저녁 그림자가 깔린 산 밑에 허난성 원나라 군대 주둔지가 있었다. 그리고 그곳과 이곳 사이 어딘가에 환관 장군과 그의 군대가 있었다.

주가 저녁에 세운 야영지를 돌고 있는데, 상우춘이 말을 타고 다가왔다. 주와 처음 만났을 때 어린 도둑이었던 그 소년은 많이 변했다. 그는 무술에 특별한 재능을 지녀, 서달의 지도를 받으며 주의 군대에서 가장 뛰어난 장교로 성장했다. 상우춘이 말했다. "사고가 있었습니다."

주의 예상과 달리, 병사들 사이의 흔한 주먹싸움이 아니라 진짜 사고였다. 사고당한 병사를 천막 안에서 기술 장교 초옥이 치료하고 있었다. 초옥은 책을 읽어 의학 지식까지 익혔다. 전쟁터에서 부상을 오래 보아온 사람에게도 끔찍한 모습이었다. 병사의 얼굴은 뻘겋게 부어올라 터져, 다진 돼지고기를 석쇠 위에서 구워놓은 듯했다.

초옥이 치료를 끝내자, 그들은 천막에서 나왔다. "어떻게 사고가 났소?" 주가 물었다.

초옥이 손에 묻은 피를 닦고 걷기 시작했다. "흥미로운 게 있어요. 와보세요."

그들은 그 지역에 널려있는 커다란 구덩이들을 조심스럽게 피해, 야영지 밖으로 조금 걸어 나갔다. 바위투성이 언덕에 와서, 주는 그걸 보았다. 바위가 갈라진 틈으로 조그만 동굴 안에서 불길이 쏟아져나왔다.

"저 바보가 불을 껐다가 다시 켜면 어떻게 되는지 궁금했대요." 초옥이 한심하다는 표정을 지었다. "당연히 폭발했죠. 폭발로 무너져 내린 저 돌들이 보이세요? 살아남은 게 다행이에요. 한쪽 눈을 잃었지만."

"어떻게 그런 일이 일어나지?" 주는 알고 싶었다.

"석탄 광산에 들어가 본 적이 없으시군요. 탄광은 무덥고 석탄 먼지가 많고 공기가 유독해서, 불을 붙이면 즉시 폭발해요."

"그러면 석탄 먼지가 폭발하나?" 그녀는 초옥에게 손에 들고 쏠 수 있는 대포를 개발하라는 임무를 주어서 폭발하는 물건에 관심이 있었다. 중국인 병사가 활을 몽골군처럼 잘 쏠 수 없었다. 그래서 그녀는 평범한 농부도 쓸 수 있는 무기를 개발하고 싶었다.

"그렇지 않아요. 바위에서 나온 먼지가 아니라, 유독한 공기가 폭발해요. 유독한 공기가 탄광처럼 밀폐된 공간을 채우거나 심지어 냄새를 맡을 수 있을 정도만 모여도 불에 닿자마자 화약처럼 폭발해요. 하지만 양동이에서 물이 새듯 조금씩 나오면 숯불처럼 타요. 이렇게 작은 불길만 만들죠."

그렇다면 쓸모없을 듯했지만, 그래도 주는 기억해 두었다. 야영지로 돌아가면서 그녀가 말했다. "손에 들고 쏠 수 있는 대포를 열심히 개발하고 있지? 환관 장군을 상대로 시험 발사할 수 있나? 아니면 시간이 더 필요한가?"

초옥이 한참 그녀를 쳐다봤다. 초옥이 자신을 확실히 믿고 있지 않다는 인상을 주는 늘 받아왔다. 그가 지휘관 순맹의 부대에서 스스로 나와, 자신의 부대에 들어왔던 걸 주는 기억했다. 그는 확실히 이길 거로 생각하는 사람에게 운을 거는 부류의 사람이었다. 믿을 수 있으면 철저하게 충성하지만, 불리해지면 마음을 바꿀 사람. '그는 나와 순맹을 놓고 신중히 선택했다.' 주가 생각했다. 하지만 마음이 편하진 않았다. 그녀가 초옥의 신임을 얻으려면 그에게 능력을 보여주어야 한다고 생각했다.

한참 후에 그가 말했다. "대포 부대를 준비할 수 있습니다."

"공격 시작을 너무 오래 미루면 환관 장군은 우리가 미끼라고 의심할 거야." 서달이 말했다. "하지만 우리가 너무 일찍 공격을 시작하면 카이펑에서 구원을 요청하는 전령이 올 때까지 더 오래 버텨야

해." 그들은 지닝에서 동쪽으로 12리 떨어진 버려진 집에 지휘부를 세웠다. 얼마 전 주는 지붕 위에 올라, 지닝에 나타난 환관 장군의 군대가 예상 밖으로 큰 걸 보고 상당히 불안해졌다. 그녀와 멀리 떨어진 환관 장군을 연결하는 끈이 현악기의 줄처럼 팽팽해져 그녀의 힘줄을 떨리게 했다.

그녀가 그 연결하는 끈을 느끼며 천천히 말했다. "우리가 공격을 시작하지 않을 거야."

서달이 눈썹을 치켜올렸다. "그가 여기로 온다고?"

"그는 지난번 홍건군과 전투에서 수모를 당했어. 그는 아직도 몹시 화가 나 있을 거야. 그는 기다렸다가 우리의 공격을 방어할 생각이 없을 거야." 날카로운 칼날이 쨍하며 튕기는 소리처럼 그 말의 진실이 그녀의 몸 안으로 울렸다.

"아, 그래." 서달이 유쾌하게 말했다. "그렇다면 우리의 선택이 줄어들었군. 우리는 방어에 집중해야겠군." 주변의 다른 마을과 마찬가지로, 그들이 주둔한 마을도 방어 시설이 없었다. 임시 목책을 세울 나무조차 주변에 충분치 않았다. "우리가 여기서 가능한 한 오래 버티다가 후퇴하면서, 그가 기분 좋게 추격하도록 유인하자."

두 사람이 탁자에 놓인 지도를 자세히 보았다. 주는 현재 위치에서 동쪽으로, 높은 산들 가운데를 따라 깊게 파인 골짜기를 따라 손가락으로 선을 그었다. 골짜기가 좁아서 추적하는 군대는 일렬로 늘어설 수밖에 없었다. 그런 지형이라면 주의 군대는 맨 앞에서 진격하는 소수의 병력과 싸우다, 사상자가 발생하기 시작하면 후퇴할 수 있었다. "하지만 환관 장군은 우리가 갈 곳을 알고, 병력을 둘로 나눌 거야. 자신은 보병을 이끌고 골짜기로 우리를 쫓아오면서 기병은 골짜기 반대편으로 우회해서 우리가 골짜기에서 나오자마자 공격하게 할 거야. 하지만 이것 때문에…” 주가 산 아래 있는 호수를 손가락으로 두드렸다. “그들은 한동안 더디게 기동할 거야.” 기병이라도 호수의 가장 먼 쪽으로 우회해야 해서 골짜기 반대편에 도착하려면 며칠은 걸릴 거였다.

“진우량이 3일 후에 공격을 시작하면 환관 장군이 카이펑에서 달려온 구원 요청을 받는 데 이틀 걸릴 거야. 그러면 환관 장군이 내일 공격을 시작하면 우리는 나흘 동안 그를 붙잡아두어야 해. 그건 가능해. 우리는 여기서 하루, 운이 좋으면 이틀 동안 버티다가 골짜기로 후퇴할 거야. 기병들이 우회해서 골짜기 반대편에 도착하기 전에 구원 요청을 받을 테니, 우리가 기병대는 걱정할 필요 없어.”

주가 지도를 내려다보았다. 논리적으론 진을 믿어야 하지만, 그녀는 마음속 깊은 곳에 있는 불안감을 떨쳐버릴 수 없었다. 그녀가 환관 장군에 대해 말했다. “그는 이 작전이 미끼인 걸 몰라. 그는 전력을 다할 거야. 그는 우리에게 최대한 피해를 주려고 할 거야.”

“그놈보고 그러하고 해!” 서달이 말했다. 주는 서달의 익숙한 미소를 보며 뜨거운 우정을 느꼈다. 그의 머리카락은 삭발한 후 위로 묶을 수 없을 정도로 어정쩡하게 자라, 그는 상당히 험상궂게 보였다. “나는 고통이 조금도 두렵지 않아. 만 년 전생의 인연으로 우리가 너를 위해 싸우게 된 게 아니야? 우리 모두 힘을 합쳐 굳건하게 버틸 수 있다고 나는 확신해.”

그의 믿음이 그녀의 마음을 훈훈하게 해주었다. 하지만 앞으로 닥칠 고통을 생각하며, 그녀는 비수에 찔리는 아픔을 느꼈다. 그게 그녀 욕망의 대가였다. 그녀가 원하는 걸 성취하기 위해 사랑하는 사람들이 계속해서 고통받게 요구하는 것. 하지만 그녀는 멈출 수 없었다. 잠시라도 그녀가 위대한 인물이 되려는 욕망을 내려놓는다면….

마음을 다잡으며, 그녀가 말했다. "고마워."

그녀의 생각을 다 안다는 듯, 서달이 미소 지었다. 아마도 그도 알고 있을 거였다. 그가 탁자를 돌아 다가와 그녀의 어깨를 두드렸다. "자, 잠자러 가자. 그놈이 네 말대로의 미모라면 나도 미모가 돋보이게 충분히 잠을 자야지. 그놈도 나의 잘생긴 얼굴을 보고, 정신이 홀릴지 몰라."

"저쪽으로 도망치고 있습니다." 사오가 오우양 옆으로 오며 말했다. 그가 타고 있는 말이 거리 한복판에 쓰러져 죽은 홍건군 군사의 손가락을 짓밟고 있었다. 오우양의 군대는 동이 트자마자 공격을 시작했다. 반군과의 전투는 두 시간도 걸리지 않았다. 사실 전투라고 부르기도 민망할 정도였다. 처음에 오우양은 손에 든 대포에 십여 명의 병사가 동시에 쓰러지자 놀랐다. 하지만 수적 우위에 있고, 강제로 징집된 병사의 목숨은 중요하지 않은데, 무슨 걱정이겠는가?

더 많은 병력을 투입하고, 그런 후엔 그보다 더 많은 병력을 투입하면 반군은 재장전할 시간이 없거나 탄약이 떨어졌다. 그렇게 되면 그들의 운명은 끝난 것이었다.

반군은 산이 있는 동쪽으로 도망치고 있었다. 도망치는 속도와 조직력을 보아, 사전에 계획된 후퇴였다. '연기 잘하고 있군.' 오우양이 속으로 비웃었다. 반군은 곧 카이펑을 공격하려고, 그를 유인하는 게 분명했다. 그가 반군의 연기에 속아주는 척하지 않았다면 반군을 격파하는 데 2시간도 걸리지 않을 거였다. 하지만 그러면 그는 형편없는 배우가 된다. 때로는 필요한 걸 알면서도, 그는 연기가 언제나 싫었다. 배우처럼 연기하는 자신이 바보처럼 보였다. 하지만 연기의 정점을 보여주려면 그는 반군을 추격해야 했다. 그건 전갈의 독침에 쏘일 걸 알면서, 썩은 나무토막 속에 손을 넣는 것 같았다.

'단 며칠이다.' 그는 그다음 계획은 생각하지 않으려고 애썼다. "반대편에서 적을 치게 기병대는 우회해서 진격하라." 그가 명령했다. "나는 보병을 이끌고 추적하겠다."

그는 마을에서 반군과 일부러 맥 빠진 교전을 시작할 때부터 기분이 나빴는데, 반군을 쫓아 골짜기에 들어서자 기분이 훨씬 더 나빠졌다. 양편으로 치솟은 절벽 사이의 좁은 길은 그가 지금까지 본 가장 이상한 장소였다. 겨울철인 지닝과 달리, 이곳은 완전히 다른 세상이었다. 주변에 온천이라도 있는 듯, 손을 대면 땅이 따뜻했다. 하지만 물은 보이지 않았다. 그들은 바위와 죽어 말라비틀어진 그루터기가 사방에 널린 기분 나쁜 사막을 지나고 있었다. 뜨거운 수증기가 쉬 소리를 내며 땅에서 분출했다. 오우양의 병사들은 불안해져 사방을 둘러보았다. 수증기 소리에 발소리도 잘 들리지 않고, 장교들이 징집병을 채찍으로 때리는 날카로운 소리조차 둔탁하게 들렸다.

밤이 되자 더 이상해졌다. 숯불에 천천히 풀무질하듯, 수백 개의 붉은빛이 희미하게 꿈틀거렸다. 그 이상한 빛을 조사하러 나갔던 병사들은 땅에 불이 붙은 듯, 붉은빛이 골짜기 바닥에 널린 바위틈에서 나온다고 보고했다. 골짜기가 갈라지며 신음하는 듯한 소리를 내서, 병사들은 모두 잠을 제대로 자지 못했다.

아침이 되자 뜨거운 안개가 깔려, 진군이 더 느려졌다. 열기가 빠르게 올라 참기 힘들었다. 그들이 찾은 물은 고약한 냄새가 나서 마실 수 없었다. 사오가 말을 타고 다가왔다. 갑옷을 입은 그는 수증기로 찐 가재처럼 보였다. "놈들이 어디 있죠? 놈들이 우리를 괴롭혀 죽일 작전인가요?"

지난 한 시간 동안 오우양은 반군이 눈에 보이지 않는 거리에서 기다리고 있는 걸 알고 있었다. 욱신거리는 두통을 참으며, 그가 짧게 말했다. "반군은 매복을 준비하고 있다."

"또 그 손에 든 대포로 쏘려고요?" 사오가 비웃었다. "뭘 하려는 거죠? 맨 앞 열의 병사를 쓰러뜨릴 뿐이데요. 놈들이 하루 만에 전멸하지 않으려면 좀 더 잘 싸워야 할 텐데요." 오우양도 하루 만에 전투를 마치고 싶지 않았다. 그러면 시간이 너무 일렀다. 그가 인상을 찡그리며 엄지손가락으로 눈썹 사이를 눌렀지만, 두통은 여전했다. 냄새도 고약했다. 그들은 움푹 파인 지형을 지나고 있었다. 그 지형으로 인해 공기가 갇혀 있는 듯했다. 일 년 넘게 썩은 겨자 같은 늪지대의 고약한 악취가 났다.

적을 보았다고 경고하는 고함이 들렸다. 오우양이 휘도는 수증기 사이로 눈을 가늘게 뜨며, 반군의 맨 앞 열을 보려고 했다. 평범한 갑옷 밑에 회색 승복을 입은 작은 인물이 바위 사이로 아주 잘 숨어있어서, 오우양은 처음에는 바위를 보았다고 생각했다.

'그 중이다.' 놀라운 사실을 알고, 오우양의 온몸이 경직됐다. 두통이 두 배는 더 심하게 욱신거렸다. 지금까지 그는 반군 지휘관이 그 중이란 걸 전혀 몰랐다. 야오 강 전투를 기억하자, 엄청난 분노가 거친 파도처럼 치솟았다. 중이 한 행동의 결과로 오우양은 운명의 길로 걸음을 내딛기 시작했다. 그날 이후 매일 오우양에게 그 운명의 고통이 죽음을 재촉하는 상처처럼 괴로웠다. 그 누구도 운명을 피할 수 없었다. '하지만 나의 운명이 마침내 움직이게 한 건 그 중이다.'

오우양의 분노가 그 중을 산 채로 검게 태울 듯 무섭게 타올랐다. 중에게 복수한다고, 그의 미래가 바뀔 리 없었다. 하지만 야오 강 이후 그가 받은 고통에 대한 응징은 될 수 있었다. 오우양이 괴로웠던 만큼 중에게 고통을 주리라는 생각에, 음흉한 기쁨이 최대한 힘을 써 뜨거워진 근육처럼 타올랐다. 운명으로 정해진 모든 일이 시작하기 전, 마지막으로 마음껏 즐길 기회였다.

그가 공격 명령을 내리려는 순간, 중이 오우양 방향으로 무언가를 던졌다. 그것이 쿵 소리를 내며 땅에 떨어졌다. 잠시 아무 소리도 들리지 않았다. 하지만 오우양은 그것이 자기 군대를 향해 언덕 아래로 굴러 내려오는 걸 알았다.

그런 후 온 세상이 폭발했다.

폭발의 충격으로 오우양은 말에서 날아 떨어졌다. 그의 주변으로 시체와 불붙은 바위가 서로 부딪히며 아래로 굴러떨어졌다. 폭발로 귀가 윙윙거리며 울려, 병사들이 비명을 지르고 있다는 걸 그들의 크게 열린 입을 보고 겨우 알 수 있었다. 온통 재를 뒤집어쓴 병사들이 지옥 연기를 뚫고 나오는 악귀처럼 괴상하게 몸을 뒤틀고 있었다. 오우양은 심하게 기침하며, 맨 앞에서 진군하던 병사들이 있던 위치로 갔다. 하지만 아무도 없었다. 10층 탑 높이만큼 깊은 거대한 불타는 웅덩이만 있었다. 공포가 검은 폭죽처럼 사방으로 퍼지는 웅덩이 둘레로, 오우양은 평생 군 생활 동안 상상도 못 했던 끔찍한 장면을 보았다. 인간과 동물 사체가 찢겨 섞여있었다. 바닥에 그을린 뼈와 부서진 방패, 휘어진 칼, 활짝 핀 꽃잎처럼 벌어진 투구가 널려있었다. 그가 갈비뼈를 손으로 꽉 누르며, 쓰레기처럼 부서져 널린 자기 군대를 화난 눈길로 쏘아보았다.

한 사람이 절뚝거리며 다가왔다. 사오였다. '바퀴벌레처럼 지옥에서도 살아남았군.' 오우양은 사오만 운이 좋았다고 매정하게 생각했다.

"도대체 어떤 일이 있었던 겁니까?" 사오가 말했다. "손으로 던지는 폭탄은 분명 아니었습니다. 대기에 불이 붙었습니다."

"그게 무슨 상관이야." 오우양이 큰 소리를 질렀다. 그의 목소리는 귀로 들리는 게 아니라, 머리뼈 자체로 들리는 듯 주변의 소음이 컸다. 잠시 전 그가 중에 느꼈던 분노의 감정이 걷잡을 수 없이 커졌다. 그 중을 반드시 죽여야 했다. 오우양은 중이 자기의 살인 의지를 멀리서라도 느끼고, 끝까지 쫓아가려는 자기 의지에 공포를 느끼며 고통받길 원했다. "죽은 자는 치우고, 부상병은 뒤로 보내고, 계속 진격하라."

예상대로 반군은 불타는 구덩이 반대편에 진을 치고 있었다. 오우양이 직접 공격을 지휘했다. 손에 든 대포가 불을 뿜으며 맨 앞줄의 군사가 쓰러졌지만, 곧 반군과 정면으로 충돌했다. 중이 일으킨 대재앙으로 오우양은 일부 군사를 잃었지만, 그는 원나라의 장군이었다. 그는 어느 정도의 병사를 잃은 후 적군을 거대한 파도처럼 덮칠 수 있는지는, 운동선수가 근육 속에 운동을 기억하듯, 수많은 전투를 겪으며 정확히 알고 있었다. 그와 함께 나란히 선 열 명의 병사가 선두에서 천 명의 병사가 진격하듯 적진을 향해 몸을 날렸다. 그런 후에 혼란한 백병전이 일어났다. 병사들이 무자비하게 창과 칼을 휘둘렀다. 쓰러진 병사들은 몸을 비틀며 비명을 질렀다. 구덩이에 빠진 말들의 다리뼈가 부러졌다. 피와 붉은 두건이 회색빛 대지를 붉게 물들였다.

밤이 되어 어두워지면서 전투가 끝났다. 다음 날 아침 일어나 보니, 반군은 멀찌감치 후퇴하고 보이지 않았다. 오우양은 반군을 쫓아 진군했다. 그런 과정에서 선두에 선 병사들이 쓰러졌다. 그럼 다시 진군하고 또 선두에 선 병사들이 쓰러져 죽었다. 하루하루 오우양은 반군을 피할 수 없는 파멸로 밀어붙이고 있었다. 반군은 거친 골짜기 지형을 이용하고 있었지만, 곧 골짜기가 끝나면 평야로 몰려날 거였다. 오우양의 기병대가 그곳에서 기다리고 있다가 반군을 전멸시킬 거였다. 오우양은 추격을 영광스러운 순간을 위한 운동으로 생각했다. 시간이 흐르면서 반군이 느끼는 절망감을 보며, 오우양은 순수하게 잔인한 기쁨을 맛보고 있었다. 지금 당하는 고통은 개 같은 반군 지휘관 중에게 선사할 훨씬 큰 고통을 위한 입맛 돋우는 전채 요리였다.

오우양은 순수하게 즐거운, 가장 잔인한 복수를 기대하며 즐겼다. '내가 너를 죽일 필요까지는 없다. 하지만 너의 삶을 끝내주겠다.'

"뭔가 잘못됐어." 서달이 심각한 표정을 지었다. "환관 장군이 지금쯤이면 카이펑에서 구원 요청을 받았을 텐데. 왜 군대를 물리지 않지?"

주가 점점 이지러지고 있는 달을 반사적으로 바라보았다. 그 날짜가 뼛속까지 새겨진 듯했다. 그들은 골짜기에 나흘 동안 있었다. 그들의 예상보다 훨씬 긴 시간이었다. 진우량이 공격을 시작하기로 약속한 날이 벌써 이틀이나 지났다. 그녀와 서달은 주둔지에서 나와, 오른편 능선 위에 앉아있었다. 이제 골짜기가 거의 다 끝나고 있어, 능선은 아주 낮았다. 그들 앞에 어두운 평야가 펼쳐져 있었다. 그들의 조금 오른편으로 새로운 별자리처럼 불꽃들이 반짝였다. 환관 장군의 기병대가 벌써 도착해 진을 치고 있었다. 내일이면 그 기병대가 그들을 향해 정면으로 돌진할 거였다.

"진우량의 계략인 게 틀림없어." 서달이 말했다. 계속 늘어나는 사상자 때문에, 그의 얼굴이 불과 며칠 사이에 수척해졌다. "처음부터 우리 모두를 죽게 하려는 계략이 아닐까?"

주도 자신의 확신에도 불구하고, 같은 생각이 들기 시작했다. 그녀도 지쳐서 구역질이 날 지경이었다. "진이 나를 제거하고 싶으면 병사를 잃지 않고도 할 수 있는 방법이 너무나 많아." 그녀가 한숨지었다. "이상하게 들리겠지만, 나는 창의적으로 사람을 죽이는 그의 재능을 믿어."

그들 뒤로 풀숲을 헤치며 걸어오는 소리가 들렸다. 검은 갑옷을 입어 거의 보이지 않는 상우춘이 능선 위로 올라와 그들 옆에 털썩 주저앉았다. "그럼 이걸로 끝이군요." 그가 말했다. 그는 개의치 않는다는 어투로 말하려고 했겠지만, 주에겐 상우춘답지 않게 힘이 없고 두려움에 차있는 듯했다.

한동안 아무도 말하지 않았다. 주는 마음속에서 자기와 환관 사이의 이상한 울림을 더듬었다. 그녀가 12살 때 불당 지붕 위에서 그를 내려다보며, 그녀와 그는 닮아서 서로 연결되어 있다는 걸 신비로운 감각으로 알았던 기억을 떠올렸다. 그리고 그 연결 때문에 주가 운명으로 나아가는 주요 고비마다 그가 나타났다. 그가 절을 불태워서 그녀를 홍건군으로 보냈다. 그가 그녀에게 첫 승리를 안겨주었다. 그리고 이제는….

그녀 마음의 눈에 멀리서 보았던 그의 아름다운 얼굴이 보였다. 그러자 그녀는 자기 운명을 향해 계속 나아가려면 해야 할 일을 깨달았다.

"아직 끝이 아니야." 그녀가 말했다. "아직은 아니야. 우리가 마지막으로 해야 할 일이 있어."

양편에 앉아있던 서달과 상우춘이 서로 반대 방향으로 얼굴을 돌려 그녀를 보았다. 서달이 말했다. "안 돼!"

"환관 장군은 아직 전갈받지 못했을 거야. 그래서 아직 철군하지 않는 거야. 카이펑이 구원군이 필요하다는 걸 아직 모르고 있어." 주가 차분히 말했다.

"그게 사실이라도! 환관 장군이 너를 믿는다고 해도…"

"결국, 환관 장군이 나를 죽일 수 있지." 주가 말했다. 하지만 그녀가 자기 운명을 믿지 않는다면 그녀에게 무엇이 남겠나?

서달의 표정이 굳어지며 말했다. "너는 안 돼. 내가 해야 해."

"무얼 한다고요?" 상우춘이 거의 비명을 지르고 있었다.

주가 그에게 미소를 보냈다. "환관 장군과 1대1 결투를 요구하는 거야. 그는 전통을 중요시하는 장군이야. 그는 도전을 받아들일 거야. 그러면 그와 정면으로 말할 기회가 생길 거야. 그때 내가 카이펑에서 일어나는 일을 알려줄 거야. 그가 나를 믿든 말든."

한참 후에 상우춘이 말했다. "내가 해야 해요. 1대1 결투라면 우리 부대에서 내가 최고예요. 환관이 두 분보다 칼솜씨가 뛰어나지만, 나도 두 분보단 칼을 잘 써요."

그의 충성심에 가슴이 훈훈했다. '우리 군대는 강하다고 믿자.' 그녀가 부드럽게 말했다. "나도 알아. 만군(萬軍) 상우춘." 그가 뛰어난 무술 실력으로 만 명의 병사를 혼자 상대할 수 있다고 생각해, 병사들이 그에게 붙여준 별명이었다. 그녀가 상우춘의 어깨를 다독였다. "승리가 목표라면 나도 당연히 네게 부탁했지." 그녀는 서달에게도 말하고 있었다. "하지만 이건 결투가 아니야. 그를 설득하는 게 목표야. 그래서 내가 해야만 해."

서달이 가슴 아픈 신음을 내뱉었다. 주가 손을 뻗어, 갑옷에서 취약한 부위인 목 가리개 위로 나온 서달의 목덜미를 잡고 가볍게 흔들었다. 그녀는 새끼를 입에 물고 보호하는 표범 같은 느낌이었다. "사형. 환관의 군대가 철군하는 징조가 보이는 즉시, 우리 군대를 탈출시켜줘."

서달이 주가 잡은 목덜미에서 힘을 뺐다. "적군이 철군하지 않으면?"

일어나지 않은 일을 미리 두려워할 필요는 없었다. 그녀의 믿음과 욕망 때문에 그런 일은 일어날 수 없었다. 그녀가 허리를 펴고 두 팔로 두 사람의 어깨를 감쌌다. 그들은 끝없이 펼쳐진 원나라 군대의 모닥불 위로 떠 있는 달을 바라보았다.

양측 군대가 새벽 벌판에서 대치했다. 얼음판처럼 깨질 듯 차가운

겨울 하늘이 그들을 내려보고 있었다. 환관 장군의 거대한 군대 앞에 서있는 그녀의 작은 군대를 주는 바라보았다. 환관 장군 앞에는 으스스한 유령들이 줄지어 서있었다. 그녀는 두려움과 불안을 고요한 호수 위로 이는 잔물결처럼 될 때까지 꽉 눌렀다. 주는 배 속에 자리 잡은 운명의 불꽃까지 닿도록 숨을 깊이 들이마셔, 운명의 힘이 앞으로 나오게 했다.

적장이 깃발을 앞세우고 그녀를 향해 말을 몰아 다가왔다. 적장과 그녀가 양측 군대 사이 빈터에 들어서자, 주는 우주의 끈이 둘 사이 공간으로 들어와 떨리는 걸 느꼈다. 그들은 우주의 똑같은 물질로 만들어졌지만, 두 몸으로 나뉜 사람이었다. 그들의 기(氣)가 나란히 놓인 현악기 줄처럼 공명을 일으켜 떨리며, 각자 삶과 운명을 향해 뻗은 길을 따라 영원히 밀고 당기는 작용과 반작용을 일으켰다. 그녀는 이곳에서 어떤 일이 일어나든 그건 두 사람이 영원히 주고받을 운명의 힘이란 걸 알았다.

양쪽 군대 가운데에서 그들은 말에서 내려, 칼을 넣은 칼집을 들고 서로에게 다가갔다. 주는 환관 장군의 수정같이 빛나는 아름다운 모습에 다시 한 번 놀랐다. 가장 이상적인 여성의 아름다움을 표현하는 '빙기옥골(氷肌玉骨)'이란 말이 떠올랐다. 하지만 그를 여자로 오해할 순 없었다. 그 아름다운 모습에는 차가운 단단함만 보였다. 오만하게 기울인 턱 모양이 더 그렇게 보이게 했다. 걷는 모습과 자세에도 자기는 우월한, 너와는 다른 존재라는 자만심이 넘쳤다.

차가운 아침 햇살에 다른 색은 모두 사라지고 주변이 뿌예졌다. 그들의 입김이 하얗게 퍼졌다.

"이렇게 만나게 됐군." 그 거친 목소리가 곧 기억났다. 그 목소리는 주의 마음속에 불타는 절과 승려에 대한 폭력의 기억으로 각인되어 있었다. '내가 그 목소리를 들었을 때, 내가 가진 모든 게 파괴되었다.'

"너의 도전을 받아 기쁘면서도 놀랐다는 건 인정해야겠군. 네가 도망치다가 매복하면서 끝까지 버티리라고 생각했는데. 네가 장렬히 죽는 모습을 모두에게 보여주고 싶은 특별한 이유라고 있나?"

주가 차분하게 답변했다. "내가 상황을 바꾸려고 최선을 다하지 않아 병사들의 충성심에 보답하지 않는다면 나는 형편없는 지휘관이 될 거요."

"상황을 바꿀 수 있을 거라고 왜 그렇게 자신하지? 내가 보기엔 결과는 변함이 없는데."

"그럴 수도 있겠죠. 하지만 이게 장군이 원하는 거라고 확신하시오? 좀 더 정보를 정확히 알 필요가 있어 보이는데요." 주가 말했다. 그녀는 겉으론 침착했지만, 속으론 억누르고 있는 불안감이 최고조에 달하는 걸 느꼈다. "예컨대, 이 전투는 유인책이란 걸 알려드리죠. 우리 홍건군이 이렇게 소수라고 생각하셨소? 우리 군대는 아시는 것보다 훨씬 더 커졌소. 우리가 말하고 있는 이 순간에도, 우리의 주력은 카이펑을 공격하고 있소. 카이펑을 잃으면 원나라에 큰 타격이 될 거로 생각하는데요."

그녀는 사랑하는 사람의 얼굴을 보듯 그의 얼굴을 자세히 살폈지만, 그는 어떤 낌새도 보이지 않았다. "재미있군. 사람들은 제 목숨을 구하려면 무슨 짓이든 하지. 그런데 네 말이 사실이라면 내가 군사를 물려 카이펑으로 달려갈 거라고 믿고, 너는 너의 편을 배신하는 게 아니냐? 그럼 너는 겁쟁이거나 거짓말쟁이군." 그가 눈썹을 치켜올렸다. "어느 쪽인가? 궁금하군."

"내 말을 믿건 안 믿건, 빨리 행동하지 않으면 위험이 클 텐데요. 전령은 흔히 길을 잃거나 도중에 살해되죠. 카이펑이 원군을 요청했는데 구원하지 않아 함락된다면 그런 실수를 감당할 수 있소?"

이제 그의 얼굴에 그림자가 스쳤다. 하지만 그가 차갑게 말했다. "전령을 받지 못한 사람을 처벌할 순 없지."

주에게 믿음이 생겼다. 힘들게 누르고 있던 불안한 마음이 서서히 가라앉았다. 계략이 성공하고 있었다. "하지만 이제는 아시지 않소. 그걸 아셨으니 어떻게 하시겠소, 오우양 장군?" 그녀는 처음으로 그의 이름을 말했다. 그의 이름을 말하며, 그가 그녀 운명의 나침판 바늘을 당기는 자석인 것처럼, 그녀는 어지러운 운명의 끌림을 어느 때보다 강하게 느꼈다. 혀끝에 닿는 날카로운 느낌이 폭풍 전의 대기 같았다. "구원하러 가지 않고, 중국인에게 중요한 상징적 의미를 지닌 도시가 반군에게 점령되도록 방치한 걸 나중에 어떻게 해명하시겠소? 야오 강에서 패배한 후에 주인에게서 심한 꾸중을 받았을 텐데. 카이펑이 함락되면 어떻게 되겠소?"

그가 그녀의 질문에 대해 생각하는 동안, 안개 같은 흰 연기가 산비탈을 따라 흘러내려 두 사람 사이에 낮게 깔렸다. 그 연기가 땅 위로 흐르며 두 사람을 감쌌다. 전에는 환관 장군의 유령들은 다른 유령처럼 그녀에게 관심을 보이지 않았다. 하지만 지금 환관 장군의 어깨 뒤로 모인 유령들은 텅 빈 검은 눈으로 그녀를 바라보았다. 그녀는 뒤에서도 누군가 쳐다보는 듯한 느낌에 목덜미의 털이 일어섰다. 그들이 중얼거리는 소리를 들으며, 그녀는 온몸이 마비되는 두려움에 휩싸였다. 유령들 위로 깃발이 거칠게 휘날렸다.

한참 후 환관 장군이 말했다. "물론 힘들었지. 너는 그 상황을 잘 아는 것 같군. 하지만 이번엔 내가 정보를 좀 주지. 그러면 결과를 분명히 알 수 있을 테니."

몽골인은 활을 쏴야 해서 장갑을 끼지 않았다. 그가 내민 주먹 쥔 손에 맨살이 드러났다. 다른 신체 부위처럼 그의 손도 남성도, 여성도 아닌 중성의 손이었다. 여자의 손처럼 가느다랗지만, 수많은 상처가 난 전사의 손이었다. 그가 손을 천천히 폈다. 처음에 주는 무엇을 보고 있는지 몰랐다. 그러다가 말린 종이 위로 휘갈겨 쓴 몽골 글자를 보자, 억눌렀던 감정들이 그녀의 의지를 무너뜨리며 동시에 터져 나왔다. 그녀의 마음이 격렬하게 흔들렸다. 그녀는 감정을 다시 억누르려고 애쓰다 숨이 막힐 뻔했다.

'카이펑'이었다.

그녀는 그가 철군할 거라는 희망에 모든 걸 걸고 도박했다. 하지만 이제 그의 말처럼 그녀는 모든 걸 분명히 깨달았다. 처음부터 희망은 없었다.

그녀는 예상치 못한 사실에 놀랐다. 본능적으로 그녀는 치솟는 두려움을 힘껏 눌렀다. 그녀는 환관 장군처럼 얼음판 같은 고요함만 보이도록 감정을 더 눌렀다. 그녀가 잘못 판단했다. 하지만 잘못 판단했다고 실패한 것 아니다. '언제나 이길 수 있는 새로운 길이 있다.'

그녀가 감정을 숨기려고 애쓰는 걸 잘 알고 있는 듯, 그가 잔인한 쾌감을 드러냈다. "네 걱정은 고맙지만, 나도 카이펑에 대해 잘 알고 있다. 어제 지휘관이 이 전갈을 보냈다. 사실 구원해달라고 애걸하는 내용이었지."

'그는 알면서도 가지 않았다.' 그녀는 그럴 가능성은 전혀 생각하지 못했다. "전령을 받고 즉시 군사를 돌렸다면, 제때 도착할 수 있었을 텐데…."

"왜 이러나." 그가 말했다. "내가 전령을 받고 철군한다면 내가 카이펑에 도착하기 전에 카이펑을 점령하려는 게 너희의 계획이란 걸 너와 나 모두 잘 알고 있는데. 너는 내 능력을 전혀 모르고 있어. 하지만 이건 잘 알아둬. 내가 카이펑이 함락되기 전 도착하려고 마음먹었다면 나는 그럴 능력도 있었다." 그러곤 그녀가 숨기지 못하고 얼굴에 드러낸 감정을 보듯 말했다. "왜 내가 안 갔냐고? 꼬마 중, 우리 사이에 진 빚을 갚을 이런 좋은 기회를 내가 왜 버려야 하나?"

주는 물에 빠져 죽은 만 명의 병사를 생각하고 움찔했다. 그녀는 그가 복수할 건 알고 있었지만, 그의 상처가 이렇게까지 깊은 줄 전혀 몰랐다. 두 사람 사이 운명의 줄이 팽팽하게 떨렸다. 그는 상처받았고, 그 상처의 힘으로 움직였다. 그가 한 모든 일과 그가 존재하는 이유가 바로 상처였다. 그는 늘 상처와 함께 살았다. 주는 소름이 돋았다. "내게 복수하려고 카이펑이 함락되게 놔두었다는 거요?"

"자신을 과대평가하지 마라." 그가 차갑게 말했다. "처음부터 카이펑은 함락되게 놔둘 계획이었다. 하지만 우리 사이의 빚을 갚을 기회를 얻게 돼서 아주 흡족하다." 붓으로 그려놓은 듯 아름다운 그의 눈에 살기가 돌았다. "너는 야오 강에서 나를 패배시켜, 내가 반드시 끝내야 할 일을 시작하게 했다. 내 뜻과 상관없이 너는 나를 내 운명의 길로 가게 했다." 그의 섬세하게 아름다운 얼굴이 증오심으로 불타올랐다. "그래서 네가 준 선물을 돌려주어야겠다."

그가 칼을 뽑았다. 칼은 날카로운 소리와 함께 차가운 빛을 반짝였다.

주는 꽉 눌러둔 감정 어딘가에서 걷잡을 수 없는 두려움을 느꼈다. 이건 그녀의 운명으로 가는 길이 아닌 듯했다. '하지만 운명으로 가는 길이어야만 한다.' 그녀가 꼿꼿이 몸을 세워 당당한 모습을 그가 보게 했다. "내 운명은 뭐라고 생각하시오?" 그녀가 말했다. 그녀는 그에게뿐만 아니라, 하늘을 향해 말하고 있었다. 옥처럼 차갑고 아득히 먼 하늘을 향해 그녀의 모든 의지가 담긴 믿음을 보내고 있었다. "내 이름을 알려주지. 주중팔이다."

그가 차갑게 말했다. "내가 그걸 알아야 하나?"

"언젠가는 그래야 할걸." 그녀도 칼을 뽑았다.

대결하기 직전, 주는 그들의 피와 살이 반짝이는 순수한 욕망 같다는 이상한 느낌을 받았다.

그리고 오우양이 칼을 내리쳤다.

주가 놀라 숨을 내쉬며 옆으로 급히 피했다. 그는 상상할 수 없을 정도로 빨랐다. 그녀가 가능하다고 생각한 그 어느 속도보다 빠르게 그의 몸이 움직였다. 그녀는 놀라 충격을 받으며, 주중팔의 운명에 절망적으로 매달리는 자기 모습을 보았다. 그녀는 그 운명이 이미 사라지는 걸 느끼면서도, 그것 외에 달리 믿을 게 없었다. '나는 믿음을 가져야 해…'

그녀가 몸을 비틀며, 그녀가 있던 자리를 베며 울부짖는 칼 소리를 들었다. 그녀가 왼손에 든 칼집을 높이 들어 균형을 잡으며, 몸을 웅크렸다가 튀어 나가며 반격했다. 그가 가볍게 그녀의 칼을 튕겨 내고, 그녀의 다음 일격을 받아 칼을 마주 댔다. 두 칼에 힘을 주자, 마주친 칼날이 미끄러졌다. 칼날이 날카롭게 떨리자, 주는 이빨을 악물었다. 손목이 엄청나게 아프고 저렸다. 오우양의 백자 도자기처럼 아름다운 얼굴에 엷은 미소가 입술을 스쳤다. 그녀는 목숨을 걸고 싸우고 있었고, 그는 장난치고 있었다. 그 생각이 무서웠지만, 희망도 보였다. '나를 진작 죽일 수 있었는데 아직 죽이지 않았다면 나에게도 기회가 있다.'

하지만 아무리 애써도, 기회는 보이지 않았다. 환관 장군에게 작은 곽처럼 오만하고 여린 구석이 있다면 그녀는 말로 상처를 주어 빈틈을 노릴 수 있었다. 하지만 상처와 고통뿐인 사람에게 어떻게 말로 상처를 줄 수 있나? 그녀가 숨을 헐떡이며 그에게서 물러섰다. "너도 중국인이지?" 그녀가 점점 더 커지는 두려움을 누르며 외쳤다. "어떻게 야만인을 위해 싸울 수 있지? 네 조상이 황천에서 너를 보며 우실 텐데. 카이펑이 함락되면 마음속 깊은 곳에선 중국인의 대의명분이 옳다는 걸 너도 알고 있지…?"

그가 번개처럼 빠르게 칼을 휘두르며 공격하자, 그녀가 급히 피했다. 그의 칼이 그녀의 칼집을 내치자 둔탁한 소리가 났고, 이어서 강철과 강철이 부딪치며 경쾌한 소리를 냈다. 두 사람이 날 듯 빠르게 움직였다. 주가 계속 몸을 틀며 뒤로 물러설 때마다, 심장이 발보다 더 빠르게 뛰었다. 위로 공격하고 낮게 공격하고 다시 위로 공격해 왔다. 그녀가 눈에 보이지 않을 정도로 빠른 칼날을 간신히 막고 있던 순간, 그가 왼손에 들고 있던 칼집으로 그녀의 갈비뼈를 강하게 내리치고, 발로 그녀를 걷어찼다. 그녀의 몸이 빙글빙글 돌며 땅바닥에 나가떨어졌다. 그가 칼로 찔러오는 순간, 그녀는 간신히 옆으로 굴러 피했다. 그녀가 겨우 일어나는 순간, 그가 다시 공격했다.

이번에는 공격을 막기가 더 힘들어졌다. 무사히 끝나야 했다. '그래야만 한다.' 하지만 그녀의 허파는 불타고, 발 움직임은 느려졌다. 심장이 터질 듯했다. 숨을 고르려고 한발 물러서는 순간, 하얀 번개 같은 칼날이 왼팔을 스치고 다시 빠르게 찔러왔다. 그의 칼날은 빠르고 힘찼다. 그녀는 칼을 막고 피하고 다시 막으며, 목구멍에서 무서운 거친 소리를 냈다.

그러다가 그녀가 잘못 방향을 틀자, 헉 소리를 내며 묵직한 숨이 터져 나왔다.

'왜 공격하지 않지?' 처음에 그녀는 아무 느낌도 없었다. 그러다가 문득 양손에 아무것도 없는 걸 알았다. 그녀가 그를 노려봤다. 그의 눈에 불꽃이 일어 검은색이 아니라 노랗게 보였다. 그녀는 허리에 꽂힌 자기 칼을 손가락으로 쥐었다. 칼날이 손가락과 손바닥에 파고들었다. 그녀는 숨조차 쉴 수 없었다.

그가 그녀에게 몸을 기울 때 강한 피 냄새가 났다. 그는 입술이 그녀의 뺨에 거의 닿을 정도로 다가와 말했다. "그래, 나는 중국인이다. 그렇지만 몽골 편에서 싸우지. 하지만 네게 진실을 말해 주지, 꼬마 중. '나는 어느 편이 이기든 상관하지 않는다. 내가 원하는 것과 관계없어서.'"

그가 칼을 비틀어 뺐다. 세상이 하얗게 비명을 지르면 빙글빙글 돌았다. 구멍 난 가죽 양동이에서 물이 빠지듯, 주의 모든 힘이 몸에서 빠져나갔다. 그녀가 비틀거렸다. 그가 무표정한 얼굴로 그녀를 쳐다보며, 피로 번득이는 칼을 천천히 아래로 내렸다. 그녀는 구멍이 아주 작다는 생각을 했다. 그녀의 몸통을 감싼 갑옷 속으로 검게 피가 퍼졌다. 갑자기 온몸이 굳었다. 새로 생긴 구멍에서 퍼져 나오는 고통이 백 배, 천 배 증폭된 운명의 끌림처럼 느껴졌다. 그리고 그녀는 공포에 질리며, 새롭게 느껴지는 운명을 깨달았다. 그녀가 지금껏 쫓아왔던 운명이 아니라, 언젠가는 맞이할 운명이었다. 무(無)로 돌아간다. 그녀는 육체의 고통보다 더 깊은 고통을 느꼈다. 그녀가 그때까지 경험하지 못한 강렬한 슬픔이었다. 그녀가 위대한 인물이 될 기회가 있었던가? 아니면 자신이 주중팔이라고 믿고, 자기 운명이 아닌 다른 사람의 운명을 어리석게 쫓아온 건 아닌가?

무릎에서 힘이 빠졌다. 그녀는 평생 그렇게 추워본 적이 없었다. 이빨이 달가닥거리며 떨렸다. 세상이 빙글빙글 돌았다. 오우양의 머리 뒤로 푸른 바탕에 붉은 불꽃을 그린 깃발들이 보였다. 하늘의 상징이었다. 그녀는 허공을 쳐다보며, 허공에 반사된 자신의 허무한 모습을 보았다.

그의 칼이 번뜩였다.

그녀는 칼에 맞고 비틀거렸다. 추위가 목구멍을 꽉 쥐었다. 그녀는 추위가 이토록 고통스러운 줄 전에는 상상도 하지 못했다. 그녀가 혼란스럽고 멍한 호기심으로 칼 맞은 곳을 내려다보았다. 그녀의 오른손이 있던 자리에서 피가 뿜어 나왔다. 손목 보호대 위가 깔끔하게 잘렸다. 천명의 색인 붉은 피가 뿜어 나오고 또 나와, 땅속으로 스며들지 않고 땅 위에 고였다. 심장의 박동이 머리까지 울렸다. 그녀는 맥박을 세며 조절하려고 했다. 하지만 그럴수록 맥박은 더 어지러워졌다. 마침내 조용한 피로가 자리 잡고 추위와 공포를 누그러뜨렸다. 그녀는 무(無)로 돌아가고 있었다. 안도감이 느껴졌다.

그녀가 오우양을 올려다보았다. 그는 실루엣으로 보였다. 밤하늘에 비친 검은 머리카락과 검은 갑옷처럼. 오우양 뒤로 유령들의 어두운 모습이 보였고, 유령 뒤로 별들이 보였다.

"주중팔." 그가 아주 멀리서 말했다. "너의 병사들은 전에는 네게 충성했다. 이제 네게 얼마나 충성하는지 보자. 네가 보여줄 수 있는 건 경멸과 수치심밖에 없을 때. 네가 피하고 싶고 두려움을 주는 존재가 되었을 때. 내가 명예롭게 너를 죽여주지 않은 걸 원망하게 될 거다." 그림자가 그녀를 집어삼키는 순간, 그녀가 쓰러졌다. 인간이 아닌 존재들의 합창처럼 들렸지만, 그녀는 환관 장군이라는 걸 알았다. 그녀를 그녀 운명의 길로 들어서게 만든 인물. 그가 말했다. "세상 사람들이 네게서 얼굴을 돌릴 때마다, 나 때문이란 걸 기억하라."

3부

1355–1356

주가 의식을 되찾았다. 의
식은 천천히 그리고 고통
스럽게 돌아와서, 그녀는
무(無)에서 다시 태어나
는 느낌이었다. 그녀는 자
신에게 일어난 기적에 놀랐
다. 그녀가 힘들게 갈라지
는 목소리로 말했다. "나는
'살아있다.'"

18

　　오우양이 카이펑으로부터 돌아온 저녁은 춥고 구름이 잔뜩 끼어있었다. 그는 카이펑이 반군에게 함락되도록 일부러 며칠 늦게 갔다. 그는 안양으로 돌아올 거란 통보를 보내지 않고 돌아와, 자기 거처의 마당에 홀로 들어섰다. 눈송이가 조금 날려, 돌이 깔린 통로 위로 떨어지며 녹았다. 한동안 그는 제자리에 서서 이제는 익숙해진 건물들을 바라보았다. 하지만 여전히 자기 집이 아니라 에선의 거처로 보였다.

　처마 밑을 지나던 여종이 오우양을 보고 놀라 크게 숨을 내쉬어서, 마당 가운데 서있던 그의 귀에까지 들렸다. 그가 돌아서자, 하인들이 급히 몰려와 허리를 굽혔다. 그들이 몸을 더 낮출수록 그가 당한 패배의 수모가 사라지리라고 믿는 듯. 사실 그건 그를 걱정해서 한 행동은 아니었다. 그는 카이펑을 잃었다. 그가 당하게 될 처벌만큼이나 그들은 자신들의 안위를 걱정하고 있었다.

　하인 중 한 명이 말했다. "장군, 허난성 제후께 돌아오셨다는 전갈을 보낼까요? 제후께서 장군이 돌아오시면 바로 알려달라고 하셨습니다."

에선은 오우양이 조용히 돌아올 걸 미리 알고 있었다. "신경 쓰지 마라." 오우양이 짧게 말했다. "내가 직접 찾아뵙겠다. 어디 계시냐?"

"장군, 제후께서는 보르테 부인 처소에 계십니다. 저희가 전갈을 보내면…"

에선이 부인과 함께 있다고 생각하면 오우양은 늘 느끼는 혐오감을 느꼈다. "아니다. 내가 직접 가겠다."

하인들이 뺨을 세게 얻어맞은 듯 놀랐다. '하인들 앞에서 내가 내 뺨을 때린 듯한 표정이군.' 오우양은 씁쓸하게 생각했다. 하인들 모두 규칙을 알고 있었다. 허난성 제후 말고는 어떤 남자도 궁전 깊숙이 있는 여인들 처소에 들어갈 수 없었다. 오우양은 남자가 아니기 때문에 마음대로 들어갈 수 있다는 사실을 그들이 지금까지 몰랐다는 게 고맙게 느낄 정도였다. '이건 내가 원했던 특권은 절대 아니다.' 그는 전에는 그곳에 간 적이 없었다. 암말들에 둘러싸인 종마 같은 모습의 에선을 보기 싫었다. 하지만 지금 오우양은 상처를 손으로 누르듯 혐오감을 꾹 눌렀다. 에선을 피할 순 없었다. 그가 화를 더 낼수록, 다음 계획이 더 쉬워진다. 그토록 가기 힘든 이유는 다시는 돌아올 수 없는 길이기 때문이었다. 오우양은 그 사실을 너무나 잘 알고 있었다. 그가 겪은 일들이 아니라면 이 길을 굳이 가지 않을 거였다. 그래서 돌이킬 수 없는, 반드시 가야 할 길을 가는 게 평생 가장 힘든 일이 되었다.

여인들의 거처는 외국 땅 같았다. 색과 냄새와 공기 자체까지 모두 낯설었다. 오우양이 회랑을 걸어가자 여종들이 그의 갑옷을 보고 놀랐지만, 그의 얼굴을 보는 순간 긴장을 풀었다. 그런 일이 일어날 때마다 그의 감정이 더욱더 상했다. 여자들, 끝없이 조잘거리고 향수 냄새를 풍기는 쓸데없는 것들. 그는 피 냄새나는 금속으로 만든 갑옷이 여자들에게 혐오감을 주길 바랐다. 하지만 그가 이 낯선 곳에 속한다고 생각하는 여자들의 눈길에, 오히려 오우양이 상처받고 있었다. 그는 수치심과 분노와 복수심으로 불타올랐다.

그는 대기실로 안내되었다. 대기실에 걸린 검소하게 살라는 부처님 말씀이 쓰인 족자가 숨 막힐 듯 가득 찬 최고급 의자와 탁자, 그리고 파란색과 흰색이 섞인 최신 유행의 도자기들과 전혀 어울리지 않았다. 두 여종이 검은 옻칠을 한 보르테 부인의 침실 방문을 열자, 에선이 나왔다. 그는 옷을 입고 있었지만, 옷은 느슨하게 매여있었고, 머리카락은 흐트러져 있었다. 오우양의 갑옷도 에선의 그런 모습으로부터 가슴속 상처를 보호해 주진 못했다. 에선에게 아내들이 있다는 걸 아는 것과 그가 현실 세계에서 아내와 함께 사는 모습을 직접 보는 건 전혀 달랐다. 그가 조금 전까지 아내를 만졌고, 아내도 그를 만졌다는 걸 아는 건. 오우양에겐 언제나 낯선 여자와 아이들이 있는 이 영역에서, 에선은 쾌락과 친밀감과 작은 걱정거리가 있는 완전한 삶을 살고 있었다. 질투와 경멸과 혐오감. 어디서 시작되고 어디서 끝나는지 모르는 복잡한 감정을 느끼며, 오우양은 숨이 막힐 듯했다. 하지만 그 모든 감정 밑에 가슴을 꿰뚫는 갈망이 있었다. 그는 가질 수 없고, 될 수 없는 것에 대한 갈망이었다.

'그래. 고통받자.' 오우양의 마음이 쓰라렸다.

그가 무릎 꿇었다. "주공, 카이펑이 함락됐습니다. 소신의 잘못입니다. 처벌을 내려주십시오!"

에선이 그를 내려다보았다. 그의 얼굴에는 실망감과 함께, 오우양이 알 수 없는 다른 수많은 감정이 서려있었다. 오우양에게 풀 수 없는 감정이 있는 것처럼, 에선도 풀지 못할 감정이 있었다. 에선의 그런 모습은 처음 보았다. 오우양은 그를 그렇게 만든 자신을 책망했다. "무릎 꿇지 말게." 한참 후에 에선이 말했다. "나는 나의 아버지가 아니야. 나라도 어쩔 수 없이 했을 실수를 이유로 자네를 꾸짖을 생각은 없네. 그래도 미끼 부대는 격파하지 않았나? 자네는 최선을 다했어."

하지만 오우양은 최선을 다하지 않았다. 그는 노력조차 안 했다. 그가 에선을 기쁘게 하는 일은 쉬웠지만, 그는 그렇게 하지 않았다. 죄책감 때문에 그는 에선의 꾸중을 받고 싶었다. '자네는 최선을 다했어.' 에선의 동정심에 오우양의 자존심이 오히려 심하게 구겨졌다. 그는 다른 누구보다 오우양을 잘 알고 있었다. 어떻게 그가 오우양이 최선을 다했다고 믿을 수 있나? 그건 에선이 오우양에 관한 중요한 사실을 잊고 있다는 의미였다. '나는 중국인이다.'

오우양이 말했다. "황실은 홍건적에게 카이펑을 빼앗긴 걸 용납하지 않을 겁니다. 우리가 반드시 탈환해야 합니다. 주공, 양저우의 장씨 가문에 도움을 요청하게 가도록 허락해 주십시오."

"카이펑을 탈환해야 하는 건 사실이지. 그런데 내가 자네보다 자네 능력을 더 믿는 듯하네. 그런 장사치들에게 가서 구걸할 필요 없네." 에선이 말했다. 그가 이어서 조용히 말했다. "나는 자네가 무엇을 하려는지 알아. 부끄러워서 나를 피하려는 거지. 그럴 필요 없어. 나는 자네를 탓하지 않아."

'주공은 자기 잘못을 아셔야 합니다.' 오우양은 자신의 분노와 수치를 기억하며 냉정하고 잔인해지려고 노력했다. 한편으론 죄책감과 고통으로 자기 계획을 포기하고 싶은 마음도 들었다. 그가 마음을 다시 굳게 다잡고 말했다. "저는 지난봄 히체투에서 장 장군과 사귈 기회가 있었습니다. 그의 형에 대한 소문과 달리, 장 장군 자신은 매우 유능합니다. 그가 도와주면 확실히 승리할 겁니다."

"제발 일어나게! 우리가 이런 식으로 말을 나눠야 하나." 에선은 고통스러워 보였다.

오우양의 마음도 아팠다. '왜 제가 당신을 증오하는 일을 쉽게 해주시지 않습니까?' "주공, 제게 마땅한 처분을 내려주십시오."

"그럼 그렇게 하지. 자네가 내게 부끄러움을 안긴 적이 있나?" 에선이 말했다. "오랫동안 사람들은 자네를 나의 장군으로 임명한 것 자체가 부끄러운 일이라고 말했지. 나는 그 말을 전에도 믿지 않았고, 지금도 믿지 않아. 나는 나의 가장 소중한 친구인 장군을, 곧 회복할 수 있는 패배 때문에 버리고 싶지 않아. 그러니 일어나게!" 오우양이 그래도 움직이지 않자, 그가 낮은 목소리로 말했다. "내가 자네에게 명령해야 하나?"

방 안에 향수 냄새가 너무 짙었다. 오우양은 머리가 어지러웠다. 에선이 왕인 악몽 같은 이 여자들의 공간에 그는 갇혀있었다. 이 영역 안에 있는 다른 모든 사람처럼 오우양도 에선의 소유물이었다. 그에게는 주인이 있었다. 오우양이 움직이지 않자, 에선이 매우 부드럽게 말했다. "오우양 장군, 일어나게. 명령일세."

목에 맨 끈을 당긴 건 아니지만, 턱 밑을 가볍게 도닥거린 거였다.

불복종을 상상도 하지 못하는 사람의 말이었다. 그래서 오우양은 복종했다. 그는 일어서며, 분노 밑으로 쾌감이 흐르는 걸 느꼈다. 그건 주인의 말에 복종하는 노예의 기쁨이었다. 무질서한 세계가 질서를 되찾는 편안함 같았다. 그러나 오우양이 자신이 느낀 기쁨이 무엇인지 깨닫는 순간, 그 기쁨은 잘린 파초[3] 열매가 검게 변하듯 색이 바랬다. 그는 자기는 늘 복종하는 노예근성을 지닌 개라는 진실을 깨달으며, 속으로 진저리 쳤다. 하지만 그는 자기혐오의 늪에서 허우적이면서도, 그런 관계를 계속 유지할 수만 있다면 자신은 계속 그렇게 할 걸 알고 있었다.

에선이 말했다. "이리 오게."

오우양이 따라갔다. 그는 하인들이 지켜보는 걸 알고 있었다. 그리고 보르테 부인의 침실 문이 조금 열려있는 것도. 그들이 보았을 모든 걸 생각하니, 그의 수치심이 더 커졌다. 그는 에선 앞에 섰다. 손이 닿을 만큼 가까이. 에선의 손가락 끝이 그의 얼굴에 닿았던 기억이 떠올랐다. 그의 일부분은 그 손길이 주었던 수치스러운 쾌감을 갈망하고, 다른 부분은 노예 같은 복종심을 요구하는 에선을 증오했다. 두 부분 모두 고통스러웠다. 두 부분을 합친 고통이 그를 짓눌렀다.

에선이 이상하게 강렬한 눈빛으로 그를 바라보았다. "필요하다고 생각하면 양저우로 가게. 하지만 카이펑에 대해선 걱정하지 말게. 자네가 탈환할 수 있을 거야. 그리고 자네가 카이펑을 탈환하고, 자네가 반군과의 이 전쟁에서 이겨 내게 승리를 안겨주면 위대한 칸께서 우리에게 포상을 내릴 걸세. 내가 칸께 자네에게 영지를 하사하

---

3 파초(芭蕉): 바나나

고, 자네 이름을 이어갈 아들을 입양하게 요청할 거네. 그게 우리의 미래야. 자네도 그걸 볼 수 있지? 우리 아들들이 위대한 원나라의 군대를 함께 지휘하는 모습을. 우리 아들들이 제국의 영광을 위해 일본과 베트남과 캄보디아와 자바를 정복하고, 사람들은 위대한 칸을 기억하듯 우리 아들들의 이름을 기억할 거야." 그의 목소리가 커졌다. "그게 자네가 원하는 게 아닌가? 그러니 자책은 그만하고, 내가 말한 소원을 함께 이루세. '내가 그걸 자네에게 줄 수 있어.'"

오우양이 충격과 고통을 느끼며 에선을 바라보았다. 그도 그런 미래를 믿는 자신에 놀랐다. 마침내 그가 거칠게 갈라지는 목소리로 말했다. "그럼 나와 함께 카이펑으로 가자, 에선. 전에 그랬던 것처럼 나와 함께 말을 달리자. 우리가 함께 승리해서, 이 모든 걸 끝내고 우리의 미래를 향해 나아가자."

그는 하인들이 놀라서 소곤거리는 소리를 들었다. 그가 감히 허난성 제후를 그렇게 부르다니. 오우양은 자기 권리 이상의 걸 감히 요구했다. 허난성 제후가 영지를 다스릴 의무를 저버리고 전쟁터에 나갈 수 있는 것처럼. 귀한 아들을 낳으려고 경쟁하는 부인들을 버리고 전쟁터에 나갈 수 있는 것처럼. 오우양은 보르테 부인의 분노가 조금 열린 침실 방문 틈새로 새어 나오는 걸 느낄 수 있다. 오우양은 에선의 얼굴을 뚫어지게 바라보며, 자기 생각에 혐오감을 느꼈다. '보르테가 아니라, 나를 선택하라.'

에선은 즉시 대답하지 않았다. 그의 손이 꿈틀거리자, 오우양의 숨이 멎었다. 하지만 에선은 자세를 바로잡고 뒷짐을 지었다. "눈이 내리나?" 그가 불쑥 물었다. 오우양은 아직 자기 머리카락에 눈이 남아있는 걸 알았다. 에선이 예상치 못한 고통과 씨름하는 사람의 내면을 향한 슬픈 표정으로 그를 바라보았다. "자네는 먼 길을 오느라고 몰랐던 모양일세. 첫눈이야. 올해는 평년보다 늦게 내리는군."

사랑하는 남녀가 함께 보고 싶어 하는 첫눈. 오우양이 결코 가질 수 없는 모든 소망이 그에게 달라붙는 유령처럼 너무 가까이 있었다. 그래서 그는 분노하고 싶었다. 분노가 그의 모든 다른 감정을 씻어내길 바라며. 하지만 그의 분노는 그런 모든 감정을 잠재울 만큼 강하지 못했다.

에선이 아직도 이상하게 고통스러운 표정을 지으며 말했다. "자네가 원한다면 나도 출전하지."

에선은 언제나 오우양이 원하는 걸 주었다. 오우양은 밖에 내리는 눈이 차가운 고요로 모든 걸 덮는 걸 마음속에 그려보았다. 그가 그 눈으로 자기 마음을 덮을 수 있다면 그 무엇도 다시는 그에게 고통을 주지 못할 텐데.

왕의 사무실은 오우양이 본 그 어느 때보다 조용했다. 에선이 왕에게서 귀족 신분을 빼앗을 순 없었지만, 왕 바오싱을 가혹하게 대우했다. 상황이 변한 건 개의치 않고, 왕은 책상에 조용히 앉아있었다. 늘 그랬던 것처럼 그의 업무에 열중하듯. 아니면 그에게 남은 유일한 권한을 계속 붙잡으려고 결심한 듯.

"나리께 문안드립니다." 오우양이 허리를 굽히고, 곧 있을 카이펑 공략에 필요한 물자를 요청하는 문서를 건넨다. 오우양은 양저우에서 장 부인을 만나고 돌아오는 즉시 출전할 준비를 마치도록 사오에게 지시했다.

왕이 냉소적인 표정을 지으며 문서를 훑어보았다. 오우양은 군사 비용을 줄이려는 노력을 전혀 하지 않았다. "자네 능력 이상의 실력을 보이고 있군, 장군. 처음엔 손쉽게 이길 전투에서 만 명의 병사를 잃었고. 이제는 장군의 실수로 반군이 소명왕을 마지막 중국 왕조의 옥좌에 앉히는 걸 보게 되었군." 그의 눈이 수수께끼 같은 표정을 지으며 깜빡였다. "장군은 반역자의 자손이니 다음 전투에선 꼭 이기고 싶겠군. 아니면 장군의 패배에 무능이 아닌 다른 동기가 있는지 사람들이 의심하기 시작할 테니."

왕이 순수 혈통의 중국인만큼이나 과거에 대한 향수를 지녔다는 걸 오우양은 깨달았다. 오우양이 의도적으로 카이펑이 함락되게 방치한 걸 왕 바오싱이 알고 있다면….

그는 그 생각을 지웠다. 왕 바오싱은 늘 하던 대로 심술을 부리고 있었다. "제가 승리하길 바라신다면 트집 잡지 말고 제 요구를 들어주시면 됩니다. 아니면 허난성 제후께서 직접 일을 해결하도록 말씀드려야 할까요? 제후께서 나리를 별로 탐탁하게 여기지 않으시니, 그런 일을 원치 않겠죠. 남은 영지가 얼마나 됩니까? 제후께서 남은 영지도 모두 빼앗으면 큰일일 텐데요…."

왕이 의자에서 일어나 책상을 돌아와, 오우양의 뺨을 때렸다. 책상물림이 때려봤자 세진 않았지만, 머리가 돌아갈 만큼은 강했다. 오우양이 얼굴을 바로잡자, 왕이 차갑게 말했다. "네가 나보다 낫다고 생각하는 건 안다. 내 형이 보기엔 그렇겠지. 하지만 나는 귀족이어서 너를 때릴 수 있다."

몽골인을 때린 중국인은 목 졸라 죽이는 게 법이었다. 하지만 그런 형벌과는 상관없이, 오우양은 되받아치지 않았을 거였다. 왕은 이미 너무나 비참해 보였다. 그는 평생 수치를 당했고, 자기가 쓸모없다는 걸 알고 있었다. 오우양의 눈에 핏기 없는 고통에 찬 다른 얼굴이 잠시 스쳤다. 칼을 쓰는 팔이 잘린 자리를 믿을 수 없다는 표정으로 보던 반군 중이었다. 그 중도 왕처럼 수치스럽고 쓸모없는 삶을 살아야 한다. 그건 누구보다 오우양이 잘 아는 삶이었다. '최악의 형벌은 살려두는 것이다.'

그가 말했다. "이게 나리의 목숨을 살려주어서 고맙다는 표시입니까?"

"그런 감사 표시라면 얼마든지 주지!" 왕이 표독스럽게 말했다. "나를 살려주고, 형이 내가 절벽 밑으로 아버지를 떨어뜨렸다고 생각하게 했지."

오우양이 뺨을 맞은 데 보복하고 싶었다. 그가 잔인하게 말했다. "나리께서 쓸데없는 책상물림이 아니어서 힘이 좀 세셨다면 아버님을 구하실 수 있었을 텐데요."

왕의 얼굴이 창백해졌다. "그래서 나는 평생 용서받지 못할 거야." 그가 책상을 돌아가 의자에 앉았다. 그가 쳐다보지도 않고 사납게 말했다. "필요한 건 모두 가져가. 네 마음대로 해."

오우양이 놀랄 만큼 일이 잘 풀렸다고 생각하며 자리를 떴다. 왕바오싱을 모욕한 오우양에 대한 복수가 뺨을 때리는 수준이라면 걱정할 게 없었다.

하지만 그가 알탄을 기억하는 순간, 마음이 어수선해졌다.

양저우는 안양으로부터 남쪽으로 천 리 넘게 떨어져 있었다. 오우양은 상선을 타고 대운하를 내려가며 풍경이 변하는 걸 보았다. 겨울철 홍수로 범람한 노란 물결이 반짝이는 평야를 지나자, 분주하고 시끄러운 사람들의 활발한 움직임이 보였다. 들판에서 일하는 농부들과 아치형 다리 위에 벌어진 시장들과 산업 단지들이 나타났다. 거대한 성곽 도시인 양저우를 수도로 삼은 장씨 가문의 상업 제국이었다. 물길을 따라가면 양저우에 곧장 도착할 수 있었다. 넓은 운하는 유명한 환락가의 초록과 검은색 건물들 사이로 놓인 돌다리 아래를 지났다. 모든 거리가 부를 과시하고 있었다. 평민들도 그 지역의 유명한 밝은색 두툼한 비단옷을 입고 있었다. 머리는 위로 묶어 비녀를 꽂고 장식까지 했다. 사람들은 금색으로 도배한 가마를 타고 다녔다. 놀라운 풍경이었다.

오우양은 양저우 거리 모습을 보며, 장씨 가문의 저택은 어떠할지 상상하고 있었다. 하지만 직접 보니 최고위 귀족들 사이에서 자란 오우양도 놀랐다. 위대한 칸의 사냥터에는 세계 각지에서 온 최고급 물건들이 있었지만, 몽골인 특유의 순박함이 배어있었다. 하지만 쌀바가지 장은 황궁 못지않게 화려한 저택에 살고 있었다. 거대한 제국도 부러워할 사치품을 생산하고 소비하는 그 지역의 수백 년 전통에 따라 계산할 수조차 없는 재산을 천박하게 과시하고 있었다.

황금으로 장식하고 검게 옻칠한 거대한 거실에 그 주인이 옥좌를 연상시키는 의자에 앉아있었다. 양저우는 안양보다 따뜻했지만, 일렬로 늘어선 여종들이 그에게 부채질하고 있는 건 이해가 되지 않았다. 그가 오우양을 보자, 재물 욕심이 있는 사람다운 호기심을 보이며 눈을 반짝였다.

오우양이 인사를 마치자, 쌀바가지 장이 품위 없게 웃었다. "그래, 이분이 내 동생이 그렇게 칭찬한 환관이군! 내 동생이 중요한 점을 말하지 않았군. 나는 인자한 노인이라고 생각했는데." 그가 오우양을 머리부터 발끝까지 훑어보았다. 새로 첩을 들이기 전, 피부와 발크기를 조사하는 듯한 눈빛으로. "나는 몽골인은 미적 감각이 전혀 없다고 생각했는데. 인제 보니 가장 아름다운 재산을 군대 우두머리로 세웠군. 어떤 병사가 보호 본능을 느끼지 않겠소?"

"형님, 허난성에서 오우양 장군이 오셨다고 들었는데요…." 장 장군이 들어왔다. "아, 무사히 도착하셨군요." 그가 오우양을 보고 환한 미소를 지었다. "제 형님과 인사를 나누셨으니, 접견실로 가시죠? 환영 연회를 준비했습니다."

"벌써 엄청난 환영을 받았소." 오우양이 굳은 표정으로 말했다.

장 장군이 함께 방을 나가며 말했다. "그러셨겠죠. 제가 왜 왔다고 생각하십니까?"

"형님께서 내가 병사들의 보호 본능을 일으킬 거라고 말씀하셨소." 그는 유머 있게 그 모욕적인 말을 흉내 낸다고 생각했지만, 아직도 화를 참긴 힘들었다.

"믿기 힘드시겠지만, 형님께도 좋은 점이 있습니다. 하지만 지금은 제 말을 믿기 힘드시겠죠."

"저는 제가 존경하는 분의 판단을 믿습니다."

장이 미소 지었다. "저는 너무 존경하지 마십시오. 제가 아직 어린 아이였을 때, 형님은 이미 많은 성공을 거뒀던 분입니다. 저는 형님에게서 많은 걸 배웠습니다."

"하지만 이제는 형님이 장군에게서 많은 걸 배워야 할 것 같소."

"가족과 운명은 비슷한 계산 방법을 갖고 있죠." 장이 말했다. 장은 오우양이 해석할 수 없는 변화무쌍한 다양한 표정을 잇달아 지었다. "자, 이제 긴장을 푸시죠. 세계 최고의 환락 도시에 오시지 않으셨습니까? 저는 타지를 여행할 때면 늘 이곳의 매력을 그리워합니다. 음악과 시, 저녁이면 호수에 반사되는 등불의 아름다움. 제 말을 믿으세요. 원나라 수도 대도에서 유행하는 고려의 리본 춤보다 더 멋지고 화려한 예술과 향락이 있습니다."

"저는 고급문화를 감상할 교육을 받지 못했습니다." 오우양이 말했다. 오우양이 진심을 말했다면 예술의 매력은 예술가의 자질에 달렸다고 말했을 터였다. 그는 벌써 이곳 예술가들의 자질은 쌀바가지 장처럼 수준이 낮을 거라고 짐작하고 있었다.

"아, 우리 문화는 사실 매우 다르죠. 하지만 우리 둘 다 술은 좋아했던 거로 기억합니다."

그가 오우양을 은밀한 접견실로 이끌었다. 탁자 위 얇은 백자 그릇 위에 다양한 음식이 놓여있었다. 오우양 같은 군인도 백자의 질을 보아 접시 하나의 가격이 그의 전 재산을 합친 것보다 비쌀 걸 알 수 있었다. "잠시 기다리시죠. 아, 여기 오시는군요."

쌀바가지 장이 성큼 들어와 상석에 앉았다. 잠시 후, 한 여인이 쟁반 위에 잔과 술 주전자를 들고 들어왔다. 그녀가 그들의 시중을 들려고 자리에 앉을 때, 그녀가 입은 여러 겹의 옷들이 바스락거렸다. 그녀는 머리를 숙이고 술을 따랐다. 오우양은 금과 산호 장식이 달린 커다란 머리 장식과 그에게 술을 건네면서 소매를 걷어 올려 드러난 흰 손목만 보았다.

쌀바가지 장이 재산을 자랑하듯 바라보았다. "내 아내는 미인들의 도시에서도 최고의 미인이오."

"제 남편의 말을 믿지 마십시오." 여자가 작은 목소리로 말했다. 그녀는 얼굴을 숙이고 있었지만, 달빛같은 백자(白磁)색의 분으로 화장한 뺨과 붉은 입술이 보였다. "귀빈 나리, 술을 편히 드십시오."

그녀가 쌀바가지 장 옆에 앉았다. 오우양과 장 장군은 음식과 술을 먹고 마셨다. 오우양은 장 장군의 눈길이 남편 옆에 앉은 여자에게 자주 가는 걸 눈치챘다. 음식을 다 먹자, 쌀바가지 장이 트림하며 말했다. "부인, 시나 노래를 불러보지?"

여인이 소매로 입을 가리고 요염하게 웃었다. "제가 남편을 위해 좀 색다른 공연을 준비했습니다. 마음에 드시길 바랍니다." 그녀가 문을 두드리자, 문이 열렸다. 염색한 달걀 속꺼풀같이 속이 비치는 얇은 옷을 입은 소녀들이 줄지어 종종걸음으로 들어왔다. 얼굴은 짙게 화장하고, 예술성은 형편없었다.

쌀바가지 장이 추파를 던지며 말했다. "아, 당신은 내 취향을 잘 알아! 당신 집에서 데려온 아이들이지? 당신 집의 수준은 조금도 떨어지지 않았어." 그가 오우양을 보고 낄낄거리고 웃었다. "장군은 이 도시의 진짜 재능을 맛볼 수 없는 게 안타깝군. 하지만 황실 여자는 환관과 사랑을 나눈다는 소문을 들었는데. 환관은 욕구를 채울 수 없을 테니 엄청나게 참아야겠군. 나는 상상만 해도 이상해!"

오우양은 장 장군이 하인들을 시켜 그의 칼을 치운 이유를 깨달았다. 오우양이 아주 차갑게 말했다. "저는 참는 재주는 없었습니다."

"그럼요. 나도 참는 재주는 없어." 쌀바가지 장이 말했다. "나는 정숙하다는 여자들을 보면 화가 나서 참을 수 없어."

"하지만 장군의 눈과 귀는 다른 남자처럼 호사를 누를 수 있겠죠." 여자가 말했다. "귀빈께서 공연이 마음에 들었으면 합니다."

오우양이 그녀를 날카롭게 쏘아보았지만, 그녀는 이미 일어나 옷소매를 나풀거리며 종종걸음으로 나가고 있었다.

소녀들이 지루하게 한 시간 동안 악기를 연주하며 노래했다. 마침내 쌀바가지 장이 말했다. "그래, 위대한 원나라가 카이펑을 탈환하려고 내 도움을 요청하러 왔군."

장 장군이 일어나 나가며 말했다. "두 분께 세세한 토의는 맡기겠습니다."

"카이펑을 되찾을 뿐만 아니라, 반군을 완전히 소탕할 작정이오."

"아." 오우양의 말을 대충 듣고 있던 쌀바가지 장이 다시 소녀들을 뚫어지게 쳐다봤다. "그렇다면 도움을 드리지. 원나라가 내 도움을 인정해 주길 바라오. 내 도움이 없다면 원나라도 위태로울 수 있지."

"당연히 원나라에 주신 도움을 대단히 높게 평가하고 있습니다."

"당연하지!" 쌀바가지 장이 껄껄거렸다. "당연해." 그가 소녀들에게 소리쳤다. "술을 더 가져와라!" 그러자 몇 명의 소녀가 더 들어와, 꽃에 앉는 나비처럼 그의 주위에 모여 요염하게 웃으며 술을 따랐다.

오우양은 불쾌했지만, 그 자리에 앉아있어야 했다. 쌀바가지 장은 노래 부르고 시를 낭송하는 소녀들을 만지고 추파를 던지면 연신 술을 마셨다. 한참 후에야 쌀바가지 장이 비틀거리며 일어나 소녀들의 부축을 받으며 나갔다.

오우양은 자정이 다 되어서야 거처로 돌아갈 수 있었다. 희미한 등불이 비치는 긴 회랑에 하인들이 불 꺼진 주인들의 방 앞에 놓인 의자에 앉아 잠들어 있었다.

오우양이 머물던 방에서 멀지 않은 방의 문이 조금 열려 등불이 새어 나오고 있었다. 방 밖에 놓인 의자에는 하인이 없었다. 그가 지나가는데 방 안에서 기척 소리가 났다. 그는 무심코 방 안을 보고 놀라 발걸음을 멈췄다.

침상 위에 나체의 남자가 아래 깔린 여인을 껴안고 있었다. 히체투에서 보았던 멋진 황금 장식으로 묶은 장 장군의 머리카락이 보였다. 그가 움직이자 등 근육이 꿈틀거리고, 그의 잘록한 갈색 허리 사이로 빛이 새어 들어갔다 나왔다.

그의 아래에는 쌀바가지 장의 부인이 누워있었다. 머리 장식은 환한 빛을 내고, 뺨에 붙인 진주 조각은 반짝이며, 그녀의 얼굴은 황홀경에 빠져있었다. 그녀는 쾌락만 준다면 누구와 정사를 벌이든 개의치 않는 듯했다. 오우양의 눈에는 그의 병사들에게 몸을 파는 매춘부와 수줍은 미소를 지으며 장의 귓불에 속삭이는 그녀가 똑같아 보였다. 격렬하게 물결치는 그녀의 흰 살과 장 장군의 등에 번득이며 맺는 땀을 보며, 경멸감이 치솟으며 오우양의 얼굴이 붉어졌다.

장 장군이 정사를 끝내고 옆으로 굴러 누웠다. 그는 한 팔로 목을 괴고 다정하게 여인을 내려다보았다. 그녀의 나체는 흰 비단처럼 부드러웠다. 그녀의 작은 붉은색 실내용 신이 벗은 몸 못지않게 강렬하게 오우양의 눈에 비쳤다. 그녀가 수줍은 미소를 지으며 남자의 손을 잡았다. 그녀는 조용히 웃으며 무언가 말하고, 그의 손바닥을 손톱으로 토닥거렸다. 남자의 표정이 더 다정해졌다. 그때 두 나체 사이로 빛이 번쩍여 오우양이 놀랐다. 장 장군이 손바닥에 주황색 불꽃을 들고 있었다. 마법처럼 순식간에 일어난 일이었다. 불꽃이 계속해서 강한 빛을 내며 방 전체를 이상한 주황색으로 물들여서, 두 사람의 벗은 피부가 회색으로 빛나고 여인의 붉은 입술은 숯처럼 검게 변했다.

오우양은 위대한 칸의 손가락 사이로 희미한 튀어 오르던 푸른 불꽃이 기억났다. 그건 하늘이 준 권력, 천명이었다. 이해할 수 있었다. 몽골은 천명을 잃고 있으니, 그 누구라고 천명을 받을 수 있었다. 위대한 원나라의 미래가 어떨지 분명했다. 하지만 원나라는 그의 미래가 아니었다. 그래서 오우양이 느끼는 슬픔은 분명치 않았다. 그저 끝난다는 것이 슬플 뿐이었다.

부인의 하녀가 세숫대야와 등불을 들고 회랑 모퉁이를 돌았다. 오우양은 급히 자리를 떴다. 그는 발걸음 소리를 내지 않았지만, 그가 지나가자 회랑의 촛불들이 한쪽으로 쏠렸다.

한겨울이었지만 지난해 마른 잎들이 쌀바가지 장의 과수원 나무에 아직 달려있었다. 나무도 동물처럼 지저분하게 털갈이하는 듯하다고 오우양은 문득 생각했다. 약속 시간이 한 시간은 훨씬 넘었지만, 여인은 나타나지 않았다. 그러다가 오솔길을 따라 몸을 가볍게 흔들며 쓸모없게 작은 발로 그녀가 다가왔다. 그녀의 비단 옷소매가 하늘을 나는 새처럼 부풀어 날렸다. 오우양은 그 모습에 놀랐다. 그녀가 비록 상업 제국이지만 제국의 실세라고 연상하기 힘들었다. 그가 마음만 먹으면 순식간에 목을 졸라 죽일 수 있었다.

"오우양 장군." 장 부인이 고개를 약간 숙여 인사했다. 그는 그녀를 처음 보았다. 그녀는 광대뼈가 작아 약간 포동포동하게 보였다. 얼굴에 흰 분을 발랐지만 작은 반점들을 완전히 가리지는 못했고, 향수 냄새가 지나치게 강하게 났다. 옻칠한 듯 붉게 칠한 입술에 한 점 햇빛이 반사됐다.

그녀가 말했다. "장군은 난릉왕의 미모를 지녔고, 전투에선 더 용맹하다고 들었소. 대낮에 보니, 적어도 미모는 분명한 사실이군요."

중국 남북조 시대 장군이었던 난릉왕은 아름다운 여인의 얼굴을 갖고 있어, 적에게 겁을 주기 위해 악귀 가면을 쓰고 전투에 나갔다는 전설이 있었다. 오우양이 말했다. "용맹하단 말은 믿지 않으시오?"

그녀가 잘 알고 있다는 듯한 표정을 짓자, 오우양은 불쾌했다. "싸움을 가장 잘하는 장군이 가장 유능한 장군인가요?"

"부인께선 다른 분야에서 유능한 장군을 고르시나 보군요."

그녀가 화장한 눈썹을 위로 치켜세웠다. "장군은 내가 실망하지 않게 해 좋군요! 환관들은 소문처럼 쩨쩨하죠. 사실 내 아들은 장군을 존경하고 있소"

"나도 장 장군을 존경하지 않았다면 부인을 만나지 않았을 거요."

"장군은 이런 게임을 잘하지 못하는구려. 이런 말을 처음 듣는 건 아니시겠죠? 장군이 영리한 남자라면 여자가 아주 싫어할 걸 그렇게 뻔히 드러내지 않을 텐데."

"나를 잘 안다고 자만하지 마시오."

"말해 보구려. 장군이 둘 다 이미 보셨으니, 누구와 잠자리를 같이 하겠소? 나요, 아니면 내 아들이요?"

오우양이 수치심으로 얼굴을 붉혔다. 그가 화를 내며 말했다. "당신은 창녀지!"

그녀가 경주마를 사려는 사람처럼 그를 살펴봤다. "남자를 좋아하는 썩은 복숭아 같은 남자들이 있지. 장군도 그런 남자가 아닌지 궁금하군요. 내 생각엔, 여자는 장군이 자기 정체성에 대해 싫어하는 모든 걸 생각나게 만들어서, 장군은 남자를 원할걸. 장군이 무엇을 하든, 얼마나 큰 성공을 거두든, 사람들은 언제나 장군을 남자가 아니라 여자라고 볼걸요. 허약하고 부족한." 그녀가 가볍게 웃었다. "그게 사실이지 않소? 정말 비극적이야."

그의 개인적인 비밀을 그녀가 정확히 말하고 있었다. 한동안 그는 몹시 놀라 꼼짝도 못 했다. 마침내 고통이 참을 수 없이 아파졌다. "내가 생각하는 비극은 자궁에서 나오다 반쯤 목 졸린 사내아이도 당신보단 지배할 능력이 있다는 거요. 당신이 무엇을 하든, 얼마나 큰 성공을 거두든, 당신은 결코 천명을 받지 못할 거요. 당신은 '여자'니까."

가마에서 방금 꺼낸 도자기에 나는 윤처럼 그녀는 흠잡을 데 없이 침착했다. "천명. 불타는 소금은 주황색을 내는 걸 아시오? 그게 불의 진정한 색이 주황색인 이유지. 푸른색이나 붉은색이 아니라. 소금은 불이고, 소금은 생명이요. 소금이 없다면 제국조차도 망하지." 그녀의 침착한 태도에서 단 하나의 흠도 찾을 수 없었다. 그녀 앞에서는 폭력도 무기력하다고 오우양은 생각했다. "어쩌면 나는 지배할 자격이 없겠지. 하지만 나는 지배할 능력이 있는 남자를 찾으면 돼요. 이미 보았겠지만, 나에겐 그런 남자가 한 명 있어요." 미소 짓는 그녀는 먹잇감에 몰래 다가가는 여우처럼 교활해 보였다. "나는 필요한 모든 걸 갖고 있죠. 하지만 장군, 당신은 내가 필요해."

19

주가 의식을 되찾았다. 의식은 천천히 그리고 고통스럽게 돌아와서, 그녀는 무(無)에서 다시 태어나는 느낌이었다. 안펑으로 돌아와 자기 침상에 누워있는 걸 깨닫기 전에, 그녀는 자신에게 일어난 기적에 놀랐다. 그녀가 힘들게 갈라지는 목소리로 말했다. "나는 '살아있다.'"

마가 즉시 주에게 몸을 기울였다. 마의 얼굴은 한 달은 잠을 못 잔 듯 핼쑥했다. 대운하 전투 이후 많은 일이 있었다. "마수영!" 그녀가 기뻐하며 말했다. "나는 살아있어."

마가 그 말을 듣고 화가 나서 노려보았다. 그녀는 주를 목 졸라 다시 죽이고 싶은 듯 보였다. "그 말을 그렇게 쉽게 해! 네가 거의 죽을 뻔한 걸 알기나 해? 우리가 어떻게 했는지…. 얼마나 많이 우리가 생각했는데…."

그녀가 주에게서 몸을 떼더니, 갑자기 눈물을 터뜨려 주를 놀라게 했다. 그녀가 울면서 말했다. "미안해. 나는 너무 지쳐서. 우리는 정말 걱정했어. 우리는 네가 죽는 줄 알았어! 환관 장군이 너의 군대는 살려줬지만, 네게는 철저히 앙갚음했어." 그녀는 다른 사람의 고통을 보며, 가슴 미어지는 고통을 느끼는 사람의 창백한 표정을 짓고 있었다. 주는 온몸에 고통을 느끼면서도, 이상한 생각이 들었다. '하지만 나는 고통스럽지 않다.'

기억들이 떨어지는 실타래처럼 주르륵 풀렸다. 한순간 그리고 또 한순간이 점점 더 빠르게 깜빡거리며 악몽 같은 현실로 떠올랐다. 그녀는 평야와 원나라 군대의 검은 숲 같은 창들을 보았다. 옥(玉)과 얼음 같은 무자비한 모습으로 그녀 앞에 서있는 오우양 장군. 번쩍이며 빛나는 그의 칼. 오리알처럼 둥근 겨울 하늘을 배경으로 얼어붙은 듯한 깃발들. 조용히 그리고 고통 없이 칼에 찔리고, 칼이 꽂힌 몸을 보면 느꼈던 공포. 꽉 잡으면 몸속에 박힌 칼이 사라질 것처럼 칼날을 움켜쥐었던 그녀의 손. 그녀의 손….

'세상이 네게서 얼굴을 돌릴 때, 그게 나 때문이란 걸 기억하라.'

주는 의식을 되찾고, 한동안 살아있다는 자체만 기뻤다. 이제 천천히 생각이 들며 오른팔을 의식하기 시작했다. 잠시 그녀는 아직 꿈을 꾸고 있다고 생각했다. 여전히 팔이 달려있었다. 그녀는 몹시 아팠다. 고통은 온통 팔에만 있었다. 그녀는 액체 상태의 불로 만든 장갑을 끼고 있는 듯했다. 불 장갑이 피부와 살을 태우고, 뼈만 남기고 뜨겁고 하얀 고통을 주고 있었다.

그녀의 오른팔은 이불 속에 있었다. 그녀는 왼팔로 오른팔을 만지려 했다.

"보자 마!" 마가 울면서 달려들었다.

하지만 주는 이미 이불을 젖혔다. 오른팔 팔꿈치에서 한 뼘 밑에

뭉뚝하게 남은 부위를 감은 붕대가 보였다. 그 모습이 이상하게 늘 보아온 듯했다. 절 창고에서 옷을 벗던 시절이 떠올랐다. 그녀는 변하는 자기 몸을 언제나 다른 사람의 몸인 듯 불안하게 바라보았다. 하지만 이제 보이지 않는 아픈 손은 틀림없는 그녀의 손이었다. '비록 뭉뚝하게 잘려 나가고 없지만.' 환관 장군은 복수했다. 그는 그녀의 손을 잘랐다.

그녀의 머리가 빙글빙글 돌았다. 오랫동안 다른 사람의 삶을 살아오면서, 그녀는 인간이 할 수 있는 가장 힘든 일을 해왔다고 믿었다. 그녀는 더 힘든 일이 일어나라고는 상상도 하지 못했다. 그녀는 산을 넘었는데, 알고 보니 그건 작은 언덕이었고, 진짜 산 정상은 아득히 멀리 있다고 깨닫는 느낌이었다. 그녀는 그런 생각이 들자, 잠시너무 힘들고 깊은 절망감에 빠졌다.

하지만 붕대에 감긴 팔을 보며, 다른 생각이 꿈틀거리며 머릿속에 떠올랐다. '아무리 지쳐도, 아무리 힘들어도, 나는 살아있어서 계속 전진할 수 있다.'

'살아있다.' 그녀는 세상에서 가장 중요한 진실을 깨달았다. 그 따뜻한 거짓 없는 진실이 그녀를 절망에서 건져내고 있었다. '그는 나를 살려줬다.'

그 무서웠던 순간에 그가 무슨 말을 했었지? '내가 너를 명예롭게 죽여주지 않은 걸 원망하게 될 거다.' 그는 자기가 생각할 수 있는 최악의 복수를 그녀에게 했다. 조상이 준 귀중한 팔을 잘랐다. 다시는 칼을 쥘 수도, 최전선에서 병사들을 이끌 수도 없다. 남자의 삶을 가치 있게 만드는 자존심과 명예를 완전히 파괴했다. 환관 장군은 주중팔에게 죽음보다 훨씬 견디기 힘든, 남자가 생각할 수 있는 모든 게 파괴된 운명을 주었다. 그녀가 주중팔이었다면 무(無)가 되었을 거였다.

주가 천천히 생각했다. '하지만 나는 아직 이 세상에 있다.'

환관 장군은 조상을 위해 명예를 지킬 필요가 없는 사람의 몸을 자른 걸 몰랐다. 주는 자기의 실체라고 믿어야 했던 주중팔로부터 영원히 떨어져나오고 있는 걸 깨달았다. 그녀는 자기가 사실은 주중팔이 아니고 앞으로도 주중팔이 될 수 없다는 게, 하늘이 그 사실을 아는 순간 그녀는 별 볼 없는 사람으로 돌아간다는 게, 어떤 의미를 갖는지 알고 늘 두려워했다.

이제 그녀는 세상에 대해 믿고 있던 모든 게 거꾸로 뒤집히는 걸 깨달으며 현기증을 느꼈다.

'나는 살아남았다. 내가 주중팔이 아니기 때문이다.'

"왜 웃고 있어?" 마가 놀라서 물었다.

살아온 생애의 절반 동안, 주는 주중팔의 운명을 좇고 있다고 믿었다. 그녀는 자기 성공을 주중팔만이 걸을 수 있는, 주중팔만이 성취할 수 있는 위대한 인물과 생존을 향한 운명의 징검다리라고 믿었다. 하지만 그녀는 살아남았고, 평생 처음으로 그건 주중팔과는 아무런 상관이 없었다.

그녀는 영혼의 세계를 볼 수 있는 자신의 신비한 능력을, 가족무덤 앞에 서서 살아남겠다는 의지를 굳게 다졌을 때 처음 생긴 능력을 생각했다. 세상 다른 어느 사람에게도 없는 그녀만의 능력. 소명왕이란 다른 세상에서 온 듯한 아이를 제외하면. 그렇다면 소명왕과 그녀에겐 '비슷한' 점이 있었다.

늘 하던 대로, 그녀는 자기 속을 들여다보았다. 그녀는 주중팔의 몸이 아닌 불구가 된 몸속으로, 완전히 다른 몸속으로 깊이 들어갔다. 그녀는 이렇게 자기를 들여다볼 때마다 '다른' 무엇을, 그녀가 자기는 주중팔이라고 믿어서 자기 안에 있다고 생각했던 위대한 씨앗을 보았다.

그건 소명왕이 지닌 오래전 송나라 황제의 붉은 불꽃이 아니라, 그녀의 의지와 욕망의 불꽃이었다. 너무나 강력해서 물리적 한계를 넘어 그녀 주변의 모든 맥박을 휘감고, 인간과 영혼의 세계까지도 휘감는 그녀 자신만의 순수한 욕망의 불꽃을 보았다. 하얗게 타오르는 욕망의 불꽃. 그 불꽃은 '빛났다.' 그 빛이 끊임없이 순수하게 타오르는 그녀의 일부라는 걸 깨달았다. 그걸 깨닫자 기뻐서 숨이 막힐 듯했다. 하얀 불꽃이 거대한 화염이 될 거다….

'그리고 그 불꽃은 순전히 나의 것이다.'

주는 침상에서 일어나, 마가 가져온 약사발을 왼손 손바닥에 올려놓고 숟가락을 쓰지 않고 직접 벌컥 들이켰다. 그때 서달이 들어왔다. 그가 주의 침상 옆에 앉아, 안도감으로 부드러워진 표정을 지었다. "사제, 건강해 보이는군. 많이 걱정했어."

주가 마시던 약사발을 내려놓았다. 약을 엎지르지 않고 내려놓기가 생각보다 훨씬 힘들었다. 그녀가 그를 보며 미소 지었다. "환관 장군이 군대를 물린 후, 사형이 나를 여기까지 직접 안고 왔다고 마수영이 말했어."

"안고 왔다고? 내 팔로? 낭만적인 그림이군. 내가 한 거라곤 너의 시체 같은 몸을 마차에 태우고 600리를 오는 동안, 옆에 앉아 계속 숨 쉬게 해달라고 기도한 것뿐이야. 내가 어린 시절 기도하는 방법을 배우며 자란 게 다행이야." 그는 가볍게 말했지만, 그의 얼굴엔 슬픔이 드러났다. 그는 그들이 함께 보낸 어린 시절을 기억하고 있었다. 주도 그가 얼마나 힘들었을지 잘 알고 있었다. 그녀를 사랑하는 두 사람, 서달과 마수영 모두에게.

"사형은 열심히 공부하지 않았잖아!" 그녀가 놀렸다. "사형이 서품 받은 게 기적이지. 하지만 사형이 좋은 일도 한 게 분명하군. 하늘이 사형의 기도를 들어줬으니."

"너를 구한 건 단지 기도만은 아니야." 고백하듯, 그가 말했다. "나는 네가 죽을 거로 생각했어."

"모든 사람의 말을 들으면 당연히 그렇게 생각할 수 있었겠죠."

"나는 혼자서 할 수 있다고 생각했어. 하지만 결국 도움이 필요했어."

주가 차분히 물었다. "누구죠?"

"초옥. 초옥이 도움을 줬어. 네 온몸에 침을 꽂고 약을 주어서, 네가 살아났어." 서달이 잠시 말을 멈췄다. "하지만 그도 알게 되었어. 너에 대해서."

주가 조심스럽게 누웠다. 통증이 부풀어 오르며 욱신거렸다. "아야. 처음엔 사형, 그리고 마수영, 그리고 이제는 초옥까지. 세 사람만 우겨대면 없는 호랑이도 만들어 낼 수 있다는 속담을 알고 있어?"

서달의 얼굴이 잿빛으로 변했다. "네가 원하면 그를 죽일게." 그가 조용히 말했다.

주는 그가 그러리라는 걸 알고 있었다. 그의 평생 최악의 죄라는 걸 잘 알면서도. 그가 그동안 저지른 살인은 내생에서 업보로 쌓일 게 분명하지만, 동료를 배신하고 죽이면 그는 현생에서 사는 동안 죽을 때까지 괴로워할 거였다. 그녀가 말했다. "초옥이 아직 여기 있어?"

"오늘 아침까지는."

"초옥이 도망치지 않았군. 내 비밀을 알면 목숨이 위험한 걸 알면서도. 그렇다면 그는 자기가 내가 성공하는 데 중요한 인물이라는 걸 알고 있다는 거야. 그래서 자신은 안전하다고 생각하고 있어."

초옥이 중요하지만, 그녀에게 먼저 떠오른 본능은 그를 제거하는 거였다. 오래전 그녀는 팽 사부에게 똑같은 짓을 하고 싶었지만 주저했다. 하지만 그건 그녀가 손에 피를 묻히기 오래전 일이었다. 그녀는 초옥을 쉽게 죽일 수 있었다. 그리고 그녀는 그 일을 두고두고 후회하진 않을 터였다.

하지만 팽 사부 때와는 상황이 달랐다. 초옥이 그녀의 비밀을 알고 있다는 걸 생각하면 피부에 소름이 돋았다. 그건 가장 은밀한 사생활을 침입한 것 같았다. 그 비밀을 퍼뜨리면 그녀의 삶은 상상할 수 없게 변한다. 하지만 그녀의 가장 큰 두려움은, 그녀가 주중팔이 아니라는 걸 하늘이 알면 그녀를 별 볼 일 없는 사람으로 되돌리라는 두려움은 이제는 사라졌다. 그녀는 죽음을 직면했고, 주중팔이라면 죽었을 상황에서 살아남았고, 하늘에게 그녀 자신을 분명히 드러냈다.

그렇다면 초옥이 아는 비밀은 단지 사람의 문제이지, 운명과 하늘의 문제는 아니었다. 사람 문제라면 그녀가 처리할 수 있었다.

그녀가 자신 있게 말했다. "초옥은 내게 맡겨줘."

주는 두 부위만 상처를 입었지만, 칼이 찌르고 나온 등 부위까지 합치면 정확히 세 군데 상처를 입었지만, 온몸에 상처를 입은 듯했다. 게다가 통증이 모두 달랐다. 어떤 날은 날카로운 이빨에 물어뜯기는 듯했고, 다른 날에는 욱신거리며 뒤틀렸다. 팔만 똑같은 통증을 느꼈다. 팔은 언제나 불에 타는 듯했다. 그녀가 마음속으로 잘려나간, 불타는 듯한 손 부위를 더듬었다. 알 수 없는 이유로, 그녀는 지금은 사라지고 없는 손가락이 오우양의 칼을 쥐고 있는 걸 느꼈다. 그녀에게 이상한 생각이 떠올랐다. '너의 손이 불타는 듯 살아라.'

마가 상처에 바를 연고를 갖고 들어와, 주의 잘린 팔에 감긴 붕대를 풀었다. 그녀의 손길은 부드러웠지만, 연고는 달랐다. "냄새가 너무 고약해!" 주가 화가 나서 소리쳤다. 마가 그동안 느낀 걱정에 화풀이하듯, 치유 과정을 가능한 한 고통스럽게 만들고 있었다. 주는 그런 모습이 재미있었다. 마의 화풀이는 점점 더 고약해지는 연고와 쓴 탕약과 조약돌 크기로 커지는 알약으로 나타났다. 그러면 마가 좋아해서, 주는 투덜거리며 장단을 맞췄다. "나를 죽이려는 거야, 치료하려는 거야?"

"아무 치료건 받는 걸 고마워해." 마가 만족한 표정을 지었다. 그녀가 잘린 팔뚝 치료를 마치고, 칼에 찔린 배와 등 부위에 연고를 다시 발랐다. 칼이 몸통을 꿰뚫었지만, 기적적으로 주요 장기는 전혀 다치지 않았다. 사실 기적이 아니었다. 환관 장군은 주중팔의 목숨을 의도적으로 빼앗지 않았다.

마는 주의 왼손 손목의 맥박을 잡았다. "초옥만 아는 게 놀라워." 그녀가 잔소리했다. "진맥을 할 줄 아는 사람이라면 누구나 네가 여자의 몸을 가진 걸 알 텐데."

그토록 감춰야 했던 두려움이었던 여자의 몸 덕분에 살아남았다는 게 신비롭다고 주는 생각했다. 그녀는 사춘기에 겪었던 몸의 변화를 보며, 파멸할 운명으로 끌려가듯 절박했던 심정을 기억했다. 그녀는 완벽한 남자 몸을 간절히 원해서 그렇게 되는 꿈을 꾸다가, 아침에 깨어나면 절망했었다. 하지만 결국엔 그녀가 완벽한 남자의 몸을 갖지 않은 덕분에, 그녀가 그토록 가치 없다고 생각했던 몸을 지닌 덕분에 그녀는 살아남았다.

주는 남자의 몸을 갖고 있지 않았다. 하지만 그녀는 마의 말이 옳다고 생각할 수도 없었다. 어떻게 그녀의 몸이 여자의 몸이 될 수 있나? 그녀의 몸 안에는 여자가 없었다. 그녀는 별 볼 없는 운명을 지넜던 여자아이가 성장한 모습이 아니었다. 그 여자아이는 주가 주중팔이 되는 순간 사라졌다. 그리고 이제는 다시 여자로 돌아갈 수 없었다. 그렇다고 이제 주는 주중팔도 아니었었다. '나는 나다.' 그녀는 의구심을 풀 수 없었다. '그런데 나는 누구인가?'

주의 손목에 몸을 기울인 마의 얼굴에 간절하게 보살피는 마음에서 나온 빛이 반짝였다. 수많은 일을 겪었지만, 그녀의 얼굴은 아직도 어린아이 같은 둥그스름한 티를 갖고 있었다. 눈썹 털 하나하나가 연인의 손가락으로 그린 듯 완벽했다. 그녀의 부드러운 입술은 거의 원을 그릴 만큼 풍만했다. 주는 그 입술에 입맞춤했던 기억을 떠올렸다. 둥지 안에 있는 깨지기 쉬운 타원형의 새 알을 만지듯, 부드럽게 모든 걸 내려놓고 존중하는 마음으로 했던, 온몸의 감각이 메아리치며 떨리던 입맞춤의 기억. 주는 그 감각을 다시 느끼고 싶었다.

"하지만 수영." 그녀가 진지한 척하며 말했다. "내 맥박을 재려면 진맥보단 좀 더 직접적인 방법들이 많이 있잖아."

주는 마도 그걸 원한다는 걸 알 수 있었다. 마가 풀어헤친 주의 가슴으로 눈길을 떨구며, 얼굴을 반짝이며 붉혔다. '마도 내 몸을 좋아한다.' 기쁨과 떨림이 섞이며 주가 생각했다. 주는 여자의 가슴을 가졌다. 그녀도 그걸 알고 있었다. 하지만 그녀의 가슴은 사실은 존재하지 않았다. '그 가슴은 존재할 수 없어서.' 다른 사람이 그 가슴을 보게 허용하면서도, 두려움이 아니라 매력을 느끼는 건 이상했다. '욕정'이었다. 욕정이 주의 몸속으로 평생 처음 느끼는 강력한 욕망으로 들어왔다. 그건 편안한 감정이 아니었다. 하지만 그렇다고 환관 장군이 주를 바꿔놓기 전이라면 느꼈을 역겨운 감정도 아니었다. 그녀가 익숙해질 듯한 감정이었다. 하지만 그녀는 욕정을 드러낼 자신감이 아직은 없었다.

마도 주의 음탕한 생각을 느꼈는지, 주의 손목을 놓고 가까이 있는 책을 집어 들었다.

"또 공자님 말씀에 관한 책이야?" 주가 탄식했다. "연인이 아파 누우면 도덕적 훈계보단 사랑의 시를 읽어주어야 하지 않니?"

"너는 도덕적 훈계를 들어야 해." 마가 '연인'이란 말에 더 매력적으로 얼굴을 붉히며 말했다. 좀 어색했지만, 주는 마의 얼굴이 얼마나 빨개지는지 다시 보고 싶어, 입맞춤하고 싶은 유혹을 견딜 수 없었다. "그리고 안펑 어디서 사랑의 시를 찾을 수 있니? 그런 시집이 있었더라도, 지금쯤이면 모두 갑옷 사이에 끼워 넣었을걸. 그래 어느 쪽이 더 쓸모 있니? 화살을 막아줄 갑옷과 너의 귀에 속삭여줄 달콤한 말 중에서."

"연인의 달콤한 말을 듣지 않고 누가 비처럼 쏟아지는 화살을 뚫고 앞으로 돌진하겠니?" 주가 꼭 집어 말했다. "그리고 세상에 있는 모든 종이를 끼워 넣어도, 우리 친구 오우양 장군을 내 공격으로부터 보호해 주진 못할걸."

마는 자기가 분위기를 깬 걸 뒤늦게 깨달았다. 그녀가 미안한 표정을 지으며 말했다. "그래도 환관 장군은 너를 살려줬잖아."

"자비심에서 그런 건 아냐." 주가 말했다. 팔에 통증이 심해 숨이 막혔다. "죽음보다 불구가 더 나쁘다고 오우양은 생각해. 내 생각에 그는 귀한 아들이었을 거야. 가문에 명예를 가져올 거로 믿고 기른 그런 아들 말이야. 그런데 그는 불구가 됐고, 그를 불구로 만든 몽골인을 위해 일하게 됐어. 조상이 그의 제물을 받지 않고 그에게 침을 뱉을 거란 걸 그는 알고 있어." 주는 자신이 여자라는 사실에 대해 말하는 게 어색하다고 느꼈지만 계속 말했다. "그래서 그와 나는 달라. 내 조상은 나에게서 아무것도 기대하지 않아. 나는 아무에게도 소중하지 않아."

주는 그걸 인정하자, 무거웠던 기분이 가벼워지는 걸 느끼며 놀랐다. 그녀는 자신이 주중팔이라고 믿으려고 얼마나 애썼는지 잊고 있었다. 그녀는 새로운 사실을 깨닫고 있었다. '오우양은 내가 갈 길을 조금 힘들게 만들었지만, 자신도 모르게 나를 훨씬 더 강하게 만들었다.'

한참 후 마가 낮은 목소리로 말했다. "너는 내게 소중해."

주가 그녀에게 미소를 보냈다. "나는 내가 누구인지 몰라. 오우양 장군은 주중팔을 죽였지만, 나는 태어날 때 그 사람도 아니야. 너에게 소중한 사람이 누구인지 너는 어떻게 아니?"

빗방울이 초가지붕을 두드렸다. 젖은 볏짚의 버섯 냄새를 맡으며, 이불을 함께 덮고 자는 사람의 온기가 더 소중하게 느껴졌다.

"나는 너의 이름을 몰라도," 마가 주의 손을 잡으며 말했다. "나는 네가 누구인지 알아."

1356년 1월

"와, 너무 더워." 주가 나무 침상 가장자리로 일어나 앉으며 투덜거렸다. 그녀는 팔뚝에 붕대만 감은 채, 옷을 홀랑 벗고 있었다. 땀이 나서 온몸이 간질거렸다. 땀이 팔과 몸통을 따라 흘러 떨어졌다. "돼지고기도 구울 만큼 뜨겁게 화로를 잔뜩 피어놓고 목욕하지 않아 죽은 부상병이 우리 역사에 있었니? 솔직히 말해, 수영. 이건 내 옷을 벗기려는 계략이지?"

칼에 찔린 부위에 붙인 연고를 벗겨내며, 마가 화를 내며 쳐다봤다. "그럼 내가 나를 위해 이렇게 하는 거니?"

"나는 네가 순맹이 아니라, 못생긴 나를 선택한 이유가 궁금했어. 그런데 이제 진짜 이유를 알았어. 내가 이런 가슴이 있기 때문이지." 주가 말했다. 그녀는 그런 말을 자주 할수록, 쉽게 그런 말을 나오는 걸 느끼고 있었다. "너는 한눈에 내가 네가 원하는 남자라는 걸 알았지?"

"이제는 농담까지 하는군. 너는 한 팔을 잃고도, 다른 남자는 없는 가슴을 그렇게 보여주고 싶니?" 마가 얼굴을 붉히며 말하며, 연고를 세차게 떼었다.

주도 마의 장난에 맞춰 비명 지르는 흉내를 냈다. 거의 두 달 동안 치료받아 회복하면서, 칼에 찔려 흉하게 살이 뒤틀린 상처 부위에만 연고를 바르고 있었다. 칼이 들어간 배에 난 상처가 칼이 빠져나온 등에 난 상처보다 조금 컸다. 칼에 꿰뚫린 부상치곤 너무나 운이 좋았다. 잘린 팔도 나아지고 있었다. 하지만 잘린 팔에 통증이 완전히 사라질 리는 없다는 우울한 생각이 들었다. 설날과 정월 대보름도 이미 지났다. 원나라가 카이펑을 탈환하려고 곧 공격할 거로 주는 예상했다.

마가 주변을 정리하는 동안, 주는 욕조에 앉아 몸을 씻으려 했다. 늘 하던 일상이지만, 이상한 느낌이 들었다. 늘 오른손으로 하던 일을 왼손으로 해야 하는 것도 있었지만, 자신에 대한 새로운 인식이 있었다. 그녀의 피부와 몸 생김새이었다. 사춘기 이후 처음으로 그녀는 자기 몸을 보며 혐오감이 아니라, 단순히 자기 자신이란 느낌만 들었다.

요즈음은 그녀 몸을 바라보는 건 주만이 아니었다. 마가 부끄러워하면서도 곁눈질로 그녀의 나체를 바라보면 마치 손길이 닿는 듯 은근하고 다정하게 느껴졌다. 주는 색정을 밝힌 적은 없지만, 연인의 은근한 사랑을 느끼는 뜨거운 신체 접촉을 원했다. 그렇게 다정한 사랑을 나누면 상대방을 보호한다는 느낌을 받는다. 조금 짓궂기는 하지만.

그녀가 최대한 애걸하는 목소리로 불렀다. "수영…"

"뭐?"

"내 왼쪽 팔꿈치를 닦아줄 수 있어?"

"왜 팔꿈치가 특별히 깨끗해야 해!" 마는 짜증 나는 듯 말하면서도, 수건을 들고 다가왔다. 주는 짓궂게 가능한 다리를 넓게 벌려, 마가 어쩔 수 없이 그녀의 다리 사이에 서게 했다. 마의 뺨이 붉게 물들었다. 마는 자기가 서있는 위치와 무엇을 하고 있는지 너무 잘 알고 있었다. 그녀의 내리깔린 눈썹이 나비 날개처럼 가볍게 떨리며,

참았던 숨을 내쉬었다.

주의 다정한 느낌이 뜨겁게 무르익었다. 자기가 무슨 짓을 하는지 생각하지 않고, 그녀는 마의 손에서 수건을 빼앗아 바닥에 떨궜다. 마의 오른손을 잡아 자기 가슴에 놓았다.

마의 입술이 조용히 열렸다. 그녀의 눈이 전혀 놀라지 않고 반짝였다. 주는 마의 눈길을 따라갔다. 마는 손으로 작은 자기 왼쪽 가슴을 가렸다. 갈색 젖꼭지가 마의 엄지손가락 밑으로 드러났다. 놀랍게도, 주는 그 모습에 무언가를 느꼈다. 그건 주의 감정이 아니라, 전달되는 떨림이었다. 마의 흥분을 주도 느끼며 온몸으로 전율을 느꼈다. 마의 고통을 느낀다면 그녀의 환희도 느끼는 건 당연하다고 생각했다. 두 사람의 심장은 하나가 되어 뛰고 있으므로.

그녀가 미소 지으며 왼손으로 마의 목덜미를 천천히 잡아당겼다. 마가 주의 무릎 위에 앉아 입맞춤했다. 그녀는 마의 부드러운 입술이 자기 입술에 닿고, 마의 혀가 부끄러운 듯 미끄러져 들어오는 걸 느꼈다. 주는 마의 뜨거운 전율을 느끼며, 자신도 그걸 원하는 걸 느꼈다. 그건 욕정이었다. 그녀의 온몸이 떨려서 숨이 멎을 듯한 연인의 욕정이었다.

한참 후 주는 조금 현기증을 느끼며 뒤로 물러났다. 마가 놀라서 그녀를 바라봤다. 주의 침이 묻어 젖은 윤기를 내며 약간 벌려진 마의 입술은 환상적이었다.

그녀가 마의 허리를 더듬어, 옷을 묶은 띠를 찾았다. 살짝 당기자, 허리띠가 풀렸다. "수영." 그녀는 거친 숨소리를 내고 있었다. "나는 연인의 육체적 사랑에 대해 알고 있지만, 직접 해보진 못했어. 네가 원하면 우리가 함께 그게 무언지 알 수 있을 거야."

마가 대답으로 주의 손을 잡고, 옷을 떨구게 했다. 옷 속에 숨겨졌던 마의 몸이 아름답게 빛나며 땀에 젖어있었다. 그녀가 어깨에 걸친 옷을 주가 벗기게 도와주면 미소 지으며 말했다. "나도 원해."

"환관 장군이 의도적으로 카이펑이 함락되게 했다고 믿을 수 없어." 서달이 말했다. 술집 점원이 계단을 걸어 2층으로 올라와, 주와 장교들이 모인 술자리에 안주를 내놓았다. "카이펑이 홍건군의 수도가 되도록 원나라가 내버려 둘 수 있나? 원나라가 망할 걸 인정하는 거나 다름없잖아. 환관 장군은 너를 해치고 즉시 군대를 물려 카이펑으로 갔지만, 이미 진우량이 성을 점령한 후였어. 환관 장군이 속은 게 부끄러워, 우리 계획을 알고 있었다고 말한 건 아닐까?"

절 밖에서 처음 갖는 모임이었다. 안펑에 다른 홍건군 지휘관이 없어, 주는 야심 없는 중인 척할 필요가 없어졌다. 이렇게 절 밖에서 회의를 열면 안펑이 그녀의 지휘권 아래 있다는 인상을 주었다. 그녀가 다시 지휘권을 행사하기 시작하자, 그녀는 자신과 장교들 사이에 새로운 긴장감이 흐르는 걸 눈치챘다. 장교들은 그들을 위해 그녀가 희생한 건 고맙게 생각했다. 하지만 그녀의 잘린 팔을 보며,

그들은 혐오감과 불안을 느끼고 있었다. 지금 당장은 그들은 그녀를 믿고 있었다. 그들은 한 번 더 그녀에게 충성할 거였다. 그녀가 승리하면 그들은 계속 충성할 것이다. 하지만 그녀가 패배한다면….

'그들은 내게 등을 돌릴 것이다.'

그것도 초옥이 주의 다른 면을 알고 있는 사실이 이 불안한 균형을 깨뜨리지 않아야 가능했다. 그녀가 초옥을 바라보았다. 하지만 초옥은 젓가락을 잡고 안주를 고르다가 조심스럽게 빨갛게 구운 돼지고기를 집어 들며, 얼굴에 아무 표정도 나타내지 않았다. '다음 전투에 나가기 전까지 그릇과 젓가락을 동시에 들 수 없어서 나는 사람들 앞에서 식사할 수 없다.'

"환관 장군은 어느 편이 이기든, 자기가 원하는 것과는 상관없다고 말했어." 그녀가 서달에게 말했다. "하지만 그 말이 카이펑과 어떤 관계가 있는지는 전혀 모르겠어. 카이펑이 함락되게 방치한 이유는 여러 가지일 수 있어. 어쩌면 그는 카이펑이 함락된 잘못을 내부 경쟁자에게 뒤집어씌우고, 카이펑을 탈환하고 그 영광을 독차지할 수 있어." 하지만 그녀는 오우양이 자기 운명에 대해 한 말을 기억했다. '너는 내가 끝낼 수밖에 없는 일을 시작하게 했다.' 그의 분노는 엄청났다. 그의 운명이 무엇이든, 그는 자기 운명을 저주하고 있었다.

"주 지휘관님!" 병사가 계단을 뛰어올라 예를 표하고, 비둘기를 이용해 보낸 작은 두루마리 서신을 건넸다. "총리에게서 방금 도착한 서신입니다."

주는 진우량이 보낸 서신을 잡으려다가, 그녀가 두루마리 서신을 펼 두 손이 없는 걸 생각했다. 그녀는 장교들이 지켜보고 있는 걸 의식하고 점잖게 말했다. "부지휘관, 서신을 읽어주세요."

서달이 서신을 훑어보고, 표정이 굳어졌다. 잠시 후 그가 말했다. "총리는 환관 장군이 여름이 오기 전 카이펑을 탈환하려고 공격하는 문제에 관해 서신을 보냈습니다. 총리는 여름이 와서 몽골군이 철수할 때까지 도시 방어하는 데 지휘관 주의 도움을 요청하고 있습니다."

주가 말했다. "그리고?"

"총리가 여름이 오기 전까지 카이펑을 방어하면…." 서달이 그녀를 쳐다봤다. "총리는 승상을 제거하고, 소명왕을 인질로 잡아 카이펑에서 권력을 잡으려 합니다. 총리는 주 지휘관에게 그 계획에도 도움을 요청하고 있습니다."

식탁 주위에 모인 사람들이 긴장했다. "아하." 주가 말했다. 접혔던 지도의 마지막 부분이 펼쳐지면서, 숨겨졌던 자세한 부분이 드러나는 흥분된 순간이었다. 그녀가 미소 지었다. "대운하에서 우리가 당했던 고초 덕분에 진의 신임을 얻었군. 정말 희귀하고 소중한 선물이야!" 그게 진우량이 안펑에 남아있지 않고, 직접 카이펑을 공격한 이유였다. 그는 소명왕을 옆에 두어야 했다. 지금까지 일어난 모든 일은 커다란 음모의 일부였고, 진우량은 이제 첫 번째 계략을 펼치려 하고 있었다. 주는 몸속에서 하얀 불꽃이 밝게 타오르는 걸 느꼈다. 그 불꽃은 그녀가 흔들리지 않는다면 앞으로 실현될 그녀의 위대한 미래를 약속했다.

서달이 말했다. "카이펑에 홍건군 주력이 있고, 우리 군대가 밖에서 돕는다면 환관 장군이 온다고 해도 이번엔 그와 충분히 싸울 수 있어. 우리가 대승을 거두면 여름 동안 홍건군이 허난성 전부를 점령하는 걸 방어할 전력이 원나라에 없어. 우리가 중원과 양쯔강 남부를 모두 점령할 수 있을 거야. 진우량이 카이펑을 수도로 삼고, 소명왕을 옆에 두고 백성에게 정통성을 주장하면 그는 반군 지휘관 이상이 될 거야."

주는 마음속으로 소명왕이 지닌 천명의 붉은빛을 받아, 무시무시한 핏빛을 뿜어내는 진우량을 보았다. 그녀가 말했다. "진우량은 자기가 왕이 되도록 우리가 도와주길 바라고 있어."

모든 사람의 눈이 그녀에게 향했다. 서달이 말했다. "그렇게 할 거야?"

카이펑으로 가는 건 당연했다. 그곳에 소명왕이 있고, 소명왕은 백성의 눈에 반군의 정통성을 증명하는 인물이었다. 그렇다면 누굴 돕느냐의 문제는, 누가 소명왕의 지지를 받을 확률이 높을지 판단하는 문제였다. 진우량과 승상 중 누구일까? 그리고 진은 이미 행동하고 있었다.

그녀는 본능적으로 초옥을 의식하고 있었다. 그는 알면 안 될 비밀이란 폭탄을 갖고 있었다. 이번 전투로 그녀의 운명이 결정될 수 있었지만, 불확실성이 너무 컸다. 그녀의 정체를 터뜨릴 폭탄을 지닌 인물은 위험했다. 그녀가 초옥이 동의하지 않을 결단을 내리거나, 아니면 중요한 결정을 주저하는 눈치라도 보이면 그는 승리하리라고 생각하는 편으로 돌아설 거다. 초옥이 그녀의 비밀을 알고 나서, 그녀를 깔보고 있는지 주는 알 수 없었다. 그는 주가 여자라서 천부적으로 약하다고 생각하고 있나? 만약 그렇게 생각한다면 그가 배신하고 돌아설 문턱은 더 낮아진다. 주가 진우량과의 게임에서 승리하고 위대한 인물이 되려면 출병하기 전에 초옥의 문제를 해결해야 했다.

그녀는 식탁에 둘러앉은 장교들을 보았다. 그녀는 장교들과 한 명씩 눈을 마주치며, 그녀의 결심을 알게 했다. '한 번 더 나와 함께 싸우자.' 그녀는 초옥의 눈을 오래 바라봤다. 그의 눈은 냉정했다. 그녀는 그의 눈빛에서 그가 자기를 평가하고 있다는 사실을 알고 불쾌했다. 그의 눈빛은 그녀의 옷을 벗기고, 그녀의 신체에 기초해 그녀를 평가하는 듯했다. 그녀는 지금까지 느끼진 못했던 분노를 느꼈다. 그녀는 작은 곽을 죽이려고 정의로운 굳은 의지를 품고, 칼로 찌르려고 몸을 던졌던 건강에서 본 여인이 생각났다. '언니, 미안해. 언니가 성공하도록 놔두었어야 했는데.'

그녀가 초옥에게서 눈을 돌리며 명령했다. "출전 준비를 해라. 준비가 끝나는 대로, 카이펑으로 진군한다."

20

안양, 1월

허난성 제후의 궁전은 엄청나게 컸지만, 이상하게 매우 작게 느껴졌다. 마당이나 회랑을 지나가면 많은 사람과 마주쳤다. 최악의 상황은 피하고 싶은 사람이 궁전의 무지개다리 건너편에 나타나 어쩔 수 없이 마주치는 일이라고 오우양은 생각했다. 그는 마음속으로 잔뜩 찡그리고 무지개다리를 올랐다. 왕도 건너편에서 오르고 있었다. 그들이 다리 꼭대기에서 만났다. 일찍 피는 살구나무꽃이 산들바람에 날리고 있었다.

"나리께 문안드립니다." 오우양이 아주 조금만 머리를 숙이며 예의를 표했다.

왕이 그를 바라봤다. 그는 여전히 상처받은 표정을 하고 있었지만, 전에 없던 날카로운 면이 생겼다. 그 날카로운 면이 특별히 그를 향한 걸 생각하니, 오우양의 마음이 불편해졌다.

"그래, 양저우에서 돌아왔구려." 왕이 말했다. "그들의 원조 약속을 받는 데 성공했다고 들었소. 외교적 재능이 전혀 없는 사람으로선 매우 기이한 업적이군."

"칭찬해 주셔서 감사하지만, 설득할 필요는 전혀 없었습니다. 그들도 위대한 원나라의 신하입니다. 그들도 원나라를 위해 적극적으로 싸우러 올 겁니다."

"멋진 소설이군! 나의 멍청한 형은 그 말을 믿겠지만, 나도 믿을 거로 기대하지 마시오. 장군도 내가 쓸모없다고 툭하면 말했지만, 내가 잘하는 분야가 무엇인지 잊었소? 나는 행정관이오. 나는 장군보다 사업과 장사꾼에 대해 훨씬 잘 알고 있소. 그래서 장사꾼을 행동하게 하려면 칭찬받을 거란 약속 이상의 것이 필요하다는 걸 나는 잘 알고 있소. 그래서 궁금하군. 장군, 도와주는 대가로 무엇을 제안했소?"

꽃잎들이 원을 그리며 다리 아래로 떨어졌다. 오우양은 모든 일이 어떻게 끝날지 알고 있었지만, 왕이 관심을 보인다는 게 불안했다. "나리께서 관심 있으시면 제후께 협상의 상세한 내용을 여쭤보시지요."

왕이 그를 차분히 쳐다봤다. "그래야 할 것 같군."

오우양이 고개를 숙였다. "그럼, 나리…."

오우양이 스쳐 지나가기 전에, 왕이 부드럽게 말했다. "장군은 나를 안다고 생각하지. 하지만 반대 경우도 사실인 걸 잊지 마시오. 같은 부류끼리는 서로를 알아보지. 같은 부류는 서로 관계있으니까. 우리는 서로의 수치를 알고 있지. '나도 장군을 알고 있소.'"

오우양의 몸이 얼어붙었다. 에선이 자기를 이해하지 못하는 사실에는 화가 났지만, 왕이 자기를 꿰뚫어 보며 이해하고 있다는 사실은 가장 사적인 영역을 짓밟고 들어오는 느낌이었다. 그가 강하게 쏘아붙였다. "우리는 같지 않습니다."

"글쎄, 어떤 면에서는 장군이 내 형제 같은데." 왕이 생각이 잠기

듯 말했다. "장군은 자기에게 소중한 일만 소중하다고 생각하지. 장군에게 소중한 일 외에도 많은 것이 세상에 존재하지 않소, 장군?"

"저는 평생 위대한 원나라를 위해 싸웠소!" 오우양이 아무리 노력해도, 목소리에 원한이 맺히는 걸 참을 수 없었다.

"하지만 그 점은 장군보다 내가 더 잘 알고 있다고 생각하는데." 살구꽃 아래 서있는 왕은 다른 시대에 온 사람처럼 보였다. 옛날 송나라 궁전을 거닐었을 우아한 귀족인 듯했다. 이제는 사라진 세계에서 온 인물. 오우양은 왕이 자신의 죄를 들추고 있다는 걸 깨닫고 소름이 돋았다.

오우양이 왕의 옆으로 난 좁은 틈을 비집고 계속 걸어가자, 왕이 뒤에서 그를 불렀다. "아, 장군! 이 말을 해야겠군. 나도 장군이 카이펑을 탈환하는 작은 전쟁터에 함께 가기로 했소. 장군이 나의 병사와 돈을 쓰고 있으니, 좋은 목적에 쓰이지 않을까 봐 걱정되어서요."

왕의 목소리에 담긴 원한이 오우양의 원한과 정확히 똑같게 들렸다. '같은 부류끼리는 서로를 알아본다.'

오우양은 왕의 말을 진지하게 받아들이지 않았지만, 에선의 거처에 들어가 에선이 우울한 표정으로 술에 취한 모습을 보고, 왕의 말이 진담이란 걸 깨달았다. "왕 나리께서 주공을 뵈러 왔었군요." 오우양이 말했다. 에선이 침통한 표정으로 술에 취한 게 왕과 조금 전 만났기 때문이란 걸 오우양은 눈치챘다. 그는 지난번 에선이 왕과 싸운 뒤 술에 취해 자기를 찾아왔던 때 일어났던 일을 기억하지 않으려 애썼다.

에선이 말했다. "카이펑에 함께 가겠다고 하더군."

"허락하지 마십시오." 오우양이 자리에 앉으며 급히 말했다. "말썽을 피우려고 오려는 게 분명합니다." '히체투를 기억하십시오.' 그가 이 말은 할 필요도 없었다.

에선이 술잔에 담긴 술을 빙글빙글 돌렸다. "내가 없는 동안 영지를 마구 휘젓고 다니게 하는 것보단, 우리가 볼 수 있는 곳에서 말썽을 피우게 하는 편이 나을 수 있어."

"그가 무슨 짓을 할지 모르신단 말씀입니까?"

"우리가 없는 동안 영지를 팔고 대도에 가서 행정 관료가 되려고 할 수도 있어."

"왕 나리는 더한 짓도 할 수 있습니다. 하지만 그렇게 하지 못할 겁니다. 보루도 가문이 그를 처치할 겁니다." 오우양이 경멸하는 어조로 말했다. "왕 나리가 알탄이 추방되게 음모를 꾸몄다는 증거는 필요 없습니다. 의심만으로도 보루도 가문은 왕 나리를 처치할 겁니다."

"독사들이 득실거리는 구덩이에서 누가 더 오래 살아남는지 내기를 건다면 나는 보루도-테무르보다는 왕 바오싱에 돈을 걸겠네. 나도 그를 믿지 않아. 내 아버지에게 한 일을 보고, 누가 그를 믿겠나? 하지만 그래도 내 형제야. 그건 변할 수 없어." 에선이 고개를 숙이고 꺼칠하게 웃었다. "나는 그놈을 증오해! 그러면서도 그놈을 사랑해. 내가 증오만 할 수 있다면 얼마나 좋겠나. 그러면 모든 게 훨씬 쉬워질 텐데."

"순수한 감정은 어린아이와 동물만 누릴 수 있는 사치입니다." 오우양은 말하면서도 뒤엉킨 자기감정의 무서운 무게를 느꼈다.

"어쩌면 이번이 기회일 수 있어." 에선이 생각에 잠겼다. "잘못을 뉘우치고 내 용서를 구할 곳이 어디겠어. 우리가 어린 시절을 함께 보냈던 전쟁터보다 그렇게 하기 더 좋은 곳이 어디 있겠나? 나는 그놈을 정말 용서하고 싶어! 왜 그렇게 하지 못하게 하는지 모르겠어?"

"왕 바오싱은 주공의 아버님을 죽였습니다. 그런데 어떻게 용서할 수 있습니까?" 그 말이 의도했던 것보다 훨씬 잔인하게 들렸다.

"뭐라고? 입 닥쳐!" 에선이 순간적으로 격분해서 술 주전자를 던졌다. 술 주전자가 방구석으로 날아가 산산조각으로 부서졌다. "내가 그걸 모르고 있다고 생각하나? 융통성이 그렇게 없나! 내가 꿈꾸고 싶은 생각을 잠깐이라도 받아줄 수 없나? 하긴 그런다고 달라질 건 없지. 나도 과거로 돌아갈 수 없는 걸 알아. 나도 그를 용서하지 못할 걸 알아. 나도 잘 알아."

오우양이 대꾸하지 않자, 에선이 말했다. "자네는 무릎 꿇지 않는군." 그가 탁자를 짚고 비틀거리다가, 술이 아직 남아있는 다른 주전자를 찾아 잔에 술을 부었다.

오우양은 갑자기 카이펑에 돌아왔을 때가 기억났다. 오우양은 그러면 에선이 당연히 화를 낼 걸 알고 무릎 꿇었었다. 하지만 지금은 화나게 할 필요가 없었다. 모든 일이 이미 계획대로 움직이기 시작해서, 오우양의 행동이나 감정과 관계없이 진행되고 끝날 거였다. 그가 지금 무릎 꿇는다면 그건 그가 원해서 할 뿐이었다. 그런 생각이 들자, 오우양은 엄청난 수치심을 느꼈다.

그가 낮은 목소리로 말했다. "주공, 무릎 꿇을까요?"

에선의 잔에 담긴 술이 탁자 위로 쏟아졌다. 그가 오우양을 쳐다보았을 때, 그의 눈빛은 두 사람을 물리적으로 끌어당기듯 고뇌에 차있었다. 오우양은 왕의 목소리를 마음속에서 들었다. '너와 에선은 다른 부류의 사람이다.' 같은 부류와 다른 부류. 땔나무와 불꽃.

하지만 에선의 눈빛이 사그라지며 엎질러진 술을 바라보았다. "미안하네. 내가 오래전 자네에게 내게 솔직히 말할 권리를 주었지."

오우양의 감정은 태풍을 맞아 요동치는 배에서 검은 바다를 바라보는 뱃사람처럼 격동하고 있었다. 그가 감정을 숨기며 말했다. "주공은 허난성 제후이십니다. 사과하지 마십시오."

에선의 입이 조금 흔들렸다. "그래. 나는 허난성 제후지." 두 사람 사이에 놓인 탁자에서 엎질러진 술이 흘러내렸다. "가보게. 잠을 자게. 출전 준비를 하게."

오우양은 방에서 나와, 괴로운 생각에 잠겨 자기 거처로 돌아갔다. 부르지도 않았는데, 사오와 몇 명의 지휘관이 그를 기다리고 있었다. 그는 놀라면서도 몹시 불쾌했다.

"무슨 일인가?" 그는 모든 사람이 중국인이어서 중국어로 물었다. 중국어로 말하면 그는 언제나 이상한 느낌이 들었다. 중국어도 그가 빼앗긴 것 중 하나였다.

섬세한 선으로 세공한 귀걸이를 걸어 흉악범 같은 인상이 조금 부드럽게 보이는 지휘관 조만이 말했다. "장군. 왕 나리가 우리와 함께 출전한다는 게 사실입니까?"

"제후가 그걸 막도록 하지 못했네."

"전에는 함께 출전한 적이 없습니다. 왜 갑자기 왕 나리가 다르게 행동합니까?"

"누가 왕의 마음속을 알겠나?" 오우양이 짜증 내며 말했다. "어쩔 수 없어. 그도 우리와 함께 가게 됐다."

사오가 말했다. "왕 나리는 위험합니다. 알탄에게 일어난 일은…."

"괜찮아." 오우양이 사오의 눈을 똑바로 바라보며 말했다. "허난성 제후가 이곳 안양에서도 그의 권한을 거의 다 박탈했어. 군사에 관한 한, 그는 아무 능력도 없어. 그가 내게 무슨 위협이 되겠나?"

"왕 나리는 바보가 아닙니다." 누군가가 중얼거렸다.

"그만해! 왕이 우리와 함께 출전하든 안 하든 상황이 바뀐 건 없다." 오우양이 얼굴을 찡그리고 말하자, 모두 중얼거리며 방에서 나갔다. 그는 왕을 신경 쓸 겨를이 없었다. 그는 성공한다고 전제하고 계속 일을 밀고 나갈 수밖에 없었다. 상황이 어떻게 될지 고심하면 미칠 듯했다. 잠시 번뜩 에선에 관한 생각이 들었다. 어떤 특정한 한 순간이 아니라, 그들이 함께 보낸 모든 순간이 하나로 압축된 기억이 번개처럼 스치고 지나갔다. 에선의 육체와 냄새가. 오우양에게는 그 기억만 남을 거였다.

원나라의 북부 영토 문턱에 있는 카이펑은 안양으로부터 겨우 300리 거리에 있었다. 그 사이엔 산맥이나 건너기 힘든 강도 없었다. 몇 마리 말을 가진 몽골군이라면 단 하루에 갈 수 있는 거리였다. 군대도 거침없이 행군할 수 있었다. 오우양이 보급 마차를 보며 생각했다. '그를 죽여야 한다.'

"너무 오래 참았어!" 에선이 말했다. 오우양이 에선의 게르에서 그날 있었던 일에 관해 보고하고 있었다. 에선이 구운 동아 씨껍질을 왕의 머리에 겨냥한 듯 세게 내뱉었다. "자네도 내게 사전에 경고했었지. 그놈이 타고난 천성을 바꾸고, 쓸모 있는 사람이 되길 바란 내가 바보지. 하늘에서 말이 떨어지길 바라는 게 낫지! 내가 이런 일을 미리 알았어야 했어. 그놈이 나를 괴롭혀 죽이려 하는걸." 그가 벌떡 일어나 아버지 칼 앞에 섰다. 그는 하인들에게 매일 밤 게르를 세울 때, 아버지 칼도 함께 갖다 놓게 했다. "내가 어떻게 해야 하나?"

그가 오우양에게 묻는 건지, 아버지의 영혼에 묻는 건지 분명치 않았다. 오우양이 차간의 영혼을 대신하듯 짧게 말했다. "벌을 주십시오."

그는 그 말을 하면서, 멀리 떨어진 같은 부류의 사람의 종을 치는 듯한 울림이 마음속에 들려 놀랐다. 그는 에선 앞에 무릎 꿇었던 일을 기억했다. 그는 에선이 자기를 모욕하길, 자기를 화나게 만들길, 그래서 자기 운명으로 정해진 길을 가기 쉽게 해주길 바랐다. 왕 바오싱도 에선이 화내길 바라며, 일부러 짓궂게 장난치고 있었다. 오우양은 불안한 생각이 들었다. '만약 그게 왕의 의도라면 그는 무슨 짓을 하려는 걸까?'

에선이 경호병에게 걸어가 짧게 지시를 내렸다. 오우양이 양고기를 넣은 국수를 옆으로 치우고 나가려고 일어섰다. 하지만 에선이 돌아와, 오우양을 눌러 앉혔다. "그대로 있게." 그는 평소와 달리 험악한 표정을 짓고 있었다. 다른 사람이라면 전투를 앞둔 전사의 결의라고 생각할 수 있었다. 하지만 수많은 전투를 나서는 에선을 보아온 오우양은 달랐다. 에선의 표정이 훨씬 심각했다. 에선의 몸 안으로 죽은 차간의 성난 영혼이 들어온 듯했다. "자네도 그놈이 모욕당하는 모습을 직접 봐야 해. 자네가 지휘하는 군대가 아닌가?"

"제가 보는 걸 좋아하시지 않을 겁니다." '우리는 서로 모욕당하는 모습을 보아왔다.'

"내가 하려는 일도 좋아하지 않을걸세."

왕이 잠시 후 들어왔다. 2주 동안 행군하면서 실내에만 있던 그의 흰 얼굴이 대나무 새싹같이 푸릇해졌다. 그는 오우양을 험악한 눈으로 쳐다보고, 호랑이 가죽을 씌운 양탄자에 털썩 앉으며 에선을 화나게 하려고 요염한 여자 목소리로 말했다. "형님, 술 한 잔 주시죠. 그러면 형님이 곧 내릴 불호령을 듣는 데 도움이 될 텐데요. 아니면 형님은 애완견과 함께 벌써 많이 드셨나요?"

"왕 바오싱." 에선이 사납게 말했다.

"형님!" 왕이 손뼉을 쳤다. "축하해요! 아버지 목소리를 완전히 닮았어요. 아, 아버지 영혼이 말씀하는 듯해요. 아버지가 바로 여기 우리와 함께 계시는데, 왜 아버지가 돌아가셨다고 슬퍼해요? 보세요. 소름까지 돋네요."

"이게 네가 여기 온 목적이냐? 장난질로 나를 괴롭히려고?"

왕이 비웃었다. "형님의 기대대로 하려고 최선을 다할게요."

"그럴 필요 없다. 이미 충분히 네게 실망했다!"

"아, 당연하죠. 제가 잊고 있었어요. 형님은 완벽한 아들이 되려고 애썼는데, 저도 그렇게 하지 못할 이유가 없었죠. 아버지의 기대를 저버린 저는 이기적인 개망나니죠. 아버지가 실망하게 하려고, 제가 일부로 못된 짓을 했죠? 저는 아버지가 돌아가시길 정말 바랐어요!"

에선이 싸늘한 눈초리로 쳐다봤다. "왕 바오싱. 이번 군사 작전에 개입하면 용서하지 않겠다. 이건 경고다." 그가 외쳤다. "들어와라!"

두 명의 젊은 경호원이 책을 가득 들고 들어왔다. 에선은 표정을 전혀 바꾸지 않고 책을 한 권 집어 불 속에 던졌다. 경호병들이 한 권씩 책을 불 속에 집어넣었다. 화로에 피운 신성한 불이 재를 휘날리며 솟구치며, 게르 안에 종이 타는 냄새가 가득했다. 오우양은 왕의 얼굴에서 핏기가 사라지는 걸 보았다. 왕이 너무 극단적인 반응을 보여서, 오우양은 자기가 처음 죽인 병사의 놀란 표정이 떠올랐다.

왕이 울부짖었다. "형도 우리 아버지처럼 잔인하군."

밖에서 소란이 일어나서, 세 사람이 놀랐다. 하인이 갑자기 뛰어들었다. 그가 두려운 표정으로 예를 갖추고 더듬거리며 말했다. "제후님! 와서 보십시오! 제후님이 가장 아끼는 말이…"

아직도 입술이 하얗게 질린 왕이 추악하게 웃었다. "말이라고! 오, 정말 안됐군."

"네가 감히 …!" 에선이 급하게 옷을 입으며, 왕을 의심하는 험악한 표정으로 쳐다봤다.

"뭐, 형? 또 내가 그렇게 잔인하다고? 그건 안심해. 형을 괴롭힐

때는, 형도 내가 한 걸 알게 할 테니까."

에선이 화가 나서 얼굴을 찡그리며 게르 밖으로 나갔다. 경호병들도 따라 나갔다. 오우양과 왕 둘만 불 속에서 책들이 타면서 조용히 무너지는 소리가 나는 게르에 남았다. 멀리서 말이 괴로워하며 울부짖는 소리가 들렸다.

왕의 숙인 머리 위로 불꽃이 흔들렸다. 왕은 자기가 알고 있던 에선의 진정한 성격인 잔인한 모습을 드러나게 했다는 가학적인 만족감을 보이고 있었다. 그 의도는 성공했지만, 에선에게 품고 있던 왕의 한 가닥 희망도 처참히 뭉그러졌다.

왕이 침울하면서도 사납게 말했다. "꺼져."

오우양은 불타는 책들을 바라보고 있는 왕을 두고 밖으로 나왔다. 가슴 아픈 장면이었다. 하지만 오우양이 느끼는 죄책감은 왕과는 전혀 상관없었다. 그건 에선의 순수한 마음을 잔인하고 의심하는 괴물로 만든 오우양 자신의 배신이었다. 평생 오우양은 순수하게 삶을 즐기는 에선을 질투와 감탄과 경멸과 애정을 갖고 바라봤다. 이제는 그 모든 것이 사라졌다.

우울한 아침이었다. 모든 병사가 허난성 제후가 울적해서 그날은

행군하지 않을 걸 알고 있었다. 말은 창자가 꼬여 죽었다. 에선은 아침까지도 화를 내며 슬퍼하고 있었다. 에선은 왕을 의심했지만, 말의 사체를 부검하니 병에 걸렸던 게 확실했다. 말이 흔히 걸리는 병이었다.

"왜 사나이가 말 한 마리가 죽었다고 저렇게까지 슬피 울어야 하죠?" 사오가 손가락으로 검은 바둑알을 만지작거리며 말했다. 그들은 오우양의 게르에 있었다. 분위기에 어울리게, 밖에는 비가 내렸다.

"그가 아버지에게서 받은 말이야." 오우양이 흰 바둑알을 놓으며 말했다. 에선이 단순한 적인 듯, 에선에 관해 사오와 말하기 몹시 싫었다. 하지만 그는 시작한 일을 끝내야만 했다. 오우양은 에선과 자기 관계는 얇은 금속 조각 같다고 생각했다. 그가 그 금속 조각을 의도적으로 위아래로 구부렸다가 펴길 반복했다. 매번 구부릴 때마다 두 사람 모두 상처받았다. 결국, 금속 조각같이 관계가 완전히 부러지면 더 이상 상처받지 않게 된다. 하지만 오우양은 자기가 하려는 짓을 믿을 수 없었다.

사오가 말했다. "다른 지휘관들은 어디 있죠? 늦는군요."

그 말에 답변이라도 하듯 비바람에 게르의 문이 흔들리며, 지휘관 추가 들어왔다. 그가 다급히 말했다. "장군. 조만이 사라졌습니다."

오우양이 날카로운 눈초리로 올려다봤다. "자세히 보고하라."

"그의 부하 중 누구도 지난밤 이후 그를 보지 못했답니다. 그는 자기 게르에서 잠자지 않은 듯합니다."

"탈영인가?" 사오가 물었다.

"그럴 수 있습니다." 지휘관 추가 게르 문이 열리자 벌떡 일어났다.

다른 지휘관들이 차례로 들어왔다. 그들은 사오가 이기고 있는 바둑판 주변에 모여 무릎 꿇었다.

지휘관 안이 말했다. "장군. 혹시 그가 실토했을까요?"

"누구에게, 그리고 무엇 때문에?" 사오가 잘라 말했다. "그럴 리 없다."

"하지만 우리는 최악의 상황에 대비해야 합니다."

"우리가 여기 앉아 그 문제에 관해 이야기하고 있다면 최악의 상황은 발생하지 않은 게 분명하다." 오우양이 말했다. 그는 다른 사람들뿐만 아니라 자신도 확신시키려는 듯 빠르게 말했다. "별일 아니다. 왜 그가 옷만 있고 도망치겠나? 내일이면 어디선가 말에서 떨어진 지휘관 조만을 보게 될 거다. 단순한 사고인 게 분명하다."

사오가 말했다. "거사는 계획대로 거행한다."

지휘관 추와 강은 고개를 끄덕였으나 지휘관 안과 배는 서로 눈길을 주고받았다. 잠시 후 지휘관 안이 말했다. "장군. 죄송하지만, 저는 확신이 안 섭니다. 장군 말씀이 옳겠지만, 만에 하나 잘못될까 봐 걱정됩니다. 저희가 전체적인 상황에 관해 확실히 알지 못하는 일이 늘어나고 있습니다. 거사가 무사히 계획대로 성공할 수 있을까요?"

지휘관 배도 불안한 목소리로 말했다. "저도 안과 같은 생각입니다. 기다려야 합니다."

"안 돼! 그러기엔 너무 늦었다." 오우양이 말했다. 지휘관들이 서로 눈길을 주고받는 걸 오우양은 눈치챘다. 이성을 완전히 잃을 정도로 한 가지 생각에 집착한 사람은 조심스럽게 다뤄야 했다. "거사의 성공을 전적으로 믿지 못하는 사람이 있다면 거사에서 빠져라.

실패할 경우, 너희 이름을 말하지 않겠다. 내 부탁은 너희가 입만 다물고 있으란 거다."

지휘관 안과 배는 다시 서로 쳐다보고, 지휘관 안이 말했다. "저희가 거사에 대해 말해 얻을 이득이 전혀 없습니다."

"그럼 우리는 각자 알아서 행동한다." 오우양이 바둑판을 돌아보며 말했다.

"부디 성공하십시오, 장군." 지휘관 안이 일어나 허리를 굽히며 말했다. "장군을 위해 제가 틀렸길 바랍니다."

오우양은 쳐다보지도 않고 바둑돌을 놓았다. 그는 사오가 불만스럽게 입을 다무는 걸 보지 않고도 알 수 있었다. 그는 사오가 거사에 관해 말하려고 하나 생각했지만, 사오는 조용히 바둑돌을 놓았다. 오우양은 바둑판을 내려다보며 답답함을 느꼈다. 사오의 검은 바둑돌이 하얀 돌들을 도망칠 곳 없게 계속 조여오고 있었다.

오우양이 화난 표정으로 시신을 내려다봤다. 지휘관 안과 배는 그날 아침 게르 안에서 먹은 음식을 잔뜩 토해놓은 오물 위에서 죽은 채 발견됐다. 오우양은 근처에 사오가 있는 걸 눈치챘다.

"죽은 원인이 무어냐?" 에선도 역시 화가 나서 물었다. 전투에서 병사가 죽는 건 중요하지 않지만, 병영 내에서 죽는 건 심각한 일이었다. 아끼던 말이 고통스럽게 죽는 걸 밤새워 지켜본 에선의 신경은 날카로웠다. 에선이 의심하는 눈으로 왕을 노려보았다. 왕이 죽은 동물을 본 독수리처럼 그 장소를 맴돌고 있었다.

오우양이 침착해지려고 노력하며 말했다. "최근 매우 심각한 식중독으로 몇 명의 군사가 죽었습니다. 그 원인이 된 음식을 찾았다고 생각했는데, 그래도 상한 음식이 조금 남아있는 듯합니다. 지휘관 안과 배가 함께 먹고 죽은 걸 보면 같은 원인으로 보입니다."

에선이 짜증을 내며 고개를 저었다. "지휘관 조만이 사라진 직후에? 우연이 아닐 거다. 의원을 불러라!"

의원이 와서 시신 옆에 꿇어앉았다. 그는 얼마 전 늙은 의원을 교체한 인물로 오우양은 지나치다 서너 번 보았을 뿐이었다. 의원이 상당한 경험이 많은 듯 체계적으로 시신을 살펴보자, 오우양의 가슴이 철렁 내려앉았다. 사오는 바보가 아니어서, 왕실 수준의 의원만 알 수 있는 흔치 않은 독을 사용했을 거였다. 하지만 오우양이라면 그런 위험한 도박을 하지 않았을 거였다. 오우양은 살인 사건일 수 있다고 생각했다. 지휘관 안과 배와 주고받은 말을 기억하면 두 사람이 음모를 발설하지 않을 거로 확신할 수 없었다. 두 사람의 차가운 시체가 그런 불신을 반영하고 있었다.

의원이 검시를 마치고 일어섰다. 오우양은 왕의 눈빛을 보며 소름이 돋았다. 왕은 얇은 입술을 비웃듯 꿈틀거리며, 이미 알고 있던 걸 확인했다는 표정을 짓고 있었다.

"제후님." 의원이 에선에게 예를 갖췄다. "저의 진단으로는 자연사인 게 분명합니다."

에선이 얼굴을 찡그렸다. 오우양은 감정을 숨기고 있었지만, 속으로 놀라며 안도했다. 그의 옆에서 사오도 숨을 내쉬었다. 하지만 안도의 숨이 아니었다. 오우양은 사오가 자신의 예상이 맞은 걸 자만하고 있다고 생각했다. 사오는 처음부터 정확한 사망 원인을 의원이 알 수 없을 거로 확신한 듯했다.

의원이 자기 소견을 설명했다. "폭력이나 독을 쓴 흔적이 전혀 없습니다. 장군이 추측하신 대로인 듯합니다. 일반적인 급성 식중독 증상과 일치합니다."

"확실한가?"

"겉으로 보기엔 독살과 흡사합니다. 상한 음식 자체가 일종의 독약입니다. 하지만 증상을 자세히 살피면 그 차이를 쉽게 알 수 있습니다."

에선은 확신하지 않는다는 표정을 지었지만, 잠시 후 말했다. "잘 알았다. 잘 묻어줘라. 이 일로 우리의 작전에 차질이 생기게 하지 마라. 내일 우리는 평소대로 진군한다. 준비를 잘하라!" 그가 획 돌아서 자리를 떴다.

왕이 오우양 옆으로 슬그머니 다가왔다. 그는 고양이같이 만족스러운 표정을 지으며, 얼굴은 흥분해서 붉은색까지 돌았다. 말끔하게 단장한 머리와 옷에도 불구하고, 왕은 핼쑥해 보였다. 에선이 책을 태운 후 한숨도 못 잔 듯했다. "조심하지 않았군. 중요한 전투를 앞두고 세 명이나 지휘관을 잃다니? 병사의 사기가 걱정되는군."

오우양이 그의 말을 잘랐다. "나리의 사기나 걱정하시죠. 말 안장에 엉덩이가 까져, 잠을 못 주무신 모양이죠?"

왕이 오우양의 말을 비꼬았다. "나는 많은 죄를 지어 잠을 잘 자지 못하네. 그런데 장군은 수많은 죄를 짓고도 잠을 잘 자나?" 오우양이 몹시 놀랐다. 왕 바오싱이 그의 어깨 너머를 보며, 믿을 수 없다는 표정으로 입술을 꽉 다물었다. 이제는 익숙해진 그 눈빛을 보며, 오우양은 얼음처럼 몸이 굳었다. 그의 등 뒤에는 동물들만 볼 수 있는, 그가 다가가면 촛불이 흔들리는 기이한 존재가 있었다. 그런데 지금 '왕이 그 존재를 보고 있다.' 오우양은 두려움에 몸이 오그라들었다. 왕과 오랫동안 알고 지냈지만, 왕이 그 존재를 보는 건 전혀 몰랐다. 에선의 게르에서 책을 태운 밤 이후 왕이 완전히 변했다. 오우양은 왕의 변화가 무얼 의미하는지 알 수 없었다.

오우양이 자신도 모르게 어떤 반응을 보였는지, 왕이 입술을 더 굳게 악물었다. "안됐군, 장군. 뛰어난 지휘관들을 그렇게 쉽게 땅에 묻다니. 가장 뛰어난 세 명의 지휘관이었지, 그렇지 않소? 그런데 시간이 부족해, 장군에게 특별히 중요한 작전에 필요한 믿음을 지휘관들에게 심어주기 힘들겠소."

"저를 믿는 부하는 충분합니다." 오우양이 짧게 말했다. 식은땀이 갑옷 밑에서 따끔거리며 흘러내렸다.

"그래요? 장군을 위해 그러길 바라겠소. 카이펑에 아주 많은 게 달려있으니. 나는 잠을 못 자니, 좋은 결실을 보려고 몇 시간 기도해야겠소."

"기도는 좋을 대로 하십시오." 오우양이 말했다. "기도한다고 달라질 게 없으니까요."

"장군의 기도는 그럴 거요. 세상에 어떤 신과 조상이 더러운 환관의 기도를 듣겠소? 신과 조상은 내 기도는 들어주지. 하지만 나는 직접 일을 처리하는 데 더 큰 믿음을 갖고 있소." 왕의 차가운 비웃음이 칼날처럼 날카로웠다. 그 칼날의 방향을 정확히 알 수 없어 오우양은 불안했다. "계획을 잘 세우시오, 장군. 나는 장군이 실패하는 모습을 보기 싫으니."

21

마는 등불 아래 누워있었다. 주의 머리가 그녀 다리 사이에 있었다. 그들은 오랫동안 부드럽게 서로의 피부를 비비고 있었다. 그녀 몸 안에 들어온 주의 손가락은 너무 부드러워 움직이지 않는 듯했다. "더." 마가 등을 아치형으로 세우며 말했다. "더…."

그녀는 보지 않고도 주가 미소 짓는 걸 알았다. 주가 다섯 손가락을 쐐기처럼 몸 안으로 밀어 넣었다. 더 깊이 들어올수록 벌어지는 손가락을 마수영은 느끼고 있었다. 아팠다. 하지만 동시에 익숙한 듯하면서도 모든 걸 태우는 새로운 쾌감이었다. 쾌감이 세상의 모든 것이었다. 그녀는 자신이 울부짖는 소리를 들었다.

"멈출까?"

"아니!"

마는 주의 미소를 마음속에 그릴 수 있었다. 두 사람이 가장 격렬한 흥분을 느끼는 순간에도 신비로운 것을 탐색하는 듯한 장난스럽고 짓궂은 미소를. 주가 가장 넓은 부분까지 손을 더 깊이 밀어 넣었다. 자신 있게 조금씩 조금씩 부드럽게 들어왔다. 손마디가 벌어지면, 마는 숨을 헐떡이며 신음했다. 주가 멈추면 마는 스스로 생각할 능력을 잃고 있었다. 그녀는 순수한 감각이었다. 고통과 쾌감, 쾌감과 고통. 주가 다시 움직일 때, 얼마나 오래 멈췄는지 알지 못했다. 들어왔다가, 아마도 나가는 듯. 그러다가 마의 몸이 통제력을 잃고 경련했다. 그녀의 몸은 너무 긴장해서 오므라들다가 파르르 떨렸다. 그녀는 자기 몸 안에 있는 주의 단단한 몸을 느끼며 숨을 헐떡이며 몸을 떨었다.

"지금도 좋아?" 주의 목소리가 날아오르는 듯했다. 그녀의 혀가 마의 민감한 부분을 가볍게 핥으면, 마가 다시 헐떡이며 몸을 파르르 떨었다. 떨림이 줄어들자 주가 다시 들어왔고, 마가 자제할 수 없는 너무 커다란 감각에 소리치면 마의 마지막 부위까지 손목이 깊숙이 들어왔다. 마는 주의 몸을 느끼며, 몸을 떨고 누워, 아름다운 아픔에 지쳐 몸에서 힘이 빠졌다. 뜨거운 금속이 식으면서 소리 내듯, 그녀의 온몸 근육이 여기저기서 씰룩거렸다.

"네가 내게 아무리 많이 주어도, 나는 너의 모든 걸 받아들일 수 있을 것 같아." 그녀는 자기 목소리조차 잊은 듯했다.

주가 깔깔거리며 웃었다. "너는 벌써 모든 걸 받아들였잖아." 그녀의 머리가 다시 숙이자, 마는 주의 혀가 다리를 다시 부드럽게 쓸고 가는 걸 느꼈다. 혀가 부드럽게 반복해서 스치자, 마는 더 민감해지며 떨림이 더 강렬해졌다. 그녀의 모든 감각이 다시 불타고 살아나는 느낌이었다. 입술이 닿는 부위는 가볍게 꿈틀거리며, 손이 닿은 부위는 얇게 퍼지며 심장 박동에 맞춰 떨렸다. 신비로운 전율이었다. 그녀는 주를 받아들이고, 몸 안에서 주를 꼭 껴안을 수 있었다. 그녀만이 그런 특별한 능력이 있는 유일한 사람인 듯이.

'나는 주를 영원히 간직할 거야.' 마는 이렇게 생각하며 두려웠다. 주의 손길이 닿으면 심장의 박동까지 온통 주에게 맡기는 이 감정이 사랑이 아니면 무엇이란 말인가? 주는 그녀에게 고통을 줄 수 있지만 그러지 않았다. 그녀의 몸을 다정하게 채워주다가도, 항상 자신의 위대한 운명을 쫓아 마에게 멀어지는 주.

주가 손을 천천히 비틀며 미끄러지듯 손을 뺐다. 마는 신음했다. 주의 혀가 빠르게 그녀를 핥았다. 그녀의 의식은 높은 공중을 떠가고 있었다. 그리고 한 번 더 마지막으로 소리죽여 흐느끼며 절정의 환희를 느꼈다.

주가 왼팔과 보기 흉하게 잘린 오른팔을 흔들며 몸을 일으켜, 은근히 만족한 표정을 지으며 마 옆에 누웠다. 그녀는 마에게서 보답으로 아무것도 원하지 않아서, 마는 조금 슬펐다. 주가 원한다고 해도, 지금 마는 너무 지쳐 얼굴을 돌려 입맞춤할 힘도 없었다.

잠시 후 마는 주가 일어나는 걸 희미하게 느꼈다. 주는 바지 대신 묶을 필요가 없는 긴 웃옷을 입고, 책상에 가서 왼손으로 할 수 있는 간단한 일을 연습했다. 주의 숙인 머리 뒤에서 타는 등불에 마의 눈이 부셨다. 등불에 비친 실루엣으로 보이는 주의 모습에, 마는 갑자기 참기 힘든 거리감이 주는 고통을 느꼈다. 그녀는 주에게 달려가 팔로 감싸, 실루엣으로 보이는 주를 육체를 지닌 실물로 만들고 싶었다. 하지만 주의 모습은 점점 희미해지며, 무섭고 강력한 빛 속으로 멀어져 갔다….

주가 다가와 침상에 앉았을 땐, 햇살이 비치고 있었다. 그녀의 왼팔이 마의 어깨를 따뜻하게 감싸고 있었다. "수영." 그녀가 마를 내려다보며 다정한 미소를 지었다. 마는 주가 자기를 보면 늘 기뻐하는 게 조금 놀라웠다. 자기 침상에 마가 있으면 좋아하면서도 언제나 조금 어색해하는 주를 그녀는 사랑했다. "갑옷을 입는 걸 도와줄래? 할 일이 있어."

거리에는 쌀쌀한 바람이 불고 있었지만, 초옥의 작업장은 문을 활짝 열고 있었다. 주가 안으로 들어갔다. 작업장은 매우 어두웠다. 동굴 같은 작업장에는 촛불 하나조차 없었지만, 문 옆에 쇳물을 부어 넣는 거푸집이 있어 따뜻했다. 녹인 쇠와 끈적끈적한 오래된 윤활유의 냄새가 진동했고, 알 수 없는 화학 물질들이 특이한 냄새를 풍겼다. 주는 재채기가 나는 걸 참았다.

초옥은 탁자에 구부리고 앉아, 작은 저울로 화약의 무게를 재고 있었다. 그녀가 문으로 들어오는 햇빛을 막자, 그가 화난 대나무쥐처럼 그녀를 째려보았다.

주가 말했다. "어두운 데서 오래 일하면 눈이 나빠져요. 등불을 사용하면 폭발할까 봐 걱정하는 거예요." 그녀는 갑옷 위에 오래된 회색 승복을 입고 있었다. 그녀의 오른팔이 몸 앞에 붕대로 묶여 매달려 있어, 그녀의 그림자도 기이하게 보였다. 전사도 아니고, 중도 아니다. 완전한 몸도 아니고, 완전한 불구도 아니다. 초옥은 그녀를 어떻게 볼까? 남자 또는 여자, 아니면 완전히 다른 인간?

초옥이 탁자를 밀며 일어나, 새카만 수건으로 검은 때가 묻은 손을 닦았다. "언제 오실지 생각하고 있었습니다." 그의 눈이 그녀가 차고 있는 휘어진 칼을 힐끗 쳐다봤다. 휘어진 칼은 단순히 장식용이었다. 그녀는 왼손으로 칼을 휘두를 힘과 몸의 균형을 잡을 능력이 없었다. 초옥도 그 점을 잘 알고 있었다. 그녀는 그의 무뚝뚝한 우월감이 흥미롭다고 생각했었지만, 지금은 그 우월감이 그녀의 마음에 들지 않았다. 그는 지식이 아니라, 그가 '남자'라는 이유만으로 우월감을 느끼고 있었다. 그가 말했다. "나를 죽이러 오신 것 아니지요."

그녀는 그의 자신감을 알았다. 그녀가 그를 죽이려 했다면 오래전에 그렇게 했을 걸 초옥은 잘 알고 있었다. 그녀가 그러지 않았을 이유를, 초옥은 그녀가 자기를 두려워하기 때문이라고 생각했다. 그는 그녀보다 자신이 더 강하다고 생각하고 있었다.

"내가 죽인 능력이 없어서 안 죽였다고 생각하시오?" 주가 물었다. "팔 때문일까, 아니면 당신이 알고 있는 사실 때문일까?"

"직접 말씀하시죠."

그의 눈은 냉정하게 계산하고 있었다. 그는 진우량과 승상, 오우양 장군과 그녀를 저울질하고 있었다. 그리고 주는 이미 그의 눈에 작아 보였다. 그가 그녀를 버릴 작정이라면 떠나기 전에 최대한 피해

를 주려고 시도할 걸 그녀는 알고 있었다. '나라도 그렇게 할 거다.'

주의 잘린 팔이 물시계처럼 일정하게 심장이 뛸 때마다 욱신거렸다. "나의 비밀을 알고 있어서, 나를 지배할 수 있다고 생각하죠. 하지만 그건 틀렸어."

"그게 비밀이 아닙니까?" 초옥이 의아하다는 표정을 지었다.

"아무 가치 없는 비밀이지. 그 비밀을 누구에게 말하든, 나는 계획대로 밀고 나가, 내가 원하는 걸 성취할 거요. 내가 지금까지 모든 어려움을 이겨냈는데, 왜 내 정체가 드러나는 일은 이겨낼 수 없다고 생각하시오?" 환관 장군이 그녀가 되어야 할 사람으로 그녀가 되게 했다. 이제 그녀가 무엇이고 누구란 이유로 그녀의 운명을 막을 순 없었다. 그녀가 운명을 성취하는 데 필요한 모든 게 그녀 안에 있었다.

"나는 당신이 알고 있는 비밀이 두렵지 않소." 그녀가 말했다. "다른 어떤 것도 나를 막거나 파괴할 수 없었는데, 그런 비밀이 나를 어떻게 하겠소?" 그녀가 깊은숨을 들이쉬며, 그녀의 위대한 씨앗인 하얀 불꽃을 확인했다. "나를 봐라." 그녀가 명령하자, 초옥이 턱이 저절로 복종하며 들렸다. "나를 봐라. 승리할 사람을. '모두를 지배할 사람을.'"

그녀가 주먹 쥔 왼손을 내밀고, 자기 운명을 원했다. 그녀는 세상에 살아있고 죽은 모든 존재와 연결되는 신비로운 감각을 느꼈다. 하늘 아래 있는 모든 존재와 연결되는 감각. 그 힘이 온몸을 뚫고 치솟자, 그녀는 숨이 막혀서 크게 숨을 들이켰다. 그 순간 그녀 안에 있는 밝은 불씨가 불꽃이 되었다. 불꽃이 그녀의 모든 생각과 감각을 날려버리고, 태양을 바라보는 듯한 눈부신 환희의 고통만 남겼다. 그녀는 불꽃 속에서 타고 있었다. 그녀는 자신의 빛나는 미래에 대한 믿음으로 불타올랐다. 놀랍고 황홀했다. 그녀가 손을 폈다.

빛이 퍼져 나왔다. 생각보다도 빠르게. 모든 어둠을 날려버리는 강렬한 흰 빛. 그 빛이 초옥의 작업장 모든 구석으로 퍼졌다. 초옥이 비명을 지르며 뒷걸음쳤다. 주의 손바닥에서 쏟아져 나오는 강렬한 빛이 초옥이 희미한 유령처럼 보일 때까지, 그의 몸에 있는 모든 색을 날려버렸다. 그는 처음에는 공포에 질렸다. 두 사람을 내생(來生)까지 날려 보낼 진정한 불꽃을 그가 보았기 때문이었다. 주는 황홀한 만족을 느끼면서도, 그의 두 번째 반응을 지켜보았다. 그는 그것이 진짜 불꽃이 아니라고 생각하며, 불가능한 일을 이해하려고 애쓰고 있었다.

잠시 후 초옥이 거칠게 숨 쉬며, 몸을 숙여 힘들게 저울을 집어 들었다. 그것만이 그녀가 받아낸 복종의 표시였다. 그는 패배해서 무너졌을 때도 자존심이 너무 커서, 고개를 숙일 수 없었다. 냄새나는 화약을 내려다보며, 그가 침착한 말투로 말했다. "그건 우리 역사에 기록된 천명을 받은 어느 왕조의 색도 아닙니다."

주가 흰 불꽃을 손으로 감쌌다. 다시 어두워진 공간에서 빛의 잔상이 그녀의 눈앞에서 춤췄다. 그녀의 몸이 넘치는 에너지로 떨리고 있었다. "이건 색이 아니오." 그녀가 말했다. 그녀는 미래를 약속하는 진실이 몸속에 살아있는 에너지로 울려 퍼지는 걸 느꼈다. "이건 밝은 빛이다."

주의 군대가 안펑을 떠나 여러 날 고되게 행군하여 카이펑에 도착했을 때는 해가 질 무렵이었다. 제왕들의 옥좌가 있던 건강도 카이펑보단 작았다. 거대한 검은색을 띤 카이펑이 다가올 폭풍처럼 그들 앞에 높게 솟아있었다. 그것도 내성만의 위용이었다. 주는 남쪽으로 5리 떨어진 위치에 진영을 세웠지만, 그 진영도 외성 안에 있었다. 두 성벽 사이의 거대한 전 지역과 외성 밖 10리까지도 한때는 번창했던 제국의 수도에 지은 거대한 저택들로 가득 차있었다. 하지만 그 후로 황하가 수없이 범람하며, 목조 건물들은 땅속으로 사라졌다. 이제는 황량한 늪지와 유령과 왜가리의 울음소리만 남았다.

아무도 없는 황량한 풍경처럼 보였지만, 주의 군대만 있는 게 아니었다. 원나라 군대와 속도를 경쟁하는 치열한 행군이었다. 하지만 오우양 장군의 군대가 빨랐다. 내성 동쪽에 있는 그의 진영은 하나의 도시처럼 보였다. 몽골군 진영의 횃불이 카이펑의 돌로 만든 성벽 꼭대기까지 황금색으로 밝혔다. 일렬로 늘어선 투석기가 성벽 앞에 높게 솟아있었다.

서달이 말했다. "진우량의 전갈에 따르면 환관 장군은 이달 6일에 도착했대."

"그렇다면 우리보다 나흘 먼저 도착했군." 주는 부상에서 충분히 회복했다고 생각했지만, 행군으로 몹시 지쳐있었다. 가슴에 묶어놓은 그녀의 오른팔에는 통증이 있었고, 비스듬한 자세로 말을 타고 와서 등도 아팠다. 왼팔은 언젠가 다시 쓸 수 있겠지만, 지금 당장은 팔다리를 모두 잃은 듯했다. 오른팔이 없어지자, 이상하게 오른쪽이 보이지 않는 듯한 불안한 느낌을 받았다. 그녀는 종종 자신도 모르게 무엇을 보려는 듯 오른쪽으로 몸을 틀었다. "우리가 도착하면 기회가 훨씬 줄어드는데, 지금까지 환관 장군이 공성 장비를 쓰지 않았어. 왜 그랬을까?"

"아직 투석기가 완벽히 조립되지 않았을 수 있어."

"글쎄." 주는 확신할 수 없었다. 그녀는 지친 몸속으로 들어가, 조금 떨어진 곳에 있는 인물과 연결된 희미한 울림을 찾았다. 그들의 기(氣)는 연인이 함께 나누는 호흡처럼 친밀하게 엉켜 떨리는 듯했다. 그가 그녀를 원래 모습으로 돌아가게 도와준 이후, 그들은 이전보다 더 긴밀히 연결되어 있었다.

그가 무능해서 기다리고 있다고 그녀는 생각하지 않았다. 틀림없이 다른 어떤 이유가 있었다. 그녀는 그와 싸울 때 두 사람을 지켜보던 유령들의 무리를 기억했다. 그녀가 본 이 세상 모든 사람 중에서 환관 장군만 유령이 따라다니는 유일한 사람이었다. 유령들은 누구이고, 그에게서 무얼 원하고 있나? 그리고 왜 그렇게 많은 유령이 그를 따라다닐까? 마치 마을 사람 전체가 한꺼번에 죽은 듯했다.

멀리서 주에게 승상의 말이 들렸다. '옛날 법에 따르면 반역자의 가족은 구족까지 죽인다.'

몽골의 중국인 노예 오우양 장군. 그의 유일한 기쁨은 복수인 듯했다. 그의 칼이 그녀의 몸을 꿰뚫었을 때, 그가 직접 자신에 대한

진실을 말했다. '내가 원하는 것은 누가 이기냐와는 상관없다.'

갑자기 그녀는 그가 기다리는 이유를 깨달았다.

서달이 눈썹을 찡그리며 조심스럽게 말했다. "너는 알고 있지?"

"분명히 알아. 하지만 사형은 좋아하지 않을 거야." 그녀는 자신도 모르게 등에 식은땀이 흘러내려 놀랐다. 그녀는 두렵지 않았지만, 그녀의 몸은 두려워했다. 몸은 고통을 기억하고 있었다. 없는 팔이 불에 타듯 아팠다. 그녀는 헉하고 숨이 차는 걸 참았다. "나는 오우양 장군을 꼭 다시 만나야 해."

서달이 몹시 놀랐지만, 무슨 계략이 있는지 추측하려고 애쓰고 있었다. "만난다고?"

"말만 나눌 거야! 이번에는 칼에 찔리지 않으면 좋고." 그녀는 멀리 떨어진 원나라 진영에 있는 오우양 장군의 존재를 가슴속에서 타는 화염처럼 느꼈다. 가슴속에 있는 화염이지만 엄청난 고통을 줬다. "그리고 지금 만나야 해."

"지난번엔 그를 만나지 않을 수 없었지만." 서달이 만류했다. 그의 얼굴에는 두려움과 과거의 고통이 서려있었다. "이번엔 다른 방법도 있잖아."

주가 애써 미소 지었다. "부처님 말씀을 기억해? 너의 머리 위에서 불이 타듯 살아라." 그녀는 권력에 굶주린 진우량을 좇아가면 야망을 성취할 수 없는 걸 본능적으로 알았다. 그녀가 진이 던져주는 조그만 권력보다 더 큰 걸 바란다면 그녀는 불 속으로 뛰어들어야 했다.

그녀가 서달의 어깨를 왼팔로 다정하게 껴안았다. "그는 지난번 나를 죽이지 않았어. 이번엔 어떤 일이 일어날지 모르지만…" 그녀는 자신이 옳다는 짜릿한 기쁨을 느꼈다. 예상했던 것보다도 훨씬 더 짜릿한 기쁨이었다. "모험할 가치가 있어."

주는 대치한 군영 사이 어두운 공간을 조용히 지나며, 오우양 장군은 진우량이 지닌 잔인한 상상력이 부족하다고 생각했다. '네가 나를 진정으로 쓸모없게 만들려고 했다면, 측천무후가 했던 것처럼, 나의 팔다리를 자르고 나를 술 항아리 속에 집어넣었어야 했다.' 원나라 진영 안에 들어가자, 지휘부 외곽에 깃발만 세우고 홀로 있는 그의 천막을 쉽게 찾을 수 있었다. 남들로부터 떨어지려는 그의 성격과 잘 어울렸다. 경비병조차 없었다.

둥근 몽골 천막은 겉으로 보아도 커 보였지만, 안에 들어가면 엄청나게 컸다. 어쩌면 빈 곳이 많아 그런 인상을 줄 수 있었다. 게르 가운데 놓인 커다란 불 외에도 화로가 워낙 많아 약간 더웠다. 푹신한 양털 바닥 위에 여러 겹의 짐승 가죽을 놓은 오우양 장군의 생활 공간은 안평에 있는 주의 방처럼 실용적이었다. 두 벌의 갑옷이 받침대에 걸쳐있었다. 그 옆에 빈 받침대에 있었을 갑옷은 그가 지금 입고 있는 듯했다. 직사각형 상자들에 활과 화살이 담겨 있었다. 옷장이 하나 있었고, 작은 도구들과 다양한 가죽 조각들은 갑옷을 보수하는 데 쓰는 듯했다. 휘갈겨 쓴 몽골어가 적힌 종이들이 활처럼 휘어진 다리가 있는 낮은 탁자를 덮고 있었다. 종이를 무거운 문진처럼 투구가 누르고 있었다. 세숫대가 양털 이불로 덮인 조촐한 침상 옆에 있었다. 생활 공간에 물건이 워낙 적었지만, 그의 정신세계를 보여주어 주는 상당히 놀랐다.

밖에서 유령들이 중얼거리는 소리가 들리자, 주는 그를 만날 마음의 준비를 했다. 문이 열리고, 투구를 쓰지 않고 칼집에 든 칼을 손에 든 오우양 장군이 들어왔다. 그는 그녀를 보고, 전혀 움직이지 않고 가만히 서있었다. 두 사람을 잇는 줄이 주의 머릿속에 강하게 울렸다. 그녀는 오우양을 만나기 전에 오른팔을 묶었던 끈을 풀었다. 그녀가 천천히 양팔을 벌렸다. 그녀의 왼손에는 아무것도 들려있지 않았다. 오른팔이 뭉뚝하게 끝난 부위엔 붕대가 감겨있었다. 그가 그녀를 보게 했다. 그가 한 짓을 똑똑히 보게 했다.

한동안 그들은 그런 자세로 가만히 서있었다. 다음 순간 그녀는 천막 벽으로 밀렸다. 오우양 장군의 금속 못을 박은 가죽 손목 보호대가 그녀의 목을 조였다. 그녀는 숨이 막혀 발길질했다. 오우양은 작은 체구에도 불구하고 상상을 초월하게 강한 팔 힘을 갖고 있었다. 두 사람의 몸무게가 합치자, 천막의 천이 밖으로 휘었다. 그가 몸을 가까이 붙이고 그녀의 귀에 조용히 말했다. "한 손을 잃는 것으로 충분치 않았나?"

그가 그녀를 풀어줬다. 그녀는 쓰러지면서, 본능적으로 이제는 없는 팔로 균형 잡으려 했다. 그녀는 비명을 참으며 턱부터 바닥에 쓰러졌다. 세상이 붉게 번쩍였다. 그녀는 간신히 몸을 비틀며 숨을 쉴 수 있었다. 고통은 다른 모든 걸 중요치 않게 만든다. 그녀는 오우양 장군이 그녀를 밟고 서있는 걸 희미하게 느낄 수 있었다. 그의 칼끝이 그녀의 뺨을 찔렀다.

"마음대로 하시오." 그녀가 간신히 말했다. "나를 파멸시키려면 그보단 좀 더 심한 걸 해야 할 거요."

그가 그녀 머리 옆으로 몸을 수그렸다. 그의 갑옷이 삐걱거리는 소리를 냈다. "네가 아직도 군대에 있다는 게 놀랍다는 건 인정한다. 너의 병사들은 장애인을 따라 전쟁터에 나오다니 참으로 한심하군." 그의 악의 찬 표정 밑에 다른 감정도 있었다. '부러움'이었다. 주는 그가 회초리를 휘두르며, 태연하게 징집병을 잔인한 죽음으로 몰아넣었던 걸 기억했다. 그의 병사들은 그를 증오했고, 그는 병사들을 경멸했다. 그는 어쩔 수 없어 공포감을 이용해 병사들을 지휘했다.

그는 그녀의 투구 가장자리를 잡아, 서로 눈을 마주 보게 그녀의 얼굴을 들어 올렸다. 그녀는 심한 고통을 느꼈지만, 그의 미모에 또다시 놀랐다. 그녀의 생각을 꿰뚫어 보듯, 그가 조용히 말했다. "바퀴벌레처럼 못생겨서 바퀴벌레처럼 생명이 질긴 게 분명하군. 하지만 아무도 되돌릴 수 없는 것들이 있지. 하나씩 우리가 시험해 볼까?"

그녀가 숨을 헐떡이며 더듬거리며 말했다. "먼저 내 제안을 들어보시겠소? 내가 온 이유가 틀림없이 궁금하실 텐데."

"내가 원하는 또 다른 걸 네가 갖고 있나? 너를 죽일 기회를 벌써 내게 줬는데."

'기회를 잡을 기회.' 오른팔에 참기 힘든 고통이 퍼졌다. 그의 칼날이 사라지고 없는 오른팔을 다시 뼈까지 자르는 듯 아팠다. 그 고통은 영원히 사라지지 않을 듯했다. "증원군이 오기로 되어있어 아직 공격하지 않고 있죠. 하지만 처음부터 카이펑이 함락하도록 방관한 걸 보면 증원군은 카이펑 탈환 말고 다른 목적이 있는 게 분명하고요." 그녀가 그의 어깨 뒤에 잔뜩 모여 있는 유령들을 보았다. 유령들도 그녀를 보고 있었지만, 이제는 유령들이 두렵지 않았다. 그들은 연극이 시작하는 걸 보려고 모인 관객처럼 중얼거리며 천막 안에 빼곡히 모여있었다. 오우양은 유령들의 존재를 모르면서도 알고 있었다. 유령들이 그의 존재 자체였기 때문이다. 그가 지금까지 해온 모든 일은 유령들을 위한 거였다. 그는 죽인 자들에 둘러싸인, 자기가 만든 보이지 않는 감옥에 갇힌 사람이었다. 그녀가 말했다. "그리고 증원군이 오는 목적은 홍건군과 아무 상관도 없죠."

그가 그녀의 눈길에 강제로 끌리듯 뒤를 돌아보았다. 그는 허공을 쳐다보며 무서운 웃음을 지었다. "무얼 보고 있냐? 무엇이 너에게 나에 관해 말하고 있냐?" 그가 그녀의 투구를 놓아주고, 믿을 수 없다는 표정을 지으며 일어섰다. "하긴 그 말은 사실이다. 증원군이 오고 있다. 내일 아침이면 이곳에 도착한다. 증원군이 너를 잘 처리해 줄 거다. 너와 너의 한심하게 작은 군대가 시간에 맞춰 내 앞에 나타났으니."

"우리 두 사람의 목표가 같다고 말한다면 어떻게 하겠소? 내가 승상과 소명왕을 도시에서 구해내는 데 도움을 주면 나는 군대를 철수하고 장군의 계획을 방해하지 않겠소."

그가 그녀를 찬찬히 훑어봤다. "너도 내가 너를 얼마나 싫어하는지 잘 알 텐데. 내가 너를 죽이고 싶다고 말했는데도, 내 말을 이해하지 못하나?"

"하지만 내게 품은 원한보다 더 중요한 게 있죠. 그렇지 않나요?" 그녀가 신음을 간신히 참으며 일어나, 갑옷 속에서 비둘기가 보낸 전령을 꺼내 그에게 주었다. 그가 전령을 받으려 하지 않자, 그녀가 말했다. "읽지 못하나요? 한자로 써있어서."

"당연히 한자를 읽을 줄 안다." 비에 젖은 고양이처럼 불쾌해진 그가 말했다.

"전령을 읽으면서 동시에 내게 칼을 겨눌 수는 없을 텐데요." 주가 말했다. "한 손으로 할 수 없는 일은 내가 잘 알죠."

오우양은 그녀를 날카롭게 쏘아보고, 칼을 칼집에 넣고, 두루마리 편지를 받았다.

"그건 진우량이 보낸 거요." 주가 설명했다. "이 전령을 승상에게 전해줄 수 있다면 승상도 진우량이 배신하려는 걸 알게 될 거요. 그러면 승상은 스스로 카이펑에서 빠져나와 내게로 올 거요. 승상과 소명왕이 내게 오면 나는 철군하겠소. 그러면 나와 싸우느라고 병사를 소모할 필요가 없게 될 거요."

"만약 승상이 전령을 받고 스스로 일을 처리하려고 한다면? 증원군이 도착하면 내게도 선택의 여지가 없다. 네가 원하는 걸 얻든 말든, 네가 철군하지 않는다면 나는 공격할 수밖에 없다."

"그건 내가 감당할 위험이오."

"너의 승상은 이런 충성을 받다니 정말 운이 좋군." 그의 아름다운 얼굴에 비웃음과 불쾌감이 드러났다.

"충성?" 주가 그의 눈을 똑바로 바라보며 미소 지었다. "그건 아니오, 장군."

잠시 후 그가 말했다. "그렇군. 나 역시 충성심은 없지. 내가 최근 한 거래에 비교하면 이건 아무것도 아니다. 유복통에게 이 편지를 보내달라면 한 가지 방법이 있다. 어쩌면 네 마음에 안 들 텐데."

"듣고 있소."

"도시 성벽 위로 보이는 탑이 천문대의 꼭대기다. 지난 사흘 동안 아침이면 너의 승상이 그곳에 올라 내 진영을 살펴봤다. 내일 아침 그가 탑에 올라, 진우량이 보낸 편지를 보게 할 수 있다. 그거면 충분하냐?"

주가 신중하게 말했다. "그러면 누군가 천문대 탑 꼭대기로 화살을 쏘아야겠군요. 어둠 속에서. 그리고 도시 밖에서. 나는 전령이 한 통밖에 없소."

"나는 그걸 할 수 있는 몽골 장군이란 걸 믿어라." 오우양 장군이 비웃듯 말했다.

오우양이 실패하면 화살은 도시 안 다른 곳에 떨어진다. 진우량이 화살을 보게 되면 주가 어느 편을 선택했는지 알게 된다. 주는 오우양 장군과 성벽 반대편에 진을 치고 있었다. 승상이 나오지 않으면 진우량이 그녀를 죽이게 된다. 그녀가 자기 몸 안에 있는 흰빛이 약속하는 모든 걸 성취하려면 이번 기회에 전부를 걸어야 했다. 진우량을 처치하거나 아니면 모든 걸 잃을 단 한 번의 기회였다.

그녀는 과거와 달리 이제는 아무것도 두렵지 않았다. 그대로 상당히 위험한 도박이었다. 앞날을 생각하자, 피부에 소름이 돋았다. "그렇게 하시오."

"나도 네가 터무니없이 무모하다는 건 잘 알고 있다. 하지만 너를 거의 죽였던 사람에게 너의 목숨을 건 도박을 맡기려는 거냐?"

"장군은 사실 나를 죽이지 않았소." 주가 그의 말을 바로잡았다. "장군은 나를 풀어주었소." 주는 오우양이 그녀를 똑바로 볼 수 있도록 다가갔다. 그가 준 고통에도 불구하고, 그녀는 그를 미워하지 않았다. 그녀는 그를 동정하지도 않았다. 그녀는 단지 그를 이해했다. "지난번 만났을 때, 장군은 내가 장군이 장군의 운명으로 가게 했다고 말했죠. 그리고 장군은 내가 내 운명의 길로 가게 하겠다고 말했소. 장군이 장군의 운명을 아는 것처럼, 나도 나의 운명을 알고 있소. 장군은 그때 내게 나의 운명을 주지 않았소. 그때는 나의 운명의 때가 아니었기 때문이죠. 지금이 내 운명의 때요. 그러니 그렇게 해주시오."

'운명.' 그 말에 충격을 받은 듯, 그의 얼굴이 일그러졌다. 그의 운명이 정확히 무엇인지 모르지만, 그가 그 운명을 원치 않는 걸 주는 알고 있었다. 하지만 지금까지 몰랐던 진실을 알고, 그녀는 놀랐다. 그가 얼마나 절실하게 그의 운명을 피하고 싶은지, 그 운명을 얼마나 두려워하고 증오하는지. 그런데도 그는 똑같이 절실한 마음으로 그의 운명을 원하고 있었다.

주는 순식간에 삶이 꺼져 움직이지 않고 누워있던 오빠 주중팔을 생각했다. 주중팔도 그의 운명을 원치 않았다. 그는 그저 포기했을 뿐이다. 주의 눈이 오우양 장군 어깨 너머 떠있는 유령들의 노려보고 있는 눈길과 마주쳤다. 전에는 그녀는 왜 유령들이 그에게 달라붙는지 궁금했다. 하지만 정반대가 사실이었다. 그가 유령들에게 달라붙고 있었다. 그게 그의 비극이었다. 무서운 운명을 갖고 태어나서가 아니라, 그 운명을 흘려보낼 수 없어서.

바로 그 순간 그녀는 그를 동정했다.

그녀의 감정을 알 듯, 그가 머리를 획 돌렸다. 그가 직사각형 상자에 가서 활을 골랐다. 그리고 화살 하나도. 그가 게르를 나서며, 아플 정도로 딱딱하게 말했다. "너의 운명을 알고 싶다면, 여기서 기다려라."

그는 오랫동안 돌아오지 않았다. 허난성 제후에게 가서 진우량의 편지를 보여주거나 그 어떤 것도 할 수 있는 오랜 시간 동안. 어쩌면 그는 처음부터 화살을 쏠 생각이 없을 수도 있었다. 주는 생각하면 할수록, 그의 의도를 알 수 없었다. 병영 외곽을 순찰하는 경비병이 시간을 알렸다. 주는 현기증을 느꼈다.

그때 문이 활짝 열리자, 주가 벌떡 일어났다. "잘됐다." 오우양 장군이 짧게 말했다. 그가 그녀를 죽일 듯 노려보았다. 그의 운명과 그 운명이 가져올 끔찍한 고통 중 일부를 그녀 탓으로 돌리는 게 분명했다. "너의 승상이 나오건 말건, 내일 정오까지 네가 물러날 시간을 주겠다. 그 이후에도 여기 남아있으면 모든 일을 각오해라. '이제 나의 게르에서 썩 꺼져.'"

주는 승상과 소명왕을 기다리는 군대 앞에 말을 타고 있었다. 그녀는 휘어진 칼을 차고 있었지만, 칼은 순전히 겉모습이었다. 열심히 연습했지만, 한 번의 매끈한 동작으로 칼을 칼집에서 뺄 수도 없었다. '내가 다시 한심한 중이 된 듯하군.' 그녀는 부하들이 그녀가 사실 힘이 없는 걸 알고 있는지 알 수 없었다. 승상과 소명왕을 만나는 이 모든 행사도 순전히 겉모습이었다. 천명 자체도 겉모습이듯. 소명왕의 천명 덕분에 거대한 군대가 일어났지만, 결국 모든 건 소명왕이 새 시대를 열 거란 믿음 때문이었다. 그런 믿음이 없다면 그녀 자신의 천명도 단지 빛에 불과했다.

'아직은.'

그녀의 빛이 새로운 믿음이 되려면 이번 만남을 통해 그걸 보여줘야 했다. 그런 이유로 이번 만남은 단순한 겉모습이었지만 동시에 삶과 죽음의 문제였다.

옅은 안개가 평야 위를 회오리치며 흘러갔다. 안개가 멀리 떨어진 성벽을 타고 올라가며, 하늘 위로 기하학적 모양을 만들었다. 주는 하늘에 사는 옥황상제의 성곽을 잠시 보는 듯했다. 카이펑의 유명한 철탑과 천문대 탑. 하늘 위 성곽과 하늘 아래 성곽은 모두 완벽하게 조용했다.

황하(黃河)에서 산들바람이 불어와 안개가 옅어졌다. 주의 장교들이 창백하지만 결연한 눈길로 안개를 뚫고 원나라 진영을 바라보고 있었다. 이 순간 모든 게 주에 대한 그들의 믿음에 달려있었다. 하지만 그녀 자신의 믿음도 수많은 위험한 불확실성에 달려있었다. 오우양 장군이 자기가 말한 대로 했을까? 그가 불가능에 가까운 표적으로 정확히 화살을 쏘았을까? 승상이 두루마리 전령을 보았을까? 그렇다면 승상은 어떻게 반응할까?

'그들이 나를 조금만 더 믿어주면 된다.'

다급한 낮은 목소리가 들렸다. "주 지휘관님…!"

안개가 걷히면서 사방을 볼 수 있었다. 동쪽으로 예상대로 활발하게 움직이는 원나라 진영이 보였다. 서쪽으론….

처음에는 겨울 숲에 수직으로 솟은 나무들로 보였다. 하지만 나무들의 숲이 아니었다. '돛대들의 숲'이었다. 밤새 거대한 수군이 황하를 거슬러 올라와, 군사들이 배에서 내리고 있었다.

"알고 있다." 주가 말했다. "원나라가 양저우의 장씨 가문에 원군을 요청했다."

주는 병사들이 당황하는 표정을 보았다. 그들도 돛대들의 의미를 알고 있었다. 그들은 동쪽으론 환관 장군과 서쪽으론 장씨 가문의 군대 사이에 끼어 있었다. 병사들은 이제 진우량이 절대 군사를 성 밖으로 내보내지 않을 걸 잘 알고 있었다. 진과 승상은 성곽 안에 웅크리고, 여름이 되어 포위가 풀릴 때까지 버티려고 할 거였다. 그들은 성 밖에 있는 주의 군대가 몰살되는 광경을 지켜보기만 할 거였다.

그녀가 마음속으로 간절히 바랐다. '나를 믿어라.'

원나라 진영에서 기계 소리가 들리더니, 검은 물체가 커다란 포물선을 그리며 날아가 동쪽 성벽을 때렸다. 한동안 멀리서 들리는 천둥같이 낮게 울리는 소리가 나더니, 성벽 위로 거대한 검은 연기가 치솟았다. 돌이 아니었다. 폭탄을 발사한 거였다. 두 번째 투석기와 이어서 세 번째 투석기가 폭탄을 투척했다. 투석기가 밤하늘을 도는 별들처럼 반원을 그렸다. 주는 폭탄이 하나씩 터질 때마다 폭음이 배 속까지 울리는 걸 느낄 수 있었다. 그녀는 도시 안에서 진과 승상 사이에 어떤 일이 일어나고 있는지 추측하려고 했다. 이제 모든 게 바뀌었는데, 누가 누구를 배신하는 것으로 끝날까?

폭발로 나온 불빛이 병사들의 얼굴을 붉게 물들였다. "기다려라." 그녀가 명령했다. 다루기 힘든 말을 제어하는 듯했다. 그녀가 그들을 통제하기 힘들어지고 있었다. 그들 중 단 한 명만 대열에서 벗어나 도망치면 다른 모두가 따라 할 거였다.

하늘에는 구름 한 점 없었다. 아침 안개가 걷히자, 오우양 장군의 군대가 진영에서 나와 평원 반대편 끝에 집결하기 시작했다. 기마병들이 양쪽 날개로 진을 펼쳤다. '나는 너에게 정오까지 시간을 주겠다.' 그의 말이 기억났다. 아침도 절반이 지났지만, 카이펑에서는 아무도 나오지 않았다. 주는 오우양의 군대가 움직임이 전혀 없는 단단하고 빈틈없는 진을 치는 걸 무기력하게 지켜보았다. '기다리고 있다.' 푸른 깃발만이 그들 위로 휘날렸다. 군대가 전혀 움직이지 않자, 물시계에서 물방울 떨어지는 소리도 들릴 듯했다. 천천히 물방울 하나가 맺혀 떨어지면 다음 물방울이 맺힐 때까지 긴장된 정적이 흐르는 듯이.

그 정적 속으로 북소리가 울렸다. 심장 박동 같은 하나의 북소리. 그리고 다른 북이 리듬을 맞추면 또 다른 북이 소리를 냈다. 서쪽에서 응답하는 북소리가 들렸다. 원나라 군대와 장 장군의 군대가 통신을 주고받고 있었다. 그들은 준비하고 있었다.

서달이 주에게 말을 달려왔다. 모든 장교의 머리가 두 사람의 행동을 지켜보려고 돌아갔다. 초옥의 머리가 가장 빠르게 돌았다. 그에게 천명의 빛을 보여주며, 그가 그녀를 따르게 신념을 주었다. 하지만 그건 안전한 안평에서 있었던 일이었다. 그녀는 야오 강 전투에서 그가 도망쳤던 걸 기억했다. 삶과 죽임이란 현실적인 문제에서, 그는 지휘력과 수적 우세를 믿었다. 그녀에 대한 그의 믿음이 한 가닥 실낱에 매달린 듯한 걸 그녀는 느낄 수 있었다.

서달이 낮고 긴박하게 말했다. "벌써 정오가 다가오고 있어. 우리는 철수해야 해." 그녀는 가슴을 강하게 때리는 듯한 통증을 느꼈다. 그도 의심하고 있었다.

그녀는 서달 뒤로 멀리 떨어져 있는 몽골군을 보았다. 병사 개개인을 알아보기에는 너무 멀었다. 진영 맨 앞 중앙에서 반짝이는 한 점이 오우양 장군일까?

아직도 카이펑에서는 아무런 움직임도 없었다.

북소리가 열광적인 장단에 맞춰 울려 퍼졌다. 점점 빨라지는 북소리를 들으며, 그들은 저절로 이를 악물게 됐다. 어느 한순간 북소리에 맞춰, 장과 오우양의 군대가 주의 군대를 동시에 덮칠 수 있었다. 그러면 그녀의 군대는 전멸한다. 하지만 주는 전에도 전멸할 위기를 경험한 적이 있었다. 그녀는 평생 그걸 두려워하며 살았다. 하지만 그녀는 언제나 그 위기를 넘기고 살아남았다.

그녀가 시달을 보며, 억지로 미소를 지었다. "내 운명을 믿어, 사형. 내 이름을 모두가 알기 전에, 나는 여기서 죽지 않아. 나는 두렵지 않아."

하지만 서달은 두려워하고 있었다. 그녀는 모든 걸 곧 잃은 듯한데 버텨달라고 부탁하고 있었다. 그녀는 그의 사랑과 신뢰에 엄청난 부담을 주고 있었다. 어린 시절을 함께 보냈고 오랫동안 우정을 나누었지만, 그녀는 그가 어떤 선택을 할지 몰랐다. 그의 목에 힘줄이 불뚝 솟았다. 그녀의 심장이 철렁 내려앉았다. 잠시 후 그가 조용히 말했다. "평범한 사람에게 단지 운명을 믿어달라고 요구하는 건 무리야. 하지만 나는 너를 믿어."

그녀가 줄지어 선 병사들 앞으로 말을 몰자, 그도 그녀를 따랐다. 병사들이 창백한 표정으로 그녀를 바라보았다. 그녀는 모든 병사와 눈을 마주쳤다. 그녀는 그들이 그녀의 신념을 믿도록 했다. 그녀의 운명과 빛나는 미래에 대해 흔들림 없는 찬란한 신념을. 그녀가 말하기 시작하자, 그녀의 신념이 그들에게 전달되어 그들도 자신감을 찾고 있었다. 그들은 그녀가 필요한 군대가 되고 있었다. 그녀가 원하는 군대가.

그녀가 말했다. "기다려라. '기다려라.'"

계속해서 천둥처럼 울리는 북소리가 이제는 참기 힘들어졌다. 그때 다음 움직임이 시작됐다. 양쪽 군대가 하나로 합치고 있었다. 서쪽으로부터 보병이, 동쪽으로부터 기병이 움직였다. 주는 그 광경을 보며, 신비로운 정적의 성벽이 몸속으로 내려오는 걸 느꼈다. 그것은 순수한 믿음으로 지은 성벽이었다. 그녀는 닥쳐오는 공포를 막아줄 믿음의 성벽을 굳게 지키기 위해 온 힘을 쓰고 있었다. 오우양 장군의 기병대가 전진하면서 대형을 넓혀, 지평선을 가득 메운 말과 병사들이 빈틈없이 나란히 달려왔다. 그들 위로 하늘을 가득 메우고 펄럭이는 깃발 아래로 창과 칼이 빛났다. 기병들이 끝없이 이어지는 파도가 출렁이는 검은 바다처럼 그들을 향해 덮쳐 오고 있었다. 멀리서도 그 소리를 들을 수 있었다. 사람과 짐승이 우렁차게 외치는 포효가 북소리와 함께 들려왔다.

주는 눈을 감고 소리를 들었다. 그 순간 그녀는 세상을 듣는 게 아니라, 느끼고 있었다. 보이지 않지만 서로 연결된 끈이 힘차게 떨리며, 서로의 운명을 끌어당기고 있었다. 그들에게 주어지고 받아들인 운명. 아니면 스스로 원해서 선택한 운명.

그리고 그녀는 세상의 소리가 바뀌는 순간을 느꼈다.

그녀가 두 눈을 떴다. 동쪽에서 울리던 북소리가 장단을 바꾸자, 서쪽에서 울리던 북소리도 바꿨다. 장의 군대가 방향을 트는 제비처럼 커다란 원을 그리며 돌고 있었다. 그들은 주와 부딪치려고 오던 방향을 바꿔, 카이펑의 서쪽 성벽으로 달려가 굴뚝으로 연기가 빠져나가듯 성벽에 생긴 틈으로 사라졌다.

그리고 도시의 남쪽 문이 열리며, 말을 탄 한 명의 인물이 평야를 가로질러 그들에게 달려왔다. 주의 병사들이 놀라서 소리를 질렀다. 감정의 작은 구멍이 주의 평온한 마음에 구멍을 뚫었다. 작지만 아픈 구멍이었다. 미래의 잠재력을 보여주는 구멍이어서.

'희망.'

카이펑에서 나온 인물이 다가오는 동안에도, 오우양 장군의 군대는 아직도 그들을 향해 달려오고 있었다. 양쪽 군대의 거리가 좁혀지자, 주는 선두 중앙에 검은색 말을 탄 인물을 희미하게 볼 수 있었다. 검은 바다에서 빛나는 진주 같았다. 거울처럼 잘 닦은 갑옷에서 눈부신 광채가 번쩍였다. 고리 모양으로 땋은 머리카락을 투구 밑으로 휘날리며, 칼을 높이 뽑아 든 오우양의 모습을 그려볼 수 있었다.

그녀는 누가 먼저 도착할지 알 수 없었다. 그녀는 자신도 모르게 마음의 평온을 잃었다. 이제 그녀도 누가 먼저 도착할지 가슴 두근거리며 지켜보는 티끌 같았다. 카이펑에서 나온 말 탄 인물이 조금씩 가까이 다가오자, 그녀도 언제 마지막으로 숨을 쉬었는지 기억할 수 없었다. 마침내 말 탄 인물이 누군지 알아볼 수 있게 가까이 다가왔다. 두 명의 인물이었다. 안도감과 함께 참았던 숨이 터져 나왔다.

서달이 전속력으로 달려 나가, 흰 거품을 뱉고 있는 승상의 말 옆으로 다가가, 소명왕을 잡아들었다. 주는 서달이 승상에게 외치는 소리를 들었다. "바로 뒤에 있습니다! 계속 달리세요!"

오우양 장군의 군대가 곧 덮치려는 파도처럼 그들 앞에 웅장한 모습을 드러냈다. 주는 무릎으로 말머리를 돌리며, 그의 아름답지만 차가운 얼굴을 언뜻 보았다. 두 사람 사이의 연결 끈이 날카롭게 울렸다. 같은 부류의 두 물체가 연결되듯, 그녀와 환관 장군은 서로 연결되어 있었다. 그리고 두 사람이 아무리 멀리 떨어져 있어도, 세

상은 언젠가 두 사람이 다시 만나게 할 걸 그녀는 알고 있었다. '같은 부류는 서로 만난다.'

어떤 상황에서 다시 만날지 그녀는 몰랐다. 오우양 장군이 두려워하면서도 원하는 운명이 그 무엇이든, 그가 갈 길은 아직 멀기에 그들은 다시 만나야 했다.

'안녕.' 그녀는 오우양 장군이 그녀의 작은 인사를 듣기라도 하듯 마음속으로 말했다. '당분간.'

그녀가 병사들을 향해 돌아서며 외쳤다. "후퇴하라!"

주는 병사들을 두 시간 동안 세게 몰아붙인 후 멈추게 했다. 오우양 장군은 추격하지 않았다. 만약 그가 추격했다면 뒤에 처진 보병부대는 쉽게 처치할 수 있었을 거였다. 그가 해야 할 더 중요한 일이 있던 게 분명하지만, 그래도 그녀는 마음속으로 작은 감사를 보냈다.

그녀가 엉거주춤 말에서 내려 서달에게 갔다. 그는 소명왕을 말에서 내려놓았다. 서달이 얼굴을 붉히고 있었다. 마치 무릎이 거꾸로 휜 듯한 표정이었다. 주는 그 의미를 잘 알고 있었다. 소명왕이 무언가 불편한 느낌을 준 거였다. 카이펑 안팎에서 수많이 일이 있었지만, 소명왕은 언제나 똑같은 우아한 미소를 짓고 있었다.

승상 유복통이 지쳐서 질뚝거리며 다가왔다. 그의 옷은 더럽고 흐트러졌고, 흰 머리카락은 위로 묶은 끈에서 빠져나와서 엉망이었다. 주가 마지막으로 본 이후로, 그는 10년은 더 늙은 듯했다. 그녀가 생각했다. '아마 나도 그 정도 늙었을 거다.' "승상께 문안드립니다." 그녀가 말했다.

"주 지휘관! 자네 덕분에 반역자 진우량에게서 무사히 빠져나왔네." 승상은 진의 이름이 더럽다는 듯 입에서 뱉어냈다. "그놈이 수많은 배를 바라보는 순간, 그놈의 의도를 알았지. 바로 그 순간 그놈이 나를 배신하려고 했어. 놈이 소명왕을 빼앗아 도망치려고 했지! 하지만 내가 그놈을 이겼어." 그가 목에 걸린 가시를 뱉어내듯 웃었다. "내가 직접 문을 열어줬지. 더러운 개통 같은 배신자가 죽도록. 야만인들이 그놈을 고통스럽게 죽여서, 그놈이 지옥에서 고생하다가 내생에서도 영원히 고생하길 바라!"

주는 적군이 몰려드는 카이펑에 혼자 남은 걸 알게 된 진우량의 표정을 그려보았다. 그녀가 말했다. "놈이 매우 놀랐겠습니다."

"하지만 자네, 자네는 언제나 충성스러워." 승상의 눈길이 주의 오른팔로 향했다. "다른 지휘관들은 충성과 희생의 의미를 몰라. 하지만 자네는 자신을 희생하며 환관 장군과 싸워, 우리가 카이펑을 점령하게 했지. 그리고 자네는 지금도 나를 기다렸다가 보필하고 있어. 오, 주중팔, 자네의 충성을 어떻게 보답해야 하나?"

주는 눈물을 찔끔거리며 승상의 눈을 보며, 그의 모든 걸 이해하고 싶은 이상한 충동을 느꼈다. 그녀는 파랗게 질린 그의 입술과 종이처럼 창백한 늙은 피부를 보았다. 흰 털이 듬성듬성 난 턱과 노랗게 갈라진 손톱도 보았다. 그녀가 그를 걱정해서 그런 건 아니었다. 욕망이 컸던 다른 사람을 알고 싶은 반사적인 행동이었다.

그는 욕망 때문에 그토록 많은 고통을 사람들에게 주었지만, 마지막엔 그의 욕망은 터무니없이 무너져내렸다. 그는 알지도 못한 채 욕망을 놓쳤다.

그녀가 손목에서 단도를 꺼냈다. 그녀의 왼손은 전쟁터에선 쓸모없었지만, 단칼에 승상의 목을 베는 덴 적격이었다.

승상이 놀라서 그녀를 쳐다봤다. 그의 입이 알 수 없는 말을 하려고 했지만, 자주색 피가 거품을 일며 입에서 흘러내려 목에서 솟아나는 피와 뒤섞였다.

주가 차분히 말했다. "유복통, 너는 내가 누군지 보지 못했다. 네가 본 건 네가 보고 싶은 것뿐이었다. 네가 원하는 게 무엇이든, 고통을 감수하며 하는 쓸모 있는 작은 중으로만 나를 보았지. 사람들이 만세를 거쳐 다스려달라고 외칠 이름은 너의 이름이 아니란 걸 너는 몰랐다." 승상이 얼굴을 흙에 처박으며 쓰러지자, 그녀가 말했다. "그건 내 이름이다."

22

카이펑

　　오우양은 군대를 이끌고 카이펑으로 천천히 돌아갔다. 짙은 검은 연기가 도시를 뒤덮고 있었다. 문들이 마지못해 초대하듯 활짝 열려있었다. 정오가 지날 무렵, 오우양은 젊은 중이 실패했다고 확신했다. 어쩌면 당연한 일이었다. 그가 도와주긴 했지만, 그런 계획이 성공할 확률이 얼마나 되겠나? 그런데 계획이 성공했다. 하늘이 기적같이 신비롭게 중의 운명을 도와준 거로 생각할 수밖에 없었다.

　　전령이 급히 달려왔다. "장군! 장 장군이 카이펑을 점령했습니다. 그런데 반군 지도자 진우량이 북문을 통해 탈출해, 수백 명의 병사와 함께 달아나고 있습니다. 장 장군께서 추격할지 여쭙고 있습니다."

　　오우양은 갑자기 모든 일에 관심을 잃었다. 성년이 된 후 평생 반군과 싸워왔는데, 순식간에 모든 일에 관심을 잃는 게 이상했다. "그럴 필요 없다. 장군께 먼저 도시에 남은 잔당을 처치하고, 치안을 확보하라고 말씀드려라."

　　얼마 후 오우양이 중앙 남문을 지키는 장 장군의 병사들을 지나

도시로 입성했다. 잔당 처리 작전은 상당히 진전되어 있었다. 장 장군은 치명상을 입고 죽어가는 반군들을 쓰러진 그 자리에서 죽이며 전진하는 병사들을 지휘하고 있었다.

"예상보다 쉬웠습니다." 장이 웃으며 말했다. "서문이 내부에서 열린 것을 알고 계십니까?"

"어젯밤 반군 지휘관 중 한 명과 대화를 잠시 나눴는데, 계획대로 일이 진행될 줄은 몰랐소."

장이 웃었다. "밖에 있던 군대를 지휘하던 외팔이 중이요? 어떻게 그가 성 내부 상황을 바꿨습니까?"

오우양이 차갑게 대답했다. "하늘이 그에게 미소 짓고 있소."

"아, 그래요. 기도와 덕행으로 운을 얻었나 보군요. 하지만 진짜 중은 아니지요?"

"진짜 중입니다. 내가 그의 절을 불태웠습니다."

"하! 세월이 흐르면 그와 힘을 합칠 수도 있다는 생각이 드는군요. 언제 사람이 필요할지 알 수 없는 법이죠. 장 부인에게 앞으로 그를 눈여겨보라고 말씀드려야겠습니다. 우리가 여기 오지 않았다면 장군께서 카이펑에 있는 반군과 싸울 때, 그가 측면 공격을 할 수 있었겠습니다. 그랬다면 장군께서 상당히 힘드셨겠소."

"그래서 장군께서 여기 오신 걸 특별히 감사드리오." 오우양은 웃으려고 했지만, 웃음이 나오지 않았다. "그리고 저는 아직도 장군이 필요합니다." 그가 말을 앞으로 몰았다. "갑시다. 제후가 기다리게 해선 안 되죠."

카이펑에 임명된 원나라 관리는 도시 안에 자체 방어용 성벽으로 둘러싸인 오래된 궁전을 거의 사용하지 않았다. 반면, 역사적인 왕좌를 되찾았다는 상징에 집착한 반군들은 그 폐허가 된 궁전만 쓰고 있었다. '과거로 되돌아갈 수 없다.' 오우양은 속으로 비웃었다. 그는 그걸 누구보다도 잘 알고 있었다.

수백 년 동안 황제들만 사용할 수 있었던 붉게 옻칠한 궁전 문은 부러진 날개처럼 경첩에 간신히 매달려 있었다. 오우양과 장은 말을 타고, 한때는 매우 아름다웠을 정원의 검게 탄 흙을 내려다보았다. 정원이 끝나자, 하늘에 떠 있듯 대리석 계단 위 황제의 높은 전각이 나타났다. 전각은 마지막으로 사용한 지 백 년이 지났지만 우윳빛 표면에 윤기가 흘렀고, 휘어진 지붕은 검은 옥처럼 반짝였다. 그 아래 빛나는 흰 계단 위에 허난성 제후가 서있었다. 거대한 전각 앞에 선 그는 작아 보였다. 에선의 얼굴은 승리감에 도취해 불그스름했다. 따뜻한 봄바람이 그의 흩어진 머리카락을 깃발처럼 옆으로 날리고 있었다. 그의 앞으로 커다란 연병장에 허난성의 모든 군대가 정렬해 있었고, 그 뒤로 장의 군대가 정렬했다. 고대 도시 중심부에서 승리를 자축하며, 양군은 웅성거리고 있었다.

에선이 오우양이 다가오는 걸 보자마자 소리쳤다. "장군!"

오우양이 말에서 내려 계단을 올라갔다. 그가 꼭대기에 오르자,

에선이 그를 따뜻하게 껴안고, 그의 몸을 돌려 아래 모인 거대한 군대를 함께 내려다보았다. "나의 장군, 자네가 내게 준 선물을 보게. 이 도시가 우리 것이네!" 그의 기쁨이 그의 몸 밖으로 뻗어 나와 오우양의 몸속까지 전해졌다. 오우양도 에선의 기쁨에 사로잡혀 몸이 저절로 떨렸다. 그 순간 에선은 숨 막힐 듯 잘생겨 보여, 오우양은 말할 수 없이 날카로운 통증을 느꼈다. 이렇게 완벽한, 이렇게 삶에 넘치는, 이렇게 기쁨이 들뜬 사람이 있을까! 슬픔처럼 아팠다.

"자, 가세." 에선이 그를 전각으로 이끌면서 말했다. "무엇을 얻으려고 놈들이 죽음도 불사했는지 보러 가세."

그들은 함께 문턱을 넘어, 동굴처럼 어두운 거대한 행사용 전각으로 들어갔다. 그들 뒤로 그림자가 스쳐 지나갔다. 사오였다. 정문 반대편으로 뒷문들이 열리며 맑은 하늘이 드러났다. 전각 끝 낮은 계단 위, 어두침침한 그림자 사이로 옥좌가 놓여있었다.

에선이 이해할 수 없는 듯 말했다. "이게 전부야?"

홍건군이 그토록 많은 희생을 치르고 차지하려던 황제의 옥좌는 털 빠진 병든 개처럼 황금 잎이 누더기처럼 군데군데 붙은 나무 의자에 불과했다. 에선은 자기 세상과 다른 사람의 세상을 구별 짓는 중요한 가치를 직접 보고도 알지 못하는 걸, 오우양은 새롭게 깨닫고 있었다. 오우양은 그런 그를 보며 가슴 아팠다.

문에서 들어오는 빛이 흐려지며, 왕이 들어왔다. 아름답게 치장한 그의 갑옷은 온종일 사무실에 있던 것처럼 깨끗했다. 하지만 투구 밑으로 야윈 얼굴은 평소보다 더 우울해 보였다.

오우양의 생각을 읽은 듯, 왕 바오싱이 형에게 날카롭게 말했다.

"한 문장도 제대로 말하지 않았는데, 형이 얼마나 무식한지 잘 보여주고 있군. 그들의 상상 속에서 이 도시가 차지하는 의미를 정말 이해할 수 없어? 노력이라도 해봐! 최전성기 때 이 도시를 상상하려고 노력해 봐. 제국의 수도. 문명의 수도. 백만 명이 살던 도시. 하늘 아래 가장 강성했던 도시. 대량, 판주, 동경, 카이펑. 이름은 여러 번 바뀌었지만, 수천 년을 버텨온 성벽 안으로 온 세상의 예술과 지식과 경제가 모였던 경이로운 도시를."

"하지만 그들도 우리 군대를 막지 못했어." 에선이 말했다.

뒤로 열린 문들을 통해, 아주 멀리 떨어진 무너진 외성의 북쪽 가장자리가 어렴풋이 보인다고 오우양은 생각했다. 외성은 너무 멀리 있어서, 은빛으로 범람한 물이 같은 색의 하늘과 맞닿은 곳을 따라 희미한 선으로 보였다. 오우양은 그 무너진 성벽 안 거대한 공간을 가득 채웠을 웅장한 도시를 상상하기도 힘들었다.

왕이 입술을 찌푸렸다. "그래. 여진족이 쳐들어왔고, 그리고 우리가 왔지. 두 민족이 모든 걸 파괴했고."

"그렇다면 소중한 게 남아있지 않겠군." 에선이 동생에게서 등을 돌려, 문밖으로 성큼 걸어 나갔다.

왕은 꼼짝하지 않고 비통한 표정을 짓고 있었다. 그는 생각에 잠긴 듯했다. 왕의 생각을 오우양은 잘 알 수 없었지만, 그의 감정은 잘 알 수 있었다. 그게 왕이 형과 닮은 유일한 점인 듯했다. 에선은 그의 감정을 전혀 감추지 않았다. 반면, 왕은 감정을 감추려고 애써 노력했지만, 그의 감정은 언제나 저절로 밖으로 드러났다.

왕이 갑자기 위를 쳐다보았다. 오우양이 아니라, 오우양 뒤로 옥좌에 느긋하게 앉은 사오를 바라봤다.

사오가 그들의 싸늘한 눈과 마주쳤다. 그는 손에 단검을 빼 들고 있었다. 그들이 지켜보는데, 그는 옥좌에서 황금 잎을 긁어 옷에 넣었다. 그런 짓을 하면서, 그는 그들을 계속 쳐다보았다.

왕의 얼굴에 경멸하는 표정이 스쳤다. 그는 말없이 돌아서, 형이 간 방향으로 나갔다.

왕이 보이지 않자, 오우양이 날카롭게 말했다. "내려와."

"여기 앉은 기분이 어떤지 알고 싶지 않아요?"

"싫다!"

"아, 제가 잊었군요." 사오의 말투는 거의 무례했다. 그 순간 그의 말투가 그의 진짜 목소리인 듯했다. "권력이나 돈에는 무관심한 우리의 순수하신 장군님. 장군님 말고 그런 욕심이 없는 사람이 어디 있겠습니까?"

그들은 서로 차가운 눈초리로 노려봤다. 사오가 옷에 금붙이를 챙기고 천천히 일어나, 커다란 정문을 지나 연병장으로 나갔다. 한참 후 오우양도 따라 나갔다.

에선은 아름다운 대리석으로 만든 둑이 부서져 끝나는 곳에 서있

었다. 과거엔 호수 위로 누각이 있었을 거로 짐작됐다. 이제 호수는 사라지고 없었다. 물조차 남아있지 않았다. 땅도 명절 때 켜는 등처럼 순수한 붉은색으로 타는 듯했다. 이상한 식물이 눈이 닿는 데까지 멀리 퍼져 있었다. 궁전의 성벽은 가물거리는 아지랑이 뒤로 숨어 저 멀리 어딘가 있었다. 하지만 에선에겐 궁전 방어용 성벽 대신 아주 멀리까지 퍼진 반짝이는 범람원과 하늘만 보였다.

"바닷가에서 흔히 자라는 관목이야." 왕 바오싱이 그의 옆으로 다가왔다. 오랜만에 처음으로 에선은 그를 보고도 화내지 않았다. 이 이상한 장소 위로 떠서, 그들의 적대감이 기억의 홍수에 쓸려간 듯했다. 바오싱이 형의 눈길을 따라 멀리 내다봤다. "이곳은 송나라 황제의 정원이었어. 역사상 가장 아름다운 정원이었지. 황제의 아내들과 공주들이 옥으로 장식한 이곳 궁전에서 살았지. 무지개다리가 놓인 호수들. 봄에는 눈처럼 눈부시게 피어나는 꽃나무와 가을에는 황제의 옷처럼 황금빛으로 물드는 나무 아래서. 여진족이 송나라를 쫓아냈지만, 최소한 여진족의 금 왕조는 황궁의 아름다움을 알아보고 보존했어. 그 후 우리 위대한 원나라의 초대 칸이 수부타이 장군을 보내, 금나라를 정복했지. 수부타이에겐 정원이 필요 없었어. 그래서 그는 호수의 물을 빼고 나무를 잘라, 초원으로 만들려고 했지. 하지만 풀은 자라지 않았다. 전설에 따르면 금나라 공주들의 눈물 때문에 소금기가 땅에 쌓여, 이 붉은 식물만 자랄 수 있대."

그들은 한동안 말없이 서있었다. 그때 에선이 비명을 들었다.

에선이 칼을 빼 들었지만, 바오싱이 말했다. "너무 늦었어."

에선은 그대로 멈춰 섰다. 싸늘한 두려움이 그의 가슴을 쳤다.

"무슨 짓을 한 거냐!"

바오싱이 쓸쓸한 미소를 지었다. 바오싱도 마음이 아픈 듯했다. 핏빛 풍경이 비춰, 반짝이는 은으로 장식한 그의 투구와 갑옷이 심홍색 광택을 냈다. "형에게 충성하던 병사들은 모두 죽었어."

에선의 분노가 치솟았다. 그는 달려들어 바오싱을 대리석 난간에 세게 밀어붙였다. 에선이 팔뚝으로 목을 누르자, 바오싱의 등이 꺾이며 우두둑 소리를 냈다. 그의 은장식 투구가 난간 너머로 굴러떨어졌다.

바오싱은 얼굴이 붉어지며 힘들게 기침했지만, 여전히 침착했다. "오, 형의 생각은? 아니야, 형. 이건 내가 꾸민 계략이 아니야."

에선은 그 말뜻을 이해하지 못하며 왕에게서 몸을 떼어냈다. 그때 거대한 전각의 문에서 무언가 움직였다. 피 묻은 갑옷을 입은 인물이 손에 칼을 들고 계단을 내려왔다.

"그렇습니다." 오우양이 말했다. "제 계략입니다."

오우양 뒤로 사오와 장, 다른 중국인 지휘관들이 계단을 내려왔다. 오우양은 그들이 에선과 왕을 떼어놓고 둘러싸게 했다. 에선이 놀라서 말없이 오우양을 노려봤다. 사오의 칼이 그의 목을 겨누고 있었다. 그의 가슴이 가쁘게 오르내렸다. 에선이 가쁜 숨을 쉴 때마다, 오우양은 쇠망치가 자기 가슴을, 자기 가슴속 가장 여린 부분을 때리는 듯했다. 그가 마침내 에선에게서 눈을 돌렸을 때, 창자와 모든 내장이 한꺼번에 뜯겨나가는 듯했다.

지휘관 장은 왕을 잡고 있었다. 뺨은 붉게 달아올랐지만, 여전히 침착한 왕이 가늘게 눈을 찌푸리며 모든 걸 알고 있다는 듯 오우양을 노려보았다. 지휘관 장의 칼날이 닿은 얼굴에서 핏방울이 솟아났다. 왕의 하얀 피부 위로 심홍색 피가 흘렀다. 왕의 목이 파인 파르스름한 부위로 맥박이 뛰고, 한쪽 귀에 귀걸이가 매달려 있었다….

왕이 이빨을 악물며 미소 지었다.

행군 중 갑자기 사라진 지휘관 조만의 가늘게 세공한 귀걸이가 왕의 귀에 매달려 흰빛을 내며 반짝였다. 지휘관 조만이 그들을 배신하려고 허난성 제후의 게르를 걸어 들어가는 걸 본 사람이 있었다.

무서운 정적을 깨고, 오우양이 말했다. "'알고 계셨군.'"

"물론 알고 있었지." 왕은 불편한 자세에도 불구하고, 매섭게 날카로운 경멸의 눈길을 보내고 있었다. "'같은 부류끼리는 서로를 안다.' 라고 내가 말하지 않았소? 너는 그 아름다운 겉모습 뒤에 숨어있었지만, '나는 너를 언제나 알고 있었다.' 나는 네 가슴속에 무엇이 숨어있는지 오래전부터 알고 있었다…" 그가 마지막 말을 삼켰다가, 다시 말을 계속했다. "너의 성공이 너의 운과 능력 덕분이라고 생각할 만큼 정말 어리석은 건 아니겠지? 너는 너의 부하도 통솔할 능력이 없어. 지휘관 조만은 너의 배신을 알리려고 나의 형에게 달려갔지. 그가 그렇게 못한 단 한 가지 이유는 내가 그곳에 있다가 그를 처치했기 때문이다. 그리고 네가 너의 지휘관들을 독살했지. 너는 그들을 믿지 못했던 게 분명해. 내가 사전에 조처하지 않았다면 그 의원이 사실대로 말했을 거다." 혐오감으로 그의 얼굴에 경련이 일었다. "아니요, 장군. 절대 운이 아니요. 장군의 성공은 모두 내 도움 탓이오.

그의 옆에 있던 에선이 목이 졸리는 듯한 무서운 소리를 냈다.

왕의 뺨에서 핏기가 사라졌다. 하지만 그는 조금도 기죽지 않고 말했다. "나는 차간의 친아들이 아니다. 나는 네 가족이 흘린 피에 빚진 게 없다."

오우양이 칼손잡이에 힘을 주었다. "그런 사실과 상관없이 나는 너를 죽일 수 있는데."

"너를 이해한 죄로?" 왕이 말했다. "너를 이해한 세상에 있는 단 한 사람에게 감사해야 한다고 생각하는데."

오우양은 창으로 꿰뚫리는 듯한 고통을 느꼈다. 그가 왕보다 먼저 고개를 돌리며, 자기 자신을 경멸했다. 오우양이 으르렁거리는 소리로 말했다. "가시오."

왕은 지휘관 장의 손아귀에서 벗어나자마자, 에선을 바라보았다. 몽골과 중국 피가 섞인 그의 이상한 얼굴에 격한 감정이 드러났다. 왕 바오싱이 자신과 오우양이 닮았다고 말했을 때, 그는 진실을 말했다. 그 순간 오우양은 그 감정을 완벽하게 이해할 수 있었다. 그 감정은 마지막엔 더러움과 파괴만 남을 걸 알면서도, 그가 선택한 운명의 길을 가기로 결심한 사람이 느끼는 고통스러운 자기 증오였다.

에선이 턱을 악물자, 목에서 힘줄이 불뚝 솟았다. 왕이 몸을 가까이 기울였지만, 에선은 움직이지 않았다. 왕의 얼굴엔 오우양이 보았던 감정은 이미 사라지고 없었다. 듣는 사람의 경멸을 받고 싶어 안달이 난 사람처럼 왕 바오싱이 말했다. "오, 에선. 내가 배신할 거라고 수없이 상상했지? 내가 세상에서 가장 나쁜 놈이라고 생각했지? 왜 지금 기뻐하지 않아? 내가 형이 늘 생각했던 그런 놈인 게 분명히 밝혀졌는데." 그가 잠시 머뭇거리다가 뒤로 물러났다. "안녕, 형."

"보내드려라." 왕 바오싱이 자리를 뜨자, 오우양이 명령했다. 오우양은 마른 붉은 호수와 그 너머로 신비롭게 피어오르는 아지랑이를 보며, 몸속에서 고통이 썰물처럼 빠져나가는 걸 느꼈다. 그는 돌아보지 않고 먼 곳을 향해 말했다. "제 생각보다 주공께 충성하는 병사들이 많았습니다."

오랫동안 침묵이 흘렀다. 마침내 에선이 고통스럽게 갈라지는 목소리로 말했다. "왜 이런 짓을 하고 있나?"

에선의 입에서 나오는 외국어에 무심코 반응하듯, 오우양이 그를 돌아봤다. 그가 사랑하는 사람이 겪는 깊은 배신감의 상처와 아픔을 보는 순간, 그는 영원히 이 순간을 잊지 못할 걸 알았다. 고통이 다시 밀려들었다. 오우양은 하얗게 타는 고통의 화염에 휩싸였다.

그는 말하려고 했지만, 아무 말도 나오지 않았다.

"왜?" 사오와 지휘관 장이 양옆에서 온 힘을 다해 그를 누르고 있었지만, 에선은 그들을 가볍게 밀치며 앞으로 한 걸음 내디뎠다. 그리고 오우양이 떨릴 정도로 갑자기 격렬하게 외쳤다. "'왜?'"

오우양이 말하려고 애썼지만, 말이 나오지 않았다. 그러다가 말하기 시작하자, 말을 멈출 수 없었다. 그가 시작했고, 원해도 멈출 수 없는, 그 무서운 운명의 힘이 말하는 듯했다.

"왜요? 제가 그 이유를 말씀드려야 하나요? 저는 주공 곁에서 20년을 보냈습니다. 그 세월 동안 제가 주공의 가족이 내 가족을 도륙하고, 나를 동물처럼 거세한 후 노예로 만든 걸 잊었다고 생각하십니까? 내가 한순간이라도 그걸 잊었을 거로 생각하십니까? 나는 감정이 없는 인간이라고 생각하셨습니까? 내가 이런 부끄러운 모습으로 살기 위해서, 내 가족과 조상의 이름에 먹칠한 겁쟁이라고 생각하십니까? 나는 남자에게 중요한 모든 걸 잃고, 수치 속에서 살고 있습니다. 하지만 나도 누군가의 아들이었고, 자식으로의 도리를 하려고 합니다. 나는 주공 가족의 손에 죽은 내 형제와 숙부와 친족의 복수를 하려고 합니다. 나는 내 아버지를 죽인 황제에게도 복수하려고 합니다. 주공은 나를 배신자로 보시죠. 주공은 나를 가장 더러운 인간이라고 경멸하는 걸 알고 있습니다. '하지만 나는 내게 남은 유일한 길을 선택했습니다.'"

에선의 얼굴에 터진 상처처럼 슬픔이 가득 찼다. "너였구나. 네가 내 아버지를 죽였어. 그리고 바오싱이 했다고 내가 생각하게 했구나."

"나는 해야 할 일을 했습니다."

"그리고 이제 네가 나를 죽이겠지. 나는 아들이 없으니, 내 아버지의 핏줄은 끝나게 된다. 너는 원하는 복수를 하겠구나."

오우양의 목소리가 거칠게 갈라져 다른 사람의 목소리처럼 들렸다. "우리 운명은 오래전에 결정되었습니다. 주공의 아버지가 내 가족을 죽였던 순간에. 우리가 죽을 시간과 방식은 오래전 정해졌습니다. 지금은 주공의 시간입니다."

"왜 지금이지?" 에선의 얼굴에 드러난 고통이 그들이 함께 나눈 모든 기억을 합쳐놓고 있었다. 그들이 함께 나눴던 모든 다정한 기억을 그대로 보여주고 있었다. "과거 그 어느 순간에도 그렇게 할 수 있었지 않나?"

"제가 복수를 완결지으려면 황궁까지 쳐들어갈 군대가 필요합니다."

에선은 말이 없었다. 그가 결국 간신히 말했을 때, 목소리에는 슬픔이 가득 찼다. "너는 죽게 될 거다."

"그래요." 오우양은 웃으려고 했지만, 웃음이 성게처럼 목구멍에 걸렸다. "이건 주공의 죽음입니다. 그건 제 죽음이고요. 우리의 운명은 정해져 있었습니다." 목에 걸린 성게가 그의 숨을 조였다. "우리의 운명은 늘 정해져 있었어, 에선."

에선이 무너져내리고 있었다. 태양에서 빛이 뿜어져 나오듯, 그는 슬픔과 절망과 분노를 분출하고 있었다. "그래서 너는 가족의 복수를 하려고, 돌처럼 차가운 얼굴로 나를 죽일 거냐? 나는 너를 사랑했다! 너는 나의 형제보다 훨씬 더 내게 소중했다. 나는 네게 무엇이든 주려고 했다! 나의 깃발을 날리며, 네가 죽였던 수많은 사람과 내가 다를 바 없냐?!"

오우양이 소리쳤다. 그건 슬픔에 빠진 낯선 사람의 목소리처럼 들렸다. "그럼 나와 싸우자, 에선. 마지막으로 나와 싸우자."

에선이 사오가 던진 곳에 놓인 자기 칼을 바라보았다.

오우양이 으르렁거렸다. "칼을 줘라."

사오가 칼을 집어 들고 머뭇거렸다.

"칼을 줘!"

에선이 사오에게서 칼을 받았다. 에선의 숙인 얼굴은 헝클어진 머리카락에 덮여 보이지 않았다.

오우양이 외쳤다. "나와 싸우자!"

에선이 얼굴을 들고, 오우양을 똑바로 바라봤다. 남성미가 넘치는 강인한 턱과 잘 어울리는 그의 눈은 언제나처럼 아름다웠다. 그들이 함께 지냈던 20년 동안, 오우양은 에선이 두려움을 느끼는 걸 본 적이 없었다. 그는 지금도 두려움을 느끼지 않고 있었다. 물에 빠져 죽은 사람 위로 덮인 해초처럼, 몇 갈래 머리카락이 그의 젖은 얼굴에 달라붙었다. 에선이 천천히 팔을 들고 칼을 떨어뜨렸다. "안 돼."

에선이 오우양의 눈을 계속 바라보며, 가슴 갑옷의 끈을 풀었다. 끈이 풀리자 그는 갑옷을 머리 위로 벗어 멀리 던지고, 오우양을 향해 걸어갔다.

오우양도 그를 향해 걸어갔다. 칼이 에선의 가슴을 꿰뚫으며, 두 사람이 껴안았다. 에선이 비틀거리자, 오우양은 칼을 쥐지 않은 손으로 그를 부축했다. 두 사람은 가슴과 가슴을 맞대고, 처절하게 포옹한 자세로 서있었다. 에선의 숨이 가빠지고 무릎에 힘이 빠지자, 오우양은 그와 함께 주저앉아 그를 껴안고 피가 흘러나오는 코와 입에서 머리카락을 손으로 빗겨줬다.

오우양은 평생 자기는 고통 속에서 살았다고 믿었다. 하지만 이 순간, 과거의 모든 고통은 이 화염 같은 고통에 비하면 촛불에 불과했다는 걸 깨달았다. 그림자도 없이 빛을 받는, 하늘 아래 가장 순수한 고통이었다. 그는 하늘을 저주할 수 있는, 상황이 달랐길 바라는 생각할 수 있는 존재가 아니었다. 그는 끝없이 이어지는 고통의 한 점이 되었다. 그는 반드시 해야 할 일을 했지만, 그 일을 하면서 세상을 파괴했다.

그는 자기 이마를 에선의 이마에 비비며 울었다. 그들 밑으로 선홍색 피가 고여, 하얀 대리석 다리 위로 흘러 붉은 대지로 떨어졌다.

오우양이 궁전 계단 위에 서서 군대를 내려다봤다. 시체들을 치웠지만, 연병장의 흰 돌에는 아직 피가 남아있었다. 대지를 가릴 순 없었다. 피는 커다란 웅덩이와 끌린 자국을 남기고, 병사들의 군화에도 스며들었다. 머리 위로 하얗게 펼쳐진 하늘은 돌과 같은 색이었다.

오우양은 피에 흠뻑 젖어있었다. 그의 옷소매는 피로 젖어 무거워져 아래로 쳐졌고, 손과 온몸도 온통 피범벅이었다. 그의 온몸에서 피가 빠져, 몸속이 얼음처럼 차갑고 고요한 듯했다.

어두운 표정으로 입을 굳게 다문 중국인 병사들에게 그가 말했다. "우리는 정복당해 우리 땅에서 노예가 되어 야만인이 우리의 위대한 문명을 파괴하는 걸 지켜봐야 했다. 이제 우리는 정의로운 대의명분을 위해 싸운다. 우리 목숨을, 우리 민족의 명예를 위해 복수하는 거대한 물길로 만들자!"

그들은 그 말을 듣길 원했다. 그 목적을 위해, 그들은 오우양과 같은 사람을 따랐다. 오우양은 중국어로 중국인 병사들에게 말하며, 다시는 몽골어로 말하지 않을 걸 깨달았다. 하지만 그의 모국어도 편하지 않았다. 모국어도 시체에서 억지로 벗겨, 손에 낀 차가운 가죽 장갑 같은 느낌이었다. 그의 안에 있던 몽골인 자아는 죽었지만, 그걸 대신할 자아는 없었다. 그는 복수라는 단 하나의 목적을 위해, 피할 수 없는 죽음을 기다리는 배고픈 귀신이었다.

그가 외쳤다. "우리는 황궁이 있는 대도로 진격해 황제를 죽인다."

23

카이펑 소식을 담은 편지가 마에게 전해졌다. 하지만 주가 아니라 서달의 필체로 쓰여있었다. 편지는 진우량의 패전과 승상 유복통의 사망 소식을 먼저 전했다. 안타깝게도 진우량은 원나라 장군 오우양과 양저우 상인 장시청의 강력한 연합군에 패배했고, 승상 유복통은 안전한 장소로 도망치다 불행한 사고로 죽었다. 유복통은 죽기 전 소명왕을 구출해 주에게 안전하게 넘겨, 부처님의 축복을 받았다. 고결하고 성실한 부인 마수영은 곧 안평으로 돌아올 소명왕을 영접할 준비를 하리라고 주는 믿는다.

마가 주에게서 처음 받은 편지였다. 마는 주가 승리한 것에는 안도했지만, 그녀 특유의 슬픔도 느꼈다. 편지의 문어체 표현은 주의 목소리를 전혀 닮지 않았다. 낯선 사람이 쓴 편지 같았다. 성실한 아내에게 일을 부탁하는 어떤 모르는 남편이 쓴 듯했다. 문어체 편지는 카이펑에서 일어난 실제 상황뿐만 아니라, 주 본인에 대한 사실도 숨기고 있었다. 마는 사람들이 주를 평범한 남자로 보는 걸 전에는 개의치 않았다. 다르게 볼 이유가 어디 있는가? 하지만 주는 마하고는 남들과는 다르게 살겠다고 약속했었다. 그녀가 기대했던 그런 차이점이 개인적인 편지에 없어서, 마는 가슴 아팠다. 그건 배신처럼 느껴졌다.

마는 소명왕을 맞을 준비를 했다. 성실하게. 하지만 그녀는 소명왕이 돌아오는 모습을 보려고, 성 밖 먼 곳부터 안펑 중심지까지 빼곡히 모인 사람들 틈에 들어가고 싶지 않았다. 그녀는 이제는 주의 거처가 된, 전에는 승상의 거처였던 건물의 위층 창문으로 그토록 많은 사람이 죽어간 현장을 바라보았다. 어두컴컴해질 무렵, 은근한 불빛이 흘러나오는 소명왕의 가마가 양옆으로 주와 서달의 호위를 받으며 도시로 들어왔다. 두 사람 모두 변화가 없었다. 주는 여전히 승복 위에 평상시 입던 갑옷을 입고 있었다. 마는 그 소박한 모습의 의도를 잘 알고 있었다. 주는 권력 찬탈자처럼 보이지 않으려고 조심하고 있었다. 주는 소명왕이 부여하는 권력을 예의 갖춰 겸손하게 받아들여, 평범한 사람들에게 그녀가 홍건군의 정당한 지도자일 뿐만 아니라 몽골군에 저항하는 중국인 전체의 대의를 대표한다는 인상을 굳건히 하려고 했다.

소명왕이 연단 위로 올라 옥좌에 앉았다. 이어서 주가 소명왕 앞에 공손히 무릎 꿇었다. 소명왕이 손을 뻗쳐 주에게 축복을 주는 광경을 마수영은 지켜보았다. 붉은 천명의 빛이 작은 손가락 끝에서 나와 주에게 흘러들어, 무릎 꿇은 주가 어두운 둥근 빛에 싸였다. 마는 몸서리쳤다. 소명왕이 주는 것은 지휘권이 아니라, 사형 선고 같다는 무서운 생각이 잠시 들었다. 그녀의 마음속에 승상 유복통이 똑같은 불빛에 싸여있는 모습이 보였다. 승상 유복통도 주처럼 욕망과 야심이 있었다. 그는 최선을 다했지만, 결국 권력을 유지하지 못했다. 주는 어떻게 같은 운명을 피할 수 있을까?

화톳불과 북소리가 밤새 하늘 높이 솟구쳤다. 그것은 세상이 끝났다는 소리이자, 새로운 세상이 이미 시작되었다고 알리는 소리였다.

마는 불편한 잠을 자다가, 문 두드리는 소리에 깼다. 북소리가 아직도 힘차게 울리고 있었다. 불꽃놀이가 한창이어서, 천명보다 더 밝은 장밋빛 불빛이 열린 창문을 통해 쏟아져 들었다.

서달이 옆에 소명왕을 데리고 문 앞에 서있었다. 서달이 마에게 고개를 숙이고 이상하게 정중하게 말했다. "주 지휘관께서 도움을 부탁하셨습니다." 그의 뒤로 어둠 속에 서 있는 다른 인물들도 보였다. 경호병들이었다. 주는 자기는 누구에게도 관심거리가 아니라며, 전에는 경호병을 두지 않았다. 하지만 소명왕을 갖게 되면서 모든 게 바뀌었다. 서달은 예의를 갖추면서도, 눈빛은 여전히 온화했다. "여기 계시면 안전하실 겁니다. 편히 쉬십시오. 주 지휘관은 시간 되는 대로 오실 겁니다."

소명왕이 집 안으로 들어왔다. 서달이 문을 닫고 밖에서 지시하는 소리가 들렸다. 서달의 지시를 받은 경비병들의 발걸음이 바삐 움직였다. 경비병들은 사람이 아니라 재산을 지키고 있었다. 마가 소명왕을 가까이서 본 건 이번이 처음이었다. 창문으로 들어오는 빛을 받아 그의 둥근 뺨은 보살처럼 평화롭고, 이 세상 사람의 뺨 같지 않았다. 마의 피부에 소름이 돋았다. 그건 전생에 살았던 모든 삶을 한곳에 모아놓은 사람의 표정이었다. 만년, 아니면 더 오랜 세월 전생에 살았던 삶들을. 그 모든 고뇌와 고통을 사람이 어떻게 견딜 수 있을까? 지금 사는 이 삶에서도 소명왕은 승상 옆에서 너무 많은 걸 보아왔다.

마수영이 부젓가락으로 화로에서 숯불을 집어 등에 불을 붙이려고 했다. 그녀가 숯불을 집고 있는데, 소명왕이 밖을 내다보며 말했다. "오늘 밤에는 귀신이 아주 많아."

마가 깜짝 놀라 숯불을 떨어뜨렸다. 그의 말소리를 듣는 건, 부처 조각상 앞에 무릎 꿇고 있는데 부처가 몸을 구부려 손으로 그녀를 만지는 듯한 몹시 불안한 느낌을 주었다. "뭐라고?"

"귀신들이 행사를 보러 왔어."

차가운 두려움의 손가락이 마의 등골을 타고 내렸다. 그녀는 연단과 군중 사이 공간에 귀신들이 가득 찬 모습을 떠올렸다. 배고픈 귀신들의 눈이 불빛에 쌓인 주를 응시하는 모습을.

소명왕의 다른 세상을 보는 듯한 시선이 천천히 그녀에게 돌아왔다. 그녀의 입에서 막 나오려는 말을 알 듯, 그가 말했다. "천명을 받은 사람들은 만물을 연결하고 우주의 형상을 구성하는 끈에 다른 사람보다 민감해." 어린아이의 입에서 나온 어른의 말이었다. "다시 태어나길 기다리는 죽은 사람들도 살아있는 사람들 못지않게 우주와 만물을 연결하는 중요한 끈이야. 우리에겐 영혼의 세계도 인간 세계처럼 잘 보여."

'우리.' 그는 자신과 황제를 의미하는 게 분명했다. 하지만 마는 전에는 꿈속에서 들은 것처럼 잊고 있던 말을 기억하며 충격받았다. 고열로 의식이 휘어지고 깨진 듯한 상태에서 주가 했던 말. '나는 유령이 오는 걸 볼 수 있어.'

그녀는 그 말에 함축된 의미를 이해할 수 없었다. 그건 너무 컸다. 해를 똑바로 바라보는 듯한 느낌이었다. 그녀는 그 말을 더 생각하지 않고, 떨리는 손으로 부젓가락을 잡고 겨우 등에 불을 붙일 수 있었다. 따뜻하게 타오르는 기름 냄새가 밖에서 벌어지는 불꽃놀이의 유황 타는 냄새와 섞였다. 아이는 그녀가 화로의 뚜껑을 덮고 탁자 밑으로 밀어 넣는 걸 지켜보았다. 계속해서 일상적인 말을 하듯, 아이가 평범한 사람이 이해하기 힘든 일에 대해 말했다. "유복통은 처음부터 통치자가 될 수 없었어."

마의 몸이 얼어붙었다. 아이의 말이 사실이라면, 그가 만물을 연결하는 끈을 볼 수 있다면 그는 평범한 사람이 책을 읽듯 만물의 운명을 읽을 수 있을까? 그녀가 불안하게 물었다. "그러면 누가? 주 중팔이야?" 불길한 예감이 그녀의 마음을 바꾸게 했다. "대답하지 마. 나는 알고 싶지 않아."

소명왕이 그녀를 보며 말했다. "가장 빛나는 미래도, 욕심이 있으면, 고통이 따라."

마가 새로 불붙인 등불이 사그라들며 파랗게 변하더니, 심지가 등불 기름에 빠지며 꺼졌다. 어쩌면 심지가 짧았을 수 있었다. 하지만 그녀는 어둠 속에서 연기가 피어오르는 걸 보며, 팔에 난 털들이 일어서는 걸 느꼈다. 그녀가 사랑했지만 잃은 모든 이들의 얼굴이 보였다. 얼마나 더 많은 고통을 받아야 하나?

더는 할 일이 없을 것 같아, 그녀는 아이를 침상에 눕히고 그 옆에 누웠다. 그가 잠든 듯했을 때, 그녀가 아이를 돌아다보았다. 그녀는 아이의 고요한 얼굴이 평범한 귀여운 잠자는 아이로 바뀐 걸 보고 놀랐다. 마는 아이의 둥근 뺨과 벌어진 작은 입술을 보며, 보살펴주고 싶은 뜻밖의 감정이 치솟았다. 아이가 보살이면서도 인간이란 걸 그녀는 잊고 있었다.

그녀는 잠든 걸 몰랐다. 그런데 누군가 어둠 속에서 그녀에게 몸을 기울였다.

"옆으로 좀 움직여." 주가 말했다. 그의 낯익은 얼굴이 이불처럼 따뜻하게 마를 덮었다. "내가 들어갈 자리는 없어? 두 사람이 자리를 모두 차지하고 있잖아."

마는 창호지에 햇살이 비추기 시작할 때 잠에서 깨었다. 보통 어린아이와 다를 바 없는 소명왕이 그녀의 옆에서 아직도 자고 있었다. 반대편에선 주가 그녀의 팔을 베고 선잠을 자고 있었다. 카이펑에서 돌아오던 도중, 그녀는 머리 면도를 멈췄다. 무성하게 머리털이 자라자, 주는 놀랄 만큼 젊어 보였다. 머리카락 끝이 마의 손가락 끝에 부드럽게 스치고 지나갔다. 그녀는 다시 머리카락을 쓰다듬으며, 마음이 평온해지는 걸 느꼈다. 서로 신뢰하는 두 사람의 육체 사이에서 모진 세상이 따뜻해지고 둥그러지는 느낌이었다.

"음." 주가 말했다. "내게 그렇게 한 사람은 처음이야." 그녀가 일어나 머리카락을 쓰다듬고 있는 마의 손가락에 머리를 비볐다. "기분좋아. 머리카락이 자라면 상투를 틀어줘야 해." 그녀가 새로 붕대를 감은 잘린 팔뚝을 이불 위로 올려놓았다.

"촉감 결핍이야?" 마가 놀렸다. 그건 특이했다. 주는 언제나 돌부처처럼 다른 사람의 도움 없이, 혼자 만족하며 살 수 있는 듯했다. "돌아오는 동안 첩을 두지 않았단 말이야?"

"천막을 함께 써서…" 주가 등으로 돌아누우며 기지개를 켰다.

"서달하고." 마가 말했다. "이 지역에서 가장 악명 높은 바람둥이하고. 서달이 바람피우라고 꼬드기었을 텐데. 너에게 젊은 여자를 찾아주겠다고." 잠시 주의 둥그렇게 부푼 가슴 부위의 옷을 다정하게 바라보며, 마는 조금 미안한 마음으로 주의 가슴을 쓰다듬었다. 주가 자기 몸을 만져도 괜찮다고 늘 말했지만, 주는 긴장하지 않으려고 의식적으로 노력한다고 마는 생각했다. 하지만 지금은 놀랍게도, 주가 아주 느긋하게 마의 애무를 받아들이고 있었다. 마가 그녀를 안 이후 처음으로 주는 자기 몸을 편하게 인정하고 있었다. 무엇인가 변했다.

"너도 다른 여자들처럼 서달의 벗은 몸을 내가 본 걸 질투하니."

주가 기분 좋게 말했다. "이제 평생 다시는 그런 일을 겪지 않고 살 수 있어 다행이야. 나는 바람피우지 않을 거야. 너도 그게 좋지."

"네가 좋을 대로 해도 돼."

주가 미소 지었다. "걱정하지 말아, 수영. 첩을 얻기 전에 먼저 물어볼 테니."

"오, 그러면 첩을 둘 계획이니?"

"너도 좋을 수 있잖아. 다른 사람과 잘 수 있다면. 새로운 경험 삼아."

"나는 네 첩과 자고 싶지 않아." 마는 그런 생각이 왜 혐오스러운지는 말하고 싶지 않았다.

"아, 그건 사실이야. 첩인 된 여자가 남자를 좋아할 수 있지. 그 여자도 애인을 가질 수 있겠네." 주가 마를 보며 씩 웃었다. "너도 알지, 수영. 나는 결혼할 계획은 없었어. 너와 결혼한 건 우연이었어. 하지만 결혼해서 행복해."

주가 손을 뻗어, 두 사람이 손을 맞잡았다. 왼손과 왼손을. 옆에 어린아이가 있어 정숙하게.

주가 그녀의 손을 놓으며 말했다. "너도 알고 있어. 나는 여기 오래 있지 않을 거야. 나는 건강으로 가야 해."

반나절도 되지 않았다. 주를 보자마자, 마는 다시 다정하게 지닐 수 있다는 헛된 희망에 빠져 있었다. 이제 희망이 사라졌다. "잠시도 있지 않을 거야?"

"이번이 내게 준 기회야." 주가 솔직하게 안타까운 감정을 드러냈다. "나는 홍건군의 유일한 정통성을 지닌 지휘권과 소명왕의 축복 덕분에 백성의 지지도 받고 있어. 나는 안평은 차지하고 있어. 다음은 건강이어야 해. 작은 곽의 말이 틀리지 않았어. 중국 남부를 지배하려면 건강이 필요해. 우리가 건강을 차지하지 않으면 장 부인이 그렇게 할 거야." 주가 얼굴을 찡그렸다. "이제 장 부인을 소금의 여왕이라고 불러야 할까? 이상한 명칭이지. 소금의 여왕. 그 명칭에 익숙해져야 할 거야. 소금의 여왕."

"소금의 여왕이라고 말하지 마!" 마가 짜증을 내며 말했다. "소금의 여왕이라니 무슨 의미야?"

주가 웃었다. "방금 너도 그 말을 했잖아. 너는 들어본 적이 없을 거야. 장씨 가문, 정확히는 장 부인이 오우양 장군이 허난성 제후를 제거하는 데 도움을 줬어. 장 부인은 원나라와 결별하기 전 원나라에 결정타를 날린 거야." 주가 과장된 연기를 하듯 팔을 휘둘렀다. 그녀의 잘린 오른팔이 삶은 닭의 날개처럼 보였다. "엄청난 타격이야. 허난성은 군사력을 완전히 잃었어. 이제 장씨 가문은 동부 해안 전체를 지배하며, 쌀바가지 장은 자기를 소금 왕국의 초대 왕이라고 부르고 있어."

"그러면 원나라는…."

"하룻밤 사이에 대운하를 통해 운반되던 소금과 곡식과 비단과 모든 걸 잃었지. 원나라는 몹시 화가 나있을 거야." 주가 즐거운 듯 말했다. "원나라는 황제 직속의 중앙 군단을 파견해서, 장 부인을 진압하려고 할 거야. 하지만 그녀는 몽골군을 잘 막아낼 거야. 그녀는 돈이 많거든."

"그러면 환관 장군은?"

"카이펑에 머물러 있지만, 원나라에 품은 그의 원한을 생각하면 얼마나 오래 있겠니. 그는 가족을 처참히 잃었던 일을 잊지 않고 있어. 너도 알지?" 생각지도 않던 동정심이 주의 얼굴을 스쳤다. "환관 장군이 함께 지내고 싶은 사람은 아니지만, 어쨌든 내게 도움을 줬어. 나는 고맙게 생각해."

마가 그녀를 때렸다. "그놈은 네 손을 잘랐어."

주는 그녀가 몹시 화를 내자 웃었다. "왜 그 일로 그에게 원한을 품어야 하니? 결국, 우리 둘 다 원하는 걸 갖게 됐는데. 하긴 환관 장군 덕분에 너는 남은 평생 내 머리를 다듬고, 옷을 묶어주고, 내 왼쪽 팔뚝을 씻어줘야 하지만."

"조상이 준 손이 그렇게 하찮니? 겨우 그것 때문에 손을 내줘야 했어?" 마가 톡 쏘아붙였다. "그 대가로 최소한 진우량은 죽여줬어야지."

"아, 글쎄, 모든 걸 다 가질 순 없지." 주가 철학자처럼 말했다.

진우량에 대한 소식도 그들에게 전해졌다. 그는 카이펑에서 대패한 후 살아남은 소수의 병력을 이끌고 우창에 머물며, 승려와 환관을 몹시 싫어한다고 했다. 홍건군이란 이름을 쓸 수 없고, 백성의 지지도 받지 못해 그는 한낱 도적 떼의 두목에 불과했다. 그래도 진우량은 결코 무시할 수 없는 인물이었다.

침상 반대편에서 소명왕이 잠을 자며 미소 지었다. 마는 아무 생각 없이 저절로 손을 뻗어, 부드럽고 따뜻한 아이의 뺨을 쓰다듬었다. 그녀가 침상에서 어린아이와 함께 잠잔 건 아주 오래전이었다. 그녀는 작은 아이를 안아보고 싶은 자신의 간절한 욕망에 놀랐다.

주가 말했다. "벌써 아이를 좋아해? 하지만 소명왕은 나와 함께 건강으로 가야 해."

마가 아이를 팔로 껴안았다. 부드러운 피부의 촉감이 너무 좋았다. "돌아오면 내가 아이를 기를 거야."

"우리 중 한 명은 모성애가 있어서 좋네." 주가 이해할 수 없는 미소를 지었다.

"건강!" 서달이 말했다. 그와 주는 말 위에 앉아, 양쯔강 건너편에 있는 도시를 내려다보았다. 그들이 올라온 언덕은 차를 재배하는 농장에 둘러싸여 있었다. 줄지어 자라는 차 사이로 군데군데 사과나무가 자라고 있었다. 찻잎이 자라는 식물에서는 차 냄새가 아니라, 차와 먼 친척뻘쯤 되는 특이한 냄새가 났다.

"용이 휘감고, 범이 웅크리는 곳." 주는 오래전 역사를 기억하며 말했다. "제왕과 황제들…."

건강에서 멀리 떨어진 곳으로 노란 민둥산들이 오후의 아지랑이 위로 섬처럼 떠있었다. 장 부인이 지배하는 거대한 동쪽 지방이었다. 보이지 않는 저 먼 곳에 그녀의 비옥한 토지와 운하와 강과 호수가 있었다. 반짝이는 산처럼 쌓인 소금과 등(燈)을 갈라놓은 듯한 막대로 지탱하는 돛을 단 배와 그리고 바다. 주는 바다를 본 적이 없어서, 바다를 끝없이 넓은 강− 폭풍우가 덮쳤다가 긴 창 같은 강렬한 햇살이 비추고, 수평선 끝까지 뻗어있는 부드러운 황금색 강 −이라고 생각했다. 북쪽으로 가면 고려와 일본이, 남쪽으로 가면 해적과 베트남과 자바섬이 나온다. 그리고 그것도 세계− 네 개의 거대한 대양 사이에 놓인 신비롭고 언젠가는 알게 될 대지 −의 일부분이다.

서달이 말했다. "이것으로 끝이지? 우리가 건강을 차지하면."

"사형은 멈추고 싶어?"

사과 꽃잎이 그들 주변으로 산들바람을 타고 날렸다. 아래 있는 강 위로 돛단배들이 흘러갔다. 그가 말했다. "아니. 네가 가고 싶은 곳까지 너를 따라갈게."

주는 건강을 내려다보며, 주지 스님과 절의 가장 높은 곳에 서서 황홀감과 두려움을 느끼며 바깥세상을 바라보았던 기억을 떠올렸다. 그때 그녀가 본 것은 너무나 광대했는데, 지금 생각하면 그건 단지 후아이 평야였던 게 이상했다. 그때 그 자리에 서있던 사람도 바뀌었다. 그 사람은 지금의 그녀가 아니라, 배고픈 귀신 주중팔의 그늘에 살았던 사람이었다. 그때를 돌아보면 그녀는 부화하지 않은 알 속에 있는 병아리 같았다.

멀리서 깃발들이 힘찬 소리를 내며 휘날렸다. 그건 하늘의 목소리처럼 들렸다. "사형, 이건 시작에 불과해." 그녀는 자기 안에서 영광스러운 미래와 모든 가능성이 열리는 걸 느꼈다. 몸 안의 가장 어두웠던 구석까지 활짝 열리며, 하얀빛이 몸 안의 모든 부분을 비춰 더욱 밝게 빛나는 순수한 욕망을 느꼈다.

그녀는 단순히 위대한 인물이 되고 싶지 않았다. 그녀는 온 세상을 원했다.

그녀가 쉬는 숨도 기쁨이었다. 그녀는 운명의 힘에 강력히 떨리는 신비로운 전율을 느끼며 미소 지었다. "나는 황제가 될 거야."

어두워질 무렵, 주의 군대는 양쯔강으로 이어지는 가파른 길을 따라 내려가고 있었다. 주가 맨 앞에서 말을 타고 갔다. 뒤돌아보면 어두운 절벽을 따라 줄지어 움직이는 깜빡이는 등불이 보였다. 어쩌면 하늘에서 보면 그들의 삶이 그렇게 보이지 않을까? 끝없이 흘러가는 어두운 우주 속에서 깜빡거리며 켜졌다 꺼지는 아주 작은 한 점의 빛으로.

"가자, 어린 형제." 그녀가 옆에서 조랑말을 타고 가는 소명왕에게 말했다. 여러 날 동안 행군했지만, 그의 피부는 여전히 밝게 빛났다. 주가 보기엔, 그는 어느 일에도 놀라거나 당황하지 않았다. 가끔 멀리 보이는 소나기처럼 작은 얼굴에 옅은 생각의 그림자가 스쳐 지나갔지만.

두 사람이 물가로 비스듬히 기울어진 수양버들 숲으로 말을 타고 들어갔다. 주가 말에서 내려, 건너편 강둑을 따라 빛나는 건강을 바라보았다. "아, 어린 형제. 여러 세대에 걸쳐 싸워온 끝에 마침내 변화가 일어나고 있어. 네가 나타나면서 새로운 시대의 시작을 약속했지. 저 건너편 건강이 그 시대가 시작하는 곳이야."

어두워지는 숲속에서 아이가 조랑말에서 내려, 그녀 옆에 말없이 섰다.

주가 가볍게 말했다. "내 아내 마수영에게 승상 유복통은 처음부터 통치할 수 없는 운명이었다고 말했다며."

"응."

"유복통은 너를 보호한다는 이유만으로, 자기가 통치할 수 있다고 생각했어." 주가 말했다. "그는 너의 힘을 빌려, 자기 사욕을 채우려고 백성의 믿음을 이용했어. 그는 그렇게 하면 위대한 인물이 될 수 있다고 생각했지. 하지만 그는 위대한 인물이 되고자 하는 욕망이 부족했어." 어두워지는 나무 밑에서 귀뚜라미들이 울고 있었다. "유복통은 위대한 인물이 될 자질을 갖고 태어나지 않았다고 나는 생각해. 하지만 그것도 중요한 게 아니야. 하늘이 주신 운명과 다른 운명을 원한다면 그 다른 운명을 간절히 원해야 해. 그 운명을 위해 노력해야 해. 그 운명을 위해 고통받아야 해. 하지만 유복통은 스스로 아무것도 하지 않았어. 내가 그에게서 너를 빼앗자, 그는 아무것도 아니었어. 그래서 그는 무(無)로 돌아갔어."

아이는 말이 없었다.

주가 말했다. "나도 위대한 인물이 되리라는 약속을 받고 태어나지 않았어. 하지만 나는 이제 그 약속을 받았어. 내가 그걸 원했기 때문에, 하늘이 내게 주었어. 나는 강하고, 나는 내가 되고 싶은 사람이 되려고 노력하며 고통받고 필요한 일을 했기 때문에."

그녀가 말하며 칼손잡이를 움켜잡았다. 이 일을 해야 했다. 그녀도 그걸 잘 알고 있었다. 세상에 두 개의 천명이 있다면 오래된 천명은 끝나야 한다. 새로운 시대가 태어나기 위해.

'하지만.'

주는 어둠 속에 서서 마를 생각했다. 그 아이를 안고, 그 작은 생명을 보호하고 싶은 본능이 넘쳤던 마의 얼굴을. 주에게 언제나 더 자비로운 길을 찾으라고 끈질기게 요구하는 마를.

'하지만 이게 유일한 길이다.' 멀리 건강을 밝히는 횃불들이 강변에 가볍게 부딪히며 찰랑이는 강물 위로 반짝였다. '이것이 내가 원하는 운명을 이루는 유일한 길이다.'

오랫동안 그녀는 단지 살아남기 위해 위대한 인물이 되려고 노력했다. 하지만 주중팔이 사라지면서, 그 이유도 더 이상 존재하지 않는다. 보고 싶지 않은 것을 억지로 보는 심정으로 주는 고심했다. '나는 이 짓을 할 필요가 없다. 나는 어느 곳으로든 사라져 다른 일을 하며 살 수 있다⋯.'

하지만 그녀는 그런 생각을 하면서도, 위대한 인물이 되려는 욕망을 포기할 수 없는 걸 알았다. 어린아이의 생명도, 그녀가 사랑하고 그녀를 사랑하는 사람의 고통도 그녀의 욕망을 포기하게 할 수 없었다.

그녀가 간절히 원했기 때문에.

달이 떠오르면서, 강물을 바라보는 소명왕의 옆모습을 비췄다. 아이는 온화한 미소를 짓고 있었다. 숨을 들이쉬면 잠시 후 어쩔 수 없이 숨을 내쉬어야 하는 걸 알 듯.

'이것이 나의 선택이다.'

소명왕이 먼 강둑에 시선을 고정한 채, 이 세상 소리가 아닌 듯한 피리 같은 목소리로 말했다. "유복통은 처음부터 통치할 수 없었어. 주중팔도 통치할 수 없을 거야."

수양버들 숲에서 바스락 소리가 들렸다. 주는 돌아보면 오빠의 배고픈 유령이 보일 걸 알고 있었다. 오빠의 유령은 배고팠다. 오랫동안 아무도 기억해 주지 않아서, 그리고 그의 이름을 살아있는 다른 사람이 빼앗아 가서. "네 말이 옳아." 그녀가 소명왕의 말을 인정했다. 그녀가 칼집에서 칼을 뺐다. 칼집에 칼이 부드럽게 쓸리는 귀에 익은 소리가 들렸다. 이제 그녀의 왼손도 강해져서 떨리지 않았다. 아이가 고개를 돌리기 시작하자, 그녀가 부드럽게 말했다. "계속 달을 쳐다봐, 어린 형제. 그게 더 나아. 그리고 지금부터 수백 년 후에 다시 태어나면 나의 이름을 꼭 들어봐. 온 세상이 내 이름을 알게 될 거야."

건강, 5월

홍건군이 건강을 처음 공격했을 때보다 훨씬 더 쉽게 점령한 지 2달 후, 마는 건강에 있는 주에게서 오라는 서신을 받았다. 군대가 행군하는 일이 아니어서, 안펑에서 말을 타고 며칠 만에 갈 수 있었다. 마는 여름철 유유히 흐르는 양쯔강을 건넌 후, 작은 곽이 공격했을 때 불에 탄 건물이 드문드문 보이지만, 푸른 나무가 무성하고 산업이 번창한 도시의 거리를 보며 감탄했다. 상우춘이 그녀를 맞이하러 나왔다. 두 사람이 시끄러운 기름 공장과 비단 만드는 공장을 지나 도시 중심에 들어섰다. 평범한 목조 건물들이 돌로 바닥을 깐 연병장을 둘러싸고 있었다. 연병장은 오래전 그곳을 수도로 삼았던 과거 왕조가 남긴 유일한 유물이었다. 상우춘이 건물들을 한심하다는 표정으로 쳐다보며 말했다. "주 지휘관께서 새로 궁전을 짓겠다고 말씀하셨어요. 돌로 지은 성과 모든 걸 갖춘, 좀 더 어울리는 궁전을요."

마가 말했다. "어울린다고? 소명왕에게?"

어색한 표정이 상우춘의 얼굴을 스쳤다. "저…."

"무슨 일이라도?"

"사고가 있어서…. 하지만 애도 기간은 끝났어요. 한 달 동안 애도 기간을 가졌어요. 그런데 이제는 소명왕이라고 부르지 않아요. 주 지휘관께서 적절한 불교식 이름을 지어주셨어요. 저는 그걸 잊었어요. 직접 물어보시죠." 마의 표정을 보며, 상우춘이 놀랐다. "왜 그러세요?"

마는 너무나 슬프고 화가 나서, 자신도 놀랐다. 소명왕과 연관된 가슴 아픈 기억이 많았지만, 그녀는 가장 최근의 일, 그 작고 따뜻한 아이를 가슴에 안았을 때 솟아나던 보호 본능만 생각났다. 그 아이가 죽은 지 그렇게 오래되었는데, 그녀가 몰랐다는 게 더 화나게 했다.

그녀는 충격을 받아 아무 생각 없이, 상우춘을 따라 한 건물로 들어갔다. 주가 여러 사람에 둘러싸여 서있었다. 곧 모든 사람이 나가고, 주만 홀로 심각한 표정을 짓고 있는 마와 남았다. 주도 상황을 파악하고, 바로 마를 껴안지 않고 가만히 서있었다. 주는 왼손만 펼치고 있었다. 저 자세는 무엇인가? 용서해 달라는 간청인가, 아니면 단순히 마의 아픔을 이해한다는 표현인가?

지켜보는 사람이 없어지자, 마가 눈물을 펑펑 흘렸다. "네가 죽였지?"

주는 말이 없었다. 마가 그녀의 표정을 읽으며 소리 질렀다. "너는 그걸 부정조차 안 하는구나!"

잠시 후 주가 한숨 쉬었다. "그 아이는 목적을 다했어."

"목적이라고?" 마는 추측할 필요도 없이 전체 상황을 벌써 알고 있었다. "네가 소명왕이 필요했던 유일한 이유는 권력을 인도받는 거였지? 너는 백성들이 너를 정통성 있는 지도자로 받아들이게 해야 했지. 그런 후에는 천명을 지닌 소명왕을 받드는 사람은 네 권력에 위협이 되겠지. 그래서 소명왕이 필요 없게 된 거지?" 그녀가 싸늘하게 말했다. "너도 천명을 받았기 때문에."

그녀는 주가 놀라는 모습을 보며 짜릿한 만족을 느꼈다. 주가 더듬거리며 말했다. "어떻게 그걸…."

"소명왕이 내게 말했어! 천명을 받은 사람은 영혼의 세계를 볼 수 있다고. 네가 유령을 볼 수 있는 건 나는 오래전부터 알고 있었어." 그녀가 주를 향해 말을 쏘아붙였다. "그래서 네가 한 짓은…. 싫어진 어린 고양이처럼 어린아이를 강에 던졌지?"

주가 매우 조심스럽게 말했다. "고통은 길지 않았어. 그 말이 위로

가 될지 모르겠지만."

"위로가 안 돼!" 그녀는 주와 아이가 침상에 함께 누웠던 아침 느꼈던 짧은 순간이지만 가족을 가진 듯한 기쁨을 기억했다. 주도 그녀가 갖고 싶은 걸 알고 있었다. 그녀가 고통스럽게 말했다. "네가 한 짓이 진우량보다 낫니? 네가 말했지. 너는 다르다고. 너는 내게 거짓말했어."

주가 말했다. "나는 어쩔 수 없었어."

"나도 알아!" 마가 비명을 질렀다. "나도 알아, 나도 알아! 나도 이유를 알아." 그녀는 심장이 천 갈래 고리로 엉키며 오그라드는 고통을 느꼈다. "너는 내 감정과 동정심 때문에 내가 필요하다고 말했지. 하지만 네가 그런 짓을 할 때, 내가 느낄 감정을 잠시나마 생각이나 해보았니? 네가 잔인한 걸 너도 알고 있니, 혹시 양심의 가책은 느끼니?"

주가 조용히 말했다. "나도 잔인해지고 싶지는 않았어. 최소한 그 점에선 진우량과 달라. 하지만 나는 내가 원하는 걸 원해. 앞으로도 원하는 걸 얻기 위해 때때로 나쁜 짓을 해야 해."

방 안으로 흘러드는 빛이 흔들리며, 그녀 얼굴의 굴곡이 배우의 가면처럼 과장되게 보였다. 후회의 감정이 있었다. 하지만 죽은 아이가 아니라, 마를 향한 후회였다. "나는 네게 정직하겠다고 약속했지, 마수영. 그래서 솔직히 말할게. 나는 지배자가 될 때까지 멈추지 않을 거고, 누구도 나를 멈추게 하지 못할 거야. 네게 두 가지 선택이 있어. 너는 나와 함께 지배자에 오를 수 있어. 나는 네가 그러길 바라. 아니면, 내가 원하는 걸 너는 원치 않으면 너는 떠나도 돼."

마가 슬픔에 잠긴 주를 바라보았다. 저 평범하고 못생긴 작은 몸 안에 그 욕망 가까이 오는 사람을 태워 죽일 뜨거운 욕망이 있었다. 마가 주를 사랑하고 선택하는 죄를 저지르면 마는 계속 반복해서 고통받을 걸 알고 있었다. 그건 그녀의 욕망이 치러야 할 대가였다.

주의 생각으로는 마의 고통은 그럴 가치가 있었다.

'하지만 나에게도 그런 고통이 그럴 가치가 있을까?'

황금색 깃발이 건강의 깨끗하게 정돈된 거리를 따라 펄럭였다. 도시 한가운데 왕궁 연병장에도 황금색 물결이 반짝이며 맥박치고 있었다. 수많은 군중이 우렁차게 환호하고 있었다. 그들 위로 강렬한 햇살이 내리쬐었다.

황금색 갑옷을 입은 주가 왕궁 계단 위로 걸어 나갔다. 그녀는 자기 백성을 바라보며 무한한 애정을 느꼈다. 그녀는 산 위에서 세상을 내려다보며, 눈 아래 놓인 모든 잠재력과 위험을 느끼며, 공중에 떠있는 느낌이 들었다. 그녀가 여기까지 오는 동안 겪은 모든 고통과 희생도 기억했다. 그녀는 별 볼 일 없는 인물이었다가, 모든 걸 잃고 완전히 다른 사람으로 바뀌었다. 하지만 이제 더 이상 두려워할 게 없었다. 그녀 앞에는 빛나는 운명과 기쁨만 있었다.

그녀가 생각했다. '나는 나 자신으로 다시 태어났다.'

이번에 그녀가 몸 안 있는 빛을 찾았을 때, 빛이 숨 쉬는 듯 자연스럽게 나타났다. 그 빛이 그녀 밖으로 솟구쳐 나왔다. 그녀의 몸과 갑옷에서 하얗게 타오르는 빛이 그녀를 살아있는 불의 존재로 바꿔놓는 듯했다. 그녀가 자기 몸을 내려다보자, 잘린 오른손이 하얀 불로 만든 장갑에 감싸인 듯한 환상을 보았다. 불꽃은 그녀가 원래 자기 몸이라고 생각했던 형체를 덮고 있었다. 잘린 손도 하얀 불과 하얀 고통으로 타오르는 게 보였다. 하얀 불꽃이 몸에 잘 맞는 듯했다.

백성들 위로, 황금 깃발에 도시의 새 이름이 휘날렸다. 응천부(應天府). 도시가 하늘과 연결되어 있다고 주장하는 새 이름이었다. 그리고 주도 스스로 같은 주장을 하는 자신의 이름을 지었다. 스스로 만든 역사 외에 다른 역사는 거부하는 사람의 이름. 모든 걸 바꿔놓을 사람의 이름. '나라의 밝은 미래를 알린 가장 위대한 이름.'

주는 백성들의 얼굴을 내려다보며, 자신의 목소리가 다른 사람의 목소리처럼 울리는 걸 들었다. "빛의 왕인 명왕(明王) 주원장(朱元璋), 나를 보아라. 원나라 제국을 멸망시키고, 조상이 준 이 땅에서 몽골인을 몰아내고, 영원한 빛 속에서 통치할 나를 보아라!"

'나를 기억하고 만세 동안 나의 이름을 외쳐라.'

"명왕을 찬양하라!" 백성들이 우렁차게 응답했다. 그 메아리 소리가 잦아들자, 모든 사람이 무릎 꿇는 소리가 들렸다.

조용히 침묵하는 거대한 군중 속에서 한 사람이 일어섰다. 사람들 사이로 놀라는 전율이 흘러갔다. 주도 놀라서 숨을 멈췄다. '마수영.' 며칠 전 주가 그녀에게 최종 선택을 하라는 고통스러운 대화를 나눈 후, 주는 그녀의 대답을 요구하지 않았다. 그것이 그들의 작별 인사였다면 마는 이미 떠나고 없을 터였다.

마는 붉은 옷을 입고 있었다. 붉은색은 이제는 끝난 시대의 색이었다. 주가 그 잿더미 위로 새로운 시대를 열어야 하는 색이었다. 무서운 꾸지람인 듯했다. '네 죄를 잊지 마라.' 그녀의 황금 수를 놓은 옷소매가 거의 땅에 닿았다. 걸으면 흔들리는 비단 띠와 황금색 실들이 높이 올린 그녀의 머리를 장식하고 있었다. 그녀가 돌바닥 위에 엎드린 사람들 사이로 조용히 걸어왔다. 그녀의 치마가 피의 강물처럼 그녀 뒤로 흘러내렸다.

계단 밑에 다다르자, 마가 무릎 꿇었다. 붉은 비단을 입은 그녀는 매끄럽고 부드러운 아름다움 그 자체였다. 하지만 그 밑으로 그녀만의 힘, 무쇠로 만든 관세음보살처럼 강인한 동정심의 힘이 있었다. 주는 그녀의 숙인 머릿밑으로 드러난 흰 목을 보며, 안도와 감사의 마음이 끓어오르면서도 가슴이 이상하게 저리도록 아팠다. 순수한 아름다움은 이상하게 아팠다. 주는 마에게 자기가 원하는 걸 말했지만, 마도 그걸 원할지는 알지 못했다.

"이 여인, 명왕께 맹세합니다." 마가 모든 사람이 들을 수 있게 힘차게 말했다. 하늘도 들을 수 있게. "십 년이 흐르고 만 리를 걷더라도, 저는 제 남편이 한 걸음 한 걸음 걸을 때마다 남편과 함께 갈 걸 맹세합니다. 그리고 마침내 제 남편이 새로운 왕조의 초대 황제가 되어 통치하기 시작할 때, 저는 남편의 황후가 되겠습니다."

주는 마의 목소리에서 단호한 요구를 듣고 있었다. 그녀는 주에게 진심과 정직과 함께, 다른 지배자들과는 다르길 요구하고 있었다.

주는 그녀를 내려다보며, 그들이 함께 갈 여정을 보았다. 주가 지닌 욕망의 힘으로 두 사람은 더 높은 곳으로 계속 올라가, 위로 눈부시게 빛나는 하늘만 남을 때까지 계속 올라갈 것이다. 그리고 매번 오를 때마다 마에게는 더 인자한 길이 있다는 그녀의 믿음이 조금씩 타협하며 무너지는 고통이 따를 거였다. 그건 마가 치러야 할 대가였다. 주의 욕망뿐만 아니라, 그녀 자신의 욕망을 위해서. 마가 주를 사랑하고, 주가 세상을 통치하는 모습을 보길 원했기 때문에.

주의 마음도 아팠다. '우리 둘을 위해, 너의 희생이 가치 있게 할게.'

주는 백성들을 바라보며, 온 힘을 다해 그들의 모습을 마음속에 영원히 간직하려고 했다. 마와 서달과 지휘관들과 그 뒤로 늘어선 수만의 군사를. 그녀의 욕망이 달성될 때까지, 그녀를 따르며 그녀를 위해 죽을 사람들. "앞으로 올 밝은 미래에 나의 황후여." 그녀가 외쳤다. 그녀의 목소리는 앞으로 다가올 밝은 미래에 대한 희망으로 높이 고동쳤다. "나의 형제 사령관, 지휘관들, 그리고 모든 충성스러운 백성들이여. 세상이 우리를 기다리고 있다."

그녀가 팔을 쳐들자, 그녀에게서 순수한 흰빛이 흘러나와, 햇빛과 같이 강렬하게 모든 사람을 감쌌다. 그들 모두의 미래를 보여주는 모습이었다. 그건 주가 본 가장 아름다운 광경이었다.

그녀가 기쁨에 넘쳐 말했다. "일어나라."

역자의 호소

사법 기관은 증거 없이 심증만으로 진실을 알 수 있나?

저는 평생 수많은 잘못을 저지르며 살았습니다. 저는 상처 입은 짐승처럼 살아온 듯합니다. 제 부모와 저의 관계는 극단적으로 비정상적이었습니다. 제가 어릴 적 아버지는 '내가 태어나 당신의 등에 빨대를 꽂고 피를 빨아 먹는다.'라고 자주 불평하셨습니다. 어머니도 아버지만큼이나 정신적으로 불안정한 사람이었습니다. 저는 심리적 이유로 무의식적으로 근육이 긴장해서, 초등학교 때부터 오른쪽 귀 주위부터 입 안쪽까지 설명하기 힘든 통증이 생기기 시작해, 지금도 그 통증을 겪고 있습니다. 저는 제 감정에 심각한 상처가 있는지도 몰랐고, 그 상처를 스스로 치유할 힘도 없었습니다. 저는 제 감정을 적절히 표현할 줄도 몰랐고, 주변에 계신 분들의 감정을 이해하지도 못했습니다. 제게서 수많은 상처를 받은, 제 주변에 계시고 또 계셨던 분들께 진심으로 사과드립니다.

저처럼 생각만 해도 끔찍한 심리적 상처를 지닌 분이 계실 겁니다. 그런 분께『수치심의 치유』라는 미국 심리학자 존 브래스쇼가 쓴 책을 권해드립니다. 저는 이 책을 우연히 읽고, 제 문제의 근원을 알고 매우 괴로웠고 지금도 똑같이 괴로워하고 있습니다. 상처의 근원을 이해하고 그동안 저지른 잘못을 반성하지만, 제가 수치심을 치유하려면 기적이 필요할 듯합니다. 저는 이제는 고인이 되신 존 브래스쇼 박사의 용기 있는 자기 고백에 큰 감사와 존경을 드립니다. 저는 이 책을 읽고 감정의 상처가 무엇인지, 그 이유는 무엇인지 모르는 답답한 심정에서 벗어날 수 있었습니다.

　　　　　★　　　★　　　★

　합법적인 수사와 재판을 거쳐 실형을 받은 상당수 죄인이 억울하다고 하소연하는 법이 있다. 「성추행법」과 「청소년 학대법」이다. 이 법은 객관적인 증거가 없어도, 고소인의 주장과 사법 기관의 심증으로만 처벌할 수 있다. 경찰부터 법원까지 고소인이 굳이 거짓말할 이유가 없다는 가정하에 진행하는 지루한 사법 활동을 피고인은 오랫동안 견뎌야 한다. 그동안 우리는 사법 기관의 권위를 믿고, 사법 기관의 심증을 무조건 진실로 받아들여야 했다. 심증은 옳다는 명확한 증거도 없지만, 반대로 틀렸다는 명확한 증거도 없다. 그래서 억울하다고 하소연해도 그 증거를 제시하기 불가능했다. 하지만 심증에 진실을 밝히는 합리적이고 과학적 근거가 전혀 없다면, 심증 재판은 무고한 사람의 사회적 인격을 죽이는 '선무당이 사람 잡는' 소름 끼치는 잔인한 범죄가 될 수 있다.

　이제 성추행 사건은 우리 일상의 일부분이 되어서, 사법 기관의 심증이 정말로 옳은지 과학적으로 검증할 필요가 있게 됐다. 현대 심리학은 거짓말에 관해 상당히 많이 연구해 와서, 사법 기관의 심증이 최소한의 상식과 이성 수준에서 보아 옳은지 평가할 능력은 충분히 갖추고 있다. 능력과 권위가 있는 심리학자로 공정한 위원회를 구성해, 그동안 사법 기관의 수사와 판결 관행에 문제는 없는지, 혹은 사법 기관이 누구에게도 책임지지 않는 막강한 권력의 그늘에서 상식에 어긋나게 행동했는지 검증해 보자.

성추행은 사법 기관과 언론과 주변 사람까지 이성보다 감정에 의해 판단하기 쉬운 파렴치한 범죄다. 그래서 성추행 고소인의 신변 정보와 감정은 철저히 보호받는다. 고소인은 피고인에게 신변 정보를 밝히지 않고 신고할 수 있다. 사법 기관이 고소인과 피고인을 따로따로 조사해서, 조사 과정에서 고소인은 피고인을 직접 보지 않는다. 청소년의 경우, 피고인은 고소 내용을 직접 볼 수조차 없다. 재판 과정에서도 고소인은 피고인을 직접 보지 않는다. 고소인이 진술하는 동안 피고인은 법정 밖에 나가있거나 칸막이를 설치해 고소인과 피고인이 직접 볼 수 없게 한다.

이런 사법 관행이 정당해서 앞으로도 계속 유지되려면 두 가지 전제 조건이 옳아야 한다. 첫째, 사법 기관의 믿음처럼 고소인이 사법 기관에 나와 거짓말할 이유가 없어야 한다. 둘째, 사법 기관이 대면 조사 없이도 양쪽 진술만으로 누가 거짓말하는지 판단할 능력이 있어야 한다.

많은 사람이 자기는 거짓말하지 않는다고 말하지만, 거짓말하는 능력은 인간의 DNA에 포함되어 있다. 인간은 천부적인 거짓말쟁이다. 사회 생물학자 트리버스에 따르면 거짓말을 잘하는, 심지어 자기 자신조차 속이는 능력이 있는 인류가 살아남아 자손을 퍼트렸다고 주장한다. 이상하게 들릴 수 있지만, 자기 자신까지 속여야 완벽한 거짓말이 된다고 한다. 첫 돌이 막 지난 아이도 혼자 넘어졌을 때는 잘 울지 않지만, 엄마가 보고 있으면 아픔을 과장해 운다고 한다. 거짓말을 잘하는 사람이 사회적 이미지, 능력, 매력 등을 조작해서 성공할 확률이 높다고 한다. 실제로 정직한 판매원보다 거짓말 잘하는 판매원의 실적이 훨씬 높다고 한다. 미국 듀크대학의 심리학 및 행동경제학 교수인 애리얼리는 그의 저서『거짓말에 관한 정직한 진실(The Honest Truth about Dishonesty)』의 서문의 첫 문장을 거짓말하지 않는다고 말하는 사람은 지독한 거짓말쟁이라는 말로 시작해, 본문의 첫 문장에서 자신을 포함한 모든 인간은 수많은 거짓말을 한다고 주장한다. 그는 가장 거룩해 보이는 성직자부터 가장 순진해 보이는 어린이까지 모두 거짓말을 한다고 주장한다.

인간 행동 원인의 99%는 이성이 아니라 감정이라고 한다. 구체적인 증거가 없을 때, 고소인과 피고인의 인간관계와 심리상태를 이해하지 않고, 사람마다 다를 수 있는 직감에만 의존한다면 무서운 사회악이 될 수 있다. 그리고 인간의 감정은 지구상 80억 인구만큼이나 복잡할 수 있다. 심지어 '속이는 기쁨'조차 있다고 한다. 심리학자 폴 에크먼은 거짓말로 남을 속이면 속는 사람보다 우월하다는 기쁨을 느낀다고 한다. 우리 상식과 달리, 가족과 친구 사이에서도 다양한 심리적 이유로, 심지어 아주 사소한 이유로 수많은 거짓말을 주고받는다고 한다. 고소인도 거짓말할 능력을 갖추고 타고났고, 사법관계자는 상상도 하지 못할 유치한 이유로 거짓말하는 사례도 충분히 있을 수 있다.

반면, 사법 당국은 고소인이 굳이 사법 기관에 나와 거짓말할 이유가 없다는 말을 기소하고 판결할 때 자주 쓰는데, 이 말 자체가 사법 기관이 진실을 판단할 능력이 얼마나 없는지 명확하게 보여준다. 이 말은 사법 관계자들이 거짓말의 심리에 대해 전혀 수련받지 않았을 뿐만 아니라, 거짓말의 심리에 관한 단 한 권의 책도 읽지 않았다는 걸 의미한다. 모든 범죄를 일종의 거짓말로 보고, 거짓말의 심리에 관한 가장 유명한 이론을 제시한 사람은 심리학자가 아니라 노벨 경제학 수상자인 시카고 대학의 베커(Gary Becker) 교수였다. 그는 어느 날 회의에 늦게 도착했는데 주차 공간마저 없자, 범죄인 줄 뻔히 알면서도 불법 공간에 자동차를 주차했다. 그는 이 사소한 일을 계기로 인간이 왜 거짓말을 하는지 연구하기 시작해, 거짓말이 들통날 때 치를 비용이 거짓말이 성공했을 때 얻을 혜택보다 작다면 사람은 거짓말을 한다고 결론지었다.

이 이론의 타당성을 증명한 유명한 사건이 있다. 미국 워싱턴에 있는 케네디 예술 극장에서 대부분 은퇴한 노인들로 구성된 자원봉사자들이 기념품을 관객에게 판매하는 사업을 운영했다. 사업은 영수증 없이 현금으로 물건을 팔고 받은 돈을 현금 상자에 넣는 방식으로 운행됐다. 사업은 매우 성공적이었지만, 이상하게 수익금의 40% 가까이가 사라졌다. 사설탐정까지 고용해서 소액의 현금을 빼돌리는 젊은 직원을 범죄 현장에서 잡은 후 도난 사건이 없어지리라 믿었지만, 수익금의 40%는 여전히 사라졌다. 도난 사건은 자원봉사자들에게 판매한 물건의 목록과 받은 현금을 기록하게 한 후에 사라졌다. 이것으로 예술을 사랑하는 선량한 자원봉사자들이 조금씩 기념품과 현금을 훔쳐 왔던 사실이 드러났다. 노벨상 수상자부터 자원봉사자까지 모든 인간은 거짓말하는 비용과 혜택의 손익을 계산해 이득이 크다고 생각하면 거짓말을 한다는 베커 교수의 이론이 증명된 것이다.

똑같은 논리를 사법 기관과 성추행 고소인에게도 적용할 수 있다. 성추행 특별수사관부터 검사와 판사까지 고소인의 거짓말을 진실로 받아들여도 치러야 할 비용은 전혀 없지만, 손쉽게 사회 정의를 실현하는 임무를 수행했다는 업적도 쌓고, 보수도 받을 수 있다. 고소인 역시 사법 기관이 자기 말을 사실로 받아들여 피고인을 처벌해 준다면 앙심을 품은 피고인에게 보복하는 혜택을 받을 수 있지만, 자기 진술을 사법 기관이 진실로 받아들이지 않으면 그 어떤 비용도 치르지 않고 없던 일로 끝난다. 다시 말해, 사법 기관과 고소인은 증거가 전혀 없는 심증만으로 무죄인 피고인을 유죄로 처벌해도 비용은 전혀 들지 않고 혜택만 누린다. 반면, 피고인은 고소당했다는 사실만으로 엄청난 사회적 수치를 받고, 오랫동안 수사받는 고초를 겪어야 한다.

정신과 의사들에게 두 사람이 상반되는 주장을 할 때 누가 거짓말하는지 판별할 수 있냐고 물어봤다. 자세한 상황을 알면 어느 정도 가능할 수 있겠지만, 그렇지 않다면 전혀 판단할 수 없다고 정신과 의사들이 답변했다. "열 길 물속은 알아도 한 길 사람 속은 모른다."라는 속담은 정신과 의사에게도 진리다. 질문 자체가 어리석었다. 일본계 미국인 물리학자 미치오 카쿠에 따르면 현대 과학이 해결하지 못한 가장 큰 미스터리는 우주와 인간의 정신이라고 한다. 카쿠 교수는 인간의 뇌를 따라가려면 뉴욕시 크기의 컴퓨터가 필요하다고 말한다. 없는 것을 상상하는 정신 능력 덕분에 불과 5,000년 전까지 돌도끼로 나무를 찍던 인류가 놀라운 현대 문명을 낳았다. 정신과 의사도 이런 인간의 정신을 이해할 능력은 당연히 없다.

누가 거짓말하는지 판단은 정신과 의사나 심리학자 모두에게 매우 어려운 일이다. 하물며 인간 심리와 거짓말 판별에 대한 수련을 전혀 받지 않는 사법 당국의 심증이 점쟁이의 점과 다를 바가 무엇인가? 나는 내 목숨을 걸고, 상당수 사건에서 사법 당국은 자신들의 심증이 옳다는 확신도 없이 무책임하게 기소하고 판결했다고 단언한다. 왜 사법 당국인 자신도 확신하지 못하는 심증을 갖고 피고인의 운명을 결정할 중대한 판단을 손쉽게 내렸는지는 거짓말을 전문으로 연구한 심리학자들로 구성된 위원회가 풀어야 할 미스터리다. 대규모 증권 조작을 포함한 무수한 사기가 난무하는 사회에서 증거 없는 주장을 믿지 않는 게 논리적인 인간의 행동이다. 사법 당국이 가장 기초적인 양심에도 어긋나게 사법 행위를 했다면 그 원인을 철저히 파헤쳐 과실이 있는 경우 엄하게 처벌해야 한다.

미국 심리학자 브래드쇼는 첫 번째 저서 『수치심의 치유』에서 서른이 넘을 때까지 자기감정에 있는 심각한 상처를 모르고 살다가, 알

코올 중독으로 죽을 고비를 넘긴 후 상당한 시간과 노력을 들여 자기 심리의 근본 문제인 어린 시절부터 숨겨왔던 수치심을 발견했다고 말한다. 저명한 심리학자가 자기감정조차 알기 힘들다면 인간이 어떤 감정을 갖고 왜 행동하는지 아는 것은 거의 신의 영역이다.

실제로 고대 중국 판관은 누가 거짓말하는지 알 수 없다고 솔직히 인정하고, 신에게 진실을 알려달라고 기원했다. 그 신이 광화문 앞에 있는 해태다. 해태는 상상의 동물로 보이지만, 실제 그 원형이 있었다. 해태의 원이름은 해치다. 고대 은나라에서 두 사람이 서로 다른 주장을 하면 판관은 각자 양을 가져와서 신에게 거짓말하지 않겠다고 맹세하게 했는데, 그 양이 해치다. 사람이 거짓말하면 해치가 이상하게 행동한다고 믿었다. 재판에서 진 사람과 양은 말가죽에 넣어 강물에 버렸다. 법(法)의 원래 글자는 법(灋)인데 '해태 치(廌)'를 생략하고, '물 수(水)'와 '버릴 거(去)'가 남은 형태다. 법의 말뜻은 거짓말한 죄를 물[水]에 버려[去] 사회를 정화하는 행위였다. 해치는 사라졌지만, 중국뿐만 아니라 우리나라 조선 시대까지 판관은 해치관을 썼다고 한다.

이 잔인한 법에 과학적인 면이 있다. 첫째, 해치 앞에서 거짓말하려면 상당한 심리적 압박을 받았을 거다. 거짓말 탐지기라고 잘못 알려진 기계가 있다. 미국 FBI, CIA 등 연방 사법 기관에서는 피의자와 직원 모두에게 이 기계를 사용한다고 알려져 있다. 이 기계는 거짓말은 탐지하지는 못하지만, 거짓말하는 사람이 느끼는 심리적 압박이 신체 반응으로 나타나는 걸 측정한다. 해치 앞에 거짓말하려면 엄청난 심리적 압박을 받아, 눈이 뜨일 정도로 이상한 신체 반응을 유발할 수 있었을 거다. 둘째, 대면 조사다. 상대방 앞에서 거짓말하려면 상대방이 없을 때보다 훨씬 힘들다. 그리고 대면 조사를 하면 판관이 두 사람의 평소 관계와 상황을 판단하는 데 어느 정도 도움이 된다. 두 사람의 관계와 상황을 알면 누가 거짓말하는지 알기 쉬워진다.

사법 행위는 공평해야 한다. 양측의 주장이 다르고 증거가 없다면 대면 조사가 꼭 필요하다. 대면 조사를 해야 두 사람의 관계와 상황을 파악하고, 두 사람이 행동한 원인인 감정을 이해하는 데 도움이 된다. 그리고 얼굴을 마주 보며 거짓말할 때, 상대방이 즉시 그 말이 거짓인 걸 증명할 수 있다면 이보다 더 효과적인 조사 방법이 어디 있겠는가? 대면 조사를 하면서도 고소인의 인권을 보호할 방법은 있다. 고소인은 가족과 변호사, 친구, 종교인 등 원하는 모든 사람을 대동하고 대면 조사에 임하게 하고, 피고인은 홀로 참석하게 할 수 있다. 그리고 피고인이 사법 기관 밖에서 그 어떤 방식으로도 고소인에게 연락하면 처벌할 수 있다. 하지만 대면 조사는 꼭 필요하다. 증거는 없고 상반되는 주장만 있을 때, 대면 조사야말로 진실을 밝히는 가장 효율적이고 상식적인 방법이다. 심증만으로 누가 거짓말하는지 알 수 있다는 주장은 뻔뻔한 거짓말이다.

대면 조사하기 전에, 거짓말하면 엄중한 처벌을 받는다는 걸 양측 모두에 주지시켜야 한다. 선진국 법정에선 누구나 진술하기 전에 위증하지 않겠다고 맹세하고, 위증을 매우 엄격하게 처벌한다. 우리도 이런 제도를 도입할 필요가 있다. 피고인뿐만 아니라 고소인도 거짓말하면 처벌해야 한다. 거짓으로 증언하지 말라고 십계명에 있는 이유도, 고대 중국인이 거짓말하면 잔인하게 처벌했던 이유도, 특히 사법 기관에서 거짓말하면 사회 정의와 인간의 삶이 철저히 파괴되기 때문이다. 고소인의 인권도 중요하지만, 피고인의 인권도 중요하다. 피고인이 억울한 누명을 쓴다면 피고인이 입는 정신적 상처와 사회적 오명과 경제적 피해는 상상하기 힘들다.

사법 기관은 신과 같은 권위의 철갑 갑옷을 입고 있어, 그 심증에 불만이 있어도 감히 도전할 방법이 전혀 없다. 하지만 「성추행법」에 관한 한, 사법 기관의 권위는 동화 「벌거벗은 임금님」을 떠올린다. 많은 사람과 이야기를 나누는 식당 주인이나 택시 기사에게 성추행 사건에 관해 물어봐라. 피고인이 억울하다고 말하는 상식적으로 이해하기 힘든 이상한 사건을 하나둘은 들을 수 있다. 그리고 성추행 고소를 당하면 피고인에게 일방적으로 절대 불리한 걸 모두가 알고 있다. 고소인이 거짓말하면 그냥 넘어가고, 상식적으로 반증하기 불가능한 증언만 골라 죄인으로 몰았다고 말한다. 이런 소문이 널리 퍼졌다면 이런 사법 관행을 악용하는 사례도 수없이 많을 수 있다. 베커 교수의 이론대로 얻을 이득만 있지, 잃을 손해는 전혀 없는 범죄이기 때문이다. 이 법의 굴레에서 벗어나려면 우리는 사람을 만날 때마다 고소당할 때를 대비해 우리의 모든 작은 행동까지 비디오로 촬영해 두었다가, 심증이 있다고 주장하는 사법 기관에 객관적인 반증을 제시해야 한다.

사법 당국이 수십 년 동안 해온 사법 행위가 정당하다고 믿는다면 거짓말에 관한 최고 전문가로 구성된 위원회를 조직해 구체적인 사건에서 사법 기관이 내린 심증의 타당성을 검증하자는 도전을 받아주길 바란다. 최근 가장 기괴해서 언론의 가장 많은 관심을 받은 성추행 사건은 2015년 여름에 있었던 사건이다. 성추행 내용이 워낙 엄청나서, 언론도 두 달 넘게 크게 다루었다. 그전에도 그런 엄청난 사건은 없었고, 그 후로도 없었다. 여러 명의 여성이 성추행당했다고 주장했다. 고소인들은 언론 인터뷰를 통해 커터 칼로 위협을 받았다는 걸 포함해 다양한 주장을 해서, 문제의 심각성을 성토하는 논설도 신문에 실렸다.

거짓말을 전문적으로 연구한 심리학자에게 완벽한 거짓말은 불가능할 수 있다. 전문가의 눈에는 거짓말이 고소인과 피고인의 진술 속에 뻔히 드러나 있고, 두 진술을 듣고 사법 기관이 내린 심증이 옳았는지 틀렸는지 분명히 보일 수 있다. 거짓말을 연구한 심리학자로 구성된 위원회를 조직해, 2015년 여름에 있었던 사건에 대한 사법 기관의 심증이 타당한지 판단을 의뢰하자. 전쟁 중인 우크라이나에서 공직자의 부패가 국가 안보에 큰 위협이 된다고 생각해, 부패 수사에 미국인 전문가들까지 고용했다고 들었다. 우리도 최고 수준의 전문성과 공정성을 보장하기 위해 외국의 저명한 심리학자도 초빙하는 것도 고려하자. 고소인이 거짓말할 이유가 없다는 근거 없는 근거 때문에, 형언하기 힘든 고초를 겪었고 앞으로 겪게 될 수많은 사람을 생각하면 절대 아깝지 않은 투자다. 엄청난 언론의 관심을 받은 사건이니, 사법 기관도 최고 전문가를 투입했을 거다. 사법 기관에 근무하는 최고 전문가의 심증 수준을 현대 과학으로 객관적으로 평가해 보자.

많은 사람의 불만은 사법 기관의 행위가 가장 기초적인 상식에도 어긋나는 거다. 비유적으로 말해, '1+1=2'가 아니라, '1+1=11'이라고 사법 기관이 우긴다고 생각하는 사람들이 있다. 객관적인 증거가 아니라 직감에 의존하는 심증에 따라 판단하면 충분히 가능한 일이다. 그래서 사법 기관의 심증을 객관적인 과학으로 검증할 필요가 절실하다. 심리학자 위원회에 의뢰할 첫 번째 사항은 사법의 심증이 가장 초보적인 이성의 기준으로 보아 옳은지 판단하는 것이다. 위원회가 위 사건과 관련된 모든 서류를 먼저 검토하고, 사법 기관이 내린 심증이 옳은지 판단하도록 의뢰하자. 최고 전문가가 투입된 사건에서 사법 기관이 내린 심증이 상식 이하로 비합리적이라면 매우 심각한 문제다. 사법 기관이 거짓 증언에 속아, 무고라는 범죄의 공범이 된 거다. 수십 년 동안 관행으로 이어온 심증이니, 같은 부류의 피해자가 수없이 많을 것이다. 따라서 위원회의 활동과 조사 결과는 언론에 통해 모든 국민에게 알려야 한다.

둘째, 위원회가 사법 기관의 심증 수사와 재판이 진실을 찾는 데 효과적이고 합리적인지 조사하도록 의뢰하자. 공정하고 객관적인 조사를 위해, 고소인과 피고인의 대면 조사가 필요한지 판단을 의뢰하자. 여성뿐만 아니라 청소년인 경우라도, 필요하다면 보호자와 변호사, 가족, 종교인 등의 동참 하에 대변 조사를 받아야 할지 판단을 의뢰하자. 청소년이라고 항상 진실을 말한다는 것도 아니고, 청소년이 거짓말할 때 피고인이 받는 피해는 엄청나게 크다. 피고인이 무죄인 경우, 피고인은 수사와 재판받는 자신의 처지가 황당하게 느껴져 적절히 반응하기 힘들다. 피고인이란 말 자체가 잠재적인 죄인이란 뜻이 아닌가. 게다가 재판 과정에서 피고인은 거의 말을 할 수 없고, 어쩌다 너무 황당해서 말을 하면 재판정에서 쫓아내겠다는 무서운 판사의 불호령이 즉시 떨어진다. 하지만 변호인이 피고인 당사자의 심정과 입장을 정확히 대변할 순 없다. 피고인이 이해하기 힘든 다른 세계의 언어 같은 법적 용어는 대신, 피고인이 이해할 수 있는 일상적인 언어를 사용하는 대면 조사를 통해 피고인이 스스로 힘으로 자신의 무죄를 입증할 기회를 주는 게 고소인과 피고인 모두의 인권을 존중하는 인간의 얼굴을 가진 공정한 사법 활동일 수 있다.

감정과 선입감이 인간의 행동을 결정한다. 시누이와 갈등을 겪는 며느리가 '내 딸은 천성이 착해서 거짓말을 할 사람이 아니다.'라고 말하는 시어머니가 객관적이고 공정한 판단을 내려주길 기대할 수 있겠나. 고소인이 굳이 사법 기관에 나와 거짓말할 이유가 없다고 말하는 사법 기관은 공정하게 수사하고 판결할 의지나 능력을 전혀 갖추고 있지 않다. 오히려 사법 기관은 고소인에게 거짓이건 진실이건 아무 말이고 책임을 묻지 않을 테니 마음대로 해도 말해도 좋고, 고소인의 말 중 피고인이 반증하기 어렵거나 불가능한 내용만 골라 피고인을 처벌하겠다고 알려주는 것과 진배없고 실제로 그렇게 행동하고 있다. 이런 사법 기관은 공정하고 과학적으로 수사하고 판결할 능력과 의사는 전혀 없고, 심증이란 근거 없는 편향된 기준으로 피고인을 죄인으로 몰 방법만 찾으려 한다.

수십 년 계속된 관행은 「벌거벗은 임금님」 동화에서처럼 누군가 정직하게 말할 때까지 끝나지 않는다. 객관적인 증거 없이 심증으로만 하는 재판은 마녀재판으로 타락할 수 있다. 마녀재판은 무지한 폭도의 만행으로 생각하기 쉽지만, 실제로는 고위 성직자와 전문 수사관이 조사하고 판결했다. 마녀사냥도 쉽게 사라지지 않았다. 1811년 독일에서 한 여성이 마녀 혐의로 화형당했고, 21세기에도 2011년 중동에서 한 여성이 같은 혐의로 목이 잘렸다. 우리나라에도 이와 유사한 일이 있었다. 후삼국 시대 궁예의 관심법(觀心法)이다. 궁예 같은 인물이 현대에 나타나 사람의 마음을 볼 수 있는 초능력을 지녔다고 주장하면 모든 사람이 미쳤다고 말할 것이다. 고소인과 피고인의 말만 듣고 누구 말이 옳은지 심증으로 판단할 수 있지만, 객관적인 근거는 제시할 수 없다면 궁예의 관심법과 다를 바 무언인가?

사법 당국이 그동안 심증만으로 한 수사와 재판이 옳다고 양심을 걸고 자신한다면 위 사건에서 사법 기관의 심증이 옳은지 판단을 심리학자 위원회에 의뢰하는 도전을 받아주길 바란다. 단, 한 사건의 문제가 아니다. 사법 기관이 총력을 기울인 사건에서도 심증에 문제가 있다면 다른 사건은 어떠하겠나. 수많은 사람의 인생이 걸린 문제다. 억울하다고 주장하는 죄인들은 고소인이 분명히 거짓말해도 사법 당국이 그런 사실은 무시하고, 정확히 알 수 없는 과거 시점에 추행당했다는 둥 그 누구도 무죄를 증명하기 불가능한 내용만 골라 죄인으로 몰았다고 항변한다. 증거는 없고 심증만 있다면, 피고인과 사법 당국 중 누가 옳을지 확률적으로 반반이니, 양측이 동등한 자격으로 자신의 주장을 펼칠 수 있어야 한다. 사법 당국은 권위로 상대를 찍어누르는 심문의 형태가 아니라, 피고인과 완벽히 동등한 권리를 가지고 위원회 앞에서 누구의 말이 진실인지 겨룰 용기가 있는가.

　서로 정반대되는 양측의 말만 각각 듣고 증거 없이도 누가 진실을 말하는지 판단할 수 있다고 주장한다면 과대망상증이거나 위선적인 권력의 횡포를 즐기는 심각한 정신병일 가능성이 크다. 사법 기관의 양심과 전문성이 걸린 문제다. 심증에 심각한 근본적인 오류가 있지만, 사법 기관이 잘못된 관행을 끝없이 반복해서 계속한다면, 그 피해는 상상을 초월한다. 사법 기관은 심리학자 위원회의 검증을 당당히 받아, 사법 기관의 정당성을 입증하는 용기 있는 양심을 보여주길 바란다. 사법 기관은 양심과 정의를 강조하지만, 양심과 정의는 옳고 그름이 분명할 때 위험을 무릅쓰고 옳음을 택하는 거다. 옳고 그름이 분명치 않은 관행으로 내린 심증이 정말 옳은지 검증을 받는 게 진정한 용기 있는 양심이고 정의다. 사법 기관은 자신들의 심증이 검증받을 필요 없는 절대적 진리인 척하는 허위와 위선을 보이지 않길 바란다.

역자 박제봉

태양이 된 여자

펴 낸 날 2023년 9월 15일

지 은 이 셸리 파커-찬
번 역 박제봉
펴 낸 이 이기성
편집팀장 이윤숙
기획편집 윤가영, 서해주, 이지희
표지디자인 윤가영
책임마케팅 강보현, 김성욱
펴 낸 곳 도서출판 생각나눔
출판등록 제 2018-000288호
주   소 경기도 고양시 덕양구 청초로 66, 덕은리버워크 B동 1708, 1709호
전   화 02-325-5100
팩   스 02-325-5101
홈페이지 www.생각나눔.kr
이 메 일 bookmain@think-book.com

• 책값은 표지 뒷면에 표기되어 있습니다.
  ISBN   979-11-7048-590-2(03840)

SHE WHO BECAME THE SUN by Shelley Parker-Chan
Copyright © 2021 by Shelley Parker-Chan All rights reserved

Korean translation copyright © 2023 by THINKBOOK
Korean translation rights arranged with Taryn Fagerness Agency through EYA Co.,Ltd

이 책의 한국어판 저작권은 EYA Co.,Ltd를 통해 Taryn Fagerness Agency과 독점 계약한 도서출판 생각나눔이 소유합니다. 저작권법에 의하여 한국 내에서 보호를 받는 저작물이므로 무단 전재 및 복제를 금합니다.